Le lac des secrets

Chimères

HARPER ALLEN

Le lac des secrets

éditions Harlequin

Titre original : PROTECTOR WITH A PAST

Traduction française de CHRISTINE MAZAUD

Photos de couverture
Paysage : © BATES LITTLEHALES/NATIONAL GEOGRAPHIC/GETTY IMAGES
Enfant : © DAVID DE LOSSY/PHOTODISC VERT/ROYALTY FREE/GETTY IMAGES

83/85, boulevard Vincent-Auriol 75646 PARIS CEDEX 13.
Service Lectrices — Tél. : 01 45 82 47 47

ISBN 978-2-2801-5819-0

1

— L'enfant ! Il faut sauver l'enfant !

Julia se redressa dans le noir, les yeux grands ouverts, le cœur battant. Le cri qu'elle venait de pousser lui déchirait encore les tympans.

L'esprit tout embrumé des derniers lambeaux de son cauchemar, elle tendit la main vers la lampe de chevet et alluma. Inquiet, le chien King vint frotter sa truffe fraîche contre sa paume et gémit, les yeux braqués sur elle.

— C'est toujours pareil, mon petit vieux, murmura-t-elle, reprenant pied dans la réalité. On devrait pourtant y être habitués maintenant, toi et moi !

Rassuré par sa voix, le berger allemand frappa de la queue les lattes du plancher et s'assit sur son arrière train.

Elle le regarda et lui sourit.

— Ça va, je connais le rituel. Du lait chaud pour moi, un biscuit pour toi. Attends une minute.

Repoussant le drap d'un coup de pied, elle se leva, mit ses pantoufles et prit son déshabillé posé sur le dossier d'une chaise. Après avoir noué sa ceinture, elle lissa ses cheveux moites de transpiration.

Comme elle aurait bien aimé se défaire de cette anxiété qui lui empoisonnait la vie ! Cela faisait presque deux ans maintenant que le même cauchemar la réveillait la nuit. C'était insupportable.

Inspirant profondément, elle promena son regard sur sa chambre.

Accolé au mur se trouvait le bureau de bois verni sur lequel, jeune fille, elle avait écrit son journal intime. Sur le bureau était posé un galet rond qu'elle saisit machinalement. Il était poli et doux comme l'eau calme d'un lac.

Elle balaya des yeux le reste de sa chambre tout en le caressant et, peu à peu, retrouva son calme.

La veille, elle avait disposé dans un vase un petit bouquet de pensées jaunes et violettes que la lampe nimbait d'une lumière dorée. Sur le mur au-dessus de la table de chevet était accrochée une vieille lithographie : deux enfants se tenant par la main sur un pont branlant suspendu au-dessus d'une crevasse. Derrière eux, un ange aux cheveux mousseux les surveillait. Elle avait toujours vu cette litho là, tout comme la photo qui la jouxtait : un petit garçon maigrichon en maillot de bain sur un ponton, exhibant fièrement une truite plus grosse que son bras.

Le chien frotta le nez contre sa jambe.

Près du lit se trouvait un fauteuil capitonné recouvert d'un velours marron, fané, avec une bosse dans le siège. Un ressort cassé. C'est blottie dans ce fauteuil qu'elle avait lu *Autant en emporte le vent.* S'en débarrasser, c'eût été se débarrasser aussi du petit coussin en cuir marron qui allait si bien avec, et ça, c'était impossible. Il venait de la chambre de Davey où elle l'avait pris juste après ce qui s'était passé. Elle avait cinq ans à l'époque… Le coussin portait toujours la marque du hameçon qui en avait déchiré le cuir. Davey lui avait fait jurer de ne jamais le dénoncer.

La bibliothèque près de la bergère, le tapis vert foncé devant le lit où King aimait à dormir, les rideaux à fleurs qui encadraient la fenêtre, tout était familier. Rien n'avait changé depuis son enfance. C'était une des raisons qui l'avaient poussée à revenir ici.

Déjà deux ans.

Le temps semblait s'être figé dans ce coin oublié, au nord de l'Etat de New York. Elle pouvait rejoindre l'autoroute et retrouver la civilisation d'un coup de voiture, mais elle n'en avait pas envie. Ici, elle se sentait protégée. Le monde extérieur, avec sa violence, sa démence, avait failli la broyer une seconde fois et c'est ici, dans ce refuge, qu'elle avait réussi à se reconstruire. Inutile de s'exposer de nouveau. Elle ne laisserait rien ni personne mettre à mal le fragile équilibre qu'elle avait réussi à recouvrer.

Certes, au prix de cauchemars récurrents…

Elle mit le galet dans la poche de son déshabillé et frotta la tête de King.

— Pas de téléphone, pas de journaux, pas de télévision. Rien que toi et moi, le lac et les bois, mon petit pote.

Elle gratta la touffe de poils que le chien ne pouvait atteindre, juste derrière l'oreille, et l'entendit soupirer d'aise.

Quand elle quitta la pièce, il lui emboîta le pas tel un garde du corps muet.

L'horloge de la cuisine affichait 3 h 30 du matin.

Dans une heure, elle descendrait jusqu'au ponton assister au lever du soleil. Au lieu de se faire chauffer du lait, elle se prépara un espresso et alla s'asseoir à table, bousculant au passage King, qui lui lança un regard noir.

— Excuse-moi, dit-elle.

Elle lui parlait comme s'il pouvait comprendre. Cela devait sembler un peu fou, mais qu'importe. King était le compagnon qui l'avait aidée à rester debout.

— Je ne t'oublie pas, mon toutou. Tu vas avoir ton snack, lui promit-elle en riant.

Elle ouvrit le placard qui surplombait le comptoir et attrapa le paquet de biscuits pour chiens.

— Allons, allons, de la tenue ! dit-elle au chien qui se précipitait pour lui happer le biscuit des doigts.

Obéissant, King saisit le gâteau avec une délicatesse de prince et se retira dans l'angle de la pièce pour le mâchouiller tranquillement.

Julia referma le paquet et le remit à sa place. Elle allait fermer le placard quand elle s'arrêta, les yeux fixés sur la bouteille carrée dissimulée derrière les paquets de riz et de pâtes. Sous l'effet de la lumière, le contenu de la bouteille était d'un joli jaune ambré. Elle gardait cette bouteille pour se prouver qu'elle était capable de ne pas y toucher. Mais elle n'était pas sûre d'elle-même : cette bouteille avait sur elle un pouvoir monstrueux.

Se hissant sur la pointe des pieds, elle passa la main entre le riz et les pâtes et saisit le merveilleux flacon.

La bouteille était pleine. Elle l'avait achetée deux hivers plus tôt, lors d'une de ses rares descentes en ville. Le marchand d'alcools, avec son mauvais esprit, avait dû parier qu'elle reviendrait souvent. A cette époque, elle n'était d'ailleurs pas loin de penser comme lui…

De retour chez elle, elle avait rangé ses achats, s'était assise, avait sorti la bouteille de son sac et l'avait placée au centre de la table de la cuisine. Curieusement, c'étaient les mêmes gestes qu'elle répétait aujourd'hui.

Plus tard, cet après-midi-là, il s'était mis à neiger et le vent avait soufflé en bourrasques de plus en plus fortes sur le lac gelé. King s'était endormi à ses pieds en laissant échapper de temps à autre un faible gémissement. Elle, toujours assise, avait continué de fixer la bouteille. Elle savait qu'elle n'avait qu'à l'ouvrir et à se servir un premier verre pour gommer les images du passé douloureux qui ne cessait de la hanter.

Dehors, un soleil rougeâtre avait zébré le ciel de ses derniers rayons avant de disparaître à l'horizon. Les ombres s'étaient allongées, de plus en plus noires dans la nuit et, comme toujours, l'obscurité avait réveillé les fantômes. Mais, cette fois, elle était seule pour les affronter. Elle les connaissait, ses démons, et elle savait ce qu'ils lui voulaient : ils voulaient qu'elle se souvienne. Et se souvenir était une vraie douleur.

Le regard toujours fixé sur le flacon posé au centre de la table, elle avait lutté jusqu'à l'aube. Quand le jour s'était levé, une lumière pâle éclairait l'extrémité du lac. Elle était toujours assise, et la bouteille était toujours fermée.

Tous les fantômes avaient disparu. Sauf un, celui-là même qui la tourmentait maintenant.

Parfois, elle avait l'impression de le sentir dans son dos, avec sa mèche noire en travers de l'œil et son sourire narquois au coin des lèvres. En se retournant très vite, elle pourrait presque l'attraper et lui tordre le cou. D'autres fois, avant de sombrer dans le sommeil, elle croyait entendre sa voix, rauque mais étonnamment douce pour un homme. Sa voix qui l'appelait par son nom…

Ces nuits-là étaient les plus cruelles.

Goutte à goutte, le café commença à couler dans le pot. Fixant le jus noir, elle s'autorisa à penser à lui.

Il était parti. Il est vrai qu'elle ne lui avait donné aucune raison de rester. Elle avait même tout fait pour qu'il s'en aille. Et elle avait réussi. Après leur dernière confrontation, elle avait su qu'il ne reviendrait pas. Peut-être était-il marié aujourd'hui ?

Mélancolique, elle se versa une tasse de café et, les yeux fermés, y trempa les lèvres.

Oui, c'était le genre d'homme qui se marie. Ne voulait-il pas fonder une famille ?

Le café lui brûla les lèvres. Elle reposa sa tasse, les larmes lui montant aux yeux.

S'il était marié, il avait dû choisir une femme facile à vivre et capable d'accepter la vie comme elle vient. A quoi pouvait-elle ressembler ? Aux dernières nouvelles, il avait déménagé pour la Californie. Sa femme devait donc être grande et mince, sportive, bronzée, avec de beaux yeux bleus. Le type même de la fille de la côte Ouest. Il n'avait sûrement pas jeté son dévolu sur une femme comme elle, hypersensible, avec une bouche trop grande et une carrure de nageuse.

King dressa les oreilles et se leva mais, perdue dans ses pensées, elle n'y prêta pas attention.

Il devait avoir des enfants maintenant…

Son cœur se serra. Pourquoi mettait-elle un malin plaisir à l'imaginer dans sa vie d'époux et de père ? Elle, c'est vrai, elle avait juré qu'elle n'en aurait jamais.

Oui, il avait sûrement des enfants. Et ces enfants devaient ressembler à leur père. L'héritage Seneca avait dû prévaloir, et quelque part, là-bas, à l'autre bout de l'Amérique, ces enfants devaient avoir les pommettes hautes et les yeux noirs de leurs ancêtres indiens. Ils étaient certainement magnifiques.

Dire qu'ils auraient pu être les siens !

Le vent soufflait dans les érables qui entouraient la maison. Au fond des bois, un hibou hulula. Le silence retomba, quand soudain un bref cri résonna dans la nuit.

Brusquement, elle saisit la bouteille de whisky pour la remettre dans le placard.

Cette nuit comptait parmi les plus mauvaises qu'elle avait passées. Elle se sentait à deux doigts de craquer. Or, l'aube n'était même pas encore là, et elle ne voulait pas retomber.

Tout excité soudain, King fila à la porte qu'il se mit à gratter à griffes que-veux-tu.

— Une minute, Coco.

Jetant un regard à l'extérieur, elle crut apercevoir une silhouette de l'autre côté de la moustiquaire. Un homme, exactement comme celui qu'elle n'avait cessé de revoir en pensée.

Elle tressaillit puis haussa les épaules. Encore son imagination qui lui jouait un tour !

Sauf que là, devant sa porte, cet homme portait un enfant

dans les bras. Un enfant qui lui serrait le cou comme s'il avait peur d'être abandonné.

Elle plissa les yeux. Non, elle n'était pas victime d'une hallucination. Cord était vraiment là. En chair et en os. Il était de retour et ramenait un enfant avec lui.

Sous le coup de l'émotion, elle lâcha la bouteille qui se brisa sur le carrelage de la cuisine. Les vapeurs de whisky dominèrent l'arôme du café, mais elle n'y prêta pas attention.

— Que fais-tu ici ? dit-elle d'une voix dure.

La truffe écrasée contre la porte, King remuait furieusement la queue.

— Tu vois, il me reconnaît. Laisse-moi entrer, Julia.

Elle croisa son regard à travers la moustiquaire. Il ne souriait pas et avait une mine de décavé. On aurait dit qu'il n'avait pas dormi depuis huit jours.

Elle se dit d'abord qu'elle n'avait aucune raison d'ouvrir puis se ravisa. La voix de Cord était douce, il n'essayait pas de forcer le passage. Il partirait si elle le lui demandait. Elle le savait parce que cette situation s'était déjà présentée. Ce jour-là, quand il avait réalisé qu'elle souhaitait *vraiment* qu'il s'en aille, il avait pris la porte et était sorti de sa vie.

Mais, cette fois, il avait un enfant avec lui.

Elle serra les dents.

Rien ne pouvait lui faire plus mal. Mais cela, il n'était pas obligé de le savoir.

— Je sais que tu ne voulais plus me revoir, dit-il. Mais nos souhaits passent après...

Il changea l'enfant de bras et, alors qu'elle ne l'y invitait pas, il ouvrit la porte.

A peine entré, il caressa la tête du chien. Il avait toujours les mêmes mains, larges, puissantes. Elle n'avait pas oublié leur douceur... Le chien leva le museau et remua frénétiquement la queue pour lui témoigner son contentement.

— Il est à qui, cet enfant ? s'enquit-elle malgré elle.

Puis, préférant ne pas entendre la réponse, elle prit la pelle et la balayette sous l'évier et balaya les débris de verre. Le whisky inondait la moitié de la cuisine. L'odeur était si écœurante qu'elle crut qu'elle allait vomir.

— Je ne veux pas d'enfant ici, Cord, ajouta-t-elle entre ses dents. Je ne peux rien pour lui.

— C'est une fille.

— C'est pareil, rétorqua-t-elle d'une voix heureusement redevenue calme. Retourne d'où tu viens. Tu n'aurais jamais dû l'amener.

Toujours accroupie, elle continuait de nettoyer par terre quand elle poussa un petit cri. Elle regarda son pouce : le sang perlait sur le bombé de son doigt.

— Je ne peux pas faire ça, dit Cord. Elle est à moi.

C'était l'information qu'elle aurait préféré ignorer.

Oubliant sa blessure, elle releva les yeux et le regarda, debout devant elle, son enfant dans les bras.

C'était donc vrai. Il avait fait un enfant à une femme. Il avait fondé une famille avec une autre ! Dire qu'elle en avait tant rêvé.

Ignorant le sang qui gouttait de son doigt et se mêlait au whisky, elle planta son regard dans le sien.

— Où est sa mère ?

Cord esquissa un sourire triste, ce sourire qu'elle n'avait jamais pu oublier.

— Julia, je t'ai dit que c'était mon enfant…

Il serra le petit corps contre lui et ajouta :

— J'aurais dû dire : *notre* enfant.

Sentant le sol se dérober sous elle, elle vacilla.

2

— Mais tu t'es blessée !

Voyant le sang couler, Cord prit les devants.

— Laisse-moi aller la coucher. La chambre de Davey… Pardon, la chambre d'amis est-elle libre ?

Comme elle ne répondait pas, il interpréta son silence comme un accord et se dirigea vers le couloir qui menait aux chambres. Il connaissait la maison comme sa poche. Ils y jouaient à cache-cache quand ils étaient enfants.

Elle le regarda s'en aller vers la chambre de Davey avec l'enfant.

Celui-ci avait enfoui la tête dans le cou de Cord, et ses boucles rousses se mêlaient à ses cheveux noirs. Le petit visage en forme de cœur était pâle, de fatigue sans doute, mais ses yeux bleus étaient grands ouverts, immobiles, perdus dans le vague. Dans sa carrière, elle avait souvent vu de ces regards-là, vides, hagards, et savait qu'ils cachaient en général un traumatisme.

Inquiète, elle se releva et alla vers l'évier. Pourquoi avait-il dit *notre* enfant ? Ils n'avaient jamais eu d'enfant ensemble et n'en auraient jamais.

Elle ouvrit le robinet d'eau froide et mit son doigt dessous. Quand la blessure saigna moins, elle se pencha pour reprendre la pelle et la balayette.

— Laisse, je vais le faire, dit Cord qui était revenu.

King sur les talons, il traversa la cuisine, prit une éponge sur l'évier et nettoya le sol sous son regard.

Elle se sentait complètement bouleversée.

Qui était cette fillette ? Pourquoi la lui avait-il amenée ? Pourquoi lui avait-il dit qu'elle était *leur* enfant ? Quelles que soient les raisons, il fallait qu'ils s'en aillent tous les deux. Elle devait le lui faire comprendre. Le chapitre de sa vie avec lui était clos. Tout ce qui avait existé entre eux était mort deux ans plus tôt lors de cette scène atroce. Et il s'en était fallu de peu qu'elle ne meure elle aussi. Elle ne le lui avouerait sûrement pas, en revanche elle pouvait l'empêcher de rester.

L'espace d'un éclair, elle revit la frimousse triste et les yeux bleus de l'enfant, mais elle s'empressa de chasser cette image.

— Tu peux me raconter ce que tu veux, ma réponse est non, attaqua-t-elle. Je ne suis pas responsable de cette enfant. Tu pourras avancer tous les arguments que tu voudras, vous partirez dès son réveil, quand elle se sera reposée.

Prête à craquer, elle détourna les yeux. Elle ne voulait ni trembler ni rougir ni pleurer devant cet homme. Les bras croisés, elle fixa le pansement de fortune qu'elle s'était fait au pouce.

— Mais si, tu es responsable d'elle, insista-t-il. Nous sommes responsables d'elle tous les deux. Voyons, Julia, tu ne comprends donc pas qui elle est ?

Quand elle était petite, elle avait un vieux kaléidoscope qui faisait un bruit de ferraille quand elle en tournait le cylindre de métal. Il y avait toujours un léger décalage entre le bruit des morceaux de verre se mettant en place et l'apparition d'une image construite dans le tube. C'était la même chose qui se produisait en ce moment. Cord lui parlait, et elle ne comprenait pas. Il y avait le même décalage entre le son et l'image du kaléidoscope qu'entre la voix et le message qu'elle portait.

Puis, tout à coup, comme une bulle qui vient éclater à la surface d'un lac immobile, les mots prirent un sens.

La main plaquée sur la bouche, elle se tourna vers Cord.

— C'est la petite Lisbeth.

Visage fermé, Cord ne répondit pas, mais la douleur qu'elle lut sur ses traits la glaça.

— Mon Dieu ! Paul et Sheila. Qu'y a-t-il ? Que s'est-il passé, Cord ? Ils ont eu un accident ?

Il avança vers elle et l'attira à lui.

— C'est terrible, Julia. Il ne pouvait rien se passer de pire.

Il portait une chemise bleue qu'elle était pratiquement certaine de reconnaître, nota-t-elle. Le bleu avait toujours flatté le bronzé de sa peau et le brillant de ses cheveux noirs. Son jean était maintenu par une ceinture, bas sur ses hanches minces. Il sentait le whisky, nota-t-elle encore, de façon incongrue. Sans doute essayait-elle inconsciemment de retarder le moment d'entendre ce qu'elle redoutait d'apprendre ?

La tête sur la poitrine de Cord, elle entendait son cœur battre et sentait son souffle tiède contre sa tempe.

— Je ne l'avais pas reconnue, répondit-elle. Elle a tellement grandi. Elle doit avoir quatre ans maintenant… non, cinq.

Nerveuse, elle bafouillait. Les mots se télescopaient dans sa bouche.

La gorge serrée, elle se rappela la fête d'anniversaire pour les trois ans de la petite. Le clown avait voulu lui donner un ballon, et elle s'était mise à pleurer. Les enfants donnaient du gâteau à King sous la table. Sheila et elle leur avaient mis des chapeaux et les avaient photographiés avec leurs cotillons. Elle revoyait leurs frimousses barbouillées de crème…

— Je me rappelle quand elle a été baptisée, murmura-t-elle. Elle portait la robe en dentelle que Sheila, sa mère et sa grand-mère avaient portée avant elle. Tu as dit que tu exigeais d'avoir toujours des nouvelles d'elle, de savoir quand elle se marierait et aurait son premier enfant. Paul t'a répondu qu'il n'était pas question qu'elle fréquente les garçons avant trente ans. Tout le monde a ri. Quand le prêtre nous a appelés pour que nous nous engagions solennellement comme parrain et marraine, je me suis mise à pleurer. Je ne pouvais pas… Non, je ne pouvais pas…

Elle se tut. Elle avait la gorge serrée, elle étouffait. C'était comme si une main de géant l'avait étranglée. Les larmes aux yeux, elle leva la tête et chercha le regard de Cord.

Deux filets brillants coulaient sur ses joues.

— Ils sont morts, c'est ça ?

Elle ne l'avait jamais vu pleurer, mais aujourd'hui sa peine était si grande qu'il n'essayait pas de se cacher.

— J'aime ta façon de réagir, dit-il. Je préfère me souvenir d'eux quand nous étions ensemble. Hélas oui, ils sont morts.

Avant de poursuivre, il la serra très fort contre lui.

— Ils ont été assassinés, Julia. On les a tués.

— Non ! s'écria-t-elle, l'empêchant de continuer.

— En venant ici, je me suis demandé comment t'annoncer ce drame sans trop te choquer, mais je n'ai pas trouvé.

Elle secoua la tête, abasourdie, incrédule.

Non, ce n'était pas possible. Elle refusait d'y croire.

— Cord, tu… tu es fou ! Tu me racontes une histoire à dormir debout et tu voudrais que je te croie ? Que cherches-tu au juste ?

Entendant monter le ton, King s'agita dans son coin.

— Je ne te crois pas, ce n'est pas possible. Tu me mens. Tu as mal entendu ou tu es dingue, ou… ou je ne sais quoi. Paul et Sheila, assassinés ? C'est impossible.

— Si, c'est possible. Hélas, ça arrive. Avant de quitter ton job, tu voyais tous les jours des faits divers comme celui-là, non ?

Elle hocha la tête.

Dès le début, elle avait compris que c'était vrai, mais elle refusait de l'admettre. C'était sa façon de garder Sheila et Paul Durant un peu plus longtemps en vie.

Cela faisait des années qu'elle ne les avait pas vus. Elle n'avait plus voulu voir personne, mais dans son cœur ils étaient là, bien vivants. Sheila avec ses somptueux cheveux roux et son humour décapant. Paul… Il était loin de l'image que l'on se faisait généralement du policier. Avec ses lunettes qui tombaient constamment sur son nez busqué, il avait quelque chose de gauche, de touchant. Il était fier de sa femme, « belle comme une star », disait-il, et il adorait sa fille. Il lui suffisait de savoir qu'elles existaient pour se sentir proche d'elles, même quand son métier l'éloignait.

Maintenant, c'était fini. Ils étaient morts. Sheila avec sa joie de vivre et son enthousiasme communicatif, Paul avec sa chaleureuse amitié. Ils appartenaient dorénavant au monde glauque où flottent les ombres.

Cord s'était arrêté, crispé. Il poursuivit posément de sa voix chaude et grave :

— Je t'affirme que c'est vrai. Je les ai vus quelques minutes après… Je suis arrivé trop tard.

Lorsque, pour la deuxième fois, elle tenta de s'écarter de lui, il ne la retint pas.

Avec précaution, elle défit la poupée de tissu qui entourait son pouce et examina sa blessure comme si c'était quelque chose de vraiment important.

Pendant ce temps, Cord s'était approché de la fenêtre et scrutait la nuit. Elle l'avait vu, il était miné par la fatigue et le chagrin.

Brusquement, comme si elle se rappelait soudain qu'elle s'était coupée, elle alla chercher un rouleau de sparadrap et s'en enveloppa le pouce. De nouveau, l'incongruité de sa préoccupation la choqua.

— Dis-moi ce qui s'est passé, demanda-t-elle avec un soupir.

— Le tueur voulait aussi supprimer Lisbeth.

Les mots s'étranglant dans sa gorge, Cord s'arrêta.

— Paul bricolait dans le sous-sol, reprit-il. Dès qu'il a entendu le premier coup de feu à l'étage, il a caché sa fille dans un placard et lui a dit de ne pas faire de bruit. Ensuite, il est monté au rez-de-chaussée où il a été abattu. Terrorisée, Lisbeth a entendu le tueur fouiller partout, l'appeler, mais elle n'a pas bougé comme son père le lui avait recommandé. Je ne suis pas sûr qu'elle ait encore compris ce qui est arrivé à ses parents. Le meurtrier les connaissait, c'est une certitude, puisqu'il connaissait le prénom de Lisbeth.

Leurs regards se croisèrent.

Julia crut que Cord avait tout dit, mais il poursuivit :

— La veille, Paul m'avait téléphoné, très inquiet, et m'avait demandé de prendre l'avion pour venir chez eux quelques jours. Il m'avait dit qu'il avait l'impression d'être suivi depuis quelque temps. Sheila, de son côté, avait reçu des coups de fil anonymes. L'un des moniteurs de la colonie de vacances où Lisbeth allait chaque matin les avait avertis que les dessins de leur fille avaient été déchirés alors que ceux des autres enfants n'avaient pas été touchés.

— Pourquoi ne pas avoir alerté la police locale ? Quand la famille d'un flic est menacée, les collègues mettent tout en œuvre pour la protéger. C'est une priorité. Je ne comprends pas qu'il ait fait appel à toi, alors que tu vis en Californie ?

Le regard de Cord s'assombrit encore.

— Il savait qu'il pouvait compter sur moi, alors qu'il se méfiait des autres. Enfin, de certains d'entre eux. Paul était un détective intransigeant, sa dureté était légendaire. J'en ai été témoin quand je faisais équipe avec lui. Selon lui, l'inconnu qui téléphonait à Sheila ne pouvait avoir obtenu son numéro de portable qu'au commissariat. Seul le service avait son numéro, et on ne devait l'appeler que dans un cas…

Julia se mordait la lèvre pour tenter de dominer son chagrin. L'idée que l'un des coéquipiers puisse être impliqué dans le meurtre lui donnait la chair de poule. De nouveau, elle hocha la tête. Elle avait encore à l'oreille ce que Sheila lui avait confié un jour :

« Je prie pour qu'il ne sonne jamais, Julia. Mais si par

malheur quelque chose arrivait à Paul, je ne me pardonnerais jamais qu'on ne puisse pas me joindre. C'est pour cela que j'ai toujours ce portable sur moi. »

C'était la seule fois où elle lui avait avoué la peur que lui inspirait le métier de son mari. Car si elle ne le montrait pas, elle redoutait comme toutes les femmes de flic qu'un jour l'homme de sa vie ne revienne pas. Cela s'était déroulé autrement. C'était chez lui que Paul avait été assassiné. Et Sheila avait été tuée la première.

— J'ai pris le premier avion, reprit Cord. Dès mon arrivée chez eux, j'ai vu qu'il y avait quelque chose d'anormal. La porte d'entrée était grande ouverte. Je me suis rué à l'intérieur, et la première chose que j'ai vue, c'est le corps de Sheila dans le hall. Elle a été tuée à bout portant.

— Grâce au ciel, elle n'aura pas souffert, murmura Julia.

— Paul a été abattu au rez-de-chaussée. J'ai découvert son corps en travers de la porte de l'escalier qui menait au sous-sol. On l'a retourné et poignardé dans le dos.

C'était trop. Elle eut un haut-le-cœur et dut se retenir au comptoir de la cuisine.

— Epargne-moi les détails, je t'en prie, supplia-t-elle. A quoi bon ? J'espère que celui qui a fait le coup sera arrêté et condamné à la peine capitale, même si cela ne les fait pas revivre.

Il la regarda, étonné, comme s'il avait eu devant lui une martienne.

— Ces détails, comme tu dis, sont essentiels. Comment veux-tu qu'on coffre le tueur si on les néglige ?

Le ton était tranchant. Il fit le tour de la pièce des yeux avant de chercher son regard.

— Je sais que tu avais l'intention de démissionner quand je suis parti. Ou, plutôt, quand tu m'as fichu à la porte. Tu voulais retrouver ta vie d'autrefois, m'avais-tu dit. Le milieu dans lequel tu avais grandi, des gens cultivés, capables de reconnaître un Manet d'un Monet, des gens dont les maisons de vacances valent dix fois plus cher que les résidences principales des petits fonctionnaires avec lesquels tu travaillais, des gens qui emploient des petites mains comme mon père pour travailler pour eux.

— C'est vrai, coupa-t-elle d'un ton sec. Maintenant, je laisse le boulot de flic aux flics. La police, pour moi, c'est du passé.

— Je m'en rends compte, répliqua-t-il.

L'œil critique, il regarda son déshabillé défraîchi, ses pantoufles usées et les cernes qu'elle avait sous les yeux.

— Ce que je ne comprends pas, c'est ce que tu as fait ces deux dernières années, reprit-il. A part, bien sûr, te lever au milieu de la nuit pour aller chercher ta bouteille de whisky.

— Figure-toi que je n'ai pas bu depuis dix-neuf mois.

Sa réponse à peine lâchée, elle la regretta. Elle venait de commettre l'erreur qu'il n'allait sûrement pas laisser passer.

— Les seules personnes qui savent précisément à quand remonte leur dernier verre sont celles qui ont le plus de mal à arrêter de boire.

Elle ne s'était pas trompée : il la mouchait.

— Dis-moi plutôt ce que tu as fait depuis que tu m'as flanqué dehors ? Tu habites ici toute l'année ? Tu n'as pas repris ton ancienne vie, avec tes chers amis ? Tu vis vraiment seule depuis deux ans ?

Une seconde elle faillit tout lui dire et se retint de justesse. C'était tentant de se raconter. De parler à Cord de ses démons, de répondre à ses questions et de lui avouer la vérité, cette vérité qu'elle avait réussi à lui cacher pendant tant de temps. Mais ce serait une erreur. Il risquait de lui répondre qu'il comprenait et d'essayer de renouer avec elle.

A cette pensée, une lueur d'espoir fit pourtant vibrer son cœur. Mais c'était déraisonnable. Elle savait qu'elle devait lui dire de partir, même si ce serait encore plus difficile que la première fois. Sans doute insisterait-il pour rester, par pitié, compassion ou sens du devoir. Mais l'amour là-dedans ?

— Ma vie ne te regarde pas, Cord, dit-elle sans grande conviction. Cesse de m'interroger.

Ce n'étaient que des mots. Au fond d'elle-même, elle se sentait affreusement vulnérable.

— Paul et Sheila étaient aussi mes amis, mais cherche quelqu'un d'autre pour ton enquête. Je ne suis pas très douée pour l'investigation.

Il se planta devant elle, le visage fermé.

— Tu refuses de t'engager alors qu'une enfant est en danger ? Que fais-tu de la promesse que nous avons faite toi et moi de lui tenir lieu de parents si jamais… ? Ecoute-moi. Lisbeth est pétrifiée de peur. Elle n'a plus dit un mot depuis qu'elle m'a raconté ce qui s'est passé. Tu travaillais pour la protection de l'enfance et tu étais probablement la meilleure dans ton domaine. Tu es la seule personne qui puisse obtenir quelque chose d'elle avant qu'elle ne se referme pour toujours.

— Ça la tuerait pour de bon !

Les mots avaient jailli, brutaux. Et elle s'en voulut.

— Pardonne-moi, Cord, mais je ne suis plus capable de protéger un enfant. Je ne vaux plus rien, je suis nulle. Le simple fait de l'avoir chez moi la mettrait en danger.

Elle sentit une pression sur son genou. Le museau de King. Mais elle l'ignora.

— Il faut que tu repartes avec elle, Cord. Ça vaut mieux.

Sa voix n'était plus qu'un murmure douloureux. Elle lui saisit le bras.

— Il suffirait que je dise ou que je fasse quelque chose pour qu'elle soit doublement en danger. Emmène-la avant qu'elle ne soit à son tour victime de mon erreur.

Interdit, Cord repoussa le chien et la regarda, cherchant visiblement à comprendre ce que cachait son expression torturée.

— Qu'est-ce que tu racontes ? Tu as sauvé plein d'enfants. Des enfants perdus, pris en otage, violés, abusés. Tu étais l'ange gardien qui intervenait à temps pour les sauver. Combien d'entre eux te doivent la vie, Julia ? Pour tous ces enfants, tu étais l'ultime espoir.

— Décidément, tu ne comprends rien.

Elle croisa les bras, les poings serrés, la silhouette tassée comme si elle s'attendait à recevoir un coup, les yeux pleins de larmes.

— Je ne suis pas celle que tu dis, Cord. Je suis un fantôme. Celle que tu connaissais est morte, et voilà ce qu'il en reste. Je ne peux pas t'aider, je ne peux vraiment pas, marmonna-t-elle.

Il tendit la main vers elle.

— Dis-moi ce qui s'est passé, la pressa-t-il sans la quitter des yeux. Dis-moi ce qui est arrivé le dernier mois où tu as travaillé. Sheila m'a écrit que tu avais démissionné, mais elle ne m'a pas donné de détails. Allons, Julia, qu'est-ce qui n'a pas marché ?

Elle ne lui avait jamais tout dit, même pas quand ils étaient très proches. Elle s'était toujours retenue, et aujourd'hui elle ne dérogerait pas.

— Je ne veux plus de responsabilités, c'est tout.

C'était tellement tentant de se laisser aller contre lui, de se laisser porter. Elle était si fatiguée, si lasse d'être seule pour chasser ses démons. Mais c'était *son* combat. Le sien et celui de personne d'autre.

Elle se redressa et repoussa la main de Cord.

— Tu devrais dormir un peu, Cord. Tu vas en avoir besoin.

A cet instant, une douleur aiguë lui vrilla la cheville. Elle poussa un cri de douleur et vit le chien reculer, la queue entre les pattes, dans une attitude de défiance. Il aboya en la regardant. puis se retourna et fila de l'autre côté de la pièce.

— Il m'a mordue, dit-elle, effarée. Ce n'est pas normal, il n'a jamais fait ça.

— Tu es blessée ?

Cord se pencha et palpa sa cheville, suscitant en elle une

émotion violente. Elle n'avait jamais oublié le toucher de ses doigts, ses caresses sur ses jambes, ses cuisses, plus haut encore... Ses doigts qui connaissaient par cœur chaque centimètre carré de son corps, chaque repli, chaque creux. Tous ses secrets.

Rouge de confusion, elle chercha une excuse au chien.

— Il ne m'a jamais mordue, cela ne lui ressemble pas. En général, il est très doux.

De nouveau, King aboya. Une nouvelle fois il traversa la pièce en les fixant de ses yeux vifs. Pressentant un danger, elle sursauta.

— Lisbeth. Il essaie de nous faire comprendre que Lisbeth est en danger !

Sans échanger un mot, ils se levèrent et coururent dans l'entrée, précédés de King qui aboyait de plus belle. Bondissant devant eux, le chien les mena vers la chambre d'amis et se mit à aboyer furieusement. Julia tendit la main pour allumer et s'effondra. Le pire des cauchemars était devenu réalité.

Le lit était vide. Le coussin du fauteuil où Davey aimait à lire pendant des heures avait glissé à terre.

Lisbeth avait disparu.

La fenêtre à guillotine était à peine entrouverte. L'enfant n'avait pu être emmenée par là. Elle ne pouvait être bien loin.

— Je fais le tour de la maison et je te rejoins près du ponton, dit Cord, dévasté. Si on ne la retrouve pas très vite, il faudra sortir le bateau et la rechercher sur le lac. Tant qu'il fait nuit, essayons de la localiser en écoutant les sons qui proviennent du bois. Il faut éviter tout bruit de moteur pour l'instant.

— Elle m'a entendue te dire que je ne voulais pas qu'elle reste ici, dit Julia, bourrelée de remords. Sinon, pourquoi se serait-elle enfuie ? C'est ma faute.

Elle se mit à claquer des dents, puis les frissons gagnèrent son corps.

— C'est ma faute, c'est ma faute, répéta-t-elle en fixant

la chambre vide. Je t'avais dit qu'avec moi elle courait un danger.

Cord la prit par les épaules et la secoua.

— Toi seule peux la sauver, Julia. Tu as un sixième sens pour deviner ce qui se trame dans la tête des enfants. C'est un don que tu as. Sers-t'en et trouve-la.

Elle tenta d'éviter son regard, mais c'était plus fort qu'elle, il l'attirait. Il était beau, séduisant et l'action lui allait bien. Or il fallait agir, et vite.

Cessant de trembler, elle décida soudain de l'aider. D'ailleurs, avait-elle le choix ?

Dehors, la nuit était de plus en plus épaisse et le vent dans les arbres de plus en plus inquiétant.

— Il y a une torche électrique dans le placard de la cuisine, dit-elle. Emmène King avec toi. J'aimerais pouvoir me concentrer.

Devant l'hésitation de Cord, elle insista.

— Tu sais comment je travaille.

Il tendit la main et, du bout du pouce, lui caressa les lèvres.

— Je sais, dit-il, ému. Je ne pensais pas revoir un jour ce miracle.

Il soutint son regard quelques secondes. Ce fut bref mais intense. Le film de leur vie commune défila entre eux en accéléré, puis il sortit.

Telle son ombre, le chien se précipita derrière lui.

Seule désormais, elle devait trouver l'étoile qui la conduirait vers l'enfant en danger.

Elle éteignit et sortit. Dehors, elle inspira une grosse bouffée d'air frais et fit le vide dans sa tête.

L'enfant ! Mon Dieu, il fallait sauver cette enfant !

3

A l'époque, pensa-t-elle, le lac était plus bleu et les étés plus longs. Et son grand frère était pour elle le centre du monde. A neuf ans, Davey avait toujours raison. Il était tellement plus raisonnable et plus fort qu'elle, qui n'avait que cinq ans et dont il était le héros !

Parfois, la chance aidant, elle pouvait le suivre. Comme elle suivait Cord aujourd'hui, se rappela-t-elle, nostalgique. La veille du jour fatidique, Davey l'avait chargée de descendre au garage à bateaux après dîner pour glisser les gilets de sauvetage sous le siège avant du *Sunfish*, afin que tout soit prêt pour le lendemain matin. Elle s'était sentie importante pour qu'il lui confie une telle mission. Les gilets étaient orange clair. Davey lui avait expliqué que, grâce à cette couleur voyante, ceux qui recherchaient les marins tombés à l'eau les repéraient plus facilement. Ces gilets sentaient le chien mouillé, avait-elle pensé en les plaçant dans leur compartiment sous la banquette avant du voilier. Elle ne savait pas pourquoi, mais c'était un fait.

C'était l'odeur de King, leur vieux berger allemand mort l'hiver précédent. L'odeur qui émanait de sa fourrure quand, après avoir joué avec eux dans le lac, il s'ébrouait avant de se sécher au soleil.

Le lendemain matin, elle embarquait sur le *Sunfish.* Des lambeaux de brouillard, tels de vieux morceaux de voile, recouvraient encore la surface de l'eau quand Davey avait sauté à bord. En le regardant, elle avait eu peur, mais elle avait veillé à ne pas le lui montrer. Et si un jour il n'arrivait pas à monter à bord à temps ? Et s'il défaisait l'amarre et restait sur le ponton, la laissant seule sur le lac ? Elle avait peur rien que d'y penser. Mais Davey était intelligent. Il trouverait toujours un moyen pour la rejoindre. Jamais il ne l'abandonnerait.

Ils n'étaient pas censés sortir tous les deux seuls ce matin-là, mais ce n'était pas la première fois que Davey décidait de sortir le bateau en cachette. C'était un marin-né, Davey. Papa l'avait dit fièrement aux membres du yacht-club, un jour qu'il les recevait à la maison, en ébouriffant les cheveux de son frère. D'ailleurs, il lui avait acheté une casquette de capitaine au club nautique. Elles étaient toutes trop grandes pour son tour de tête à elle, mais elle n'avait pas été jalouse.

Pour l'heure, elle était heureuse de naviguer sur le lac avec Davey. Il était pourtant fâché contre elle : elle avait un gilet de sauvetage beaucoup trop grand pour elle qui lui remontait sous les bras chaque fois qu'elle faisait un geste. Résultat : il était obligé de le remettre en place, et ça l'agaçait.

Davey, lui, n'avait pas de gilet sur son T-shirt rayé. C'était à cause d'elle. Elle était pourtant certaine d'avoir mis deux gilets de sauvetage dans le bateau, la veille. Mais quand, une fois sur le lac, Davey lui avait demandé de lui passer l'autre, il avait disparu. En tout cas, il n'était pas là.

Une des choses les plus adorables chez son grand frère, c'est que ses colères ne duraient pas. Déjà, il souriait de nouveau en lui montrant un héron blanc qui volait à tire-d'aile au ras du lac. Son meilleur ami, Cord Hunter, connaissait tout sur les oiseaux et les animaux qui vivaient autour du lac. Evidemment, ses ancêtres avaient toujours vécu là. Ce n'était pas comme leur famille à eux qui ne s'y installait que pour l'été. Le reste de l'année ils vivaient dans leur grande maison de Long Island près de New York. So chic !

Cord était aussi bon marin que Davey, mais lorsqu'elle lui avait demandé si son père était aussi membre du yacht-club, il s'était renfrogné. Il avait fait la moue, avait tiré sur ses couettes et lui avait dit que son père travaillait et n'avait pas de temps à perdre dans des clubs. Davey lui avait ensuite dit de cesser de poser des questions stupides et de lui en parler d'abord. Mais elle savait que Cord n'était pas fâché contre elle, parce que le même jour il avait trouvé un joli galet, rond et lisse, et le lui avait donné comme porte-bonheur.

Le *Sunfish* avait changé de cap. Davey lui avait expliqué qu'on appelait cette manœuvre *changer de bord* et qu'il fallait faire attention à cette occasion de ne pas recevoir la bôme sur la tête. Ce qui s'appelait empanner, avait-il précisé.

Quand le héron était revenu voler au-dessus d'eux comme pour mieux faire connaissance, Davey avait suivi des yeux l'ombre de ses grandes ailes dans le ciel. La bôme s'était balancée et était venue heurter sa tête avec un bruit sourd.

Les yeux écarquillés, elle avait vu la tête de Davey retomber sur sa poitrine comme si son cou ne la tenait plus. Le boute qu'il tenait lui avait échappé de la main, mais au lieu de retomber tout de suite sur le pont, il était resté suspendu au niveau de sa taille avant de glisser sur ses genoux et de s'enrouler autour de ses jambes.

Elle avait cru revoir l'un des films que papa avait pris l'année précédente quand Davey apprenait à plonger du tremplin le plus haut.

Assis dans le salon, papa passait et repassait plus ou moins vite les images pour que Davey puisse voir ses erreurs et les corriger. Ensuite, Davey s'était tellement entraîné que le coach du club de natation avait voulu qu'il entre dans l'équipe des plongeurs. Mais Davey, quand sa technique avait été jugée parfaite aux yeux de papa, n'avait plus remis les pieds à la piscine.

C'était comme quand papa passait le film au ralenti, s'était-elle dit.

Les pieds de son frère, suspendu en l'air, avaient remué, et l'impression de ralenti s'était accentuée sous ses yeux médusés.

Alors, il avait commencé à glisser. Ses hanches touchaient encore le bord du bateau, ses jambes gigotaient en l'air en une danse sinistre, mais sa tête frôlait déjà l'eau.

Le film allait se rembobiner et Davey allait remonter sur le bateau. Tout serait comme avant. Elle éclaterait de rire et lui dirait qu'il avait des jeux rigolos. Ils riraient ensemble, ils rentreraient à la maison, et peut-être la maman de Cord les emmènerait-elle en ville l'après-midi pour manger des glaces ? C'était sûrement ce qui allait se passer.

Sauf que, au lieu de se rembobiner, le film s'était emballé.

Elle avait vu le T-shirt de Davey sous l'eau et ses jambes emprisonnées dans le boute attaché au bateau. Elle avait senti un poids sur sa poitrine. Elle ne pouvait plus respirer. Elle avait quitté son siège et s'était agenouillée. Elle avait trop peur pour se lever parce que le bateau montait et descendait comme s'il allait se retourner. Elle avait rampé jusqu'à l'endroit où l'écoute était attachée. Elle avait essayé de tirer, encore et encore, de toutes ses forces, mais le poids qui lui écrasait la poitrine était de plus en plus lourd et elle respirait de plus en plus mal.

Le vent avait forci et le *Sunfish* avait pris de la vitesse. Le boute avait filé entre ses doigts et elle s'était mise à hurler, à hurler.

Au loin, sur la berge, elle avait aperçu Cord. Celui-ci avait sauté dans le vieux bateau à moteur de son père et s'était dirigé vers eux.

Rien n'avait plus été pareil ensuite.

Sa mère avait tout le temps un verre à la main et s'endormait en bas devant le téléviseur qui restait toujours allumé. Quant à son père, quand il la regardait, elle avait l'impression qu'il ne la voyait pas. Parfois, elle se demandait si elle n'était pas transparente, et cela lui faisait peur.

Assise dans la chambre sombre, Julia sentit la brise du matin souffler par la fenêtre ouverte et sombra plus profondément encore dans le passé.

Elle s'efforça de se rappeler la petite fille qu'elle avait été, de revivre la peur et le chagrin qu'elle avait connus autrefois et qu'elle avait lus sur le petit visage fatigué auréolé de cheveux roux dans lequel deux yeux bleus la fixaient. Il fallait qu'elle trouve l'enfant. Qu'elle sauve cette enfant. Qu'elle soit cette enfant.

Elle n'avait que cinq ans et elle était terrorisée.

Il fallait qu'elle trouve un endroit obscur et sûr pour se cacher, un endroit où personne ne puisse la trouver. Elle serrerait les bras autour de ses genoux repliés et attendrait là dans le noir. Et comme elle serait transparente, elle serait invisible.

Telle une somnambule, elle se leva et se dirigea vers la porte qui donnait sur le jardin où sa mère s'asseyait autrefois pour faire semblant de lire. Quand elle passa près du fauteuil en teck qu'elle n'avait pas changé de place depuis son retour, elle crut sentir *Shalimar*, le parfum préféré de sa mère.

Elle frissonna mais continua de marcher.

Il lui fallait un lieu sombre, plus noir que la nuit, plus noir que le bois derrière la maison, un endroit où elle pourrait se cacher aussi longtemps qu'elle voudrait. Une cachette que personne ne pourrait trouver, sauf une autre petite fille en quête, elle aussi, d'un endroit où se cacher.

Ses pieds dans les babouches semblaient suivre un chemin qu'ils auraient eux-mêmes tracé dans l'herbe humide.

Dans le silence, elle crut entendre un murmure, un son à

peine audible. Elle se concentra et le murmure se précisa. Il venait du garage à bateaux.

Immobile dans l'herbe mouillée, Julia rassembla ses esprits.

En redevenant la petite fille qu'elle avait été, elle pouvait réagir comme la fillette qu'elle cherchait. Et la trouver. Mais Lisbeth n'avait pas besoin de l'aide d'une autre enfant. Elle avait besoin de Julia, adulte, qui la protège.

— Elle n'est pas dans le coin, j'ai fouillé le bois jusqu'à la clairière, dit Cord, King sur les talons.

Elle posa la main sur le bras de Cord.

— Ne cherche pas, dit-elle, elle est dans le vieux garage à bateaux.

Elle soupira.

— Elle ne pouvait pas trouver un endroit plus dangereux. Depuis que je suis revenue, je me dis que je vais le faire abattre. Laisse-moi y aller seule, Cord. Je suis plus légère que toi. Le plancher est complètement pourri, mais même avec l'enfant dans les bras, j'ai une chance.

— Non, c'est moi qui y vais, dit-il d'un ton autoritaire.

Elle lui serra le bras plus fort.

— Lisbeth a fugué à cause de moi. C'est moi qu'elle a fuie. Si c'est toi qui y vas, elle recommencera. Tu ne comprends pas… Il faut qu'elle sache que c'est moi qui suis venue la chercher, que je veux la retrouver et que je n'arrêterai de la chercher que lorsque je l'aurai trouvée. Si on n'agit pas ainsi, ça se passera mal. Elle pensera que tu me la livres comme un vulgaire paquet. Elle a confiance en toi, je dois lui prouver qu'elle peut avoir confiance en moi.

Elle hésita et ajouta d'une voix douce :

— De plus, je suis sa marraine, j'en ai la responsabilité.

— Je devrais savoir qu'il est inutile de discuter avec toi quand tu as pris une décision, dit Cord, résigné.

Il jeta un coup d'œil au vieux garage.

— C'était déjà comme ça quand tu avais l'âge de Lisbeth. La même chose quand tu avais seize ans et que tu voulais prendre ma moto. C'est pareil aujourd'hui. Je me trompe ? Je vais donc rester dehors, mais si tu sens que la cabane menace de s'effondrer, je t'en supplie, appelle-moi.

Comme elle se détournait, il l'arrêta.

Là, il l'attira à lui et l'embrassa sur la bouche, puis la relâcha aussi brusquement qu'il l'avait attirée. Sur son visage était plaquée une expression étrange.

— Vingt-trois mois, quatre jours, deux heures, déclara-t-il gravement. Je n'ai jamais pu t'oublier.

Soutenant son regard étonné, Cord esquissa un sourire.

— J'aurais dû refuser de sortir de ta vie. Je ne l'accepterai pas une deuxième fois.

Il passa le doigt sur sa bouche toute douce encore de son baiser, puis il se retourna et partit en direction du garage.

Interloquée, confuse, elle le suivit jusqu'au bâtiment branlant au bout du ponton.

Il n'avait pas changé. Il avait toujours eu plus confiance en elle qu'elle même. Il l'avait toujours jugée forte et capable d'affronter toutes les situations. Et pourtant…

Après l'avoir chassé de sa vie, il lui avait fallu du temps pour retrouver un semblant d'équilibre dans une existence devenue vide et stérile.

S'il remettait un pied dans sa vie, comment allait-elle gérer leur relation ?

La porte du garage était entrouverte. Cord l'ouvrit en grand et fit la grimace en l'entendant grincer sur ses gonds rouillés.

Chassant de son esprit ce qui venait de se passer entre eux, elle entra.

Il faisait si noir qu'il était impossible de voir. Elle se souvenait d'une sorte de passerelle tout autour du local et d'un grand vide au centre pour y loger le bateau. Il n'y avait plus de *Sunfish* depuis des années, mais elle entendait le clapotis de l'eau.

Lisbeth était là, quelque part, tapie derrière les cartons vides, les vieux moteurs et les bâches goudronnées, elle en était certaine. Elle était là, et en danger.

Comme pour confirmer ses craintes, le vent du large se mit à souffler, rafraîchissant l'air, et le plancher de bois craqua. La structure était dans un état alarmant.

Soudain, dans le fond, de l'autre côté du rectangle où brillait par moments une eau glauque, elle entendit un bruit, puis il y eut un *splash* étouffé comme si quelque chose était tombé à l'eau.

Julia essaya de contrôler sa répulsion. C'étaient des rats. Des rats d'eau. Répugnant. « Quelle horreur ! », se dit-elle, dégoûtée à l'idée qu'ils couraient autour d'elle.

Arrivée près d'une pile de cartons, elle s'arrêta et appela d'une voix douce :

— Lisbeth, c'est moi, Julia. Ta taty. Je suis venue te chercher. Ton oncle Cord est dehors, il nous attend.

Glissant prudemment un pied devant elle, elle sentit un trou dans les planches. De la sueur perla à son front.

Lisbeth, toute seule, avait dû marcher là. Cernée par tant de dangers, ce serait un miracle qu'elle soit toujours en vie. Mais elle n'allait pas céder au découragement.

— Je ne te dirai rien. Personne ne te grondera et personne ne te forcera à revenir si tu ne le veux pas. Mais j'ai quelque chose d'important à te dire. Je veux que tu saches que je suis vraiment, vraiment triste de t'avoir rendue malheureuse à la maison.

L'oreille aux aguets, elle crut capter un léger souffle près du tas de cartons.

A l'endroit où elle se trouvait, le plancher semblait solide, aussi s'agenouilla-t-elle pour se mettre à hauteur de l'enfant. Lisbeth se sentirait moins menacée que si la voix venait d'en haut.

— Dis-moi, Lisbeth, sais-tu ce qu'est un porte-bonheur ?

Ça peut être une patte de lapin ou une pièce de monnaie que tu gardes dans ta poche.

Soudain, elle aperçut le petit bout d'une chaussure blanche qui dépassait d'un carton. L'air de rien, elle continua à parler.

— Il y a des choses qui ne portent pas bonheur. Moi, par exemple, je ne te porte peut-être pas bonheur. Je me suis donc dit que tu serais plus heureuse dans une autre maison que la mienne.

Peu à peu, le petit visage en forme de cœur apparut dans l'ombre. Lisbeth, les yeux grands ouverts, semblait sur ses gardes.

— Sauf que je me suis souvenue que j'ai un porte-bonheur qu'on m'a donné quand j'avais ton âge. Il est si magique qu'il chasse les mauvais esprits.

Très doucement, elle sortit de son déshabillé le galet que Cord lui avait offert autrefois. Il lui avait tenu lieu de talisman. Il était temps que son pouvoir miraculeux agisse de nouveau. Elle tendit la pierre toute lisse à la fillette.

— Prends-la. Elle est à toi, maintenant.

Une petite main toucha la pierre du bout des doigts puis la prit et l'enfouit dans la poche de son pantalon.

— Je crois que j'ai faim, pas toi ? Si tu veux, on peut rentrer. Je suis sûre que ton oncle Cord nous préparera ses fameuses crêpes au sucre si on le lui demande. Il cuisine mieux que moi.

Elle tendit la main à la petite fille. Jamais, de toute sa vie, geste n'avait été plus important.

— Il fait noir ici, tu ne trouves pas ? Je préférerais que tu me tiennes la main, sans quoi je risque de tomber dans le lac.

Un pâle rayon de lumière s'insinua dans les fissures du bâtiment et l'éclaira assez pour qu'elle distingue le visage de la fillette, dont les deux couettes rousses se balancèrent de haut en bas comme des ressorts.

Victoire ! L'enfant acceptait.

La menotte toute fraîche se glissa dans la main de Julia et l'agrippa fermement.

Brusquement, au fond d'elle-même, elle ressentit quelque chose de très doux et de douloureux à la fois, une tendresse qu'elle avait toujours voulu ignorer, mêlée de regret.

Malgré les larmes qui lui montaient aux yeux, elle chercha Lisbeth du regard.

— Ta maman était ma meilleure amie, ma chérie. Je pense qu'elle aurait aimé que nous apprenions à nous connaître.

Une larme lui échappa qui se noya dans l'eau du lac.

4

Suivie de Cord, Julia s'arrêta au pied du cerisier du Japon qui avait constitué autrefois la pièce maîtresse d'un jardin oriental depuis longtemps disparu et se frotta les yeux.

Cord avait dû dormir autant qu'elle, c'est-à-dire deux heures tout au plus. Mais si elle-même avait pu se tourner et se retourner dans un lit, lui avait dû se contenter d'un matelas par terre dans le couloir, devant la porte de la chambre de Davey.

Malgré le soleil qui brillait fort, ce n'était que le début de l'été. La terre dégageait assez de chaleur pour disperser les restes d'humidité du printemps, mais la brise du nord soufflait sur le lac, rafraîchissant l'air qui sentait bon les pins. Les arbres de la propriété, les acajous, les érables et le chêne pluricentenaire, n'avaient pas encore sorti toutes leurs feuilles. D'ici quelques semaines elles formeraient une somptueuse masse verte, mais pour l'instant le ciel d'une totale pureté était encore visible à travers l'enchevêtrement des branches.

Elle jeta un coup d'œil vers la maison.

L'enfant dormait toujours, et King menait la garde devant sa porte. Un peu plus tôt, Cord avait informé la mère de Sheila que sa petite-fille était avec lui. Betty Wilson, hébétée par la nouvelle qu'elle venait d'apprendre, avait répondu qu'elle était rassurée de la savoir avec eux. Betty s'était battue récemment contre un cancer, et Julia savait qu'elle n'était plus capable, à son grand regret, de s'occuper de sa petite Lisbeth chérie

— Qu'allons-nous faire de Lisbeth ?

— J'y ai pensé, dit Cord. Depuis que mon père a déménagé, ce sont des amis à moi qui occupent la maison. Il m'a dit qu'il y avait trop de souvenirs de maman dans cette maison pour la vendre. Mary et Frank Whitefield accueilleront Lisbeth aussi longtemps qu'il le faudra. Je ne veux pas qu'elle soit avec nous pendant que nous donnons la chasse aux assassins de ses parents.

Il se pencha et arracha une mauvaise herbe dans le massif de pivoines.

— Mon père avait planté ces fleurs pour ta mère autrefois, dit-il avec nostalgie.

Il se releva et soupira :

— Je n'ai pas aimé vivre en Californie. Je ne me sentais pas chez moi.

Julia comprenait cet attachement. Les racines de Cord étaient ici. Il avait beau être à l'aise partout, se fondre dans tous les paysages, les origines de sa famille le ramèneraient inexorablement à un certain mode de vie, à certains lieux. C'était viscéral chez lui, il avait besoin de voir le lever de soleil sur le lac, le vol des cardinals rouges sur un rameau couvert de neige, de sentir sous ses pieds le tapis de mousse sur le sol de granit.

— La Californie ne t'a pas toujours brûlé la plante des pieds, quand même ? plaisanta-t-elle. Tu n'as jamais eu envie de connaître les bimbos de Los Angeles ?

Sa remarque imbécile à peine lancée, elle la regretta. Ç'avait été plus fort qu'elle, elle n'avait pas pu s'en empêcher !

— Excuse-moi, dit-elle précipitamment. Ça ne me regarde pas.

Trop tard. Sa jalousie avait pointé le nez. Elle voulait savoir. Comment il avait vécu ces deux années passées, s'il avait rencontré une fille, s'il était tombé amoureux… Tout !

Cord essuya sa main terreuse sur son jean.

— Tu es folle, dit-il. Je n'ai jamais aimé qu'une femme, et c'est toi. Comment peux-tu imaginer que la distance ait suffi à changer mes sentiments ? Crois-tu vraiment que j'aurais pu oublier ta voix, ton visage, le parfum de ta peau ? Tu veux que je te dise ? Tu me hantais dès que j'ouvrais les yeux.

Il s'exprimait avec calme, comme toujours. Immobile, solide et fort, il se tenait droit comme un I et lui fit penser au chêne qui protégeait la maison.

— Une nuit, j'ai rencontré un homme dans un bar, reprit-il. Il m'a raconté qu'on pouvait se métamorphoser, que lui-même s'était transformé en aigle pour survoler les montagnes. Peut-être avait-il trop bu, et moi aussi ? N'empêche que je l'ai cru. Je n'ai plus pensé alors qu'à me muer en aigle, un aigle très fort qui puisse traverser tout le continent américain pour te retrouver. J'imaginais que je me posais sur le rebord de ta fenêtre, je regardais dans ta chambre pour m'assurer que tu dormais et que tout allait bien, et puis je repartais au clair de lune avant que tu ne t'éveilles.

Incapable de trouver un mot à lui répondre, elle baissa les yeux, à la fois émue et gênée.

Il esquissa un sourire en coin et tendit la main pour repousser une mèche de ses cheveux.

— Comme je te l'ai dit, je devais être un peu ivre. Je me rappelle m'être réveillé des heures plus tard, gelé et ankylosé, au sommet d'une colline, persuadé que je m'étais effectivement transformé en aigle et que je t'avais vue. Cela ne s'est jamais reproduit. Alors j'ai choisi de rêver de toi et de te prendre toutes les nuits dans mes bras.

Elle ne voulait pas en entendre davantage.

— Je ne crois pas à la magie, Cord. Si tu tenais quelqu'un dans tes bras la nuit, c'était un fantôme.

Leurs regards se croisèrent. Se fuirent.

— Ce que nous avons connu autrefois toi et moi est mort,

reprit-elle avec effort. J'ai essayé de te le faire comprendre, il y a deux ans. Si tu ne veux pas l'accepter, je ne vois pas comment nous allons pouvoir collaborer pour retrouver le meurtrier de Paul et de Sheila.

— Je n'accepte pas ce que tu dis parce que ce n'est pas la vérité. Tu te mens. Tu me mens. Je suis toujours pareil, incapable de te regarder sans te désirer. Je te désire tellement que je pourrais ramper sur les coudes et les genoux pendant des kilomètres rien que pour te rejoindre. Et que tu le veuilles ou non, Julia, toi aussi tu me désires.

Il enfouit la main dans ses cheveux, s'attarda sur sa nuque.

— Prouve-moi le contraire, si tu peux. Embrasse-moi.

Elle haussa les épaules en ricanant.

— T'embrasser ? Et puis quoi encore ?

— Je te dis de m'embrasser. Juste un baiser comme ça, un baiser sans conséquence.

Il l'attira à lui en continuant de lui caresser la nuque. Les menus débris de terre qu'il avait encore sur les doigts la grattèrent. Voulait-il la marquer de son empreinte ?

— C'est du roman, tout ça, ironisa-t-elle. De l'histoire ancienne. On n'en parle plus.

Mais Cord avait approché le visage du sien et ses lèvres frôlaient sa bouche. S'il ne reculait pas…

Et, brusquement, une bouffée de désir la submergea. L'air autour d'elle parut se raréfier. Un brusque coup de chaleur la fit rougir. Elle sentit son corps réagir sous ses doigts.

— Non, Cord…

Mais son corps criait *oui* !

Il hocha la tête et lui sourit, narquois.

— Tu es têtue comme une mule, Julia. Pourquoi mets-tu tant d'obstination à refuser ce que nous désirons tous les deux si fort ?

Il laissa sa main glisser sur sa nuque et haussa les épaules.

Partagée entre soulagement et déception, elle le regarda s'éloigner. Ses jambes étaient en plomb et elle resta sur place.

Il s'arrêta et se retourna.

— Et puis non, ça ne va pas recommencer ! dit-il.

Se ravisant, il revint vers elle d'un pas décidé, la saisit par le poignet et la serra contre lui à lui couper le souffle, si brusquement qu'elle ne put le repousser.

— Si tu savais comme j'ai envie de ça, dit-il en frottant sa bouche sur ses lèvres.

Il sentait bon le sel. Des gouttelettes de transpiration perlaient dans le V de son pull.

La première fois qu'ils s'étaient embrassés, elle avait dix-sept ans, lui vingt-deux. Aujourd'hui, dix ans et beaucoup d'intimité plus tard, elle aurait juré qu'elle le connaissait par cœur. Elle se trompait. En fait, elle ne savait rien de lui, ou si peu.

Jamais, pas même pendant les derniers mois de leur relation, il n'avait abusé de sa force physique pour la prendre contre son gré. Aujourd'hui, tel un adolescent dominé par ses pulsions, il ne se contrôlait pas. Jamais il ne l'avait embrassée avec cette passion. Jamais elle ne l'avait connu si ardent.

Il la voulait à lui, là, tout de suite. Sans attendre.

Malgré la sonnette d'alarme qui tintait dans ce qui lui restait de cerveau, elle se persuada volontiers qu'elle n'avait d'autre choix que d'accéder à sa demande.

Succombant sans arrière-pensée, elle lui rendit son baiser.

Mon Dieu, que c'était bon ! Sa bouche avait un goût qu'elle ne se rappelait pas. Une saveur nouvelle, brûlante et délectable comme un alcool fort que l'on flambe pour n'en garder que l'essence.

Ne sachant plus où donner de la tête, elle plaqua les mains sur sa chemise et en tripota nerveusement les boutons qu'elle défit avec une impatience fébrile. Le duvet de sa poitrine lui chatouilla les doigts, et elle sourit de plaisir. Elle laissait ses mains errer sur son corps quand, soudain, une cicatrice sous ses doigts arrêta sa caresse.

Une autre femme lui aurait demandé ce que c'était. Elle, elle savait. Elle le connaissait par cœur, son Cord. Un jour où ils étaient au lit, elle l'avait caressé et s'était amusée à s'arrêter sur chacune de ses cicatrices, évoquant chaque fois les circonstances de la blessure. Il l'avait regardée faire, amusé. Une chute du chêne à neuf ans. Un peu plus tard, une leçon de pêche au lancer qui avait mal tourné, Cord s'étant planté lui-même l'hameçon dans l'épaule ! Plus tard encore, il avait été mitraillé par des éclats de ferraille lors de l'incendie de l'usine locale. Pompier volontaire, il avait été envoyé sur le sinistre et avait été grièvement blessé quand une bouteille de propane avait explosé. Elle connaissait chaque centimètre carré de son corps. Il lui appartenait. A elle et à personne d'autre. Et être privée de lui pendant deux ans avait été pire que l'enfer.

Elle se cambra contre lui.

Encouragé, il l'enlaça encore plus violemment. Il happa ses lèvres, et elle sentit ses longs cils lui caresser les joues.

— D'habitude, je me réveille à cette heure-ci, murmura-t-il, la voix rauque.

Son souffle était chaud sur les lèvres de Julia, ses mots étouffés contre sa peau.

— Chaque fois c'est la même chose, j'ai l'impression de mourir. C'est la même chose pour toi ?

La cicatrice qu'il avait sous les côtes était le résultat d'une bagarre. L'année qui avait précédé leur séparation, il avait été chargé de mettre fin aux agissements des Donner, des mafiosi patentés, tueurs de surcroît, qui avaient préféré se colleter avec la police plutôt que se rendre.

Elle caressa la cicatrice doucement, comme une aveugle experte de ses doigts.

— C'est la même chose pour…

Les mots moururent sur ses lèvres.

Prolongeant l'autre cicatrice, un grand Z zigzaguait de son torse à sa hanche. Ça n'avait pas l'air beau. Et c'était nouveau. Quand et comment Cord s'était-il fait ça ? Il n'avait pas cette cicatrice deux ans plus tôt quand elle avait rompu avec lui, certaine que c'était ce qu'elle avait de mieux à faire. Il l'aimait, la désirait, mais elle n'avait pas de place dans sa vie. Une vie dangereuse, qui passait avant l'amour qu'il prétendait lui porter.

La preuve, il avait encore risqué sa vie. Elle en avait le stigmate sous les doigts.

Elle aussi l'aimait toujours. Elle n'aimerait jamais aucun homme autant que lui. La dernière et plus belle preuve d'amour qu'elle lui avait donnée avait été de lui rendre sa liberté.

— Oui, pour moi aussi, Cord.

Elle recula un peu la tête et posa un doigt sur sa bouche dont elle redessina le contour.

Les yeux noirs de Cord brillaient de désir.

— Nous faisions l'amour divinement, toi et moi, tu te rappelles ? Et tu as raison, je ne t'embrasserais pas comme ça si je ne ressentais rien pour toi. Mais…

Elle hésita, fixant ses lèvres comme pour en mémoriser précisément le bombé.

— Ce que j'essaie de te dire, c'est que ce ne serait pas honnête de ma part de te laisser croire qu'on peut renouer une relation. Cela ne reposerait que sur des souvenirs d'enfance oubliés depuis longtemps et sur le fait que toi et moi on aime bai…

Il recula d'un pas pour mieux la voir.

— Nous n'avons jamais fait ce que tu viens de dire, s'insurgea-t-il. Nous faisions l'amour.

L'air triste, il se frotta la joue et continua de la considérer.

— Pas besoin d'être très observateur pour se rendre compte que nos vies, la tienne comme la mienne, partent en vrille. Et pour les mêmes motifs. Nous sommes faits l'un pour l'autre, Julia. Voilà pourquoi ! Aussi, cette fois-ci, je ne partirai pas avant d'avoir compris pourquoi cette évidence te fait si peur.

Julia resta coite, tremblante. D'ici une ou deux minutes il serait parti, il ne fallait pas qu'elle faiblisse.

Il cherchait son regard. Elle le soutint.

— Je ne suis pas têtue, Cord. C'est toi qui l'es. Je travaillerai avec toi sur cette affaire, mais c'est tout. Nous sommes partenaires ponctuellement. N'attends rien d'autre de moi.

Dans le ciel, un nuage poussé par le vent passa au-dessus de leurs têtes. Son ombre balaya le faîte des pins, la terrasse, le visage de Cord.

Quelque chose brilla dans ses yeux. Une expression fugace.

— Tu réussis parfois à me faire changer d'avis, dit-il d'une voix douce. Ce qui tend à prouver que je ne suis pas aussi obstiné que tu le prétends.

Désemparée, elle le regarda un moment remonter l'allée de gravier vers la maison puis se tourna vers le lac pour ne pas le voir partir.

Les bras croisés sur la poitrine, les poings tellement serrés que ses ongles lui entamaient les paumes, elle se noya dans la contemplation des vaguelettes qui froissaient la surface de l'eau. Le petit pull de coton qu'elle portait la protégeait mal du vent du lac, mais cette fraîcheur était la bienvenue pour apaiser la sensation de brûlure qui lui piquait les yeux.

Elle aurait tort d'être jalouse de la belle californienne, liane blonde aux yeux verts, qui prendrait sa place dans le cœur de Cord, pensa-t-elle avec chagrin. Quelle que soit la femme avec laquelle il ferait sa vie, qu'elle soit belle ou laide, elle finirait un jour par faire comprendre à Cord qu'elle n'était pas son ennemie.

— Je ne te connaîtrai jamais, mais un jour tu entendras parler de moi, murmura-t-elle.

Les yeux pleins de larmes, la voix brisée, elle fixa l'eau du lac qui commençait à crépiter sous le souffle du vent qui avait forci.

— Tu te demanderas comment une femme a pu le laisser partir. Tu te diras que cette femme-là ne l'aimait pas. Mais tu auras tort. Si tu savais…

Pleurant à chaudes larmes, elle continua de se souvenir.

Ses règles étaient en retard, mais elle ne lui en avait rien dit. Elle avait décidé de garder son secret pour elle toute seule, voulant être certaine avant de lui annoncer la nouvelle.

Quand le test de grossesse s'était révélé positif, elle avait commencé à trembler, assise au bord de la baignoire.

Pourtant, c'était ce que Cord voulait, s'était-elle dit en fixant le bâtonnet rose comme si c'était un serpent prêt à piquer. Fonder une famille. Deux garçons et deux filles. Il avait toujours plaisanté sur ce qu'il enseignerait à ses garçons : la cuisine, pour faire d'eux des cordons-bleus comme leur père. Et à ses filles, le lancer, pour en faire des championnes de pêche à la truite !

Il ferait un futur père parfait, s'inquiéterait de sa santé, devancerait ses envies de femme enceinte pour les satisferaire. Il suivrait avec elle les cours d'accouchement sans douleur et puis, le jour venu, il la conduirait à toute allure en voiture à l'hôpital où elle donnerait naissance à leur bébé. Un petit être humain fragile et dépendant, dont ils seraient responsables.

Elle remplirait ses devoirs de mère quoi qu'il arrive, avait-elle pensé avec une froide certitude.

S'il y avait une chose qu'elle savait, c'est que le drame pouvait frapper brusquement malgré les précautions prises pour assurer la sécurité d'un enfant. Le monde était dangereux, l'environnement truffé de pièges, et, le plus souvent c'étaient des innocents, des sans-défense qui en étaient les victimes. Des enfants qu'elle n'avait pas toujours été capable de sauver.

Elle s'estimait responsable de beaucoup d'échecs dans des

affaires d'enfants maltraités dont on la prévenait, hélas, trop souvent trop tard. Les affiches d'enfants disparus qui jaunissaient sur les poteaux télégraphiques de la ville, sur les portes des postes et dans les commissariats, l'angoisse des parents bourrelés de remords qui se lamentaient sans fin, leurs douloureuses litanies, tout cela l'avait minée.

« Si seulement je ne lui avais pas lâché la main », « si seulement on l'avait assis à l'arrière de la voiture », « si seulement nous l'avions emmené avec nous », « si seulement nous avions pu le garder en vie »... Immanquablement, les reproches que s'adressaient les parents s'achevaient par la même formule : « Si seulement on avait su, on aurait fait autrement. »

Julia, elle, savait.

Puisqu'elle savait, à quoi avait-elle pensé en faisant un enfant avec Cord, un enfant qui naîtrait dans ce monde de violence et de danger ?

Quand, finalement, elle avait su qu'elle avait mal interprété son test de grossesse, elle s'était dit que le hasard avait bien fait les choses et s'était félicitée de ne pas en avoir dit un mot à Cord. En quittant le cabinet du médecin, elle était allée s'asseoir au parc. A la nuit tombée, elle avait délaissé son banc, tout ankylosée d'être restée ainsi assise pendant des heures à réfléchir. Elle avait pris une décision.

Son métier était de sauver des enfants. Hélas, des dizaines d'entre eux échappaient à sa vigilance. Leurs enfants à eux, Cord et elle, ne souffriraient pas de son incompétence. Car elle n'en aurait pas.

Elle allait l'obliger à partir. Elle lui raconterait n'importe quoi pour qu'il s'en aille, mais elle ne lui avouerait pas la vérité.

Car s'il apprenait la vraie raison de son angoisse, il essaierait de l'aider. Et comme la perspective de le perdre allait la dévaster, elle risquait de faiblir et d'écouter les mensonges qu'il inventerait pour la convaincre. Il lui dirait par exemple : « Pas d'enfants ? Ce n'est pas un problème pour moi. » Ou « Je n'en serai pas malade si je ne tiens pas une menotte dans ma main. » Ou « Mes copains qui ont des enfants, je ne les envie pas particulièrement. » Il finirait même par s'en convaincre. Mais avec le temps, le sentiment d'un manque commencerait à l'habiter, parce que s'il y avait quelqu'un sur cette terre qui rêvait d'avoir des enfants, c'était lui. Il aurait beau l'aimer, il regretterait toujours d'être passé à côté de ce grand bonheur à cause d'elle. Et il lui en voudrait.

— Non, tu ne peux pas savoir, murmura-t-elle en tournant le dos au lac. Je le laisse partir justement parce que je l'aime. Je l'ai toujours aimé…

Les enfants de Cord lui ressembleraient. Ils grandiraient au bord du Pacifique et ils joueraient au tennis comme leur mère.

Quand elle fut de retour sur la terrasse, King lui fit la fête et une brigade de tourterelles s'envola.

Les larmes aux yeux, elle entra dans la maison et, avant de refermer la porte, se retourna et jeta un dernier regard au lac.

— Et je l'aimerai toujours, murmura-t-elle tout bas.

5

— Tu es cendres et tu retourneras en cendres, poussière et tu redeviendras poussière…

Raide comme un I au côté de Cord, Julia songeait au métier qui avait été le leur à tous.

Etre policier n'était pas une sinécure. Nombre d'heures de travail vertigineux, respect inexistant et danger omniprésent. En compensation, quand un officier de police se faisait tuer, il y avait toujours foule aux obsèques.

Piètre consolation, se dit-elle, cynique.

Elle se rappelait le mal qu'avaient Paul et Sheila à joindre les deux bouts avec un seul salaire quand il avait débuté. De quelle façon ils célébraient Noël le jour d'avant ou le jour d'après, Paul se retrouvant toujours de service le jour même. Et combien de nuits blanches Sheila avait passées lorsqu'il partait en mission périlleuse et qu'elle se demandait si elle le reverrait vivant.

Aujourd'hui il était mort, entraînant sa femme dans sa mort. Ses collègues, nombre d'entre eux en grand uniforme, s'étaient rassemblés pour montrer au monde que malgré la modicité de leur salaire, leur profession et ceux qui la choisissaient étaient dignes de tous les honneurs.

C'était cela aussi, être solidaires.

Ces hommes et ces femmes au visage accablé, tout autour

d'elle, étaient venus dire adieu à l'un des leurs, sachant parfaitement que le prochain enterrement pourrait être le leur. La cérémonie avait été bouleversante. Mais là, devant la tombe, sous le ciel d'un bleu insolent, rien ne pouvait cacher la vision terrible des pelletées de terre qui tombaient sur les deux cercueils. A quelques mètres d'elle, effondrée, la mère de Sheila pleurait. Tous ceux qui assistaient à la cérémonie avaient le visage marqué par la douleur. Pourtant, dans cette assemblée, quelqu'un avait trahi Paul et Sheila.

Sous quel masque grimaçant de chagrin se dissimulait en fait un menteur immonde ?

Comme la foule commençait à se disperser, Cord lui prit le bras.

— Si cela ne te dérange pas, j'aimerais rester encore un peu. J'ai quelques personnes à voir. Mais si tu préfères partir…

— Cesse de me traiter comme une idiote, l'interrompit-elle, les yeux pleins de larmes. Il y a ici une personne au moins qui ne devrait pas être là. Quelqu'un qui n'était pas leur ami. Je le sais aussi bien que toi. Nous allons rester pour tenter de le confondre.

— Tu me rappelles une adorable petite fille que j'ai bien connue autrefois et qui m'affirmait qu'elle n'avait besoin de personne pour reconnaître un champignon vénéneux, rétorqua Cord. Ce n'était pas toi, par hasard ?

Il lui sourit.

— Je vois que tu n'as pas changé, tu montes toujours sur tes grand chevaux. Ce que je voulais dire, c'est que j'aurais compris que tu te sentes déplacée ici, maintenant que tu ne fais plus partie de la police.

Déconcertée, elle le fixa.

— Je pensais que tu t'inquiétais de savoir si je pourrais…

Elle haussa les épaules.

— Enfin, si je pouvais affronter une épreuve comme celle-ci sans…

Elle regarda ses mains et, inconsciemment, tordit la bandoulière de son sac.

— Sans boire un verre, acheva-t-elle avec calme.

— Et alors ?

Comme elle ne répondait pas, il lui prit le menton et releva son visage, l'obligeant à le regarder.

— Alors ? As-tu besoin de boire aujourd'hui pour évacuer le stress ?

— Autrefois, j'en aurais eu besoin. Je sais que le piège me guette encore et qu'il suffirait de peu de chose pour que je replonge.

Le regard de Cord s'assombrit. Sous la lumière du soleil qui filtrait à travers les branches des ormes, ses cils longs et fournis découpaient leur ombre sur ses pommettes.

— Dis-moi, tu buvais déjà quand nous étions ensemble ?

Voyant la conversation s'égarer sur un terrain trop personnel, interdit à ses yeux, elle se dégagea nerveusement.

— J'ai eu un problème dans mon travail, depuis. C'est ce qui a tout déclenché.

Les yeux mi-clos, elle vit défiler un flot d'images dont le souvenir lui était intolérable.

Le bord étroit du toit d'un immeuble, des voitures arrêtées des dizaines de mètres plus bas, l'expression haineuse et désespérée d'un homme qui tenait la main d'un enfant…

Elle soupira et rouvrit les yeux.

— J'étais vidée et je n'ai pas choisi la bonne formule pour régler le problème. Un problème qui ne te concerne pas.

Son ton se voulait ferme, pour bien faire comprendre à Cord qu'elle n'entendait pas transgresser la barrière qu'elle avait dressée entre eux.

La veille, elle s'était sentie soulagée quand il avait décidé de prendre une chambre en ville au lieu de s'installer chez elle dans la maison du lac. Il avait jugé préférable de descendre dans un motel, sachant qu'en vivant sous le même toit, le climat émotionnel de leur relation les empêcherait d'enquêter efficacement.

Pourtant, comme elle se sentait faible ! Il avait toujours su venir à bout de ses défenses... Allons, il était temps de revenir au présent.

La journée était superbe. L'environnement, paisible, avait des airs d'aquarelle où dominaient le vert tendre des arbres et le gris des pierres tombales érodées par les ans.

Son attention fut attirée par un remous dans la foule. Un homme qu'elle voyait de dos faisait de grands gestes. Autour de lui, les visages de ses anciens collègues étaient figés.

— Ce ne serait pas... ? commença-t-elle.

Suivant son regard, Cord finit sa phrase pour elle.

— Dean Tascoe, acquiesça-t-il. On dirait qu'il cherche la bagarre.

Tendu, il fit le tour du cimetière des yeux.

— Heureusement, Betty est déjà partie. Ça vaut mieux. Ce n'est pas une raison pour rester les bras ballants et accepter la présence de n'importe quel salaud à l'enterrement de Paul et Sheila. On n'a pas besoin de ça !

Il traversa la pelouse. Après quelques secondes d'hésitation, elle lui emboîta le pas, inquiète à la pensée de ce qui se préparait.

Devant elle, Cord avançait à grandes enjambées, raide comme la justice. Il semblait démesurément grand et inquiétant dans son costume sombre. Ses cheveux, bleus à force d'être noirs, brillaient dans le soleil de l'après-midi.

Tascoe n'avait pas choisi le moment idéal pour venir exprimer sa rancœur, même s'il l'estimait justifiée. Cord avait eu affaire à lui dans le passé et n'avait jamais caché qu'il estimait qu'il faisait honte à l'uniforme. Aujourd'hui, il supportait mal de le voir là, prêt à gâcher un moment aussi solennel.

— Salut, chef... Ça fait un bail !

Interrompant la discussion animée qu'il avait avec une belle femme apparemment très irritée — Cindy Lopez, l'équipière de Paul, elle la reconnaissait à présent —, l'ex-flic plaqua une expression de circonstance sur son visage.

— Sale temps pour la police ! Je sais bien que ça peut nous arriver à tous, mais quand même, assassiner la femme de Durant…

Il haussa les épaules.

— Je pense qu'on est tous d'accord. Quand le voyou se sera fait coffrer, il aura un accident mortel. On ne va pas lui laisser la chance de passer devant un tribunal qui ne manquera pas de s'attendrir quand il dira pour sa défense qu'il est un incompris. On sait tous ce qu'il faut faire des assassins de flics. Tous, sauf la raisonneuse qui est là.

Il jeta un regard noir à Cindy Lopez qui le lui rendit.

— Merci pour la raisonneuse, rétorqua-t-elle. Sache, Tascoe, que je viens de perdre mon équipier. Je ne pouvais pas avoir meilleur partenaire que lui. Alors, tes conseils sur ce que j'ai à faire si j'arrête son assassin, garde-les pour toi.

Elle lui jeta un regard plein de mépris.

— Je lui lirai ses droits, lui passerai les menottes et espère que la justice sera rendue comme il se doit. C'est ce qu'aurait fait Paul. Je jure que la loi sera respectée et que je ne ferai pas justice moi-même.

— Tu me parais bien posée, pour quelqu'un dont l'équipier vient de se faire descendre, *chiquita*, la nargua Tascoe. Je croyais que les gens de tes origines avaient le sang chaud. Mais tu réserves peut-être tes élans de passion pour ton amie ? Si ce n'est pas du gâchis !

— Tascoe, tu t'es fait vider de la police parce que tu étais un mauvais flic, intervint Cord en se plantant devant lui. Dommage que tu n'aies pas encore compris que nous devons être irréprochables. Si tu es venu ici pour rendre tes respects à un vrai bon policier et à sa femme, tu t'y prends plutôt mal.

— Il a raison, Dean. Laisse tomber, dit une femme blonde que Julia n'avait pas encore remarquée.

La femme, la quarantaine environ, se tenait près de l'ex-policier. Son visage, comme ceux de toutes les personnes qui avaient assisté aux obsèques, était empreint de tristesse. On discernait même des traces de larmes sur ses joues.

Etait-ce sincère ? se demanda Julia, peu convaincue par cette mine éplorée mais frappée par la nervosité du personnage.

La blonde attrapa Tascoe par le bras.

— S'il te plaît, Dean, rentrons.

A la grande surprise de Julia, Tascoe ne la repoussa pas. Au contraire, il lui jeta un regard radouci et lui tapota la main.

— Ne t'inquiète pas, Jackie. Je sais leur parler, à ces gens-là. Je leur ai dit ce que j'avais sur le cœur et que je voulais qu'ils sachent.

Il fixa Cord, toujours planté devant lui.

— Je dois dire, chef, que quand j'ai su que c'était toi qui m'avais fait virer, j'ai longtemps rêvé de te croiser une nuit dans une ruelle mal éclairée. Mais l'eau a coulé sous les ponts. Tu as fait ce que tu croyais devoir faire, et finalement je ne m'en sors pas si mal. J'ai monté une agence de détectives privés. A ce propos, si tu cherches un job un jour, passe-moi un coup de fil.

Il sortit une carte professionnelle de sa poche et la tendit à Cord. A ce moment, son regard se porta sur Julia qu'il reconnut. Etonné, il se tourna vers Cord.

— Alors les deux amoureux, on s'est retrouvés ? dit-il d'un ton sournois. Je te le dis, chef, cette mignonne s'est complètement déglinguée quand tu l'as laissée tomber.

— La ferme, Tascoe ! lança Cord d'une voix glaciale.

La menace était presque palpable.

S'ils devaient s'affronter, se dit Julia, vengeresse, Cord ne ferait qu'une bouchée de Dean Tascoe. Se battre avec lui serait pur exercice de style pour l'athlète qu'était Cord.

Mais elle chassa très vite cette pensée déplacée. Tascoe avait été musclé, mais, les années aidant, il s'était épaissi et était maintenant gras et lourd autant que vulgaire. Il avait poussé Cord à bout, et un Cord en colère pouvait être dangereux.

Le déplaisant personnage haussa les épaules.

— Pas d'insulte, chef. Je pensais simplement que…

— Cesse de m'appeler chef. Ce mot est une insulte à lui seul, Tascoe. Mais ça suffit. Je suis là pour dire adieu à mes amis et je veux la paix. File !

— On s'en va.

La blonde qui accompagnait Tascoe tenta d'intervenir. Sa voix était aussi fluette qu'elle était blonde décolorée.

— Je suis désolée pour vos amis. Ce qui leur est arrivé est affreux. Oui, affreux. Surtout qu'ils laissent un enfant.

Elle tenait Tascoe par la manche et sa main tremblait.

Tascoe pencha la tête vers sa compagne avec un gentil sourire qui, de nouveau, surprit Julia. Ce n'était plus le même homme. C'était un autre, comme s'il avait une double personnalité.

Prenant la femme par la taille, il salua Cord, ignorant ostensiblement Lopez et les autres.

La blonde se laissa entraîner.

— Je ne peux pas croire qu'il ait pu être flic, pesta Lopez en les regardant s'éloigner.

Elle se passa la main dans les cheveux puis tapota ses poches.

— S'il vous plaît, pas de remarque parce que je fume ! dit-elle, agressive, en sortant un paquet de cigarettes de sa poche de poitrine.

Elle empoigna son briquet, alluma une cigarette et en inspira une énorme bouffée qui sembla lui faire un bien fou.

— J'essaie d'arrêter, mais les sorties de ce mec, surtout après cet enterrement, c'est au-dessus de mes forces.

— Il ne vaut pas ça, Cindy. Des types comme ça, c'est juste bon à…

Une jolie femme, mince et d'apparence fragile, venait de s'immiscer dans la conversation. Des cheveux châtain encadraient son visage aux traits délicats. Alors que Lopez tirait nerveusement sur sa cigarette, elle reprit :

— Si on allait à la maison ? Je vous ferai du maté.

Elle avait une voix rauque, très sensuelle.

— On pourra s'asseoir sur le balcon.

Elle posa son beau regard vert, transparent comme l'eau de source, sur Cindy.

Il y avait de la tendresse et de l'inquiétude dans ces yeux-là, se dit Julia, saisie par une impression de déjà-vu. Sheila regardait Paul avec la même tendresse mêlée d'inquiétude quand, le stress du travail minant Paul, elle se faisait du souci pour lui.

Un instant déstabilisée, elle se ressaisit. La vie privée de Cindy Lopez ne la regardait pas. Quand elle l'avait rencontrée après le départ de Cord, elle ne s'était pas doutée de son homosexualité, mais Paul avait dû le savoir en faisant équipe avec elle. Il la comptait parmi ses amis, c'est ce qui importait.

Lopez soupira.

— Je sais, Erika.

Les sourcils froncés, elle regarda Cord.

— Il m'a cuisinée pire que ne l'aurait fait un journaliste du *National Enquirer*. Il voulait savoir si Paul avait été frappé avant de recevoir la balle, ou l'inverse. Où exactement avait été retrouvé le corps de Sheila, ce qu'elle portait…

Sa voix se brisa.

— Après tout ce que j'ai vu depuis que je fais ce boulot, je devrais être blindée. Eh bien non. Je n'ai pas su gérer la situation.

— Ce n'est pas parce qu'on est flic qu'on est insensible, dit Cord. Paul a aussi été mon partenaire autrefois. Je ne pense pas que j'aurais mieux géré la situation que toi.

Les mains dans les poches, il regarda le ciel d'un bleu pur.

Sa veste ouverte laissait deviner sous sa chemise blanche le holster qu'il portait à l'épaule.

Imaginant le revolver, Julia ne put réprimer un mouvement de recul. Il était venu armé. Redoutait-il qu'il se passe quelque chose ici ?

— Ce n'est pas normal, lança Erika en regardant à son tour le ciel d'une beauté infinie. Comment la nature peut-elle être aussi harmonieuse quand les événements sont si sombres ?

D'un geste de la main, elle balaya le paysage qui s'étendait devant eux : pelouses joliment entretenues, arbres aux feuilles vert tendre baignées par la lumière dorée du soleil.

— Si nous assistions à un opéra, les cieux se déchireraient dans un grondement de tonnerre et d'éclairs. Le ciel serait noir, nous arracherions nos vêtements et maudirions les dieux.

— Pitié ! C'est le seul ensemble décent que j'ai à me mettre, dit Lopez, trouvant malgré tout la force de plaisanter. Pour tout vous dire, Erika conçoit des costumes de théâtre et il lui arrive d'avoir des élans wagnériens…

Julia perçut la note de fierté dans sa voix.

Comme ils parlaient, la foule s'était dispersée. Les officiers en uniforme encore présents se regroupaient et, après s'être serré la main, se dirigeaient vers les grilles en fer forgé qui ceinturaient le cimetière. Au-delà des grilles, des deux côtés d'une allée gravillonnée, les voitures attendaient.

— Je crois qu'on devrait s'en aller, Cord, dit Lopez. Non que je compte sur un verre de maté pour me remettre d'aplomb, mais…

Elle lança à Erika un regard en coin qui, en d'autres circonstances, aurait fait sourire Julia.

— J'ai rendez-vous avec une bouteille de scotch presque pleine, ajouta-t-elle. J'ai réussi à la mettre de côté pour une journée pluvieuse, et, pour tout vous dire, aujourd'hui je me sens comme Noé.

Il y eut un moment de silence consterné.

Rougissante, Cindy accrocha le regard de Julia.

— Désolée, Julia. Je ne voulais pas… Je sais que tu préférerais que…

Elle ramena machinalement ses cheveux en arrière.

— Décidément, j'ai un art consommé pour dire ce qu'il ne faut pas, s'excusa-t-elle.

— Super ! marmonna Julia.

Sa seule consolation, les deux années passées, avait été de se dire qu'au moins les gens avec lesquels elle avait travaillé n'avaient jamais deviné l'état de déconfiture de sa vie. Elle s'était trompée. Apparemment, tout le monde était au courant de ses problèmes personnels et de ses faiblesses.

C'était humiliant et… étrangement, libérateur, se dit-elle, presque soulagée.

Plus besoin de se surveiller ni de se forger des excuses, plus besoin de mentir quand elle se trouverait en société. C'était comme si on lui avait ôté un poids. Un poids dont elle n'aurait pu se débarrasser sans le faux pas de Cindy.

— Ne va pas imaginer que c'est Paul qui a trahi un secret, dit celle-ci.

— Je sais que non, l'interrompit-elle. C'était un secret tellement honteux que je n'en avais parlé à personne.

Elle jeta un regard à Cord.

— Absolument personne.

Sensible à la gêne de Lopez, elle posa la main sur son bras. Cela faisait longtemps qu'elle n'avait rassuré personne.

— Pas de problème, Cindy. Je vais bien, je t'assure. Je n'ai pas l'intention de me précipiter dans le bar le plus proche pour descendre une dizaine de *shots* de tequila à cause de ce que tu viens de dire.

Elle se tut. Il était temps de changer de sujet. Que n'aurait-elle donné pour être au bord du lac dans la grande maison, avec King comme seule compagnie ! Mais le berger allemand était avec Lisbeth chez Mary Whitefield qui l'hébergeait jusqu'à ce que tout danger soit écarté.

— Tu as peut-être une idée sur qui a tué Sheila et Paul ? glissa-t-elle à Lopez. Le fait qu'aucun de nous ne participe officiellement à l'enquête nous permet peut-être d'analyser plus objectivement la situation.

— J'ai ma petite idée, répondit Lopez.

Mais, notant les employés des pompes funèbres qui les regardaient, l'air de s'impatienter, elle se tut.

— Je crois qu'on les empêche d'achever leur besogne, dit Cord d'une voix triste.

Il tendit la main vers Julia mais retint son geste à mi-course.

— Allons-y, dit-il. Ça ne sert à rien de rester ici. Ils vont reboucher la tombe.

Cindy esquissa une grimace pitoyable. Elle n'était plus le policier dur dont elle se plaisait à donner l'image mais une femme. Fragile, vulnérable et à vif.

Erika la prit par les épaules et se dirigea avec elle vers la sortie.

— Tu disais que tu avais une idée, reprit Cord pour faire diversion, remercié d'un regard par Erika. Cela concerne la façon dont Paul a été tué ?

— Oui. Il me semble que c'est signé. Celui qui a fait le coup a fait exprès de laisser sa marque. Je pense qu'il veut nous faire passer un message.

Lopez se mordit la lèvre. A la regarder, il n'était pas difficile de comprendre qu'elle revivait l'affaire.

Après avoir reçu le coup de téléphone, elle avait dû se précipiter chez Paul et présenter son badge aux policiers déjà sur place. A ce moment-là, elle aurait dû oublier ses sentiments personnels, mais elle n'avait pas pu. Ce n'était pas facile, Julia pouvait en témoigner. Lopez, avec ses cigarettes, ses manières un peu braques et son stress trop évident, avait dû être tenue à l'écart. Heureusement qu'Erika était là pour l'empêcher de craquer.

— L'assassin savait qu'en le visant à la tête, il le tuerait à coup sûr, commença Lopez. Il suffit de voir où il a été touché pour savoir qu'il n'avait aucune chance…

Ils approchaient des grilles de fer forgé. Les voitures n'étaient plus loin.

— Il était donc inutile de le frapper, en plus, de plusieurs coups de couteau. Si l'assassin l'a fait, c'est pour signer son geste. Ces coups de couteau sont symboliques, poursuivit-elle. Voilà mon interprétation.

— Paul et toi aviez entrepris de démanteler l'organisation de DiMarco, intervint Cord. Les autorités étaient prévenues : si elles ne refermaient pas l'enquête sur la mafia, il y aurait des représailles. Paul a pu servir d'exemple.

— Vous êtes très bon, détective Hunter, ironisa Lopez. C'est comme cela que je vois les choses, moi aussi. Paul et moi avions la chaîne de laveries automatiques de Vince DiMarco dans le collimateur parce que nous savions qu'on ne fait pas qu'y laver du linge sale.

Elle haussa les épaules.

— Maintenant que fumer de l'héroïne est de nouveau tendance à cause de deux ou trois réalisateurs de cinéma irresponsables qui ont impressionné la jeune génération, DiMarco, un finaud, s'est engouffré dans la brèche. Et à grande échelle. Cela représente des pyramides d'argent. De l'argent sale qu'il blanchit par le biais d'activités légales : les laveries automatiques, entre autres. L'argent y perd son odeur de mort, de vies détruites et de pourriture.

Tête baissée, Lopez serrait les poings.

Voyant son désarroi, Cord la prit par les épaules.

— Tu as bien une cousine qui est morte d'overdose ? lui demanda-t-il.

La question la fit bondir.

— Comment le sais-tu ? On ne l'a dit à personne.

— Avant de partir pour la Californie, j'ai voulu m'assurer que celui ou celle qui allait me remplacer auprès de Paul était digne de confiance. J'ai donc enquêté sur toi, Lopez, je ne te le cache pas. A ma place, tu en aurais fait autant. On aimait trop Paul pour ne pas prendre le risque de l'affubler d'un équipier douteux, tu es d'accord ?

La femme qu'il tenait par les épaules opina. Erika laissa échapper un soupir.

Julia sentit la tension retomber.

— Tina et moi étions comme deux sœurs. Elle était un peu plus jeune que moi, mais ça ne se sentait pas. On faisait tout ensemble. Quand j'ai décidé d'entrer dans la police, elle sortait avec un garçon qu'on n'aimait pas beaucoup dans la famille. Il ne me disait rien de bon. En plus, je me demandais ce qu'elle lui trouvait. Bref…

Les yeux perdus dans le vague, elle haussa les épaules.

— Vous connaissez aussi bien que moi le métier, vous deux. Vous savez qu'il nous bouffe la vie. Dès ma première affectation j'ai découvert que je n'avais plus de vie du tout : je travaillais comme une malade, je faisais des heures sup' à la pelle, je suivais de nouvelles formations…

Sa voix se brisa.

— J'ai eu tort. J'aurais dû lui accorder un peu plus de mon temps. La première fois que j'ai arrêté un malfrat, je me suis précipitée pour le raconter à ma famille. Ma mère raccrochait juste le téléphone quand je suis entrée. Elle m'a annoncé que Tina était morte. Elle n'avait que dix-sept ans, mais quand je l'ai vue à la maison funéraire on aurait dit une vieille femme.

— Donc, depuis le début, tu as fait une affaire personnelle de l'enquête sur DiMarco, déclara Julia. Et ça recommence aujourd'hui avec le meurtre de ton équipier. Envisages-tu de demander une autre affectation ?

Lopez la regarda comme si elle avait baragouiné du chinois.

— Une autre affectation ? Je suis comme toi, un de ces jours moi aussi je serai descendue en flammes. Mais d'ici là, je me donnerai corps et âme à mon métier, quelles qu'en soient les conséquences.

— Je n'ai pas été descendue en flammes, rectifia Julia sans oser regarder Cord. C'est moi qui ai pris la décision de démissionner pour m'accorder le temps de vivre.

— Ce n'est pas ce que j'avais entendu dire. Je croyais…

— Tu as mal entendu, la coupa Julia d'un ton sec.

Déstabilisée, Lopez la regarda et se tut. Elle jeta un coup d'œil à Cord qui n'avait pas bronché.

— Pardon, s'excusa-t-elle. Il y a toujours des bruits de couloir qui circulent quand quelqu'un démissionne.

— Où êtes-vous garées ? les interrompit Cord.

La question, c'était clair, s'adressait à Lopez et Erika. Pas à Julia.

— A l'angle, là-bas. Quand on est arrivées, il y avait tellement de voitures qu'on n'a pas pu approcher.

— Est-ce que ce serait abuser de vous demander de me reconduire jusqu'à ma voiture ? Je suis au diable.

Sa mimique fit rire Erika.

— Tout ce que tu veux, pourvu que je n'aie pas à faire dix kilomètres sur ces talons.

Elle était chaussée d'une paire d'escarpins élégants dont le cuir avait déjà été entamé par le gravier de l'allée.

— Bon, j'y vais avec Cord, dit Lopez.

Elle plongea la main dans sa poche pour prendre une autre cigarette, mais, voyant le regard réprobateur de Julia, elle s'arrêta.

— Ne t'inquiète pas, je ne vais pas en fumer une en douce dès que tu auras le dos tourné, dit-elle d'un ton penaud. J'ai juste besoin de l'opinion de Cord sur des détails que j'ai relevés sur la scène du crime.

— Julia ?

Cord lui lança un regard poli mais froid. C'était comme si, brusquement, tout le plaisir qu'il avait manifesté à la revoir avait été balayé. Comme si ça n'avait été qu'un effet de son imagination.

— Tu attends ici ou tu viens à pied avec nous ?

C'était très net, il prenait ses distances.

Elle connaissait bien ce genre d'attitude pour l'avoir adopté elle aussi en pareilles circonstances. Cela avait consisté à se montrer détachée tout en restant courtoise et à s'impliquer ostensiblement dans une activité dont elle n'avait, au demeurant, que faire. Elle avait employé cette technique les semaines qui avaient précédé la discussion qu'elle avait eue avec Cord, où elle lui avait annoncé qu'elle ne voulait pas de l'avenir qu'il lui proposait, mettant ainsi un terme à leur projet de vie en commun. Elle n'avait pas voulu le blesser, mais elle réalisait aujourd'hui combien son inexplicable froideur d'alors avait dû lui être cruelle.

— Je reste avec Erika, annonça-t-elle. Mes talons sont moins hauts que les siens, mais comme j'habite pratiquement à Weejuns, je veux épargner mes pauvres pieds, ajouta-t-elle d'un ton qu'elle voulait convaincant.

Elle pensait avoir réussi.

Cord et Lopez disparurent à l'angle du cimetière, Lopez trottinant de temps à autre pour s'adapter au galop de Cord.

Erika s'assit sur le banc de pierre qui se trouvait à l'extérieur des grilles et ôta ses souliers. On entendait les employés des pompes funèbres qui s'affairaient autour des tombes.

— Cindy a mis les pieds dans le plat encore une fois, j'ai l'impression, remarqua-t-elle.

— Tu es très sympathique, Erika, et Lopez a beaucoup de

chance de t'avoir pour amie, répondit Julia. Mais je déteste parler de moi.

Le message, pourtant clair, ne désarçonna pas Erika.

— J'ai connu quelqu'un comme toi, autrefois.

Elle tira sur son chemisier de lin bleu.

— Elle était complètement coincée mais ça ne se voyait pas. Pour tout le monde, elle incarnait le talent, le succès, l'assurance. En fait, elle ne laissait personne l'approcher, de sorte qu'il était impossible de voir que c'était en réalité une emmurée vivante. Tu l'as compris, il s'agit de moi, ajouta-t-elle doucement.

— Toi ? s'exclama Julia, incrédule. Tu as l'air tellement… Comment dirais-je ? A l'aise, sûre de toi.

— Et toi, tu as l'air tellement détachée. Mais tu ne l'es pas, c'est ça ? En fait, tu n'as pas mis fin à ta carrière de flic à la suite d'une réflexion froide et raisonnée, mais sur un coup de tête. Parce que, au-dedans, tu saignais à mort et tu ne savais pas comment arrêter l'hémorragie.

Ces beaux yeux voyaient trop bien, pensa Julia, contrariée d'être démasquée.

Heureusement, des pneus crissèrent sur le gravier, ce qui la dispensa de répondre.

Une voiture arrivait en trombe. Ce n'était pas la berline que Cord avait louée la veille, mais une grosse limousine noire des pompes funèbres.

— Ils apportent le reste des fleurs, dit Erika. L'église en était pleine.

Mais Julia n'écoutait pas.

Son intuition, pourtant restée en friche pendant deux ans, ne s'était pas rouillée. Autrefois elle se fiait beaucoup à elle, non seulement pour sa propre sécurité mais pour celle des enfants dont on lui confiait la protection. Elle avait été formée à voir au-delà des apparences, à se demander par exemple pourquoi un petit garçon portait une chemise à manches longues en plein été sinon pour cacher des ecchymoses, pourquoi une fillette mutilait sa poupée préférée, pourquoi des os en caoutchouc traînaient dans une maison où il n'y avait pas de chien... Cela pouvait être le signe d'une violence meurtrière à l'encontre d'un animal, ce qui suggérait une possible violence envers un être humain.

Pour l'heure, son intuition lui disait qu'une limousine aux vitres teintées, si sombres qu'il était impossible d'en distinguer les occupants, ne devait pas servir seulement au transport de fleurs et de gerbes.

— Erika, lève-toi et file derrière les grilles, ordonna Julia d'un ton sans appel alors que s'ouvrait l'une des portières de l'impressionnante auto noire. Dépêche-toi. Retourne près des employés des pompes funèbres.

— Qu'est-ce qui se passe ?

Surprise par le ton de la voix, Erika s'était levée, abandonnant ses chaussures là où elle les avait quittées.

— Vite ! s'écria Julia. C'est toi qu'ils veulent. Tu es l'amie de Lopez. Comme Sheila était la femme de Paul. Cours, Erika. Dépêche-toi.

Quand la portière s'ouvrit complètement, la belle Erika n'était plus là.

Les deux portières arrière s'ouvrirent à leur tour, et deux hommes impressionnants, lunettes fumées et costume sombre, en descendirent précipitamment et s'approchèrent de Julia. Un renflement sous leur veste, au niveau de la poitrine, trahissait la présence d'une arme.

Bien campée sur ses jambes, elle attendit l'agression mais, réflexion faite, se détendit.

En toute logique, elle ne devait pas intéresser les hommes de DiMarco. Tuer sans discrimination, à l'aveuglette, annihilerait le message qu'ils voulaient faire passer : qu'ils ne visaient que les individus liés d'une manière ou d'une autre à l'enquête sur leur patron.

— Je me doute bien que vous ne venez pas ici pour honorer la mémoire des défunts, dit-elle. Que voulez-vous ?

— Vous êtes Julia Stewart ?

L'homme qui avait pris la parole avait la voix fluette de quelqu'un qui aurait eu un problème au larynx.

Surprise, elle répondit par un signe de tête négatif qui le fit ricaner. Elle le vit passer la main à l'intérieur de sa veste.

— Vous faites erreur, dit Julia.

C'était trop tard pour partir en courant, se dit-elle. Le mieux, c'était de faire durer la conversation dans l'espoir que Cord et Lopez reviennent à temps.

L'homme sortit la main de l'intérieur de sa veste, mais au lieu du revolver auquel elle s'attendait, elle le vit brandir une espèce de petite cravache en cuir.

— Non, ce n'est pas une erreur, miss Stewart. C'est vous que nous voulons, dit-il de sa voix d'eunuque.

Avant qu'elle ait pu réagir, il se déplaça d'un pas et, du manche de sa cravache, lui assena un coup sur la nuque.

6

Ils étaient sur le *Sunfish* et la grand-voile avait brusquement empanné, mais c'était différent cette fois. Cette fois-ci, c'était elle que la bôme avait cognée, au lieu de Davey. Elle était passée par-dessus bord, mais il avait plongé pour lui porter secours. C'était comme cela que ça aurait dû se passer, pensa Julia. Elle pleurait mais sa tête ne lui faisait pas mal. Davey n'était pas mort. Sa mère ne serait plus malade, son père n'aurait plus besoin de la cacher. Quant à elle, elle ne serait pas responsable du drame qui avait fait éclater sa famille.

C'était comme ça que ça aurait dû se passer, se répéta-t-elle, groggy mais essayant de se raccrocher à son rêve.

Tentative vaine.

Elle entendit une musique étouffée puis une voix qui lui rappelait un vague souvenir. Celle d'un homme d'un certain âge dotée d'un léger accent et blanche de colère.

— Je t'avais dit de ne pas la toucher… Tu comprends, oui ou non ? Ce n'est pas comme ça qu'il fallait faire.

Il n'y avait pas de menace ouverte dans la voix, mais la colère sous-jacente ne pouvait échapper à une oreille avertie.

Elle savait maintenant à qui cette voix appartenait et, Dieu merci, la rage n'était pas dirigée contre elle. Mieux valait éviter de mécontenter Vittorio Falcone, même si, l'âge aidant, il était devenu moins violent qu'il ne l'avait été. Ses ennemis avaient l'art de se volatiliser comme par enchantement…

Il y eut un bruit de porte qu'on ouvre. La musique enfla pendant quelques secondes, puis la porte se referma et ce fut le silence.

Elle ouvrit les yeux.

Planté devant elle, un homme l'observait.

— Bonjour, Vittorio, prononça-t-elle d'une voix pâteuse qu'elle reconnut à peine. A ce que je vois, je suis au club de strip-tease.

— Exact. J'ai entendu dire que tu n'avais plus de boulot.

Sourire mielleux aux lèvres — sa bouche s'étirait en un mince filet —, il s'assit à son bureau encombré de papiers et de tickets de caisse.

— Mais les clients ne viennent pas ici pour voir un sac d'os, *cara*. Il va falloir que tu te remplumes avant de commencer à travailler pour le *Bootie Palace*.

L'arthrose avait continué de déformer ses mains — elles étaient plus abîmées encore que dans son souvenir — mais Vittorio avait toujours le même regard d'oiseau de proie avec ses paupières lourdes. Il n'était pas particulièrement fort physiquement mais dégageait pourtant une impression de puissance. Malgré ses efforts pour ressembler à un vieil homme d'affaires, il n'avait rien du personnage qu'il se plaisait à composer, pourtant quelque chose en lui imposait le respect. Il avait toujours la même chevelure gris argenté, s'habillait toujours de la même façon que lorsqu'elle l'avait rencontré la première fois : chemise blanche à manches longues retroussées jusqu'aux coudes découvrant des avant-bras qui avaient perdu de leur musculature. Pantalon de flanelle grise et veston. Sa chemise était boutonnée jusqu'au cou. Un jour où elle était entrouverte, Julia avait aperçu une médaille en or. « Saint Jude », lui avait-il dit avec un sourire rusé.

Saint Jude, l'avocat des causes désespérées… Ce qu'il pensait de lui, sans doute !

La remarque avait fait tilt. Elle avait tout de suite compris que, quelque faveur que Vittorio demande à saint Jude, elle concernerait son petit-fils. Pas lui.

Il avait perdu sa femme quelques années plus tôt et son fils unique avait été tué dans une lutte pour le pouvoir, brève mais sanglante, entre familles mafieuses rivales. Falcone, faucon en italien, c'était son surnom, qui avait payé le prix fort pour le pouvoir et l'argent, espérait que son petit-fils adoré suivrait une autre voie.

— Il faut que je téléphone, dit-elle d'une voix plus ferme. Les gens que j'ai laissés pour venir ici doivent se faire du souci.

Cord ne serait pas seulement inquiet, il s'en voudrait à mort de l'avoir entraînée dans cette aventure.

— Ils savent où tu es. J'ai envoyé un de mes hommes le leur dire quand j'ai su de quelle façon ces abrutis t'avaient enlevée, dit Vittorio, l'air navré. Encore toutes mes excuses, mon amie.

Un peu rassurée, elle se redressa sur sa chaise. Elle reprendrait elle-même contact avec Cord quand Falcone lui aurait expliqué le motif de ce curieux rendez-vous.

En attendant, il avait dit « mon amie ». Ce n'était pas un mot qu'il employait à tort et à travers, elle le savait. Il avait des relations, des associés et des sous-fifres à la pelle, mais ses amis, il les comptait sur les doigts d'une main, et elle en faisait partie.

— Comment va Anthony, don Falcone ?

Elle le gratifiait rarement de ce titre mais, puisqu'il venait de lui faire l'honneur de l'appeler son amie, elle voulait qu'il sache qu'elle l'avait noté.

— Il a été admis à l'école de médecine de Harvard. Tu te rends compte ? Un Falcone à Harvard !

— Bravo. Vous pouvez être fier de lui. Bientôt vous devrez l'appeler *dottore*.

Le vieil homme laissa échapper un petit rire proche du ricanement. Ses yeux brillaient.

— Il demande toujours de tes nouvelles, tu sais. Il sait ce qu'il te doit. Moi aussi, d'ailleurs, *cara*.

Anthony Falcone était un adolescent en crise quand elle l'avait croisé pour la première fois, des années auparavant. Révolté, il s'enfonçait dans une délinquance suicidaire. C'était un des premiers dossiers qu'elle avait eu à traiter. Au départ, personne n'avait compris que le jeune marginal soigné aux urgences de l'hôpital pour une overdose n'était autre que le petit-fils de Vittorio Falcone. Anthony avait refusé de décliner son identité quand elle l'avait interrogé à l'hôpital. Le lendemain, quand elle était revenue, on lui avait dit qu'il s'était sauvé.

Compte tenu de sa charge de travail qu'elle assumait à peine, elle aurait pu laisser tomber. Ça n'aurait fait qu'un fugueur de plus déterminé à ne pas retourner chez lui, et elle serait passée à l'affaire suivante. Mais, lors du bref interrogatoire qu'elle lui avait fait subir, elle avait noté le mal-être du jeune garçon, ou plus exactement le chaos dans lequel il semblait se débattre.

Les deux semaines qui avaient suivi, elle avait passé tout son temps libre à arpenter la ville dans l'espoir de le retrouver. A cette époque, les journaux tartinaient sur la disparition du petit-fils de don Vittorio, titrant même : « Anthony Falcone enlevé ». Personne n'avait alors songé à faire le lien entre cette information et le garçon qui s'était enfui de l'hôpital.

Elle avait fini par remettre la main sur lui — il était temps —, inconscient, prostré dans un carton, au fond d'une impasse sordide encombrée de poubelles et de détritus.

Cette fois, lorsqu'il avait été amené à l'hôpital, on l'avait reconnu et don Falcone avait été prévenu. Il était resté au chevet de son petit-fils trois jours et trois nuits, sans le quitter une seconde, jusqu'à ce que l'adolescent soit hors de danger et en voie de guérison. Don Falcone avait alors rendu visite à Julia et lui avait dit que son prix serait le sien. Rien ne serait trop demander en contrepartie d'avoir sauvé la vie de son petit-fils.

Elle avait refusé son argent. S'il voulait vraiment la remercier, avait-elle dit au boss, il n'avait qu'à faire suivre son petit-fils par un psychiatre ou un éducateur pour l'aider à résoudre le problème qu'il cherchait à fuir en fuguant. Vittorio lui-même avait sûrement sa part de responsabilité dans cette histoire, avait-elle ajouté sous le regard médusé de ses hommes de main armés jusqu'aux dents, pour lesquels elle était en train de signer son arrêt de mort.

Contre toute attente, don Vittorio avait signifié à ses gardes du corps de sortir et lui avait baisé la main. Il avait suivi ses conseils et resserré ses liens avec son petit-fils. Les années suivantes, il l'avait tenue informée des résultats d'Anthony. De ses succès.

Et il l'avait ajoutée à la liste, très courte, de ceux qu'il considérait comme ses amis.

— Vous devez être fier, don Vittorio. Vous avez fait d'Anthony un jeune homme bien, dit-elle avec une certaine tendresse.

— Sans toi, il ne serait plus de ce monde, *cara*, répondit-il.

Ses yeux d'aigle, à moitié dissimulés sous d'épais sourcils gris, se plantèrent dans les siens.

— Combien n'ont pas eu sa chance !

Elle détourna le regard.

— C'était mon job. Il y en a tellement que je n'ai pas pu aider.

— Il y en a un que tu dois protéger aujourd'hui.

Alertée, elle le fixa.

— Don Vittorio, qu'est-ce qui vous fait dire ça ?

Il leva la main pour l'obliger à se calmer.

— Ne t'inquiète pas, je suis le seul à le savoir. Tu sais, ici, je suis comme une araignée au centre de sa toile. Tout ce qui se passe en bordure de ma toile, je le sais. Il ne me reste qu'à assembler les informations entre elles, les recouper et réfléchir. Les conclusions s'imposent d'elles-mêmes.

Il fronça ses sourcils broussailleux.

— Je me suis dit : « Vittorio, ton amie Julia qui a rejeté tout ce qu'elle aimait il y a deux ans et t'a dit qu'elle ne voulait rien de toi, peut-être a-t-elle besoin de ton aide aujourd'hui ? » Ils pensent que le meurtre du policier et de sa femme a été commandité par DiMarco. C'est ça, n'est-ce pas ?

Julia hésita.

— Jusqu'à preuve du contraire, c'est ce qu'il y a de plus plausible, dit-elle, très calme. Les deux meurtres avaient, semble-t-il, valeur de message.

Elle avait du mal à en parler. C'était trop douloureux. Si elle apprenait que Vittorio Falcone était impliqué, de près ou de loin, dans l'exécution ignoble de Paul et de Sheila, elle lui rendrait séance tenante son amitié et il paierait pour son crime. Elle le descendrait froidement de ses propres mains s'il le fallait.

— Ne me regarde pas comme ça, *cara.*

Elle l'avait irrité, cela s'entendait à sa voix.

— Je n'ai pas participé à…

C'est alors que la porte du bureau s'ouvrit comme sous l'effet d'une bourrasque, laissant monter du club, qui se trouvait en dessous, des cris et des bruits de dispute que la musique n'arrivait pas à couvrir. Mais, plus encore que les éclats de voix, c'est l'entrée de deux hommes dans le bureau qui la stupéfia.

L'un d'eux n'était autre que… Cord. L'autre, un inconnu, avait le bras droit replié sur la poitrine et le visage blême. Il marchait devant Cord, titubant à moitié comme si…

C'était bien ça ! Le canon de son pistolet automatique pointé dans son dos, Cord le poussait devant lui.

— Tu vas bien, Julia ? dit celui-ci, visiblement anxieux.

D'un geste de la main, Vittorio lui fit signe de se calmer.

— Elle va bien, mon jeune ami. Reprends-toi. Je l'ai fait venir pour lui donner quelques informations. C'est tout.

Il se leva et alla à la porte, jetant au passage un regard de mépris à son garde du corps désarmé.

— Suivez-moi. Il faut qu'on parle, Julia. Mais je conseille à ton impétueux collègue de cacher son arme avant que mes autres hommes ne la voient.

Il poussa la porte qui donnait sur la partie du club ouverte au public, ne leur laissant d'autre choix que de lui emboîter le pas.

— Tu savais que je connaissais Falcone, gronda Julia, fusillant Cord du regard. Tu es fou ou quoi ?

Elle avait parlé tout bas, mais sa voix tremblait de colère.

— J'étais dans le parking du commissariat et m'apprêtais à partir à ta recherche quand un malabar m'a mis la main au collet et dit de ne pas m'inquiéter, que tu étais avec ton vieux copain, le patron du crime, lui murmura-t-il dans le dos. Tu penses comme ça m'a rassuré ! On croirait que tu ne me connais pas.

Il lui parlait dans le cou maintenant, ses lèvres lui effleurant la nuque.

— Je suis l'homme qui t'aime depuis que tu es en âge d'être aimée. Il ne t'est pas venu à l'idée que je ne te croirais en sécurité que quand je l'aurais entendu de ta bouche ? Tu as mon numéro de portable, c'était trop te demander que de me téléphoner ? Bon Dieu, Julia, j'ai cru qu'ils t'avaient tuée.

Elle savait qu'il arrivait à Cord de monter sur ses grands chevaux, de se fâcher aussi parfois. Mais elle n'avait jamais imaginé qu'il pourrait diriger sa colère contre elle. Il avait toujours fait preuve d'une telle patience et d'une si grande tolérance envers elle.

— Tu as raison, j'aurais dû.

— Non, Julia, assez, gronda-t-il. Quand on aime quelqu'un, ça se fait, c'est tout.

Droit comme un I, fou de rage, il la précéda dans la salle où Falcone avait choisi une table à l'écart dans un coin discret.

— J'ai un petit-fils, dit Vittorio. Il ne traiterait jamais une affaire dans un endroit pareil.

Il accompagna sa remarque d'un signe de tête en direction de la blond platine aux seins impossibles qui se contorsionnait sur une estrade avec cette indifférence blasée que la routine donne aux choses les plus scabreuses.

Vittorio se tourna vers Cord qui l'observait sans rien dire.

— Vous me méprisez pour ce que je suis et ce que je fais. C'est normal. Nous sommes ennemis en quelque sorte. Mais personne ne pourra jamais mépriser mon petit-fils. Un jour, il sera un homme, et cet homme-là sera respecté et honoré. Et le nom de Falcone aura un tout autre sens qu'aujourd'hui. Cela je le dois à mon amie Julia ici présente.

D'un mouvement de tête, il la désigna. Ses traits s'étaient radoucis.

— Mais elle ne m'a jamais laissé lui rembourser ma dette. Or, comme chacun sait, Vittorio Falcone n'aime pas les dettes impayées. Aussi, quand j'ai su ce qui était arrivé à ses amis et appris qu'on m'en rendait responsable, j'ai pensé que c'était le moment de payer mon dû. Hélas, je ne pourrai jamais lui rembourser tout ce que je lui dois.

Il avait les yeux brillants, c'était sincère, cela se voyait.

— A moins de nous livrer Vincent DiMarco dans un paquet cadeau pour qu'on l'interroge, je ne vois pas ce que vous pouvez faire pour nous, déclara Cord d'un ton désabusé. Et ça ne risque pas d'arriver. Même la police est incapable de le localiser. Il se terre quelque part, mais où ? L'*underground* est difficile à pénétrer.

— Aah…

Vittorio posa sa grande main calleuse de travailleur à plat sur la table.

— L'*underground*, c'est ici. Et c'est moi qui y fais la loi.

Il embrassa du regard les consommateurs assis au bar qu'éclairait à peine la lumière tamisée.

Comme il achevait sa phrase, un bruit sourd retentit, comme un choc provenant de la porte. Un groupe d'hommes d'affaires installés à une table voisine et qui se délectaient du spectacle tournèrent la tête vers l'entrée et, comme pris de panique, se levèrent en chœur, prirent leurs vestes, posèrent quelques billets sur la table pour payer leur dernière tournée et filèrent sans demander leur reste. Un peu plus loin, d'autres clients montrèrent les mêmes signes de nervosité. Certains se levèrent et partirent. D'autres se tournèrent ostensiblement vers la scène, n'osant plus remuer, pas même les yeux, pour ne pas accrocher de regards.

— Pour le papier cadeau, vous jugerez, reprit Vittorio. Mais en tout cas je vous le livre pour interrogatoire.

Un véritable vent de panique avait soufflé sur le club qui s'était vidé du tiers de ses clients. Se frayant un chemin à travers les tables qui continuaient de se vider sur leur passage, quatre hommes de Vittorio, des colosses au faciès patibulaire, avançaient poussant devant eux un homme jeune, trente ans environ, genre play-boy, mais le visage tordu de honte et de peur.

Ce devait être DiMarco.

Il portait une veste d'intérieur de soie qui lui tombait aux genoux et menaçait de lui glisser des épaules. La ceinture, lâche, ne demandait qu'à se dénouer, et si…

Julia soupira, soulagée. Il portait un caleçon de soie lui aussi. Assorti.

Cord fixa Vittorio et explosa.

— Bon Dieu ! Ça fait des jours qu'on le cherche, et vous…

— Il fallait le chercher au bon endroit, ricana Vittorio. Il voit assidûment deux beautés suédoises. Des jumelles très…

douées. Qu'est-ce que tu penses ? Qu'on a interrompu un cours de langue ?

— Lâchez-moi ! gronda l'homme à l'adresse des molosses qui le maintenaient par les bras.

Sa veste s'ouvrit complètement, révélant un duvet noir et dru dans lequel étaient emprisonnées une ribambelle de médailles et d'amulettes en or.

— C'est une trahison, Vittorio ! grinça-t-il.

Brutalement, les hommes de Falcone le poussèrent contre la table qu'il heurta de la cuisse. Sa pomme d'Adam montait et descendait le long de son cou, trahissant son trac.

— *Quelle* trahison ? le reprit Falcone d'une voix qui glaça Julia.

Elle ne le connaissait pas sous cet angle. Sans doute avait-elle toujours préféré fermer les yeux pour ne pas voir.

— Tu deales de l'héroïne, non ?

DiMarco ouvrait la bouche pour répondre, mais d'un geste autoritaire de la main Falcone lui ordonna de se taire.

— Pas de mensonge, hein. Ça fait un moment qu'on te surveille, Vincenzo. Et je suis bien informé. Cet entretien aurait eu lieu de toute façon, mais si je peux rendre service à une amie… Tu as cru que tu allais pouvoir développer ton business en empiétant sur mon territoire, que le vieux faucon serait trop aveugle et trop fatigué pour se rendre compte de ce que tu faisais. C'est une erreur, et ce n'est ni la première fois que tu la commets, ni la plus grave.

Il fronça les sourcils.

— Maintenant, tu vas nous dire quel rôle tu as joué dans la mort de ce policier et de sa femme. Fais gaffe, Vincenzo, t'as pas intérêt à me mentir. J'aime pas qu'on me mène en bateau.

Tranchant comme une lame d'acier, le ton de Falcone fit trembler Julia.

Pour la première fois de sa vie, elle était confrontée à la

haine. Pas la colère. Pas la rage. Mais la haine. La vraie. Pure et dure. Totalement dépourvue de sentiment humain.

Mais l'envers de la haine était l'amour…

Brusquement, elle comprit pourquoi Vittorio Falcone haïssait Vincent DiMarco de tout son être. Ce n'était pas par hasard que son petit-fils avait failli perdre la vie. Ce type devait être en cause. C'était un mort en sursis qu'ils avaient devant eux, se dit-elle, l'estomac retourné.

A cet instant, Cord lui prit la main sous la table sans détacher les yeux de DiMarco et il la serra comme s'il comprenait le supplice que cette confrontation lui infligeait.

Elle s'était juré qu'elle ne dépendrait plus jamais de lui, de sa force. Que ce ne serait pas honnête. Au diable l'honnêteté !

Elle serra la main de Cord plus fort qu'elle ne l'avait jamais serrée, priant le ciel de la laisser dans la sienne à jamais.

Elle verrait plus tard à être raisonnable. Demain, elle reprendrait ses distances. Demain, elle serait juste et sage. Pour l'heure, elle avait besoin de Cord, de sa main sur la sienne, de ses doigts dans ses doigts. Leur chaleur lui était un réconfort nécessaire.

— Non, don Falcone, je n'ai rien à voir là-dedans. Je le jure.

DiMarco était vert. Dépenaillé, il avait essayé de refermer sa veste. En vain. D'ailleurs il n'essayait même plus.

— J'ai peut-être songé à régler le problème… Oui, je l'avoue, j'avais mis au point un petit stratagème dont je ne vous avais pas encore mis au courant, mais j'allais le faire…

— Tu mens encore. Je n'aime pas perdre mon temps.

Falcone fit une moue dégoûtée et se tourna vers Cord.

— Je t'appelle dans quelques heures. D'ici là, je saurai la vérité.

— Je peux le prouver, don Falcone !

L'homme à moitié dévêtu semblait sur le point de s'évanouir. Il s'agita sur sa chaise et voulut saisir le bras de Falcone.

Vittorio réprima un léger tremblement.

— Ne me touche *jamais*.

Julia comprit que ses craintes étaient justifiées.

— Un alibi n'a aucune valeur. Tu as payé quelqu'un pour faire la besogne à ta place, Vincenzo.

— Oui… C'est vrai.

Des gouttes de sueur suintaient sur le front de DiMarco.

— J'ai payé quelqu'un pour qu'il attache un explosif à sa voiture, don Falcone ! Si Durant avait vécu un jour de plus, il aurait sauté avec son auto quand il aurait démarré. C'était ça, mon plan.

— Il dit la vérité, intervint Cord. Lopez m'a dit cet après-midi qu'ils avaient remarqué que la voiture de Paul avait été bidouillée. Heureusement, quelqu'un a eu l'idée d'appeler le service de déminage avant qu'un autre flic ne se fasse tuer. Cette information n'a pas pu filtrer, elle n'a pas été divulguée. Les médias n'en ont rien su. Même vous, Falcone, ne connaissiez pas ce détail, pas vrai ?

Le vieil homme hocha la tête.

— J'ai mes sources, mais elles ne m'ont rien dit à ce sujet. Tu as de la chance, DiMarco.

Cord se leva. Même devant les hommes de Falcone, il dégageait une formidable impression de force physique. Mais, contrairement à eux, on le sentait maître de sa puissance.

— Vous espériez autre chose, dit Vittorio en repoussant sa chaise pour se lever. Je suis désolé.

— Je peux vous donner un nom, don Falcone !

DiMarco, qui s'épongeait le front à l'aide d'une serviette en papier, se pencha vers le parrain.

— Partons, dit Cord à Julia assez bas pour ne pas être entendu. S'il crache des noms et des infos sur la pègre, je serai obligé d'en informer ma hiérarchie, et Vittorio pourrait avoir des ennuis. Allez, viens.

Il se tournait pour partir quand DiMarco le retint par la manche.

— Non, attendez !

Il s'était à moitié levé de sa chaise mais retomba en arrière. L'un des hommes de Falcone s'approcha.

— A propos de la tuerie, c'est pas à moi qu'il faut parler. Vous feriez mieux de nettoyer devant votre porte.

— Qu'est-ce que tu racontes ?

Cord se tourna vers l'homme suant et soufflant, se pencha sur la table et y posa les mains bien à plat.

— Qu'est-ce que tu veux dire par « nettoyer devant votre porte » ?

Cord se pencha encore jusqu'à ne plus être qu'à quelques millimètres de la tête de DiMarco.

— Tu veux dire que c'est quelqu'un de chez nous qui a fait le coup ? reprit-il.

Brusquement, il se redressa, empoigna DiMarco par les revers de sa veste d'intérieur de soie et le souleva.

— Dis-moi ce que tu sais.

Il le secouait frénétiquement.

— Parle, bon Dieu !

— Je ne sais pas.

Le play-boy essayait désespérément de se dégager de la poigne de Cord mais n'y arrivait pas. Il ne respirait pas, il haletait, inspirant de petites bouffées saccadées.

— Tout ce que je peux dire…

Il reprit son souffle.

— C'est que… un homme est venu nous trouver… il y a plusieurs semaines de ça. Il voulait nous vendre des renseignements internes sur l'enquête que votre copain menait. Il nous a dit qu'il pourrait nous donner tout ce qu'on voulait savoir sur Durant.

— Son nom, bon Dieu !

Cette fois, Cord touchait la tête de DiMarco. L'ourlet d'un des revers de sa veste de soie craqua.

— Il a dit qu'il était flic, mais quand j'ai creusé, j'ai découvert qu'il avait été viré il y a quelques années.

Haletant de plus belle, DiMarco finit par se libérer de l'emprise de Cord.

— Il s'appelait, attendez… Tascoe, Dean Tascoe.

7

— Je ne veux pas que tu retournes chez toi ce soir. On va téléphoner à Mary et Frank qu'on ne viendra pas voir Lisbeth pendant un jour ou deux.

Cord écrasa les freins de la Bronco pour éviter la queue-de-poisson qu'un automobiliste venait de lui faire et serra son volant.

— On ne sait jamais, Tascoe peut très bien nous suivre. Je n'ai pas l'intention de le conduire tout droit chez la petite.

Julia poussa un soupir.

— Qui te dit que DiMarco n'a pas menti ? Tu as vu le bonhomme, Cord... Il aurait dit n'importe quoi.

Dès qu'ils avaient quitté Vittorio, elle avait insisté pour qu'ils appellent Lopez et lui rapportent les affirmations de DiMarco. La voyant vraiment désemparée, Cord avait accepté et appelé le commissariat.

— Tu crois que la police arrivera à temps au club ?

— Je pense qu'ils sont arrivés dans les minutes qui ont suivi notre appel, mais on va avoir du mal à les convaincre que ce n'est pas notre suspect numéro un.

Ils roulaient plein ouest et le soleil couchant les aveuglait. Cord abaissa son pare-soleil, sortit une paire de Ray-Ban de sa poche et les chaussa. Avec ses lunettes noires, il avait l'air d'un parfait inconnu.

Amusée de rouler en compagnie de quelqu'un qu'elle avait l'impression de ne pas connaître, Julia se mit à l'étudier comme si elle le voyait pour la première fois.

Ce n'était plus Cord Hunter, le voisin qui l'aimait depuis toujours, le meilleur ami de son grand frère qui s'était substitué à Davey quand celui-ci était mort. Ce n'était plus le jeune homme qui avait grandi et qu'elle avait vu ensuite avec d'autres yeux…

Si elle ne l'avait pas connu auparavant, elle n'aurait jamais imaginé que derrière ces lunettes noires se cachait l'homme le plus sensible, le plus tendre de la Terre. Si elle l'avait croisé dans la rue ou dans un ascenseur, elle aurait retenu de lui sa bouche pulpeuse, ses pommettes saillantes avec la petite cicatrice, ses cheveux noirs qu'il s'ôtait des yeux de temps à autre avec impatience. Il lui aurait paru menaçant et brutal, à éviter absolument.

Dans le même temps, si elle l'avait inopinément frôlé sur le trottoir ou en sortant de l'ascenseur, elle n'aurait pu s'empêcher de ressentir les symptômes bien connus — jambes qui flageolent ou manque d'air — et de se demander si plus d'intimité lui aurait plu. La réponse, bien sûr, aurait été oui.

Il rétrograda et la regarda à travers ses verres fumés.

— Pourquoi te fais-tu tant de bile pour lui, au demeurant ? Falcone est un des rares à ne pas traficoter dans les drogues dures, je sais, mais ça ne veut pas dire qu'il va punir DiMarco pour ça.

— DiMarco a fourni du crack au petit-fils de Falcone il y a six ans, dit-elle. Il devait chercher à atteindre Vittorio à travers quelqu'un de sa famille ou à éliminer purement et simplement la future génération de Falcone, pour avoir le pouvoir à lui tout seul quand le vieux boss serait fini. Pas besoin d'être devin pour savoir que la vie de DiMarco ne vaut plus bien cher, maintenant que Falcone a compris que c'est lui qui a tenté d'éliminer Anthony.

— Je comprends mieux maintenant. Je me disais bien, pendant la réunion de tout à l'heure, qu'il me manquait certains éléments. Tu es sûre de ce que tu avances ?

— Oui. J'ai vu la haine dans les yeux de Vittorio.

— Tu as raison, convint Cord. Pour lui, les affaires sont les affaires et il ne peut pas accepter qu'on lui mette des bâtons dans les roues, mais ce qu'il manifestait à l'encontre de DiMarco était effectivement personnel… Très personnel.

— Je ne peux pas lui reprocher de vouloir lui donner une correction, dit-elle. Mais juste une correction.

Elle avait honte de dire une chose pareille, mais elle comprenait le vieux boss.

Le code de Vittorio Falcone était simple, et si quelqu'un le transgressait, la répression était brutale. Elle approuvait une partie du raisonnement. Les enfants étaient sacrés et devaient être protégés. Si une guerre interne entre clans rivaux faisait rage, il fallait les tenir en dehors de tout. DiMarco avait violé ce code.

— C'est facile de ne plus savoir où sont les limites quand on trafique avec un truand comme DiMarco, observa Cord.

Il y avait comme un avertissement dans sa voix.

— Regarde Dean Tascoe, poursuivit-il. C'était un flic comme il faut dans le temps, et vois ce qu'il est devenu. Un beau jour, il a décidé de se faire justice lui-même. Je ne serais pas étonné d'apprendre aujourd'hui que c'est un assassin.

— Qu'est-ce qui te permet de dire ça ? Même si DiMarco a dit vrai, ce qu'on sait c'est que Tascoe voulait négocier des renseignements. Il est amer depuis qu'on lui a repris son badge et il en veut à la Terre entière. Mais je ne vois pas pourquoi il aurait visé Paul particulièrement. Et au point de descendre aussi Sheila et de vouloir également éliminer leur fille.

— Paul m'a soutenu quand j'ai écrit mon rapport sur Tascoe, la coupa Cord. Sans son aide, ç'aurait été ma parole contre celle d'un enquêteur en apparence irréprochable, dans la police depuis vingt ans. Tascoe avait plus de poids que moi, et je l'ai évincé sous prétexte qu'avec Paul on est tombé sur lui et un de ses potes en train de tirer sur un petit maquereau qui ne méritait que ça, tout le monde en est convenu. Il n'empêche…

Julia vit son visage se crisper.

— Même moi, je n'aurais pas versé une larme si on m'avait dit que le corps de Billy Wolfe avait été retrouvé criblé de balles dans le fin fond d'une impasse.

— Avec cet état d'esprit, pourquoi as-tu dénoncé Tascoe ?

— Parce qu'il faut quelquefois passer au-dessus de ce que l'on ressent, dit-il calmement. Il faut avoir une ligne de conduite et s'y tenir.

Ils approchaient d'un carrefour. Le feu passant au rouge, Cord ralentit. Il fixait la route droit devant lui et parlait comme s'il récitait une leçon. C'était étrange.

— Il y a des décisions dures à prendre. Parfois, elles te réveillent en nage la nuit des années après, et tu te demandes ce qu'aurait été ta vie si tu avais agi différemment. Mais au moins, je peux passer la tête haute devant mes amis, oui…

Il hésita.

— Je peux me regarder dans la glace tous les matins sans avoir honte de moi. C'est important, Julia. Enfin, pour moi, c'est important. Si j'avais agi différemment, je n'aurais jamais eu l'âme en paix après ce que j'ai vu Tascoe faire à Wolfe. Paul non plus, d'ailleurs.

Le feu passa au vert. Accélérant, il traversa le carrefour tout en continuant de parler.

— De toute manière, Tascoe estime qu'avoir perdu son job lui donne le droit de tuer.

Il mit son clignotant et tourna dans le parking du motel.

La voiture de Julia était stationnée devant la chambre de Cord, là où elle l'avait laissée quand elle était venue le chercher pour aller aux obsèques. Dire que cela ne faisait que quelques heures… Elle aurait juré que l'enterrement remontait à plusieurs jours. Un panneau derrière la fenêtre de la réception affichait « Complet ». Ce n'était donc pas là qu'elle trouverait une chambre.

— Tu devrais peut-être quitter la ville pendant quelque temps, lui dit Cord en se garant près de sa voiture.

Il éteignit le moteur et resta assis dans la Bronco. Il ne semblait pas décidé à descendre.

Elle le regarda et lui lança, mi-étonnée, mi-agressive :

— Et pourquoi ?

— Parce que Tascoe t'a vue avec moi aujourd'hui et qu'il sait que tu comptes beaucoup dans ma vie. S'il a tué Sheila, il est capable de s'attaquer aussi à toi.

Il ôta ses Ray-Ban et se frotta l'arête du nez.

— Si Tascoe est notre homme, je suis la deuxième moitié dans son équation revanche. Il savait qu'il n'aurait pas besoin de venir en Californie pour me trouver, car il se doutait bien que j'assisterais aux obsèques de Paul.

— Tu oublies quelque chose : tu es venu aussi pour moi, Cord.

Elle se mordit la lèvre.

— Entrons, marmonna Cord. On sera mieux à l'intérieur pour discuter. Ce n'est pas terrible pour des policiers de se montrer en spectacle.

Elle mit pied à terre et claqua la portière plus fort que nécessaire. Cord ferma à clé et la précéda.

A peine entrée dans la chambre, elle pivota pour lui faire face.

— Tu es venu parce que nous sommes tous les deux responsables de Lisbeth. Je te rappelle qu'il y a cinq ans, tu n'étais pas tout seul à la tenir sur les fonds baptismaux. On a promis tous les deux de veiller sur elle s'il arrivait quelque chose à ses parents. J'étais là, moi aussi. J'ai fait le même vœu que toi ! Et maintenant, tu voudrais que je m'en aille alors que sa vie est en danger ?

Cord haussa ses sourcils bien dessinés.

— Je suis venu te voir parce que j'espérais qu'elle te dirait ce qu'elle avait vu, qu'elle te donnerait des détails sur le tueur, sur sa voix… Enfin, quelque chose.

Il enleva sa veste, desserra sa cravate et soupira.

— Mais, si j'ai bien compris, elle n'a pas dit un mot depuis que je l'ai sortie de la maison. Mary m'a dit qu'elle n'accepte pas de jouer avec les autres enfants, ni même de leur parler.

— Elle commence à me répondre, protesta Julia. Ça s'améliore. Elle me laisse lui prendre la main. Hier, quand elle a vu King poursuivre un écureuil, elle a ri un petit peu.

Elle s'arrêta et réfléchit.

— A part ça, admit-elle sans enthousiasme, je ne pense pas qu'elle nous dise grand-chose sur ce qu'elle a vu cette nuit-là. Dans un avenir proche non plus.

— De toute façon, tu ne seras plus là. Quand je suis arrivé chez toi la fameuse nuit, tu as tout de suite mis les choses au point : tu ne voulais pas t'impliquer. Je ne sais même pas pourquoi on discute de ça en ce moment.

Elle le foudroya du regard.

— Parce que je me suis impliquée, évidemment. C'est trop facile, Cord ! Tu viens me demander mon aide et puis tu me rejettes. Moi aussi j'ai le droit de me regarder dans la glace sans avoir honte. Ces deux dernières années, je ne peux pas dire que j'ai été très fière de la personne qui me fixait !

Elle s'arrêta. Elle en avait trop dit.

— Lopez a dit que tu avais été descendue en flammes. Dis-moi ce qui s'est passé après mon départ, Julia. Les semaines qui ont suivi, qu'est-il arrivé ?

Il lui prit le poignet, le serra.

— Tu m'avais dit que tu voulais démissionner, mais je crois comprendre que c'était bien plus compliqué que cela.

— J'ai fait une bêtise. Dans ce métier, rater une mission peut entraîner la mort d'un enfant, aussi ai-je rendu mon badge plus tôt que je ne l'avais envisagé. Tu n'as pas besoin d'en savoir davantage, sauf que je veux bien travailler sur cette affaire.

Elle tordit son poignet pour qu'il le lâche et fila dans la salle de bains, laissant la porte entrebâillée. Elle enleva sa veste, la posa sur le robinet de la douche puis déboutonna son chemisier et le retira en agitant les épaules.

— Quand j'étais dans la police, continua-t-elle en lui tournant le dos, je travaillais avec des gens qui étaient tout le temps stressés, des gens qui mentaient ou avaient quelque chose à cacher. J'ai appris à les deviner. Tascoe est peut-être un pourri, mais je ne le vois pas descendant une femme de sang-froid. Ça ne colle pas avec lui.

— Il est violent et sans pitié, répondit Cord. Je ne vois pas en quoi ça ne colle pas avec le meurtre de Sheila ?

Puis il changea de ton.

— Dis donc, tu as pensé à moi ? Ce serait plus facile pour moi si tu gardais tes vêtements pendant que nous discutons !

Penchée sur le lavabo, Julia fit couler de l'eau et y plongea son chemisier.

— Tu m'as vue en plus simple appareil de nombreuses fois, objecta-t-elle sans se retourner. J'avais une tache. Ce sont les hommes de main de Falcone qui m'ont un peu brutalisée tout à l'heure avec leurs pattes sales. Mais peu importe ! Je ne suis pas une bimbo du *Bootie Palace*, de toute façon. Tu dois bien être capable de te tenir une minute ou deux. Puis-je t'emprunter une chemise ?

Elle portait des dessous très décents, qui ne révélaient rien de plus ni de moins qu'un maillot de bain. Rien de très excitant. Sauf sa petite culotte, peut-être. Oui, elle était mignonne et coquine. Elle se l'était offerte récemment, un jour où elle avait envie de se faire plaisir. Elle était bleu pâle, avec des carottes en train de danser imprimées dessus. Freud y aurait certainement vu un message sexuel.

— Choisis celle que tu veux.

Sans descendre du lit, il lui montra de la main la penderie près du téléviseur accroché au mur.

— Mais ça m'étonnerait que tu en trouves une à ta taille, dit-il. A propos, si ça peut t'intéresser, je pense toujours que tu es la plus belle femme que j'aie jamais vue. J'aime tes coudes, tes genoux. Eh oui ! Et j'adore tes seins, surtout quand je les tiens dans le creux de mes mains.

Julia traversa la chambre, ouvrit le placard, fit mine de passer toutes les chemises en revue et finit par en décrocher une, blanche à fines rayures blanc cassé, qu'elle enfila. Sans être le champion des grandes déclarations romantiques, Cord avait toujours eu un don pour lui dire des choses gentilles qui la faisaient fondre, comme maintenant. Il en ponctuait ses conversations, l'air de rien, comme s'il faisait une simple constatation, et chaque fois elle sentait son cœur faire un petit bond dans sa poitrine.

« Imbécile de cœur ! » se dit-elle les larmes aux yeux.

Deux grosses gouttes, rondes et chaudes, roulèrent sur ses joues.

Et imbécile elle-même de baisser la garde ne serait-ce qu'une minute !

— Tascoe donne peut-être l'impression d'être violent, dit-elle en nouant les pans de la chemise de Cord sur ses hanches, n'empêche qu'il traite la femme avec laquelle il vit comme si c'était un saxe.

Elle roula les manches et se regarda. Deux fois trop grande pour elle, cette chemise. Elle avait l'air d'un clown.

— Il est peut-être véreux et tordu, mais il considère les femmes comme des êtres fragiles qu'il faut protéger et non malmener. Ce qui tendrait à prouver qu'il est incapable d'avoir descendu Sheila.

Cord se leva.

— C'est une théorie, Julia. Ce n'est pas une preuve. Il ne faut pas négliger ce que pensait Paul. Il était convaincu que celui qui épiait sa famille avait un lien avec la police. Dean Tascoe a peut-être été rayé des cadres, mais certains pensent qu'il continue à avoir des contacts. Jackie est la secrétaire personnelle du chef, il ne faut pas l'oublier.

— Jackie ? La femme qui l'accompagnait ?

Une inflexion dans sa voix dut attirer son attention, car il la regarda avec étonnement.

— Oui. Jackie Redmont. Une fille sympa qui n'a pas eu la vie facile. Pourquoi ?

Elle hocha la tête, troublée.

— Tu n'as pas trouvé qu'elle en faisait un peu trop à l'enterrement ? Comment dire… Elle avait l'air tellement secouée.

— Tout le monde était secoué, même ceux qui ne connaissaient pas Paul et Sheila personnellement, répondit Cord. Que veux-tu dire au juste ?

— Elle avait les mains qui tremblaient, Cord. Et quand elle a évoqué Lisbeth, elle avait l'air complètement sens dessus dessous.

— Je viens de te le dire, elle n'a pas eu une vie facile.

Il la regarda par-dessus son épaule, l'air interrogateur.

— Je vois que tu n'as pas perdu ton flair, Julia. J'étais tellement occupé à guetter les faits et gestes de Tascoe que les réactions de Jackie m'ont échappé. J'ai entendu dire que sa fille a quitté la maison il y a deux ans sans prévenir et qu'elle n'a plus eu de nouvelles d'elle depuis. Ceci explique peut-être cela ?

Julia revit l'expression hantée de la femme qui accompagnait Tascoe et ressentit de la pitié.

— Elle a perdu un enfant ? Comme c'est triste !

Cord se concentrait sur un bouton de manchette qu'il n'arrivait pas à enlever.

— Sa fille n'était plus une gosse quand elle s'est volatilisée, elle devait avoir dix-neuf ou vingt ans. Ça doit quand même être dur. Cette femme est veuve, sa fille représentait tout pour elle. Quel que soit l'âge d'un enfant, il reste toute sa vie un enfant pour ses parents.

— Peut-être, laissa tomber Julia.

Epuisée, vidée, elle s'était assise sur le bord du lit. La remarque de Cord s'appliquait aussi à elle, à ses relations avec son père, et cela lui faisait mal.

Sauf que Willard Stewart ne s'était jamais effondré sous prétexte qu'il la voyait trop rarement. Son père aussi avait perdu un enfant, et cet enfant qu'il pleurait encore, ce n'était pas elle mais son frère. Cord et elle avaient été en désaccord sur ce point. Cord prétendait que derrière la façade sévère battait un cœur en or. Willard et elle se ressemblaient trop pour avoir des relations faciles. Cela ne voulait pas dire que son père ne l'aimait pas, mais qu'il était trop pudique pour le lui dire.

Cord aimait trop les happy ends, se dit Julia. Elle-même était un peu plus pragmatique.

— On devrait peut-être s'en tenir aux sujets sur lesquels on est d'accord, dit-elle sans rancune. Par exemple, mon intention de mener cette enquête avec toi.

Elle s'adossa à la tête de lit et fit une moue comique.

— Et puis, dans le fond, je n'ai pas besoin de ton accord pour faire ce que je veux.

— Non, tu as raison.

Il lui lança un regard amusé dans la glace et finit d'enlever sa chemise.

— On n'est plus à l'époque où Davey et moi allions escalader la montagne et t'empêchions de venir.

— N'empêche que je vous suivais. Je m'arrêtais seulement quand je ne vous voyais plus.

A ce souvenir, elle sourit.

— Et comme vous étiez à bicyclette et moi sur mes petites pattes de cinq ans, je vous perdais vite de vue.

— Si je m'amusais à faire ça aujourd'hui, j'imagine que tu prendrais ta bicyclette.

Elle fit oui de la tête et le regarda. Il lui souriait, mais derrière ce sourire de façade, son visage était sérieux.

— C'est d'accord, on travaille ensemble, mais je veux que tu restes ici avec moi. On va aller acheter quelque chose à te mettre avant que les boutiques ne ferment. Ensuite, je t'invite à dîner. Si tu es sage !

Tout en parlant, il approcha son visage de la glace et se passa la main sur les joues pour juger de l'état de sa barbe. Il ouvrit alors un tiroir et en sortit un jean et un T-shirt bleu marine qu'il lança sur le lit.

— Rester ici avec…

Elle laissa sa phrase en suspens.

— Tu n'y penses pas !

— Tu m'as vu moins vêtu que ça des centaines de fois. Que dis-je ? Beaucoup moins vêtu que ça !

Il lui adressa un sourire canaille, défit sa ceinture et son pantalon.

— Tu n'as pas le choix, Julia. Tant qu'on travaille ensemble, on est liés toi et moi. On mange ensemble, on interviewe les suspects ensemble, on dort ensemble. Tu prends le côté gauche du lit, ajouta-t-il en enlevant son pantalon. J'étais ici avant toi et je préfère être du côté de la porte.

Il était tout près d'elle maintenant et elle aurait pu le toucher, mais elle s'en garda.

Il portait un boxer blanc, évidemment. Un jour, pour Noël, elle lui avait acheté un minislip rouge, davantage pour voir sa réaction quand il ouvrirait son cadeau que dans l'espoir qu'il change de goût et troque ses indéfectibles slips blancs contre des dessous plus sexy. C'était l'année où King faisait encore ses dents. Le lendemain, ils avaient trouvé le slip en lambeaux entre les pattes du chiot. Cord avait juré ses grands dieux qu'il l'avait pourtant mis hors d'atteinte de l'animal.

Elle se plaisait à s'attarder sur ce souvenir lointain pour éviter de penser aux cuisses au galbe parfait, à l'estomac plat et à la carrure athlétique de l'homme qui se tenait devant elle. Contrastant avec la teinte cuivrée de sa peau, son boxer était aussi blanc qu'un drapeau de reddition.

— Non, Cord. Je ne peux pas rester avec toi.

Elle essaya de détourner les yeux, mais elle avait du mal à simuler l'indifférence, d'autant que ses joues la brûlaient.

— Tu rougis, observa-t-il.

Il se pencha — elle battit plusieurs fois des cils —, prit le jean sur le lit et poussa un soupir d'exaspération.

— Pour dire les choses franchement, je ne supporterai pas de te voir soupirer sous prétexte que je sursaute chaque fois que tu me frôles. Avoue que nous avons d'autres sujets d'agacement !

En réponse, Cord laissa tomber son jean et se pencha sur elle, si vite qu'elle n'eut pas le temps d'esquiver. Un genou entre ses jambes, un bras derrière son dos, il la serra contre lui, lui prit sauvagement la bouche, et ils tombèrent l'un sur l'autre sur le lit.

Quand il l'avait embrassée deux jours plus tôt au lac, il y avait du désarroi dans leur baiser. Aujourd'hui, ils étaient submergés par un désir trop longtemps contenu.

Encouragée par la fougue de ses baisers, elle se mit à défaire fébrilement les boutons de la chemise qu'elle portait. Elle ne supportait pas que quelque chose les sépare. Elle le voulait contre sa peau, contre ses seins.

— Laisse-moi te l'enlever, grogna-t-il. Et tant pis si je la déchire, elle est à moi.

Il empoigna les pans et tira jusqu'à ce que le tissu craque. Il l'avait bel et bien déchirée. Les boutons volèrent avant de retomber en s'éparpillant autour d'eux.

— Attends, il faut que j'enlève mon soutien-gorge, dit-elle d'une voix rauque qu'elle ne reconnut pas.

— Trop tard, chérie. J'ai toujours été plus habile que toi à te déshabiller.

Les mains dans son dos, il dégrafa le soutien-gorge dont il fit glisser les fines bretelles sur ses bras.

— Parfois, je me disais que mes souvenirs étaient faux, qu'aucune femme ne pouvait être aussi parfaite, aussi désirable, murmura-t-il. Mais non, mes souvenirs ne me trompaient pas.

Il se pencha encore plus près de son visage.

— Non, ce n'était pas un effet de mon imagination. Je ne rêvais pas. Tu es réelle.

Julia retint sa respiration.

C'était bien la réalité, mais elle ressemblait à un rêve. Cord avait posé les mains sur ses hanches, et elle les sentait s'enhardir au risque de se perdre dans les endroits défendus où elle rêvait secrètement de les sentir.

Non, ce n'était pas un rêve. C'était vrai, et ça se terminerait encore une fois dans le chagrin et dans les pleurs.

— *Non*, Cord. Il ne faut pas.

Les mots s'étranglèrent dans sa gorge.

— Il ne faut pas, répéta-t-elle.

Il releva la tête et la fixa droit dans les yeux.

— Ce n'est pas mal, Julia. Pourquoi serait-ce mal ? Je ne suis pas un inconnu rencontré par hasard qui voudrait faire joujou une heure ou deux avec toi. C'est comme ça que les choses doivent être entre nous. Ce sont ces deux dernières années loin l'un de l'autre qui ont été une anomalie. Aujourd'hui, je te jure que nous sommes dans le droit chemin.

— Nous n'avons rien à espérer de l'avenir, insista-t-elle. Nous n'avons pas de futur ensemble.

Elle le regardait droit dans les yeux elle aussi, mais, les secondes passant, elle se sentait faiblir. Si ce face-à-face s'éternisait, elle allait baisser les armes.

Ce serait égoïste, protesta avec véhémence une petite voix intérieure. Elle essayait de se convaincre que tout était de nouveau possible, pas vrai ? Même se marier comme ils en avaient fait le projet autrefois ? Ainsi elle aurait ce qu'elle avait toujours désiré, c'est-à-dire Cord. Mais lui n'aurait qu'à faire une croix sur ses rêves de famille.

Cette petite voix cruelle qui lui susurrait des reproches, c'était celle de sa conscience. Et ces reproches étaient mérités.

— Pourquoi ne pourrait-on pas envisager de vivre ensemble ? Qu'est-ce qui nous en empêche ? Dis plutôt que ça ne te tente pas.

Elle s'assit brusquement.

— Je t'ai déjà dit que ça ne me dit rien. C'est ça que tu veux entendre ?

Elle avait élevé le ton et tordait nerveusement les pans déchirés de sa chemise.

— Je n'ai pas à m'expliquer. On l'a déjà fait il y a deux ans. Tout était limpide.

— Mais la situation dans laquelle nous sommes aujourd'hui n'a rien à voir.

Elle repoussa ses cheveux de son visage, égarée.

— Il faut que je parte. Il faut que je trouve un endroit où dormir ce soir. Je te retrouve ici demain matin, on décidera alors de notre emploi du temps.

— Non !

Il se leva, furieux.

— Je t'ai laissée décider une fois, ça ne recommencera pas.

Lui tournant le dos, il enfila son jean puis se retourna vers elle, les mains sur les hanches.

— Ecoute-moi, Julia. Ce n'est pas par vice que je te veux dans ma vie. J'ai toujours été franc avec toi. Je n'ai jamais cessé de te désirer, je n'ai jamais cessé de t'aimer ni, je l'admets, d'espérer te prouver que nous deux, ça peut fonctionner. C'est peut-être débile de ma part, mais j'ai toujours cru que lorsqu'on se reverrait il y aurait un miracle, que tu te jetterais dans mes bras. Hélas, dès la première seconde, j'ai réalisé que le miracle ne se produirait pas. Tu m'as regardé avec des yeux… Comme si j'étais la dernière personne que tu avais envie de voir.

Il y avait tant de peine dans sa voix qu'elle sentit son cœur se briser. Il ne méritait pas ça. Le considérant, elle vit les changements qui s'étaient opérés en lui au cours de ces deux années : des mâchoires plus anguleuses, des joues plus creuses, des petites rides plus marquées autour de la bouche, plus de tension, aussi.

— En fait, tu m'avais fait peur, Cord, soupira-t-elle. Pendant quelques secondes, j'ai bien cru que tu étais un fantôme.

Il hésita un moment et s'assit près d'elle sur le bord du lit.

— Je ne te mène pas en bateau, ma chérie. Je veux que tu restes près de moi parce que, dès l'instant où tu disparais de ma vue, je me figure que tu es en danger. Je respecte ce que tu as dit sur Tascoe, mais nous ne savons rien de façon certaine. Si je me trompe et que ce n'est pas lui qui a tué Paul et Sheila, alors nous ne savons pas qui est l'assassin et encore moins ce qu'il mijote. Je veux te savoir en lieu sûr.

« Quel type adorable ! » se dit-elle avec désespoir. Il était bon et tendre, et respectable. Comme elle regrettait de le contrecarrer ! Elle lui souhaitait bonheur, amour et… une ribambelle d'enfants. Ce qu'il lui demandait pour l'instant, le rassurer en restant avec lui, elle pouvait bien le lui offrir. Ce n'était pas un sacrifice insurmontable.

— Bon, je reste avec toi.

Elle vit qu'il était soulagé et, bêtement, eut envie de pleurer.

— Je te laisse même prendre le côté droit du lit, ajouta-t-elle.

Les deux coins des lèvres de Cord se relevèrent. Il tendit la main vers son visage et remit en place une mèche de ses cheveux.

— Tu te rappelles ce qu'on était l'un pour l'autre, autrefois ?

Il parlait tout bas, d'une voix rauque, cette voix qu'elle n'avait jamais oubliée, qu'elle entendait dans ses rêves même quand ils étaient à des milliers de kilomètres l'un de l'autre.

— Je sais que cette époque est derrière nous, mais tu te rappelles ?… Quel couple nous formions !

Il referma les bras sur elle, la serra contre lui.

Blottie contre sa poitrine, elle laissa couler les larmes qu'elle retenait depuis un moment. Elle entendait battre le cœur de Cord. Elle leva les yeux pour le regarder, mais sa vue était brouillée par les larmes.

— C'est fini ce temps-là, Cord, murmura-t-elle.

Les mots lui faisaient mal.

— Mais tu as raison, c'est vrai que nous formions un couple formidable. Nous…

Sa voix se brisa. Elle crut que son cœur explosait.

— … Nous avions tout, compléta-t-elle.

8

La serveuse déposa les tasses de thé fumant sur leur table.

Le petit restaurant vietnamien n'arrivait pas à la cheville du luxueux restaurant français que son père affectionnait, mais le repas que Julia venait de partager avec Cord avait été agréable.

Elle avait profité de sa promenade dans le centre commercial pour faire quelques courses. Deux T-shirts, des jeans et un pantalon kaki qu'elle avait d'ailleurs gardé sur elle. Ses achats terminés, elle avait insisté pour rentrer, mais Cord, inquiet de sa mauvaise mine, lui avait imposé de déjeuner.

Cord faisait partie de ces hommes qui se sentent investis d'une mission d'ange gardien. Il aimait protéger. Les fois où elle l'avait vu avec des enfants, elle s'était dit qu'il était dans son élément. Le jour où ils avaient amené Lisbeth à Mary et Frank Whitefield, elle avait remarqué comment il avait poussé les petites filles sur la balançoire, chacune à son tour, pour ne pas faire de jalouse. Terry et Tessa, les jumelles de Mary et Franck, avaient hurlé pour que Cord les pousse le plus haut possible, mais quand était arrivé le tour de Lisbeth, il s'était placé devant elle et l'avait poussée très doucement pour ne pas l'effrayer.

C'était un père-né, pensa-t-elle en le regardant traverser la salle du restaurant pour rejoindre leur table. Il aurait des enfants à lui, il en avait vraiment envie, besoin presque. Aussi difficile que ce soit à admettre, elle ne devait pas l'oublier.

— Tascoe a disparu, dit-il en s'asseyant, visiblement soucieux.

Il parlait très bas mais cachait mal sa colère.

— DiMarco s'est mis à table quand ils l'ont conduit au poste. Il a exigé d'appeler son avocat, a demandé un pantalon et a craché tout ce qu'il savait sur tout !

Il serra les dents.

— Il leur a raconté la même histoire qu'à nous sur Tascoe, mais j'ai l'impression que Lopez penche plus pour DiMarco comme suspect. Elle a quand même envoyé une patrouille pour chercher Tascoe en vue de l'interroger, mais ils n'ont pas réussi à le trouver.

— Peut-être qu'un de ses anciens potes l'a informé que la police était à ses trousses ? Mais je ne crois pas, dit-elle après réflexion. Je ne vois pas Tascoe filant au moindre problème. Il doit se sentir assez fort pour bluffer et manipuler une fille comme Lopez. Tu ne penses pas qu'il aimerait croiser le fer avec elle, juste pour démontrer à la police l'erreur grossière commise en le licenciant ?

— Je ne sais pas.

L'air absent, il avala une gorgée de thé et se tut. Soudain, elle vit son regard pétiller.

— Tu n'es pas trop moulue ?

Elle écarquilla les yeux.

— Moulue ? Tu veux dire fatiguée ?

S'il lui avait posé cette question une heure plus tôt, elle lui aurait dit qu'elle était vidée. Mais le déjeuner et le thé l'avaient requinquée, elle se sentait revivre.

— Tu aimerais rendre visite à Jackie Redmond, dis-le.

Il ne répondit pas.

— Si c'est ça, dit-elle, certaine d'avoir deviné, je suis partante,

Cord. Si Tascoe est en fuite, il a déjà une longueur d'avance sur nous. Ce serait stupide de le laisser prendre plus l'avantage.

Il lui adressa un petit sourire qui l'emplit de bonheur.

— C'est bien mon avis.

Il paya la note et ils sortirent.

Etre avec lui, même en ces circonstances, lui faisait un bien fou, alors qu'elle pensait ne plus jamais le revoir. A dire vrai, ces deux dernières années, elle n'avait pas pu oublier les longues et douces nuits passées dans ses bras, ni l'éclat de ses yeux quand il lui disait « je t'aime », ni le goût de ses lèvres sur les siennes. En revanche, elle avait oublié le bonheur tout simple d'être seulement près de lui.

Jackie Redmond habitait de l'autre côté de la ville. Ils en avaient pour une vingtaine de minutes en voiture. Comme ils s'y rendaient, une pluie fine se mit à tomber. Cord mit les essuie-glaces en marche. Leur va-et-vient régulier sur le pare-brise avait un effet apaisant que Julia apprécia.

Le calme qu'elle ressentait un instant plus tôt cédait la place à l'anxiété. Elle se surprit à se tordre les doigts nerveusement. Il fallait qu'elle se rappelle que la violence commençait dès qu'elle franchissait sa porte et que des menaces rôdaient partout. Comme autrefois, elle était chargée de veiller à ce qu'aucun danger ne mette en péril la vie d'une enfant. Lisbeth. Elle avait échoué une fois. Cela ne devait pas se reproduire. Mais rien n'était moins sûr.

— Le petit-fils de Vittorio… Comment s'appelle-t-il, déjà ?

— Anthony, répondit-elle.

Les rues étaient luisantes de pluie, les feux des voitures s'y réfléchissaient comme dans un miroir.

Elle ferma les yeux et revit le visage rond de Lisbeth, ses cheveux roux, soyeux comme ceux de sa mère. Cette fois-ci, elle n'avait pas le droit d'échouer. S'ils ne retrouvaient pas l'assassin à temps, il risquait d'y avoir du grabuge. Lisbeth était peut-être déjà menacée ? Quoi qu'en pensent ses ex-collègues, elle ne pouvait se résoudre à voir en Tascoe le meurtrier de Paul et Sheila. Il aurait tué Paul, à la rigueur. Mais une femme, jamais. Quant à Paul, Tascoe n'avait aucune raison d'infliger des blessures supplémentaires à une victime déjà morte, sauf à vouloir semer le doute dans les esprits en signant ce crime de la marque de la mafia. C'était la théorie de Cord, mais elle n'y adhérait pas. Cela continua de l'obséder pendant tout le trajet.

— Tué par balle, je veux bien, mais frappé ensuite à l'arme blanche, pourquoi ? dit-elle soudain. Le meurtre de Sheila était propre. Pourquoi Paul a-t-il subi un sort différent ?

Cord ne répondit pas.

— Tu veux savoir ce que je pense ? ajouta-t-elle. Sheila a été tuée parce qu'elle devait l'être. Paul a été tué parce qu'il est remonté du sous-sol plus vite que l'assassin ne l'avait prévu.

Elle l'aurait parié, c'était ça qui s'était passé. Elle se tourna vers Cord pour lui demander son opinion mais s'arrêta brusquement.

Et si elle se trompait ? Elle s'était bien trompée une fois. Cette fameuse fois, elle était également persuadée d'avoir raison. Cette fois-là aussi, la vie d'un enfant était en jeu. Elle ne devait pas se faire confiance. Elle devait se méfier de ses intuitions, de son instinct. Elle allait dire à Cord qu'elle ne voulait plus se mêler de cette enquête, qu'elle avait changé d'avis. Qu'elle n'était pas capable, pas douée pour ce métier…

— Falcone a dit qu'Anthony faisait des études de médecine ?

La question de Cord la sortit de ses pensées.

— Oui, à Harvard.

— En voilà un à qui tu as sauvé la vie, dit-il, les yeux braqués sur la route dangereuse. Il te devra toujours une fière chandelle.

Elle se cala dans son siège, impatientée, déterminée à déclarer forfait.

— Tu lui as redonné goût à la vie, insista Cord. C'est vrai que tu dois y être habituée.

— Pas du tout. Je ne vois pas les choses comme ça. Il y a toujours les autres. Et ces autres sont très nombreux…

— Tu ne repenses jamais aux enfants que tu as sauvés ? Je suis certain que tous ces gosses sans exception se souviennent de toi.

— Enfin, Cord…

— Un jour, Anthony Falcone aura des enfants. Ils deviendront grands à leur tour et formeront la nouvelle génération. Ils ne sauront peut-être jamais l'histoire de leur père, mais ils devront d'être sur Terre à une femme qui a refusé de baisser les bras quand tous les autres avaient démissionné, une femme qui a cherché sans relâche un adolescent à la dérive jusqu'à ce qu'elle le retrouve et le ramène chez lui.

Il serrait son volant très fort.

— Tu es formidable, Julia. N'oublie jamais ça.

Elle ne répondit rien.

Ils se turent le reste de la route. Absorbée par l'idée qu'il avait soulevée, de tous ces enfants rescapés de la mort, Julia se sentit bientôt plus sereine.

— Nous sommes arrivés, dit soudain Cord. C'est maintenant que ça commence. Tenons-nous prêts à battre en retraite.

Elle leva les yeux vers lui.

L'homme avec lequel elle avait passé la soirée, l'homme qui l'avait serrée dans ses bras un peu plus tôt avait disparu. A sa place se tenait un policier. Méfiant, prudent, professionnel.

Ce qui les attendait n'était pourtant probablement pas méchant, se dit-elle.

Une décharge d'adrénaline vint contredire son assurance de façade. Mieux valait ne pas miser sur la facilité. On ne savait jamais.

Elle baissa les yeux et vit que, réflexe de flic, elle avait la main à la hanche, prête à dégainer.

Avant de quitter le motel, quand elle avait vu Cord prendre son arme, elle lui avait fait remarquer qu'elle n'en avait pas.

— Tu n'as plus droit au port d'arme ?

Il avait semblé rassuré quand elle lui avait répondu que si.

— Bon, on ira t'acheter un revolver demain. Quand tu faisais partie de la police, tu sortais toujours armée.

Les vieilles habitudes ne se perdaient pas, se dit-elle, heureuse de constater qu'elle avait gardé les automatismes du métier.

Les idées bien en place, prête à intervenir, elle fit un signe de tête.

— Allons-y.

Le crachin qui noyait le paysage depuis leur départ avait viré à l'orage tropical, et c'est sous un rideau de pluie qu'ils traversèrent la rue. L'auvent d'une boutique, éclairée par deux globes fixés de chaque côté de la porte vitrée, leur servit de refuge.

— Nous aurions dû attendre un peu. Tu as l'air d'un chat mouillé, se moqua-t-il.

Elle le regarda. Les gouttelettes de pluie accrochées dans ses cheveux noirs brillaient comme autant de petit diamants.

— Et toi, d'un chien de milliardaire mouillé ! répliqua-t-elle en riant.

Machinalement, elle posa la main sur son visage et, du bout du doigt, écrasa une perle d'eau retenue dans sa barbe naissante. Avant qu'elle n'achève son geste, il plaqua sa main sur la sienne.

— Je ne pense pas qu'il se passe grand-chose, mais il faut toujours se méfier. Le pire scénario serait que Tascoe se cache là. Je te supplie de ne pas me quitter d'une semelle et de ne prendre aucun risque.

Il tenait toujours sa main. Elle était si près de sa bouche

qu'elle sentait son souffle tiède lui effleurer les doigts. C'était rassurant et troublant à la fois. Troublant, surtout.

— Je serais plus rassuré si tu étais armée, souffla-t-il.

— Je fais confiance à mon équipier pour voir ce qui se passe dans mon dos, répondit-elle doucement. Mais sois prudent, toi aussi… Je t'en supplie.

Le bâtiment n'avait pas de système de surveillance. Il suffit à Cord de pousser la porte pour y pénétrer. L'entrée était petite. Un des murs était tapissé de boîtes à lettres. Du fond partait un escalier, recouvert d'un revêtement en plastique censé le protéger.

— Personne n'est entré depuis qu'il pleut, dit Cord en se retournant sur ses empreintes de pas humides. Mais ça ne veut rien dire. Tascoe, s'il est là, a pu arriver plus tôt.

Il la précéda jusqu'au troisième étage et s'arrêta sur le palier. En face d'eux se trouvait l'appartement 3B. La porte était équipée d'un heurtoir en étain représentant un âne. Devant, sur le tapis brosse, était rangée une paire de chaussures de femme, pas vraiment branchées.

— Il y a des gens qui vivent dans ces appartements depuis des dizaines d'années, murmura Cord. Ils se figurent qu'avec un judas ils sont en sécurité ! Allons-y. L'appartement de Jackie doit être tout au bout du couloir.

La blonde qu'ils avaient vue avec Dean Tascoe aux obsèques n'était peut-être pas aussi âgée que la plupart des occupants de l'immeuble, mais elle était aussi confiante qu'eux, car elle ouvrit sa porte en entendant du bruit dans le couloir.

Cord sauta sur l'occasion.

— Madame Redmond ? Jackie ?

Vêtue d'un déshabillé de satin, la femme se raidit.

— Bonjour. Nous sommes Cord Hunter et Julia Stewart. On a bavardé ensemble aujourd'hui à l'enterrement. Pouvons-nous entrer ? Nous avons quelques questions à vous poser.

— C'est à quel sujet ?

L'imprudente naïveté qui avait poussé Jackie Redmond à ouvrir sa porte sans se méfier s'était envolée. Attendait-elle quelqu'un d'autre ?

— S'il vous plaît, madame Redmond. Il serait préférable que nous parlions à l'intérieur.

— J'allais me coucher, répliqua la femme avec une pointe d'hostilité. Je ne vois pas de quoi vous voulez me parler.

Mais, se ravisant, elle fit un pas de côté pour les laisser entrer.

Dans le salon, leur hôtesse s'approcha d'une table et arrangea d'une main nerveuse les multiples cadres qui y étaient posés tandis qu'ils s'asseyaient. Toutes les photos, remarqua Julia, représentaient la même petite fille, bébé, puis enfant, puis adolescente. Sans doute la fille qu'elle avait perdue ? pensa-t-elle avec émotion.

— Si c'est à propos des meurtres, je connaissais à peine le détective Durant et sa femme, déclara Jackie.

Son déshabillé cachait mal sa maigreur. Nerveuse, elle continuait de tripoter les objets les uns après les autres, cadres, coussins, dossiers de chaises. Ses doigts étaient noueux.

— Oui, c'est au sujet des meurtres.

Julia remarqua la voix particulièrement douce de Cord et sourit à Jackie.

— Nous espérons que vous allez pouvoir nous dire où se trouve M. Tascoe, commença-t-elle. Il n'est pas chez lui et…

— Le capitaine Tascoe n'est pas ici, l'interrompit sèchement la femme.

Cord se pencha, les bras en appui sur les cuisses.

— Madame Redmond, je ne suis pas ici en mission officielle…

La femme lui coupa la parole.

— Je le sais, détective Hunter. N'oubliez pas que je suis la secrétaire particulière du chef.

Elle s'assit sur le bras du canapé et lissa la dentelle de ses poignets.

— Vous étiez très proches du détective Durant, n'est-ce pas ? Le capitaine Tascoe m'a dit, après le cimetière, que vous étiez le parrain et la marraine de sa fille.

C'était la deuxième fois aujourd'hui que Jackie Redmond faisait dévier la conversation vers Lisbeth, nota Julia. Malgré son agitation et sa mauvaise mine, elle n'était pas du genre à s'en laisser conter. Sous son apparente fragilité se cachait une femme qui avait eu assez d'énergie et de volonté pour prendre son avenir à bras-le-corps après le décès de son mari. Elle avait élevé seule son enfant et s'était fait une place au soleil dans son travail. Elle avait même réussi à entortiller Dean Tascoe. Peut-être étaient-ils trop gentils avec elle ?

— Je suis la marraine et Cord le parrain de Lisbeth, acquiesça Julia. Aucune petite fille ne devrait connaître ce qu'elle vient de subir.

Elle s'entendait parler : sa voix était dure, mais tant pis, elle n'avait pas envie de jouer la comédie.

— Vous êtes une mère vous-même, madame Redmond. Je ne pense pas qu'il faille vous faire un dessin.

Julia nota un changement dans le comportement de Jackie. Elle avait porté la main à sa gorge, ses yeux bleus étaient écarquillés, ses lèvres frémissaient.

— Elle était... Elle était là quand c'est arrivé ? Elle n'a pas été blessée, au moins ? Ils n'ont rien dit sur la petite fille aux nouvelles. Je pensais qu'elle n'était pas là quand... quand...

— Quand ses parents ont été massacrés ?

Julia capta le coup d'œil que lui lançait Cord.

— Si, elle était là. Paul et Sheila ont été tués sauvagement, et comme si ça ne suffisait pas...

Julia laissa traîner sa phrase.

— Oh, mon Dieu ! s'exclama Jackie, blême.

Croyant qu'elle allait se trouver mal, Cord se précipita vers elle, mais elle le repoussa.

— Vous dites que l'enfant aussi a été tuée ? Oh non… Il avait promis que rien ne lui…

— Qu'est-ce que vous foutez là ? tonna une voix d'homme derrière eux.

Debout sur le seuil de la porte, ses clés encore à la main, Tascoe balaya des yeux la scène. Furieux, il traversa le salon en direction de la femme.

— Pourquoi ne m'avais-tu pas dit ? commença-t-elle.

Tascoe tendit la main vers elle, mais elle l'esquiva.

— Tu m'avais juré que l'enfant n'avait pas été touchée, Dean. Pourquoi ne m'avais-tu pas dit ?

— L'enfant est… hors de danger pour l'instant, madame Redmond. Je ne vous ai pas dit qu'elle avait été tuée, coupa Julia d'un ton glacial. Mais vous nous cachez quelque chose. Qui protégez-vous ?

Elle regarda Tascoe qui tenait Jackie, tremblante, par les épaules.

— Je… Non, je…

— Tais-toi, Jackie. C'est moi qui parle.

L'ex-flic à la face taurine était cramoisi, mais ses gestes envers la femme blonde étaient affectueux. Il l'avait blottie contre son épaule comme pour la protéger et lui caressait les cheveux.

— Lopez te cherche, Tascoe, dit Cord d'une voix grave. DiMarco est en garde à vue et il n'arrête pas de jacasser dans l'espoir d'obtenir un deal en échange de ses infos. Il a cité ton nom.

Le rouge cramoisi vira au violet.

— Je t'ai dit que j'ai ma propre agence de détectives, chef. J'ai donc donné ma carte à DiMarco. Quel mal y a-t-il à ça ? L'homme mène plein d'affaires et il lui arrive d'avoir besoin d'un coup de main extérieur. Tous les hommes d'affaires le font.

— T'es malin, Tascoe, mais tu ne tromperas personne. Tu

peux penser ce que tu veux d'elle, Lopez est un bon flic. Elle va creuser. T'as intérêt à ce que ton histoire tienne la route. A propos de coup de main extérieur, tu devrais peut-être appeler ton avocat avant d'en dire plus. Je ne voudrais pas que le tribunal me déboute pour ne pas t'avoir énuméré tes droits.

— Tu n'as pas de mandat d'arrêt, Hunter.

C'était la première fois que Tascoe appelait Cord par son nom de famille, et il y avait maintenant de la peur dans les yeux de l'homme, remarqua Julia.

Il ne l'avait pas regardée une seule fois depuis son irruption. Au cimetière déjà, elle avait noté qu'il fuyait son regard, et elle s'était demandé ce qui le gênait pour qu'il ne la regarde pas en face.

— C'est vrai, mais je vais m'en occuper très vite. Tu vois, j'appelle Lopez sur-le-champ pour lui dire de venir t'arrêter.

Sans quitter Tascoe des yeux, Cord attrapa le téléphone rose bonbon posé dans un froufrou de dentelle près du canapé.

— Et n'essaie pas de t'enfuir. Paul et Sheila étaient mes meilleurs amis. Quand je te vois, j'ai la détente qui me démange.

— Ah, c'est ça ! Tu te figures que je les ai tués ?

Si l'homme jouait la comédie, il avait raté sa vocation, pensa Julia. Il avait les yeux injectés de sang et ses grosses mains serraient Jackie trop fort. Soudain, d'une impulsion, il la repoussa si fort qu'elle s'effondra sur le sofa. Il se tourna alors vers Cord.

— Je vous ai donné vingt ans de ma vie, les gars ! Je me suis cassé le train pour des enquêtes sur des ordures qui faisaient plus d'argent en un mois que moi en un an, tout en sachant que ça ne servirait à rien, puisque, avant même que je finisse de remplir les formulaires d'interpellation, ils étaient déjà relâchés par des baveux de haut vol contre lesquels on ne pouvait rien. Ouais… j'ai pas toujours été réglo à la fin. Mais bon ! Je ne vois pas pourquoi moi j'aurais dû respecter cette foutue Convention de Genève quand, de l'autre côté, les truands ne la respectaient pas. Pas vrai, chef ? Mais de là à me soupçonner d'avoir tué un flic…

Le dernier mot sortit comme un cri. Avec rage. Les mains ouvertes devant lui, Tascoe se jeta sur Cord pour le prendre à la gorge.

Mais celui-ci esquiva. Pivotant sur lui-même, il donna un violent coup d'épaule dans la poitrine de Tascoe qui tomba à la renverse, entraînant dans sa chute le petit guéridon sur lequel se trouvait le téléphone. Récupérant son équilibre, Cord se planta au-dessus de Tascoe, une jambe de chaque côté de ses hanches, arme à la main.

Tout cela avait duré à peine plus d'une seconde.

Serrée dans son peignoir rose noué sur son corps efflanqué, Jackie s'agenouilla près de Tascoe, hébété.

— Dean ? Ça va ? Tu saignes.

Un filet de sang coulait sur sa joue, mais Tascoe l'essuya d'un revers. Aidé de la femme blonde, il se releva péniblement. Et, pour la première fois il regarda Julia en face.

— J'avais entendu parler de toi. Ils te surnomment l'ange gardien, tu le savais ?

— On m'a affublée de toutes sortes de noms, répondit-elle, déconcertée par la question. Mais je ne suis plus dans la police.

— Non, tu ne l'es plus. A cause de Christie Hall.

Ce n'était pas une question, c'était une constatation.

Sous le choc, elle le fixa.

Non seulement ses problèmes de boisson étaient connus de tout le monde, mais les événements qui l'avaient conduite à boire aussi. Même Tascoe savait ! Il avait pourtant déjà quitté le service au moment de l'accident. D'ailleurs, ce n'était pas dans son dossier puisqu'elle n'avait jamais révélé à personne le vrai motif de sa démission.

— Comment sais-tu, pour Christie ?

Au lieu de répondre, Tascoe se tourna vers Cord.

— Je ne suis pas un ripou. Je ne tue pas les flics. Je sais pourquoi tu penses que j'aurais bien aimé voir Durant mort... Parce que lui et toi vous m'avez fait virer. Et comme je te l'ai dit aujourd'hui, à une certaine époque j'ai rêvé de me venger de vous deux. C'est vrai, j'aurais pu vous descendre. Mais c'est fini, je me suis calmé. Et depuis longtemps.

Cord, sceptique, tenait toujours son arme pointée sur Tascoe.

— Qu'est-ce qui s'est passé ?

— Je l'ai eue, dit Tascoe. J'ai eu ma revanche. Mais, depuis, je ne me supporte plus. Non, je ne suis plus en paix avec moi-même.

Il se passa la main sur les yeux.

— Harry Hall était un de mes informateurs, poursuivit-il.

Julia se figea.

— Je sais pourquoi il a sauté avec sa fille. Tu n'étais pas responsable, l'ange gardien. C'était ma faute.

9

— Si je comprends bien, on est revenus à la case départ ?

Julia posa ses sacs de courses sur le lit du motel tandis que Cord se débarrassait de ses clés et de son arme sur la table de chevet.

— Ça en a tout l'air, répondit-il en ôtant sa veste. Mais Tascoe n'est pas tiré d'affaire pour autant. Lopez va le garder quelques heures et le cuisiner, tu peux lui faire confiance.

Après ses fracassantes révélations, l'ex-flic leur avait demandé d'informer les autorités de ses errements et avait donné son accord pour rencontrer Cindy Lopez. Mais avait-il seulement le choix ? pensa Julia.

Ce qu'avait expliqué Tascoe vibrait encore à ses oreilles. Elle n'était pas disposée à s'apitoyer sur lui. L'homme avait massacré sa vie et accéléré sa descente aux enfers. Deux ans de douleur, voilà ce qu'elle venait de vivre. Deux années perdues. Ce soir, il avait essayé de faire amende honorable, mais…

Malgré elle, elle se mit à revivre la scène telle qu'elle s'était déroulée.

— Harry Hall était un de mes informateurs…

Quand Tascoe avait lancé cette bombe, elle avait eu l'impression qu'il n'était pas conscient de la présence d'autres personnes dans la pièce. Il ne s'adressait qu'à elle, et dans son regard elle avait lu les reproches qu'elle s'adressait à elle-même.

Elle avait vu aussi ses lèvres remuer sans émettre aucun son. Et puis il avait réussi à surmonter sa peur, une peur qui devait être mêlée de remords et de regrets.

— C'était un gagne-petit, avait-il enchaîné. Un voleur minable qui veut jouer au grand truand. Il aurait fait plus d'argent à vendre des sandwichs. Il n'avait pas réussi, je pense que c'est une des raisons de ses problèmes.

Tascoe avait soupiré. C'était comme s'il avait été dans un confessionnal, si ce n'est qu'il n'y avait personne pour l'absoudre. Jackie n'avait cessé de le regarder, effrayée, et Cord de le viser sans tirer.

— Bref, je pense que quand Harry a su ce qui m'était arrivé, il a cru qu'on allait devenir amis ou je ne sais quoi. On se rencontrait de temps à autre dans un bar, il m'offrait des bières, c'était pour lui une occasion de parler. Et puis, un jour, il a traversé une mauvaise passe et s'est fait du souci pour sa fille.

— Christie, dit Julia. Elle s'appelait Christie. Elle avait sept ans.

— Ouais. Christie. La seule personne pour qui ce fils de malheur éprouvait des sentiments. Quand il a appris qu'il avait un cancer, il s'est fait un sang d'encre. Qu'allait-il advenir d'elle ? Il avait entendu parler de toi et m'a demandé si je pensais que tu l'aiderais à trouver une famille qui l'adopte avant sa mort.

Les genoux de Julia s'entrechoquaient.

— Pourquoi moi ? Pourquoi ne pas avoir contacté une association ?

— Je te l'ai dit, il avait entendu parler de l'ange gardien, le flic qui remuait ciel et terre pour des gosses que tout le monde pensait irrécupérables, la femme qui réussissait à entrer dans leurs têtes et savait comment leur parler.

Il avait haussé les épaules.

— Ça lui aurait pris des mois pour comprendre que je ne faisais plus partie de la police, que personne ne lèverait le petit doigt pour moi. Alors, cette nuit-là, j'ai pensé que c'était l'occasion d'atteindre le salaud qui avait ruiné ma vie.

— Moi, coupa Cord. C'était moi que tu cherchais à atteindre, hein ? Alors, pourquoi ne pas t'en être pris directement à moi ? Pourquoi as-tu impliqué Julia ?

— Parce que je savais que lui faire du mal à elle, c'était la pire misère que je pouvais te faire. C'était juste avant que tu partes pour la côte ouest, et je ne savais pas que vous étiez en train de rompre.

Tascoe avait eu une grimace.

— Je ne pensais qu'une chose : je te haïssais pour ce que tu avais fait de ma vie. De ma carrière. Pour moi, tu avais trahi le code — dénoncer un collègue —, aussi ai-je décidé d'en faire autant à ta femme ici présente. J'ai conseillé à Harry de l'éviter à tout prix, sans quoi elle lui enlèverait Christie et s'empresserait de la placer dans une famille d'accueil, après quoi il ne la reverrait plus. Je lui ai dit que « l'ange gardien » c'était de la frime, juste un coup de pub pour le service, que tout ça c'était crapule et compagnie.

Elle s'était sentie pâlir.

— Tu voulais qu'il ait *peur* de moi ?

Elle avait saisi Tascoe par un pan de sa veste.

— Tu te rends compte de ce que tu as fait ?

— Bien sûr que je sais.

Il ne cherchait même pas à se dérober. Son visage n'était qu'un masque de douleur.

— Je l'ai su dès que j'ai appris ce qui était arrivé : ce que je lui avais dit sur toi quelques semaines plus tôt avait atteint son but, j'avais réussi à le monter contre toi. Je voulais te le dire. Je savais que tu croirais que c'était ta faute, que quelque chose que tu avais fait ou dit l'avait poussé à sauter avec Christie…

— Je suis partie aussitôt après. Pendant deux ans, j'ai vu le visage de cette enfant dans mes rêves. Un cauchemar, Tascoe. Combien de fois ai-je revu le moment où ses petits doigts sur le point d'accrocher ma main m'échappaient ? Combien de fois l'ai-je vue tomber ? Combien de fois ai-je entendu son cri de terreur quand son père, décidé à en finir, s'est jeté avec elle dans le vide ? Combien de fois ?

Peu à peu, elle avait lâché la veste de Tascoe, mais elle n'avait pas lâché son regard.

— Tu as failli la tuer ! C'est un miracle que les pompiers l'aient sauvée. Autrement, si Christie Hall était morte, je te jure que…

Tremblante, elle avait pivoté sur ses talons et était allée jusqu'à la porte de l'appartement où elle avait attendu que Cord appelle Lopez.

Tascoe s'était assis sur le sofa, tête penchée, épaules affaissées.

Jackie Redmond s'était alors approchée d'elle.

— Il a fait des choses impardonnables, mademoiselle Stewart. Mais nous en avons tous fait, chacun de nous…

Ses mains tremblaient, mais elle avait poursuivi, avec plus de courage que Julia n'aurait cru.

— Etes-vous si irréprochable pour vous octroyer le droit de le juger ? Ne pouvez-vous pas faire l'effort de comprendre que les gens peuvent parfois se tromper ou… ou imaginent qu'ils n'ont pas d'autre choix ?

Julia n'avait pas été capable de répondre. Muette, elle avait fixé la femme blonde jusqu'à ce que celle-ci retourne auprès de Tascoe.

— J'ai demandé à la réception qu'on nous réveille tôt demain matin, lança Cord, mettant un terme aux songes de Julia.

Elle leva les yeux. Il était debout près de la commode, les bras croisés.

— Je pense qu'il faudrait qu'on collecte plus d'infos demain sur le lien entre DiMarco et Tascoe.

Elle fronça les sourcils. Ses tempes lui faisaient mal. Début de migraine.

— Tu penses que Tascoe n'a pas commis les meurtres ?

— En fait, ce qui me trouble, c'est la réaction de Jackie quand elle a cru que Lisbeth avait été tuée. Elle nous cache quelque chose qui concerne aussi Tascoe.

— Mais tu viens de dire que tu ne le crois pas coupable.

Cord hocha la tête.

— Non. Là, maintenant, je ne le pense pas. Tout ce qu'on avait contre lui, c'est la parole d'un petit mafioso qui aurait dit n'importe quoi pour nous faire plaisir et a ressorti des faits datant d'il y a des années.

Julia mit la main sur son front douloureux.

Tué par balle puis poignardé. Parce qu'il est remonté du sous-sol plus vite que le meurtrier ne s'y attendait. Paul n'aurait pas dû être tué par balle… L'assassin voulait qu'il meure d'une certaine façon. Cette façon a été brouillée…

Elle ressassait ces phrases quand elle sentit des mains se poser sur ses épaules.

— A quoi penses-tu ?

— A rien. J'ai des flashes, mais ils disparaissent aussitôt.

— Un peu comme quand tu essayais de te connecter avec un enfant ? Ne me dis pas que tu essaies d'entrer dans la tête du tueur ?

Elle haussa les épaules en signe de dénégation.

— A son insu, Lisbeth t'aurait-elle mise sur une piste ou passé une impression ? Je sais qu'elle ne t'a pas parlé, mais je t'ai vue avec elle. On aurait dit que tu la surveillais.

Oui, elle la surveillait parce qu'elle avait peur pour elle. Parce qu'elle redoutait que quelque chose ne lui arrive, quelque chose qu'elle n'aurait pas vu venir.

Elle resta très calme.

— Non, je n'ai rien perçu chez Lisbeth. Et je doute que quiconque puisse obtenir la moindre chose d'elle. Elle est complètement fermée, murée dans son silence, et ça m'inquiète. Si l'on ne met pas la main sur le tueur dans les jours qui viennent, Cord, il va falloir songer à la faire soigner.

Une ombre passa sur le visage de Cord.

— Je sais. Le temps presse, mais je ne veux pas qu'elle sorte déjà de sa cachette, c'est trop tôt. En revanche, je suis d'accord avec toi. Si nous n'avons pas trouvé le tueur d'ici deux jours, nous devrons la faire examiner par un psy.

Son regard s'assombrit.

— J'ai vu le corps de Paul, Julia. Celui qui l'a tué s'est acharné sur lui. Je ne veux pas qu'il puisse ne serait-ce que flairer la présence de Lisbeth quelque part.

— Je reste persuadée que Tascoe nous cache quelque chose. C'est un milicien. Même s'il n'en est pas chargé officiellement, il aime faire régner l'ordre. Déjà, quand il était dans la police, il aimait régler les affaires tout seul. Je le soupçonne de mener une enquête parallèle et d'avoir découvert quelque chose qu'il ne veut pas divulguer.

— Peut-être pense-t-il que s'il résout l'affaire, il sera réintégré avec les honneurs et la gloire ?

Cord se passa la main dans les cheveux.

— Ça lui ressemblerait assez. Avant l'histoire Billy Wolfe, Tascoe était déjà limite. Il avait été chargé du cas Donner avant que Paul et moi ne le relevions.

— Oh ! Je l'ignorais.

Julia réprima un frisson. On ne comptait plus les meurtres commis par Gary Donner et sa *famille.*

— Pourquoi lui a-t-on enlevé ce dossier ?

— Il la jouait comme d'habitude façon cow-boy. Il a mis des suspects en garde à vue sans mandat d'arrêt, les a cuisinés tout seul, a fait de la rétention d'informations. Le reste de l'équipe n'était mise au courant de rien. Dommage, car c'est un fichu bon détective ! Mais c'est aussi un électron libre, un type incontrôlable. Or, cette affaire demandait une rigueur top niveau. Comme le service ne pouvait se permettre de le garder sur ce dossier hypersensible, on l'a gentiment poussé dehors, et c'est Paul et moi qui avons pris la relève.

— Et vous avez joué aux cow-boys, exactement comme lui.

— Moi, cow-boy ? Ça, c'est un coup bas, jeune fille. Rappelle-toi que dans ma famille, on a toujours été de l'autre bord. Tu vois ce que je veux dire.

Mais elle n'avait pas envie de rire.

— Tu as failli te faire descendre à ce jeu-là. Tu n'avais qu'une obsession : mettre à genoux la famille Donner. Je t'ai vu fonctionner à cette occasion. Je ne te reconnaissais plus. En plus, tu ne voulais pas que je t'aide. Je ne pouvais plus t'approcher.

C'était un souvenir encore douloureux. Elle regretta de le lui avoir avoué.

Il lui sourit.

— Maintenant, c'est toi qui as franchi la ligne.

Il alla à la fenêtre et regarda dehors. Il faisait nuit. Elle voyait les muscles de son dos se contracter sous son T-shirt.

— Puisque la conversation prend un tour personnel, dit-il sans se retourner, peux-tu me dire pourquoi tu ne m'as pas dit que ta vie partait à vau-l'eau ? Il a fallu pour que je l'apprenne qu'on interroge Tascoe ! C'est un comble, non ?

— Tu n'étais pas là quand ça s'est produit, se défendit-elle. Tu étais déjà parti.

— Je ne me suis pas absenté longtemps avant. Deux semaines, pas plus. Et parce que tu avais voulu que je m'en aille. Avant, nous étions tout l'un pour l'autre. Tu savais que tu n'avais qu'à soulever le téléphone pour que je revienne.

Consciencieusement, il essaya d'assembler les morceaux du puzzle.

— Ça avait commencé bien avant l'affaire de Christie, non ? Les derniers mois, alors que nous étions encore ensemble, tu n'allais pas bien mais tu ne voulais pas que je le sache. Tu t'employais à me faire croire que tout allait bien… En fait, j'étais sorti de ta vie depuis longtemps quand tu m'as annoncé que c'était fini entre nous. Je me trompe, Julia ?

— C'est faux !

Prise au dépourvu, elle voulut se défendre.

— J'étais stressée. Toi aussi, d'ailleurs. Quand est arrivée l'affaire Donner, comme je te l'ai dit, je ne t'ai plus reconnu.

Le silence se fit. Pesant. On n'entendait plus que le roulement régulier des pneus sur l'asphalte de la route. Debout devant la fenêtre, à quelques mètres d'elle, Cord continuait de regarder dehors. La lumière des lampes de chevet ne portait pas jusqu'à lui et il était dans l'ombre.

Il se retourna et la fixa.

— A cette époque, je ne savais plus qui j'étais, effectivement. Je ne me reconnaissais pas. Je crois, en fait, que je n'avais même pas envie de le savoir. Cette enquête me tournait la tête. Quand elle a été terminée, je me suis juré de ne plus jamais me laisser impliquer de la sorte.

Elle le regarda avec tendresse et allait répondre quand il poursuivit.

— J'aurais peut-être dû te parler de ce que nous avons découvert pendant cette enquête, des horreurs dont nous avons été témoins. Partager ce cauchemar avec toi. Mais je ne pouvais pas, c'était trop dur. Ce que nous avons trouvé dans cette ferme…

Il se passa la main sur les yeux.

— Je ne voulais pas que ça envahisse notre vie. Je voulais pouvoir rentrer à la maison, te prendre dans mes bras et me dire qu'il y avait une part de ma vie, la plus importante, que ce monstre de Gary Donner n'avait pas entamée.

Julia ressentait une immense émotion.

Elle n'avait pas réalisé que l'homme qui avait mené l'enquête sur Donner — l'homme qu'on voyait en photo, l'air sinistre, fermé, quittant des scènes de crimes aussi huppées que glaciales comme la ferme des Bradley, l'homme qui n'hésitait pas à mettre sa vie en jeu pour tenter de mettre fin aux abominations perpétrées par les psychopathes de la *famille* Donner — avait puisé sa force en elle.

Elle ne le savait pas, ne l'avait jamais su. Elle n'aurait même pas cru que ce fût possible.

— Je suis heureuse, dit-elle tout bas.

Elle releva la tête et croisa son regard.

— Je suis heureuse si j'ai pu t'aider dans cette épreuve, si vraiment j'ai pu être un havre pour toi.

— Oui.

Adossé au mur maintenant, Cord soupira.

— J'aurais voulu être à toi, mais tu ne voulais pas de moi. Dans le fond, je crois que je n'ai jamais su qui tu étais vraiment.

Tout ce qu'elle avait fait, elle l'avait fait parce qu'elle l'aimait. Mais comment le lui dire ?

— Comment peux-tu dire une chose pareille ? Comment peux-tu seulement le penser ? Si, tu me connaissais. Tu me connaissais mieux que personne, Cord !

— Je croyais que je te connaissais. Mais je ne voyais que ce que tu voulais bien que je voie. La vraie Julia Stewart, tu me l'as cachée. Pourquoi ? De quoi avais-tu si peur ?

— Je ne me suis pas cachée. J'ai passé mon temps à te raconter mes petits soucis, mes problèmes, je t'ai dévoilé tous mes secrets. Peut-être me suis-je dit qu'il était temps que je gère ma vie toute seule, comme une grande ?

— On ne parle pas du jour où tu as cassé la vitre du hangar à bateaux avec une boule de neige, bon sang ! s'énerva-t-il.

Agacé, il s'approcha du lit et la regarda durement.

— On parle de deux personnes qui étaient sur le point de se marier. Et j'apprends que tu ne me faisais pas assez confiance pour me dire que tu commençais une déprime. Tu pensais quoi ? Que j'allais m'enfuir en courant ? C'est pour cela que tu m'as mis à la porte une première fois ? Parce que tu pensais que mon amour n'était pas assez fort pour surmonter une crise ?

Emporté par sa colère, il parlait fort. Dans la pièce voisine, la télévision était allumée et l'on entendait les éclats de rire d'une série comique.

Elle se leva, raide comme la justice, et traversa la chambre pour mettre de la distance entre eux. Pourquoi la pièce était-elle aussi petite ? pesta-t-elle en son for intérieur. Et pourquoi faisait-il si froid subitement ?

— Je t'ai donné mes raisons, il y a deux ans. Pourquoi ne peux-tu admettre que j'ai changé ? C'est pourtant simple, Cord. Je voulais une autre vie que celle qui s'annonçait. J'en avais assez de me taper la tête contre les murs dans un métier frustrant. Et ce qui est arrivé à Harry et Christie…

— Je ne sais pas ce qui s'est passé. Tu ne me l'as toujours pas dit.

Elle se raidit, attendant l'inévitable frisson qui allait la secouer.

Mais il ne vint pas. L'aveu de Tascoe l'avait libérée. Pour la première fois depuis ces heures tragiques sur le rebord du toit, elle se sentait assez solide pour raconter les événements qui s'étaient déroulés ce jour-là.

— Hall avait raté un hold-up dans une banque. A la lumière de ce qu'a raconté Tascoe ce soir, je pense que c'était son ultime espoir d'amasser un pécule qui aurait profité à Christie après sa mort. Bref, il a réussi à revenir chez la femme qui gardait sa fille ce jour-là, mais, à peine arrivé, la police lui a sauté dessus. Il a paniqué et s'est précipité sur la corniche juste en dessous du balcon… avec Christie.

— Et quand la police a su qu'une petite fille était en danger, ils t'ont appelée, poursuivit Cord.

Que de fois elle avait revécu la scène dans ses rêves ! Que

de fois elle l'avait imaginée autrement ! Hélas, ça ne pouvait pas bien finir, elle aurait dû le savoir dès le début.

— Oui, ils ont fait appel à moi. Attachée par un harnais à la rambarde du balcon, je me suis avancée sur la corniche et j'ai tenté d'approcher le plus possible. Je n'avais pas le vertige, mais il s'en fallait de peu. Je suis restée comme ça une heure ou deux, j'ai parlé à Harry, je lui ai dit que non, il ne fallait pas qu'il fasse ça, que les choses n'étaient jamais aussi graves qu'on pensait et que nous l'aiderions. Je lui ai promis de l'aider, moi en personne, et que je veillerais personnellement à ce qu'on s'occupe bien de Christie.

— Vu la façon dont Tascoe lui avait parlé de toi, il a dû se dire que c'était plutôt une menace.

Le regard de Cord s'assombrit.

— Tu n'as pas réussi à le convaincre ?

— Non, je n'ai pas pu, répliqua-t-elle, hantée par le souvenir du désespoir de l'homme et de l'effroi de l'enfant qu'il tenait dans ses bras. En fait, je n'avais aucune chance de réussir, mais je ne le savais pas. Il a fini par venir vers moi, et je me suis dit que j'étais parvenue à l'amadouer un peu, qu'avec encore quelques efforts, il allait se rendre. Je lui ai dit de me donner Christie. Il m'a regardée. On devait être à un mètre cinquante l'un de l'autre. J'ai vu ses yeux, Cord, et j'ai su que je m'étais complètement trompée. Et il… il a sauté. C'était le dixième étage.

— Pourtant, Christie s'en est sortie ?

— Une équipe de pompiers s'était mise en place pendant que j'essayais de le convaincre. Je crois que Hall ne s'est pas rendu compte de ce qui se tramait. Un membre de l'équipe est descendu du toit en rappel et s'est posté tout près de l'endroit où nous nous trouvions.

L'angoisse la tenaillait de nouveau, mais cette fois c'était surmontable.

— Le véritable héros, ça a été lui. Quand Harry a sauté, il a sauté lui aussi. Il a réussi à agripper Christie au vol et à l'arracher aux bras de son père avant qu'il ne plonge vers la mort.

Elle se mit à trembler.

Bouleversé, Cord visualisait le déroulement de la scène.

— C'est horrible. A un certain moment, tu as dû penser que…

— Un certain moment ? ricana-t-elle. Tu plaisantes, Cord. Pas un moment, des années ! Il n'y a pas une nuit, ces deux années passées, où je n'ai pas rêvé à cette fraction de seconde où tout s'est joué. Harry qui s'élance de la corniche, les yeux épouvantés de Christie, ma main que je tends et qui la rate. Sauf que, dans mes rêves, je la vois qui tombe et qui s'écrase dans la rue. Dans mes rêves, je suis complètement responsable de sa mort.

— Tu as tort, assena Cord. Même en admettant que la décision de Hall de sauter ait été influencée par le mensonge de Tascoe, tu n'as aucune raison de te sentir responsable d'une tragédie qui devait arriver. Si tu ne m'avais pas rejeté de ta vie quelques mois plus tôt, ajouta-t-il avec dureté, j'aurais été là pour t'aider. Nous aurions affronté l'événement ensemble.

Les petits marteaux qui tapaient dans ses tempes cognèrent deux fois plus vite, deux fois plus fort. On aurait dit une sarabande diabolique, pensa Julia.

Elle avait débuté la journée par l'enterrement de ses deux meilleurs amis. Ensuite, il y avait eu Tascoe et ses révélations qui l'avaient secouée. Et maintenant, l'homme qu'elle aimait depuis toujours était en train de deviner la seule chose qu'elle ne voulait pas qu'il apprenne !

Quelque chose en elle se révolta.

— Mais tu pensais que j'étais parfaite, Cord ! Tu disais que la femme que tu aimais était parfaite ! C'est pour cela que tu m'aimais et que tu n'as pas pu m'oublier pendant ces deux années. Je ne pouvais pas revenir vers toi et ternir l'image de perfection que tu avais de moi, te montrer que l'idée que tu te faisais de moi était à des années de lumière de ce que je suis vraiment. Non, ce n'était pas possible de m'exposer sous ce jour-là.

Sous son bronzage, Cord était vert de colère.

— C'est vrai, ç'aurait été une erreur ! J'aurais cessé de t'aimer sur-le-champ. Je serais sorti de ta vie tellement vite que tu n'aurais pas eu le temps de te demander ce qui t'arrivait. Merci de m'avoir mis à la porte, je n'ai pas eu besoin de te laisser tomber !

— Ce n'est pas ce que je veux dire, je…

Ses yeux fulminaient de rage.

— Arrête. Tu aurais dû me raconter tout cela il y a deux ans, et je te jure que je m'en serais mieux porté. J'aurais pu recommencer à vivre.

En quelques enjambées, il fut près d'elle.

— Tu as raison, je pensais que tu étais parfaite. Pourtant, j'ai vu tes défauts, j'ai vu ton entêtement, j'ai même vu ta peur quand tu oubliais de la dissimuler… Malgré cela, tu es restée parfaite à mes yeux. Tu étais tout ce qui comptait pour moi chez une femme, Julia. Tu m'avais à toi, tout à toi, et tu as pensé que c'était du vent !

— Laisse-moi partir, Cord.

Elle pencha la tête en arrière.

— Laisse-moi partir ou je…

— Tu quoi ? Tout ce qu'on peut faire endurer à quelqu'un, tu me l'as fait subir. Je ne vois pas ce que tu pourrais faire de plus.

De dépit, il baissa les bras.

— Pars, je ne te retiens pas. Depuis le temps que tu me le demandes, va-t'en. Je ne veux plus te voir.

Il se détourna, alla à la commode, vida ses poches et la regarda dans la glace.

— Tu prends ta douche la première ?

Interloquée, elle le regarda, les yeux ronds.

— Non, non, vas-y. Tu peux utiliser la salle de bains. Je prendrai ma douche après.

— Je vais essayer de te laisser une serviette sèche.

Il entra dans la salle d'eau et referma derrière lui.

« Pars, je ne te retiens pas. »

L'eau coulait déjà dans la douche que les mots tintaient encore à ses oreilles avec leur charge de cruauté.

La première fois qu'il était parti, elle s'était dit que le lien qui les unissait n'avait pas été détruit complètement. Il s'était simplement distendu, étiré d'un côté à l'autre des Etats-Unis comme un fil invisible. Tout au fond de son cœur, elle avait pensé que le temps et la distance ne comptaient pas et que leur amour vivrait par-delà la mort. Cela l'avait rassérénée.

Une certaine nuit, dans la maison au bord du lac, elle était couchée et King, allongé près d'elle sur le plancher, dormait. Elle avait les yeux grands ouverts dans le noir et, dehors, sous les rayons de lune, les branches dénudées des arbres semblaient enveloppées dans du papier d'argent. Cela ne faisait que quelques semaines qu'elle avait gagné la bataille contre la béquille destructrice dont elle avait pris l'habitude, et elle se demandait si elle allait tenir. Pire, si elle avait *vraiment envie* de tenir.

Elle avait entendu un grand battement d'ailes derrière la vitre et s'était dit que c'était une chouette qui poursuivait sa proie jusque sur la terrasse. Une forme immense avait occulté la lune, le battement soyeux des ailes s'était encore rapproché, et à cet instant elle avait vu un oiseau imposant se poser sur le rebord de sa fenêtre.

C'était une chouette comme elle n'en avait jamais vu, s'était-elle dit. L'oiseau n'était éclairé que par la lune, mais elle avait bien vu qu'il ressemblait plus à un aigle qu'à une chouette. Il avait un bec crochu et des yeux perçants, presque phosphorescents dans la nuit. Impressionnants.

Probablement alerté par le changement du rythme de sa respiration, King avait levé le nez.

Elle s'était attendue à ce qu'il se précipite vers la forme silencieuse posée sur l'appui.

Erreur. Il avait frappé le sol d'un vigoureux coup de queue et poussé un petit cri plaintif de chiot, le même cri qu'il poussait quand il la voyait rentrer avec ses sacs de courses.

Le regard fixé sur l'apparition, elle avait senti sa peur se dissiper peu à peu. Un calme profond s'était emparé d'elle et quand, enfin, elle s'était endormie, l'oiseau toujours perché sur le rebord de la fenêtre, les cauchemars l'avaient pour une fois épargnée.

L'autre jour, elle avait dit à Cord qu'elle ne croyait pas à la magie. Elle avait menti. En ce qui concernait Cord, elle y avait toujours cru. Depuis le jour où il lui avait donné le gros galet rond ramassé au bord du lac, jusqu'à quelques minutes plus tôt.

Mais là, maintenant, toute magie s'était évanouie de sa vie.

Apparemment, l'eau de la douche ne coulait plus. Il y eut un bruit de plomberie dans les tuyaux vétustes, comme quand l'on ferme trop brutalement les robinets.

Cord n'aimait pas finir ses douches à l'eau froide. C'était un vieux sujet de plaisanterie entre eux. Elle pensait même qu'elle devait à son aversion pour les douches froides de l'avoir vu, certains matins, revenir se blottir contre elle au lit, grelottant mais bouillant de désir. Cela leur avait valu d'arriver souvent en retard au travail.

Dans un instant, il allait entrer dans la chambre et, au lieu de passer des heures à s'aimer, ils échangeraient des propos froids sur un ton distant. Elle irait prendre sa douche, et quand elle reviendrait dans la chambre il ferait semblant de dormir. Elle se glisserait dans le lit en prenant garde à ne pas le frôler.

Son souffle serait calme et régulier et il éviterait soigneusement de bouger.

Elle serait incapable d'en faire autant, se dit-elle.

Mais cette fois, même si son badge n'était pas en jeu, ni son arme, elle n'avait pas le droit de repousser le dossier et de partir. Elle avait fait un vœu qu'elle respecterait, bien que Paul et Sheila ne soient plus là. Elle avait fait une promesse cinq ans plus tôt, ainsi que Cord. Ils étaient dans une chapelle et tenaient un bébé aux cheveux roux sur les fonds baptismaux. Respecter la parole donnée était sacré.

Ils étaient liés. Ils avaient une obligation que ni l'un ni l'autre ne pouvaient ignorer. Tant que l'assassin de Paul et de Sheila courrait, Lisbeth serait en danger. On pouvait l'enlever, et jamais plus on n'entendrait parler d'elle. Comme la fille de Jackie Redmond.

Julia frissonna.

Sa fille était la clé de la peur qu'elle avait entendue dans la voix de Jackie Redmond, de la peur qu'elle avait lue dans ses yeux quand elle lui avait posé des questions sur Lisbeth. C'était elle qui avait trahi. Qui mieux qu'elle avait pu donner des informations concernant le service, puisque tous les documents confidentiels lui passaient entre les mains avant d'être remis au directeur ? Paul avait eu raison. Si ce n'est que le traître n'était pas un de ses pairs, un officier comme lui, mais la secrétaire du chef de la police.

Et comme d'autres traîtres avant elle, elle avait été épouvantée quand elle avait mesuré les conséquences de son acte.

Avant de l'engager, on aurait dû examiner sérieusement la personnalité de Redmond pour s'assurer qu'elle était capable d'occuper un poste aussi sensible. Pour qu'elle agisse aussi inconsidérément, il fallait que celui qui la manipulait ait découvert la terrible menace ou la fabuleuse promesse qu'elle était incapable de garder pour elle.

On retenait sa fille, c'était cela.

Redmond avait des dizaines de photos d'elle sur sa table, des photos dont elle avait du mal à détacher les yeux, même ce soir. C'est celui qui la menaçait qui retenait sa fille. Et l'attitude protectrice de Tascoe laissait à penser qu'il était au courant de la situation.

Mais la situation avait changé. Tascoe était en garde à vue, Jackie Redmond était seule, et le tueur qu'elle avait involontairement aidé devait se demander si cette aide n'allait pas prendre fin.

Julia entendit Cord bouger dans la salle de bains et cessa de réfléchir.

Attrapant son pull et ses clés, elle sortit dans la nuit.

10

A deux reprises, alors qu'elle roulait en direction de chez Redmond, Julia faillit faire demi-tour et revenir vers le motel. Elle savait que Cord serait furieux quand il découvrirait qu'elle lui avait faussé compagnie, furieux et inquiet. Peu importait ce qui s'était passé entre eux ce soir, il la considérait comme son équipière dans l'affaire. Il devait la protéger. Elle devait le protéger. Il ne comprendrait pas qu'elle ait passé outre à cette règle de base.

A dire vrai, elle comprenait mal elle-même sa réaction. Tout ce qu'elle savait, c'est que la froideur de Cord était insupportable. Mais était-ce une raison pour agir comme elle venait de le faire ?

Comme elle se garait devant l'appartement qu'ils avaient quitté à peine deux heures plus tôt, elle hésita à descendre de voiture. Elle n'avait qu'une envie : croiser les bras sur le volant, y poser le front et pleurer. Mais la pensée que la vie de Lisbeth était en jeu la fit se reprendre.

La porte d'entrée était toujours ouverte. C'était étrange que Tascoe n'ait pris aucune mesure pour renforcer la sécurité, si Jackie lui tenait à cœur. Décidément, l'homme était une énigme.

Elle grimpa l'escalier jusqu'au premier étage, tourna sur

le palier et poursuivit jusqu'au deuxième. Là, elle fronça les sourcils.

Que savait l'ex-flic de la mort de Paul et de Sheila ? Quel était son programme ? La conviction qu'elle avait de son innocence reposait uniquement sur le fait qu'elle le pensait incapable de faire du mal à une femme ou à un enfant. Mais elle se trompait. Il en avait fourni la preuve ce soir. Deux ans plus tôt, il avait failli causer la mort de Christie Hall, et par voie de conséquence il avait quasiment détruit sa vie à elle. Les chances qu'il revienne pendant qu'elle interrogeait Redmond étaient infimes.

Elle atteignit le deuxième palier et s'arrêta brusquement.

Au-dessus, le troisième étage était plongé dans le noir.

C'était un vieux building. S'il y avait un gardien dans l'immeuble, ce dont elle doutait, il y aurait peu de chances qu'il accepte de remplacer une lampe à une heure aussi avancée.

Prenant son courage à deux mains, elle monta quelques marches. Ses semelles lui paraissaient peser comme du plomb. Si près du but, battre en retraite sous prétexte d'une lampe grillée serait stupide. Puisqu'elle était là maintenant et que Tascoe était très probablement au poste, c'était le moment rêvé pour surprendre la femme. Restait à espérer qu'elle accepte de parler.

Comme elle atteignait le troisième étage, elle se calma. Devant elle, il y avait toujours le même marteau de porte en étain, très faiblement éclairé par la lumière du deuxième étage. La paire de chaussures de femme que Cord et elle avaient vue tout à l'heure attendait toujours sur le paillasson, et cela avait quelque chose de rassurant. Il ne s'était rien passé de grave ici. Il n'allait rien se passer de grave.

Quelque chose crissa sous son pied.

Sans même avoir à regarder, elle sut ce que c'était et, comme une lame de fond, la peur l'envahit. Elle pensait ne rien avoir oublié de son métier. Rien sauf un élément qu'elle avait repoussé au fin fond de sa tête : la peur physique. Celle qui vous balaie et vous glace.

Elle avait marché sur du verre cassé. L'ampoule n'avait pas grillé. Elle avait été dévissée intentionnellement et écrasée par quelqu'un qui avait des raisons de préférer l'obscurité à la lumière.

Sheila avait été tuée par balle. Paul, frappé de multiples coups de couteau. Restait l'enfant, seule et sans protection…

Elle ressassait ces idées sombres quand quelque chose happa son attention. Un bruit.

Les sens en alerte, elle écouta. Aussitôt, un souvenir lui revint à la mémoire. Le père de Cord, elle perchée sur ses épaules, Davey et Cord marchant à ses côtés. Ils avançaient dans le bois et il leur montrait les empreintes de deux animaux dans la neige fraîchement tombée, le deuxième poursuivant sa proie. Il leur avait montré l'endroit où le renard avait dû attendre en embuscade et les profondes marques de griffes dans la terre là où, un quart de seconde avant de comprendre qu'il était réellement en danger, le lapin avait réagi en s'enfuyant à toutes pattes.

Ici, c'était elle le lapin, et le danger n'était pas loin.

Contrairement à ce qu'elle avait cru, le marteau de la porte n'était pas éclairé par la lampe du deuxième étage mais par la lumière qui filtrait de la porte entrebâillée.

Paralysée par la peur, raide, elle s'adossa au mur du couloir et retint son souffle.

Puisqu'elle était le lapin, elle aurait dû s'enfuir en courant. Mais elle était aussi le renard…

A pas menus, elle longea le couloir, les mains à plat sur le mur. Comme le lapin et le renard, elle devait laisser des traces. Tant pis, il ne le verrait que demain.

A cet instant, son sixième sens l'alerta. On la surveillait. Il était là, avec elle dans le noir, et il l'épiait.

Tout se passa très vite.

Elle sentit plus qu'elle n'entendit quelqu'un derrière elle et pivota. Au même instant, un bras s'enroula autour de son buste et une main s'abattit sur sa bouche avec une telle violence qu'elle rejeta la tête en arrière. Instinctivement, elle tapa de toute sa force sur le pied de son agresseur qui appuya de plus belle sur sa bouche pour la faire taire. Hargneuse, enragée presque, elle mordit la main et sentit sur sa langue un goût de sang. En même temps, il lui sembla qu'on lui murmurait quelque chose dans le creux de l'oreille.

— Chut, Julia. C'est moi !

Les yeux ronds, elle tourna la tête pour le voir. C'était lui. Cord. Il avait beau faire sombre, elle distinguait plus ou moins ses traits. Il semblait fou de rage.

Lentement, il ôta la main de sa bouche et, comme elle reprenait son souffle pour parler, lui fit signe de se taire. De nouveau, il se pencha à son oreille.

— Je vais entrer. Tu restes m'attendre ici.

Elle ne le laissa pas finir et fit non de la tête.

— Ne discute pas, gronda-t-il tout bas. Je suis le seul à être armé, et s'il le faut je n'hésiterai pas à te tirer dans le pied pour te faire tenir tranquille.

Il la lâcha si brusquement qu'elle heurta le mur derrière elle. Il s'avança vers la porte par laquelle filtrait une lumière glauque.

Elle retint son souffle.

Cord poussa la porte et entra sans faire de bruit. Il marqua un temps d'arrêt — il devait essayer de se remémorer les lieux — puis elle le vit repartir et disparaître dans l'ombre.

Les nerfs à fleur de peau, seule dans le noir, elle tendit l'oreille à l'affût du moindre bruit.

Rien. L'espoir qu'elle nourrissait d'une Jackie attendant le retour de Tascoe tombait à l'eau.

Où pouvait-elle être, si tard dans la nuit ? Etait-elle allée l'attendre à la gare ? Etait-elle chez des amis ? En avait-elle seulement en dehors de Tascoe ? Peut-être, troublée comme elle l'était, était-elle allée chercher du réconfort chez sa relation la plus proche, en l'occurrence sa voisine ?

Julia hésita. Il n'y avait toujours aucun bruit dans l'appartement. Par besoin de faire quelque chose pour relâcher la tension de l'attente, elle avança vers la porte voisine.

Il faisait complètement noir. Si la voisine avait essayé de consoler une Jackie totalement démontée, il y aurait eu au moins un filet de lumière sous la porte.

Comme elle s'apprêtait à retourner vers l'appartement de Jackie, elle sentit des picotements dans sa nuque. Au même instant, quelqu'un lui attrapa le bras sans ménagement.

— Redmond est blessée, chuchota la voix, très très bas.

C'était Cord, mais il était à peine audible.

— Elle est dans le coma, poursuivit-il aussi bas. Je descends appeler la police et les secours sur mon téléphone de service. Reste avec elle jusqu'à ce que je remonte.

— Quoi ? Elle a été agressée ? Qu'est-ce que… ?

Mais il dévalait déjà l'escalier.

Elle ne s'était pas trompée, pensa-t-elle en entrant dans l'appartement. Jackie n'avait pas cessé d'être en danger. Elle représentait une menace pour quelqu'un, et ce quelqu'un avait saisi la première occasion pour la réduire au silence.

Elle aurait dû se fier à son intuition. Comme elle l'avait d'abord pensé, il n'était pas normal que la minuterie ne fonctionne pas. Alors, pourquoi s'était-elle accrochée à une autre hypothèse pour expliquer l'impression dérangeante qui l'avait envahie ?

« Tu n'as pas cru en toi, se dit-elle. Cela fait deux ans que tu doutes de toi à cause de ce qui s'est passé pour Christie Hall. Mais tu as tort. C'est Tascoe qui était responsable du geste de cet homme, pas toi. »

C'était vrai. Elle s'était efforcée de ne pas écouter son signal d'alarme interne. Dorénavant, il faudrait qu'elle réapprenne à en tenir compte. Pour réagir correctement.

A cet instant, la sonnette se remit à tinter. Le danger était derrière elle. Derrière elle !

Elle se retourna brusquement dans le noir. Elle savait qu'il était là.

En pivotant, elle heurta quelque chose par terre, s'empêtra dedans, perdit l'équilibre, essaya de se retenir et finalement s'affala dans le noir. Ouvrant les mains pour amortir sa chute, elle sentit sous ses doigts quelque chose comme du tissu. C'était épais et doux, constata-t-elle. Oui, doux et très épais.

Elle entendit un gémissement. Mais la plainte venait d'elle. Elle tenta de se relever, ses jambes ne répondaient plus. Elle essaya de nouveau. Réussit à se mettre à genoux. Tâta la chose qu'elle avait devant elle et, là, là… Elle crut qu'elle allait vomir.

C'était Jackie. Dans le noir, elle était tombée sur le corps de la femme.

Pourquoi Cord ne l'avait-il pas prévenue ?

Une ombre vague se découpa alors dans la porte qu'éclairait chichement la lumière du palier inférieur.

Dans un ultime effort, elle se leva, distingua une main qui se tendait vers elle et attendit la balle qui allait la transpercer — c'était sûr — comme elle avait troué la poitrine de Sheila.

Un flash passa devant ses yeux : le visage de Cord. Pas le Cord d'une heure plus tôt, mais le Cord dont elle aimait à se souvenir, dont elle voulait emporter l'image dans l'au-delà.

Tout à coup, une lumière aveuglante éclaira l'appartement.

Elle cligna des yeux.

— Bon sang ! Que… ?

C'était Cord… C'était complètement fou.

— Ça va ? Il ne t'a pas blessée au moins ?

Il l'avait prise par les épaules et l'éloignait du corps de Jackie.

— Ça va, dit-elle en hochant la tête. Mais Jackie… Qu'est-ce qui… ?

Le visage de la femme était tourné de l'autre côté, mais ce que l'on voyait de son cou formait un angle bizarre avec le revers bordé de dentelle de son déshabillé.

— Elle est morte. Elle a la nuque brisée.

Il serra les dents.

— J'aurais dû te garder près de moi. Ça aurait pu être toi.

Il resserra son étreinte et l'attira contre lui.

Incapable de résister, Julia se blottit contre sa poitrine avant de se raidir.

— Mais… Tu n'as pas de téléphone dans ton 4x4 ?

Surpris de la remarque, Cord plissa le front.

— Il n'y a qu'à utiliser celui du salon. J'ai laissé mon portable au motel.

— C'est bien ce que je dis, tu n'en as pas dans ton 4x4 !

Elle regarda par-dessus l'épaule de Cord le fond de l'entrée et se figea. C'était un cauchemar.

— Pourquoi m'as-tu dit alors que tu descendais téléphoner dans la voiture ? Pourquoi m'as-tu laissée toute seule découvrir le cadavre de Jackie ? Et comment as-tu pu revenir ici sans passer à côté de moi dans l'entrée ?

Mon Dieu, comme elle avait froid ! Elle était glacée.

Et Cord, malgré la chaleur de sa poitrine et ses bras autour d'elle, ne pouvait rien contre les frissons qui la secouaient de l'intérieur.

Au prix d'un gros effort, elle détacha son regard de l'entrée vide et le fixa.

— Ce n'était pas toi, c'est ça ?

— Ce n'était pas ton heure, Stewart.

La mine défaite de fatigue, Cindy Lopez se passa la main

dans les cheveux. Elle jeta un coup d'œil vers le corps de Jackie et haussa les épaules.

— Pauvre Redmond. Je pense qu'elle n'aura pas souffert. Ça a dû être instantané.

— On a fini, lieutenant.

Un homme entre deux âges que Julia reconnut plus ou moins enlevait ses gants de latex.

— On a relevé tout ce qu'on a pu relever, poursuivit-il. Mais faut pas vous attendre à un miracle. Celui qui a fait le coup n'est pas un amateur.

Il salua Julia et fit un signe de tête en direction de Cord.

— Rien de nouveau sous le soleil, Hunter. La technologie est de plus en plus pointue, et les criminels de plus en plus malins.

— T'as raison, répliqua Cord. Mais dis-moi, Greg, elle n'a pas été tuée dans l'entrée ?

— Non, sur le canapé du salon, et par quelqu'un qu'elle devait connaître. Il n'y a pas de trace de lutte, répondit le technicien. Mais pour une raison inconnue, il l'a sortie du salon et l'a coincée là, dans le placard à balais.

— Il a dû me voir arriver, intervint Julia. La fenêtre du salon donne sur la rue. Comme c'était calme dehors, il aura entendu la voiture et m'aura vue me garer. Ce qui signifie que c'est quelqu'un qui me connaît suffisamment pour savoir que je venais voir Jackie.

— Ça tient debout, déclara Lopez. Il te voit arriver et…

Elle plongea la main dans sa poche en sortit un chewing-gum qu'elle dépapillota et commença à mâcher.

— Il se dit que si Redmond ne répond pas quand tu sonneras à sa porte, tu trouveras ça suspect. Comme il ne peut pas se sauver sans que vous tombiez nez à nez — il sait que tu vas le reconnaître —, il tire le corps de Redmond vers le placard.

— Pourquoi n'ai-je pas regardé plus tôt dans ce placard ? regretta Cord. Comment ai-je pu passer à côté ?

— Quand on est venus voir Jackie la première fois, sa porte était déjà ouverte, dit Julia. On n'a pas réalisé qu'il y avait un placard là.

— Donc, il pousse le corps de Jackie dans le placard et il se cache quelque part en ayant soin d'enlever la lampe du couloir et de l'écraser. Et il laisse la porte de l'appartement ouverte. Pourquoi ? Il savait que cela t'alerterait.

— J'étais le lapin et lui le renard, laissa tomber Julia.

Lopez et Greg la regardèrent, surpris.

— C'était un piège, expliqua Cord. Il voulait qu'elle entre.

— En fait, il devait être à l'intérieur tout le temps que j'ai été là. Je sentais bien que quelqu'un m'épiait, mais comme Cord est arrivé sur ces entrefaites, je me suis dit que c'était sa présence que j'avais perçue. J'aurais dû être plus perspicace.

— Tu as eu une mauvaise impression ? s'enquit Greg. Moi aussi, ça m'arrive. Mon arrière-grand-mère avait un don de seconde vue, et je crois que j'en ai hérité. Chaque fois, ce que je sens se vérifie. Ce soir, tu as eu de la chance. Ton ange gardien t'a protégée. Le tueur aurait pu te briser le cou à toi aussi.

— Il n'a pas cherché à me faire de mal, rectifia Julia.

— Non, mais il a voulu se faire passer pour moi, fit remarquer Cord. Il a profité des quelques secondes où tu t'es éloignée dans le couloir alors que j'étais à l'intérieur pour déposer le corps de Jackie sur le seuil, et il t'a dit d'entrer, sachant que tu allais le découvrir de la façon la plus terrible.

Le muscle de sa joue se contracta.

— Dire qu'il s'est fait passer pour moi ! Il a bien joué, parce que tu y as cru. En tout cas, assez de temps pour qu'il puisse s'enfuir.

— Il vous connaît tous les deux, dit Lopez. Si Tascoe n'était pas toujours au poste, je…

— Dean Tascoe ? releva Greg.

— Oui. Chuck Hendrix et Tommy Dow sont en train de le cuisiner sur ses liens avec Vince DiMarco. On pensait qu'il savait peut-être quelque chose sur la mort de Paul et de Sheila, mais avec le meurtre de Redmond, ça ne tient pas.

Julia vit Greg et Cord échanger un coup d'œil.

— Hendrix et Dow ont proposé de l'interroger ?

— Hendrix a pensé que, comme Paul était mon équipier, j'aurais sans doute du mal à rester objective face à Tascoe, répondit Lopez. Il avait sûrement raison.

— Oui, mais Dow faisait équipe avec Tascoe. Ils allaient souvent boire ensemble, intervint Greg. Je ne crois pas me tromper beaucoup en disant que l'interrogatoire de Tascoe n'a pas dû durer plus de dix secondes. Ce qui lui a laissé le temps de revenir chez sa petite amie et de la tuer avant que Julia n'arrive.

Lopez le dévisagea et sortit son portable de sa poche en marmonnant un juron. Elle le coinça sur son épaule et, tout en parlant à voix basse, fouilla dans sa poche. Elle en tira un paquet de cigarettes, regarda Julia et le remit dans sa poche.

— Si tu as réussi à arrêter, Stewart, je dois y arriver moi aussi, dit-elle.

Elle continua alors à interroger le sergent à l'autre bout de la ligne.

Cord et Greg, quelques mètres plus loin, bavardaient entre eux. La conversation semblait très sérieuse.

Greg avait raison : c'était l'assassin qui l'avait touchée. Dès son retour au motel, elle prendrait une douche et se savonnerait pour se… désinfecter. Mais ce ne serait pas suffisant pour oublier l'horreur de ce soir.

— Tu as l'air vannée, Julia. On reviendra prendre ta voiture demain, décida Cord en lui posant la main sur l'épaule.

Sur ces mots, il la fit passer devant lui et ils sortirent, laissant Greg et Lopez sur place.

— Maintenant que nous sommes seuls, lui demanda-t-il une fois dehors, peux-tu me dire ce qui t'est passé par la tête pour venir chez Redmond ce soir ? Tu te rends compte que tu aurais pu te faire tuer ?

Il lui ouvrit sa portière et l'aida à monter, fit le tour de la voiture et s'installa au volant.

— Je sais, répondit-elle en fixant la nuit par la vitre. Je sais que j'aurais pu mourir, je sais que ce que j'ai fait est irresponsable. Je ne recommencerai pas. On y va, maintenant ?

Elle l'entendit souffler.

— Qu'est-ce que tu as, Julia ? Est-ce que tu as conscience que tu me mines ? Je t'ai retrouvée devant l'appartement de Jackie, dans le noir complet ou presque. Je craignais le pire... Et j'avais raison, puisque ce type était présent tout le temps que tu as passé là.

— Je sais, Cord.

Elle se tourna vers lui.

— C'est inutile de me le répéter. Je sais tout ce que tu me dis, mais je ne peux pas t'expliquer. Pas maintenant. Au fait, il faut que je passe un coup de fil, ajouta-t-elle d'un ton faussement dégagé.

— A cette heure ? Il est 2 heures du matin ! Tout le monde dort, à une heure pareille.

— Je sais, aboya-t-elle. Je vais réveiller quelqu'un, mais il comprendra. Il y a des choses qu'il faut faire parfois. Il comprendra et restera au téléphone aussi longtemps qu'il le faudra, ou il me rejoindra dans un bar pour prendre un café avec moi. Je ferais la même chose pour les autres s'il le fallait. Ce soir, c'est moi qui suis demandeur.

Cord pâlit et serra son volant plus fort.

— Tu veux parler à quelqu'un des alcooliques anonymes ? Je peux t'écouter si tu veux, mais je ne sais pas si ça te fera le même effet.

— Tu veux dire que tu es prêt à me tenir la main toute la nuit ? dit-elle, tête baissée. Je ne pense pas que tu aies très envie de me voir comme ça.

— C'est *toi* qui n'as pas envie que je te voie comme ça, répondit Cord avec calme. J'ai toujours été aveugle quand il s'agissait de toi.

Elle se mit à pleurer. Une grosse larme s'écrasa sur ses mains. Elle était assise, et des filets tièdes et salés coulaient sur ses joues et ses mains, et les sanglots qu'elle ne contenait plus la secouaient.

Désolé, Cord lui passa le bras autour du cou et l'attira à lui.

Elle avait tellement besoin de réconfort qu'elle se laissa faire. La tête penchée vers lui, elle se blottit au creux de son épaule.

— Tu m'as tellement manqué, Cord. Si tu savais comme tu m'as manqué !

Les mots avaient jailli de sa bouche avec l'accent de la sincérité. Ils lui avaient échappé, plutôt, car elle ne voulait pas le lui dire. Les yeux noyés de pleurs, elle leva la tête vers lui.

— Tu étais mon havre et… tu es parti, dit-elle dans un murmure. Je veux que tu reviennes.

Elle le regarda, presque craintive.

Ces pommettes hautes, cette bouche fermée, ce regard impénétrable…

Et soudain, il y eut le déclic qu'elle espérait.

— Tu ne le sais donc pas ? dit-il tout bas. Tu ne sais donc pas que je te garde au chaud dans mon cœur depuis deux ans ?

11

Sceptique, Davey regarda la hauteur de la falaise.

— Pourquoi la jeune fille a-t-elle sauté de si haut ? Elle devait bien savoir qu'elle allait mourir.

— Elle voulait mourir.

La mère de Cord rejeta sa natte sur son dos et mit sa main en visière pour s'abriter les yeux des derniers rayons du soleil. Elle bascula la tête en arrière et contempla le lac.

— Elle avait perdu le seul homme qu'elle ait jamais aimé et ne pouvait vivre sans lui. Mais ce n'est qu'une légende. Je crois que mon arrière-grand-père l'a inventée pour attirer les touristes.

Elle sourit aux trois enfants qui l'écoutaient bouche bée.

Davey ne semblait pas convaincu, Julia, yeux ronds et silencieuse, réfléchissait, et Cord considérait avec respect l'à-pic que les locaux appelaient *Le Saut de la Vierge*.

— Je l'aurais fait aussi, dit-il. Mais pas pour me tuer, pour sauver la jeune fille.

— Tu le ferais pour moi ? demanda Julia.

Elle avait cinq ans et des taches de rousseur sur le nez. Dans ses petites mains, elle tenait un bouquet de fleurs des champs qu'elle aurait bien offertes au meilleur ami de son frère.

Cord lui sourit et lui ébouriffa les cheveux.

— Bien sûr que je le ferais pour toi.

*
* *

Julia émergea tout doucement de son rêve et s'étira.

Après un rêve si doux, elle se sentait bien. C'était l'été et la journée promettait d'être belle. Et Cord lui avait dit qu'il sauterait de la falaise pour elle…

Elle l'avait perdu, mais il était revenu.

Depuis la veille, quand ils étaient rentrés après une journée riche en rebondissements, ils ne s'étaient pas quittés. Elle avait beaucoup parlé. Et tandis qu'elle se racontait, Cord n'avait cessé de lui caresser les cheveux. Elle lui avait tout dit du chagrin qu'elle éprouvait chaque fois qu'elle manquait une occasion de sauver un enfant. Elle avait des montagnes de dossiers sur son bureau à l'époque. C'était trop pour elle toute seule. Peu à peu, elle s'était sentie submergée. Cela avait commencé bien avant qu'elle n'ait à traiter le cas Hall. Oui, elle avait tout raconté.

Enfin, presque tout, rectifia-t-elle avec un soupçon de honte.

Elle ne lui avait pas dit qu'elle avait cru qu'elle était enceinte, ni le chagrin qu'elle avait éprouvé en apprenant qu'elle ne l'était pas. Ça, elle ne voulait pas le lui dire. Elle n'avait pas de raison de le faire. Les choses avaient changé. *Elle* avait changé…

Aujourd'hui, elle devait protéger Lisbeth et prenait sa mission au sérieux. Un an plus tôt, une telle responsabilité l'aurait effrayée. Le danger était bel et bien présent, mais elle se sentait assez mûre pour prendre en charge l'enfant qu'elle avait juré de protéger. Rien de mal n'arriverait à Lisbeth aussi longtemps qu'elle ferait les choses correctement.

Elle ferma les yeux et inspira profondément.

Et voilà ! Elle était de nouveau dans les bras de Cord, et plus rien ne les séparerait. Il était sa moitié, son complément, et un jour ils feraient un enfant ensemble.

— Tu n'as pas fait de mauvais rêve ?

Cord avait la voix tout enrouée de sommeil. Il se tourna dans le lit pour se serrer contre elle.

— Non. J'ai rêvé au jour où ta mère nous avait emmenés au Saut de la vierge. Tu te rappelles ? Tu avais dit que tu sauterais pour moi, pour me sauver.

— J'ai dit ça, moi ?

Il y avait de la malice dans ses yeux.

— Je ne sais pas ce que tu m'aurais fait si j'avais répondu autre chose ! plaisanta-t-il.

— Moi ? Je ne t'aurais rien fait. Tu me connais. J'étais une enfant parfaite.

— Tu as beaucoup changé, alors ! Moi, j'ai toujours pensé que tu étais une polissonne.

Elle sentit sa main glisser sous son sein.

— Une polissonne qui porte des dessous coquins, insista-t-il.

Il se moquait gentiment, mais sa voix s'était faite plus rauque, plus sensuelle.

— J'aimerais voir ta petite culotte, dit-il. Est-elle aussi mignonne que ta nuisette ? Avec plein de froufrous ?

— Tu l'as vue hier soir.

— Oui, mais hier soir ce n'était pas le moment. Tu avais besoin de moi pour que je te tienne la main, et c'est tout. Je suis sûr qu'aujourd'hui tu veux autre chose.

— Peut-être. Peut-être qu'aujourd'hui je peux te donner autre chose. Que veux-tu, Cord ?

— Je veux te prendre, te faire l'amour, t'aimer partout…

Il passa la jambe sur elle, la serra encore plus fort contre lui et, sans la quitter du regard, la caressa. Le ventre, le dos, les cuisses. Ses mains allaient, venaient, se glissaient sous l'élastique de sa culotte, la palpaient partout.

Elle se sentait fondre sous ses caresses. Elle devait être humide sous ses doigts, mais cela ne la gênait pas. Comment un homme pouvait-il la mettre dans un tel état juste en la touchant ?

— J'ai fait des efforts pour devenir plus tendre, plus sensible, mais on ne change pas un vieux loup bougon. Je veux te prendre, ma chérie. Entrer en toi, te pénétrer comme autrefois. A quoi crois-tu que je rêvais quand j'étais là-bas en Californie ?

— Aux oiseaux.

Elle crut le voir rougir et se mordit la lèvre pour ne pas rire.

— Une fois, peut-être, mais c'était surtout mon imagination qui s'envolait.

Il haussa les épaules.

— Si tu savais ! Je croyais que, passé vingt ans, je laisserais tout ça derrière moi. Penses-tu !

Il pencha la tête et passa la langue entre ses seins. De ses mains, il lui saisit les épaules.

— Voilà, maintenant tu sais ce que je veux. Mais je ne ferai rien sans que tu m'y invites. Il y a trop de choses entre nous.

— C'est du passé.

Elle pressa les lèvres sur la cicatrice qui lui barrait la joue et l'embrassa avec une infinie tendresse.

— J'ai mal géré notre histoire, il y a deux ans. J'ai monté un mur autour de moi et réussi à éloigner la personne à laquelle je tenais le plus. Mais aujourd'hui, c'est différent. Je veux que tu fasses partie de ma vie. Je ne veux plus de mur entre nous.

Elle se tut et capta son regard.

— Prends-moi, Cord. J'ai tant envie de te sentir en moi.

Il la regarda, l'air dubitatif.

— Tu es sûre de ce que tu dis ? Je ne te crois pas.

Sa voix était de plus en plus rauque.

— Si, prends-moi, autant que tu voudras.

— Tu es sûre ? Tu n'as pas idée à quel point j'en ai envie.

— Cesse de rêver, Cord. Agis, fais quelque chose.

Elle rit nerveusement.

— Je sais comment les rêves se terminent toujours, mais peut-être y a-t-il des variations pour y parvenir ? Montre-moi.

Elle avait fait l'amour avec lui un nombre incalculable de fois — c'était le seul homme qu'elle avait eu dans sa vie —, et leurs retrouvailles allaient marquer une nouvelle étape dans leur désir l'un de l'autre. Sauf qu'elle avait oublié ce qu'elle éprouvait quand elle faisait l'amour avec lui.

Non, ce n'était pas vrai. Elle n'avait pas oublié, elle s'était interdit d'y repenser. Les nuits sans lui étaient déjà assez longues et tristes pour ne pas se torturer en plus avec des images de leurs deux corps unis dans le désir.

Mais aujourd'hui, il était là. Et il était demandeur.

Il repoussa la mèche de cheveux qui lui barrait l'œil et lui prit la poitrine à deux mains en écartant la nuisette.

— C'est joli les nuisettes, mais je te préfère nue. Dans mes rêves, tu étais toujours nue.

Elle abaissa les yeux sur ses seins et rougit. Elle se sentait plus nue que s'il lui avait ôté son vêtement et n'osait regarder ses mains qui la palpaient.

— Oh, Cord ! Que fais-tu ?

Elle inspira très fort. Ses mains étaient rugueuses sur sa peau tendre, elle aimait ça.

— Ce que je fais ? Je regarde tes seins et je les trouve beaux.

Il en caressa les mamelons.

— Dans une minute je vais les embrasser, mais pour l'instant j'ai envie de les regarder. Ils sont… Ils sont parfaits. Et ils tiennent juste dans le creux de mes mains. Exactement comme avant.

Il baissa la tête, et elle sentit la pointe de sa langue sur son sein droit puis sur le gauche. Elle allait et venait, sans se presser. Il s'arrêta comme pour mieux la goûter puis recommença.

Elle s'entendit gémir de plaisir

— Combien de fois ai-je rêvé de ce moment ? murmura-t-il.

Comme il relevait la tête, elle lut dans son regard le désir fou qu'il avait d'elle.

— J'aime ton goût. Tu sens la chaleur, la fièvre. Je vais la faire retomber.

Le drap glissa comme il se relevait pour la chevaucher. Il portait un de ses boxer-shorts blancs qui contrastaient tellement avec sa peau cuivrée. Il était plus athlétique et musclé encore qu'elle se le rappelait. Il s'arrêta pour la contempler.

— Que tu es belle ! Le sais-tu ? Te l'ai-je assez dit ? J'aime te voir comme ça, les cheveux dans les yeux, entrouverte. Mais… Tu rougis !

— Non, je ne rougis pas.

A peine dit, elle sentit qu'elle piquait un fard.

— J'ai chaud, un peu de fièvre, sans doute. Je croyais que tu allais la faire tomber ? le titilla-t-elle.

Dans le fond, elle n'était pas si sage qu'elle se l'imaginait.

— Lève les bras et accroche-toi à la tête de lit, dit-il.

Il se pencha sur elle et souleva un de ses pieds.

— Joli pied ! Un samedi où il pleuvra, je te vernirai les ongles des orteils en rouge vermillon. Ensuite, on sortira dîner. Tu mettras ton petit tailleur noir strict avec des talons hauts, et je serai le seul à savoir quelle coquine se cache sous ta tenue très comme il faut.

Il lui embrassa le petit orteil.

— Vermillon ou rose, je verrai.

Il la mordilla, lui arrachant un petit cri.

— Ou fuchsia.

Sa langue glissa entre le petit orteil et le voisin.

— Je vais t'offrir une chaîne que tu te mettras autour de la cheville, et le dimanche tu te promèneras dans la maison avec juste cette chaîne. Rien d'autre.

Il la regarda en riant. Ses cheveux qui lui retombaient sur

le front lui donnaient cet air sauvage qui lui allait si bien. Il tenait toujours son pied dans sa main.

— C'est très sensible, là, le prévint-elle.

Il lui caressa de la langue la voûte plantaire.

— Je sais. Je connais tes points sensibles.

Il posa les lèvres sur l'arrière de sa cheville et remonta le long de sa jambe.

— Je sais, tu n'aimes pas que je t'embrasse le creux du genou. Ou plutôt tu aimes trop ça. Mais aujourd'hui, tu vas le supporter.

Il trouva le creux de son genou et s'y attarda, la mettant au supplice.

Elle agrippa le dossier du lit et retint sa respiration. Mais c'était plus, beaucoup plus qu'elle ne pouvait endurer. Elle lâcha le lit et se tendit, le dos cambré comme un arc.

Elle haletait.

— Non, Cord… Je ne peux pas. Je ne peux plus.

Il ne répondit pas, mais à travers ses paupières mi-closes elle le vit fermer les yeux.

Elle sentit sa langue sur sa cuisse, puis plus haut, entre ses jambes. Elle se mit à onduler, lentement d'abord puis de plus en plus vite, se tendant vers lui, s'offrant sans pudeur, impatiente d'être prise.

Mais elle voulait aussi le voir jouir. Il était parfaitement maître de lui. Etait-il devenu de pierre ou avait-il appris une méthode ésotérique de maîtrise de soi pour rester aussi zen ?

Elle voulait le toucher comme il l'avait touchée, le rendre fou comme il la rendait folle. Elle allait le faire. Oui, elle le voulait.

— S'il te plaît, supplia-t-elle.

— S'il te plaît quoi ? Arrête ou continue ?

— S'il te plaît, continue.

Elle ne savait plus ce qu'elle disait ni où elle était.

Cord la prit par les hanches, l'approcha plus près encore de sa bouche et enfouit la tête entre ses jambes.

— Je vais te prendre maintenant, lui dit-il.

Sa voix était grave. Un râle, presque. Cette fois, il semblait avoir atteint ses limites de résistance. Mais avant qu'il ne s'étende sur elle, elle l'arrêta.

— Je veux te sentir, Cord.

Elle faufila la main entre ses cuisses et le caressa.

— Tu joues avec le feu, dit-il.

Il avait les mâchoires crispées et les muscles du cou tendus.

— Terminons ce que nous avons commencé, dit-elle, le fixant droit dans les yeux avec une audace qu'elle ne se connaissait pas. Essayons d'aller le plus loin possible.

— Je t'aime, lui dit-il entre deux râles de plaisir. Je n'ai jamais cessé de t'aimer.

Elle ouvrit les yeux et le regarda. Là, si proche d'elle, avec ses prunelles plus noires que jamais.

Elle lui caressa le visage du bout des doigts.

— Je t'aimerai toujours, souffla-t-elle.

Pendant un court instant, ils se regardèrent comme si le courant qui les unissait autrefois passait de nouveau entre eux.

— Maintenant, dit-elle. Maintenant, Cord.

— Oui, tout de suite.

Il s'enfonça en elle en gémissant.

— Comme tu es douce ! Un gant de velours. Et comme tu me serres bien !

— Viens, lui dit-elle. Viens. Maintenant, je ne veux plus attendre. S'il te plaît, Cord.

— Je viens, Julia. Je suis en toi.

Elle crut couler au fond d'une eau profonde agitée de myriades de bulles tourbillonnantes. Il lui semblait qu'elle ne respirait plus et allait se noyer. Non, elle ne se noyait pas, elle respirait, elle avait simplement troqué l'eau contre l'air. Un élément contre un autre. Le monde extérieur avait cessé d'exister.

Cord allait et venait en elle, cheval fou au galop. Yeux fermés, crinière au vent.

Il poussa un râle brusque, yeux toujours fermés, lèvres entrouvertes en quête d'air.

Des gouttes de sueur commencèrent à suinter sur sa poitrine et sur ses bras. Lentement, comme à regret, il ouvrit les yeux et croisa son regard. Il soupira puis s'abaissa doucement et s'écrasa de tout son poids sur elle.

— Je t'ai toujours aimée, Julia.

Sa voix n'était qu'un râle.

— Et je t'aimerai toujours.

12

— Au moins, ce n'est pas un enterrement. Deux en trois jours, ça aurait fait beaucoup !

Cord gara son 4x4 dans le parking et regarda la construction de bois qui se trouvait à côté.

— Ça m'a tout l'air d'une cérémonie de commémoration improvisée. Tu as vu l'église ? Je n'en ai jamais vu de pareilles !

Julia leva le nez.

— Tu as raison, c'est une drôle d'église !

Elle jeta un regard circulaire sur les immeubles alentour.

— D'ailleurs, tout est bizarre dans cette histoire. Qu'est-ce que c'est que cette fille qui débarque d'on ne sait où et organise une cérémonie pour une mère qu'elle n'a pas cherché à voir depuis plus d'un an ? Pauvre Jackie !

— C'est ce qu'on va essayer de savoir, rétorqua Cord. C'est pour ça que nous sommes là.

Il serra le frein à main.

— J'aimerais en savoir plus sur cette mystérieuse Susan Redmond. Mais je veux me faire moi-même mon opinion. Je n'aime pas perdre mon temps.

— Moi non plus, dit Julia. Je ne sais pas pourquoi, je jurerais qu'on se servait d'elle pour menacer sa mère.

Ils descendirent de voiture et s'approchèrent de l'église. Le soleil brillait mais un vent léger soulevait la poussière accumulée dans les caniveaux.

— Au fait, y a-t-il du nouveau sur Tascoe ? On sait où il est ?

Cord la prit par l'épaule et secoua la tête.

— Disparu. Hendrix et Dow ont été renvoyés. Ils ont de la chance de toucher encore leur retraite... Bref, je doute qu'un seul de ses anciens potes de la police fasse un geste pour lui. Mais c'est un malin. Qu'il se méfie quand même, Lopez n'aura de cesse qu'elle ne l'ait trouvé.

— Elle ne lui fera sûrement pas de cadeau, acquiesça-t-elle. C'est le suspect numéro un dans trois affaires de meurtre.

Elle regarda Cord et, malgré les circonstances et le lieu, ressentit un profond bonheur.

La veille, après une réunion avec une Lopez harassée, ils avaient oublié l'affaire pendant quelques heures pour aller voir Lisbeth. Mary leur avait dit qu'elle l'avait entendue parler à King et qu'elle commençait à jouer avec les jumelles. En revanche, elle ne disait toujours pas un mot quand on la questionnait. Cord l'avait hissée sur ses épaules, et ils étaient partis tous les trois se promener au bord du lac où elle avait manifesté un peu de joie devant les voiliers qui dérivaient sur l'eau.

Julia, qui n'avait cessé de l'observer, en avait éprouvé un certain soulagement, mais son inquiétude avait repris le dessus. Si Lisbeth était en sécurité chez les Whitefield, le tueur courait toujours. La police mettait tout en œuvre pour le retrouver, mais, à son avis, elle faisait fausse route.

— Je crains qu'ils ne courent après un faux coupable, Cord. Lopez ne tient pas compte de la manière dont Paul a été tué. Or, à mon avis, la clé est là.

Elle s'arrêta et réfléchit. « Sheila a été tuée par balle, Paul frappé de multiples coups de couteau... »

— C'est une vengeance, murmura-t-elle. J'en suis sûre.

Il la regarda, les yeux plissés.

— Une vengeance pour quoi ? Et pour le compte de qui ?

— Je ne connais pas suffisamment vos dernières affaires pour te répondre, mais la mort de Paul et de Sheila est la réplique de quelque chose. Même Lopez pense que les coups de couteau sont symboliques. Si ce n'est qu'elle croyait que c'était DiMarco qui se vengeait de Paul pour avoir frappé au cœur de son organisation. En fait, ça me rappelle quelque chose, une affaire sur laquelle tu as travaillé dans le passé. Oui, ça me dit quelque chose.

Devant eux, un groupe d'hommes et de femmes tout de sombre vêtus entra dans l'église.

— Tu penses qu'on aurait affaire à un tueur qui reproduit des crimes commis dans le passé et sur lesquels on aurait travaillé ? Une sorte d'imitateur ?

Il hocha la tête.

— J'espère que tu te trompes. Ça voudrait dire que c'est l'acte d'un cinglé qui cherche la notoriété.

— Ce que je pense, c'est qu'il a ses raisons pour tuer ou qu'il estime en avoir, dit Julia. Rappelle-toi le meurtre des call-girls. Tu te souviens du père de l'une d'elles ? Il vous accusait Paul et toi de ne pas en faire assez pour élucider l'affaire.

— Le père de Crystal Aiken ? La deuxième victime retrouvée morte dans une chambre d'hôtel ? Il m'arrive de repenser à cette affaire. Chaque fois, je me dis qu'on est passés à côté d'un détail qui aurait dû nous mettre sur la piste. Rappelle-toi, l'assassin a commis quatre crimes et il a arrêté. C'est étrange, non ? Aiken avait alerté les médias et prétendu qu'on avait négligé ce dossier parce qu'il s'agissait de filles de petite vertu. Il est vrai qu'il avait entendu Tascoe qualifier les victimes de putains et que ça ne lui avait pas fait plaisir. Tu connais le tact de Tascoe…

— Crystal Aiken a été étranglée, reprit Julia. Et les autres ? Comment sont-elles mortes ?

— De façon différente chaque fois. L'une d'elles par balles, Tanya Baker avec un pic à glace. N'empêche, on devrait peut-être s'intéresser de plus près aux agissements de Aiken. Qui sait ?

— S'il s'avère qu'il a les mains propres, soupira Julia, il ne nous restera qu'à reporter nos soupçons sur Tascoe…

Préoccupée, elle se mordilla l'ongle du pouce.

— Oui, mais ça ne colle pas avec lui. Il aimait vraiment Jackie et…

— Je suis d'accord avec toi. Lopez, elle, est convaincue de sa culpabilité. Personnellement, j'ai des doutes. Reste tout de même une question : pourquoi s'est-il enfui ?

Cord lui prit la main et la tint fermement dans la sienne.

— Entrons, la cérémonie de commémoration ne devrait pas tarder à commencer.

— J'espère qu'on ne s'est pas trompés d'église ! dit-elle.

La remarque fit sourire Cord.

— Je reviens à ce que tu disais il y a un instant. Si ton hypothèse est la bonne, ce n'est pas forcément les meurtres des call-girls que notre plagiaire duplique. Il y a eu d'autres affaires non résolues et d'autres, résolues celles-là, qu'un esprit faible peut avoir envie de reproduire. Le plus simple serait de passer en revue sur un ordinateur les crimes commis à la fois par balles et…

Julia heurta la première marche et faillit tomber.

— Cord, comment les Bradley sont-ils morts dans leur ferme ?

— Ça n'a rien à voir, répondit-il sèchement.

Il se passa la main devant les yeux comme pour chasser une vilaine image.

— Si seulement je pouvais effacer ça de ma mémoire.

Il monta deux marches à la fois.

— Tu peux me croire, il n'y a aucun lien entre le meurtre de Paul et de Sheila et ce qui s'est passé à…

Son regard s'assombrit.

— D'ailleurs, mis à part l'équipe qui travaillait sur le cas, personne n'a eu connaissance des détails. Personne ne peut donc rééditer ces crimes. Même la presse avait fait l'impasse sur ce fait divers.

— Personne, sauf les tueurs, dit Julia. Qui nous dit qu'un membre de la famille Donner ne court pas toujours ?

— Il n'y a que Donner lui-même qui soit toujours en vie. La joyeuse bande a été décimée. A moins qu'un détenu ne se soit débrouillé pour entrer en contact avec le caïd en prison au cours de ces deux dernières années. Et comme Donner savait comment les Bradley étaient morts… J'ai toujours été convaincu qu'il avait organisé son arrestation de manière à être sous les verrous lors de l'explosion du grand magasin. Evidemment, il a juré ses grands dieux que les Donner n'avaient rien à voir dans cet attentat, puisqu'il n'était pas là pour donner ses ordres.

Il haussa légèrement les épaules.

— De toute façon, ce n'est pas du tout le même mode opératoire, poursuivit-il. Et Donner est sous les verrous à vie.

Julia hocha la tête.

Gary Donner et ses sbires étaient un sujet sensible dont Cord avait du mal à parler. Il n'avait jamais encaissé les crimes commis à la ferme Bradley et se reprocherait toujours de n'avoir pas su les empêcher. Il oubliait seulement que c'était lui qui avait découvert — et très vite — le repaire des Donner.

Que de nuits blanches Paul et lui avaient passées en planque ! Que de pistes suivies ! En vain, souvent. Une traque sans relâche pour débusquer les tueurs et éviter de nouvelles victimes.

Elle frissonna. Cord avait raison de haïr Donner. Ses hommes lui étaient si dévoués qu'ils avaient préféré mourir plutôt que se rendre aux autorités quand ils avaient été cernés.

— Je reconnais des gens du service dans la foule, mais je n'aurais jamais imaginé qu'un type comme celui-là fasse partie des relations proches de Jackie, dit Cord à voix basse.

Elle suivit son regard pour voir de qui il parlait. C'était un homme jeune, qui se tenait avec d'autres dans les premiers rangs. Une grande cicatrice lui barrait le cou. Ses mains étaient tatouées.

— C'est peut-être un ami de Susan ? dit Julia. En tout cas, c'est un marginal. Ce qui donnerait un aperçu de ses fréquentations depuis qu'elle a quitté sa mère.

— Peut-être pas, répliqua Cord. Il a l'air d'un voyou comme ça, mais il ne faut pas se fier à sa mine. Regarde ses vêtements, ce ne sont pas ceux d'un traîne-savate. En revanche, la blonde décolorée que tu vois à côté, je parierais qu'elle faisait le trottoir il n'y a pas une semaine.

— Tu as peut-être raison.

Comme ils chuchotaient à l'oreille l'un de l'autre, une jeune femme s'approcha d'eux, main tendue.

— Bonjour, je suis Susan Redmond.

Elle était très pâle, comme sa mère, et ses yeux bleu clair semblaient brûler d'un feu intérieur.

— Vous connaissiez ma mère ? dit-elle d'une voix blanche que Julia soupçonna d'être frelatée.

— On collaborait à une certaine époque, répondit Cord. On va la regretter à la police. Vous êtes donc sa fille ? ajouta-t-il.

Susan Redmond rougit.

— Oui. Malheureusement, nous nous sommes peu vues dernièrement. En tout cas, pas autant que je l'aurais souhaité.

Elle agrémenta sa déclaration d'un sourire douloureux qui ne trompa pas Julia. Cette fille n'éprouvait pas l'ombre d'un regret.

— C'est mon travail au centre de l'Amitié qui m'a retenue. Enfin, les sacrifices personnels sont peu de chose en comparaison des vies que l'on sauve.

— Susan, John dit que la sono marche maintenant.

Le garçon aux tatouages les avait rejoints.

— Tu veux que j'aille devant avec toi ?

— Ça va, Donny. Il est arrivé ?

— Il a téléphoné pour dire que Marshall et lui seraient un peu en retard et qu'on commence sans eux. Au fait, Marshall est d'accord pour acheter le domaine pour le centre.

Le feu qui couvait derrière les prunelles bleues les fit briller encore plus fort.

— Bonne nouvelle.

Se tournant alors vers Julia et Cord :

— J'ai prévu de dire quelques mots. Des membres du centre prendront ensuite la parole pour exprimer leur reconnaissance et dire tout le bienfait qu'ils pensent de l'institution. Puis nous collecterons des fonds pour créer un autre centre qui portera le nom de ma mère. Je serais honorée que vous soyez présents. Maintenant, veuillez m'excuser, on m'attend.

— Nous ne voudrions pas manquer ça ! déclara Cord d'un ton mielleux.

Après un coup d'œil à Julia, il se tourna vers Donny.

— Le centre s'agrandit ?

— Susan mène bien sa barque. Elle va créer un deuxième centre de l'Amitié, et il y en aura deux autres pour les membres les plus anciens, répondit le jeune homme avec enthousiasme.

— Elle dit que grâce au centre, des vies sont sauvées, laissa tomber Cord d'un ton sceptique. C'est curieux que nous n'en ayons jamais entendu parler. Ça a l'air tellement important.

Donny rougit.

— Bientôt, tout le monde connaîtra le centre, et Susan a raison de dire qu'on y sauve des vies. C'est vrai.

— Comment ? interrogea Julia. Est-ce un centre de réhabilitation pour drogués ?

Déstabilisé, le garçon haussa les épaules.

— Entre autres, mais c'est plus que ça. Le père dit que la raison d'être de ce centre, c'est d'aider à donner un sens à sa vie. En général, les gens qui sont là trouvent leur existence nulle, vide. Le centre comble ce vide.

« Le père »…

Le centre était donc confessionnel, se dit Julia mal à l'aise. Sans doute un prêtre y déployait-il des efforts pour remettre toute cette humanité déboussolée dans la bonne direction.

N'empêche, l'influence du père en question sur Susan Redmond n'avait pas été franchement positive, puisqu'il l'avait coupée de sa mère.

— Regarde ça, dit Cord à Julia.

Il lui tendit un morceau de papier sur lequel était écrite une banalité à faire pleurer :

« Une famille pour ceux qui sont seuls ».

Julia ouvrit la feuille et lut :

« Pour ceux qui cherchent un sens à leur vie… un nouvel objectif, une nouvelle force… votre voix sera entendue… seuls ceux qui persévéreront gagneront… »

C'était un charabia sans signification, un salmigondis de mots et de promesses. Sur la dernière page, la proposition était nettement plus claire. Elle appelait à participer à la création de trois nouveaux centres d'accueil pour jeunes et moins jeunes à la dérive.

Julia jeta un regard autour d'elle. Tous leurs voisins semblaient aussi surpris qu'elle. Une femme d'un certain âge qu'elle connaissait de vue, visiblement une collègue de Jackie, jeta le papier en boule dans son sac, l'air offusqué.

— Tout ça n'a rien à voir avec Jackie Redmond, dit Cord en froissant le papier. La fille profite de la messe de commémoration de sa mère pour soutirer de l'argent à ceux qui sont venus assister à la cérémonie. C'est une honte. Je suppose qu'ils ne vont pas tarder à faire passer la sébille.

La voix de Susan, contrôlée et amplifiée par le micro qui préoccupait tant Donny, commença à enfler dans les haut-parleurs disséminés dans l'église.

« Ma mère, comme la plupart d'entre vous ici le savent, travaillait pour les autorités censées faire respecter l'ordre et la loi. »

Attentive, Julia continua d'écouter.

« Je dis bien *censées* parce que, à la fin, ma mère ne croyait plus beaucoup dans cette administration. »

La voix claire poursuivit, de plus en plus vibrante :

« Nos villes regorgent toutes de personnes qui estiment avoir été trahies par les solutions traditionnelles. Nombre d'entre elles sont des jeunes qui supplient qu'on les aide et que personne n'entend. »

Cord se rapprocha de Julia. Sa présence était rassurante.

« C'est pour ceux-là que le centre de l'Amitié a vu le jour, pour aider ceux que le système abandonne sur le chemin. Certains d'entre eux sont parmi nous aujourd'hui et vont en témoigner. »

Susan fit un signe de tête en direction d'un couple dont la femme était la blonde décolorée.

« La vie de Jason et Darla a changé grâce au centre. Ils vont nous dire ce que le centre leur a apporté, et je suis certaine qu'après avoir entendu leur témoignage vous vous sentirez honorés de verser votre obole à notre association pour poursuivre l'œuvre inestimable entreprise par ma mère et que nous entendons encore faire grandir. »

— Ça y est, ils vont faire passer la sébille, se moqua Cord comme Susan tendait le micro à la protégée.

Donny se précipita pour aider.

— Je n'en reviens pas, murmura Julia. Ça n'a rien à voir avec un office religieux.

La collègue de Jackie que Julia avait remarquée se tourna vers eux.

— Je ne comprends pas, dit-elle. Je suis venue ici pour rendre un dernier hommage à une vieille amie, pas pour acheter un flacon d'huile de serpent à sa fille. Jackie était très discrète, elle serait horrifiée si elle voyait ce qui se passe.

Elle tendit la main.

— Je suis Ann Johnson... J'ai pris ma retraite il y a quelques mois. Grâce à Dieu, détective Hunter, l'ange gardien est avec vous.

Sa voix était bourrue mais amicale. Le chapeau informe vissé sur sa tête emprisonnait ses cheveux blancs mais ne cachait pas ses yeux vifs et intelligents.

— Une seconde, dit Cord.

Il ferma les yeux et plissa le front.

— Bien sûr ! Vous êtes Ann. Je me souviens de votre voix. Une voix rauque, très sexy ! Vous dispatchiez les appels sur nos fréquences, mais nous ne nous sommes jamais rencontrés.

Flattée que Cord se souvienne d'elle, la femme rougit et le regarda en battant des paupières.

Ce Cord était un séducteur impénitent, pensa Julia. Jeune ou âgée, aucune femme ne lui résistait. Sa gentillesse, son charme ne pouvaient, il est vrai, laisser indifférente…

— Oh ! j'aurais dû vous abandonner à vos illusions, dit Ann Johnson.

Elle se tourna vers Julia, et ses traits un peu rugueux s'adoucirent.

— J'ai une voisine qui dit une prière tous les jours pour vous. Sa petite-fille était une des personnes prises en otages quand il y a eu le hold-up dans le grand magasin. Vous avez demandé à la petite amie d'un des preneurs d'otages de relâcher Chandra, et ensuite ça a vraiment mal tourné.

Alors qu'elle écoutait la vieille dame, Julia sentit une main s'abattre sur son épaule et se retourna.

— Ce ne serait pas la petite Julia Stewart par hasard ? La dernière fois que je t'ai vue, je crois bien que tu portais encore un appareil dentaire !

L'homme qui lui faisait face maintenant semblait déplacé au milieu de tous ces gens venus assister aux pseudo-funérailles de Jackie. Il était élégant dans un costume sombre dont la coupe dissimulait quelque peu son estomac proéminent. Il semblait très sûr de lui et portait au poignet une montre en or voyante.

— Comment va ton père ? J'ai appris qu'il avait subi un double pontage mais, tel que je le connais, je suis sûr qu'il ne s'est pas arrêté de travailler bien longtemps. J'avais l'intention de lui rendre visite pour voir de quelle façon il pouvait nous aider à financer le centre.

Julia remarqua des traces de talc sur ses tempes.

— Vous êtes monsieur Marshall, si je ne me trompe ? Tom Marshall ?

Machinalement, elle serra la main qu'il lui tendait en évitant de montrer qu'elle ignorait que son père avait été hospitalisé.

— Ça fait un bail !

Elle s'apprêtait à lui présenter Cord et Ann Johnson, mais il ne lui en laissa pas le temps et reprit la parole, affichant son mépris pour les personnes qui l'accompagnaient.

— Je pense que son double pontage va l'avoir fait réfléchir et qu'il va aboutir à la même conclusion que moi il y a quelques mois. Qu'il est temps de faire un geste de solidarité en faveur de cette communauté. Le centre me semble une très bonne cause, et j'espère qu'il sera large… Au fait, as-tu rencontré l'homme qui est derrière tout ça ?

— Non, nous…, commença Cord.

Sans même lui accorder un regard, Marshall enchaîna.

— Il y a une histoire que tout le monde ici devrait connaître, dit-il avec beaucoup de conviction. Il a été accusé à tort d'un crime qu'il n'avait pas commis, il s'est battu pendant des années pour voir son nom blanchi, et à la fin, que fait-il ? Il se venge ? Non, il change du tout au tout et dédie sa vie aux autres. Il décide d'aider à remettre les égarés sur le droit chemin. Cet homme est un saint. Je veux que tu le rencontres, Julia. Ainsi quand je demanderai à Willard de financer une partie du projet, j'aurai déjà l'aval de sa grande fille.

Ce type commençait à porter sur les nerfs de Julia. Ses allusions constantes à une prétendue intimité avec son père l'horripilaient. Ce n'est pas parce qu'il avait été son associé qu'il pouvait se prévaloir d'une si grande amitié. Elle savait qu'il fabulait. Quant à l'intervention chirurgicale qu'avait subie son père, c'était frustrant de l'apprendre de la bouche d'un quasi-étranger. C'était la preuve, s'il en fallait une, que ses liens avec son père s'étaient dramatiquement distendus.

— Je n'ai aucune influence sur la façon dont mon père gère ses affaires, répliqua-t-elle. Ce que je sais, c'est qu'il a déjà ses œuvres et qu'il donne généreusement à des associations qu'il juge utiles. Je crains que…

Tout près d'elle, Cord se raidit brusquement.

Elle leva les yeux vers lui et se tut. Il était pétrifié. Haineux, plutôt.

« Et puisque notre généreux bienfaiteur accepte de nous soutenir financièrement, ce sont bientôt quatre nouveaux centres de l'Amitié que nous pourrons ouvrir, poursuivait Susan. Grâce à vos dons, notre objectif sera bientôt atteint. Je… »

La voix agréable et persuasive dominait les conversations.

Julia suivit la direction du regard de Cord.

Non loin d'eux, un homme vêtu sans recherche s'adressait à un groupe de personnes qui l'entouraient.

— Cord ? Qu'y a-t-il ?

— Mon Dieu ! Hunter, ce n'est pas… ?

Ann Johnson ne termina pas sa phrase.

« Mais nous avons encore besoin de lever des fonds pour les troisième et quatrième centres. Toutes les contributions, petites ou grandes, ajoutent une pierre à l'édifice et seront appréciées. Aussi, je vous le demande, soyez généreux, les amis. Rappelez-vous… »

Julia accrocha le regard de l'homme en tenue sport qui parlait non loin d'eux.

Il lui sourit. Il avait un regard magnétique, infiniment dérangeant.

— Donner ! lança Cord, manquant de s'étrangler. C'est Donner qui est là !

13

— Au cas où tu ne le saurais pas, mon cher Hunter, j'ai eu mieux à faire qu'à t'appeler pour te communiquer les dernières infos, aboya Lopez.

Les bousculant presque, elle poussa la porte surmontée d'un panneau « Sortie interdite » et, à peine dehors, alluma une cigarette.

Ils étaient venus tout droit de la messe de commémoration, mais la mine de Lopez ne laissait aucun doute sur son humeur. Elle n'avait pas envie de plaisanter, comprit tout de suite Julia.

— On n'a toujours pas localisé Tascoe, poursuivit-elle, et quand on a voulu contacter DiMarco hier soir pour l'interroger, il s'était volatilisé. Et puis, j'en ai assez ! Chaque fois que je mets le nez dehors, j'ai cette fichue presse sur le dos. En marge de ça, Erika est partie voir sa sœur en emmenant le chat, ce qui fait que quand je rentre le soir la maison est vide de chez vide, et je me retrouve devant la télévision qui passe pour la énième fois Starsky et Hutch. Et, bien entendu, je m'endors.

Elle se passa la main dans les cheveux et tira sur sa cigarette.

— Pour couronner le tout, j'ai recommencé à fumer. Alors, ne m'en veuillez pas si votre histoire de Gary Donner présidant une œuvre caritative ne me fait pas hurler de joie.

— Désolé pour toi, Lopez, répondit Cord.

La porte qui donnait sur le parking s'ouvrit à ce moment. Un homme en jean et veste de tweed, les traits tirés, s'approcha d'eux.

— Je pensais bien te trouver ici, dit-il s'adressant à Lopez. Les résultats de laboratoire sont tombés. Ils n'ont pas donné grand-chose, mis à part des traces microscopiques de coquillages dans un tapis. Jenny essaie de les identifier.

Se tournant alors vers Cord :

— Tu es bien Hunter, je ne me trompe pas ? Je me disais que ta tête me disait quelque chose, mais je n'étais pas sûr. Je suis tellement surmené que je ne reconnaîtrais pas ma mère ! Dis-lui, Julia, que normalement je suis un gars poli quand je ne suis pas en manque de sommeil.

Il tendit la main à Cord.

— Phil Stamp. Je fais équipe avec Lopez. Je crois savoir que vous tenez une piste ?

Julia le connaissait pour avoir collaboré avec lui pendant six mois au service de la protection de l'enfance. Il avait fait du bon boulot, mais au bout de six mois il avait demandé à changer de service.

— C'est trop de stress, Julia, lui avait-il confié. Je vais demander à retourner à la Crim'. Je ne supporte plus de travailler sur des affaires d'enfants. Trop dur. La nuit, j'en rêve. Je vois toutes ces petites victimes et ça me réveille en sursaut. Ma femme dit que je deviens parano et que je vais rendre fous nos deux gamins. Elle n'a peut-être pas tort. Je me demande comment tu fais pour tenir le coup.

C'était un policier doué, se rappela-t-elle. Mais, après Paul, la relève devait être difficile à assurer.

— Ce n'est *pas* une piste !

Lopez aspira une bouffée de cigarette et jeta son long mégot sur le macadam d'un air dégoûté. Visiblement, elle était à cran.

— Qu'est-ce qui ne va pas, Cindy ? Tu devrais te reposer. Tu vas craquer, ça se voit.

— Me reposer, moi ? Alors que l'assassin de mon équipier court toujours ?

— Ce n'est pas ta faute, Cindy.

— Si ! S'il avait continué à faire équipe avec Cord, ça ne serait pas arrivé. Il serait toujours en vie. Je n'ai pas su être là quand il a eu besoin de moi. J'ai été nulle.

— Personne ne pouvait prévoir ce qui est arrivé à Paul et Sheila, intervint Phil.

— Arrête, Cindy, dit Julia avec calme. Tu as assez payé maintenant.

Lopez, l'air craintif, leva les yeux vers elle.

— Que veux-tu dire ?

— Ta cousine Tina. Elle est bien morte d'une overdose ? C'est ça qui te ronge, je me trompe ? Toujours ce sentiment de culpabilité. Tu estimes que tu aurais dû la sauver et tu ne te pardonnes pas d'être passée à côté. Depuis, tu fonces tête baissée dans tous les dossiers qui se présentent. Tu les prends à cœur comme s'ils te concernaient personnellement. On dirait que tu cherches à payer la mort de Tina dont tu te sens responsable. Et comme tu veux être parfaite, tu refuses de demander de l'aide.

Lopez avait pâli.

— Ce qui est arrivé à Tina ne te regarde pas, Stewart. Mais tu as raison. Je me sens coupable de n'avoir pensé qu'à ma vie, dit-elle se radoucissant soudainement. Si j'avais été plus attentive, sans doute que…

— Oublie ça, Cindy. Cesse de ressasser le passé. Tu es un bon policier mais si tu te laisses miner — par une faute que tu n'as pas commise, au demeurant —, tu vas réussir à te détruire, et c'est tout ! Tu pourras alors dire adieu à ton métier.

Gêné, Phil se gratta la gorge.

Cord, qui avait écouté en silence, prit la parole.

— Julia a raison, Lopez. Dans notre métier, il faut avancer et laisser les remords au vestiaire. Paul et Sheila sont morts, et nous pensons que c'est Donner qui les a tués. Tu dois nous aider. J'apprécierais que tu nous fasses passer toutes les informations que tu as pu glaner qui nous permettraient de confondre ce fils de salaud. Et vite. Il est venu nous saluer à la messe de commémoration pour Jackie. Une messe, tu parles…

Il haussa les épaules.

— Du cirque ! Il s'est mis la fille de Redmond dans la poche. Julia et moi pensons qu'il se servait d'elle pour obtenir des renseignements sur le service et sur Paul auprès de sa mère. Julia a une thèse qui, à mon sens, tient debout. Elle pense qu'il va reproduire les mêmes crimes que par le passé pour démontrer que la police ne lui arrive pas à la cheville.

— Il a déjà traîné notre service dans la boue, enchaîna Stamp. Comme tu le croyais en prison, tu n'as peut-être pas fait attention à ce qui se passait. Tout du long, lors de son deuxième jugement, Donner a présenté un alibi en béton : il était en prison quand le grand magasin a sauté.

— Sans compter que le témoin qui l'avait désigné s'est rétracté, dit Lopez, dégoûtée.

— Parce qu'il a été menacé, ajouta Cord. Ce n'est pas nouveau.

— Non. Ce qui l'est plus, c'est qu'on a fini par le croire, déclara Stamp. C'était difficile de faire autrement : le poseur de bombe s'est dénoncé.

— Quoi ?

Julia regarda les deux policiers.

— Vous y avez cru ? Décidément, ce Donner réussit à rouler tout le monde dans la farine !

— Tu te trompes, Julia, la contra Cord. Il nous a possédés la première fois, mais quand le grand magasin a explosé, il avait eu soin de se faire coffrer avant.

— Je ne comprends pas, intervint Lopez. Pourquoi aurait-il

fait ça ? Je ne connais personne qui se ferait embastiller pour le plaisir, sauf si…

Elle écarquilla les yeux.

— Sauf si la prison lui sert d'alibi pour des crimes qu'il a organisés avant.

Stamp la fixa, admiratif.

— Bien sûr, c'est ça. C'est lui qui est derrière tous ces crimes, mais il envoie les membres de sa *famille* au front. Les exécutants, ce sont eux. Lui est le donneur d'ordre. Le parrain. Le cerveau. Il a l'intelligence de se faire incarcérer avant. Du même coup, il se met hors de cause.

— C'est comme ça que je vois les choses moi aussi, approuva Cord. Et je ne pense pas me tromper. Je connais son mode de fonctionnement mieux que personne. Il n'a pas cru une seconde qu'il resterait en prison à vie. Il avait un joker dans la manche. Il attendait simplement le jour J pour le sortir.

Julia avala sa salive. Elle avait toujours pensé que ce Donner incarnait le mal. Elle l'avait su dès le départ, quand Cord travaillait sur le dossier de cette lugubre « famille ». Depuis qu'elle l'avait croisé dans le couloir de chez Redmond, elle en était doublement convaincue. Quant au sourire qu'il lui avait lancé à la fin de la cérémonie de Jackie, elle en était encore toute retournée.

— Il y a quelqu'un d'autre qui connaît parfaitement le bonhomme, lança Lopez. Je déteste devoir dire ça, mais on devrait demander son aide à Tascoe.

— Bonne idée, sauf qu'il s'est volatilisé, rétorqua Phil. Mais tu as raison. Quand on a fouillé chez lui, on a trouvé des coupures de presse, des photos, des interviews de gens qui connaissaient Donner. Dean l'a étudié pendant des mois. Il avait peut-être l'intention d'écrire la biographie interdite de ce fils de salaud ?

— A moins qu'il n'ait décidé de l'épingler lui-même ? Rappelez-vous, il avait été écarté du dossier Donner, dit Cord.

Il n'ignorait pas que Donner était libre et avait dû deviner que Jackie servait de relais et faisait passer les renseignements qu'elle lui soutirait.

— Alors, que fait-on ? s'impatienta Lopez. On passe une annonce à son intention dans le journal, du genre « Reviens, Dean. On te pardonne. » ?

L'air furieux, elle poursuivit :

— Si je comprends bien ce que vous dites, il faut à tout prix trouver Tascoe, mais cette fois-ci, quand on le chopera, il faudra mettre des gants pour l'interroger ?

— Tout ce que je demande, rétorqua Cord, c'est qu'on me livre Donner pour que je le cuisine. Je veux savoir où il était la nuit où Paul et Sheila ont été assassinés.

— On est sur la même longueur d'onde, Cord, répondit Lopez. Le problème, c'est que nous n'avons pas d'éléments nouveaux et qu'il y a une procédure à respecter.

— Je sais, dit-il. C'est d'ailleurs là-dessus qu'il compte. Je devrais peut-être prendre exemple sur Tascoe et oublier la procédure, pour une fois. C'est une tête brûlée, je te l'accorde, mais c'est exactement ce qu'il nous faut pour l'instant.

— Je fais comme si je n'avais pas entendu, dit Lopez en se bouchant les oreilles. Autrement, je serais en devoir de t'arrêter en cas de plainte pour harcèlement de la part de Donner.

Julia, qui n'avait rien dit depuis un moment, leur adressa un sourire en coin.

— Si tu as besoin d'une tête brûlée, je me propose. Je suis la cinglée qui a tout plaqué un beau jour, s'est jetée sur la bouteille et a disparu corps et biens pendant deux ans. En conséquence, je me sens la mieux placée pour revendiquer le rôle de Tascoe… J'ai déjà un contact avec un complice de Donner, Marshall. Il veut que j'arrange un rendez-vous avec mon père.

— Pas question, répondit Cord sans réfléchir. Je t'interdis de rester une seule seconde dans la même pièce que ce monstre. Il faudra trouver un autre…

— Tu as raison, l'interrompit Julia. C'est un monstre. Un croquemitaine qui veut dévorer Lisbeth. Mais il ne la chopera pas, tu peux me faire confiance.

Leurs regards se cherchèrent, se soudèrent. C'était soudain comme s'ils avaient été seuls tous les deux. Sans Lopez, sans Phil.

Ce fut Cord qui rompit le charme.

— Moi aussi, Julia, je dois veiller sur Lisbeth. Cette responsabilité nous incombe à tous les deux. Pas seulement à toi.

— Hunter a raison, Stewart, intervint Lopez. Pour un peu tu me lisais la loi contre les attroupements séditieux parce que je refusais de l'aide, et maintenant tu affirmes que tu veux, seule, arrêter Donner et veiller sur Lisbeth. Tu essaies d'expier la mort de qui ?

Julia sentit qu'elle pâlissait. Elle serrait les poings de colère.

— Qu'est-ce que tu racontes ? Ce que je veux dire, c'est que je ne suis plus policier et que cela me laisse plus de latitude pour négocier avec Donner.

— Très juste. Elle a raison.

L'approbation de Cord les surprit toutes les deux.

— Tu es fou, Hunter, le contra Lopez. Si Donner est le dangereux individu que tu dépeins, pourquoi donnes-tu ton accord à Stewart ? Dieu sait où elle va mettre les pieds !

— J'ai programmé une réunion avec le directeur du centre de l'Amitié et son bras droit chez mon père, annonça Julia. Je n'ai pas besoin de l'approbation de Cord pour y aller, mais je suis heureuse qu'il n'y voie pas d'inconvénient.

Elle s'interrompit. Près d'elle, Cord parlait dans son téléphone portable.

— Désolé. Tu disais ?

— Je disais que je suis heureuse que tu sois d'accord pour…

Elle s'arrêta de nouveau, car il lui faisait signe de se taire.

— C'est ça, tout de suite.

Il consulta sa montre.

— Il faut me rayer tout de suite de la liste du personnel. OK ? Merci, Mike. D'accord, je te raconterai plus tard. Promis.

Il referma son téléphone et le glissa dans sa poche.

— J'allais oublier un détail, dit-il en tendant quelque chose à Phil. Tiens, vieux. Range ça pour moi. Peut-être qu'un jour je te le redemanderai.

Julia eut un sursaut. C'était son badge de policier.

— Tu peux organiser ton rendez-vous avec Donner et Marshall, dit-il se tournant vers elle. Tu leur diras que ce sont deux têtes brûlées qui veulent les rencontrer.

— Au moins, dit Cord en traversant le hall de l'immeuble où le père de Julia avait son bureau, Lopez a promis de faire planquer deux hommes pour surveiller Donner durant les jours qui viennent. C'est peu, mais c'est mieux que rien.

Elle ne répondit pas.

Comme ils attendaient l'ascenseur, il la prit par le bras.

— Je sais que tu en as ras le bol de moi, mais fais comme tu as dit avec Lopez : ignore, dit-il à voix basse. Il faut qu'on montre un front uni à Donner, sinon il va en profiter.

— C'est vrai que je t'en veux. Tu m'as forcé la main devant Stamp et Lopez.

— Oui, excuse-moi, j'aurais dû te prendre à part d'abord pour te dire que je rendais mon badge. Tu as raison d'être en colère. Que veux-tu, l'autre soir, quand tu t'es endormie dans mes bras, j'étais tellement assommé de fatigue que je n'arrivais pas à dormir. En fait, je ne voulais pas m'endormir. J'étais bien. Tu étais sereine dans mes bras… Alors j'ai fait un vœu.

Attendrie, elle ne repoussa pas sa main quand il lui caressa les cheveux.

— Je me suis juré que je ne te perdrais plus. Plus jamais. Tu comprends pourquoi je t'interdis aujourd'hui de rencontrer seule ce salaud de Donner ? Je sais qu'on n'est pas sûrs qu'il soit impliqué dans les meurtres de Paul, Sheila et Redmond. On se trompe peut-être sur son compte…

Il la regarda avec une attention extrême.

— Cela n'empêche qu'il est dangereux. Quand je le vois, j'ai l'impression de voir surgir le diable.

— Il pue la mort, répondit Julia en tremblant.

Elle prit la main de Cord et la serra dans la sienne.

— Je ne mets pas mon point d'honneur à le rencontrer seule, dit-elle. Je peux même te dire que je suis soulagée que tu m'accompagnes. Mon père, c'est bizarre. Je ne sais pas pourquoi il a tellement insisté pour être présent, alors que je lui ai dit que c'était juste un stratagème pour passer un moment avec Donner.

— Il se fait peut-être du souci pour toi ? Je m'en fais bien… Ce serait normal, c'est ton père, après tout.

— C'est vrai. Mais ce qui aurait été encore plus normal, c'est qu'il me dise qu'il se faisait opérer.

Les portes de l'ascenseur coulissèrent en silence, et ils montèrent dans la cabine.

— Nous n'avons jamais été proches. Je le crois incapable d'aimer quelqu'un d'autre que lui.

— Sauf ton frère.

Les portes se refermèrent sur eux.

— Il adorait Davey. Petite, je me suis très vite rendu compte qu'il préférait mon frère. Après sa mort…

Elle se tut, hésita et reprit :

— Quand Davey s'est noyé, je me suis dit dans ma petite tête d'enfant que si je réussissais à faire ce que faisait Davey, et à le faire aussi bien, mon père prendrait peut-être enfin conscience qu'il avait une fille. Mauvais calcul. Il a continué à m'ignorer.

Enfin, je suis devenue championne de tir à l'arc et plongeuse hors pair, c'est toujours ça !

Elle rit. Jaune.

— Ce n'est peut-être que de la maladresse, dit doucement Cord. Il ne sait pas comment t'aborder, te parler. Ou bien il a peur de te perdre toi aussi.

Elle nia farouchement de la tête.

— J'aimerais bien te croire. Hélas, je n'en crois pas un mot. Il n'a pas peur de me perdre. Pourquoi m'aurait-il laissée sans nouvelles depuis des mois ? Quant à avoir peur de m'aborder, c'est tout bonnement ridicule.

— Tu plaisantes ?

— Non.

Cord la prit par les épaules et la serra contre lui.

— Quand je suis près de toi, je ne me sens plus le même. J'ai envie de toi, Julia. Tu es belle, sensuelle. C'est plus fort que moi, je te désire. Je t'ai toujours désirée.

Elle sentit une vague de chaleur courir dans ses veines. Décidément, il était impossible !

A cet instant, alors qu'il lui embrassait les cheveux, les portes de l'ascenseur s'ouvrirent devant l'hôtesse d'accueil qui sourit en les voyant.

Sans s'en rendre compte, Julia avait passé le bras autour de la taille de Cord et sa main avait glissé plus bas... Prenant son air le plus dégagé, elle s'avança vers l'hôtesse.

— Je suis Julia Stewart. Je pense que mon père...

Elle n'avait pas fini sa phrase qu'elle entendit un toussotement bien connu.

Elle se retourna. C'était Willard. Son père.

— Julia ! s'exclama-t-il. Comme je suis heureux de te voir, ma petite fille !

Prenant ses mains dans les siennes, il l'embrassa.

Malgré l'intervention qu'il avait subie et dont elle craignait qu'il ne garde des séquelles, il portait toujours beau. Costume anglais à la coupe impeccable, tempes grisonnantes, bronzé, il aurait pu poser pour *Vogue Hommes*.

— Et voilà Cord ! J'ai appris que tu vivais maintenant en Californie. Comment va ton père ?

Ils se serrèrent la main cordialement.

— Très bien, merci. Je n'ai pas encore eu le temps de lui rendre visite cette fois-ci, mais je suppose que Julia vous a expliqué pourquoi.

— Oui. J'ai appris ce qui est arrivé à vos amis. Je les avais rencontrés une fois au restaurant au moment de Noël, cela fait plusieurs années.

Il lissa une mèche de cheveux argentée.

— J'ai été très choqué par ce drame. Mademoiselle Yerby ?

Il se tourna vers l'hôtesse d'accueil.

— Veuillez nous apporter des cafés en salle de conférences. Quand mes rendez-vous seront arrivés, faites-le-moi savoir.

Il s'engagea dans un large couloir dont la moquette assourdissait les pas et poussa une lourde porte de teck.

— Entrez, dit-il. On sera plus tranquilles ici pour parler. D'abord, dites-moi ce que vous attendez de cette réunion.

Le mobilier de la pièce était dépouillé, presque austère, impeccable. A l'image de l'homme qui allait conduire la réunion, se dit Julia.

Un *toc toc* discret à la porte les fit se retourner. Poussant une table roulante avec les cafés, l'hôtesse entra.

— Nous pensons que l'homme que vous allez recevoir a tué Paul et Sheila, dit Cord sans préambule. Si nos suppositions se vérifient, il y a fort à parier qu'il va s'attaquer aussi à leur enfant.

Si son père avait des défauts, on ne pouvait lui reprocher de manquer de concentration. Il écoutait avec attention comme s'il s'était agi d'une affaire de première importance pour lui, comme signer un contrat de fusion entre deux entreprises.

Après lui avoir détaillé les événements des jours passés, Cord se tut.

— Continue, Julia, dit Willard Stewart, courtois mais froid. Tu dis que celui qui a tué cette Jackie Redmond t'a frôlée quand tu entrais chez elle ?

— Oui. Il m'a murmuré quelque chose tout bas dans l'oreille comme s'il était Cord, expliqua-t-elle. Ça a été très bref, mais j'ai tout de suite senti qu'il se passait quelque chose d'anormal.

— Autrement dit, il aurait pu te tuer comme il venait de tuer cette femme ? J'osais espérer qu'en démissionnant de la police…

Il s'arrêta, l'air soucieux.

— Nous n'avons plus beaucoup de temps devant nous avant la réunion. Désolé, Cord.

En quelques minutes, Cord termina son histoire et exposa leurs doutes et leurs hypothèses.

— Nous faisons peut-être fausse route, expliqua-t-il. Tascoe reste le suspect numéro un, mais depuis que je sais que Donner a été relâché et qu'il a un lien si ténu soit-il avec ce dossier, je suis perplexe. Nous n'avons pas de preuve, mais…

— Une preuve, ça peut toujours se fabriquer, l'interrompit Willard d'une voix sèche. Personnellement, j'ai appris à faire confiance à mon intuition, ça m'a valu d'éviter pas mal de faux pas comme d'investir dans des sociétés qui valaient des milliards sur le papier et, en réalité, pas un kopeck !

— Il ne s'agit pas de business ici, papa, mais d'un homme qui est un danger public. Je serais plus à l'aise si l'on suit le plan que j'ai établi au départ. On dit à Marshall et Donner que tu as été appelé à la dernière minute et que tu souhaites qu'ils traitent avec moi. Il n'y a aucune raison pour que tu t'impliques dans cette affaire.

Willard posa sur elle ses yeux gris et épousseta une poussière imaginaire sur sa manchette immaculée.

— Si, Julia. Parce que tu es ma fille.

Elle le regarda, estomaquée.

Le téléphone se mit à sonner. Ils étaient arrivés.

Willard Stewart se leva mais leur fit signe de rester assis.

— Je vais les accueillir moi-même. Autant que je m'en souvienne, Tom Marshall aime qu'on flatte son ego.

— J'ai une question à te poser, papa : comment as-tu su que nous étions là avant même qu'on arrive à l'accueil ?

Son père alla à la porte.

— Il y a sur mon bureau un miniécran relié à une caméra vidéo dans l'ascenseur, c'est cela mon secret. Cela me permet de voir qui monte avant même que Mlle Yerby ne m'annonce que mes rendez-vous sont arrivés.

Il jeta un coup d'œil à sa pochette, la rectifia légèrement et sourit.

— Cela me permet de savoir ce qui s'y passe.

Sur ces mots, il sortit à la rencontre de ses visiteurs.

— Tu crois qu'il a voulu insinuer qu'il t'a vue me caresser les fesses ? s'inquiéta Cord. Rappelle-moi de ne jamais jouer au poker avec ton père !

— Tu as noté comme il est distant ? murmura Julia. Et têtu. As-tu remarqué de quelle façon il a éludé ma question quand je lui ai demandé pourquoi il insistait tellement pour assister à la réunion ?

— Tu ne l'as pas mal pris ?

Cord la regarda, étonné.

— Je pense qu'il t'a répondu franchement. Tu es sa fille et c'est une raison suffisante. J'aurais préféré qu'on soit moins nombreux, mais sa présence ne sera peut-être pas inutile. Donner tient à ses quatre centres de l'Amitié. C'est devenu obsessionnel chez lui. S'il pense que c'est acquis, il sera moins prudent.

— Il a déjà deux centres. Il en veut deux autres. S'il se figure que des loubards vont se laisser enfermer là-dedans, sans une ville à moins de trente kilomètres à la ronde…

Un rapide coup de fil à un administratif leur avait appris que la propriété que Marshall avait en vue pour y créer son nouveau centre était située sur une parcelle de cinquante hectares, à l'écart de toute voie de circulation. Un petit hameau de cent âmes, éloigné de plus de trente kilomètres, était tout ce que la région comptait comme civilisation.

Brusquement, alors que Willard faisait entrer son ancien associé devenu directeur du centre de l'Amitié et Donner, l'atmosphère s'épaissit.

— C'est exact, c'est isolé, poursuivait le parrain.

La voix était avenante et s'accordait mal avec le physique de l'homme auquel elle appartenait.

— Mais l'isolement est nécessaire pour couper complètement le jeune de son environnement destructeur, ajouta Marshall.

— Tout ceci me paraît clair, répliqua Willard. Si j'ai bien compris ce que vous dites, vous voulez créer un nouveau système d'encadrement pour de jeunes marginaux ?

Donner sourit et sembla prendre conscience de la présence de Cord et de Julia pour la première fois depuis qu'il était entré. Il ouvrit les bras d'un geste quasiment papal, embrassant Julia et Cord dans son étreinte virtuelle.

— C'est plus que ça. Ce que j'aime dans mon projet, c'est l'idée que je crée une nouvelle famille.

14

— Je dois dire, Tom, que la cause est noble, commenta Willard Stewart en feuilletant les documents empilés sur sa table. Des témoignages d'élus, des lettres de remerciements de parents… Je suis impressionné.

Debout près de son père, Julia fit mine de s'intéresser elle aussi aux papiers qu'il survolait.

La réunion durait depuis une heure, et Cord n'avait pas encore eu l'occasion d'orienter la conversation sur Donner lui-même. Soudain, n'y tenant plus, il se lança.

— C'est très louable. Néanmoins, nous sommes tous réunis ici pour poser quelques questions à M. Donner afin que M. Stewart puisse apporter sa contribution financière à l'œuvre en toute connaissance de cause.

Tom Marshall ravala son sourire.

— Quand va-t-on cesser de lâcher les chiens sur cet homme pour des accusations mensongères, forgées de toutes pièces, et qui lui ont déjà coûté des années d'incarcération ?

Son double menton tremblota sur sa chemise comme de la gelée anglaise.

— Willard, je suis venu ici pour traiter avec toi, pas avec cet arrogant de la police, reprit Marshall. Il a, abusivement, privé M. Donner de sa liberté et…

— Le souci du détective Hunter est compréhensible, l'interrompit Donner avec calme. Nous avons eu affaire ensemble par le passé dans des circonstances horribles, c'est normal qu'il souhaite éclaircir certains points. J'imagine que chaque fois qu'il me croise, il se revoit dans la ferme des Bradley… Je me trompe, détective ?

Debout en face de Cord, Julia l'observait en silence. Elle nota une hésitation, vit son regard se voiler. Mais il se reprit.

— La ferme des Bradley, l'appartement des Wilkins, les cuisines du restaurant de la Rose Blanche… Avec vous, Donner, je n'arrête pas de faire des bonds dans le passé !

— Vous oubliez le parking où tout a pris fin, détective. Le parking où ceux qui avaient perpétré tous ces crimes se font fait descendre. Je n'en étais pas.

— Non, vous étiez prudemment derrière les barreaux pour un crime que vous n'aviez pas commis. Quelle chance, quand même ! Ou quel plan astucieux !

Cord avait gardé son calme, mais Julia qui le connaissait savait ce que ce contrôle apparent cachait de rage. L'allusion de Donner à la ferme des Bradley n'était pas innocente… Puisqu'il jouait ce jeu, elle allait utiliser la même tactique.

— Finalement, la preuve n'a jamais été faite d'un quelconque lien entre M. Donner et les crimes qui ont été commis par ses anciennes « relations ».

Donner la regarda, interloqué. Il allait intervenir quand Marshall le devança.

— Enfin ! La voix de la raison ! Bien sûr qu'il n'y a jamais eu de preuve. Le seul crime de Gary c'est de s'être entouré d'amis qui n'étaient peut-être pas tous recommandables. Mais comment pouvait-il le deviner ?

— C'étaient de vrais amis, monsieur Donner, n'est-ce pas ? le nargua Julia. Malgré tout le mal que vous aviez appris sur eux, leur mort a dû vous faire un coup ?

— J'ai été très choqué, c'est vrai.

Machinalement, il tira à lui une des feuilles de papier posées sur le bureau puis, se rendant compte de l'inutilité de son geste, la repoussa.

— Je sais que les autorités n'ont pas eu le choix.

— Votre propre fils était présent, il me semble. Il était tout petit, il devait encore porter des couches ! C'est Diane Travis qui s'occupait de lui.

Mal à l'aise, Julia avait l'impression d'avancer à tâtons dans le noir. Ses propos semblaient déranger Donner — c'était le but recherché —, mais elle n'aurait su dire laquelle de ses attaques le titillait le plus.

— Encore une fois, méprise totale de la part des autorités, commenta Marshall. Le jeune Steven a failli se faire tuer quand Travis a tenté de s'enfuir.

— Nous ignorions qu'il y avait un enfant dans la voiture. Steven avait été confié à la garde de sa mère après votre divorce, Donner. Si Travis ne l'avait pas enlevé quelques jours plus tôt, il n'aurait pas été dans l'accident de la circulation où elle a perdu la vie. C'était vous aussi, n'est-ce pas, qui aviez commandité cet enlèvement ?

— On m'avait volé mon fils ! bondit le parrain. J'avais tout juste le droit de le voir quelques minutes le samedi. Mon fils ! Et on m'empêchait de l'élever !

— Mais il n'est pas mort, monsieur Donner. Vous devriez être heureux.

— Non, il n'est pas mort.

Donner fit la moue et tourna ses yeux verts anormalement brillants vers le père de Julia.

— Grâce au ciel, il n'est pas mort. Mais je me bats toujours pour obtenir le droit de visite, soupira-t-il. Evidemment, ce qui vous est arrivé à vous est autrement dramatique. La disparition d'un enfant, il n'y a rien de pire. Il arrive que cela détruise une famille. Ça remue beaucoup de choses, des sentiments de culpabilité, des remords…

Julia se sentit pâlir. Comment savait-il ça ?

Tom Marshall n'avait pas pu lui dire que l'homme avec lequel ils avaient rendez-vous avait perdu son fils, noyé dans un lac, car il ignorait l'existence de Davey. En effet, son père était d'une totale réserve en ce qui concernait sa vie privée.

Non. Cela voulait dire que Gary Donner avait fouillé dans la vie de sa famille pour pouvoir l'étaler au grand jour.

— Vous voulez parler de mon fils, j'imagine ?

Déjà froid auparavant, le ton de Willard Stewart avait encore baissé de quelques degrés. Il était maintenant de glace. Il fixa Gary Donner sans ciller.

— Je vais réfléchir. Je n'aime pas prendre de décision sous la pression, M. Marshall pourra vous le dire. Tom, tu auras de mes nouvelles d'ici à la fin de la semaine.

Il se leva, aussitôt imité par ses deux visiteurs, tandis que Cord restait assis à étudier la réaction de Donner.

Julia ne tenta même pas de se lever. Elle avait les jambes en coton et une effroyable envie de vomir.

La première fois qu'elle avait rencontré Donner, elle avait eu la désagréable impression qu'il savait tout d'elle. Elle ne s'était pas trompée, il savait tout : comment Davey était mort, comment sa famille s'était ensuite déchirée. Jusqu'à l'affreux sentiment de culpabilité qui la rongeait depuis… Oui, il savait tout.

— Ce ne sera pas la peine de me téléphoner, Willard, lança Marshall, caustique. J'ai compris. Tu n'as pas l'intention d'aider le centre.

Il donna une tape sur l'épaule de Donner et dit :

— Tu te laisses influencer par des rumeurs qui n'avaient d'autre but que de détruire la réputation d'un innocent. C'est de la désinformation, du harcèlement et…

Au lieu de continuer, il émit un sifflement étrange, douloureux presque.

Julia leva les yeux vers lui et vit ce que les autres ne pouvaient voir parce qu'elle seule avait le bon angle de vision : Marshall, rouge d'ordinaire, était blanc comme un linge, et le pouce de la main qui tapotait l'épaule de Donner un instant plus tôt était retourné sur son poignet.

Donner, tout sourires, écarta la main de Marshall de son épaule et la tapota presque affectueusement.

— Je n'ai pas besoin d'un champion, plaisanta-t-il à l'adresse de Tom. Quant à vous, monsieur Stewart, votre décision est souveraine et je la respecterai quelle qu'elle soit. Tout ce que je demande, c'est qu'on me juge sur mes actes, pas sur des rumeurs.

— C'est ce que nous souhaitons tous, répondit Willard Stewart. Tout au long de notre vie et même au-delà. Maintenant, sortons, messieurs.

Comme la lourde porte se refermait derrière le trio, Cord, ahuri, se tourna vers Julia.

— Tu as entendu ? dit-il. Tu as vu comment Marshall portait son protégé aux nues et comment…

— Oui, Donner lui a cassé le pouce devant trois témoins, exprès.

— On a assisté à un retournement de situation. Donner a voulu montrer que c'était lui maintenant qui prenait le pouvoir dans leur minable association.

— Virage à cent quatre-vingts degrés, peut-être, n'empêche c'est lui qui a mené la danse pendant toute la réunion. Même mon père s'est laissé prendre. Aucun de nous ne lui a posé la question de fond : où étiez-vous la nuit du meurtre de Paul et de Sheila ?

— Ce n'était pas nécessaire.

Cord parcourut des yeux un des documents que Donner avait laissés sur le bureau.

— Regarde. Ça émane de la chambre de commerce. Le papier fait l'éloge d'un citoyen remarquable. Il a été remis en mains propres à Donner à l'occasion du dîner annuel de la chambre. Vérifie la date.

Devinant ce qui était écrit sur le papier, elle ne prit pas la peine de lire.

— Ce sera à confirmer. Mais il n'était peut-être pas là en personne pour le recevoir.

— Si, il y était. Il ment peut-être à propos de tout, mais ses alibis tiennent toujours la route.

Julia posa son sac à dos sur la commode et se massa les tempes.

Cord, derrière elle mais qu'elle voyait dans le miroir, semblait épuisé lui aussi.

— J'ai bien fait de rendre mon badge ! dit-il, tendant le bras pour lui masser la nuque. Après ce qui s'est passé avec Donner, je l'aurais sûrement perdu !

— Pourquoi ? Tu penses qu'il n'a pas tué Sheila et Paul ?

Elle ferma les yeux et se laissa caresser.

Les mains de Cord sur son cou lui procuraient une sensation délicieuse ; pour un peu, elle aurait ronronné. Machinalement, elle pencha la tête en avant.

— Je suis heureuse que l'entretien avec Donner soit passé.

— Je pense qu'il est derrière tous les crimes qui n'ont jamais été élucidés dans un rayon de deux cents kilomètres. C'est terrible, dès qu'il est question de lui, je perds ma capacité à raisonner. Et je m'en veux, car je me fourvoie peut-être. Qui dit qu'il est au courant de tous les meurtres que commet sa *famille* ?

— Je ne sais pas. Pourtant, je reste persuadée qu'il cache quelque chose.

— C'est un violent, je te l'accorde, soupira Cord. Quant à ses allusions à la ferme des Bradley et à la noyade de Davey, il les a faites pour nous déstabiliser. Mais cela ne le désigne pas comme l'auteur des crimes qu'on veut lui mettre sur le dos.

— Comment pouvait-il être au courant pour Davey ? Plus

horripilant encore, comment sait-il tellement de choses sur ma vie privée ?

— Cela me tracasse, moi aussi. Il n'a pas pu les deviner...

Il prit ses mains dans les siennes.

— Il joue avec le mental des gens. C'est comme cela qu'il fonctionne.

— Et ça marche.

Elle se retourna et planta son regard dans celui de Cord.

— Je ne sais plus sur qui porter mes soupçons.

— Il reste Tascoe. J'en ai parlé avec Stamp. Ils ont retrouvé la pension de famille où il logeait jusqu'à hier.

— Si c'est Tascoe qui a tué Paul et Sheila, c'est qu'il est complètement détraqué. Mais on n'a pas de preuve qu'il ait trempé dans le trafic de drogue de DiMarco.

— DiMarco a avoué que Dean cherchait à vendre des renseignements, lui rappela-t-il. Ce n'est pas une source fiable, je sais. Mais pourquoi montrerait-il Tascoe du doigt ? Il n'y a pas de fumée sans feu.

— Tascoe représentait peut-être une menace pour lui ? suggéra-t-elle. Personnellement, je trouve curieux que le nom de Tascoe apparaisse dans tous les dossiers sur lesquels le service a enquêté. C'est comme s'il voulait faire planer son ombre sur toutes les affaires et les résoudre tout seul.

— Pour prouver qu'il est le meilleur et qu'il faut le réintégrer dans la police ?

— Peut-être ? Je ne sais pas. Je cherche.

Elle lui sourit et s'assit sur le bord du lit.

— Je te l'ai déjà dit, je ne suis pas un flic d'investigation. Je me fiais à mon intuition, à mon flair. Mais maintenant, je ne peux même plus lui faire confiance.

— Tu es à bout de nerfs, Julia. Moi aussi.

Il s'assit près d'elle, lui prit le visage à deux mains et l'approcha du sien jusqu'à ce que leurs nez se touchent.

— Tu te souviens des baisers de porcs-épics ? Un jour, tu m'as demandé s'ils s'embrassaient, et je t'ai dit que oui, mais…

Julia frotta le bout de son nez contre le sien et rit.

— En faisant très attention, pour ne pas se piquer. Je me rappelle. Je me souviens de tout ce qu'on a fait ensemble.

— Rafraîchis-moi la mémoire. Qu'avons-nous fait hier soir, mon cœur ? Tu sais, je suis plus âgé que toi et j'ai tendance à oublier. C'est pour cela que je te veux près de moi. Pour ça, et parce que j'adore tes adorables petites fesses.

— Dis-moi, c'est vrai que tu perds la mémoire ? Tu m'inquiètes.

Tout en parlant, elle s'était approchée de lui et du bout des dents lui mordillait les lèvres.

— Tu avais oublié… ça ?

Cord soupira.

— C'est encore plus grave que je ne pensais. Qu'avons-nous fait d'autre ?

— Je t'ai mordu le cou. Comme ça.

Elle déboutonna le col de sa chemise et l'écarta, puis elle se leva et lui titilla la nuque.

— Ça ne te rappelle rien ?

Les yeux à moitié clos, il fit non de la tête.

— Rien du tout. On pourrait peut-être recommencer depuis le début, juste pour voir ?

Elle lui lança un regard dubitatif.

— Oui, mais qui me dit que ta mémoire ne va pas encore te trahir ?

— Ça dépendra de nous. Je pense que je m'en souviendrai, si c'est mémorable.

La nuit précédente, ils avaient fait l'amour comme des chiens fous, affamés de sexe. Ils s'étaient donnés, s'étaient pris et repris, insatiables. Mais aujourd'hui leur désir était plus apaisé.

D'un accord tacite, avec une tendresse infinie, ils se fondirent l'un dans l'autre. C'était comme s'ils avaient été les deux moitiés d'un tout. Quand Cord enroula ses jambes autour de celles de Julia, elle se dit que ce n'était pas réel, que ce qu'elle vivait était encore plus beau qu'un rêve. Mains, bouches, jambes enlacées, ondulant l'un sur l'autre, ils se laissèrent porter par la vague qui brusquement les submergeait.

Plus rien ne les séparait maintenant, pensa Julia quand, recouvrant ses esprits, elle émergea des flots qui l'avaient engloutie. Plus rien ne pourrait plus les séparer. Ils vivraient et vieilliraient ensemble, lui et elle, et leur monde ne serait que calme et volupté aussi longtemps que Dieu leur prêterait vie.

Mais il voudrait des enfants. Elle savait qu'il voudrait des enfants… Avait-elle envie de fonder une famille avec lui ?

— Tu ne t'imagines pas ce que je ressens quand je t'entends m'appeler par mon nom, lui murmura Cord un peu plus tard, alors qu'ils étaient toujours allongés dans les bras l'un de l'autre.

La nuit avait commencé à obscurcir la pièce et elle se sentait en harmonie avec le soir qui tombait.

— Quelquefois, quand je me promène ou que je parle à quelqu'un ou quand je conduis, des images de toi pendant l'amour me traversent l'esprit, et je crois mourir.

Du bout du doigt, elle dessina le contour de ses lèvres.

— Moi aussi, cela m'arrive, Cord.

Il la contempla un long moment et, dans l'ombre qui descendait sur eux, elle le vit sourire.

— Si nous régularisions…

Il avait encore sa voix éraillée de l'amour, rauque, sensuelle. Mais son regard était grave, et il attendait.

Elle crut qu'elle allait pleurer d'émotion.

— Ce serait… formidable, Cord.

Les lèvres frémissantes, incapable de dominer son émotion, elle finit par rire nerveusement.

Il lui releva le menton et embrassa le coin de sa bouche.

— Comment dois-je interpréter ces larmes et ces rires ?

dit-il. Si j'avais su que j'allais te mettre dans cet état, je t'aurais demandé d'être ma maîtresse pour les cinquante ans à venir.

— Je refuse d'être ta maîtresse, Cord. Je veux qu'on se marie, fonder une famille avec toi, murmura-t-elle, la voix tremblotante. Mais, cette fois, ce sera différent. C'est ça, en partie, qui m'a fait peur quand j'ai découvert que j'étais enc…

Elle se mordit la lèvre. Elle avait trop parlé.

Cord la regardait, incrédule.

— Tu étais enceinte, et je n'en ai rien su ?

Il s'écarta d'elle. C'était comme si un gouffre s'était ouvert entre eux.

— Qu'est devenu le bébé ? Tu ne t'es pas fait… Tu ne t'es pas fait avorter au moins ?

Son regard s'était durci. Il était presque accusateur.

— Non ! Bien sûr que non. C'était une fausse alerte. Le test de grossesse était faux, mais je ne l'ai su qu'au bout de quelques semaines et je…

— Quelques semaines ! Tu as cru pendant quelques semaines que tu allais avoir un bébé, et tu ne m'en as rien dit ? Pourquoi ? Tu jugeais que ça avait trop peu d'importance ?

Il se redressa dans le lit, alluma, et elle le vit blême de colère.

— Tu avais l'intention de décider toute seule. Sans même me demander mon avis. Dis-le.

— Je ne sais pas !

Elle s'assit, serra le drap sur sa poitrine.

— Tu ne peux pas comprendre, Cord. Quand j'ai découvert ça, j'étais sens dessus dessous. Ça me faisait peur et j'ai prié le ciel que ce soit une erreur.

Elle parlait d'une voix fêlée qui trahissait son désarroi.

— Je n'aurais pas su protéger notre enfant. Jamais, tu m'entends ? Jamais.

Elle ne parlait plus, elle criait en agitant la tête frénétiquement.

— Un jour ou l'autre, c'est sûr, il lui serait arrivé malheur. A cause de moi. Parce que je n'aurais pas su… pas su…

« Tu es bien sûre d'avoir déposé les gilets de sauvetage dans le *Sunfish*, Julia ? Tu es sûre ? »

Cette question lui sifflait encore aux oreilles.

Elle était hantée par ses démons, et sa voix ne portait plus.

— J'aurais risqué de perdre notre enfant. J'aurais essayé de tout faire comme il faut, mais ça n'aurait pas suffi ! J'aurais été responsable de la mort d'un enfant adoré, et aucune expiation n'aurait pu effacer une faute aussi innommable. Je, je… Même si le reste de ma vie, j'avais tout fait bien, même si j'avais été parfaite, même si je n'avais pas recommencé…

Elle ferma les yeux. Cord lui prit le bras et la secoua.

— Tu avais cinq ans, Julia. Cinq ans ! Tu étais un bébé !

Elle releva les paupières et vit ses yeux noirs plantés dans les siens, à quelques centimètres de son visage.

— Je ne comprends pas, murmura-t-elle. De quoi parles-tu ?

— De la mort de Davey, répondit Cord platement. De la mort de ton frère et du fait que tu as survécu. Tu ne te l'es jamais pardonné, ce n'est pas vrai ?

Elle essaya de se dégager, mais il la tenait fermement.

— La seule enfant que tu as trahie, c'est toi. La seule enfant que tu n'as pas sauvée, c'est cette petite fille épouvantée qui hurle en silence son chagrin depuis toutes ces années. La petite fille à laquelle tu ne pardonnes pas. Depuis toujours, tu estimes que c'est elle qui aurait dû mourir. Ce n'est pas vrai ?

— C'est idiot ! protesta-t-elle. Ce n'est pas vrai, tu sais bien que ce n'est pas vrai.

— Si, c'est vrai. Cela fait des années que je le pense, mais je ne savais pas que c'était si profond.

Il prit son ton critique.

— Tu es lucide pour Lopez. Pourquoi ne l'es-tu pas pour toi ?

— Parce que c'est faux ! s'écria-t-elle en dégageant son bras. Et ça n'a rien à voir avec la décision que j'ai prise il y a deux ans. J'étais fatiguée, submergée par mon métier…

— Tu ne veux pas admettre que tu condamnes une petite fille de cinq ans, dit doucement Cord. Parce que, si tu le reconnaissais, tu serais obligée de lui pardonner. Or, tu refuses de lui pardonner.

Elle le regarda, et son cœur se serra. Il n'était pas fâché, il était triste.

Il avança la main et lui ôta une mèche de devant les yeux.

— J'adorais cette petite fille, dit-il. Et j'aimais la femme qu'elle est devenue. Tout ce que je voulais, c'était te rendre heureuse, toi et la petite fille qui sommeillait toujours en toi. Mais j'ai échoué. J'ai seulement réussi à te détruire un peu plus. C'est pour cela que je suis parti.

Elle ouvrit la bouche pour répondre. Parler. Dire quelque chose, n'importe quoi, pour l'arrêter. Mais il reprit :

— Je ne savais pas ce que je faisais de travers. Ce que je sais, c'est que je te détruisais. Je suis donc parti. J'ai cru en mourir de chagrin. La seule chose qui m'a permis de tenir, c'est l'espoir qu'un jour tu me rappellerais. Je savais qu'entre toi et moi, c'était très fort, indestructible, quoi qu'il se passe dans nos vies respectives. Et j'avais raison.

Elle lui prit la main et, tendrement, l'embrassa.

— Oh, Cord ! Moi qui croyais que tu ne voulais plus de moi ! Que tu allais m'annoncer que tu me quittais.

— Je te veux près de moi toute ma vie, mon amour. Ma dernière pensée sur terre sera pour toi, et la dernière image que j'emporterai avant de fermer définitivement les yeux sera ton visage.

Il porta sa main à sa bouche et la caressa de ses lèvres.

— Tu m'aimes, mais tu ne t'aimes pas. Tu refuses de pardonner à la petite fille et de la laisser vivre en paix. Et tu ne changeras pas tant que je serai dans ta vie. J'ai donc décidé que cette fois, quand je repartirai, ce sera pour de bon.

Elle crut qu'elle allait mourir.

« La voile a brusquement empanné et a heurté Davey à la tête, Cord. Il est tombé à l'eau et il n'avait pas de gilet de sauvetage. C'est ma faute. Il est mort à cause de moi. »

Ce scénario-vérité n'avait cessé de la hanter.

Elle ferma les yeux dans l'espoir de fermer la porte à ce souvenir infernal.

— Ton père m'a dit qu'il partait en voyage d'affaires dans quelques jours. Pourquoi ne l'accompagnes-tu pas ? Je me sentirais plus tranquille si je te savais loin de Tascoe et des autres.

La sonnerie du téléphone retentit.

— Il n'en est pas question ! se rebiffa-t-elle. Lisbeth court un danger et je dois veiller sur elle. Tu verras que j'en suis capable. Tu verras.

— J'en suis certain. Tu n'as pas à me convaincre.

— Si ! Tu dis qu'il vaut mieux que tu me quittes parce que tu es persuadé que je vais m'effondrer ou que je suis incapable de…

Le téléphone sonna de nouveau, et Cord décrocha.

— Oui, allô ! Qui est à l'appareil ?

Elle vit sa main se crisper sur le récepteur.

— C'est arrivé comment ?

Sans même attendre la réponse, il aboya dans l'appareil :

— Ça va. Ça va ! Dis-moi quand ils l'ont perdu.

Il jura et se ressaisit.

— OK, Stamp. Merci de m'avoir prévenu. Ouais, j'espère. On se tient au courant.

Il coupa la communication et composa un numéro.

— Ces abrutis ! Ils ont laissé filer Donner. Ça fait une heure. Vaudrait mieux que Frank, Mary et les gosses quittent tout de suite la maison. Frank a un frère en ville, ils pourraient s'y installer. On ne sait jamais.

Elle sortit du lit, passa son jean à Cord et enfila le sien.

L'heure n'était pas aux lamentations, il fallait agir vite. Dès qu'elle saurait Lisbeth en lieu sûr, elle repenserait à sa vie. Pas avant. Elle avait été flic, c'était le moment d'agir en flic.

Elle passa le bras dans son holster et prit le colt 45 que Cord lui avait imposé depuis le meurtre de Redmond.

— Je croyais que tu ne le considérais plus comme un suspect ?

— C'était vrai, mais Stamp vient de me dire qu'il le soupçonne d'avoir fait exprès de les semer. Ça ne me…

Il regarda l'appareil qu'il avait à la main.

— Mary…

Il s'arrêta net et raccrocha rageusement, puis il empoigna son arme.

— On nous lance un avertissement, gronda-t-il en passant son pull.

Il ouvrit le tiroir de la commode et prit ses balles.

— Le téléphone des Whitefield a été coupé.

15

Cord avait arraché les clés des mains de Julia et s'était installé d'office au volant. Ils filaient maintenant sur l'autoroute.

— Regarde s'il y a un tournevis dans la boîte à gants.

Terrorisée, Julia regarda les feux arrière de la voiture qui les précédait se rapprocher dangereusement, passant de deux petits points rouges à deux gros disques écarlates, puis se dissoudre sur le côté droit tandis que Cord doublait.

— Il y en a un, mais il est petit.

— Ça fera l'affaire. Dévisse la lampe du plafonnier. Quand on sortira de l'autoroute, je m'arrêterai et j'écraserai les feux arrière.

— Tu penses qu'il est déjà là ? Pourquoi n'as-tu pas demandé de renfort à Phil ?

— Pour la même raison que j'ai choisi une voiture bleu marine plutôt qu'une blanche. Si Donner est là, inutile de lui signaler à tout prix notre présence. Je ne tiens pas à me voir obligé de battre en retraite.

La bretelle de sortie approchait, il la prit.

— Non, je ne crois pas qu'il soit déjà là. Mais avec lui on n'est jamais sûr de rien. Depuis que Phil Stamp m'a dit qu'il avait réussi à fausser compagnie à deux policiers chevronnés, je me méfie. Pour ce qui est de son alibi, il faudra que je m'assure qu'il était bien là une heure au moins avant qu'on lui remette son prix.

Il freina brusquement, soulevant un nuage de poussière sur le bas-côté.

— Je pense qu'il a eu juste le temps de tuer Paul et Sheila et de revenir prendre place au banquet de la chambre de commerce. Il sera monté sur l'estrade pour recevoir son prix devant le parterre de notables, et ni vu ni connu. Si ça s'est déroulé de cette façon, je comprends qu'il ne se soit pas attardé pour chercher Lisbeth. Son timing était serré, il était à la seconde près.

Il descendit de voiture, prit un caillou et brisa ses deux phares arrière. Restée à l'intérieur, Julia sursauta.

— Que vas-tu faire maintenant ?

— Je vais rouler encore un peu, et dès que je repérerai l'érable rouge au bord de l'allée, je couperai le moteur. La ligne téléphonique démarre à peu près là. Si quelqu'un l'a sectionnée, ça doit être à cet endroit, et, si c'est le cas, on saura tout de suite où on met les pieds.

Julia fronça les sourcils. Soudain, une idée germait dans son esprit.

— Cord, et King ? Mary le laisse dehors la nuit pour surveiller la maison. S'il ne nous reconnaît pas tout de suite, il risque de donner l'alerte.

Un gros lièvre traversa devant eux que Cord faillit écraser.

— Réfléchis, ma chérie. Si c'est Donner, il aura descendu King avant même de couper le téléphone.

— Evidemment, dit-elle se mordant la lèvre de honte devant l'absurdité de sa question.

C'était évident que Donner tuerait King, se dit-elle. Un caïd qui poursuit une enfant n'épargnerait sûrement pas un berger allemand menaçant.

— Dans le pire des cas, reprit-elle, en admettant que le téléphone ait été coupé, que fait-on ?

— L'important, c'est de mettre la main sur Lisbeth et les jumelles. Donner est un citadin. Si les deux jumelles réussissent à se cacher dans le bois qui est derrière la maison, on est sauvés. Mary, à condition qu'elle ne soit pas blessée, les aura fait sortir, je pense. Frank a un fusil chez lui, mais Donner doit se douter qu'il y a des armes dans la maison et il s'arrangera pour l'empêcher de s'en servir.

La première fois qu'elle avait rencontré Frank Whitefield, quelques jours plus tôt, Julia avait été frappée par sa ressemblance avec le père de Cord. Même taille, même maigreur. Même humour et même patience envers ses enfants et la fillette que sa femme et lui avaient recueillie. De même que Jackson Hunter avait combattu au Viêt-nam, Frank avait servi dans la guerre du Golfe. Il était expérimenté et avait pu, si nécessaire, retenir Donner le temps que Mary et les enfants puissent s'échapper.

Ils roulèrent encore un peu. De derrière un nuage sortit la lune. Une énorme lune presque ronde.

— On laisse les clés sur le contact. Le premier de nous deux qui retrouve Lisbeth l'embarque dans la voiture et s'enfuit avec elle. Il faut la sortir de là vivante.

— Ce qui veut dire que tu me laisses à la traîne s'il le faut ?

Il fit oui de la tête.

— C'est elle qui est en danger, d'accord ? Ça ne veut pas dire que j'ai l'intention de te laisser tomber.

Ils continuèrent encore un peu et, brusquement, il freina.

A l'époque où son père vivait ici, Julia s'en souvenait, ce petit chemin était une belle allée bordée d'arbustes bien taillés, mais la nature avait tout envahi et les branches des arbres formaient une voûte au-dessus d'eux.

— On est assez loin, dit-il. Je vais grimper au poteau pour vérifier le fil du téléphone.

Sans faire de bruit, il ouvrit la portière. Elle en fit autant et mit pied à terre, mais il avait déjà disparu. Les yeux plissés, elle fouilla la nuit et le vit qui commençait à escalader.

La maison était toujours hors de vue, mais l'air était pur et le son devait porter. Curieusement, malgré la présence d'une famille à quelques enjambées, il n'y avait aucun bruit.

Elle empoigna son Ruder dans son holster et défit le cran de sécurité. Alors qu'elle scrutait les alentours, son pied heurta quelque chose de massif. Instinctivement, elle posa le doigt sur la détente, prête à tirer. A cet instant, le nuage qui occultait la lune roula plus loin dans le ciel, et elle distingua mieux la grosse masse noire gisant à ses pieds.

— King !

Elle remit le cran de sécurité, replaça le Ruder dans son holster et tomba à genoux près du berger allemand qu'elle tâta dans le noir. C'était bien sa fourrure, mais elle était froide et humide de rosée. Elle le palpa encore et, sous ses doigts, sentit quelque chose d'épais et de visqueux. Du sang !

— La ligne a été… Oh, non !

Cord qui venait de la rejoindre s'agenouilla près d'elle.

— Ah, le fumier ! Le fumier ! jura-t-il.

— King ! Mon gentil toutou ! murmura-t-elle.

La main tremblante, elle caressa les poils raides de sang. Des images de King, jeune chiot, lui trottèrent aussitôt dans la tête. King assis près de Lisbeth à ce fameux anniversaire de ses trois ans, sa patience quand elle l'assaillait de ses baisers poisseux ou l'affublait d'un chapeau de clown et de lunettes.

Il avait été fidèle jusqu'au bout, pensa-t-elle. Il avait donné sa vie pour l'enfant qu'il aimait.

Avec tendresse, elle posa la main sur sa truffe veloutée qu'elle avait si souvent caressée.

— Tu es mort en gentleman, murmura-t-elle, la voix étranglée. Tu étais si gentil, si gentil, mon bon chien.

Ses doigts touchèrent soudain quelque chose de bizarre. Essuyant ses larmes avec rage, elle se pencha pour mieux voir. Les crocs puissants, partiellement visibles sous la lèvre supérieure, étincelaient de toute leur blancheur dans le rayon de lune, mais dans leurs interstices étaient coincés des lambeaux d'étoffe. Elle tira dessus.

Du tissu de jean ! Déchiré, mis en pièce. King avait mordu Donner avant qu'il ne l'abatte, conclut-elle, avec, dans sa tristesse, un fond de satisfaction.

— Il a dû tomber sur ce salaud quand il finissait de couper la ligne, dit Cord en prenant le tissu des mains de Julia. On l'enterrera sous le pin où il adorait se prélasser. Il sera bien pour dormir, là.

— Oui, dit-elle retenant mal un sanglot. Oui, il sera bien.

Et elle se releva.

— Il faut continuer.

Il se leva à son tour et se pencha vers elle.

— Ça va ?

Non, ça n'allait pas. Dorénavant, plus rien ne serait comme avant. King était mort. Et en plus de la tristesse de l'avoir perdu, l'incident ne laissait présager rien de bon. Le gros chien représentait la première ligne de défense autour de Lisbeth, une brèche s'était ouverte.

Julia sentit une vague de panique l'envahir.

— Je n'aurais pas dû la confier à qui que ce soit. J'aurais dû la garder avec moi, à portée de vue.

— C'était impossible, en tout cas pendant que nous cherchions l'assassin de ses parents. Tu le sais aussi bien que moi. Maintenant, concentre-toi. On a du travail.

Dans l'ombre, l'un derrière l'autre, ils avancèrent en silence. Cord connaissait les lieux comme sa poche, et elle aussi. Elle avait passé plus de temps ici petite fille que chez elle maintenant. Et le moindre bosquet, le moindre rocher qu'ils doublaient en progressant dans l'obscurité, au lieu de l'inquiéter par leurs formes étranges, lui étaient familiers. C'était comme des alliés, des amis, des repères sur la carte un peu floue mais jamais oubliée de son enfance.

Sur sa gauche, elle remarqua les tiges déchiquetées des marguerites que Jane Hunter faisait sécher avant de les introduire dans la recette de répulsif d'insectes qu'elle avait apprise de sa mère

A droite, il y avait le buisson de boules de neige. Plus loin, à la faveur d'une éclaircie de la lune, elle crut apercevoir les piquants des aconits que le père de Cord lui recommandait sans cesse de ne jamais toucher. Leurs fleurs ressemblaient à des capuchons, elle s'en souvenait très bien. On appelait aussi cette plante « Mort du loup » parce qu'elle était tellement vénéneuse qu'on extrayait le poison de ses racines pour exterminer les prédateurs. Les Amérindiens en enduisaient la pointe de leurs flèches pour tuer leurs ennemis à coup sûr.

— Regarde là-bas, dit-elle à l'oreille de Cord. Tu vois cette ombre très noire ? Je parierais qu'il y a quelqu'un.

Fouillant des yeux dans la direction qu'elle lui indiquait, il dit oui de la tête, lui faisant signe de ne pas bouger.

Apeurée, elle recula dans l'ombre. Cord se baissa comme pour cueillir une fleur, mais quand il se releva, elle vit une lame nue briller dans sa main.

Cette vision ne lui inspira aucun dégoût. C'était l'arme la plus silencieuse, se dit-elle froidement. Si Donner était là avec un ou plusieurs membres de sa nouvelle « famille », un coup de feu les avertirait tout de suite de leur présence et les inciterait à tirer. Mieux valait donc un couteau…

Ne voyant plus Cord, elle supposa qu'il les avait contournés pour les surprendre par-derrière. A pas de loup, elle avança dans le noir. Juste à temps pour voir la silhouette de Cord surgir d'un buisson et bondir sur l'ombre qu'elle n'avait pas quittée des yeux. Elle entendit un grognement de douleur, puis vit l'éclat d'une lame dans le rayon de lune. Cord avait empoigné l'homme par le cou et tenait le couteau sur sa gorge.

Prenant son courage à deux mains, elle franchit la dernière pelouse qui la séparait des deux formes qui se battaient.

En fait, ils ne se battaient pas. Cord aggripait l'individu par le cou et tirait sur sa tête. L'inconnu savait que sa vie ne tenait qu'à un centimètre de plus vers le haut...

— Tu travailles pour qui ?

Cord contrôlait magnifiquement sa voix.

— Parle, bon Dieu ! Parle ou tu es un homme mort.

De sa cachette, Julia essaya de distinguer les traits de l'homme. Il ne lui était pas inconnu.

Comme Cord desserrait légèrement son étreinte, le visage de l'homme tourna un peu, et Julia le vit mieux.

— Tascoe !

L'ex-flic lui jeta un regard incrédule, mais Cord lui serra le cou de plus belle.

— Regarde s'il est armé !

Se rappelant que Cord portait un holster à la cheville, elle tâta la jambe de Tascoe. Le P.38 était là, bien caché mais prêt à l'emploi ! Elle palpa ses jambes jusqu'en haut des cuisses, ne sentit rien d'autre, puis son coupe-vent et, comme elle s'en doutait, y trouva un colt.

— C'est tout, dit-elle à Cord sans quitter l'homme des yeux.

Cord lâcha Tascoe si brutalement que l'homme vacilla.

— T'as failli m'écraser le larynx, chef.

Il hocha la tête et fusilla Cord du regard.

— Tu peux me dire d'où tu sors ?

— C'est nous qui allons poser les questions, Tascoe...

Cord rangea son couteau dans son fourreau et descendit sa jambe de pantalon par-dessus.

— ... au poste, ajouta-t-il négligemment.

Tascoe changea de tête puis ricana.

— Tu te trompes de bonhomme, chef. Je suis de votre bord.

— On ne dirait pas ! Un chien mort au pied d'un poteau téléphonique. Le fil sectionné. Et toi armé jusqu'aux dents, dissimulé dans les buissons. Allez, je t'emmène, tu t'expliqueras avec Lopez.

— Attends, l'arrêta Julia. Son pantalon est en Tergal. C'est de la toile de jean que King avait entre les dents.

Elle soupira, remit son Ruder dans son holster.

— Que fais-tu ici, Tascoe ? gronda-t-elle.

— Je l'ai déjà dit, je suis de votre bord. Rends-moi mes pétards, chef. Je vais en avoir besoin. Gary Donner est dans la maison. Je le sais, je l'ai suivi jusqu'ici.

Julia poussa un petit cri et crut qu'elle allait défaillir. Ses pires craintes se confirmaient.

— Je traque ce salaud de mafioso depuis qu'il est sorti libre du tribunal après son deuxième procès.

Le ton était haineux.

— J'ai découvert qu'il se servait de Jackie pour obtenir des infos le soir où vous êtes venus chez elle. Aussitôt, je me suis précipité dans son appartement, mais elle…

Il se tut, avala sa salive en hoquetant. Il semblait malheureux. Sincèrement malheureux, pensa Julia.

— Il a dû la tuer dès qu'on est tous partis ce soir-là. Je savais que Lopez m'épinglerait encore si…

— A quoi tu joues ? gronda Julia, son visage à quelques centimètres du sien. Il y a une enfant dans cette maison, la fille de Paul et de Sheila. Si tu n'avais pas joué les justiciers en solo, Donner serait peut-être en garde à vue à l'heure qu'il est.

Ecœurée, elle porta la main à sa bouche.

— Tu savais ! Tu savais qu'il avait tué Paul et Sheila. Tu le savais, parce que tu l'as suivi chez eux cette nuit-là.

— C'est vrai, je l'ai suivi. Je pensais que Durant était un ripou et qu'il fricotait avec Donner.

— Tu n'es qu'une ordure, laissa tomber Cord. Sous prétexte que tu étais un pourri, tu croyais que Paul était comme toi. Et pendant que Donner tuait mes meilleurs amis, toi tu l'attendais dehors. Si je n'étais pas arrivé sur ces entrefaites, on aurait dénombré une troisième victime, une gosse. J'aurai dû te régler ton compte à l'instant, Tascoe.

— C'est pas trop tard, chef !

Il haussa les épaules, l'air las.

— Depuis cette nuit-là, je ne peux plus me regarder dans la glace. Mais je ne pouvais pas me douter… Tout ce que je savais, c'est qu'il était dans la maison. Il y est resté une demi-heure environ et il est sorti à toute vitesse. Il s'est engouffré dans sa voiture et il a démarré sur les chapeaux de roue. J'ai même failli le perdre.

— Evidemment, il fallait qu'il se montre au banquet de la chambre de commerce où il allait recevoir un prix. Il n'avait pas une minute à perdre.

— En attendant, c'est nous qui perdons du temps. Rends-lui ses armes, Cord. Il faut enlever Lisbeth de là avant que Donner ne la blesse.

— Je vous dis qu'il ne touchera pas à la petite, dit Tascoe, étonné. Je pensais que vous l'auriez compris. Ce qu'il veut, c'est se venger. Venger les membres de sa « famille » morts dans un affrontement avec la police. Il en tuera autant qu'on lui en a tué. Et de la même façon. Quant à Lisbeth, il a fait un transfert sur elle. Elle est l'équivalent de Steven. Il ne lui fera rien, mais il s'arrangera pour que vous ne la voyiez plus jamais.

« On m'a volé mon fils ! »

Le cri du cœur de Donner lors de la réunion chez son père tintait encore aux oreilles de Julia.

— Il veut l'enlever pour l'élever comme il aurait élevé son fils, persuadé qu'il est qu'on le lui a kidnappé pour le monter contre lui, c'est ça ?

— C'est ça, confirma Tascoe. Je pensais que vous l'aviez compris. Sheila, elle, a été tuée comme la femme Wilcox.

— Isabel Wilcox est sortie du parking où elle était embusquée, et a tiré avec son arme sur deux policiers avant d'être abattue à son tour, rappela Cord. Mais Paul ?

— Rappelez-vous ce cinglé de Wallace, dit Tascoe. Il a cru qu'il pourrait sauter de toit en toit et se sauver. Erreur ! Même pour un type comme lui !

— Tu finiras plus tard, Tascoe. Ce qui m'importe, c'est ce qui se passe là-dedans.

— Le mari est inconscient. Je suis arrivé une dizaine de minutes après Donner, j'ai garé ma voiture dans le bosquet et j'ai continué à pied. La première chose que j'ai vue, c'est le chien. Je me suis approché de la maison, et là, j'ai aperçu Donner qui tirait un corps vers la petite remise qui se trouve sous la maison.

— Donner n'aurait pas pris la peine d'enfermer Frank dans la remise s'il était mort.

— Je pense qu'il essaie de coller au plus près du scénario qu'il a écrit, et il s'en fiche que ça se termine dans un bain de sang. Il veut faire subir à d'autres ce qui est arrivé à sa « famille ». La femme qui est ficelée dans la maison ne le sait pas.

— Mary ! Dans quelle pièce se trouve-t-elle ? s'affola Julia.

— Dans la cuisine. Il a enfermé les deux aînées dans la réserve. J'ai vu tout ça par la fenêtre, expliqua-t-il. Mais la femme est attachée sur une chaise avec la petite sur les genoux. Elle dort, ou il l'a droguée pour la faire taire. Donner est assis là aussi, et il attend je ne sais quoi. A cause des gosses, je n'ai pas voulu prendre le risque de le descendre tout seul. Je m'apprêtais à retourner à ma voiture pour appeler du renfort. Phil Stamp, par exemple, cette grande asperge et son petit équipier qui pète le feu.

— Surtout pas ! s'exclama Cord. A moins qu'on ne veuille une tuerie générale ! Et puis, qui nous dit qu'il ne va pas sortir d'une minute à l'autre avec Lisbeth ? J'ai une autre idée. Tascoe, reprends tes armes et suis-nous.

Cord exposa son plan : il allait s'introduire dans la maison par une fenêtre du premier étage donnant sur l'arrière. Il y avait un érable près de la maison, il allait l'escalader. Il entrerait par la chambre qu'il occupait quand il était petit.

— Où est la voiture de Donner ? s'inquiéta-t-il. S'il se doute de quelque chose, il est capable de s'enfuir avec Lisbeth. Tascoe et toi, Julia, vous guettez la porte. S'il sort, j'accours et je lui saute dessus par-derrière. Surtout, empêchez-le de monter en voiture.

— Compte sur nous, chef. Mais fais gaffe à toi.

Julia n'en croyait pas ses yeux. Tascoe n'était déjà plus le même. Il devait être comme ça des années plus tôt. Déterminé, implacable, rapide. Sans qu'elle le voie, il avait déjà empoigné son arme. Il était impressionnant d'adresse, de vitesse et de précision.

— C'est moi qui vais escalader, proposa soudain Julia. Je suis plus légère que toi, ce sera plus facile pour moi.

— Pas question ! Si tu savais le nombre de fois où je suis passé par cette fenêtre quand j'étais petit ! En plus, je connais chaque latte du plancher par cœur. Je sais celles qui craquent pour descendre dans la cuisine. C'est moi qui y vais. Point final.

Son ton s'était durci, mais quand il croisa son regard il se radoucit.

— Tu me connais depuis toujours, Julia. Tu pensais vraiment que j'allais accepter ?

— Avec toi, je n'ai jamais gain de cause, murmura-t-elle. Je mets quand même une réserve : si je sens que ça tourne mal, j'irai.

— Accordé.

Il lui prit le menton et lui releva le visage.

— Tu es têtue comme un âne ! chuchota-t-il. Mais c'est aussi pour ça que je t'aime.

Il lui fit son sourire en coin le plus irrésistible et se glissa dans l'ombre en direction de la maison.

— Si c'est pas beau, ça ! soupira Tascoe. Quand on s'aime comme vous deux, je ne comprends pas qu'on ne se marie pas.

— Occupe-toi de toi, Tascoe, rétorqua Julia sèchement. Maintenant, allons prendre position. Tu me suis ?

Contrairement à ce qu'elle supposait, il lui emboîta le pas. Il avait toujours eu des problèmes avec l'autorité, surtout lorsque les ordres venaient d'une femme, mais il avait trop de conscience professionnelle pour ne pas mettre sa susceptibilité de côté.

Ils partirent.

Comme si ses craintes pour Lisbeth, la perte de King et le danger de cette expédition ne suffisaient pas, elle éprouvait une tristesse diffuse. Cord avait pris la décision de la quitter. Cette fois, il ne reviendrait pas, et elle ne pourrait lui en vouloir. Restait un seul espoir : le faire changer d'avis. Mais ce ne serait pas une mince affaire.

— On n'a pas droit à l'erreur, Tascoe. Il faut sortir la gamine de ce guêpier. Et sans bobo. Compris ?

Ils n'étaient plus qu'à quelques mètres de la fenêtre de la cuisine.

— On va faire le maximum, mais à l'impossible nul n'est tenu. Le sans-faute, c'est bon pour le cinéma. Dans la vraie vie, il y a mille et une occasions que ça dérape.

— Non !

Elle empoigna Tascoe par son K-way et le secoua.

— On *doit* réussir. Il faut qu'elle s'en sorte. Il faut que Cord aussi s'en sorte. Si je dois descendre Donner moi-même, je le ferai. Mets-toi ça dans le crâne.

Tascoe opina et la fit lâcher son coupe-vent.

— J'ai compris. Mais je voudrais savoir à qui tu veux prouver quelque chose. A toi ? A lui ? Au monde entier ? Je sais ce que représente un échec et ce qu'on serait capable de faire pour l'effacer de sa vie. T'inquiète pas, elle s'en sortira saine et sauve, la gamine. Hunter, aussi, et on l'aura, Donner.

Il fit une grimace horrible.

— Mort ou vif.

Il y avait une raison pour que des hommes comme Dow ou Hendrix aient mis leur carrière en jeu pour cette tête brûlée, ce policier incontrôlable, pensa Julia. Qu'on l'ait rayé des cadres de la police ou pas, il ne cesserait jamais d'être flic. Il avait ça dans le sang.

— Mort ou vif, Tascoe, répéta-t-elle.

Rassurée, tout bien pesé, qu'il soit là, elle s'approcha avec lui de la fenêtre de la cuisine où, hissé sur la pointe des pieds, il regarda à l'intérieur.

— Il est toujours assis, mais la gosse est sur ses genoux. Hunter ne va pas pouvoir tirer.

— Il a compris qu'il est cerné et il utilise Lisbeth comme bouclier vivant. Si Cord se montre, comme il ne peut pas prendre le risque de tirer, c'est Donner qui le descendra. C'est un chien ! poursuivit Julia. Qu'est-ce qu'on peut faire ?

— On ne va pas rester à attendre que ton copain se fasse descendre, répondit Tascoe. Ça, c'est sûr. On va le faire sortir de son trou, ce salaud. Couvre-moi.

Sa phrase à peine achevée, il s'éloigna. Elle le vit faire le tour de la maison et s'arrêter devant la porte. Là, éclairé par la lune, il se mit à hurler à tue-tête.

— Donner, je sais que tu es là. Sors, si t'es un homme, que je t'envoie en enfer ! Tu n'es qu'un assassin, une ordure.

Presque aussitôt, comme s'il sortait prendre l'air avant d'aller se coucher, Donner apparut sur le perron. Son pantalon était déchiré au genou. Il tenait Lisbeth, endormie ou inconsciente, sur un bras. Son petit minois, pâle sous la lune, était blotti dans le creux de l'épaule du gangster qui tenait une arme dans son autre main.

— Dean Tascoe, dit-il d'une voix sympathique, tu ne penses

pas que tu serais mieux à noyer ton chagrin dans un bar ? J'ai su que tu avais eu un deuil cruel, récemment.

— Pourquoi crois-tu que je suis là, Donner ? T'as tué Jackie. Pose la gosse et regarde-moi en face, si t'es un homme.

Discrètement, Julia longea la façade de la maison jusqu'au perron. Donner n'était plus qu'à deux mètres, mais c'était encore trop. Comment grimper les marches et lui arracher Lisbeth des bras sans se faire voir ? Si seulement Cord…

— Ça ne va pas se passer comme tu crois, Tascoe, railla-t-il. A votre place, je serais entré par la fenêtre d'en haut. Je me suis donc dit que Hunter choisirait de pénétrer par là. Alors, j'ai placé un piège à loup sur le rebord de la fenêtre. Il se refermera sur sa jambe s'il s'aventure par là. On m'a dit qu'il faut au moins deux hommes forts et un levier pour l'ouvrir. De toute manière, il aura les os broyés.

Julia s'accroupit dans les buissons pour se cacher. Un goût amer de bile la fit grimacer. L'idée que Cord se fasse coincer dans un piège était insupportable. Elle les connaissait, ces pièges, pour en avoir vu dans l'abri de jardin attenant à la maison du lac. Il y en avait d'accrochés au mur, tout rouillés de n'avoir pas servi depuis des années. Le père de Cord les avait trouvés dans le bois derrière la maison et les avait enlevés, mais même démontés et donc inoffensifs, ils figuraient bien les instruments de torture qu'ils étaient avec leurs cruelles mâchoires d'acier.

Cord était en haut maintenant, la jambe prisonnière de ces griffes carnassières. Il ne pouvait pas se dégager. Et même s'il parvenait à les écarter légèrement, ces dents aiguisées se refermeraient aussitôt sur lui pour lui mordre la jambe une deuxième fois.

Seul, il ne pouvait rien. C'était à eux de jouer. A elle et à Tascoe. Deux ex-flics, deux ex-alcooliques, deux nullités.

— Deux ex-nullités, se dit-elle à mi-voix. Deux ex-nuls qui sont allés jusqu'au bout de l'enfer.

— Non, ça ne va pas se passer comme tu crois, Tascoe,

reprit le caïd. T'étais pas prévu au programme, mais je vais improviser. Jette tes armes. Les deux !

Il gloussa.

— Je sais que tu portes toujours un petit canif à la cheville, se moqua-t-il. Je dépouille toujours mes ennemis, tu t'en doutes.

— Ne compte pas là-dessus, Donner. Je ne suis pas assez fou pour venir désarmé.

— Je crois que si.

Donner avança un peu. Julia le vit approcher le canon de son revolver de la petite tête blonde de Lisbeth toujours blottie contre lui.

— C'est toi ou l'enfant, Tascoe. Qu'est-ce que tu préfères ?

Dean Tascoe se pencha vers sa cheville. En grommelant, il se redressa et lança ses armes sur le perron.

— Maintenant, je vais venir devant toi comme un homme, Tascoe. Et dans une minute je vais te regarder crever comme un chien.

Julia se pétrifia. Donner ne plaisantait jamais.

Elle le vit faire un quart de tour et regarder de son côté, mais il ne la vit pas. Il déposa Lisbeth sur une chaise de rotin qui se trouvait sur le perron. La petite fille se roula en boule dans le creux du siège et se rendormit. Il avait dû la droguer.

— Maintenant, Stewart ! Sors-la de là !

Rugissant de rage, Tascoe se rua sur Donner qui descendait les marches.

Avait-il pu empoigner une de ses armes ? se demanda Julia. Mais, très vite, le vide se fit dans sa tête.

Bondissant de l'ombre, elle avala les marches du perron et arracha Lisbeth du fauteuil. Aussi vite qu'elle était montée, elle redescendit. Retentit alors le premier coup de feu, puis un deuxième et un troisième. Devant la maison, sur la pelouse, Dean

Tascoe — l'ex-flic, ex-alcoolique, ex-bon à rien — s'écroula, frappé de plein fouet par les balles de Donner.

— Encore deux à descendre, railla Gary Donner à l'adresse de Julia qu'il regardait comme s'il avait toujours su qu'elle était là.

Alors que l'écho des trois premiers coups de feu mourait dans le lointain, une nouvelle détonation ébranla l'air.

Lâchant son arme, Donner porta la main à son épaule.

— Emmène Lisbeth et cours à la voiture.

Cord ! Cord était là, sur le seuil. Agrippé au chambranle. Debout dans une flaque de sang.

— Va-t'en ! Vite ! dit-il.

Affolée, Julia le regarda et courut vers l'auto comme il le lui demandait. Combien de temps allait-il pouvoir tenir ?

A toute allure, elle installa l'enfant à demi inconsciente sur le siège du passager et serra la ceinture de sécurité. Et elle démarra. Au même moment, provenant de la maison, une nouvelle détonation retentit.

Un coup de feu. « Deux possibilités, se dit-elle : soit Donner a réussi à reprendre son arme, soit Cord l'en a empêché et l'a abattu. » Mais l'heure n'était pas aux supputations. Il y avait urgence. Mettre Lisbeth à l'abri et envoyer du renfort à Cord. La ville la plus proche était Mason's Corner. Il fallait faire vite.

— Il le faut, se dit-elle alors que sa Ford sautait sur un dos-d'âne et retombait lourdement. Il le faut.

Dean Tascoe était sûrement mort, pensa-t-elle avec tristesse. Il ne pouvait avoir survécu à la rafale de balles qui lui avaient troué la poitrine.

Sur le chemin, les branches des arbres fouettaient les flancs de sa voiture. L'embranchement qui donnait accès à la route principale arriva trop vite et elle négocia mal le virage. Surprise, elle écrasa les freins. La Ford fit un tête-à-queue, se rétablit dans le bon sens et cala. Julia soupira.

Tascoe était mort en bon policier. Ce qu'il avait toujours

voulu être. En mourant en héros, il regagnait son honneur perdu. Sachant pourtant ce qui l'attendait, il s'était avancé en première ligne pour laisser à Julia quelques minutes d'un temps précieux. Il lui appartenait maintenant de faire en sorte qu'il ne soit pas mort pour rien et que Cord n'ait pas souffert pour rien.

Elle remit le contact. Les yeux rivés sur la route, elle accéléra à mort. Mais elle ne voyait que deux yeux noirs noyés de douleur et la mare de sang qui s'étalait sous ses pieds.

Un homme ordinaire n'aurait pas réussi l'exploit de Cord. Mais Cord Hunter n'était pas un homme ordinaire, et cela, Donner ne l'avait pas anticipé. Tout le reste s'était déroulé comme il l'avait prévu. Tascoe avait pensé que le parrain attendait quelque chose. C'était juste. Gary Donner attendait effectivement Cord. Il savait que la police l'aurait prévenu qu'il avait semé les hommes lancés à sa poursuite et qu'il viendrait tout de suite là où était cachée Lisbeth.

Ils avaient été devinés sur toute la ligne, se dit Julia, la chair de poule lui hérissant les bras. Donner avait prévu toutes leurs réactions et dominé la situation de A à Z.

Avait-il aussi imaginé qu'elle s'enfuirait avec Lisbeth ?

Ce n'était pas le moment de se faire peur. L'homme était peut-être l'incarnation du diable, mais il n'avait quand même pas des pouvoirs surnaturels. Il avait fait des suppositions qui s'étaient révélées fondées, et c'est tout. Pur hasard. De plus, elle n'était plus qu'à quelque sept ou huit kilomètres de la civilisation. Encore quelques minutes et elles étaient sauves. D'ailleurs, si elle se rappelait bien, l'embranchement vers la ville n'allait plus tarder.

C'est alors que le volant lui échappa brusquement.

Elle perdit le contrôle de son véhicule. La Ford dérapa d'un bord à l'autre de la route, glissa sur la berme fraîchement gravillonnée.

On l'avait heurtée par l'arrière, se dit-elle en tentant de

rétablir la voiture déséquilibrée. Quelqu'un avait surgi d'un petit chemin à peine visible et l'avait poussée.

Cessant de réfléchir, elle se jeta sur la petite Lisbeth assise à côté d'elle. La Ford, dont les deux pneus arrière venaient d'éclater, commença alors une interminable série de tonneaux.

16

— Elle est consciente. Elle a même avalé un peu de glace pilée tout à l'heure.

Julia ignorait à qui Cord parlait. D'ailleurs, elle s'en moquait. Elle ne voulait pas de lui, mais elle n'avait pas la force de le lui dire. Elle voulait qu'on la laisse tranquille. Si elle se taisait, peut-être qu'ils s'en iraient tous tôt ou tard ?

C'était sans doute ce que Lisbeth avait ressenti, se dit-elle tristement. Peut-être la petite fille voulait-elle simplement qu'on la laisse tranquille ? Mais au lieu de ça, on l'avait plongée dans un monde encore plus dangereux. Donner l'avait enlevée et s'arrangerait pour ne plus jamais se faire prendre.

— Une double fracture de la jambe. Mais avec un plâtre et des béquilles, je peux trotter comme un lapin…

A qui Cord parlait-il donc ? A Lopez ?

— Je m'en veux, disait-il. J'aurais dû me douter qu'il avait tout prévu.

— Tu as été à deux doigts de l'arrêter.

La voix de Willard. C'était si surprenant qu'elle faillit ouvrir les yeux.

Que faisait son père à l'hôpital ? Un peu plus tôt elle avait entendu l'infirmière dire qu'elle n'avait que des ecchymoses et des blessures superficielles et que ses jours n'étaient pas en danger. Quelle idée avait pu germer dans la tête de son père, pour qu'il laisse tout en plan pour venir à son chevet ?

— Mais à deux doigts seulement ! Quand je l'ai vu partir, j'ai tiré, mais ma jambe m'a lâché et…

— Tu as fait ce que tu as pu. L'autre policier aussi.

— Oui, Tascoe est mort en héros. Il avait perdu son badge il y a quelques années, mais il s'est racheté.

— Je loue son courage. Grâce à lui, ma fille est en vie.

Il y avait autant d'émotion dans sa voix que s'il avait lu le bilan annuel de sa société, se dit Julia, amère. Pourquoi restait-il là ? Pourquoi ne partaient-ils pas tous les deux ?

Elle entendit son père toussoter.

— Le policier Lopez m'a expliqué qu'il réédite les circonstances dans lesquelles les membres de sa « famille » ont été tués.

— Dans le cas de Julia, il a apparemment voulu reproduire l'accident dans lequel Diane Travis a trouvé la mort et où on lui a pris son enfant.

— C'est étrange, dit Willard.

Elle l'imagina en train de plisser le front.

— Il est resté aussi près que possible du scénario qu'il avait imaginé… La femme Travis est morte dans l'explosion de sa voiture après l'accident.

— Steven en avait été extrait juste avant. Je doute que Donner chicane, maintenant qu'il a récupéré Lisbeth.

Elle entendit un bruit métallique et supposa qu'il s'agissait des béquilles de Cord.

— Pouvez-vous rester avec elle ? Je voudrais voir avec Lopez et Stamp s'il y a du nouveau.

— Bien sûr. C'est ma fille, Cord. Je resterai tout le temps qu'elle aura besoin de moi.

Elle entendit Cord sortir, la laissant seule avec son père.

Willard Stewart était un homme de devoir. Devoir et obligation. Il resterait à son chevet jusqu'à la tombée de la nuit s'il le fallait. N'était-il pas son père ?

Résignée, elle ouvrit les yeux et croisa son regard.

— Tu te réveilles, dit-il avec calme. Comment te sens-tu ?

Le ton était toujours aussi froid, mais l'homme assis à côté d'elle ne ressemblait pas au père qu'elle connaissait.

Pas rasé — elle ne l'avait jamais vu pas rasé ! —, les cheveux en bataille, la chemise mal boutonnée, attifé d'un pantalon comme il en portait seulement quand il sortait pêcher, Willard était méconnaissable. Il remua sur sa chaise et elle vit — horreur ! — qu'il avait les pieds nus dans des charentaises.

Son père avait osé sortir de chez lui et se monter en public dans cette tenue ?

— Excuse mon accoutrement, lui dit-il. On m'a téléphoné que tu avais eu un accident. Il devait être 3 heures du matin. Je suis arrivé aussitôt.

Comme elle s'agitait dans son lit, il lui tendit une coupelle avec de la glace pilée qu'elle porta à sa bouche.

— Je t'ai entendu parler avec Cord, il y a un instant. Comment… Comment est-il ?

— Comme un homme qui s'est fait prendre la jambe dans un piège. Et toi, comme une femme qui a échappé par miracle à un accident.

Une ombre passa sur le visage de son père.

— La police interroge actuellement tous les amis et connaissances de Donner et surveille les membres de son centre de l'Amitié au cas où il arriverait avec la fillette. On va la retrouver, Julia.

— Je ne crois pas, papa. Je pense qu'on l'a perdue pour toujours.

Elle regardait droit devant elle, évitant les yeux de son père.

— Je pense que *je* l'ai perdue pour de bon.

Elle avait appuyé sur le *je* pour que son père comprenne bien.

— Cord et Dean Tascoe ont fait tout ce qu'ils ont pu. Même King a donné sa vie pour elle. Il n'y a que moi… Je n'aurais jamais dû en prendre la responsabilité.

— Ne dis pas ça, ce n'est pas juste.

— Si, le coupa-t-elle. J'ai vu Donner. Je l'ai vu. Tu ne le savais pas, ça. Je n'ai pas tout de suite perdu connaissance. Je me rappelle m'être cogné la tête contre la boîte à gants, mais j'ai vu que Lisbeth était en vie et c'était tout ce qui comptait.

Elle fixa son père qui l'écoutait avec attention et tendit la main pour reprendre un peu de glace.

— Je me suis demandé comment l'accident avait pu arriver, et puis j'ai vu la porte du passager s'ouvrir et je me suis dit qu'on avait de la chance qu'on vienne nous secourir si vite.

— Inutile de revivre tout cela, Julia. Repose-toi. Tu as besoin de calme.

— Mais c'était Donner.

Elle tordit le drap dans ses mains

— C'était Donner qui me regardait en riant. Il riait comme quelqu'un qui est content de son coup. J'avais mon Ruder sur moi, mais je ne pouvais pas l'attraper.

— Et pour cause, tu t'étais démis l'épaule.

— Et j'avais du sang qui me coulait dans les yeux. Et sur le T-shirt de Lisbeth. J'ai essayé de la retenir, mais il tirait très fort et je n'ai pas pu. Et il l'a kidnappée. Je… je l'ai perdue, papa. Elle n'est plus là et c'est à cause de moi.

« Et la bôme a empanné et l'a cogné, Cord ! »

Julia ferma les yeux et les serra très fort pour tenter de refréner l'accès de panique qui la submergeait.

— J'appelle l'infirmière, dit son père de sa voix cassante. Il faut que tu te calmes, Julia. Tu ne peux pas te reprocher le machiavélisme d'un malade mental.

Son père avait toujours été mal à l'aise pour exprimer ses

sentiments. Il n'aimait pas les démonstrations d'affection. Ce n'était pas sa culture, il était trop réservé pour se laisser aller à ces attitudes de faibles, comme il le disait lui-même autrefois. Et là, il était mal à l'aise. Sous son bronzage perçait la pâleur, et dans ses yeux se lisait la gêne.

Soudain, bravant les règles de conduite tacitement instituées entre eux, elle se rebella.

— Je ne suis pas malade, papa. Je n'ai pas besoin d'infirmière. J'étais responsable de la vie de cette enfant et j'ai tout raté. Ça ne sert peut-être à rien de revivre les minutes où Donner l'a kidnappée, mais c'est plus fort que moi… Je les revivrai jusqu'à la fin de mes jours.

Eberlué par son excitation, Willard posa la main sur son bras, mais elle la repoussa.

— J'aurais dû dégainer, j'aurais dû me douter qu'il me guettait et me tendrait un piège. J'aurais dû mourir plutôt que de le laisser l'emmener.

Elle n'était plus qu'un cri silencieux. Qu'une envie de hurler son chagrin, son remords, son échec. Son envie de mourir.

« … et le bout lui a filé entre les doigts et elle s'est mise à crier, à crier… »

— Non !

Son père s'assit sur le lit, tout près d'elle, et la fixa de ses yeux gris.

— Non, Julia ! répéta-t-il.

Elle le regarda, égarée.

— J'aurais dû me rappeler, papa ! Il m'avait dit de mettre les gilets de sauvetage dans le bateau, et j'ai oublié ! Davey s'est noyé par ma faute et… Et tu le sais. Tu le sais et tu ne m'as jamais pardonné. C'est moi qui aurais dû mourir, pas lui !

Leurs regards se soudèrent. Le visage de son père était gris. Il remuait les lèvres mais aucun son n'en sortait, comme si pour une fois la phrase de circonstance lui échappait.

Julia, en plein désarroi, se passa la main sur le front.

— Je suis désolée, papa.

— Mon Dieu ! Qu'ai-je fait ? murmura son père. Mon Dieu ! Tu te reproches la mort de Davey depuis tout ce temps ? Mais c'est moi qui l'ai tué, Julia. J'ai retiré le gilet du bateau ! Ce n'était pas ta faute ! Ça n'a jamais été ta faute.

Dans le couloir de l'hôpital, une voix appelait un médecin d'urgence. A travers son dessus-de-lit en coton léger, la glace qui avait fondu lui mouillait les cuisses. Quelqu'un lui avait déjà apporté des fleurs… Des bleuets et des marguerites, comme ceux qui poussaient autour de la maison au bord du lac. Elle ne les avait pas encore remarqués.

— Tu… C'est toi qui avais enlevé le gilet ?

Ce n'était plus sa voix, c'était celle d'un fantôme.

— Je l'avais enlevé le soir d'avant. Je m'étais souvenu qu'il y avait un accroc dans l'un d'eux et j'avais l'intention de le réparer.

Son père avait la tête penchée et les mains jointes sur ses genoux.

— Ils étaient tous les deux dans le *Sunfish* quand je suis allé le prendre, tard, ce soir-là.

— Alors, ce n'est pas moi qui…

Elle porta son poing à sa bouche.

— Alors, je n'avais pas oublié ! Je les avais bien mis dans le *Sunfish* comme Davey m'avait dit. Ce n'est pas… Ce n'est pas…

— Non, ce n'est pas ta faute. Mon Dieu ! De toute façon, ce n'était pas ta faute, Julia. Même si je n'avais pas retiré le gilet du bateau, ça n'aurait pas été ta faute. Tu étais une petite fille, Julia. Une toute petite fille ! Mais moi j'étais, je suis le père de Davey, et mon fils s'est noyé à cause de ma négligence.

— Tu ne pouvais pas savoir…

— Je vous ai vus partir tous les deux à bord du *Sunfish*, ce matin-là ! s'écria un Willard Stewart détruit. Je vous ai regardés partir, et j'ai oublié que j'avais enlevé le gilet de sauvetage !

J'étais juste ennuyé que Davey t'emmène avec lui sans la présence d'un adulte à bord. J'étais sur la terrasse et je vous suivais à la jumelle, et je l'ai vu passer par-dessus bord. J'ai vu mon fils mourir, Julia ! Et je vis depuis avec cet horrible sentiment de culpabilité.

— Je croyais que tu m'en voulais.

Pleurant à moitié, elle chercha son regard.

— J'ai essayé de prendre sa place, de faire comme lui, aussi bien que lui pour m'attirer ton amour. Je suis devenue encore meilleure que lui en plongée, j'ai choisi le tir à l'arc parce qu'il excellait dans ce sport…

— J'étais fier de Davey. Quel homme n'est pas fier du fils dans lequel il se reconnaît ? Mais toi, Julia…

Pour la première fois de sa vie, Willard Stewart lui caressa les cheveux.

— Toi, je t'ai adorée dès la seconde où j'ai posé les yeux sur toi.

Sa main tremblait sur ses cheveux et sa voix était basse et suppliante.

— Tu étais ta mère. Mais ta mère avant que son mariage avec moi ne la détruise. Tu étais un trésor pour moi, et je savais que je ne te méritais pas. Je savais que tu ne me pardonnerais jamais si tu découvrais un jour que j'étais responsable de la mort de ton frère. Mais, crois-moi, si je m'étais douté un seul instant que tu portais ce fardeau depuis toutes ces années…

Sa phrase mourut dans le silence. Il laissa sa main retomber.

Julia ne dit rien. Cord lui avait toujours dit qu'elle ressemblait beaucoup plus à son père qu'elle ne l'imaginait. Maintenant, elle s'en rendait compte elle-même. Ce qu'elle avait pris pour de la froideur de sa part n'était, en fait, que de la peur. La peur, s'il avouait ce qui s'était passé, de voir sa fille s'éloigner de lui pour toujours. Il avait donc choisi de la tenir à distance, plutôt que de risquer d'être repoussé s'il s'ouvrait à elle complètement.

— Voilà, tu me l'as dit, maintenant, dit-elle doucement.

— Oui. Et je mesure le mal que je t'ai fait en te cachant la vérité. Tu n'as rien à te reprocher au sujet de Lisbeth, ma Julia.

— Peut-être as-tu raison ? Mais cela ne change rien au problème, papa : elle est entre les mains de Donner et je dois la lui reprendre.

Il la regarda, soudainement affolé.

— Non ! Laisse faire la police. Ce monstre a déjà failli te tuer une fois…

— S'il y a quelqu'un qui devrait comprendre, c'est toi.

Elle lui tendit la main, et il la serra dans la sienne.

— Tu aurais donné ta vie pour sauver Davey, je le sais. Non par sentiment de culpabilité, ni pour tuer ton chagrin, mais parce que tu l'aimais. Eh bien moi, j'aime cette petite fille, papa. Elle compte pour moi. Pour Cord et moi.

— Mais tu ne sais même pas où est Donner ! protesta-t-il. Il a disparu de la circulation, comment veux-tu arriver à le retrouver ?

— Qu'as-tu l'intention de faire pour le retrouver ?

Cord se tenait dans l'embrasure de la porte.

Quand elle le vit, son cœur se serra. Elle avait failli le perdre. Il représentait tout pour elle, son passé, son présent, son futur… Et elle l'avait presque perdu. Il n'était pas question qu'elle prenne de nouveau un tel risque.

— Je ne vais pas le trouver, Cord, répondit-elle. *Nous* allons le trouver tous les deux. Je ne sais pas comment, mais je te jure que nous ramènerons Lisbeth saine et sauve.

Cord chercha son regard et lui sourit.

Bouleversée par la tendresse de ce sourire, elle sentit les larmes lui monter aux yeux.

« Je suis ridicule », se dit-elle sans le quitter des yeux, en écrasant une larme sur sa joue.

— Par où veux-tu commencer ? demanda Cord.

— Lopez a-t-elle parlé à Susan…

A cet instant la sonnerie du téléphone retentit sur sa table de chevet.

— Veux-tu que je réponde ? proposa son père. Ce n'est sûrement pas pour toi, personne ne sait où tu es.

Il allait décrocher, mais Julia l'arrêta.

— Non !

Elle savait qui appelait. Elle le sentait. Cord la regarda et elle comprit que lui aussi avait deviné.

— Salut, Julia. Comment va la tête ?

Le ton sympathique, décontracté… Elle resta un instant sans voix, puis elle ferma les yeux, luttant contre la nausée qui lui soulevait le cœur. Elle entendit son père inspirer très fort et, comme elle relevait les paupières, vit le visage blême de Cord.

— Il y a quelqu'un ici à qui tu aimerais sûrement parler. Hélas, elle est muette. Tu sais, passer son temps avec une gamine de cinq ans qui ne dit pas un mot, ça finit par devenir ennuyeux.

— Que les choses soient claires, Donner.

Julia empoigna le téléphone et le serra si fort que ses jointures devinrent blanches.

— Si vous touchez un seul de ses cheveux, je dis bien un seul, je vous pourchasserai jusqu'à la fin des temps. Et là, je vous laisse imaginer…

Sa voix tremblait de fureur.

— Je ne vous lâcherai pas, Donner. Je serai votre cauchemar vivant

— N'empêche que j'ai l'enfant et que la chance est de mon côté, grinça Donner à l'autre bout du fil.

Elle l'entendit soupirer d'impatience.

— Je pense que tu as fini par comprendre ce que tout ça signifie ?

— Vous avez perdu quatre membres de votre « famille » il

y a quelques années, et vous voulez vous venger. Paul est mort, Sheila est morte. Il en reste deux : Cord et moi.

Sa voix se durcit.

— Et Lisbeth est Steven, le fils qui vous a été retiré. Mais je n'accepterai aucun marchandage en ce qui la concerne.

— Je vais revoir mes exigences à la baisse. Une gamine comme ça, c'est trop d'obligations. C'est Hunter que je veux. C'est lui qui est derrière ce qui est arrivé aux miens. Je te la rendrai si tu me donnes Hunter.

Julia réfléchit très vite.

— Vous me le promettez ? Vous en êtes sûr ?

— Absolument, je suis…

Il s'interrompit et elle l'entendit inspirer.

— Il est avec toi en ce moment ?

— Oui.

— Tu vas me proposer de te rendre à sa place, j'imagine.

Le parrain était perspicace !

— Te perdre serait pire pour lui que mourir lui-même. Tu vois, je suis bien informé sur vous deux. Je sais combien il t'aime.

— C'est vrai de mon côté aussi.

— Je comprends. En fait, non, je ne comprends pas, mais j'ai bien entendu ce que tu m'as dit. Tu es prête à te livrer à sa place et à la place de l'enfant. Je suis un grand sentimental et sans doute un fou, aussi j'accepte.

— Où se retrouve-t-on pour l'échange ? demanda-t-elle.

— J'ai une idée. Pour te faire payer le mal que tu m'as donné hier soir, tu vas deviner où on se retrouve. Tu as deux heures. Lisbeth et moi, on t'attend.

Il raccrocha.

— Qu'a-t-il dit ? Il est d'accord pour un échange ? dit Cord en équilibre près d'elle sur ses béquilles.

— Il accepte de nous rendre Lisbeth. Il dit que c'est trop

d'obligations. Je suppose que la chasse à l'homme de Lopez a fini par l'inquiéter, déclara Julia.

Elle le regarda, inquiète.

— Il nous donne deux heures pour le rejoindre, mais il a refusé de me dire où il se cache.

17

— Encore un jeu diabolique de Donner, déclara Julia en ouvrant la portière à Cord.

S'installant au volant de la voiture de son père — la sienne avait rendu l'âme à la suite des tonneaux —, elle démarra.

— C'est un manipulateur, répliqua Cord. Comment va-t-on faire, en deux heures, pour mettre la main dessus ?

— A nous de nous montrer aussi intelligents que lui. Je veux dire : de penser comme lui.

— C'est un malade mental.

— Absolument. Il nous teste, pour nous prouver qu'il nous est supérieur.

— Attention ! s'écria soudain Cord. Tourne à gauche.

Ordre superflu. Elle avait déjà obliqué vers la bretelle de sortie de l'autoroute.

— Pourquoi sors-tu là ? dit-il.

— Les débris de coquillages dans le tapis de Jackie.

— On a fait le même raisonnement. Il se terre dans la maison du lac, dit Cord. Je t'interdis de t'approcher de lui.

— Il veut négocier avec moi. On n'a pas beaucoup de marge de manœuvre, Cord. L'important, c'est de récupérer Lisbeth.

— Toi aussi, c'était important de te ramener, et on a réussi.

Elle le fixa droit dans les yeux.

— Oui, et je jure que plus rien ne m'éloignera de toi dorénavant.

— J'aurais aimé que tu voies ton père quand il est arrivé à l'hôpital cette nuit. Il était dans tous ses états. Il t'aime, tu sais.

— Je sais. On a parlé, aujourd'hui. Je crois que c'était la première fois de ma vie qu'on se disait quelque chose. Quand tout sera fini, je te raconterai.

— Ça me fait plaisir de l'entendre.

— Je t'aime, Cord, lui déclara-t-elle brusquement. Peu importe ce qui s'est passé autrefois, je t'ai toujours aimé. Toujours.

— Moi aussi, je t'aime, mon ange.

Sa voix était un nuage. Ses yeux, du velours.

— Dois-je comprendre que tu es venue à bout de tes démons ?

— Disons qu'ils ne me feront plus jamais mal comme avant.

Elle mit son clignotant et prit la direction du lac.

— Je me méfie toujours de Donner, dit Cord. Mais avec ma jambe de bois, je te suis plus un boulet qu'une aide.

Incroyable, il trouvait assez d'humour en lui pour plaisanter !

— Je ne sais pas ce qu'il mijote, bougonna-t-il, mais ça m'étonnerait qu'il nous rende Lisbeth et nous laisse repartir sans contrepartie. Ce n'est pas son style.

— Il ne va pas nous laisser repartir. Il va te laisser repartir avec elle, mais il va me garder.

— C'est hors de question, ma chérie.

Elle le regarda. Il semblait très mécontent.

— On vient d'en parler, Julia. J'avais cru comprendre que tu avais cessé de te culpabiliser…

— Ce n'est pas par sentiment de culpabilité ou pour expier une quelconque faute que j'ai pris cette décision, l'interrompit-elle. Mais pour mettre le maximum de chance de notre côté.

Il faut sortir Lisbeth vivante. Mais ne t'en fais pas, je n'ai pas l'intention de me faire tuer.

— Tu te doutes bien qu'il va commencer par s'assurer que nous ne sommes pas armés. Il va faire comme avec Tascoe, hier soir. Tu es folle, Julia. Comment veux-tu gagner contre quelqu'un comme Gary donner ?

— Je ne sais pas ! Ce dont je suis sûre, c'est que j'ai plus de chances de m'en tirer que toi, vu ton état. Tu t'es regardé ?

Ils venaient de dépasser la maison où Cord avait vécu autrefois et n'étaient plus qu'à quelques minutes du lac. Il lui restait peu de temps pour le convaincre.

— De toute façon, j'ai conclu un marché avec Donner, dit-elle. C'est moi qu'il…

— Je ne veux pas le savoir ! C'est moi qu'il veut. Il a toujours voulu me coincer. C'est moi qu'il trouvera.

Son regard se voila de tristesse.

— Comment pourrais-je survivre si je te perdais ? Comment pourrais-je me regarder en face ?

— Et moi, Cord ? Que deviendrais-je sans toi ?

Sa vision se brouilla, et elle faillit rater le dernier embranchement vers la maison du lac.

Ils étaient arrivés en vue de la maison. Elle se gara discrètement sur l'herbe et se tourna vers lui. Furtivement, elle écrasa une larme sur sa joue.

— Tu n'as pas la moindre chance. Il te tuera. Et moi, je ne pourrai pas vivre sans toi.

Lisant le désarroi dans ses yeux, il se pencha vers elle et l'enveloppa de ses bras.

— Si par hasard je ne m'en sortais pas, sache que je serai toujours avec toi. Notre amour, quoi qu'il fasse, Donner ne nous le prendra jamais.

— Mais je ne veux pas de ça ! protesta-t-elle, la voix blanche. Je ne veux pas voir ce maudit aigle sur le rebord de ma fenêtre, la nuit. C'est toi que je veux !

Elle scruta son visage et vit qu'elle ne gagnerait pas. Quand Cord Hunter avait quelque chose en tête, il n'en démordait pas.

— Mais... tu m'as, affirma-t-il. Je suis à toi. Je n'ai jamais été qu'à toi.

Cédant à un élan, il lui prit les lèvres et l'embrassa avec fougue. C'était comme s'il avait voulu emporter avec lui une part d'elle. Comme s'il savait qu'il ne reviendrait pas et, avant de s'enfoncer dans le noir...

De ses doigts fiévreux, elle le caressa, le palpa. Visage, cheveux, poitrine...

Soudain, Cord la repoussa et la regarda avec une immense tristesse, comme s'il lui disait un dernier adieu.

— Allons jusqu'à la maison, dit-il. On laisse ton Ruder sous le siège. Le téléphone des Whitefield a été réparé et Mary et Frank sont là avec les enfants.

Il vit son air surpris.

— Comme toi, Frank n'a été blessé que superficiellement. Mary et lui ont décidé de réintégrer la maison ce matin pour ne pas déstabiliser davantage les enfants. Ils tiennent à ce que leur vie retrouve un cours aussi normal que possible.

— Parfait. Je leur remettrai Lisbeth et j'appellerai Lopez pour qu'elle envoie du renfort, dit Julia. Ensuite...

— Tu attendras le renfort. Le Ruder, c'est seulement si ça tourne mal et qu'il faille te défendre. Tu as compris ? Si Donner nous descend tous les deux, que deviendra Lisbeth ? Elle est déjà orpheline de père et de mère.

Il avait raison, il n'y avait pas à argumenter.

Elle passa une vitesse et redémarra sans bruit pour ne pas attirer l'attention du parrain enfermé dans la maison. Arrivée tout près du perron, mais hors de vue, là où elle avait toujours garé sa Ford, elle coupa le moteur.

— Ton Ruder sous le siège, répéta-t-il en descendant tant

bien que mal de voiture. Moi, je prends mon arme, sinon ça lui paraîtrait suspect.

Ils sortirent dans le soleil, et la lumière éclatante du lac leur parut incongrue. L'été avait fini par pointer son nez.

— Eh bien, vous avez trouvé ! lança un Donner guilleret, debout sur le perron. Allons discuter près de la rocaille. Ça a dû être beau ici du temps où ton père l'entretenait. Mais après la mort de Davey, j'imagine qu'il a tout laissé tomber ?

— Sans doute, répondit-elle. Mais c'est le passé, tout ça, Gary. Nous sommes ici pour Lisbeth.

Elle nota qu'il n'avait pas apprécié qu'elle l'appelle par son prénom. Le caïd avait donc lui aussi ses points faibles ?

— On a changé nos plans, dit-elle. On a décidé…

Montrant d'un signe de tête Cord qui avançait péniblement sur ses béquilles, Donner acheva la phrase.

— Que c'est lui qui restera en échange de la gosse. Et pas toi, Julia.

Donner fit une mimique amusée. L'homme avait du charme quand il souriait. Combien de malheureux s'étaient-ils laissé prendre à sa fausse bonhomie ?

— Je me doutais que vous alliez combiner quelque chose comme ça. Pas de problème. C'est toi que je tuerai, Hunter.

Ce n'était pas la réaction à laquelle elle s'attendait. Cord et elle avaient imaginé qu'il faudrait le convaincre. Ce n'était pas le cas.

Elle croisa son regard et nota la couleur de ses yeux, verte comme celle du lac qui s'étendait en contrebas.

— Ne perdons pas de temps, reprit-il. Hunter, jette tes armes.

— Je n'en ai qu'une.

Avec beaucoup de mal, Cord sortit son pistolet automatique de son holster et le tendit à Donner.

— Parfait. Je vais chercher Lisbeth.

Il fit un clin d'œil à Julia.

— Tu croyais que c'était un piège ? Non, je suis un homme de parole. Attendez ici, j'en ai pour une minute.

— Dès qu'il l'aura ramenée, enfermez-vous dans la voiture et filez, dit Cord. C'est un truand, et… Je ne sais pas, mais je le trouve étrange aujourd'hui. Il doit mijoter un sale coup.

Ils se turent. Comme l'absence de Donner s'éternisait, ils commencèrent à s'impatienter.

— Qu'est-ce qu'il fabrique, bon sang ? jura Cord. Si…

— Elle est encore groggy, la pauvre chérie, mais je crois qu'elle sera contente de retrouver les bras de sa taty Julia.

Surprise, Julia releva la tête.

Donner arrivait, l'enfant raide de peur dans les bras.

— Lisbeth ! s'écria Julia en se précipitant sur eux.

Sans attendre davantage, elle arracha la fillette des bras de son ravisseur.

— Lisbeth ! Mon bébé !

Les yeux fermés, elle posa le menton sur la tête de l'enfant et huma ses cheveux en refoulant ses larmes comme si cette odeur était le parfum le plus précieux du monde. Autrefois, elle se disait qu'elle ne voulait pas d'enfants parce qu'elle ne se sentait pas assez forte pour les protéger. Aujourd'hui, elle avait un enfant — le plus merveilleux cadeau que Sheila lui ait offert — et elle savait qu'elle trouverait l'énergie et la force nécessaires pour l'élever.

— N'aie pas peur, mon bébé. Je vais te ramener à la maison, murmura-t-elle dans les cheveux de l'enfant. On va à la maison, Lisbeth.

— Laisse-moi la voir, demanda Cord.

Il sourit.

— Mes deux amours, chuchota-t-il. Mes deux anges.

Un nuage de désespoir passa devant ses yeux et il soupira.

— Installe-la dans la voiture et partez. Je ne serai tranquille que quand je vous saurai loin d'ici.

— Attends ! Je n'aurais pas oublié de vous dire que j'ai changé mes plans ?

Donner hocha la tête, l'air marri.

— Désolé, Hunter. Julia peut partir, mais la petite chérie reste ici avec nous. Pose-la aux pieds de son oncle Cord avant de t'en aller, Julia. Et si par hasard tu avais la mauvaise idée de vouloir l'emmener avec toi comme tu as fait hier soir, rappelle-toi que je suis le seul ici à être armé. Ce n'est pas toi que je viserai la première mais la gosse.

— J'avais raison, c'était faussé dès le départ, lança Julia en serrant le petit corps tiède contre elle.

— Laisse-les partir, Donner, implora Cord, le visage défait. Quelle que soit la mort que tu me réserves, je l'accepte, mais laisse Julia et Lisbeth en liberté.

— Tu mourras comme je l'ai décidé, Hunter, quoi qu'il arrive. Mais je t'aurais cru plus malin que ça ! Je ne pensais pas que tu confierais la vie d'une gamine à un ange gardien déchu.

Gary Donner fit une grimace horrible.

— J'ai eu accès à son dossier récemment, et depuis je n'ai plus la moindre confiance en elle. Soit dit sans t'offenser, Julia ! La preuve, hier soir Lisbeth était avec toi et j'ai réussi à la kidnapper. Sachant cela, j'hésiterais à la laisser sous ta surveillance. D'ailleurs, Cord doit se demander…

— Je n'ai jamais douté d'elle, rétorqua Cord. Aujourd'hui comme hier, elle a toute ma confiance. Il n'y avait qu'une petite fille dont tu n'avais pas pris soin, ma chérie, mais je sais qu'aujourd'hui elle est arrivée à bon port et qu'elle va bien. N'est-ce pas ?

Il soutint le regard de Julia qui ne pouvait pas détacher les yeux des siens. Il y avait dans ses yeux noirs toutes les années qu'ils avaient vécues ensemble et l'éternité qu'ils partageraient par l'esprit si leurs vies devaient s'arrêter là.

Elle sentit se dénouer les derniers liens qui l'attachaient

encore à son passé tragique. Cord lui accordait sa confiance pour ramener Lisbeth saine et sauve. Et elle s'en savait capable.

« Bye-bye, Davey, pensa-t-elle dans un élan d'amour. Souhaite bonne chance à ta petite sœur. »

— Oui, Cord, elle est arrivée à bon port et elle va bien. Elle fait partie de moi maintenant, et avec elle je me sens assez forte pour veiller sur Lisbeth.

— Qu'est-ce que vous racontez ? tonna Donner.

— Vous ne comprendriez pas, répliqua-t-elle.

— Pose la gosse, ordonna le parrain en levant son arme, le doigt sur la détente. Tu as déjà tout raté une fois, Stewart, cette fois, tu vas tout perdre pour de bon, tous ceux que tu aimes.

— Maintenant, Julia. Cours !

En même temps qu'il criait à Julia de se sauver, Cord, s'aidant de ses béquilles, se jeta sur le caïd.

Julia eut le temps de voir l'arme de Donner voler en l'air et les deux hommes s'empoigner et tomber à terre. Lisbeth dans les bras, elle dévala le chemin jusqu'à la limousine que lui avait prêtée son père.

Donner était le diable fait homme. Il allait tuer Cord. Sa seule chance de le sauver, c'était de faire vite. D'abord, il fallait mettre Lisbeth à l'abri, puis revenir ici le plus vite possible. Elle allait rompre la promesse faite à Cord, mais tant pis, elle retournerait à la maison du lac sans attendre de renfort.

Tout en courant, elle chercha ses clés dans sa poche. Presque arrivée à la voiture, elle les laissa tomber et posa Lisbeth par terre pour les ramasser.

— Viens, dit-elle à l'enfant en lui prenant la main. Il faut qu'on coure.

Mais l'enfant était lente. Julia se baissa pour la reprendre dans ses bras. Serrée contre elle, la petite fille la regarda fixement. Ses jolis yeux bleus avaient retrouvé leur vivacité et ses cheveux blonds, presque roux, leur soyeux.

— Le méchant monsieur a mis une chose sous l'auto, taty Julia.

Julia se pétrifia.

— Je vais pas dans l'auto. Il voulait te faire mal.

Julia regarda le visage l'enfant, grave, presque buté.

— Il a mis quelque chose sous l'auto, ma bichette ?

— Oui, il est allé dessous. Il était dans l'herbe sur le dos. Ensuite il est ressorti et il a ri. On ne va pas dans cette auto, taty Julia.

— Tu as raison, on ne va pas y aller.

L'enfant, c'était certain, n'avait pas inventé cette histoire. Elle avait vu cela, et grâce à elle, deux nouvelles vies allaient peut-être être épargnées.

— Donne-moi la main, ma puce. On va jouer un tour au méchant monsieur. On va lui faire croire qu'on est parties dans l'auto. D'accord ?

— Alors il laissera oncle Cord partir ?

L'inquiétude de Lisbeth bouleversa Julia.

— Je ne crois pas. Je pense qu'il va falloir que je revienne le chercher, ma chérie. Allez, on court. On va se cacher dans le bois toutes les deux.

Donner devait se demander pourquoi il n'avait pas encore entendu d'explosion, se dit Julia en se retournant pour regarder la maison des Whitefield.

Accrochée à sa main, Lisbeth multipliait les petites enjambées. Que de fois, enfant, elle avait emprunté ce chemin…

— Voilà, ça suffit comme ça. On s'arrête.

La limousine était toujours en vue. Julia pointa la commande de contact à distance vers la voiture, redoutant cependant que l'éloignement ne permette pas au faisceau d'atteindre l'œil électronique.

— Bouche-toi les oreilles, Lisbeth.

Elle pressa le bouton, et la voiture démarra sur-le-champ

dans le ronflement sourd de son moteur huit cylindres tournant avec la régularité d'un coucou suisse.

Soudain retentit un *boum* tonitruant, immédiatement suivi d'une épaisse fumée provenant de la voiture, d'où s'élevait une boule de feu crépitante. Une deuxième puis une troisième explosion déchirèrent l'air.

« Le réservoir d'essence a explosé », se dit Julia, fascinée par les flammèches qui retombaient de la cime des arbres.

Un cri strident comme elle n'en avait jamais entendu retentit alors depuis la maison. Un hurlement sauvage, viscéral, comme si l'on avait arraché ses entrailles à un homme.

Epouvantée, elle serra la main de Lisbeth si fort que la fillette se mit à gémir.

Cord ! Il avait entendu l'explosion et les croyait mortes.

Elle ne pouvait rien faire pour le prévenir. Il fallait d'abord mettre Lisbeth à l'abri. Elle devait les laisser croire encore un peu, lui et Donner, qu'elles étaient mortes.

— C'est comme Noël, dit la petite Lisbeth, émerveillée par les escarbilles scintillantes.

« Grâce au ciel, elle n'a pas entendu Cord crier », se dit Julia, émue par la petite fille si fragile dans son T-shirt déchiré et ses baskets sales. N'empêche, sous l'apparente fragilité se cachait une enfant solide. Bon sang ne saurait mentir !

Pour autant, l'heure n'était pas aux élucubrations. L'assassin risquait de venir vérifier son travail, et elle n'avait pour se défendre qu'un bout de métal qui avait dû fondre dans l'explosion de ce qui avait été la luxueuse Lexus de son père.

Donner n'avait jamais eu l'intention de les laisser partir, ni les uns ni les autres. Son père avait eu raison : Donner collait au plus près du scénario psychotique qu'il avait écrit dans sa tête. Diane Travis n'avait pas été tuée dans l'accident, elle était morte dans l'explosion qui avait suivi. Sheila avait été tuée d'une balle, Paul frappé de plusieurs coups de couteau.

Son destin à elle était de mourir dans une explosion, se dit-elle. Et Cord…

Le quatrième et dernier membre de la « famille » Donner, et selon des témoins le plus aveuglément dévoué à son père, était Rickie Dee Morris. Et Rickie Dee Morris avait choisi pour lui la mort la plus folle.

Il s'était élancé au volant de sa voiture du dernier étage d'un parking.

C'était la mort que Donner avait prévue pour Cord, pensa Julia. Cela lui laissait donc un peu de temps, car il n'y avait pas à cinquante kilomètres à la ronde de garage assez haut pour lui permettre de mettre son forfait à exécution. Le temps qu'il conduise Cord dans le lieu approprié, elle aurait le temps d'alerter Lopez, et celle-ci aurait le temps de faire dresser des barrages.

— Il y a oncle Cord et le méchant monsieur, murmura Lisbeth.

Julia regarda le brasier et vit, derrière la voiture qui se consumait, Cord qui boitait vers le sinistre, suivi de Donner qui le rattrapait sans difficulté. Elle vit celui-ci lancer un objet vers Cord. Heurté à la tête, déséquilibré, il tomba lourdement, entraînant ses béquilles dans sa chute.

— Regarde, taty Julia, regarde l'oiseau, lui dit l'enfant en la tirant par le bras.

— Pas maintenant, ma chérie.

Donner avait ouvert les portières de sa voiture et, penché sur Cord toujours affalé dans l'herbe, il essayait de le relever. Sans doute se préparait-il à l'emmener vers sa funeste destination.

— Il nous regarde, taty Julia. Il veut qu'on le suive, insista Lisbeth.

— Chut, ma chérie. Il ne faut pas faire de bruit. Je veux voir où va l'auto.

S'il tournait à droite, il s'engageait sur l'autoroute. S'il prenait à gauche, il traverserait plusieurs petits hameaux avant de trouver une grande ville.

Les yeux fixés sur le carrefour, Julia attendit, mais rien ne vint. Elle entendait pourtant la voiture…

Méfiante, elle se hissa sur la pointe des pieds pour épier à travers le feuillage. Au bout du chemin, sur la droite, démarrait un sentier à peine carrossable qui traversait la propriété en direction du lac. Il lui sembla qu'au loin brillait une carrosserie. Donner s'était-il trompé de route ? Il n'aurait pas fait une erreur aussi grossière. S'il avait pris ce sentier, c'est qu'il avait une raison. Mais laquelle ? Le sentier devait se terminer en cul de sac et…

Elle étouffa un cri. La falaise. Là-bas, il y avait une falaise que les locaux appelaient…

— Mon Dieu ! Il l'emmène au Saut de la Vierge !

Elle crut qu'elle allait s'évanouir.

— Regarde, taty Julia, il essaie de nous dire quelque chose.

Julia suivit le regard de Lisbeth et se pétrifia.

— J'ai jamais vu un oiseau aussi gros. C'est quoi, taty Julia ?

— Un… un aigle doré, dit Julia à mi-voix. Moi non plus, je n'en ai jamais vu d'aussi grand.

L'oiseau était perché sur un arbre tombé à terre, et ses griffes entaillaient l'écorce. Elle le vit se redresser, se déployer comme pour prendre son élan avant l'envol. Penchant la tête vers elles, il découvrit la tache dorée qu'il avait sur le cou et qui lui donnait son nom.

— Cord ? murmura Julia, tellement bas qu'elle se demanda si elle avait vraiment parlé.

L'oiseau tourna sa tête dorée vers elles, et ses yeux noirs pailletés d'or et de vert happèrent son regard.

— Non, ce n'est pas possible, souffla-t-elle, la main sur la gorge.

Les cris des enfants Whitefield résonnaient dans le lointain. Mary appelait Frank. Ils avaient dû entendre l'explosion et voir la fumée. Ils allaient sortir pour regarder. Lisbeth… Avec eux, elle serait en sécurité.

L'oiseau prit son envol et resta à tournoyer au-dessus de leurs têtes avant de piquer à deux mètres à peine de Lisbeth.

— Tu ne crois pas qu'il veut qu'on le suive ? dit la fillette.

L'oiseau fit une boucle dans le ciel, poussa un cri étrange et vint se poser si près de l'enfant qu'elle lui caressa la tête. L'oiseau poussa de nouveau un cri, s'envola, plana quelques secondes, redescendit en piqué pour se poser près de l'enfant. Mi-voletant, mi-sautillant, il restait près d'elle.

— Oui, je crois qu'il veut que tu le suives, ma chérie. Il va t'emmener voir Mary et Frank. Tu ne les entends pas ? L'aigle va t'accompagner. Il ne veut pas que tu aies peur.

— J'ai pas peur, taty Julia.

Lisbeth se leva. L'oiseau fit quelques pas de côté comme s'il attendait l'enfant.

— Mais tu ne viens pas avec nous, taty Julia ?

— Je viendrai plus tard, ma poulette. Raconte à Mary et Frank ce qui est arrivé et dis-leur que je suis partie chercher Cord, d'accord ?

Lisbeth partit en courant vers le gros oiseau. Julia qui les suivait des yeux le vit voleter vers le bois et se poser. Dans un instant, Lisbeth serait en sécurité avec les Whitefield.

Julia hésita un moment puis se tourna vers la maison.

Elle n'avait pas d'arme. Il lui en faudrait une, pourtant. Mais où la trouver ? Son père n'avait jamais été chasseur, et le père de Cord était revenu du Viêt-nam avec une aversion pour les armes. Elle ne l'avait jamais vu tuer, sauf une fois un lièvre qui errait sur la propriété. Il avait alors pris son arbalète dans la remise et…

Se rappelant ce jour-là, elle fila vers la resserre où Jackson Hunter remisait ses outils. Cela faisait des années qu'elle n'y avait pas remis les pieds, mais elle se souvenait de l'endroit où il rangeait son arbalète.

Mais peut-être l'avait-il emportée ou était-elle rouillée depuis tant de temps ? Peut-être aussi ne saurait-elle pas s'en servir ?

Elle cessa de supputer. Mieux valait agir. Elle avait juste le temps d'arriver à la falaise avant que Donner ne mette son funeste plan à exécution, et elle avait une arme à trouver. Compte tenu de l'état du chemin, il fallait dix minutes pour y accéder en voiture. Elle, à travers champs, elle mettrait moitié moins de temps.

La remise était fermée. Qu'à cela ne tienne ! Elle recula de quelques pas, prit son élan et s'élança contre la porte vermoulue qui céda sous la poussée.

Quelques secondes pour accommoder, et elle commença à distinguer les objets stockés dans la pénombre. Au fond, sur l'établi, il y avait un paquet plat enveloppé d'une toile cirée. Pas d'erreur possible, c'était l'arbalète.

Sans perdre une seconde, elle sortit et la déballa dans l'herbe. Elle était complète, avec son arc, son étrier, sa noix et sa flèche. Pour les arbalètes, on ne disait pas flèche, on parlait de carreau, lui avait appris Jackson Hunter.

Elle n'en avait jamais utilisé, mais elle avait vu comment ça fonctionnait. C'était très semblable au tir à l'arc, en demandant beaucoup plus de force. Il fallait exercer près de cent kilos de tension pour l'armer. Heureusement, une paire de vieux gants de cuir était pliée dans la toile cirée. Jugeant que le succès ou l'échec de l'entreprise pourrait en dépendre, elle les prit. L'arbalète arrimée sur l'épaule, le carreau et les gants dans les mains, elle inspira profondément.

Près de l'entrée de la remise poussaient ces jolies fleurs qui ressemblaient aux lupins, que Jackson Hunter appelait aconits.

Il ne lui restait qu'à courir à toutes jambes pour arriver à temps. Pourtant, elle s'arrêta et les regarda, sourcils froncés, un vague plan en tête.

Une minute plus tard, elle s'élançait à travers champs vers la maudite falaise.

Au printemps, après une longue période de paresse pendant laquelle elle n'avait pas fait un pas, elle s'était remise à courir avec King. Bien lui en avait pris !

Il faisait une chaleur accablante en cette fin d'après-midi, et le temps de grimper au sommet de la colline, sa chemise était trempée. Elle s'enfonça dans le bois et trébucha sur un tronc d'arbre gisant au sol.

Elle n'y arriverait pas. Ils devaient déjà y être, se dit-elle, le nez dans l'humus. Elle allait perdre Cord, il allait mourir…

— Puisque Tascoe a tout donné, je dois le faire moi aussi, grommela-t-elle en se relevant avec son équipement.

Elle reprit sa course, l'arbalète lui battant les flancs. La côte était raide maintenant, la falaise ne devait plus être loin. Encore un bois et elle verrait la clairière. La différence entre la vie et la mort commençait là.

Comme apparaissait le Saut de la Vierge, elle se tapit derrière le dernier tronc d'arbre, à bout de souffle.

La voiture de Donner était arrêtée à quelque cinq ou six mètres du bord de la falaise, moteur en marche. La portière du conducteur était ouverte et elle voyait une des béquilles de Cord coincée sous le volant. Sans doute appuyait-elle sur l'accélérateur pour que le moteur tourne à un tel régime ? Cord, qu'elle distinguait mal, était affalé à la place du passager, mais il n'y avait pas de Donner. Où était-il passé ? Et pourquoi la voiture n'avait-elle pas encore basculé dans le lac ?

La réponse s'imposa très vite : de l'autre côté de la voiture, Gary Donner, plié en deux, un pieu à la main en guise de levier, s'escrimait sur le pneu arrière pour déloger ce qui ressemblait à un rocher. Il se servait d'un pieu plutôt que de son pied, car une fois le gros caillou enlevé, plus rien n'arrêterait la voiture qui dévalerait alors inéluctablement vers le précipice.

Autant voir Gary Donner se faire écraser par sa propre voiture ne lui ferait ni chaud ni froid, autant il n'était pas concevable de voir l'homme qu'elle aimait plonger dans le lac vers la mort, des dizaines de mètres plus bas.

— C'est pour ça que je suis ici, Donner, marmonna-t-elle. Pour t'empêcher de faire ça.

Tout en le maudissant, elle enfila les gants et défit la sangle qui maintenait l'arbalète sur son épaule. Du coin de l'œil, elle vit Donner relever brusquement la tête, comme s'il avait entendu quelque chose.

Glacée d'effroi, elle se fit minuscule derrière son arbre. Mais il était impossible, avec la voiture dont le moteur rugissait, qu'il ait pu l'entendre. Retenant son souffle, elle le vit se remettre au travail, apparemment rassuré. De son côté, elle prépara son arme. Hélas, comme elle le redoutait, il lui fallait une force qu'elle n'avait pas.

Refusant de s'avouer vaincue, elle insista, tira, tira, s'acharna encore. Plus qu'un centimètre ! « Encore, s'encouragea-t-elle. Encore. » Elle allait l'avoir ! Plus qu'un millimètre !

Mais plus de force.

A cet instant, Donner, ahanant pour dégager le rocher, tomba à la renverse. Elle remarqua qu'il avait un peu bougé. S'il continuait…

« Il va réussir », se dit-elle. Et elle était là, debout, impuissante, avec cette maudite arbalète qu'elle ne pouvait tendre. Et Cord allait plonger…

« Plus fort, se dit-elle. Allez, encore un effort ! »

Elle entendit quelque chose craquer dans son cou et son bras mais continua, ignorant la douleur, à bander la corde d'acier qui lui mordait les doigts à travers les gants. Elle ne sentait plus la douleur. Elle était la douleur.

— Je dois y arriver ! s'encouragea-t-elle de nouveau.

Un cri de rage étouffé, et victoire !

« Gagné ! » souffla-t-elle entre ses dents.

Il ne lui restait qu'à viser le parrain et à ne pas le rater.

Mais Donner n'était pas qu'un caïd, c'était un monstre infect qui méritait un sort à la hauteur de ses abominables forfaits. La ferme des Bradley, Paul et Sheila, et maintenant l'homme qu'elle aimait. Le cerveau de ces crimes méprisables n'allait pas s'en tirer à si bon compte.

« Des aconits. On les appelle aussi "tue-loup", Julia. Parce que leur poison est si vénéneux qu'on l'utilise parfois pour tuer les prédateurs. N'y touche jamais, ma mignonne… »

Frappée par l'explication de Jane Hunter, elle n'avait jamais oublié la leçon. Peut-être le message que la mère de Cord lui avait passé des années plus tôt allait-il aujourd'hui sauver la vie de son fils ?

La plante bleu nuit qu'elle avait cueillie près de la remise aux outils gisait à terre devant elle.

Tenant le carreau de l'arbalète par une extrémité, Julia enfonça l'autre bout dans la racine de l'aconit qui éclata, libérant un liquide blanchâtre. En quelques secondes, la pointe du carreau se trouva enrobée du poison mortel.

Il fallait agir vite, maintenant. Etre précise.

Donner lui tournait le dos, arc-bouté sur son pieu.

Elle ôta ses gants, se cala sur ses jambes écartées, plissa les yeux, mit en joue.

Même si c'était une arme, l'arbalète n'était pas un fusil. Pour tuer Donner sur le coup, il fallait le toucher en plein cœur — s'il en avait un.

Elle inspira à fond et elle posa le doigt sur la détente.

— Donner !

Elle n'avait pas fini de dire son nom qu'il lui faisait face.

A cet instant, sans précipitation pour ne pas dévier de la trajectoire qu'elle s'était fixée, elle appuya doucement sur la détente.

Le carreau traversa l'air comme une fusée.

Epouvanté, Donner le regarda arriver sur lui et se loger dans son côté gauche.

Le rocher, libéré, se mit alors à rouler.

18

— Non ! Non-on !

Douloureux, tel le hurlement d'un loup blessé, le cri déchira l'air.

Moteur hurlant, la voiture de Donner dévalait la pente vers la falaise. Et Cord était dedans. Et Cord allait mourir.

Elle se mit à courir derrière la voiture.

Cord allait tomber. Il tombait, la voiture tombait avec lui dedans. Ce n'était pas possible ! Pas maintenant ! Pas déjà ! Pas quand elle était si près de…

Elle trébucha et tomba à quelques centimètres de l'extrémité de la falaise. En rampant, elle avança au bord.

Dans la lumière du soleil, l'auto ressemblait à un jouet qu'un enfant turbulent aurait lancé en l'air. Le nez devant à cause du poids du moteur, elle plongeait vers les eaux bleues du lac qu'elle heurta avant de sombrer.

Il devait y avoir une erreur. Après les difficultés qu'ils avaient traversées, après s'être perdus et s'être retrouvés, après le sacrifice de Tascoe, ses efforts pendant cette dernière demi-heure… C'était sûr, c'était une erreur ! Une mauvaise farce de l'au-delà. Une plaisanterie peut-être amusante, mais qu'elle voulait voir cesser.

— Tu as failli gagner, Julia.

Elle se remit debout et se retourna. Appuyé sur un bras,

Donner était étendu par terre à la place de la voiture dont les pneus avaient raviné le sol en dévalant la pente.

— Rendez-le-moi, dit-elle avec le calme glacé de la folie. Rendez-le-moi.

Les yeux gris la fixèrent, amusés.

— Ce n'est pas en mon pouvoir, mais je suis flatté que tu me le demandes.

Comme elle le fixait, elle le vit tenter d'arracher de sa poitrine le carreau qui s'y était fiché.

La petite flèche céda deux ou trois centimètres. Il tira encore, s'arrêta et lui sourit avec effort.

— Tu as cru que tu pourrais me tuer, c'est ça ? Je pensais que tu savais que c'était impossible.

Il hocha la tête. Il était pâle et transpirait.

— Pour qui vous prenez-vous, Donner ? Franchement, pour qui ?

— Pour commencer, ce n'est pas mon nom.

Il tira à deux mains sur le carreau et le sang inonda ses doigts.

— Secundo, il en faut plus pour m'arrêter. Il est encore temps de fuir, Julia.

Ses mains couvertes de sang poisseux dérapèrent sur la flèche.

— Je ne pense pas, répondit-elle.

L'homme finit par extraire la totalité de la flèche de sa poitrine et porta ses doigts à sa bouche, puis il se frotta le front, laissant des traînées sanguinolentes sur son visage.

— Pourquoi tu…

Visiblement affaibli, il reprit au prix d'un gros effort :

— Pourquoi tu ne penses…

Il capitula — c'était trop d'effort — et la regarda, soudain effrayé.

— Aconit, laissa tomber Julia avec calme. aussi connu sous le nom de « tue-loup ». C'est du poison, Donner, et ce poison vous l'avez en vous. On s'en sert pour éliminer les prédateurs.

Elle s'éloigna de lui et s'avança vers la falaise où elle ôta ses tennis.

— Non ! cria Donner derrière elle.

Elle lui jeta un coup d'œil par-dessus son épaule et ôta son T-shirt.

Encore quelques minutes, et le cœur du gangster aurait cessé de battre. De ce côté, elle avait fait ce qu'elle avait à faire. Maintenant, le plus important était ailleurs.

Elle enleva son jean et fit un pas vers le bord du précipice.

Pourquoi la vierge avait-elle sauté, déjà ?

Elle connaissait la réponse. Elle l'avait toujours sue.

— Parce qu'elle l'aimait, dit-elle.

Levant les bras très haut, elle prit son élan et plongea.

C'était une journée d'été superbe, l'air était vif. Pas étonnant que Cord ait voulu être un oiseau, se dit-elle. C'était indescriptible, c'était miraculeux de voler !

Après le ciel, elle piqua dans l'élément liquide, et l'eau se referma sur elle comme une gangue de soie.

C'était profond ici, se dit-elle quand elle rouvrit les yeux, en battant des pieds pour descendre. C'était profond, mais clair. Elle n'avait pas peur. Soudain, elle vit la voiture de Donner. Celle-ci était à quelques mètres d'elle, renversée sur le toit au fond du lac.

Tel un poisson, elle nagea dans sa direction.

Il y avait encore de l'air dans l'habitacle, et par chance la vitre du passager était baissée. La portière ne serait pas trop difficile à ouvrir. Son Cord était là, inconscient, sans doute grièvement blessé, mais il était là. Elle nagea encore. Jusqu'à lui. En fait, il était conscient et ne semblait pas aussi grièvement blessé qu'elle l'avait cru. Elle ouvrit la portière et vit que Donner avait mis toutes les chances de son côté : Cord avait les bras ficelés et attachés à sa ceinture de sécurité. Il essayait désespérément de sortir quelque chose de son plâtre. Il la regarda lui ouvrir sa portière, lui fit signe de s'éloigner et se pencha de nouveau sur sa jambe.

Il était têtu ? Elle l'était plus que lui. Repoussant ses mains, elle chercha entre sa jambe et le plâtre.

Son couteau !

Vite, elle coupa ses liens, l'aida à dégager sa jambe malade et, comme deux poissons, ils remontèrent à la surface dans un tourbillon de bulles.

Cord était épuisé, mais il respirait. Il tendit la main vers elle pour la toucher, incrédule.

— Ma chérie ! C'est vraiment toi ? J'ai cru… J'ai entendu l'explosion et j'ai cru…

— Oui, c'est moi, mon amour. C'est moi, bien vivante. Et Lisbeth est saine et sauve, elle est avec les Whitefield. Et Donner est mort.

Cord but la tasse, toussa et la regarda avec des yeux exorbités.

Côte à côte, ils nagèrent vers le rivage.

— Mon amour, mon ange, dit-il dès qu'ils se furent échoués sur le sable. Comment es-tu arrivée jusqu'à moi ?

Il ne la croirait pas si elle le lui racontait, se dit-elle en regardant la falaise abrupte qui se découpait sur le bleu somptueux du ciel. Maintenant que tout était fini, elle le croyait à peine elle-même. Mais elle était avec Cord, et Cord croyait au surnaturel. Si quelqu'un devait la croire, c'était lui.

Elle lui caressa le visage et lui montra le ciel.

— J'ai volé, dit-elle à mi-voix. J'ai volé pour te retrouver.

Épilogue

Fier comme Artaban au volant de son 4x4 flambant neuf, Cord était descendu en ville acheter une lame pour sa scie. Bien sûr, Lisbeth l'avait accompagné.

Julia, dans la cuisine, mijotait de la gelée de fruits. La recette était simple et embaumait la maison. D'ici quelques mois, quand reviendrait l'hiver et que le lac en contrebas serait gelé, ils seraient heureux d'ouvrir les pots confectionnés avec amour pendant l'été. Ce serait comme s'ils se retrouvaient en juillet.

Entendant le ronflement du V8, elle sécha ses mains dans un torchon et consulta sa montre. Elle avait encore le temps de préparer une tarte. C'était le péché mignon de son père qui venait dîner ce soir. Mais elle allait d'abord sortir embrasser son mari et sa fille qui venaient de rentrer. Elle avait quelque chose à leur dire.

Elle caressa son ventre encore plat et sourit. Elle brûlait d'impatience de partager son secret avec eux.

S'avançant sur le perron, elle plissa le front. Un petit lapin couvert de poils, le jouet préféré de King, traînait sous la véranda. Encore triste de la disparition du chien, elle allait ramasser le joujou quand, alertée par un drôle de bruit, elle s'arrêta. C'était un bruit qu'elle n'avait pas oublié : celui de griffes qui grattent des lames de parquet.

Lisbeth pouffa de rire, tout excitée, puis Cord lui dit quelque chose à l'oreille.

— Je peux, oncle Cord ? Je peux le lâcher maintenant ?

— Lâche-le, ma chérie. Il sait qu'il est chez lui.

Julia se pencha par-dessus la balustrade.

Un gros berger allemand gambadait sur la pelouse, un bandana noué autour du cou. Dès qu'il l'aperçut, il courut vers elle et lui fit des fêtes.

— King ! s'exclama-t-elle.

Répondant à son nom, le chien sauta sur elle et lécha son visage inondé de larmes.

Lisbeth passait d'un pied sur l'autre en sautillant.

— On ne pouvait pas te le dire, taty Julia. Oncle Cord avait dit de rien te dire parce que c'était pas sûr qu'il guérisse. Il était suspendu au bout d'un fil.

Cord éclata de rire, et Lisbeth le regarda sans comprendre.

— Mais maintenant, le vétérinaire l'a dit, il est guéri comme avant, reprit la petite fille. Sauf qu'il n'a pas de fourrure partout. Mais elle va repousser, taty Julia, il l'a promis.

— Je… Je ne comprends pas, bredouilla Julia entre deux sanglots de bonheur.

Cord la serra contre lui.

— Je vais tout t'expliquer, mon amour. La nuit où tu as eu ton accident, un des policiers de l'unité canine l'a ramassé. La balle lui avait touché le crâne, mais il n'était pas mort. Seulement grièvement blessé et choqué. En fait, il était dans le coma quand nous l'avons découvert. Il y avait une petite chance de le sauver, mais il fallait opérer. Je leur ai dit de faire le maximum, même si le pronostic était très réservé.

Une ombre passa sur son visage.

— J'aurais peut-être dû te le dire, mais comme Lisbeth l'a si joliment exprimé, la vie de King était suspendue « au bout d'un fil ». Je ne voulais pas te donner de fausse joie.

Il lui fit une de ces mimiques dont il avait le secret.

— Tu me pardonnes ?

— Te pardonner ? Tu es l'homme le plus cachottier que je connaisse !

Elle caressa la truffe de King qui jappait à leurs pieds et les cheveux de Lisbeth qui sautillait.

— Alors, tu le dis ? dit celle-ci en pouffant de rire dans ses mains. Dis ce que tu dis toujours.

Par-dessus la tête rousse de Lisbeth, Cord chercha le regard de Julia, qui sourit tendrement.

Elle leur confierait son secret ce soir au dîner, se dit-elle.

— Dis ce que tu dis toujours, taty Julia, insista la fillette.

Julia replaça une petite mèche de cheveux roux derrière l'oreille de Lisbeth.

— Et c'est aussi pour cela que je t'aime, ajouta-t-elle, plongeant ses yeux dans les yeux de Cord.

Et dans les yeux noirs se reflétèrent les paillettes vert mousse et or de ce somptueux jour d'été.

LAUREY BRIGHT

Chimères

éditions Harlequin

Titre original : DANGEROUS WATERS

Traduction française de BECKIE LEESHA

83/85 boulevard Vincent Auriol 75646 PARIS CEDEX 13.
Service Lectrices — Tél. : 01 45 82 47 47

1

Depuis un long moment, il ne la quittait pas des yeux. Rogan Broderick, assis sur son tabouret de bar, un whisky à la main, avait remarqué la jeune femme à la seconde où elle était entrée. Leurs regards s'étaient brièvement croisés alors qu'elle inspectait l'endroit avec la réserve d'un chat explorant un lieu pour la première fois. Ce qui avait tout de suite frappé Rogan, c'était ses grands yeux verts, tirant sur le bleu, une couleur prononcée semblable à celle de la pleine mer. Ses longs cheveux bruns, retenus par deux barrettes dorées, dessinaient les contours de son visage. De ses traits, il se dégageait à la fois force et finesse ; et sa bouche, sensuelle, semblait faite pour les baisers…

Ses épaules n'étaient habillées que par les fines bretelles d'une robe toute simple, du même vert mystérieux que ses yeux. La légèreté du tissu, la coupe droite du vêtement laissaient entrevoir une silhouette parfaite. Et pour compléter ce tableau prometteur, elle avait des jambes fines, superbement galbées, visibles à partir du genou. Une vraie beauté de la ville, pensa Rogan qui percevait, dans son allure, une touche d'urbanité qui ne collait pas avec le décor — un petit bar d'hôtel décati, au bord de la mer, sur l'île du Nord de la Nouvelle-Zélande. Dans cette ambiance « vieux loups de mer », elle avait l'air d'une sirène.

Enfin, non, pas d'une sirène. Car elle avait des jambes. Et quelles jambes ! A faire pâlir nombre de ses consœurs ! Des jambes tout en longueur, qui se terminaient par des chevilles minces, mises en valeur par des sandales à talons hauts, assorties à la robe.

Spontanément, il lui sourit. Mais pour toute réponse, elle détourna le regard et, adoptant un air hautain, glissa son bras sous celui de son compagnon. Les nouveaux arrivants prirent ensuite la direction d'une table qu'un couple était en train de libérer.

Rogan n'était pas surpris de cet accueil. Avec sa barbe de trois jours et ses cheveux en broussaille, il ne pouvait prétendre à mieux. Après des semaines de navigation dans le golfe Persique, le soleil et la mer avaient rendu toute tentative d'arranger sa tignasse inutile. Au point que seule l'énergie d'un coiffeur pouvait lui rendre un semblant d'allure.

Il leva son verre et but une bonne gorgée de whisky. La jeune femme et son compagnon se frayaient un chemin parmi les pêcheurs, convoyeurs de yachts ou autochtones à la retraite qui peuplaient le bar. Une assemblée de peaux tannées, de T-shirts troués et de bottes fatiguées qui contrastait avec l'allure de ces deux-là.

Il arrivait que des touristes embarqués sur une croisière de luxe profitent de leur escale pour venir frayer avec les gens du coin, histoire de se dépayser. Mais ces deux-là n'avaient pas l'air de richards en quête de sensations fortes.

L'homme, la quarantaine élancée, portait un pantalon de toile couleur sable, et une veste noire sur une chemisette blanche. Le tout fraîchement repassé. Ses cheveux bruns étaient impeccablement coiffés, et son visage lisse trop pâle pour qu'on l'imagine débarquant d'un bateau quelconque.

Face à lui, Rogan, bourlingueur de trente et un ans, n'était pas à son avantage, avec son T-shirt rouge tout détendu…

Mais l'élégance n'était guère de circonstance pour lui. Dès

qu'il avait été prévenu au sujet de son père, il avait balancé au hasard des affaires dans un sac, puis sauté dans le premier avion. Il ne s'était pas soucié une seconde de ses vêtements.

Arrivé sur place, la clé de sa chambre en main, il avait remis à plus tard son passage sous la douche en faveur d'une pause au bar. Un petit whisky, s'était-il dit ; ensuite, il monterait dans sa chambre pour se rendre présentable, dans la limite de ses capacités.

Mais voilà qu'il venait de commander un deuxième verre. Un prétexte pour continuer à admirer une jeune femme qui, penchée vers son interlocuteur pour mieux l'entendre dans le brouhaha ambiant, révélait sans le savoir les formes arrondies de sa poitrine. Quand un serveur arriva à la table. elle tourna son attention vers lui et lui sourit. « Mince ! Quel sourire ! » se dit Rogan, qui ne tenait plus en place sur son tabouret. Et dire qu'il n'y avait pas eu droit !

Il prit tout son temps pour boire son deuxième whisky, subjugué par la beauté aux grands yeux océan. Elle avait commandé un verre de vin blanc qu'elle tenait délicatement dans une main, tandis que l'autre était à plat sur la table. Rogan plissa les yeux. Pas d'alliance.

Mais ça n'était pas une garantie. Elle pouvait très bien être avec quelqu'un sans être mariée. Rogan inspecta les mains de l'homme. Il y avait bien un anneau doré, mais au majeur. A la finesse des doigts, on savait tout de suite qu'on n'avait pas affaire à un manuel. Non, il était plutôt du genre comptable ou avocat. En fait, il le faisait penser à son frère. D'ailleurs… Rogan en avait presque oublié la raison de sa visite précipitée. D'un geste sec, il vida son verre. L'oubli avait parfois du bon. Et mieux valait fantasmer sur une jeune beauté que ressasser des idées noires.

Il reposa si brutalement son verre sur le comptoir que le barman sursauta.

— La même chose ?

— Non, merci.

Enfin, il descendit de son tabouret, le regard toujours rivé sur la jeune femme, attrapa le sac de toile déposé à ses pieds et le balança sur son épaule.

Ce geste attira l'attention de la belle, qui leva machinalement la tête vers lui pour plonger ses yeux verts dans ceux de son admirateur — bleu comme les mers du Sud. Mais elle se détourna rapidement, feignant de trouver de l'intérêt à son verre à pied.

Quand son compagnon le regarda à son tour, il eut une moue choquée, comme si l'apparence de Rogan le dégoûtait. Il se pencha pour dire quelque chose à la jeune femme, qui répondit en secouant négativement la tête.

L'homme se tourna de nouveau vers Rogan, lui décochant cette fois un regard menaçant. Rogan haussa les épaules d'un air résigné, puis, esquissant un demi-salut vers l'assemblée, se dirigea vers la sortie.

Granger était à l'heure au rendez-vous, comme toujours. Rogan venait de le rejoindre après s'être douché, rasé et changé, à l'accueil de l'hôtel.

Granger se trouvait près d'un énorme sapin de Noël, décoré de guirlandes multicolores et de flocons de neige en coton. Un véritable affront à l'été néo-zélandais.

En guise de salut, les deux hommes échangèrent un regard lourd de sens, dans le silence. Puis Rogan donna une tape gaillarde sur l'épaule de son frère, dont les yeux du même bleu clair que les siens cachaient mal la tension du moment.

— Tu veux frimer ou quoi ? dit Rogan désignant le costume et la cravate de soie.

Granger s'autorisa un sourire.

— J'imagine que tu n'as pas de costume ? J'en ai apporté un de plus pour toi. Tu veux bien aider à porter le cercueil ?

— Mouais.

Il devait bien ça au vieux.

— J'espère que tu ne lui as pas enfilé un costume, à lui.

Dans son souvenir, leur père n'en avait jamais porté.

Granger fit non de la tête.

— Ça l'aurait tué une seconde fois.

Rogan laissa échapper un petit rire qu'il réprima aussitôt, serrant nerveusement les dents. Il y eut un silence embarrassé.

— Viens, allons manger, dit Rogan.

Camille Hartley vit deux hommes bruns entrer dans la salle de restaurant. Deux beaux gosses qui avaient un air de famille indéniable. Ce fut seulement après quelques minutes qu'elle réalisa que celui des deux qui portait une tenue décontractée était l'homme qui l'avait dévisagée dans le bar quelques instants plus tôt.

Il s'était rasé de près, ce qui le changeait terriblement, révélant un bas du visage plein de charme et de caractère. Il s'était aussi coiffé, mais ses cheveux, encore humides, semblaient déjà se rebeller contre le mouvement imposé vers l'arrière. Pendant une fraction de seconde, elle l'imagina sous la douche, ruisselant de la tête aux pieds. Il avait une peau bronzée, magnifique, et d'après ce que ses habits sans forme laissaient voir, il était bâti comme un athlète, avec une carrure large et une silhouette élancée, tout en muscles. Peut-être était-il un sportif. En tout cas, il n'avait pas l'air de quelqu'un qui gagnait sa vie assis derrière un bureau.

Comme s'il s'était senti épié, il se retourna. Elle perçut dans ses yeux bleus lumineux une mélancolie inattendue qui ne dura pas, remplacée aussitôt par une curiosité enhardie.

Elle détourna les yeux, revenant à ce que James Drummond lui disait. Depuis leur première rencontre, la veille, James avait fait preuve de beaucoup de respect envers elle, ainsi que d'une réelle attention. Ils s'étaient rapidement bien entendus tous les deux. Mais Camille avait du mal à libérer son esprit de l'autre homme, dont la présence dans la salle lui faisait perdre toute spontanéité.

Agacée, elle se redressa sur sa chaise. Ce n'était pas dans ses habitudes de déshabiller des inconnus en pensée. Et il y avait des années qu'elle n'avait pas rougi !

Il n'était pourtant pas le premier homme à la dévisager ! Bien consciente d'avoir été gâtée physiquement par le destin, elle avait appris à se méfier des hommes qui bien souvent ne voyaient en elle qu'une sorte de trophée. Et cet inconnu, si déconcertant fût-il avec son sourire assuré, avait tout du tombeur. Une race d'homme qu'elle avait toujours fuie…

— Concentre-toi donc un peu, dit Granger en se tournant de trois quarts pour voir ce qui attirait le regard de son frère et l'empêchait d'étudier le menu.

— Une seconde, grogna Rogan, pris en flagrant délit d'inattention.

— Pour moi, ce sera un steak au poivre.

— Et pour moi, une grillade de porc. Avec une bière, conclut Rogan.

Granger commanda une bouteille de vin rouge pour lui, et ils sirotèrent leurs verres en attendant les plats.

— Je te remercie de m'avoir réservé une chambre ici, dit Rogan. Mais j'aurais pu dormir sur le *Sea-Rogue*.

— Je me suis dit que tu apprécierais de dormir dans un vrai lit pour une fois. Et puis, je ne savais pas quand on pourrait aller voir le bateau. Je viens seulement de récupérer les clés au poste de police. T'es passé sur le quai pour voir ?

— Non, ça ne fait pas une heure que je suis là, dit Rogan. Et toi, tu as pu faire tout ce que tu voulais faire ?

Au téléphone, Granger lui avait dit qu'il aurait pas mal de choses à régler mais qu'il serait à l'heure pour le dîner.

— C'est précisément ce dont je voulais te parler, dit Granger avec sérieux. Je viens de vérifier le testament de papa.

Granger n'oubliait jamais l'aspect légal. Il fallait bien que quelqu'un s'y colle, après tout.

— Ah bon ? Il avait fait un testament ?

Etonnant de la part de Barney.

— Oh, il y a des années de ça ! C'est moi qui l'avais convaincu d'aller voir l'un de mes collègues. La police voulait jeter un coup d'œil dessus avant de restituer la clé.

Granger s'arrêta une seconde.

— Toi et moi, on possède la moitié du *Sea-Rogue* et de tout ce qu'il y a dedans.

— La moitié… chacun ?

— Non, la moitié pour nous deux. Le reste, c'est pour Taff.

— C'est plutôt logique, concéda Rogan.

Taff McIndoe avait été le second de Barney et son associé en aventures maritimes pendant plus de vingt ans.

— Oui, mais il est aussi stipulé que si Taff meurt le premier, alors sa part revient de droit à ses descendants.

— Taff n'est pas marié et, surtout, il est toujours là, lui !

— Il est mort il y a deux mois. C'est la police qui me l'a appris, quand ils m'ont téléphoné pour papa.

Rogan laissa retomber son verre de bière sur la table.

— Taff est mort ?

Cette série de morts prématurées était insensée.

— Mais de quoi ? Comment ?

— Cirrhose. Papa et lui se trouvaient quelque part au milieu du Pacifique quand le mal s'est déclaré. Le temps que papa rejoigne Rarotonga pour le faire hospitaliser, il était trop tard.

Alors que Rogan encaissait tout juste la nouvelle, Granger reprit :

— Tu sais, avec tout l'alcool qu'ils s'enfilaient tous les deux, ils ont eu bien de la chance de vivre aussi longtemps.

— Papa ne buvait jamais quand il naviguait.

— Mais il se rattrapait dès qu'il était à terre. D'après le médecin légiste, il avait assez d'alcool dans le sang pour faire couler un bateau.

— Quoi ? s'écria Rogan. Ils l'ont charcuté ?

— C'est la procédure pour les morts inexpliquées. Surtout qu'il s'était bagarré juste avant.

— Tu ne m'avais pas parlé de ça !

— Je ne voulais pas que tu gamberges pendant ton voyage jusqu'ici. Apparemment, la police va lancer des poursuites pour homicide involontaire.

Rogan s'accrocha fermement à son verre.

— Mais contre qui ?

— Pour l'instant personne, répondit Granger en haussant les épaules. La police fait des recherches mais ils n'ont pas de témoins. Papa a été retrouvé dans une ruelle, à quelques pas d'ici. Il est mort tôt dans la matinée du dimanche, d'une crise cardiaque, et non pas des coups qu'il avait reçus.

— Il avait reçu des coups. Ils devaient être plusieurs contre lui.

Barney Broderick était un grand gaillard, endurci par des années de vie au grand air du large.

— Papa n'était plus tout jeune non plus, lui rappela Granger. Et ce soir-là, il tenait à peine sur ses jambes tellement il avait bu.

— Il t'avait dit, à toi, qu'il avait des problèmes cardiaques ?

— Comment veux-tu ! Il partait du principe qu'il n'était jamais malade et ne déclarait rien de moins qu'une santé de fer au pauvre docteur qui croisait sa route ! Il aurait eu des problèmes de cœur qu'il ne s'en serait même pas aperçu.

Pour Rogan, il n'y avait plus qu'à espérer que les choses s'étaient bien produites ainsi. Et que Barney ne s'était pas douté que son cœur allait lâcher quand son ou plutôt *ses* agresseurs l'avaient laissé seul, blessé, au fond d'une impasse obscure.

Rogan serra les dents, envahi par une rage de vengeance.

— Il n'a probablement pas eu le temps de souffrir, lui assura Granger. Il est parti comme il le voulait : discrètement.

Rogan avala le reste de sa bière, espérant chasser ainsi un accès de remords totalement illogique. Il n'y était pour rien si son père avait choisi de vivre loin des siens, jusqu'à cette mort aux allures d'abandon. Lui et Granger ne lui devaient pas grand-chose en dehors des gènes qu'il leur avait légués. D'ailleurs, les parts n'étaient pas égales : Rogan avait été plus gâté de ce côté-là.

Il fit signe au serveur de lui apporter une autre bière.

— Alors, est-ce que Taff a des descendants ?

— Une bonne douzaine, j'imagine, répondit Granger avec un sourire narquois. Eparpillés un peu partout dans le Pacifique, mais il n'en a reconnu aucun.

Le serveur apporta un nouveau verre de bière. Quand il fut reparti, Rogan lança un regard interrogateur à son frère.

— Tu crois que le vieux a fait d'autres enfants que nous ?

— J'espère que non. En tout cas, il n'en mentionne pas d'autres dans son testament.

Leurs plats arrivèrent. Sans attendre, Rogan attrapa ses couverts : du vrai porc de pays, avec des légumes grillés… Il se jeta sur son assiette comme un naufragé après des jours de jeûne.

Il avait laissé Granger se débrouiller tout seul avec la succession et les démarches administratives. Normal. Après plusieurs années à jouer les avocats d'affaires pour une grosse firme, Granger venait d'ouvrir son propre cabinet à Auckland.

La seule idée de passer toutes ses journées enfermé dans un bureau, même luxueux, rendait Rogan nerveux. Granger, lui, y trouvait son compte.

Pendant que Granger remplissait de nouveau son verre, Rogan jeta un coup d'œil à Miss Regard Océan. Chaque bouchée qu'elle prenait entre ses lèvres soyeuses éveillait en Rogan des sensations délicieuses. Comme il aurait aimé qu'elle le dévore ! Connaître la douceur et la chaleur de ses lèvres ! Et lui rendre au centuple tous les plaisirs qu'elle lui procurerait.

Elle attrapa son verre de vin et en but une gorgée. Elle avait un cou magnifique et Rogan se vit déjà déposant, sur la peau fine, un baiser tendre et passionné.

Assailli par son trop-plein de désir, il lança un regard envieux en direction de l'homme qui recevait l'attention et les sourires de Miss Regard Océan.

Décidément, il avait été trop longtemps privé de la compagnie des femmes. Un peu honteux, il ramena son attention sur son assiette et reprit le cours du repas avec une vigueur peu commune. Le porc et la sauce étaient délicieux, et Rogan comptait bien aller jusqu'au bout de sa faim, à défaut de rassasier son *autre* appétit, moins facile à satisfaire.

Il fut conscient du départ de Miss Regard Océan, mais ne se retourna plus. Granger en était à parler de l'organisation des funérailles, et Rogan n'avait plus le cœur à être diverti.

— Il a demandé que ses cendres soient jetées à la mer depuis le *Sea-Rogue*, dit Granger.

— C'est à quelle heure demain ?

— 11 heures. Certains de ses compagnons de bistrot se sont proposés pour porter le cercueil.

Rogan fit la moue.

— Tu crois qu'ils sauront se tenir ? J'imagine que tu as prévu une collation, après la cérémonie ?

— J'étais bien obligé. Le patron d'ici nous fait un prix si on se rassemble dans le salon privé.

Pauvre patron ! Il ne devait pas avoir envie d'imposer à sa clientèle normale la compagnie des amis de Barney Broderick. Ce dernier avait beau avoir passé le plus clair de son temps sur les flots, il avait pas mal de connaissances à Mokohina.

Mokohina, petit port à flanc de colline, se trouvait au fond d'une baie profonde, qui ne comptait que quelques plages de galets. Longtemps l'on n'y avait vu que des maisons modestes, construites par des familles de colons ou des marins à la retraite, et quelques bungalows de vacances çà et là. Puis, des investisseurs en quête d'escales pour les yachts de croisière avaient trouvé le lieu idéal ; et depuis ces dix dernières années, on assistait à un changement de décor. Désormais, il y avait presque autant de villas contemporaines que de maisons d'origine.

Sur la route en lacet, on avait construit de belles bâtisses avec vue imprenable sur la baie pour appâter les gens de la ville. De nouveaux commerces s'étaient établis pour offrir aux touristes de quoi dépenser leur argent, laissant peu de visibilité aux anciennes boutiques qui avaient servi à l'approvisionnement des habitants pendant plusieurs décennies. Deux hôtels et tout un parc de bungalows, gîtes et chambres chez l'habitant permettaient d'accueillir la foule estivale. Sur le front de mer, plusieurs cafés branchés avaient ouvert ; néanmoins, les habitués, comme Barney, restaient fidèles à l'Impérial, une vieille construction coloniale à deux étages, qui sous la pression du changement ambiant avait été rénovée et agrémentée d'une terrasse de bois exotique au premier étage.

Les nouveaux propriétaires avaient sagement choisi de ne pas toucher au bar, et de conserver le décor authentique dans lequel des générations de marins et de pêcheurs s'étaient retrouvées. Détail important : le bar était à deux pas du vieux port, là où le *Sea-Rogue* mouillait, ce qui simplifiait les retours à bord, surtout quand les pas se faisaient chancelants.

Granger souleva la bouteille de vin pour en proposer à Rogan mais celui-ci refusa. Il avait déjà bu du whisky et de la bière. Il préférait ne pas ajouter au mélange. Il regarda son frère vider le pichet dans son verre puis avaler le tout dans la foulée. Granger ne dépassait jamais ses limites avec l'alcool et quand ils sortirent du restaurant, Rogan put vérifier, à sa démarche, que son frère tenait bien le vin.

Dans l'entrée, ils s'arrêtèrent devant le pilier de bois travaillé, situé au pied de l'escalier. Il était trop tôt pour aller se coucher et la température ne s'était pas encore rafraîchie.

— Je ferais bien un petit tour, fit Rogan.

— Bonne idée.

Dehors, ils avancèrent sans échanger un mot en direction du bord de mer. Rogan baissa la tête pour éviter les branches fleuries d'un banian, puis s'écarta car un canot était posé, pointe en haut, contre le tronc.

Après la bande de sable, il y avait un petit mur en granit contre lequel les vagues venaient se casser. Plusieurs yachts mouillaient dans la baie, leur mouvement suivant celui des vagues. Leurs silhouettes élancées se dessinaient dans la nuit sous une lune d'argent qui illuminait la surface de l'eau.

Les deux hommes savaient où ils allaient.

Ils laissèrent derrière eux les boutiques de souvenirs et les cafés branchés, et longèrent les hangars à bateaux et les coopératives maritimes. Là, les réverbères se faisaient rares et les pontons, fatigués par les éléments, accueillaient des bateaux de pêche qui n'avaient rien à voir avec les gracieux yachts. S'enfonçant toujours plus loin dans l'obscurité, ils passèrent devant le garage à bateaux, puis devant le magasin de marée d'où s'échappait une forte odeur de poisson. Enfin, ils arrivèrent en vue du *Sea-Rogue* qui mouillait à l'écart, arborant fièrement deux mâts nus, qui s'élevaient dans le ciel étoilé.

Après une légère hésitation, Rogan mit le pied sur le pont du bateau. Granger lui emboîta le pas. Le ketch se déplaça et la coque protégée par des pneus suspendus alla cogner, dans un bruit étouffé, contre le ponton. Rogan, à l'arrière du bateau, enfourcha le bastingage arrière et tâtonna le long de la lisse jusqu'à ce qu'il trouve ce qu'il cherchait : les lettres gravées dans le bois.

— Toujours là ? fit Granger qui s'était rapproché de lui.

— Ouais !

Granger avait douze ans, Rogan onze, quand ils avaient gravé leurs noms au canif. Ils s'étaient préparés à une réprimande terrible de la part de leur père quand celui-ci avait découvert le méfait. Mais à leur grande surprise, il avait éclaté de rire et salué leur prise de risque par de grandes claques viriles dans le dos.

Un cordage desserré frappa contre le petit mât de l'arrière. Rogan releva la tête vers les voiles roulées. Dans un flash, il se revit, la première fois qu'il avait eu le droit d'aider à les dérouler. Ce jour-là, le vent faisait claquer la toile, et le bateau avançait à vive allure. Les yeux piquants, le visage mouillé par les embruns, Rogan s'était acquitté de sa tâche avec une fierté qu'il n'était pas près d'oublier.

C'était à ce moment précis qu'il était tombé amoureux de la mer. Une passion qui ne l'avait jamais quitté depuis. La seule chose qu'il préférait à la navigation, c'était l'exploration de l'immense monde sous-marin. Entre deux contrats de plongée, il lui arrivait de convoyer un yacht avec un copain, ce qui lui permettait au passage de découvrir de nouveaux sites. Parfois, il préférait aller se reposer sur une petite île du Pacifique, où il participait avec d'autres professionnels à l'encadrement dans une école de plongée.

— Tu veux voir l'intérieur ? demanda Granger.

— Tu penses !

Le lendemain, dans la chambre mortuaire, ils se recueilleraient devant le corps de leur père, avant de le transporter dans la chapelle des marins — un lieu qu'il avait toujours soigneusement évité de son vivant. Mais l'esprit de Barney se trouvait sur le *Sea-Rogue*, et c'était là, à cet instant, que les deux frères faisaient leur véritable adieu à leur père.

Granger se glissa dans le poste de pilotage, d'où le grand mât s'élevait à quelques mètres devant la barre. Il sortit de sa poche une clé pour ouvrir le battant de bois qui menait, par un petit escalier, dans l'obscurité de la cabine principale.

Rogan le suivit.

— Est-ce que tu es monté à bord depuis la mort…

— Non.

Granger actionna un interrupteur, sans effet. Visiblement, Barney n'avait pas relié le bateau à la prise du ponton.

— Attends, fit Granger qui se mit à tâtonner sous les marches de bois.

Une flamme apparut et, quelques secondes plus tard, il allumait la lampe à pétrole qui pendait sur la cloison de tribord, révélant l'intérieur de bois d'acajou verni. Dans l'un des rares espaces libres de la cloison, un masque philippin adressait un sourire méchant aux visiteurs du soir.

— C'est comme avant, remarqua Granger.

Le tapis tissé en feuilles de palmier semblait nouveau. Ce détail mis à part, tout était exactement comme dans le souvenir de Rogan.

Autour de la table, il y avait les mêmes sièges en L, pouvant servir de couchettes de dépannage, avec leurs housses orange usées et décolorées. Devant le bureau du capitaine, sur des étagères agrémentées d'un rail doré, s'alignaient quantité d'objets, allant de l'appareil de navigation aux cartes marines mal repliées, en passant par les coquillages rares et les livres de bord effeuillés.

Dans la partie office, un tiroir à couverts était à demi ouvert, de même qu'un battant de placard.

— La police est venue faire une perquisition ici, expliqua Granger. Pour récolter des empreintes ou un agenda qui pourraient les orienter sur une piste.

Il décrocha la lampe à pétrole puis s'avança dans l'office. A l'entrée de la coursive, il s'arrêta, intrigué par une porte de cabine ouverte. C'était la cabine de Taff. Elle était intacte. Avec les posters du *National Geographic* épinglés au-dessus de sa couchette, la casquette de base-ball accrochée au mur, le sac de couchage roulé au bout du matelas, on aurait dit qu'il venait tout juste de quitter sa cabine.

Ils continuèrent vers la cabine que Barney s'amusait à appeler « le carré du maître ». Un sanctuaire pour lui. Le bureau encastré dans la boiserie intérieure était encombré de dizaines de volumes d'instructions nautiques, et le fauteuil de bois, fixé au sol, se trouvait tourné vers la porte. Rogan eut l'impression que s'il mettait la main sur le coussin aplati du fauteuil, il le trouverait encore chaud.

Une carte marine du Pacifique était déroulée sur le bureau, tenue aux extrémités par des annuaires des marées.

Sur la couchette soigneusement recouverte, une pile de linge propre attendait d'être rangée.

Rogan suivit Granger à l'intérieur du carré. Ce dernier, levant la lampe, se retourna vers le bureau. Le portrait de leur mère était toujours là, suspendu au-dessus d'une étagère de livres, de manière à ce que Barney puisse s'endormir après lui avoir jeté un dernier regard.

Rogan ravala sa salive, puis, après une hésitation, revint sur ses pas, dans l'office.

Granger le rejoignit.

— On a fait le tour, dit-il d'une voix monocorde.

Il raccrocha la lampe à son support et tourna la vis jusqu'à ce que la flamme soit éteinte.

Dans le noir, Rogan, s'aidant de la rampe, remonta sur le pont. Dehors, l'air du port, mélange salé d'effluves de poisson et d'odeurs de diesel, le saisit.

— Il n'a pas mérité de finir ainsi, observa Rogan, amer.

Comme une vieille épave, abandonnée dans la nuit froide.

— C'est sûr. Personne ne mérite une mort pareille.

Rogan serra les poings, tentant de contenir la violence de la colère qui montait en lui. Il ne savait pas qui était responsable de la mort de son père. Mais une chose était sûre : quand il l'apprendrait, il ne resterait pas les bras croisés. Qu'il y ait un ou plusieurs agresseurs ne changerait pas la donne : il saurait leur faire regretter chacun des coups que son père avait reçus.

2

Camille ne savait pas quelle tenue choisir pour aller à l'enterrement de cet homme qu'elle n'avait pas connu.

La seule robe qu'elle avait emportée — un modèle léger, infroissable, qu'elle pouvait mettre à tout moment de la journée — avait été parfaite la veille, pour ce dîner avec James Drummond ; mais elle ne convenait pas pour des funérailles à l'église, même avec un cardigan pour couvrir ses épaules.

Plus tard, quand elle entra dans la chapelle des marins, elle fut contente d'avoir opté pour une tenue plus couverte : un pantalon en toile beige foncé, et une chemise claire.

Les costumes sombres étaient de sortie et, à voir leurs propriétaires mal affublés, certains modèles avaient dû voir défiler plusieurs modes. Camille aperçut, debout au premier rang, deux hommes qui portaient des complets anthracite d'une grande classe.

Le service se déroula simplement, sans rallonge inutile. Au milieu de la cérémonie, le pasteur s'interrompit, et l'un des deux hommes en gris s'avança jusqu'au pupitre. Camille le reconnut tout de suite. C'était lui qui dînait la veille au soir avec cet inconnu aux allures de pirate.

Elle jeta aussitôt un coup d'œil sur le deuxième homme.

Il avait dû passer chez le coiffeur, mais elle reconnut sa silhouette et son port de tête assuré. Pendant une seconde, elle s'attendit presque à ce qu'il se retourne et lui décoche un clin d'œil coquin.

Mais, bien sûr, il n'en fit rien. C'était son père qu'il enterrait et au pupitre, s'apprêtant à prendre la parole, ce devait être son frère…

Camille ne suivit pas vraiment l'éloge funèbre, car, très vite, certains des mots prononcés par l'orateur eurent un écho particulier dans ses pensées. Leur père avait été un « aventurier », « invincible » et « têtu ». Mais l'avaient-ils seulement connu ? Avaient-ils, comme elle, souffert de ne pas avoir un père qui rentre du bureau tous les soirs, et entame la même routine : journal, télé, dodo. Elle ravala sa salive, assaillie par une sorte de tristesse familière. Ou était-ce de la colère ?

L'homme resté au premier rang baissa la tête quelques secondes avant de se redresser, les épaules tendues.

Il ne bougea pas quand le pasteur invita les membres de l'assemblée à dire quelques mots sur le défunt. Mais d'autres hommes témoignèrent. « Old Barney » avait toujours été un ami loyal et un excellent marin, avec ça. Un gentleman de la mer, sur qui on pouvait compter.

Pour compléter ce tableau plein de bons sentiments, un vieux marin raconta deux anecdotes, un peu trop détaillées, qui provoquèrent des larmes de rire chez ses camarades.

Les deux fils, qui aidaient à porter le cercueil, ne montraient aucun signe d'émotion. Dehors, après que le coffre du corbillard fut fermé, ils se placèrent l'un à côté de l'autre pour recevoir condoléances et poignées de main.

Camille se mit en retrait, attendant qu'il y ait moins de monde. Mais comme les amis du défunt n'en finissaient pas de défiler, elle décida de s'éclipser discrètement. Ce fut un coup d'œil du frère pirate qui la fit changer d'avis. Un coup d'œil rapide, lancé au-dessus de l'épaule du vieil homme qui lui serrait la main. Elle comprit aussitôt qu'il l'avait reconnue.

Après avoir glissé deux mots à l'oreille de son interlocuteur, il entra dans la cohue et, tout en répondant çà et là aux salutations présentées, se fraya un chemin jusqu'à Camille. Quand il fut devant elle, la surprise la fit tressaillir.

— Mais qui êtes-vous ? demanda-t-il, fronçant les sourcils.

— Je m'appelle Camille Hartley. Je suis désolée pour votre père, monsieur Broderick.

— Rogan. Vous connaissiez mon père ?

— Pas vraiment. Hier, j'étais censée avoir rendez-vous avec lui dans cette ville. Mais quand je suis arrivée, on m'a appris la triste nouvelle. Je suis désolée, répéta-t-elle.

— Pour quelle raison vouliez-vous le voir ?

— C'est lui qui voulait me voir. Pour parler de mon père.

— Votre père ?

— Oui, Thomas McIndoe.

Pendant une seconde, il fut sans réaction. Puis il ouvrit de grands yeux.

— Taff ? Votre père, c'était Taff ?

— Oui, dit-elle sèchement.

— Alors, finalement, le bon vieux Taff a des enfants !

— Il n'y a que moi.

Il y eut un mouvement dans la cohue à côté d'eux et le frère apparut.

— On peut partir pour le crématorium ? demanda-t-il discrètement à Rogan.

Dans l'encart du journal, il était signalé que l'incinération se déroulerait dans l'intimité.

— Je vais dire à tout le monde qu'on les rejoint à l'Impérial.

Il salua Camille d'un bref hochement de tête, mais Rogan l'arrêta.

— Attends, Granger. Que je te présente la fille de Taff.

Granger regarda son frère bouche bée, puis se tourna vers Camille, et de nouveau vers son frère.

— Tu plaisantes !

— Pas du tout.

Un peu vexée par cette mise en doute implicite, elle tendit nerveusement sa main à Granger.

— Je suis Camille Hartley, dit-elle promptement. Toutes mes condoléances.

Granger répondit à la poignée de main avec douceur.

— Hartley ? dit-il. J'en déduis que vous êtes mariée ?

— Non, je porte le nom de ma mère.

Les deux frères échangèrent un coup d'œil qui énerva Camille. Elle avait l'impression d'être mise à l'écart d'une bonne blague.

Granger se rattrapa avec un regard plein de compassion.

— Vous êtes au courant pour votre père ? Vous savez…

— Qu'il est mort ? Oui, je sais.

— C'est donc à notre tour de vous présenter toutes nos condoléances.

— Merci, mais vous savez, je le connaissais à peine.

Une femme d'âge mûr, à la chevelure rousse foisonnante, accosta Granger.

— Désolée de vous interrompre, dit-elle. Je voulais seulement vous dire que votre père avait un cœur d'or, malgré ses manières d'ours. Je ne vais pas pouvoir aller à la réunion entre amis à l'Impérial. Mais j'aurais aimé vous dire quelques mots sur votre père. Combien de temps allez-vous rester en ville ?

— Encore deux ou trois jours, répondit Rogan.

— Bien, répondit la femme avant de disparaître.

Granger redirigea son regard sur Camille.

— Serez-vous des nôtres à l'Impérial ?

— A vrai dire, je n'avais pas l'intention d'y aller.

Rogan intervint.

— C'est bien à l'Impérial que vous séjournez ?

— Oui mais…

— Il faut qu'on vous parle, coupa-t-il. Hein, Granger ?

Granger acquiesça d'un air peu convaincu.

— Ça serait mieux, dit-il en tournant la tête vers le corbillard, devant lequel un chauffeur en costume montrait des signes d'impatience.

— Vous allez bien rester un peu à Mokohina, non ? reprit Rogan.

Elle hésita.

— J'imagine, oui.

— Alors à plus tard…

Camille ne lui répondit pas, mais il se retourna encore vers elle et lui lança un regard appuyé. Manifestement, il avait envie qu'elle reste.

A l'Impérial, leur réunion se déroulait dans une bonne humeur qui aurait fait plaisir à Barney. La bière coulait à flots, les anecdotes aussi, et Rogan ne comptait plus les clins d'œil et les accolades, encore moins les invitations à porter un toast.

— Est-ce qu'il vous avait parlé de sa trouvaille ? murmura, à l'oreille de Rogan, un vieux barbu aux joues roses.

— Quelle trouvaille ?

Rogan fit un pas en arrière pour mieux voir son interlocuteur mais celui-ci se rapprocha encore.

— Vous n'êtes pas au courant ? reprit l'inconnu aux yeux injectés de sang.

— Non. De quoi ?

Le vieil homme avait sans doute trop bu. Il se redressa, lançant un regard de défiance autour de lui, mais il ne tint pas longtemps la position verticale. Après un vacillement, il s'agrippa au bras de Rogan et reprit au creux de son oreille :

— On s'est réunis pour faire nos adieux à Taff, la nuit où vot' père… enfin, la nuit où il est parti. Pauv' Taff, dit-il en secouant la tête l'air navré. Barney, il disait que Taff était passé à deux doigts de la fortune.

Pas étonnant de la part de Barney. Il s'était toujours dit qu'il finirait bien un jour par découvrir un trésor englouti.

Le barbu se rapprocha de plus belle, dégageant une haleine de bière et de tabac froid.

— D'après ce que j'ai compris, Barney et Taff avaient mis la main sur quelque chose.

Rogan cherchait des yeux un moyen d'échapper à cette rencontre peu agréable.

— J'imagine qu'il est mort en paix, conclut-il.

— Ah ça, c'est une autre histoire !

Il pointa son gros index sur son cœur.

— Crise cardiaque qu'ils ont dit, hein ? Mais qu'est-ce qui a déclenché ça ? A ce qu'il paraît, quelqu'un lui serait tombé dessus… Barney, il avait pas d'ennemi.

— Oui, mais ce n'était pas non plus la première fois qu'il se trouvait dans une bagarre…

Rogan s'arrêta à temps. Il allait dire *bagarre d'ivrognes.* Apparemment, pour ses amis, Barney était en voie de devenir un saint. Un retournement de situation qui ne s'expliquait que par sa mort brutale. En réalité, son goût pour la bagarre lui avait valu bien des déboires avec la police, dans plusieurs ports du Pacifique.

— Peut-être bien, mais ça faisait des années que ça ne lui était pas arrivé. Normal ! C'était plus de son âge !

Vrai, peut-être, mais Barney venait de faire ses adieux à son compagnon de route, ce marin avec qui il avait passé tant de temps durant ces dernières années, (et certainement plus de temps qu'avec sa femme ou ses fils), et cela ne l'avait pas empêché d'abuser de l'alcool.

— J'imagine qu'il avait envie d'exercice, ce soir-là.

La barbe blanche se redressa d'un coup.

— Ou qu'un sale lascar l'a détroussé, je dirais moi ! Toute

la nuit, il avait gardé la main sur sa poche intérieure comme s'il gardait quelque chose de précieux dedans.

— Vous pensez que son agresseur était présent au pot en hommage à Taff ?

L'homme prit l'air choqué, puis fronça les sourcils.

— J'en sais rien. Dans le bar, y avait pas que nous. C'était pas une réunion privée, toute gentille, comme aujourd'hui.

Rogan lança un regard sur la foule pour voir si le qualificatif de *toute gentille* convenait à ce qu'il voyait. Les verres s'entrechoquaient dans des éclats de rire bruyants, la bière coulait sur le sol dans l'indifférence générale, et, au bar, une rangée de vieux camarades, accrochés au zinc par peur de s'effondrer, avaient entamé, dans la discordance la plus totale, une chanson paillarde du coin.

Rogan resta impassible. Il était clair que le patron savait ce qu'il faisait en leur proposant d'organiser la réunion dans le bar annexe. Lui qui avait déjà connu la fête en hommage à Taff dans le bar de l'hôtel savait à quoi s'en tenir avec des gaillards de cette trempe.

— Webby ! Vieille fripouille !

Un grand costaud interpellait le barbu, avec l'insolence de sa jeunesse relative.

— Allez, fais pas la fine bouche, va. Tends-moi ton verre !

Le costaud, improvisé serveur, versa sans ménagement de la bière dans la pinte du barbu, puis il interpella Rogan :

— Et toi, Rogue ?

Rogan fit non de la tête. L'odeur de tabac et de bière, ajoutée au brouhaha ambiant, le mettait déjà très mal à l'aise. Il avait l'impression de ne plus faire partie de ce moment ; d'être totalement étranger à cette ambiance démesurée.

Webby prit à partie le grand costaud.

— Hé, toi, tu te souviens de Barney le soir où on a fait la

petite fête pour Taff ? Hein, Poupon ? Tu te souviens qu'il était tout remonté contre je ne sais pas quoi.

Poupon ? Rogan examina avec curiosité le nouvel arrivant.

— Oh, tu sais, il était bien un peu remonté contre tout, Barney. Les docteurs, Taff, pour l'avoir laissé tout seul, le gouvernement, les douanes…

— Mais à toi, il n'a pas dit qu'il allait enfin devenir riche ?

— Certainement. Comme chaque fois !

— Oui, mais cette nuit-là…

Rogan s'écarta discrètement, laissant les deux compères se disputer entre eux. Granger, qui le cherchait des yeux, l'aperçut enfin et arriva devant lui.

— Tu crois que mon départ serait remarqué ? J'ai l'impression que ça va durer toute la journée.

— Et toute la nuit, corrigea Rogan. Moi, en tout cas, j'en ai marre. A mon avis, personne ne s'apercevra de notre départ.

Granger eut l'air surpris. Puis, hochant la tête, il dit :

— C'est vrai que la gent féminine est sous-représentée ici.

Rogan feignit de prendre l'air offensé. Certes, il aimait la compagnie des femmes, quand c'était possible. Ce qui, avec son métier, n'était pas très fréquent. Sans compter que, dans certains des pays qu'il fréquentait pour son travail, un simple regard un peu insistant était passible d'une peine de prison. Ou pire. Et il valait mieux ne pas imaginer ce qui arriverait à la femme qui serait tentée de répondre aux avances de l'homme.

Alors quand il se retrouvait dans un pays libre, où ce qu'un homme et une femme peuvent faire ensemble de leur plein gré ne regarde qu'eux et personne d'autre, il en profitait, pour rentabiliser ses séjours toujours trop courts.

Il aimait les femmes. Leur corps souple, aux courbes sinueuses, leur peau si fine, si délicate et leurs cheveux de soie, qu'elles les coiffent en chignon, en natte ou les laissent libres. Et cette manière de bouger, ce mouvement de hanches si particulier dans leur démarche…

Ce qu'il appréciait aussi chez elles, c'était qu'elles rendent à un homme son amour en multipliant les gestes d'affection. Une caresse dans les cheveux, une main posée sur un bras ; et surtout, leur regard. Illuminé, ardent.

Il était particulièrement sensible à leurs voix et à leurs rires. Celle-ci avec une voix légère et aiguë, cette autre avec une voix basse plus sensuelle. Toutes étaient passionnées par différentes sortes de sujets comme les enfants, le travail, la nature. Et chacune avait une manière bien à elle d'écouter l'autre. Rogan aimait parler aux femmes car elles n'étaient pas avares de l'attention qu'elles lui accordaient.

La mère de Rogan était un bel exemple de femme qui savait écouter, comprendre et conseiller. Plus d'une fois, avec elle, et avec d'autres aussi, Rogan avait eu l'impression que les femmes, quel que soit leur âge, étaient en avance sur les hommes ; qu'elles avaient compris des choses que les hommes étaient encore loin d'imaginer.

Oui, vraiment, il aimait passer du temps avec les femmes. Mais juste ce qu'il fallait.

Boire un verre ou deux, en compagnie d'une belle femme, dans un bar confortable pouvait être aussi agréable qu'une rapide partie de jambes en l'air. Non pas qu'il soit contre la deuxième option, tout au contraire…

Et Miss Regard Océan, était-elle dans les parages ?

Camille, se corrigea-t-il. Un joli nom, Camille. Et qui lui allait bien, en plus.

Ce ne fut pas facile de s'échapper de la petite sauterie — le terme convenait mieux, désormais —, et il fallut encore perdre une heure dans cette ambiance irrespirable avant qu'ils puissent prendre la poudre d'escampette. Dehors, Rogan inspira longuement l'air frais.

— Allons nous dégourdir les jambes, dit Granger.

Ils avancèrent sans but précis, à part celui de mettre une distance entre eux et les réjouissances à l'Impérial. Au bout de la rue de l'hôtel, ils prirent un chemin montant, et firent une longue pause à flanc de colline pour admirer la vue. Enfin, ils redescendirent sans se presser, en direction du centre-ville.

Rogan raconta à Granger sa rencontre avec le dénommé Webby.

— Qu'est-ce que tu penses ? Tu crois que papa aurait pu trouver quelque chose ?

Granger grogna.

— Si toutes ses histoires de trésors qu'il était sur le point de trouver s'étaient révélées vraies, mon vieux, on serait millionnaires à l'heure qu'il est.

C'était vrai. Mais il n'avait jamais menti réellement. Il avait juste une certaine tendance à enjoliver ses anecdotes.

Granger ralentit le pas une seconde.

— Qu'est-ce qu'il y a ? demanda Rogan.

— Rien, soupira Granger d'un air renfrogné. C'est ici, dans ce passage, qu'il est…

Mort. Rogan s'arrêta et se retourna. Cette ruelle, qui serpentait entre les vieilles maisons, permettait de raccourcir le chemin entre le *Sea-Rogue* et l'Impérial.

— Viens me montrer.

Granger s'arrêta à son tour.

— Tu sais, y a rien à voir.

— Où exactement l'a-t-on retrouvé ?

Granger lança un regard pénétrant à son frère, comme pour jauger sa motivation. Rogan avait la mâchoire crispée.

— D'accord, je vais te montrer.

C'était une ruelle de service, à l'arrière de plusieurs commerces. Contre les façades, il y avait des sacs et des cartons débordants de détritus, qui dégageaient une odeur envahissante de poissons en décomposition et de fruits pourris. Seules les mouches se réjouissaient du décor, dont elles savaient profiter, au vu de leur taille.

— Là.

Granger s'arrêta devant une double porte à la peinture écaillée. Sur la façade, une pancarte défraîchie annonçait : « Tench &Whiteburn, Fabricants de voiles depuis 1899 ». De chaque côté des battants de porte, on pouvait voir des piles de morceaux de toiles délaissés, avec des bouts de cordages moisis qui dépassaient. L'air était irrespirable. En dehors des mouches et de quelques brins d'herbe qui surgissaient dans les craquelures du macadam, il n'y avait pas trace de vie.

— Je te l'avais bien dit, grogna Granger. Y a rien à voir.

Une camionnette, engagée dans l'étroite ruelle, ralentit en passant à leur hauteur, leur laissant ainsi le temps de se plaquer contre le mur.

Rogan qui sentait sa gorge se serrer fit demi-tour.

— Rentrons, dit-il d'une voix altérée, alors qu'il avait déjà commencé à rebrousser chemin en direction de l'hôtel. Je voudrais me débarrasser de ce costume.

Il ôta la veste qui lui tenait trop chaud, et la bascula sur son épaule. Avec sa main libre, il fit coulisser sa cravate, l'enleva et la fourra dans sa poche de pantalon.

— Dis donc, c'est mon deuxième meilleur costume, remarqua Granger. Tu pourrais y faire plus attention.

Rogan râla.

— Je ne sais pas comment tu supportes d'être en costume toute la journée.

— C'est peut-être que tu as plus de carrure que moi, dit Granger en agrippant une épaule de Rogan. Avec tout l'effort sportif que tu produis dans ton métier de macho !

Rogan ne prit pas la peine de répondre. Il avait besoin d'un verre. Tant pis s'il avait déjà bu plusieurs bières. Cette fois, il prendrait un whisky sec. De l'alcool brut sans fioritures, qui brûle la gorge quand on l'avale.

Quand ils arrivèrent à l'hôtel, ils vérifièrent que la voie était libre avant d'entrer dans le hall.

Rogan se dirigea droit dans le couloir indiquant « Réserve », et, ignorant la réaction de surprise de son frère, lança :

— Je suis chez toi dans un quart d'heure.

Quand il frappa à la porte de son frère, moins d'un quart d'heure plus tard, il se sentait déjà beaucoup mieux. La bouteille de Black Watch qu'il avait trouvée lui redonnait de la civilité.

— Tiens, dit-il tendant les vêtements empruntés à son frère. Je te remercie.

Granger prit le costume et la cravate et, tout en se dirigeant vers l'armoire, lui fit signe d'entrer.

— Elle est toujours là, dit Rogan.

— Qui ça ? Ah, oui. La demoiselle McIndoe. Tu l'as vue ?

— Non, mais j'ai demandé à la réception.

Il avait été presque surpris de la réponse. Elle avait paru si incertaine devant la chapelle…

— Tu crois qu'on devrait aller discuter avec elle, avant de faire quoi que ce soit ? reprit Rogan. Et au fait, son nom, c'est Camille Hartley.

— Oui, c'est la fille non reconnue de Taff.

— Ça, il n'y est pour rien.

— Je ne critique pas, dit Granger qui, après avoir accroché les vêtements, refermait la porte de l'armoire. Mais les faits sont les faits.

— Est-ce que tu veux dire par là qu'elle ne va pas hériter de la moitié du *Sea-Rogue* ?

— Les enfants illégitimes ont des droits. Je ne suis pas spécialiste, mais à mon avis, elle doit pouvoir prétendre à quelque chose. Ne serait-ce que du point de vue moral. Est-ce que tu as demandé dans quelle chambre elle était ?

Rogan secoua la tête.

— Sans succès. Ils ont refusé de me répondre. Ton costume ne m'a même pas aidé.

— Tu ne le portais qu'à moitié, fit remarquer Granger qui, déjà, décrochait le téléphone de sa chambre.

Il avait pour sa part enlevé sa veste, mais portait toujours la chemise et la cravate.

Il demanda à la réception de le mettre en ligne avec Mlle Hartley. Après un échange court, il raccrocha, visiblement content de lui.

— Elle nous retrouve dans le salon dans cinq minutes.

Quelle qu'en fût la raison, Rogan se sentit à ce moment-là étonnamment plus léger qu'il ne l'avait été de toute la journée.

Le salon n'avait pas l'air d'un endroit souvent fréquenté. C'était une véranda d'un style un peu rococo, avec de grands rideaux en dentelle blanche qui tombaient en vagues successives sur chaque porte-fenêtre. Lorsque les deux frères passèrent la porte, Camille était déjà installée à une table basse dans un fauteuil en rotin. Rogan regarda ses jambes croisées sur le côté, et en voulut aussitôt au pantalon vert qui les cachait. « Quel gâchis », se dit-il, se souvenant des jambes tout en finesse qu'il avait eu le loisir d'admirer la veille.

Elle prit acte de l'arrivée de Granger mais attarda son regard sur Rogan. Etrangement, elle semblait nerveuse, et plus la distance entre elle et eux se réduisait, plus elle ouvrait de grands yeux inquiets.

« Bon, d'accord, je suis pas un super beau mec, se dit Rogan. Mais d'habitude, elles n'ont pas l'air intimidées ! » Bizarrement, il avait l'impression d'avoir une stature plus importante, comme si le regard qu'elle lui renvoyait le grandissait. Peut-être aurait-il dû s'habiller avec quelque chose de moins décontracté que ce pantalon de treillis et cette chemise kaki aux poignets élimés.

Les vêtements des surplus avaient l'avantage d'être solides et très bon marché. Et confortables !

Il se rappela qu'elle avait rougi la veille au dîner alors qu'il la regardait. Elle avait bien compris le contenu de ses pensées, à ce moment-là. Au moins les grandes lignes.

Granger commença par un « Merci de vous être dérangée » et elle lui répondit par un sourire poli. Elle ne lança pas un regard, même furtif, vers Rogan.

Les deux hommes s'assirent et, quelques minutes plus tard, un serveur leur apporta du café.

— Alors, dites-moi, commença Camille après l'échange rituel des salutations. De quoi vouliez-vous me parler ?

Elle ne détacha pas le regard de Granger tandis que celui-ci lui expliquait les clauses du testament de Barney.

Quand il en arriva au point qui concernait les descendants de Taff, elle ouvrit légèrement la bouche, d'étonnement, et Rogan s'imagina la lui refermant du bout des lèvres…

— Vous pouvez prétendre à quelque chose si vous êtes en mesure de prouver votre filiation.

Elle écarquilla les yeux.

— Par exemple, si son nom apparaît sur votre acte de naissance. Alors, même si vos parents n'étaient pas mariés…

Elle releva le menton.

— Mes parents étaient mariés.

— Taff ? Il était *marié* ? intervint Rogan.

Elle lui lança un regard dédaigneux.

— Qu'il l'ait oublié, je n'en doute pas. Mais il était bel et bien marié.

— Désolé, j'avais dû mal comprendre, balbutia Granger, plongeant la main dans sa poche. Dans ce cas, vous allez hériter de la moitié du bateau et de tout ce qui s'y trouve, et vous y ajoutez, s'il y a lieu, la moitié des bénéfices encore à récupérer des traversées que Taff aurait faits avec notre père. En tant qu'exécuteur légal, j'ai besoin de votre adresse et de votre numéro de téléphone.

Il lui tendit une carte de visite.

— Ce sont les coordonnées de mon cabinet. Vous devrez produire un acte de naissance attestant votre droit à l'héritage, et si…

— Je n'en veux pas.

Le ton était ferme. Les lèvres, serrées en une ligne de non-compromission.

— Pourquoi ? enchaîna Rogan, espérant gagner un regard.

Il fut de courte durée. Camille recentra son attention sur Granger.

— N'ai-je pas le droit de renoncer à mon héritage ?

Granger la regarda d'un air curieux.

— Il serait plus simple de laisser la procédure suivre son cours. Après, vous pourrez disposer, comme bon vous semblera, des gains que vous aurez obtenus. Le bateau doit pouvoir rapporter un bon prix.

— Combien ? fit-elle, directe.

— Sur le marché, les deux-mâts d'avant-guerre sont très bien cotés. Le prix peut varier selon différents critères, mais je crois qu'on reste dans une somme à six chiffres.

— Avez-vous déjà vu le bateau ? demanda Rogan.

— Oui, j'y suis allée hier pour y chercher votre père, mais il n'y avait personne à bord. J'ai trouvé un pêcheur, sur un bateau voisin, qui m'a appris ce qui s'était passé.

Le corps de Barney avait été retrouvé par un chauffeur-livreur le lundi matin, mais Granger n'avait été prévenu que le mardi, parce qu'il avait fallu vingt-quatre heures aux services de police pour procéder à l'identification.

— Pour quelle raison voulait-il vous voir ?

L'expression de Camille se durcit.

— Il voulait me donner certaines affaires qui, selon lui, me revenaient de droit. J'imagine qu'il parlait des effets personnels de mon père. Il m'a aussi dit qu'il voulait me parler, mais qu'il ne pouvait pas laisser son bateau longtemps sans surveillance. Comme j'avais des congés à prendre avant la fin de l'année, j'en ai profité pour venir ici.

— Est-ce que vous pourriez reconnaître les affaires de votre père ?

Camille fit non de la tête.

— J'aurais même eu du mal à le reconnaître, lui !

— Est-ce que la police a pris contact avec vous ? demanda Granger.

— Non, pourquoi ? Je n'ai rien à leur dire.

— Quand même, vous feriez bien d'aller les voir. Si vous deviez rencontrer notre père, ils vont vouloir vous entendre.

Granger sortit un carnet de sa poche.

— Est-ce que je peux avoir vos coordonnées ?

Elle les lui récita sèchement, puis ponctua la fin de la conversation en se levant de son siège.

— Je vous remercie de m'avoir expliqué la situation.

— Je vous appellerai, assura Granger qui se levait à son tour.

A peine Rogan eut-il le temps de reposer sa tasse et de se lever lui aussi qu'elle était déjà partie. Songeur, il se rassit dans son fauteuil, les yeux rivés sur le déhanchement qui s'éloignait. Au bout de quelques secondes, il s'aperçut que Granger l'observait, le sourire aux lèvres.

— Hé, p'tit frère, sors de ta rêverie ! s'exclama-t-il. Et surtout, sors-toi de ce fauteuil. A moins que tu ne comptes t'attarder ici ?

Devant le silence de Rogan, Granger changea de ton.

— Remarque, un deuxième café ne me ferait pas de mal.

Rogan lui lança un regard furieux puis se hissa de son fauteuil. Pendant toute la durée de la discussion, Camille avait soigneusement évité de le regarder, au profit de son frère qu'elle n'avait pratiquement pas quitté des yeux. Et Granger ne semblait même pas en être conscient. Comment un Broderick pouvait rester de glace devant une femme comme Camille ?

La vie était mal faite. La veille, il avait été le premier à remarquer la beauté spectaculaire de Camille. D'allure, elle ressemblait aux femmes qui faisaient de plaisantes incursions dans la vie de Granger. Mais Camille était encore plus belle.

Dieu savait pourquoi, alors qu'il suivait son frère dans le couloir, Rogan ressentit un petit effondrement intérieur, comme si son cœur avait basculé.

Son père venait juste de mourir. Il était normal qu'il se sente un peu déprimé. En fait, c'était même plutôt sain.

Sain mais pénible ! Il détestait cet état !

3

Quand Rogan et Granger atteignirent le hall d'entrée, ils se retrouvèrent au milieu d'une bande de gaillards qui titubaient hors du bar privé.

— Eh ! Les garçons !

Les deux frères étaient interpellés par un vieux barbu hilare, au visage rougi par l'abus de bière. Celui-ci harponna l'épaule de Rogan.

— Pas de la gonflette, ça. Barney serait fier ! Hein, les gars ?

Mais les autres ne lui prêtaient pas vraiment attention. Toute la bande tenait à lever un dernier verre en hommage à leur ami.

Les deux frères mirent du temps à pouvoir s'éclipser.

— Quoi encore ? s'énerva Rogan, en réponse à Granger qui lui prenait le bras.

— On pourrait peut-être aller sur le *Sea-Rogue*, suggéra Granger. On récupère les effets personnels de papa et on vérifie qu'il n'y a pas de denrées périssables à bord. Et il faudra aussi qu'on voie comment faire garder le bateau en attendant que le patrimoine soit réparti.

— Quel patrimoine ? Papa ne possédait que son bateau.

— C'est le terme légal, dit Granger d'un ton patient. Certes, papa ne devait pas avoir grand-chose, mais on trouvera peut-être quand même un compte en banque avec de l'argent dessus, ou même quelques actions, qui sait ? Aussi, il faudra vérifier que personne ne lui doit de l'argent.

— Est-ce qu'il n'avait pas acheté les droits de sauvetage d'une vieille épave ?

Granger lâcha un petit rire.

— Tu parles du *Maiden's Prayer.* A mon avis, ça ne vaut rien. Tu connais l'histoire ? C'est un navire qui ramenait chez eux les heureux colons américains qui avaient travaillé dans les mines d'or en Australie. Ils rentraient avec leur butin, des caisses pleines d'or, sous forme de pépites ou de lingots, et des valises pleines de dollars. C'est ce qui est répertorié. Mais il y avait aussi les bagages.

— Une sacrée fortune !

— Oui, mais on n'a jamais retrouvé l'épave, fit Granger sèchement. La compagnie d'assurances a été ravie de vendre ces droits-là, en se gardant juste un petit pourcentage sur la découverte, d'autant plus que la nouvelle loi sur la protection des épaves historiques rend toute recherche encore plus difficile. Papa m'avait demandé de vérifier que les droits qu'il avait acquis étaient solides, et qu'on ne pourrait pas les lui reprendre. Ils font partie de l'héritage.

Il fit une pause, avant de reprendre :

— Mais le problème, c'est qu'on ne sait pas où se trouve le *Maiden's Prayer.* Il peut être n'importe où dans l'océan Pacifique. Et moi, je ne crois pas aux miracles !

Remontant à sa chambre, Camille avait l'impression de marcher sur un petit nuage. Elle venait d'hériter de la moitié d'un bateau qui valait plusieurs centaines de milliers de dollars. Et grâce à un homme qu'elle n'avait sans doute jamais vu de sa vie.

En fait, il ne l'avait pas légué directement à elle, mais à son père. Est-ce que Barney avait parlé de ses intentions à son coéquipier ? Si oui, qui avait eu l'idée de faire passer l'héritage à la famille de Thomas McIndoe, en cas de décès de ce dernier ?

Camille regardait pensivement par la fenêtre qui donnait sur la montagne, derrière l'hôtel. Quels souvenirs avait-elle de ces temps prospères, quand le port grouillait de voiliers ? Avant l'avancée du train, avant la multiplication des routes ?

Camille remarqua une petite tour au sommet de l'une des vieilles maisons situées à flanc de colline, et une terrasse avec une balustrade blanche. C'était un belvédère, comme on en voyait dans d'autres ports historiques, d'où les femmes attendaient le retour de leur mari.

Comme beaucoup d'autres marins, le père de Camille avait fini par ne plus revenir. Sa femme avait compris qu'il n'était plus utile d'observer l'horizon. Plus personne n'attendait son retour. Ni même ne l'espérait.

Enervée par le brouhaha ambiant, Camille décida de sortir. En descendant l'escalier, elle laissa glisser sa main sur la longue rampe de bois verni, qui se terminait par un magnifique pilastre sculpté. Elle traversa le hall rapidement pour se retrouver dehors, dans la lumière aveuglante du soleil.

Sans réfléchir, elle prit la direction du front de mer, puis poussa jusqu'au vieux quai. Elle s'arrêta devant le *Sea-Rogue*, attaché avec soin au pied d'un ponton solitaire.

La jeune femme ne connaissait rien aux bateaux, mais elle avait dans l'idée que ce voilier-là avait un long service derrière lui, par comparaison avec les beaux modèles qui mouillaient devant l'hôtel. La cabine était plus haute et plus rectangulaire, avec deux marches entre la timonerie et une porte étroite qui menait à l'intérieur. Le pont était entouré, non pas d'un garde-fou en câble d'acier, mais d'une rambarde de bois qui arrivait à hauteur de hanche. Et à l'avant, il y avait de même que sur les vieux voiliers un mât incliné, pointé vers l'avant comme pour vaincre les mers.

Après quelques secondes d'hésitation, elle passa une jambe de l'autre côté de la rambarde et se laissa glisser pour se retrouver, ni vue ni connue, sur le pont du *Sea-Rogue*. Elle se sentait un peu intruse, mais après tout, est-ce qu'on ne venait pas de lui dire que la moitié de ce rafiot lui appartenait ?

Le pont bougea sous ses pieds. Un cri de mouette lui fit lever la tête. Deux mâts s'élevaient fièrement dans le ciel. C'était beau à voir, mais le soleil était si éblouissant que Camille dut fermer les yeux. Maintenant qu'elle se tenait à bord, elle trouvait le bateau plus grand. Descendant par les sièges en lattes de bois qui délimitaient la timonerie, Camille se retrouva juste devant la barre, à quelques pas de la porte fermée. Le bois voisin de la serrure en cuivre avait été récemment endommagé, à en juger par les entailles visibles sur le vernis. Elle tendit la main vers la porte pour mieux se rendre compte des dégâts mais fut interrompue par une voix d'homme :

— C'est fermé à clé.

Camille sursauta. Elle se retrouva face aux frères Broderick, sur le ponton, au-dessus d'elle. Rogan avait un petit sourire amusé tandis que Granger lui lançait un regard plutôt indifférent.

— Plus maintenant, dit-elle. La porte a été fracturée.

— Quoi ? s'écria Rogan.

Et il sauta sur le pont, suivi par son frère.

Camille, qui craignait d'être prise pour l'auteur de l'effraction, voulut s'excuser de son intrusion.

— Je suis désolée, commença-t-elle. Je voulais juste…

En vérité, elle ne savait pas ce qu'elle voulait, ni ce qui l'avait poussée à venir jusqu'ici. Peut-être était-ce la pensée que son père avait passé toute sa vie sur ce bateau, à voguer dans le Pacifique en compagnie de Barney Broderick.

De toute façon, aucun des deux frères ne prêtait attention à ce qu'elle disait. Rogan lâcha un juron, Granger poussa la porte qui s'ouvrit en grand, et ils entrèrent dans l'obscurité de la cabine intérieure.

Camille hésita avant de pénétrer à son tour dans le petit carré. Suivant les autres, elle descendit les quelques marches étroites en s'agrippant à la rampe pentue. En bas, il lui fallut un peu de temps pour que ses yeux s'habituent à cette soudaine obscurité. Quand finalement elle commença à discerner quelque chose, elle se figea sur place, bouche bée.

Des coussins en mousse éventrés jonchaient le sol au pied de la table. Des centaines de gravures et de papiers étaient éparpillés partout, au milieu des livres, que l'on avait fait tomber des étagères. Certains même avaient été déchirés. Le tapis de sol était jeté sur le côté, et tous les meubles de rangement, béants, avaient été vidés en partie de leur contenu que l'on retrouvait sur le sol. Vaisselle, nourriture, instruments de marine, cordages, bouées se mélangeaient dans un fatras sans nom.

Camille, qui se tenait entre les deux hommes, perçut leur réaction qui, de l'effarement, passa rapidement à la colère. Une colère froide chez Granger, explosive chez Rogan.

— Qui a… ? demanda Camille sans finir, réalisant que sa question serait sans réponse.

— Les salauds ! s'écria Rogan.

Il se pencha pour ramasser un livre et souffla dessus, allégeant ainsi la reliure en cuir d'un dépôt de farine.

Son frère, le visage fermé, le regarda avec sévérité.

— Il ne faut rien toucher avant l'arrivée de la police.

Quand l'unique agent de police en poste eut terminé le constat avec Granger et Rogan, il remonta sur le pont pour prendre la déposition de Camille.

— Il s'agit sans doute de petits vandales, conclut-il en se

tournant vers les deux frères. Est-ce qu'il manque quelque chose, d'après vous ?

Granger eut un mouvement d'épaule.

— On a seulement passé quelques minutes ici hier soir et il faisait noir. Comme je l'ai dit au poste hier, notre dernière visite prolongée remonte à loin ! En revanche, vos collègues de la Crime ont passé le bateau au peigne fin mardi dernier.

— Bon, je vais prendre contact avec eux. Vous parlez bien du service criminel du commissariat de Whangarei ?

Granger acquiesça.

— Ils voudront certainement venir jeter un nouveau coup d'œil, reprit l'agent. Bien sûr, dans le cadre de l'enquête sur la mort de votre père. Au fait, ajouta-t-il, il paraît que Barney avait remporté le gros lot ? C'est ce qu'on dit en ville.

Granger émit un sifflement désabusé.

— A mon avis, ses copains ont commencé à extrapoler.

L'agent approuva d'un hochement de tête.

— Eh bien, je vais faire refaire la serrure et demander au capitaine du port de garder un œil sur le *Sea-Rogue*, conclut-il en refermant son carnet de notes. Si mes collègues de la Crime ont besoin d'un relevé des lieux, ce sera pour demain maintenant. Je vous ferai savoir quand ce sera fini.

Sur le chemin du retour à l'Impérial, Camille préféra garder le silence, encadrée par M. Sinistre d'un côté et M. Furibond de l'autre.

Ils arrivaient en vue de l'hôtel quand Rogan, parlant au-dessus d'elle, interpella son frère.

— Est-ce que tu crois que cette histoire a un lien avec ce qui est arrivé à papa ?

— J'en doute, répondit Granger. Tu sais, nombre de malfrats étudient les annonces de décès pour se faire une liste de maisons à visiter pendant que la famille est à l'enterrement. Je verrais plutôt un truc dans ce goût-là. A moins qu'une bande de jeunes abrutis, excités par la rumeur, aient voulu tenter leur chance. Ils espéraient peut-être trouver un trésor.

Son ton cinglant indiquait clairement ce qu'il pensait de personnes aussi naïves.

Quand ils entrèrent dans le couloir de l'hôtel, le tapage provenant du bar privé avait considérablement diminué.

— Il est temps, je crois, de virer les irréductibles. Ils peuvent toujours aller continuer à l'autre bar.

La jeune Maorie de la réception interpella Camille.

— Mademoiselle Hartley, j'ai un paquet pour vous.

Camille laissa les deux frères et s'approcha du comptoir.

— Combien de temps avez-vous l'intention de rester ? demanda la réceptionniste après lui avoir donné un petit paquet accompagné d'une enveloppe.

Quand elle avait débarqué à Mokohina, Camille n'avait pas donné de date de départ. Tout dépendait alors de l'intérêt historique qu'elle trouverait à ce petit port. Et puis, il y avait eu la mort de Barney, et là elle s'était sentie obligée de rester pour les funérailles. Et maintenant, la situation s'était encore compliquée.

— Toutes les chambres sont réservées à partir de lundi, expliqua la réceptionniste. A cause du grand tournoi de pêche annuel. Les gens viennent de loin pour y participer.

— Je n'oublierai pas, merci.

Elle alla au-delà du vieil ascenseur qui n'inspirait guère confiance et emprunta l'escalier. Tout en montant les marches, elle ouvrit l'enveloppe et en sortit une feuille épaisse, d'un modèle raffiné de papier à lettres. Elle la déplia. Une écriture ferme et soignée apparut.

« Ceci devrait t'intéresser. Merci pour cette soirée très agréable, que j'aimerais beaucoup réitérer avant ton départ. »

Une belle signature à l'ancienne donnait l'identité de l'auteur du message : James. Et il avait ajouté son numéro de téléphone.

Au premier palier, elle se retrouva face à Rogan, en appui, le dos au mur.

— Je croyais que vous étiez encore en bas, dit-elle, surprise.

Il se redressa.

— Granger n'a pas besoin de moi. Mais, dites-moi, qu'est-ce que vous faites ce soir pour le dîner ? Avec Granger, on se disait qu'on essayerait bien le *Koffee and Kaï*, plus bas dans la rue. Vous voulez venir avec nous ?

L'effet qu'il produisait sur elle était extraordinaire. Chaque fois qu'elle se retrouvait en sa compagnie, elle se sentait à la fois portée par une étrange ivresse, et parfaitement en symbiose avec lui.

Il lui sourit. Nul doute que Rogan Broderick avait beaucoup de charme ; et elle était, bien malgré elle, sensible à son charisme, tentée par la proposition… Un rappel à l'ordre s'imposa intérieurement à elle : il n'était pas son genre d'homme. Et il n'y avait pas d'exception qui tenait !

— Merci bien, répondit-elle. Seulement, j'ai un autre plan pour ce soir.

Un plan ! songea-t-elle avec ironie. Ah oui ! Un dîner en tête à tête avec elle-même, dans la salle à manger de l'Impérial. Ou pire : un sandwich mangé à la va-vite, entre une prise de notes pour ses recherches ou l'enregistrement d'une nouvelle idée sur son magnéto de poche.

— A une autre fois, alors, suggéra Rogan.

Elle lui adressa un sourire poli, puis continua dans le couloir en direction de sa chambre. Il n'était pas question de se retourner, évidemment, bien que la tentation la démangeât fortement, ne serait-ce que pour vérifier que son impression était juste et qu'il était bien en train de la suivre des yeux. Quand elle entendit une porte se refermer derrière elle, elle osa enfin pivoter sur elle-même.

Il n'y avait plus personne dans le couloir.

*
* *

— James, dit-elle dans le combiné quelques minutes plus tard. Merci beaucoup ! C'est une vraie merveille !

Elle plaça le petit volume sur la table de chevet et avec l'index suivit les lettres dorées sur la reliure ancienne : *Journal intime et correspondance d'une dame néo-zélandaise, 1835-1837.*

— Je te le rendrai avant mon départ.

— Non, surtout pas, dit James sans hésitation. C'est un cadeau. Au fait, comment s'est déroulé l'enterrement ?

— Oh, c'est très gentil à toi. L'enterrement ? Euh… il y avait beaucoup de monde. M. Broderick semble avoir eu beaucoup d'amis.

— Et est-ce qu'il y avait des représentants de sa famille ?

Pendant leur dîner, elle lui avait dit qu'elle ne savait pas si Barney avait de la famille.

— Deux fils.

Hum. Dont un qui déclenchait chez elle des pulsions inavouables, tandis que le second, qui semblait être bien plus fréquentable, la laissait totalement indifférente.

— D'ailleurs, ils étaient dans la salle à manger en même temps que nous hier, mais à ce moment-là, je ne savais pas qui ils étaient.

— C'étaient ces deux grands gars, à côté ? demanda James intrigué. Est-ce que tu leur as parlé ?

— Oui.

— De quoi ?

— Il semblerait que j'aie hérité, par l'intermédiaire de mon père, d'une partie du *Sea-Rogue*. C'est un vieux deux-mâts.

— Ah, c'est intéressant. Et c'est tout ?

— J'hérite aussi de la moitié de ce qui s'y trouve.

— C'est une histoire fascinante. J'aimerais bien en savoir plus. Tu voudrais venir dîner chez moi ?

— Ce soir ?

— Tu aimes le poisson ? Parce que, dans cette ville, on peut être sûr de toujours trouver du bon poisson, et mon employée de maison cuisine très bien. A moins que… dit-il d'un ton amusé. Tu n'as pas rendez-vous avec un frère Broderick ce soir, au moins ?

Intéressant… Grâce à l'invitation de James, elle se retrouvait avec un véritable *plan* pour la soirée, et sa conscience en sortait plus légère ! James devenait en quelque sorte l'antidote à Rogan Broderick.

Cultivé, intelligent, souriant, James, qui de surcroît partageait les mêmes intérêts qu'elle, était à l'opposé de ce pirate effronté qui occupait déjà trop de place dans son esprit.

— Non, je suis libre.

— Je viens te prendre à 7 heures, conclut-il alors qu'il savait qu'elle avait sa propre voiture. Et pas la peine de faire des frais de toilette pour moi !

Après un rapide coup d'œil dans son sac, elle opta pour un pantalon de toile bleu pâle et un haut en maille. James arriva pile à l'heure et ils repartirent aussitôt dans son coupé blanc. En quelques minutes seulement, ils rejoignirent sa maison, située plus haut sur la route en lacet.

D'architecture coloniale, la bâtisse de trois étages avait été agrémentée de terrasses et de baies vitrées contemporaines, qui accentuaient encore l'ouverture sur la mer. La vue de là-haut devait être magnifique.

A l'intérieur, des chandeliers de cristal illuminaient une vaste pièce dans laquelle était regroupée une impressionnante collection de meubles anciens.

— Je suis antiquaire, dit-il en réponse à l'étonnement visible de Camille. J'achète au prix de gros !

— Ton magasin est bien fourni pour une si petite ville.

— Les touristes pensent qu'ici, c'est meilleur marché. Ils viennent pendant une escale, achètent, et dès qu'ils sont rentrés chez eux, ils sont livrés. C'est pour cette raison que j'ai gardé le magasin. Comme clients, j'ai aussi les nouveaux habitants de Mokohina, qui font construire des maisons secondaires dans les hauteurs. Et puis j'ai un autre magasin à Auckland, avec un petit appartement. Alors je partage mon temps entre ici et la ville. Les étés sont plus doux au nord, et je m'amuse bien ici.

Camille était surprise. Elle n'imaginait pas que le marché de l'antiquité fût aussi lucratif. James avait peut-être omis de lui dire qu'il avait fait un héritage ?

Elle le suivit, un verre de vin blanc à la main, alors qu'il lui montrait des pièces uniques de menuiserie, des joyaux de porcelaine, et de magnifiques tableaux et sculptures. Il avait aussi, à l'abri dans une vitrine, une collection de monnaies anciennes, à laquelle s'en ajoutait une de dés à coudre des mêmes époques. Dans cet univers rempli d'objets du passé, Camille était aux anges.

Le dîner fut servi dans un coin protégé de la grande terrasse, par une dame décharnée d'une cinquantaine d'années. Quand James vint à parler du possible héritage de Camille, elle se sentit assez à l'aise pour lui en dire plus.

— J'aimerais bien voir ton bateau, lui dit-il, les yeux brillants d'excitation.

— Il n'est pas à moi. Une moitié seulement. Le problème, c'est que pour l'instant il est impossible de le visiter. Il y a eu un cambriolage, bien qu'on ne sache pas si quelque chose a été volé. La police de Whangarei va sans doute passer demain.

James fronça les sourcils.

— Est-ce qu'il y avait des objets de valeur à bord, susceptibles d'intéresser des cambrioleurs ?

— Rogan et Granger n'avaient pas l'air de le penser.

James se pencha vers elle pour lui remplir de nouveau son verre de vin. D'un coup, son visage se détendit et il sourit.

— Ils le savent peut-être, mais préfèrent n'en rien dire.

Il s'adossa contre sa chaise et but une gorgée de son verre.

— Tu devrais faire bien attention à ce qui se passe.

— Qu'est-ce que tu veux dire par là ?

— Le saurais-tu s'ils avaient déjà retiré quelque chose du bateau ?

— Non, bien sûr, mais je ne crois...

— Tu serais surprise des cas que je rencontre dans mon métier, coupa James. Quand par exemple une famille vide entièrement la maison d'un parent mort avant même que la déclaration de décès soit faite. Peut-être que les Broderick n'apprécient pas que leur père t'ait couchée sur son testament.

— Ça n'a pas l'air de les gêner. Il y en a bien un qui semble un peu réservé, mais je crois que c'est son caractère.

— Il ne faut jamais être trop confiant.

Il leva son verre.

— A la tienne, en espérant que la fortune te sourira !

James la déposa à l'hôtel bien avant minuit.

Elle avait trop parlé du *Sea-Rogue* et des Broderick, mais pendant quelques heures, son esprit s'était diverti et elle avait oublié l'attirance folle qu'elle éprouvait pour Rogan.

Quand Camille descendit prendre son petit déjeuner le lendemain matin, les deux frères n'étaient pas là. Elle évita le port, en sortant. Grimpant dans les hauteurs, elle s'arrêta à l'ancienne mission transformée en petit musée des Colons et Marins. Ce musée existait grâce à une équipe de volontaires passionnés, et la vieille dame qui récoltait l'argent des rares visiteurs fut ravie de lui parler de l'histoire de cette ville et des alentours. Camille y resta deux heures.

Après quelques détours qui la menèrent au belvédère qu'elle avait remarqué de sa chambre d'hôtel et à quelques autres curiosités historiques dont la vieille dame lui avait parlé, elle retourna à l'hôtel.

C'était l'heure du déjeuner. Un bus occupait la moitié du

parking et, dans la salle à manger, une cohorte de touristes parlaient bruyamment dans diverses langues.

Camille battit en retraite. Elle s'acheta un sandwich et une cannette de jus d'orange frais, puis alla s'installer à l'ombre d'un arbre, sur un banc, face à la mer.

Elle avait machinalement avalé la moitié de son sandwich quand elle réalisa que quelqu'un s'était planté devant elle. Levant les yeux, elle rencontra le regard espiègle de Rogan.

— Salut, dit-il. Je vous ai vue de la fenêtre de ma chambre. Les policiers ont fini. Granger et moi allons tout nettoyer.

Elle hésita une seconde avant de lancer :

— Est-ce que je peux venir vous aider ?

Savoir si sa proposition était sincère ou motivée par la mise en garde de James… N'avait-elle pas décidé d'éviter Rogan à tout prix ? Enfin, il y aurait Granger. Cela devrait éviter les tensions électrisées entre elle et Rogan.

Rogan la regarda des pieds à la tête, l'air dubitatif. Elle portait les mêmes habits clairs que la veille au soir.

— Ce n'est pas la peine de…

— Je vais me changer, interrompit-elle. Je vous rejoins dans dix minutes.

Elle ne voulait qu'une chose : en finir avec cette histoire. Plus vite elle aurait récupéré les affaires de son père, plus vite elle serait libérée de l'œil scrutateur de cet homme si tentant.

Il esquissa un sourire enjôleur.

— C'est très gentil, Camille, dit-il avant de partir retrouver Granger.

Rogan frappa à la porte de son frère ; vêtu d'un pantalon blanc cassé et d'une chemise assortie, Granger semblait sortir tout droit d'une séance de photos.

— Qu'est-ce qu'il y a ? demanda-t-il quand Rogan fit la moue.

— Rien, commença Rogan qui portait son vieux treillis déformé. Tu es très élégant.

— C'est que je ne m'attendais pas à jouer les femmes de ménage.

— Je peux te prêter un truc…

Il s'arrêta. En fait, il n'avait pas grand-chose à prêter. Son équipement de plongée prenait toute la place dans son sac.

— De toute façon, reprit-il, je suis sûr que tu préférerais sortir nu plutôt que de porter…

— … Un vêtement à toi ? C'est vrai !

— Tu n'as pas besoin de prolonger ton séjour. Si tu dois retourner à ton cabinet, je peux m'arranger tout seul.

Granger secoua la tête.

— Je pars demain matin et je serai au boulot lundi. Bon, on y va ?

— Camille vient aussi.

Granger, qui fermait la porte derrière lui, leva les sourcils.

— C'est elle qui s'est proposée, expliqua Rogan. Elle nous rejoint dans le hall.

Ils se tenaient au pied de l'escalier quand Camille fit son apparition habillée d'un short en jean et d'un T-shirt jaune, une paire de tennis aux pieds. A la regarder descendre, avec ses longues jambes fines, Rogan eut la gorge serrée. Il jeta un coup d'œil sur Granger et vit que celui-ci aussi profitait du moment. Granger se retourna vers Rogan, le dévisageant d'un air taquin. La complicité masculine…

Une fois sur le bateau, les deux hommes constatèrent le massacre avec un total désarroi. Par où étaient-ils censés commencer ?

— Où sont les ustensiles de ménage ici ? demanda Camille.

Ils se retournèrent vers elle, les yeux écarquillés.

— Vous savez : balais, chiffons, détergents ?

Rogan réagit.

— Peut-être dans le placard, à l'avant ?

Ils travaillèrent avec acharnement pendant plusieurs heures, ne s'arrêtant que pour se désaltérer et grignoter les crackers que les voyous avaient miraculeusement oubliés au fond de la cantine. De temps en temps, ils remontaient sur le pont pour respirer un peu d'air frais.

Rogan réussit à contrôler ses ardeurs. Pourtant, il se surprit à plusieurs reprises en train de regarder les formes féminines contenues dans le petit short, en particulier quand Camille se penchait en avant pour mettre de l'ordre dans le fouillis qui les gênait pour avancer. Et il ne put s'empêcher de remarquer la fermeté de ses petits seins remontés, chaque fois qu'elle remettait un livre sur une étagère.

Quand la lumière dans la cabine vint à baisser, Rogan jeta un coup d'œil sur sa montre.

— Qui a faim ? demanda-t-il.

Granger, qui était en train de passer la serpillière dans la cuisine, se releva.

— Maintenant que tu en parles…

Rogan releva sa chemise moite de transpiration et s'essuya le front avec son pan, laissant une trace horizontale couleur cacao sur sa peau tannée. Camille détourna lentement le regard quand il rabaissa sa chemise.

— Si on disait qu'on en a assez fait pour aujourd'hui ? lança Rogan.

— Est-ce qu'on ne pourrait pas plutôt finir ce soir ? insista Camille.

Le carré était désormais impeccable et les deux hommes avaient rangé les équipements nautiques et divers instruments qui jonchaient le sol de la cale avant. Il ne restait plus que les quartiers privés, deux cabines latérales et une troisième à l'arrière. Elles avaient été vandalisées, mais les dégâts étaient moins graves.

— Si, c'est possible, fit Rogan. Mais il faut que je mange d'abord.

Granger regarda son frère, puis Camille, et enfin s'inspecta lui-même. Des traces de poussière et de produits ménagers tachaient abondamment leurs vêtements.

— Aucun restaurant digne de ce nom ne voudra de nous, remarqua-t-il. Il faudrait qu'on aille s'acheter un truc à emporter, genre hamburger.

— Tu te proposes ? demanda Rogan. Pour moi ce sera un double burger avec œuf et bacon, et une grande frite. Et aussi deux ou trois beignets.

Granger accepta la mission de bonne grâce, et prit la commande de Camille pour un cheeseburger.

— Tu ferais bien de faire démarrer le générateur, qu'on puisse y voir quelque chose, dit Granger à Rogan.

Puis, après avoir envoyé à son frère un regard appuyé, il monta sur le pont.

Camille réalisa alors qu'elle se retrouvait seule avec Rogan. Tout à coup, la cabine principale semblait se rétrécir, l'éclairage, diminuer. Il la fixait d'une manière plutôt déconcertante…

Elle se passa une main dans les cheveux. Quelques mèches s'étaient échappées de son élastique, et lui tombaient dans les yeux. D'une main, elle enleva l'élastique et reforma sa queue-de-cheval.

Rogan la regardait, comme envoûté. Il s'éclaircit la gorge.

— Je monte mettre le générateur en marche, annonça-t-il.

Il la laissa, puis, quelques minutes plus tard, Camille entendit un grondement de moteur. Une ampoule s'alluma, et Rogan réapparut.

Camille époussetait avec soin un exemplaire des *Trois Mousquetaires* de Dumas joliment relié en cuir gravé.

— Votre père a lu *Les Trois Mousquetaires* en français ?

— Il parlait le français et le lisait, dit Rogan. Il connaissait d'autres langues encore, et même le créole.

Il eut un signe de tête en direction du livre.

— On peut dire que j'ai peiné sur celui-là.

— Vous l'avez lu ?

— J'avais déjà dévoré la version anglaise, mais je voulais relever le défi.

Camille imaginait aisément Rogan relevant un défi sportif. Mais elle était surprise d'entendre qu'il était partant aussi pour des conquêtes plus cérébrales.

Elle remit le livre sur l'étagère à côté des autres, qui narraient pour la plupart des catastrophes maritimes.

— Vous avez certainement vu votre père plus souvent que je n'ai vu le mien.

— Il passait nous voir quand il était de retour au port, deux ou trois fois par an. Et puis, quand on a été plus grands, il nous a conduits visiter la côte. Ma mère ne l'aurait pas laissé nous emmener au large.

Rogan se mit à rire.

— Un jour, j'ai fait une fugue. J'avais quatorze ans, et quand mon vieux m'a rattrapé, il n'y est pas allé par quatre chemins. Il m'a ramené sur-le-champ à la maison et m'a dit que si jamais je refaisais ce coup-là à ma mère, il me flanquerait une raclée qui me laisserait des traces pour le restant de mes jours.

Camille fronça les sourcils.

— Mais votre mère ne souffrait-elle pas de son absence ?

— Je pense que si. Une fois elle est partie avec lui, avant de nous avoir, mais elle a été tellement malade qu'elle a dû être rapatriée par hélicoptère. Elle souffrait de déshydratation aiguë. Après cet épisode, elle n'a plus jamais voulu entendre parler de bateau. Mais mon père, lui, ne vivait que pour la mer. Sur terre, il était comme un poisson hors de son bocal. Je ne crois pas qu'elle ait essayé de le changer.

— Elle est… ?

— Morte, oui. Quand j'avais dix-neuf ans.

— Je suis désolée.

Il regarda en direction des piles de livres qui attendaient un coup de chiffon avant d'être remis sur leur support.

Camille saisit un exemplaire de la célèbre *Île au trésor*.

— J'imagine que celui-là aussi vous l'avez dévoré.

— C'est peu dire. Et celui-ci aussi.

Il attrapa un autre livre qu'il essuya d'un revers de main.

— *Les Côtes de la traîtrise*, d'Eugène Grayland. Une grande histoire, pleine de rebondissements, avec meurtres et mutineries à la clé.

Quand il croisa son regard, il ajouta :

— Enfin, très bien écrit et instructif. Vous devriez le lire.

— C'est fait, dit-elle.

Aucun livre traitant de l'histoire de la Nouvelle-Zélande ne lui échappait. Qu'il s'agisse d'un livre de divertissement ou d'une thèse, remplie de références obscures.

— Je suis professeur d'histoire à l'université.

— Ah ? Et où ?

L'intérêt se lisait dans ses yeux. Le respect, aussi.

— A Rusden.

C'était un petit campus, dans la moitié sud de l'île du Nord, une annexe de l'université d'Auckland.

Elle s'attarda un instant sur le visage de Rogan et ne put s'empêcher de s'étonner une nouvelle fois du bleu de ses yeux. C'était un bleu couleur lagon, d'une clarté remarquable. Il avait aussi une bouche masculine parfaitement dessinée, avec des lèvres ourlées. Elle aperçut une rangée de dents blanches et son cœur s'arrêta de battre. Instinctivement, elle entrouvrit légèrement les lèvres.

Gênée par une drôle de sensation qui lui ramollissait les jambes, Camille reprit son travail de rangement. Mais Rogan devait s'être approché d'elle, puisqu'elle avait l'impression soudaine d'être électrisée.

Pour mettre fin au silence, elle s'éclaircit la voix.

— Hum. Tous ces livres sur des naufrages… Ce n'est pas très encourageant pour un marin.

Rogan émit un gloussement amusé.

— Le rêve de mon père était de trouver un trésor englouti.

— Et j'imagine que mon père avait le même.

Les deux marins avaient été taillés dans la même toile de jute. Tous les deux avaient choisi les aventures de la mer plutôt que la vie de famille. Leur univers, c'était celui des cargos, des passagers à conduire à l'autre bout du Pacifique, ou encore celui de la plongée, d'où on rapporte des perles ou des coquillages de valeur. Ils ne se résolvaient à travailler à terre que lorsque aucune autre solution ne s'offrait à eux. Et entre deux contrats, ils plaçaient toute leur énergie dans la recherche de ce fameux trésor.

A cet instant, Granger réapparut avec le repas. Ils sortirent tous trois sur le pont pour manger.

— Camille enseigne l'histoire, dit Rogan. A Rusden.

— Vraiment ? fit Granger.

— Mmm, confirma-t-elle, la bouche pleine.

— Ça vous plaît ? demanda Rogan.

— Enormément.

L'enseignement était un métier plaisant et sûr. Et quand elle avait besoin d'un peu d'excitation, elle en trouvait dans la lecture de vieux manuscrits qui recelaient des trésors d'informations. Son salaire lui procurait un niveau de vie confortable et elle remboursait sa part d'emprunt immobilier pour la maison qu'elle habitait avec sa mère.

— Et vous, vous faites quoi ?

— Je suis avocat. Mais je ne suis pas souvent à la barre. Ma spécialité, c'est le droit des affaires.

— Il aime jouer avec les clauses et les avenants, dit Rogan d'un ton incertain.

— Je suis sûr que tu ne saurais pas faire la différence.

— Gagné ! reconnut Rogan avec bonne humeur.

Il s'empara d'une des cannettes de bière que Granger avait rapportées de sa mission d'approvisionnement. Quand il savoura la première gorgée, Camille observa avec fascination la forme de son menton et la fermeté de sa gorge.

Détournant les yeux, elle rencontra le regard attentif de Granger.

— Et mon petit frère est plongeur. Lui, c'est avec les requins et les pieuvres géantes qu'il aime jouer.

Rogan toussa dans sa bière puis, essuyant la mousse sur ses lèvres, rétorqua :

— Tout ça, c'est de l'intox. Je n'ai jamais eu à me battre contre une pieuvre ! Ces bêtes-là sont tellement sympa qu'on peut même les caresser.

— Est-ce que ça signifie que vous avez déjà croisé des requins ?

— J'ai fait quelques rencontres, mais ils sont relativement inoffensifs en haute mer, à moins d'avoir un comportement irresponsable et stupide…

— Et risquer ta vie à mille cinq cents mètres sous la mer, ça n'est pas stupide ?

— Pas plus que de rester toute la journée assis devant un bureau, rétorqua Rogan. Tu as autant de chance de mourir d'un ulcère ou d'une crise cardiaque que moi, d'un accident. Que ce soit quand je pose des pylônes pour une plate-forme pétrolière ou que je plonge pour ramener les objets d'une épave.

Granger répondit par un grand sourire sarcastique, avant de boire à son tour.

Camille le fixa, pour voir si elle ressentirait le même frisson ; mais rien. Les deux frères se ressemblaient beaucoup. Granger, à vrai dire, était sans doute le plus beau des deux, mais son visage, plus lisse, plus fin, l'inspirait moins, tout simplement.

En revanche, l'attirance qu'elle éprouvait pour Rogan était incontestable. Ce qui ne l'arrangeait guère !

— Bon, maintenant que les présentations sont faites et que l'on a fait le ménage ensemble, je propose qu'on se tutoie, Camille. Qu'en dites-vous… tu ?

— Oui, murmura-t-elle en cachant une nervosité inexplicable.

Elle enchaîna aussitôt :

— Est-ce que vous croyez que votre père et le mien avaient fini par découvrir un trésor ?

— Est-ce que tu crois aux contes de fées ? lui répondit Granger, amusé.

Camille secoua la tête. Avec sa mère, elle était bien placée pour ne pas y croire. Les fins du genre « Ils vécurent heureux et eurent beaucoup d'enfants » n'avaient pas beaucoup de crédit dans la famille !

— A la santé de nos vieux ! enchaîna Granger. Qui s'entêtaient à vouloir trouver un trésor, comme certains vont chercher au pied des arcs-en-ciel un chaudron d'or.

Ils s'étaient remis au travail depuis déjà quelque temps lorsque Camille, le dos endolori, se releva pour s'étirer, les mains sur les hanches. Elle surprit alors le regard de Rogan dirigé tout droit sur sa poitrine, mise en évidence sous le T-shirt tendu. Un regard qui agissait sur elle comme une caresse…

Pendant qu'elle en finissait avec les livres, Rogan et Granger partirent nettoyer les deux cabines plus petites.

Au bout de quelques instants, Granger réapparut, suivi immédiatement après de Rogan.

— J'ai trouvé des affaires à ton père, dit Granger en posant sur la table un carton. Il y a aussi des habits…

— Non.

Elle préférait ne pas les voir. Après un silence, Granger reprit :

— On s'occupera de donner tout ça à l'Armée du Salut, avec les affaires de notre père.

— Merci bien.

Granger pointa le menton vers le carton.

— Tu ferais bien de regarder là-dedans. C'était ce qu'il y avait dans sa cabine.

A contrecœur, elle s'approcha pour y jeter un coup d'œil. Au-dessus d'une pile de vieux papiers et d'objets en tout genre, il y avait la photo encadrée d'une jeune femme souriante, qui portait un bébé en robe rose, avec un nœud de la même couleur dans ses petites boucles blondes. Camille sentit les larmes lui monter aux yeux. C'était elle dans les bras de sa mère. Lentement, elle se saisit de la photo et la plaça sur la table.

Dessous, il y en avait une autre. Cette fois, elle était plus grande et portait des couettes. La photo avait été prise le jour de ses six ans. Coiffée d'un chapeau de fête, la main refermée sur une tige de ballon, elle serrait contre elle un lapin en peluche. C'était le cadeau qu'elle avait reçu de son père. Sur le moment, elle avait trouvé ce lapin un peu « bébé », mais avait fini par le chérir pendant plusieurs années, jusqu'au jour où elle avait compris que son père ne reviendrait plus jamais.

Regroupées dans un coin du carton se trouvaient des enveloppes ouvertes, avec leurs lettres pliées encore à l'intérieur. Camille en prit une. L'adresse *Boîte postale de Suva* avait été écrite par la main de sa mère. Comme elle aimait cette écriture fine et précise… De nouveau elle fut submergée par une envie de pleurer, qui lui bloquait la respiration.

— Hey ! fit Rogan dans son oreille, glissant le bras autour de sa taille. Ça va ? Assieds-toi.

Il la guida vers l'une des chaises autour de la table.

— Granger ! Tu peux lui apporter quelque chose ?

— Non, merci, dit-elle, confuse. Je vais bien.

— Je ne voulais pas te faire de la peine !

— Non, ce n'est pas ça. Je suis surprise, c'est tout.

Mais en réalité, Camille ne comprenait pas pourquoi la vue des quelques objets qui avaient appartenu à son père la troublait tant. Ce n'était pas comme s'il avait été un vrai père pour elle !

Le problème devait être là, justement. Elle regrettait amèrement qu'il n'ait pas tenu son rôle.

— Je suis désolée, reprit-elle. Ça doit être la fatigue.

Après la surprise, la fatigue. Encore une excuse bidon qui, cette fois, déclencha chez les hommes un flot d'excuses et de regrets. Ils l'avaient laissée travailler trop longtemps, à une cadence trop soutenue, dans une atmosphère confinée. Ils auraient dû s'en apercevoir et pour se faire pardonner Rogan allait la ramener sur-le-champ à l'hôtel. Est-ce qu'elle voulait qu'il appelle un taxi ?

— Pour faire dix minutes de marche ? dit-elle en riant nerveusement. Bien sûr que non, ne vous dérangez pas…

Cinq minutes plus tard, elle remontait le ponton dans le noir, en compagnie d'un Rogan très attentionné qui la tenait par le bras. Granger, lui, était resté derrière pour prendre le temps de refermer le bateau et éteindre le générateur.

Quand ils débouchèrent sur la partie plus touristique du front de mer, là où les lumières des cafés se reflétaient dans l'eau, Rogan brisa le silence :

— Granger n'y est pas allé de main morte avec son carton de souvenirs.

— C'est ma faute, pas la sienne, dit Camille, qui se détestait pour sa faiblesse. Je me suis comportée comme une idiote.

— Mais pas du tout !

Rogan écarta une branche de banian qui leur barrait le chemin, mais alors qu'ils passaient tous les deux sous l'arbre, Camille trébucha contre une racine apparente.

Rogan la rattrapa par le bras.

— Ça va ?

Son souffle chaud lui effleura la tempe. Elle se redressa, en prenant appui contre lui. L'odeur qu'il dégageait était un mélange équilibré de musc et de mer. Surprenant, léger. Envoûtant.

— Oui, ça va. Merci.

Ils continuèrent leur marche en silence. Camille ne se sentait pas capable de parler, tant elle était absorbée par les paramètres de la situation. Lui qui lui tenait délicatement le bras. Son parfum qu'elle distinguait maintenant à chaque inspiration. Son épaule sur laquelle elle pouvait à tout moment appuyer la tête…

En bruit de fond, côté mer, il y avait le clapotis des vaguelettes qui venaient heurter le parpaing, le cliquetis des mâts remués par la brise. Côté ville, c'était musique, rires et bavardages. Une ambiance chaleureuse, à laquelle pourtant elle se sentait étrangère.

Quand ils entrèrent dans l'hôtel, Rogan poussa un soupir. Comme s'il était soulagé.

— Est-ce que tu veux boire un verre ?

— Non, merci. Je vais prendre une bonne douche, dit-elle en montrant ses habits sales. Et puis, j'irai me coucher juste après. Je m'occuperai de ce carton d'affaires demain. Ça sera possible ?

— Bien sûr. Je te raccompagne à ta chambre.

— Ce n'est pas nécessaire, merci.

Mais il l'entraîna dans le vieil ascenseur et quand ils arrivèrent à l'étage, il marcha à son côté jusqu'à la porte de sa chambre. Elle glissa la clé dans la serrure et actionna la poignée.

— Merci, dit-elle en se retournant vers lui. Je ne sais pas pourquoi il gardait toutes ces vieilles affaires.

Rogan la regarda avec gravité.

— Sans doute qu'elles avaient beaucoup de valeur pour lui.

Camille leva le menton, réprimant un frisson. Ce sentimentalisme à la petite semaine ne la mènerait nulle part. Elle était grande maintenant. Elle n'avait pas besoin d'un père. Ni d'un autre homme, d'ailleurs.

— Je regarderai de plus près demain, dit-elle. Et je verrai bien si j'y trouve quelque chose qui ne doit pas être bazardé.

4

Le visage de Rogan prit une solennité nouvelle. Ignorant le changement, Camille posa la main sur la poignée de sa porte. C'est alors qu'elle sentit qu'il lui prenait le bras. Elle se retourna, prête à le questionner, mais se figea à quelques centimètres de son visage baissé vers elle.

Il se rapprocha encore, mais s'arrêta, ce qui signifiait qu'elle était libre de refuser le baiser. Précaution inutile ! Il avait une bouche irrésistible, qui semblait la douceur même. Une bouche qui proposait mais ne réclamait rien. Camille entrouvrit les lèvres. Il la serra contre lui, pressant ses lèvres fermes et fraîches contre les siennes, faisant naître un frisson exquis au creux de ses reins.

Oh, s'abandonner à cette étreinte… Mais… Elle perdait la tête ! C'était impossible ! Secouant la tête, elle le repoussa.

A contrecœur, il la lâcha, et elle leva les yeux vers les deux puits de turquoise qui lui envoyaient mille messages d'incompréhension. Il semblait encore plus beau, plus sexy avec ce sourire désabusé.

— Bonne nuit, Rogan, dit-elle s'efforçant d'affermir une voix qui manquait d'oxygène.

Alors qu'elle ouvrait la porte de sa chambre, il lui vola un baiser sur le front, faisant ainsi redoubler d'ardeur l'ivresse qui la gagnait. Elle s'agrippa à la poignée de toutes ses forces pour ne pas se retourner et tomber de nouveau dans ses bras… Elle se sentait flotter, troublée comme jamais peut-être elle ne l'avait été.

— Bonne nuit, dit-il à son tour.

Il resta planté devant la porte, les mains au fond des poches de son pantalon sale, jusqu'à ce qu'elle ait entièrement refermé la porte.

Après une douche rapide, Rogan se changea. Puis, ayant entendu Granger rentrer, il le surprit dans le couloir. L'air agacé, Granger demanda :

— Tu sais si Camille veut récupérer ceci ce soir ?

Il désigna le carton qu'il avait dans les bras.

— Non, elle a dit que ça attendrait demain.

Haussant les épaules, il entra dans sa chambre. Rogan lui emboîta le pas.

— Elle a aussi dit qu'elle allait en bazarder le plus possible. Enfin, c'est ce que j'ai cru comprendre.

— De toute façon, elle fait ce qu'elle veut.

— Oui, mais…

Rogan, les yeux fixés sur le carton que son frère venait de poser sur la table, laissa retomber ses bras.

— Qu'est-ce qu'il y a ? demanda Granger.

— Et s'il y avait du vrai dans cette histoire de trésor que papa et Taff auraient trouvé ?

— Tu vas pas t'y mettre, toi aussi !

— Non mais… commença Rogan, le regard de nouveau attiré vers le carton. Je me demande juste si Taff n'aurait pas laissé un testament.

— J'en doute. Et de toute façon, ça ne nous regarde pas !

*
* *

Camille se réveilla tôt. Dans le port, la mer scintillait encore des reflets argentés de l'aube et les vaguelettes allaient et venaient en douceur, au rythme d'une berceuse.

Avant de prendre son petit déjeuner, elle sortit faire un tour, dans la direction opposée au port. Assez rapidement, le chemin de ronde se transformait en sentier, traversant un parc au pied duquel la plage de sable devenait une plage de galets. Elle s'arrêta pour regarder l'écume blanchir les rochers. Ce spectacle répétitif, prévisible, avait quelque chose de rassurant qui lui faisait du bien. Bientôt, le soleil darda ses rayons tièdes, et elle décida de repartir en ville.

La chapelle des marins était ouverte. A l'intérieur, il n'y avait âme qui vive. Elle alla s'asseoir sur un banc. Pas un bruit pour troubler ses pensées. Elle se remémora les funérailles de Barney, et en vint à se demander comment s'était déroulée la cérémonie pour son père, si cérémonie il y avait eu.

Barney le lui aurait dit, mais leur rencontre n'avait pas eu lieu. Camille ne ressentait pas de tristesse. Plutôt un grand vide. Comment faire son deuil d'un père pratiquement inconnu ?

De retour à l'hôtel, elle vit que le service du petit déjeuner avait commencé. Les Broderick, installés dans la salle à manger, s'apprêtaient à prendre le leur. Granger étudiait encore le menu tandis que Rogan, le regard concentré sur la jeune serveuse, commandait œuf, saucisse, bacon et tartines.

Quand la serveuse se tourna pour prendre la commande de Granger, Rogan aperçut Camille à l'entrée. Il se leva aussitôt de table et alla la rejoindre.

— Viens avec nous, dit-il en tendant la main pour la prendre par le bras. Ce sera meilleur que les hamburgers d'hier soir.

A vrai dire, il ne lui laissait pas la possibilité de dire non. Elle le suivit et s'assit sur la chaise qu'il avait dégagée pour elle. Après avoir salué Granger, elle commanda à son tour.

— Un jus d'orange et des tartines avec de la confiture.

— C'est pas ce que j'appelle un petit déjeuner, ça ! commenta Rogan.

— Oui, mais pour moi, c'est largement suffisant, lui répondit-elle.

— Alors comment te sens-tu ce matin ? fit Granger.

— En pleine forme, merci.

— C'est bien mon impression quand je te regarde, répliqua Granger.

Rogan le fusilla du regard, comme s'il trouvait le compliment suspect.

— Granger a rapporté les affaires de ton père ici. Quand veux-tu t'en occuper ?

— Ça m'est égal. Quand cela vous arrange, dit-elle en regardant alternativement les deux hommes.

— Je te l'apporterai avant de libérer ma chambre. Ou je demanderai à Rogan de le faire.

— Ah bon ? Vous partez aujourd'hui ?

Est-ce que Rogan allait partir aussi ? se demanda-t-elle.

— Je n'ai plus rien à faire ici, au moins pour l'instant.

Granger regarda Rogan.

— Tu pourras t'occuper des cendres ?

Rogan hocha la tête et Granger redirigea son attention sur Camille.

— Est-ce que tu peux m'envoyer, à mon cabinet, un certificat de naissance ainsi qu'une copie de l'acte de mariage de tes parents ?

La serveuse revint avec les petits déjeuners. Quand Camille arriva à la fin de son assiette, elle remarqua que, pour sa part, Rogan avait déjà presque vidé la sienne. Quant à Granger, il s'attaquait tout juste au bacon.

Alors qu'il s'apprêtait à dévorer sa dernière saucisse, Rogan dit :

— Granger pense que plusieurs semaines vont s'écouler

avant que tu puisses disposer du *Sea-Rogue*. J'espère que ça ne te dérange pas si, pendant ce temps-là, je dors dedans.

— Bien sûr que non.

— Et si tu veux t'installer dans l'une des cabines..., dit-il. C'est moins cher que l'hôtel.

— Je te remercie mais je ne crois pas que je vais prolonger davantage mon séjour à Mokohina.

Certes, elle aurait déjà dû libérer sa chambre. Mais, un dimanche matin, avec un temps pareil, dans un endroit aussi splendide... elle n'en avait pas très envie. Peut-être qu'elle pourrait s'arranger pour rester un jour de plus.

Rogan repoussa son assiette quand la serveuse apparut avec le café. Rogan le buvait noir. Granger, lui, ajouta du lait.

— Au fait, tu es en vacances, non ?

— Oui, en vacances studieuses, dit-elle en remuant le lait et le sucre dans son café. En ce moment, je prépare un travail sur les femmes maories et européennes au début de la colonisation.

Barney avait tellement insisté sur sa venue à Mokohina, qu'elle n'avait pu dire non et pour éviter une perte de temps, elle avait décidé de mettre son voyage à profit. La Baie des Iles, premier site occupé par les Européens au XVIIIe siècle, et mission la plus ancienne de l'île, constituait un bon point de départ pour recueillir de la matière brute.

— Et après, tu vas où ? s'enquit Rogan.

— Peut-être à Keriberi.

Une autre ville des débuts de la colonisation.

— Mais mes plans ne sont pas arrêtés, ajouta-t-elle.

— Attention, fit Granger. La saison touristique a démarré. Tu vas avoir du mal à te loger.

Il recula sa chaise et, regardant ostensiblement sa montre, se leva.

— Je vais devoir y aller, dit-il à Rogan avant de se tourner vers Camille. Merci encore pour ton aide, hier.

— C'est normal, murmura-t-elle tout en se levant de table à son tour.

Rogan l'imita.

— Je me charge de t'apporter le carton.

Il la quitta devant la réception, après qu'elle eut obtenu de garder sa chambre une nuit de plus. Dix minutes plus tard, elle ouvrit la porte de sa chambre à Rogan.

— Où est-ce que je le pose ? demanda-t-il ignorant le geste de Camille qui voulait lui prendre le carton.

— Sur la table, par exemple.

Près de la fenêtre, il y avait une petite table ronde de verre, avec deux chaises fraîchement repeintes en blanc.

Le téléphone sur la table de chevet se mit à sonner. Camille se précipita pour répondre, tandis que Rogan s'occupait d'écarter le vase placé sur la table pour y déposer le carton.

— C'est James à l'appareil, dit la voix douce à l'oreille de Camille. Voudrais-tu rencontrer un directeur d'école à la retraite ? C'est un type qui a consacré sa vie à étudier l'histoire du coin. De temps en temps, il vient m'acheter de vieux bouquins. Il possède une formidable collection de documents anciens, des papiers de familles ou des archives administratives. C'est une proposition. Peut-être que tu préfères éviter les historiens amateurs.

— Pas du tout. J'aimerais beaucoup le rencontrer, dit-elle, observant Rogan qui ne savait pas quoi faire du vase qui avait failli tomber.

— Je serai à l'église, ce matin, continua James. Je peux te conduire chez lui cet après-midi.

— Ne change pas tes plans pour moi, James.

— Mais si, j'y tiens. Ce serait un honneur !

Parfois James se conduisait comme un gentleman d'une autre époque. Elle sourit.

— Bon, alors, présenté comme ça…

Rogan qui venait de placer le vase sur la commode années trente lui décocha un regard inquiet.

— Bien, dit James. Rendez-vous à 13 h 30. A moins que ça soit trop tôt pour toi ?

— Non, c'est très bien. Je serai prête.

— Prête pour quoi faire ? lança Rogan alors qu'elle replaçait le téléphone sur sa base.

Elle n'eut pas besoin de chercher les mots pour lui répondre. Un regard suffit.

— Désolé, s'excusa-t-il. Je suis trop curieux.

Il désigna le carton.

— Enfin, il est là.

— Merci.

Elle s'attendait à ce que Rogan sorte, mais il ne bougea pas d'un pas.

— Tu ne vas pas… enfin, je veux dire : ne jette rien qui puisse…

— Qui puisse quoi ? coupa-t-elle.

— Il pourrait y avoir une indication, un indice là-dedans. Si jamais nos pères ont vraiment découvert un trésor.

Camille ne voulait pas croire une seconde à ce trésor. Encore moins que son père ait caché parmi ses effets personnels un indice susceptible d'y mener !

— Si tu veux, dit-elle d'un ton neutre, tu peux passer le contenu du carton en revue avec moi.

Pourquoi lui avait-elle fait cette proposition ? Appréhendait-elle d'explorer les affaires personnelles de son père au point qu'elle ait besoin de quelqu'un pour l'aider ?

Après, il lui faudrait encore téléphoner à sa mère pour lui demander les documents nécessaires pour la succession et lui expliquer pourquoi il les lui fallait. La présence de Rogan à ses côtés lui permettrait de retarder cette nouvelle épreuve.

Et bien qu'elle ne fût que trop consciente du potentiel sexuel qui émanait de lui, elle se dit que toutes les sensations fébriles qu'elle ressentait en sa compagnie formaient un antidote imparable contre la déprime qui la menaçait.

Elle s'assit devant le carton. Après un temps d'hésitation, elle sortit les photos qu'elle avait déjà vues et le paquet de lettres ficelé qu'elle mit de côté après un bref regard.

— Tu ne veux pas les lire ? demanda Rogan.

— C'est ma mère qui les a écrites. Il y a plus de vingt ans. J'ai regardé les cachets de la poste. Je lui demanderai ce qu'elle compte en faire.

En fait, elle avait bien une idée de la réponse : « Oh, tu peux les brûler », dirait sa mère d'un ton cassant. « Détruis-moi toutes ces vieilleries. » De la même manière que Thomas McIndoe avait détruit leur mariage, et le cœur de leur fille.

Camille aurait tant aimé s'atteler à ce tri sans état d'âme. Sans curiosité. Mais c'était plus fort qu'elle. Pour une raison qu'elle ignorait, une envie de découvrir grandissait en elle.

Elle mit la main sur une vieille casquette de base-ball qui sentait le tabac froid et le sel. D'un coup elle fut plongée dans le passé. Elle se revit, toute petite, avec son papa qui la soulevait à bout de bras en disant : « Comment va ma fillette ? » La seconde d'après, il l'embrassait avec ferveur, et spontanément elle répondait à son affection.

Le souvenir semblait si réel qu'il lui fallut un temps pour reprendre sa respiration et passer à un autre objet. Elle dégotta une série de petite sculptures de bois : une tortue, un poisson, plusieurs formes de bateaux, quelques silhouettes humaines et, pour finir, une plus travaillée que les autres, qui représentait une petite fille en robe, les cheveux flottants dans le vent.

— C'est toi ?

— Je ne sais pas, répondit-elle en reposant la figurine.

C'était sans doute une petite fille anonyme, se dit-elle.

Elle sortit toute une flopée de vieilles cartes marines, la plupart cornées et jaunies. Elle les tendit à Rogan pour qu'il les parcoure.

Vinrent les livres. *Vingt Mille Lieues sous les mers*, *Deux Années sur le gaillard d'avant*. Plusieurs bouquins de navigation, et une demi-douzaine de polars défraîchis. Ensuite, elle tomba sur des exemplaires du *National Geographic* et un vieux manuel de scout, littéralement rongé aux angles par les souris. Est-ce que son père avait été scout dans son enfance ? Ou avait-il ramassé ça quelque part, pour les pages sur les nœuds ?

Il y avait un passeport, rempli de visas. Rapidement, Camille inspecta la photo de l'homme barbu qui regardait farouchement l'objectif. Un parfait inconnu.

Tout au fond, elle trouva une enveloppe kraft qui contenait des photos sans cadre qu'elle ne daigna pas regarder, puis une boîte en métal, qui commençait à rouiller.

Rogan s'efforça de rester patient alors que Camille soulevait, tout doucement, le couvercle de la boîte. A l'intérieur se trouvait une collection de pièces provenant de différentes nations du Pacifique. Il y avait aussi une épingle à cravate en or — tiens, à quelle occasion Taff avait-il bien pu porter une cravate ? — et une paire de boutons de manchettes en nacre, incrustés d'une pierre rouge en leur centre. Mais ce n'était pas tout. Sous la ferraille se trouvaient des coupures de journaux. Camille en examina une rapidement. Quand elle l'eut mise de côté, Rogan regarda. C'était l'annonce du mariage de Thomas William McIndoe avec Mona Violet Hartley. Il y avait une photo du jeune couple : Taff, le torse bombé de fierté en costume et cravate, et sa jeune femme, en voile et dentelle blanche, qui lui souriait avec amour.

L'autre coupure était un faire-part de naissance. *McIndoe : Pour Mona et Thomas, une fille magnifique*.

Camille déplia avec précaution une grande feuille de papier. Elle écarquilla les yeux, puis, brusquement, roula le papier en boule. Son visage aux traits durcis reflétait une colère froide.

— Qu'est-ce que c'est ?

— Rien. Un truc à jeter.

Elle balança la boule de papier dans la corbeille, puis commença à tout ranger dans la boîte métallique.

— S'il y a quoi que ce soit qui t'intéresse, dit-elle en désignant le tas sur la table, tu n'as qu'à le prendre.

Taff avait toujours été très gentil avec les fils Broderick. En souvenir, Rogan choisit la tortue de bois, qui était juste de la bonne taille pour tenir dans la paume de sa main.

— Je vais prendre ça pour mon frère.

Granger pourrait s'en servir comme presse-papiers.

— Et pour toi ?

— Oh, moi, je bouge beaucoup.

Il voyageait léger et ne s'encombrait pas d'objets inutiles.

— Que vas-tu faire des autres figurines ?

— Les jeter ou les brûler. Je n'arriverai pas à les vendre.

Certes, ce n'étaient pas des objets d'art, mais Taff avait passé des heures à les sculpter. Un jour, Rogan et Granger l'avaient regardé sculpter pour eux des canoës avec des voiles miniatures. Cela avait pris des heures. Au fait, où ces jouets étaient-ils passés ?

Alors qu'elle tendait la main vers la figurine de la petite fille, il s'exclama :

— Celle-là, je vais la prendre.

Il s'étonna de son impulsion. Quant à Camille, elle lui envoya un regard déconcerté qui en disait long sur son étonnement à elle.

— Sauf si tu la veux, reprit-il.

Elle secoua la tête avec détermination.

— Au contraire, prends-la.

Il s'en saisit, appréciant la fraîcheur du bois contre sa peau.

— Il n'y a rien dans ces livres ? Pas de feuilles volantes ?

Elle fit la vérification pour chaque volume. Seules quelques pages désolidarisées tombèrent.

— Rien, conclut-elle en commençant à les replacer dans le carton.

— Euh, ça me dirait bien de jeter un œil sur les ouvrages de navigation.

— Tiens, ils sont à toi, dit-elle en le regardant par en dessous. Est-ce que tu veux aussi les *National Geographic* avec ?

— Pourquoi pas ?

Il ne voulait pas passer à côté d'une piste.

Se levant, elle continua à remettre les affaires dans le carton. Quand elle eut en main l'enveloppe kraft, elle hésita un instant, puis l'envoya rejoindre le reste dans le carton. Elle remit tout sauf la boîte et les deux photos encadrées.

— Tu n'as pas regardé les photos dans l'enveloppe.

— Je n'en ai pas envie.

— Il y a peut-être des photos de mon père là-dedans. Tu permets ?

Camille haussa les épaules et se croisa les bras, comme pour se protéger.

— Vas-y, dit-elle en se tournant vers la fenêtre. Prends ce que tu veux. Je ferai brûler le reste. Il doit bien y avoir un incinérateur ici !

— Je m'en chargerai. Si j'étais toi, je ferais estimer le contenu de la boîte en métal.

— A mon avis, il n'y a rien de valeur.

Un silence s'installa. Elle souffla.

— Merci en tout cas de t'en occuper pour moi, dit-elle en désignant le carton d'un mouvement de tête.

Il le referma et le prit dans les bras.

— Ça va ?

— Très bien. Maintenant que c'est fait, je vais pouvoir me consacrer à ma recherche.

En disant ces mots, elle s'était dirigée vers la porte, visiblement pressée de se débarrasser de lui. Avant de refermer la porte, elle lui lança, d'un ton taquin :

— Et bonne chance pour ta chasse au trésor !

Camille retrouva James comme prévu.

Après quelques kilomètres vers l'intérieur des terres, là où subsistaient les ruines d'une vieille usine, James arrêta la voiture devant une petite maison au jardin époustouflant de rosiers, myosotis et arbres locaux comme le totara.

Selwyn Trubshaw ne faisait pas son âge. Cet homme élancé, aux yeux pétillants de curiosité, n'avait rien du vieillard accablé par soixante-dix-neuf années passées dans le vent de l'île du Nord. Sa bibliothèque, qui faisait le tour d'une chambre d'amis reconvertie, était remplie de bouquins, dossiers et boîtes de classement. Au centre de la pièce, un imposant bureau en chêne supportait un ordinateur, son imprimante et un scanner.

Camille fut invitée à parcourir les étagères, exercice auquel elle se prêta avec joie. La simple vue d'ouvrages anciens lui procurait une excitation sans nom.

Trois heures et demie plus tard, elle était plongée dans un vieux journal intime, écrit à la plume.

— Il m'a été donné par un vieux voisin, précisa M. Trubshaw. Il appartenait à sa grand-mère, qui avait une peur bleue que ses enfants le brûlent après sa mort.

James posa une main nonchalante sur l'épaule de Camille. Il sentait l'eau de Cologne. Sans doute une version luxe, mais néanmoins entêtante.

— Tu trouves ton bonheur ?

— Et comment ! C'est exactement le genre de données qui ne figurent pas dans les récits écrits par des hommes.

M. Trubshaw parut ravi.

— Vous pouvez venir ici autant que vous voulez.

Camille regarda l'heure. Elle s'était attardée et M. Trubshaw avait l'air un peu fatigué. Il lui avait montré des tas de recueils et de dossiers, excité lui aussi à l'idée de dévoiler son trésor, mais il n'était plus tout jeune.

— Merci beaucoup pour la proposition. Et James, merci à toi d'avoir été si patient.

Sur la route du retour, elle raconta à James que ce que M. Trubshaw avait rassemblé là constituait une véritable aubaine pour sa recherche.

— Je ne sais pas comment te remercier, conclut-elle.

— Moi, j'ai une idée. Accepte de dîner avec moi ce soir.

— D'accord, mais cette fois, c'est moi qui t'invite.

Il voulut refuser, mais elle posa vite ce détail comme la condition absolue. Et il n'insista plus.

5

Avec cette chaleur, Rogan n'arrivait pas à trouver le sommeil. Il avait fait le tri des photos de l'enveloppe, ne retenant que quelques clichés avec Taff. Une fois revenu dans sa chambre, il les avait déposés sur la table, à côté de la statuette de petite fille.

Les cartes n'avaient rien révélé de particulier. Non seulement elles ne dataient pas d'hier, mais elles n'avaient pas été dépliées depuis longtemps. Les annuaires des marées et autres documents nautiques ne faisaient pas plus mention d'une route vers un trésor caché.

Que s'attendait-il à trouver ? Une carte avec une croix rouge tracée au milieu ?

Vêtu d'un simple caleçon, il se leva et sans allumer la lumière se traîna jusqu'à la fenêtre. Il la fit coulisser : un peu d'air frais lui ferait du bien. Il resta un instant les yeux rivés sur la mer d'encre, dont il discernait les contours d'argent. Les beaux voiliers de la marina, qui à cette heure-là ressemblaient à des bateaux fantômes, ne retinrent pas son attention. Ce fut le grand large qui capta son regard.

Cette immensité insondable.

Etait-ce vraiment idiot d'imaginer que son père ait fini par trouver un trésor ? Et, au cas où ça ne le serait pas, restait-il aujourd'hui une chance de le localiser, ce fichu trésor ?

Granger pensait qu'il fallait être fou pour donner du crédit à cette rumeur. Et Camille semblait partager cet avis. Ils avaient sans doute raison…

Au loin, une demi-lune et quelques étoiles étaient voilées par de grandes masses nuageuses. Au premier plan, une voiture passa, ses phares balayant la route devant elle. Sur le trottoir qui longeait l'hôtel, les lampadaires se succédaient, coiffés d'un nuage d'insectes.

Depuis sa première visite sur le ketch, il avait conservé une drôle d'impression ; une intuition d'anormalité qui passait et repassait dans les fins fonds de son inconscient, sans qu'il puisse l'éclaircir.

L'arrêt d'une voiture devant l'hôtel le fit sortir de ses pensées.

Il reconnut l'homme qui, étant descendu du véhicule, allait ouvrir la porte du passager. En l'occurrence c'était une passagère, puisque, comme il s'y attendait, c'était Camille.

Ils se tenaient très près l'un de l'autre. L'homme articula quelques mots, puis il pencha légèrement le visage. Elle ne bougea pas.

Rogan serra les mains sur la rambarde de la fenêtre.

Maintenant, l'homme avait les deux mains posées sur les épaules de Camille. Il l'embrassa. Pendant deux longues secondes. Puis elle prit la parole ; il lui répondit et, bras dessus, bras dessous, ils disparurent vers l'entrée de l'hôtel.

Nom d'un… Elle n'allait quand même pas inviter ce type dans sa chambre ? Rogan se détourna de la fenêtre et plongea dans son jean, avec l'idée d'aller voir par lui-même. Il s'arrêta en plein élan. Il aurait l'air d'un parfait imbécile, à s'occuper de ce qui ne le regardait pas !

D'un geste nerveux, il se débarrassa du pantalon. Sans réfléchir, il alluma la lampe de sa table de chevet. Aussitôt un énorme insecte entra par la fenêtre, zigzaguant à souhait sans ménager son bourdonnement.

Pour un coup de génie…

Rogan éteignit vite la lumière, espérant que l'intrus retrouverait le chemin de l'air frais. Mais c'était sans compter avec l'esprit joueur de l'insecte qui semblait narguer Rogan avec ses va-et-vient sonores.

Pas la peine d'essayer de dormir avec un vrombissement pareil au-dessus de soi. Pendant dix minutes, Rogan usa de toutes les ruses pour attirer l'insecte vers la fenêtre. En vain. Il se décida pour une solution plus radicale.

Après une poursuite infernale, pour laquelle Rogan s'était armé d'un journal roulé, l'insecte finit par trouver, miraculeusement, le carré ouvert sur la liberté. Dans un réflexe de sauvegarde, Rogan referma rapidement la fenêtre. Il souffla. Tiens, la voiture avait disparu !

Ce ne fut qu'une heure plus tard qu'il réalisa, dans un demi-sommeil, que le gars pouvait très bien s'être contenté de changer sa voiture de place, pour éviter qu'elle ne passe la nuit dans un endroit trop en vue.

Oui, mais Rogan n'avait pas entendu de voix dans l'escalier, ni de claquement de porte. D'un autre côté, avec cette saleté d'insecte qui bourdonnait comme un diable, il aurait même pu rater l'alarme d'incendie !

Ne trouvant plus de nouvelle excuse pour retarder l'épreuve, Camille appela chez elle le lendemain matin. Comme prévu, Mona lui répondit de brûler toutes les lettres et les photos. Sans exception. Elle ne comprenait même pas, lui confia-t-elle, pourquoi Taff avait jugé bon de les garder pendant toutes ces années.

Quand Camille lui demanda la photocopie de son acte de mariage et un extrait d'acte de naissance certifiant la paternité de Taff, Mona ne put s'empêcher — encore une réaction prévisible — de la questionner.

— Tu vas hériter de ce vieux radeau ? se gaussa Mona. La dernière fois que je l'ai vu, il n'était déjà plus en état, et c'était il y a vingt ans ! A mon avis, tu ne récolteras rien.

— Granger Broderick m'a dit que d'autres vieux bateaux du même type se vendaient à plus de cent mille dollars.

— Incroyable ! Enfin, comme ça, ma chérie, tu auras enfin obtenu quelque chose de ton bon à rien de père.

— Je ne veux pas d'argent. C'est à toi que tout doit revenir.

— Chérie, c'est très gentil. Et très tentant. Dieu sait que ton père a plus d'une dette envers moi. Mais tu as dit que l'un des fils Broderick était avocat, n'est-ce pas ? Alors, tu verras : il trouvera bien une façon de tout garder.

— Je ne crois qu'ils aient cette mentalité-là. D'ailleurs, je n'aurais rien su du testament s'ils ne m'en avaient pas parlé.

— D'accord, je vais envoyer les documents nécessaires. Mais ne te fais pas d'illusions.

Camille fut surprise de voir Rogan prenant son petit déjeuner dans la salle à manger.

Quand il lui montra d'un signe que la place en face de lui était libre, elle n'hésita pas plus d'une seconde avant de le rejoindre.

— Je pensais que tu avais quitté l'hôtel hier, lui dit-elle.

— Granger avait réservé jusqu'à ce matin, et le petit déjeuner est parfait, ici.

Il se saisit d'un toast qu'il se mit à beurrer allègrement.

Une serveuse arriva avec un pichet de jus d'orange. Camille en accepta un verre puis commanda des toasts et, ensuite, un café, à apporter quand elle aurait fini de manger. Rogan parut surpris mais ne fit aucun commentaire.

— Alors tu vas partir ? s'enquit-il quelques secondes plus tard.

Camille, qui s'amusait à regarder son reflet déformé dans une petite cuillère, la reposa sur la table.

— A vrai dire, je n'ai pas le choix. Il n'y a pas de chambre libre avant le 1er janvier !

Il coupa une saucisse mais la laissa dans son assiette.

— Et tu as toujours l'intention de te rendre à Keriberi ?

— Eh bien, j'ai fait une rencontre ici et…

— Je vois.

Rogan se rejeta contre le dossier de sa chaise.

Elle ajouta promptement :

— Il approche de quatre-vingts.

— Il avait l'air plus jeune hier soir.

Elle le regarda avec de grands yeux. Hier soir ?

Détournant le regard, il enfourna rapidement un morceau de saucisse.

— Ce devait être un autre, poursuivit-il, la bouche pleine.

— Quoi ? Tu m'as espionnée ?

— Pourquoi j'aurais fait ça ? dit-il l'air indigné. C'est le hasard. Je regardais le paysage par ma fenêtre quand tu es rentrée à l'hôtel, hier soir.

Une gêne disproportionnée la rendit muette. Ainsi Rogan avait vu James lui dire bonne nuit. Après tout, il n'y avait pas de quoi s'affoler. C'était un baiser amical sans plus. Enfin, si. Avec un petit plus. Un baiser prolongé, au-delà du convenable. D'ailleurs, parti comme il était, James l'aurait sans nul doute fait évoluer, ce baiser, si Camille ne l'avait pas interrompu. Elle s'était écartée. Il n'avait pas insisté, en galant homme qu'il était. Ensuite, il l'avait gentiment accompagnée à l'entrée de l'hôtel et, en échange de la promesse qu'ils se verraient le lendemain, il s'en était retourné à sa voiture.

Le lendemain, c'était aujourd'hui !

— Alors, qui c'est ?

De qui parlait-il maintenant ? Camille décida d'entretenir un certain suspense.

— Un historien amateur, un certain M. Trubshaw, répondit-elle. Il est à la retraite. Sa bibliothèque est remplie de documents d'un intérêt historique rare. J'aimerais prendre le temps de bien les étudier.

Rogan lui lança un regard impatient.

— Et ce type-là a quatre-vingts ans.

— Environ.

— Il t'a invitée à séjourner chez lui ?

— Non.

C'était James qui lui avait fait cette proposition, quand elle lui avait dit qu'elle devait quitter l'hôtel, et que les efforts de la réceptionniste pour lui trouver une autre chambre en ville étaient restés vains. Camille n'avait pas accepté. Elle ne voulait pas passer pour une profiteuse sans scrupule. James avait déjà tant fait pour elle. Il avait eu l'air déçu de sa réponse, mais n'avait rien tenté pour la faire changer d'avis.

— Viens donc sur le *Sea-Rogue* ! Il y a assez de cabines.

Camille fit non de la tête.

— Tu n'aurais rien à craindre, lui assura-t-il avec un sérieux qui la fit sourire intérieurement. Mon frère est avocat. Il est au-dessus de tout soupçon et, si tu veux, il se portera garant de ma conduite.

Mais elle ne craignait rien de Rogan. Non. Ce qu'elle redoutait c'était sa réaction à elle, une fois seule avec Rogan. Il avait un tel pouvoir sur elle…

Les toasts arrivèrent. Sous le regard intimidant de Rogan, elle couvrit ses toasts de beurre et de confiture. Quand elle commença à manger, il reprit le cours de son petit déjeuner, finissant en quelques bouchées les restes de son plat. La serveuse n'attendit pas pour venir lui reprendre son assiette vide et lui proposer autre chose.

— Je prendrai un autre café, quand mademoiselle prendra le sien.

La serveuse acquiesça et s'en alla.

— Tu n'es pas obligé de m'attendre, protesta Camille.

— Je ne suis pas pressé. Et la vue est si belle.

Il lança un regard distrait par la fenêtre qui donnait sur la marina, avant de la fixer de nouveau. Dans son regard, elle discerna comme un sourire contenu. Dans ces conditions, il n'était pas facile de se concentrer sur ses toasts !

A bien des égards, il aurait été beaucoup plus simple qu'elle emménage à bord du *Sea-Rogue*. D'abord elle n'aurait rien à débourser, et surtout, puisqu'elle avait des droits sur le rafiot, elle ne devrait rien à personne. La bibliothèque de M. Trubshaw était une vraie mine d'or. Elle serait bien bête de ne pas profiter de ce lit gratuit pour mener à bien ses recherches… Même si cela signifiait partager un espace réduit avec l'homme le plus troublant qu'elle ait jamais rencontré…

Le baiser qu'ils avaient échangé… Mieux valait ne plus y penser. Même si c'était un très bon souvenir. Un baiser d'autant plus délicieux qu'elle ne s'y était pas attendue. Rogan Broderick ne comptait sans doute plus les femmes qu'il avait eu l'occasion d'embrasser. Quand on a autant de talent, c'est qu'on a de la pratique ! D'ailleurs, le fait même qu'elle ait apprécié ce baiser en disait long…

Evidemment, il faudrait gérer heure par heure une attirance physique peu confortable. Mais c'était faisable ; elle savait bien dire non aux hommes, même aux plus séduisants !

On leur servit leur café qu'ils burent en silence.

Rogan, qui venait de reposer sa tasse vide, s'empressa de venir lui dégager sa chaise. Pendant un court moment, il fut très près et elle sentit son odeur, un mélange subtil de savon frais et de coton propre, réchauffé par la tiédeur de sa peau.

Elle lui effleura le bras sans le vouloir alors qu'il reculait d'un pas. L'effet était électrisant.

Comment avait-elle pu imaginer une seconde cohabiter avec un homme aussi terriblement… viril que lui ! Maintenant, il se tenait à quelques pas devant elle, la regardant d'un air nonchalant, les doigts posés sur la boucle de son ceinturon.

Elle inspira lentement, furieuse contre elle-même. Une adolescente transie par son premier émoi, voilà ce qu'elle était ! Camille avait pourtant passé l'âge des réactions physiques incontrôlées ! Le plus raisonnable eût été de déguerpir aujourd'hui même. Avec un peu de chance, dans une semaine, elle aurait totalement oublié ce Rogan Broderick.

La jeune femme de l'accueil vint à sa rencontre dans la salle à manger.

— Mademoiselle Hartley, j'ai un appel pour vous. Voulez-vous que je transfère l'appel dans votre chambre ?

— Oui, merci.

Et elle grimpa à toute allure dans sa chambre. Essoufflée, elle décrocha le combiné.

— Je ne voulais pas interrompre ton petit déjeuner, dit James.

— J'avais fini.

— J'ai eu une idée hier soir après qu'on s'est quittés. Si tu veux ne dépendre de personne, pourquoi est-ce que tu ne fais pas valoir tes droits d'héritage ? Tu pourrais t'installer sur le bateau, non ?

C'était un complot…

— Rogan me l'a proposé…

— Proposé ? releva-t-il d'un ton amusé. Mais tu y as droit ! Ce ne serait pas une mauvaise idée de prendre possession de ce qui t'appartient !

— Rogan va s'y installer ce soir.

Il y eut une pause.

— Raison de plus pour délimiter ton territoire. Enfin, c'est mon avis. Il y a bien plusieurs cabines, non ? Qui se ferment ?

La cabine du capitaine pouvait se fermer par un verrou, se rappela-t-elle.

— Oh, là n'est pas le problème. Et je ne crois pas non plus que Rogan ou Granger veuillent me soutirer ma part d'héritage.

— Quand même, tu devrais être prudente. Au fait, est-ce qu'on se voit tout à l'heure ? On pourrait déjeuner ensemble.

— D'accord.

Elle aurait le temps de préparer ses affaires pour libérer la chambre. Et si possible, elle aboutirait à une décision.

Alors qu'elle enfouissait la boîte métallique de son père dans un coin de sa valise, on frappa à la porte.

C'était Rogan, son gros sac en toile sur l'épaule. Il lui tendit une série de photos.

— Ton père est dessus. Tu devrais peut-être les reprendre ?

Camille eut un mouvement de recul que Rogan dut prendre pour une invitation à rentrer puisqu'il la suivit à l'intérieur de sa chambre.

— Je n'en veux pas, dit-elle.

Le regard perplexe, il insista :

— Oui, mais ta mère peut-être…

Camille secoua négativement la tête.

— Tu n'en sais rien, reprit-il.

— Oh, je connais ma mère !

— Peut-être…

Il jeta un coup d'œil attendri sur les photos. Enervée, elle les lui prit des mains et les jeta dans la corbeille.

Sans rien dire, il lança un regard désabusé sur la pièce. Son attention s'arrêta sur sa valise et l'ordinateur portable posés sur le lit.

— Je t'aiderai à porter tes affaires si tu viens sur le *Sea-Rogue*.

C'était le moment ou jamais de se décider ! Ce serait vraiment bien de rester à Mokohina… Pourquoi devrait-elle se priver de cet avantage, simplement parce que Rogan éveillait en elle une attirance… irritante ?

La cohabitation la guérirait certainement. A la deuxième chaussette sale qu'il laisserait traîner, l'effet de son charme sur elle diminuerait sévèrement. Le partage des salles d'eau achèverait d'anéantir toute pulsion romantique chez elle. Et puis, au matin, quand il émergerait, mal rasé, le bâillement libre, et qu'il avancerait vers elle, en se frottant le torse…

Finalement, l'image n'était pas si terrifiante. Il avait de belles dents, bien blanches, et un torse musclé qui invitait aux caresses…

— Tu n'auras qu'à prendre la cabine du capitaine. C'est la plus grande et il y a un bureau. De plus, tu peux la fermer à clé.

— Mais c'est la cabine de ton père !

Il lui fit un demi-sourire.

— Il ne la réclamera plus maintenant.

— Non, mais… c'est toi qui devrais l'avoir.

— Moi, je n'ai pas besoin d'espace pour travailler.

Elle se remémora les logements spacieux du maître de bord, avec ce magnifique bureau de bois et toutes ses étagères remplies de volumes anciens.

— Quels sont tes projets ? demanda-t-elle.

— J'avais un contrat dans le Golfe pour encore plusieurs semaines. Mais à mon départ, ils ont embauché un remplaçant. Je suis libre pour quelque temps.

Donc il serait « encore quelque temps » dans les parages. Elle avait eu le vague espoir qu'il ne resterait pas longtemps. Et maintenant, contre toute attente, elle ressentait une vague satisfaction à l'idée que ce ne serait pas le cas.

— Et si tu ne te plais pas à bord, tu peux toujours changer tes plans. Tu n'as pas d'autre valise ?

— Il me reste des affaires à prendre dans la salle de bains.

Elle réfléchit un instant, puis, faisant appel à tout le pragmatisme qu'elle cultivait depuis l'enfance, elle lança :

— Je vais les chercher.

Quand il vit qu'elle rabattait à demi la porte de la salle de bains, il s'avança vers la fenêtre. L'une des photos était tombée à côté de la corbeille. Il se pencha pour la ramasser, puis, après un temps d'hésitation, il la glissa dans la poche de sa veste en jean. Les autres clichés se retrouvaient parmi les détritus, une tasse en plastique usagée, des copeaux de crayon à papier et une boule de papier froissé.

Il leva les yeux vers la porte de la salle de bains d'où lui parvenaient des bruits d'eau. S'accroupissant rapidement, il prit la boule de papier. Quand Camille entra de nouveau dans la chambre, une trousse de toilette en main, il se relevait tout juste. Il referma la main sur son petit butin et pendant qu'elle finissait de faire sa valise, en faisant de la place pour sa trousse, il réussit subrepticement à aplatir le morceau de papier et à le glisser dans la poche arrière de son pantalon.

Au moment où elle allait soulever sa valise, il tendit le bras et s'en saisit.

— Merci mais ce n'est pas lourd, dit-elle en fronçant les sourcils, comme si elle lui en voulait d'être serviable.

Elle prit son ordinateur portable et le suivit à l'extérieur.

Quand ils passèrent tous les deux à l'accueil, Rogan remarqua les drôles de regards que leur lançait la réceptionniste. Camille s'en était-elle aperçue ? En tout cas, lui, il s'en fichait bien.

— Autant prendre ma voiture, dit Camille. Il y a bien un parking à proximité du bateau.

— Un parking flambant neuf et toujours vide !

Le trajet ne dura pas. La voiture garée, Rogan sortit les affaires de Camille et les porta sur le bateau, jusque dans la cabine du capitaine.

— Voilà ! C'est chez toi !

— Tu es sûr ?

— Sois la bienvenue, dit-il en posant la valise sur la couchette.

Le placard de Barney avait déjà été débarrassé. Rogan profita d'un carton vide pour libérer les tiroirs remis en ordre l'avant-veille. Quand il considéra les vieux livres bien alignés sur leur étagère, Camille perçut une certaine tension sur son visage. Il prit une première fournée qu'il plaça dans le carton. Avant qu'il ne recommence, Camille l'arrêta.

— Tu peux laisser les autres.

S'il ôtait les livres, il n'y aurait plus d'affaires de son père dans cette cabine.

— Je n'ai pas besoin de toute l'étagère, dit-elle.

— Comme tu veux, rétorqua-t-il, le visage détendu. Certains vont peut-être t'intéresser.

Alors qu'il était sur le point de partir, son regard se porta sur la photo accrochée au-dessus de l'étagère.

— Ta mère ?

La photo représentait une jeune femme brune aux traits fins, avec un beau sourire sur les lèvres.

— Oui. Tu veux que je l'enlève ?

— Non, surtout pas !

— Appelle-moi si tu as besoin de quelque chose, conclut-il avant de fermer la porte derrière lui.

Dans les tiroirs, sous le lit, elle trouva deux couvertures ajourées, mais pas de draps. De toute évidence, le sac de couchage suffisait à Barney.

Le coussin de la chaise avait l'air plat et dur et, après s'être assise dessus, elle en eut confirmation. Elle se rendit dans la cabine principale et rencontra Rogan qui sortait lui aussi de son antre.

— Tout va bien ? demanda-t-il avec un sourire rassurant.

— Oui, mais je vais aller en ville m'acheter des draps.

Elle trouvait les sacs de couchage trop étouffants.

— Et le coussin de la chaise de ton père est trop fin. Ça t'ennuie si je le change ?

— Pas du tout. Je ferais bien de venir avec toi, si tu n'y vois pas d'inconvénient. On a des courses à faire, sauf si tu prévois de manger en ville à chaque repas.

Après la mise à sac du bateau, il ne restait plus rien en dehors de quelques malheureuses conserves.

— J'ai un déjeuner en ville ce midi mais…

— Avec M. Trubshaw ?

— Non, répondit-elle sèchement pour le décourager de continuer. Mais tu as raison, il faut faire des courses.

Elle acheta une paire de draps et un coussin vert pâle assorti. Ensuite, ils allèrent dans un petit supermarché pour faire le plein de courses. Lorsqu'ils rentrèrent au bateau, la marée était descendue et la dénivellation entre le ponton et le bateau s'était terriblement accentuée.

Rogan sauta sans état d'âme sur le pont du bateau, y posa les sacs qu'il portait, puis, se retournant, fit signe à Camille de lui balancer ceux qu'elle portait.

Ensuite, il tendit les bras vers elle.

— A ton tour !

Un peu affolée, Camille regarda autour d'elle et repéra une étroite échelle rouillée qui pendait du ponton un peu plus loin vers l'avant. De l'échelle au bateau, il y avait un fossé.

— C'est moins risqué si tu sautes ici ! dit Rogan.

Il devait savoir ce qu'il disait. Elle fit un pas dans le vide et se sentit aussitôt récupérée par des mains solides, puis arrêtée contre un torse robuste, qui dégageait une chaleur réconfortante. Rogan la posa aussitôt à terre.

— Ça va ? dit-il, la tenant toujours par le bras.

— Oui, balbutia-t-elle, le souffle coupé. Merci bien.

— Pas de problème, dit-il en la lâchant.

Une fois toutes les courses rangées, il ne restait plus beaucoup de temps à Camille pour se préparer. Elle décida d'aller au rendez-vous avec James toujours vêtue de son pantalon de toile et de son T-shirt.

Rogan se prélassait au soleil, avachi dans l'un des fauteuils qui formaient le *cockpit*, un salon en carré autour de la barre. Dans sa main droite, il tenait un hamburger géant et, dans l'autre, une cannette de bière.

Camille regarda le ponton au-dessus d'elle. Comment faire pour remonter, maintenant ? Elle s'avança d'un pas hésitant vers l'échelle au bout du bateau.

— Besoin d'un coup de main ? fit Rogan.

C'était une offre en or. Il l'aida d'une poussée franche du bras à poser le pied sur le premier barreau de l'échelle ce qui, étant donné la dénivellation, n'était pas chose aisée. D'autant plus que le bateau, lui, bougeait.

Elle gravit le reste de l'échelle rassurée de le savoir en dessous d'elle au cas où son ascension tournerait mal.

Arrivée au sommet, elle se retourna pour le remercier. Il se tenait les mains sur les hanches, l'air satisfait.

— Pas de problème, dit-il. J'ai profité de la vue.

Prise au dépourvu par cette réplique osée et drôle à la fois, elle partit sans ajouter un mot.

En la regardant s'éloigner, Rogan fourra les mains dans ses poches arrière. Ses doigts rencontrèrent alors un papier. C'était la feuille qu'il avait ramassée dans la corbeille de Camille, dans un moment de curiosité incontrôlée. Après un temps d'hésitation, il le déplia lentement, en se disant que bien que Camille n'y ait rien vu d'important, il pouvait constituer un élément du rébus conduisant à l'éventuel trésor.

C'était un dessin d'enfant, au crayon de couleur. Une femme avec de longs cheveux blonds tenait la main d'une petite fille en robe rouge, qui pleurait à grosses larmes bleues qui tombaient jusqu'au sol. En face, de l'autre côté d'une mer verte, il y avait un homme en pantalon bleu turquoise qui se tenait debout sur un petit voilier. Sous le dessin, écrits par une main maladroite, ces mots : « Tu me manques, mon papa ».

Rogan resta interdit. Cette image, qu'il ne se sentait pas le droit d'avoir contemplée, lui rappelait trop la frustration sans fin qu'il avait connue, lui aussi, quand il était enfant. Les attentes à répétition, les espoirs inutiles. De dépit, il froissa la feuille et la jeta dans la mer. Les mains agrippées nerveusement à la rambarde, il regarda le papier se remettre à plat, suivre les mouvements de l'eau sombre puis disparaître totalement.

Quand Camille arriva dans le magasin d'antiquités, un seul client examinait un vase de cristal sous l'œil patient d'un jeune homme au comptoir. Elle repéra plusieurs meubles de bois de kauri, certains datant du XIXe siècle, et quelques volumes anciens.

La sonnette de la porte avait averti James. Celui-ci sortit de l'arrière-boutique pour venir accueillir Camille. Après un mot à l'oreille de son employé, il la prit par le coude et l'entraîna à l'extérieur.

— On pourrait aller au *Seagull*. C'est un restaurant qui vient d'ouvrir au coin. Il paraît qu'on y mange bien !

Les tables en marbre noir et blanc, avec leurs chaises chromées en cuir, formaient un décor froid qui contrastait avec la forte luminosité de l'extérieur. Camille fut tout de suite frappée par le bruit. De gros amplis déversaient des flots de musique saccadée qui retentissaient entre les dalles en ardoise du sol et la surface nue du plafond.

On leur servit de belles assiettes, élégamment garnies de mets fins qu'ils dégustèrent avec un vin que James avait choisi.

Après deux ou trois tentatives de conversation, pendant lesquelles elle apprit à James qu'elle s'était installée sur le *Sea-Rogue*, Camille renonça à s'user la voix inutilement.

— Il est enfin possible de bien manger à Mokohina, fit James alors qu'ils sortaient du restaurant. Il n'y avait rien avant.

— Oui mais tu es resté quand même.

— Non, j'ai décampé. Dès que j'ai pu. Seulement, quand mon père est parti à la retraite, j'ai repris le flambeau, dit-il en haussant les épaules. Peut-être par nostalgie.

— Qu'est-ce que tu as fait quand tu es parti ?

— Des études de commerce, pour commencer. Et puis j'ai été embauché dans une grosse boîte d'import-export, dans laquelle je n'étais qu'un petit maillon de la grande chaîne. J'avais envie de travailler pour moi. Mais assez parlé de moi. Qu'ont dit les policiers au sujet du cambriolage ?

— A priori, c'est sans rapport avec la mort de Barney.

— D'après ce que j'ai entendu dire, c'est une bagarre d'ivrognes qui a mal tourné. Sacré père Broderick ! fit James en gloussant. Bon, je vais te raccompagner à ton bateau.

— Merci, dit Camille, mais je voulais jeter un coup d'œil sur les livres qu'il y a dans ton magasin.

Après avoir mangé, Rogan s'était rendu au bar de l'Impérial, pour tâcher d'y rencontrer quelques-uns des amis de son père. Bien que l'endroit fût bondé de vrais et faux pêcheurs qui s'étaient déplacés pour le tournoi, il ne reconnut qu'une seule personne présente aux funérailles : un vieux type marqué par la vie, qui avait déjà tellement bu qu'il n'arrivait pas à aligner deux mots. Les autres avaient dû préférer rester à l'écart de la foule qui envahissait le petit port, en ce premier jour de tournoi.

De retour sur le bateau, Rogan s'était installé sur le pont pour lire le journal local qu'il s'était acheté en sortant du bar. Une pensée mal définie l'empêchait de se concentrer sur sa lecture. Une intuition qu'il était sur le point de mettre en mots…

Il se leva d'un bond, s'engouffra dans la cabine pour y passer de nouveau en revue le contenu des étagères, tiroirs et placards. Pas un endroit ne lui échapperait !

6

Quand Camille revint, Rogan finissait l'inventaire des rangements situés sous les sièges de la table. Elle avait les joues rosies et les cheveux ébouriffés. A cause du vent dehors, certainement, se dit-il refusant toute autre explication. Elle lui sourit. Ses yeux semblaient plus clairs, plus joyeux qu'à son départ. Est-ce que c'était son rendez-vous du midi qui la rendait si… épanouie ?

— Si tu m'avais appelé, je t'aurais aidée à descendre, dit-il.

— Il faut bien que j'y arrive seule.

Elle portait un petit paquet.

— Ce sont des livres ? interrogea Rogan.

— Sur l'histoire de la région. Je les ai trouvés dans la boutique de James.

— James ?

Le type qui l'avait raccompagnée hier soir ?

— C'est le propriétaire de la Malle aux Trésors, le magasin d'antiquités.

— Je croyais que ça appartenait au vieux Drummond.

— C'est au jeune Drummond maintenant.

Rogan se souvint vaguement d'un fils Drummond, plus âgé que lui. Il avait été envoyé dans un pensionnat à Auckland.

— Tu le connais depuis longtemps ?

— Seulement quelques jours. Je suis entrée dans sa boutique le jour de mon arrivée ici et puis… on a bavardé.

Quand elle avait appris la mort tragique de Barney, ne sachant que faire, elle avait déambulé en ville. La vue, dans une vitrine, de porcelaines d'époque et de photos sépia avait éveillé son intérêt. Elle était entrée dans la boutique, espérant bien y trouver des livres anciens.

James lui avait demandé si elle était à la recherche d'un type particulier d'ouvrages. Quand elle lui avait fait part de son projet de recherche, il s'était gentiment inquiété de savoir si c'était là la seule raison de sa visite à Mokohina. Camille, encore sous le choc de son passage au *Sea-Rogue*, lui avait parlé de la rencontre prévue avec Barney et de la mort soudaine de ce dernier dans des circonstances suspectes.

Ce n'était pas la peine de tout raconter à Rogan.

— C'est James qui m'a présentée à l'historien à la retraite dont je t'ai parlé.

Depuis le début, James avait fait preuve de gentillesse et de générosité. Barney était-il un parent ? Un ami peut-être ? Il lui adressa toutes ses condoléances avant même qu'elle ne réponde. Ensuite, Camille avait expliqué à James qu'elle n'avait jamais rencontré Barney de sa vie, mais que son père avait longtemps navigué avec lui. Elle n'aurait jamais dit tout ça à un inconnu, mais James semblait si humain, si sincèrement désolé pour elle…

— Au fait, puisque l'on parle de bouquins… Tu n'aurais pas vu le livre de bord ?

— Le livre de bord ?

— Oui, le registre où le capitaine consigne…

— Est-ce que je suis censée l'avoir eu entre les mains ?

— Il n'était pas avec les documents du bateau, sur le bureau de mon père. J'aurais dû réaliser plus tôt qu'il n'était pas là.

— Ton frère ne l'aurait pas pris ?

— Il m'en aurait parlé.

— Et il est comment, ce livre de bord ?

— Mon père utilisait des registres de la taille des grands agendas de bureau. Il est peut-être ailleurs dans sa cabine ?

— Ça m'étonnerait.

Néanmoins, ils partirent vérifier. En vain. Ensuite, Rogan jeta un œil dans les tiroirs et les placards susceptibles de renfermer des documents importants. Camille lui proposa de continuer les recherches de son côté, dans l'ancienne cabine de Taff, restée inoccupée.

— Ça ne t'ennuie pas ? demanda-t-il, l'air préoccupé.

— Mais non.

De toute façon, les affaires personnelles de son père n'y étaient plus.

Rogan était en train de se débattre avec des cannes à pêche et des filets, quand Camille vint lui faire son rapport.

— Je suis bredouille.

Elle fut interrompue par une voix provenant de l'extérieur :

— Ohé ! Y a quelqu'un ?

— Tiens, on dirait James, dit Camille alors que Rogan sortait la tête sur le pont.

— Par ici, cria Rogan.

Il y eut un bruit sourd sur le pont, et puis James descendit dans la cabine.

— J'étais venu rendre visite à Camille, dit-il.

Rogan attendit que le passage soit libre, puis il s'agrippa à la rampe et disparut sur le pont.

— J'espère que tu ne m'en veux pas, fit James. Mais comme je n'avais pas de numéro de téléphone pour te joindre…

— Je vais te donner mon numéro de portable, promit Camille.

Elle avait laissé son téléphone dans sa voiture.

— Je pense que c'est la période qui t'intéresse, fit James

sortant de sa poche une enveloppe jaunie entrouverte sur une feuille manuscrite.

Camille s'en saisit. C'était une lettre datée de 1837 qui commençait par « Mon cher et tendre » et se terminait par une signature fine et élaborée : « A toi pour toujours, Alice ».

Elle frissonna d'excitation et d'émotion. Comme toujours, quand elle tenait entre ses mains un objet ayant appartenu à une personne oubliée depuis longtemps. Une trace sans âge, sortie du passé.

— Où l'as-tu trouvée ?

— Elle était glissée dans un livre que j'ai acheté avec tout un lot au cours d'une vente aux enchères. Après ton départ, j'ai commencé à faire l'inventaire de ce qu'il y avait et en tombant là-dessus, j'ai pensé à toi.

— C'est vraiment gentil de t'être donné le mal de venir jusqu'ici.

Il sourit puis, embrassant la cabine du regard, dit :

— J'admets que j'étais curieux de voir ton héritage. C'est un bateau qui a fait son temps, non ? Les panneaux de bois sont très chic.

— Est-ce que tu fais de la voile ?

James secoua la tête.

— J'ai le mal de mer.

Il jeta un coup d'œil sur un bateau en bouteille qui avait miraculeusement survécu au carnage.

— Tu m'as bien dit que le vieil homme t'avait aussi légué la moitié des biens du bateau ?

— Effectivement.

— N'hésite pas à venir me consulter si tu as des doutes sur la valeur d'un objet. Je veillerai à ce que tu ne sois pas lésée.

— C'est gentil, mais je ne crois pas qu'il y ait quoi que ce soit de précieux ici. Combien est-ce que je te dois pour cette lettre ?

— C'est une curiosité, sans valeur réelle. Avec tous les livres que tu as déjà achetés, je t'en fais cadeau, dit-il en souriant. Mais dis-moi : vous avez un problème ? ajouta-t-il en pointant l'index vers le matériel laissé en plan par Rogan.

Camille ne voyait pas quel problème il pouvait entrevoir.

— C'est juste que nous avons perdu le livre de bord.

— Perdu ? reprit James, l'air inquiet. Peut-être que les vandales qui ont mis le bateau à sac l'ont balancé par-dessus bord.

— Pourquoi auraient-ils fait cela ?

— Pour rien. L'acte gratuit. Il m'arrive de faire des expertises pour des compagnies d'assurances. J'ai souvent vu des objets uniques saccagés par des irresponsables.

Des bruits de pas sur le pont rappelèrent à Camille que, pendant qu'elle parlait avec son invité, Rogan attendait dehors.

James leva la tête.

— Je ferais mieux d'y aller.

Elle le raccompagna sur le pont. Rogan, appuyé contre le mât principal, croisa leur regard. Camille s'arrêta pour faire les présentations.

Rogan salua d'un petit signe de tête.

— Désolé si j'ai interrompu quelque chose, dit James en plaisantant.

— Pas de problème, grogna Rogan.

James s'attarda, examinant la mâture métallique du bateau.

— Est-ce que ce bateau est en état de naviguer ? demanda-t-il alors que son attention se portait sur les voiles grisâtres repliées.

— Bien évidemment.

— Et combien pensez-vous en tirer ?

Camille vit Rogan se raidir.

— Ce bateau n'est pas à vendre.

James le regarda avec étonnement.

— Et que comptez-vous en faire ?

— Le garder.

— Ah bon.

James sembla hésiter un instant. Finalement, il se contenta d'un sourire. Après avoir dit au revoir à Camille, il emprunta l'échelle qui remontait au ponton et disparut.

— Est-ce qu'il va venir souvent ? demanda Rogan.

— Je ne crois pas. Tu y verrais un inconvénient ?

— Non, pourquoi ?

— Tu n'as pas l'air content.

— Mais pas du tout, dit Rogan d'un ton rogue.

— Il est juste venu m'apporter une vieille lettre qu'il avait trouvée. C'est pour mon projet de recherche. Et puis il voulait voir le bateau.

— Le bateau ?

— Il est très intéressé par les vieilles choses.

— Et par les jeunes femmes.

Camille haussa les épaules.

— C'est un homme.

Une lueur de malice apparut dans les yeux de Rogan et, le sourcil levé, il fit :

— Moi aussi.

Comme si elle avait pu l'oublier une seconde ! Comme si quiconque pouvait l'ignorer !

— Pendant le temps qu'on va être ensemble… à bord, il va nous falloir suivre quelques règles de base.

— Tu n'as pas à t'inquiéter, dit-il. Je ne suis pas du genre à m'imposer. Mais si jamais tu es intéressée…

Il s'interrompit, finissant sa proposition par un petit mouvement des lèvres.

— Aucun risque, dit-elle, usant de son ton le plus résolu.

Rogan hocha la tête, déçu.

— Tant pis !

Manifestement, cela n'allait pas l'empêcher de dormir ! Et le plus fort, c'était que Camille en était presque irritée !

— Il faut que j'aille travailler, dit-elle froidement en s'avançant vers la porte de la cabine.

— Est-ce que je dois conclure que tu ne couches pas avec Drummond ?

Le pied sur la première marche de l'échelle, elle s'arrêta et se retourna, le fusillant du regard.

— Je ne réponds pas à ça !

— Alors, c'est oui, railla-t-il tandis qu'elle s'engouffrait dans la cabine.

« Imbécile », se dit Rogan. Quelle question stupide ! Cette femme-là n'était pas le genre à inviter dans son lit le premier venu ! Que celui-ci s'appelle James Drummond ou Rogan Broderick ne changeait rien…

Sans compter que si elle avait été intime avec l'antiquaire, elle aurait été chez lui à l'heure qu'il était. Pas sur le *Sea-Rogue*, avec Rogan.

Cette dernière pensée lui remit du baume au cœur. Il descendit à la suite de Camille, mais quand il arriva dans la coursive, elle avait déjà refermé la porte de sa cabine.

Il alla ranger le matériel sorti, mais garda une canne à pêche avec lui. Remonté sur le pont, il prit un petit appât — un mollusque qu'il avait détaché d'un pilier du ponton —, le sortit de sa coque, le fixa à son hameçon et lança sa ligne côté large.

Quand Camille fit son entrée dans la partie salon, Rogan descendait dans la cabine avec deux gros kahawais, qui frétillaient encore.

— Ce soir, poisson frais, dit-il. Tu veux le tien entier ou en filets ?

Un gage de réconciliation sans doute.

— En filets, s'il te plaît, dit-elle en espérant qu'il s'en chargerait.

Ils avaient acheté diverses sortes de légumes au cours de leur expédition au supermarché. Alors, pendant que Rogan s'occupait du poisson, Camille prépara un mélange de courgettes, carottes et pommes de terre.

Le poisson était très bien cuit et la chair savoureuse fondait sous la langue.

— C'est délicieux, s'exclama Camille en piquant un nouveau morceau sur sa fourchette.

Un silence tomba, chacun étant trop occupé à manger. Puis Camille reprit.

— A propos du livre de bord, James pense que les vandales l'ont balancé par-dessus bord.

Rogan, qui venait d'engloutir une petite pomme de terre, eut une moue de désaccord.

— Est-ce que c'est si important ? ajouta Camille.

Quand il eut avalé sa pomme de terre, il répondit :

— En tout cas, quelqu'un pense que ça l'est.

— Tu crois vraiment que ton père avait fini par localiser un trésor perdu ? Parce que ton frère, lui, n'y croit pas.

— Que j'y croie ou non, là n'est pas le problème. Si mon père avait trouvé — ou pensait pouvoir trouver — quelque chose de précieux, alors ça suffit pour que j'imagine que l'auteur du cambriolage et l'auteur du passage à tabac de mon père ne font qu'un. Et je veux le retrouver.

Il avait l'air si menaçant, si déterminé, que Camille en eut un frisson dans le dos.

— Mais la police n'a pas fait le lien entre les deux affaires ! lui rappela-t-elle.

— Ils ont dit qu'ils n'excluaient aucune piste mais que celle-là était sans doute la moins crédible.

Et c'étaient eux les experts, pensa-t-elle.

— Je ne savais pas que Granger et toi, vous vouliez garder le bateau.

Il ouvrit de grands yeux.

— C'est ce que tu as dit à James, reprit-elle.

— Oh, euh… oui.

— Mais ce n'est pas ce que tu voulais dire.

— Oh si ! C'était exactement ce que je voulais dire, reprit-il en regardant autour de lui. Ce bateau est un bon rafiot, qui tient bien la route.

— Alors, est-ce que tu veux racheter ma part ?

Rogan parut surpris.

— Racheter ta part ?

— Ce serait une solution. Meilleure que si je vendais ma part à quelqu'un d'autre, non ? Tu es le premier à qui je fais l'offre.

Pour Rogan, c'était la solution rêvée. Malheureusement, il n'en avait pas les moyens. Il dépensait au jour le jour tout ce qu'il gagnait, ignorant les conseils de Granger qui lui disait et répétait d'économiser, d'investir en prévision de l'avenir.

Mais, dans son métier, l'avenir était une notion tellement incertaine…

— Tu changeras peut-être d'avis, répondit-il, pris de court.

En réalité, avant que Drummond pose la question, il n'avait pas réfléchi à ce qu'il adviendrait du *Sea-Rogue*. Son seul souci pour l'instant était la vérité sur la mort de son père. Pour le reste, il s'appuyait volontiers sur le savoir-faire de Granger qui assurait la partie légale.

Dès la première fois qu'il avait croisé le regard de Drummond, Rogan avait ressenti de l'antipathie pour lui. C'était au bar de l'Impérial, une rencontre sans paroles, à quelques tables d'écart. Aussi, quand l'antiquaire, avec ses manières paternalistes, avait dénigré le *Sea-Rogue*, le sang de Rogan n'avait fait qu'un tour : en moins d'une seconde, dans un élan de fierté filiale, il s'était convaincu de vouloir le garder.

Il aurait dû écouter son frère. Jusqu'à aujourd'hui, il avait bien profité de l'argent de son travail. Il ne devait rien à personne, et n'avait pris aucun engagement à long terme, en dehors de l'aide intermittente qu'il apportait à l'école de plongée qu'il sponsorisait. Il n'avait jamais eu envie de s'encombrer de réelles possessions. Mais la proposition de Camille venait mettre à mal ses conceptions.

— Je ne vais pas changer d'avis, dit Camille. Toi et Granger seriez-vous intéressés ?

— Il faut que j'en parle à Granger.

Quand ils se levèrent de table, Rogan sortit de sa poche deux petites clés et en tendit une à Camille.

— Tiens, c'est la nouvelle clé. Il faudra penser à fermer quand on quitte le bateau.

— Merci.

Tout en débarrassant les deux assiettes, elle lui fit part de son intention de téléphoner à M. Trubshaw et d'aller ensuite travailler dans sa cabine.

— Moi, je vais aller au bar, dit-il, songeant qu'il avait plus de chance de rencontrer les complices de Barney dans la soirée.

Camille apprit le projet de Rogan sans sourciller, et, bizarrement, il n'appréciait pas cette indifférence. Il aurait pu lui expliquer les raisons de sa sortie nocturne, mais étant donné ce qu'elle pensait de sa chasse au trésor, il préférait ne pas déclencher de nouveau la polémique.

En fait, il préférait encore passer pour un inconditionnel des zincs que pour un rêveur un peu fou. Et puis, quoi ? Quelle différence cela faisait ?

Il y avait quelques visages familiers au bar de l'Impérial et Rogan s'immisca dans des discussions qui malheureusement ne révélèrent rien de nouveau.

— Personne n'y croyait, lança un homme chauve qui balançait sa chope de bière sous le nez de Rogan. Jusqu'à ce qu'il meure de cette mort-là !

Rogan interpella le serveur.

— Est-ce que quelqu'un, étranger au cercle des habitués, aurait pu croire à son histoire ?

Un grand Maori, solidement charpenté, intervint :

— On n'a jamais su qui était le jeune gars qui était là pour l'hommage à Taff ?

— Quel jeune gars ? demanda le chauve au ventre protubérant.

— Celui qu'a payé un ou deux coups à Barney. Ce qui était sympa : Barney n'a pas arrêté de crier après tout le monde, ce soir-là.

— Moi aussi, j'ai payé des tournées ! s'exclama le chauve d'un ton offensé.

— Ouais, mais le gars dont je parle, y a qu'à Barney qu'il a payé son coup, rectifia le grand costaud.

— A quoi il ressemblait ? demanda Rogan.

— Il devait avoir ton âge. Cheveux bruns ; ni gros, ni maigre. Plutôt moins grand que toi. Il avait l'allure d'un marin.

Bref, il ressemblait au quart de la population de Mokohina. Pratique.

— Il n'a pas dit son nom ?

— Je l'ai déjà vu dans le coin. Mais je ne sais pas où il crèche.

Le vieux loup de mer, du nom de Webby, qui l'avait interpellé dans le bar privé, après les funérailles, entra dans le bar.

— Alors, jeune Rogue, dit-il en agrippant l'épaule de Rogan. Comment ça va, hein ?

Rogan lui commanda une bière auprès du barman surchargé de travail.

— Est-ce que par hasard vous savez si mon père a quitté le bar seul ou en compagnie, le soir de sa mort ?

Webby, une flamme d'allumette posée contre le bout de sa cigarette roulée, inhala une bouffée, et souffla deux filets de fumée par le nez.

— Ch'ais pas. Dû m'endormir, dit-il tirant toujours sur sa cigarette. Ch'uis plus tout jeune.

Webby haussa les épaules en signe d'impuissance.

— Hé, Poupon ! cria-t-il, agitant le bras à l'intention d'un nouvel arrivant. Viens par ici.

Rogan vit le grand gaillard à tête ébouriffée se frayer un chemin jusqu'à eux.

— Avec Rogue, on s'interrogeait sur le jeune gars qui avait payé plusieurs fois à boire à Barney. Tu sais, pendant le pot en hommage à Taff.

— J'me souviens. Barney avait mis le bras autour des épaules du gars pendant un moment, dit Poupon en faisant la moue. On aurait dit qu'il avait besoin d'un support pour ne pas rouler par terre. Et Barney, il a dit aussi que le jeune gars le faisait penser à ses fils.

— Est-ce que vous l'aviez déjà vu, ce type ? demanda Rogan.

— Ouais, deux ou trois fois, au pub. Un certain Barry. Ou Gary. C'est ça, Gary. Il crèche sur l'un de ces yachts qui amènent les touristes pêcher au large. Mais je ne sais pas lequel.

Webby se pencha vers Rogan, l'air consterné.

— Et tu crois que c'est lui qui aurait tabassé Barney ?

— Je n'en sais rien, rétorqua Rogan. Personne n'a vu mon père quitter le pub. On ne sait même pas quand il est parti.

— A mon avis pas avant que le patron nous ait fichus dehors ! dit Poupon. Il n'était pas du genre à s'éclipser avant la fin de la beuverie.

Ce soir-là, il devait y avoir une cinquantaine de buveurs invétérés. Ils avaient dû traîner un peu devant le pub avant de se disperser dans la nuit. Pourtant, personne n'avait remarqué le départ du vieil homme. En tout cas, c'était la version récoltée par la police.

Quelqu'un aurait très bien pu le suivre. Ou lui proposer de

l'aide pour rentrer au bateau. Et, arrivés dans le passage désert, cet individu lui serait tombé dessus sauvagement.

Rogan rentra au bateau les poches allégées mais le cœur lourd. Les nombreuses tournées qu'il avait payées aux copains de Barney n'avaient pas permis d'apprendre quoi que ce soit. Dans le noir, il trébucha bruyamment sur la dernière marche de la descente à la cabine. Pour une rentrée discrète ! Maintenant Camille croirait qu'il rentrait soûl.

Le lendemain, Camille était invitée à déjeuner chez M. Trubshaw. Elle se présenta chez lui avec une bonne bouteille de vin, qu'elle avait choisie pour accompagner les tomates et les asperges du jardin promises par son hôte. Le déjeuner fut très plaisant et, après avoir passé quelques heures penchée sur de vieux manuscrits, elle rentra au *Sea-Rogue* qu'elle trouva désert. La marée était haute et elle n'eut pas de mal à descendre du ponton sur le bateau.

Elle déposa ses affaires dans sa cabine et remonta sur le pont pour profiter de l'atmosphère encore chaude de la fin d'après-midi. Installée sur la banquette de bois, elle regardait vaguement le port plus loin, quand un bruit d'eau, tout proche, ramena son attention sur le bateau. Se levant, elle alla jeter un coup d'œil par-dessus la rambarde.

Une imposante silhouette noire émergea à la surface de l'eau, s'agrippant à l'échelle pendue contre la coque. Surprise, Camille recula d'un pas. L'homme habillé d'une combinaison de plongée grimpa sur le bateau, puis enleva son masque. C'était Rogan.

— Ton petit copain s'est trompé, dit-il en se passant une main dans les cheveux. Là-dessous, il n'y a rien que des poissons et quelques détritus. Rien qui vienne du *Sea-Rogue*.

Il fit glisser sa fermeture Eclair et ôta sa combinaison pour se retrouver en caleçon de bain. A l'aide d'un tuyau d'arrosage branché sur l'alimentation d'eau du ponton, il entreprit de rincer son matériel. Ce travail terminé, il descendit dans la cabine.

Il réapparut, en T-shirt et jean propres, les cheveux encore mouillés.

— Je vais me prendre une bière, dit-il de la porte de la cabine. Je t'apporte quelque chose ?

— Je veux bien un verre d'eau gazeuse avec une rondelle de citron.

Quelques minutes plus tard, il remonta sur le pont avec les boissons. Il s'assit en face d'elle, dans le cockpit.

— Comment s'est passée ta journée ? demanda-t-il.

— Bien. Et toi ? Pas trop déçu de ne pas avoir retrouvé le livre de bord ?

Il haussa les épaules et but une gorgée de bière.

— Surtout que ça ne doit pas être très agréable de plonger ici, ajouta-t-elle.

— Il y a pire, mais, c'est vrai, j'ai plongé dans des sites plus stimulants. Comme près d'ici, aux Poor Knights. J'ai aussi plongé en Méditerranée et dans les Caraïbes. C'est unique. Tu as déjà fait de la plongée ?

— Oui, en amateur. Plusieurs fois, j'ai failli prendre des cours de vraie plongée. Quand on voit les documentaires sur le monde sous-marin qu'ils passent parfois à la télé, ça fait rêver. L'autre jour, justement, c'était sur la réserve des Poor Knights. Epoustouflant !

— C'est l'un des sites les plus beaux du monde, dit Rogan, l'air songeur. C'est un univers bien différent, là-dessous.

Il parlait de son monde.

— Je suis moniteur de plongée. Je pourrais t'apprendre.

Elle sentit son cœur s'emballer.

— Oh, ça prendrait trop de temps.

— Pas tant que ça. Les réflexes de base viennent vite. Après, il faut pratiquer en respectant bien les consignes de prudence.

Ne jamais prendre de risques et toujours plonger en compagnie de quelqu'un d'expérimenté, jusqu'à ce que l'on soit expérimenté soi-même.

Si la proposition était venue de quelqu'un d'autre, elle aurait sauté sur l'occasion. Là, tentée et effrayée à la fois, elle répondit, hésitante :

— J'ai peur de ne pas pouvoir me le permettre…

— C'est gratuit ! Et je ne te demanderai rien en échange.

Camille ne pensait pas tant à l'argent qu'au temps. Elle n'avait pas l'intention de prolonger son séjour à Mokohina de plus de trois jours. Mais il y avait encore tant de joyaux à découvrir dans la bibliothèque de M. Trubshaw.

La situation était compliquée, car plombée par des remords inutiles. Certes, rien n'obligeait Camille à rentrer puisqu'elle avait encore plusieurs semaines de vacances devant elle. Mais sa mère devait, d'ici à quelques jours, s'envoler pour l'Australie afin de passer les fêtes de fin d'année chez sa sœur, qui de plus allait fêter ses vingt-cinq ans de mariage. Camille aurait-elle l'audace, après avoir décliné l'invitation de sa tante pour cause de travail, de prolonger son séjour en dilettante à Mokohina ? Et puis sa mère aurait besoin d'elle pour faire ses préparatifs de voyage.

Mona était la première à dire que Camille devait vivre sa vie sans s'occuper d'elle. Mais c'était aussi la première à repousser l'idée qu'un jour Camille irait faire sa vie loin du cocon maternel.

Camille se sentait bien à Mokohina. Sa mère, qui était généreuse bien avant d'être possessive, comprendrait son choix de prolonger son séjour. Surtout que la progression de ses recherches en dépendait. Et si elle pouvait en profiter pour apprendre la plongée sous-marine, alors tant mieux.

— D'accord, dit-elle après un long silence. Mais je veux te rendre la pareille. D'une manière ou d'une autre.

— Je trouverai bien un moyen.

— Peut-être que je pourrais commencer par m'occuper du repas de ce soir ?

— Je n'ai rien contre !

Elle prépara des boulettes de viande et une salade composée. Rogan en reprit deux fois.

— Je peux te donner ta première leçon maintenant, dit-il après le repas, quand tout fut desservi.

— Mais il ne fait plus assez clair, si ?

— Pour plonger, non. Mais j'avais en tête une leçon purement théorique.

Il lui tendit un manuel.

— Lis-le et apprends le chapitre sur la communication par signes.

Il alla chercher son matériel de plongée encore mouillé, et se lança dans l'explication des principes de base. Elle apprit à enfiler le gilet qui servait de support aux bouteilles d'air comprimé, en réglant bien les harnais et les ceintures de lest.

— Une fois sous l'eau, tu dois avoir des gestes précis pour lâcher rapidement le lest et remonter à la surface aussi vite que nécessaire.

— D'après ce que je sais, c'est dangereux de remonter trop rapidement.

— C'est vrai, quand on est à plus de dix mètres de profondeur. Là, une remontée trop brutale peut faire éclater les poumons ou provoquer des paralysies irrémédiables. Mais ne t'inquiète pas.

Après avoir détaillé l'utilité et le maniement de chaque valve et jauge de l'équipement, il lui tendit un impressionnant couteau à dents, pourvu d'un long manche en caoutchouc noir.

— Apprends à te servir de ça.

Camille ouvrit de grands yeux.

— Si tu es prise dans les algues, lui expliqua-t-il, ou dans un filet de pêcheur, tu en auras besoin.

Elle le fit tourner lentement dans ses mains, puis le replaça dans l'étui de caoutchouc que Rogan lui avait fixé à la cheville.

Après quoi, Rogan lui fit répéter les gestes de base pour communiquer sous l'eau.

— Bien. Je crois que ce sera tout pour aujourd'hui.

— Merci, s'empressa-t-elle de souffler. Maintenant, je vais vite aller travailler sur les notes que j'ai prises cet…

— Attends, coupa-t-il, tirant de sa poche un porte-clés très chargé. Hier, j'ai complètement oublié de te la donner.

Il décrocha une petite clé et la lui tendit.

— C'est celle de ta cabine.

Camille la prit, réalisant qu'elle n'avait pas même cherché la veille à fermer sa porte à clé. Elle s'était glissée entre ses draps neufs et, bercée par le léger tangage et la douce musique des vaguelettes caressant la coque, elle avait sombré sans délai dans le sommeil. Quelques heures plus tard, elle s'était à moitié réveillée, pour entendre Rogan se tourner, énervé. Ensuite, après un temps de silence, il avait ouvert puis refermé la porte de sa cabine. Quelques minutes après, parfaitement sereine, elle avait une nouvelle fois rejoint le monde des rêves.

Plus tard, Rogan glissa son exemplaire de la nouvelle clé du bateau sur le porte-clés de son père. Après avoir ôté la vieille clé, il commença l'inventaire du trousseau qui regroupait de quoi ouvrir tous les placards, tiroirs et coffres du *Sea-Rogue*. Il s'arrêta, intrigué par une petite clé fine qui portait le nom d'une grande marque de coffres-forts. A quelle serrure pouvait-elle bien correspondre ? Dans la partie commune, comme dans les cabines latérales, il fit chou blanc. Même chose dans le fond de cale et l'espace entre la coque et les cloisons.

Il ne restait qu'un endroit à explorer : la cabine de son père, devenue celle de Camille. Exaspéré, il hésita mille fois avant de se présenter devant la porte. Il ne s'était pas encore décidé à frapper quand la porte s'ouvrit toute grande sur la jeune femme, qui portait une trousse de toilette dans une main et une serviette-éponge dans l'autre. Levant les yeux sur lui, elle sursauta.

— Quoi ? Je fais peur ? dit-il en souriant.

— Je ne pensais pas te trouver là.

— J'ai découvert une clé inconnue, dit-il en reculant pour la laisser avancer jusqu'à la salle d'eau.

— Quoi ?

— Une clé qui ne va dans aucune serrure. Est-ce que je peux jeter un œil dans ta cabine ?

— Fais comme chez toi !

Il entra dans la cabine en même temps que Camille fermait la porte de la salle d'eau, où Barney avait installé un semblant de douche. Rogan entendit le grondement de la pompe, puis le jet sortant du pommeau. Ce devait être le moment où Camille entrait nue sous la douche… L'eau devait glisser désormais sur son corps ferme et si bien fait. D'un mouvement de tête, Rogan coupa court à ses divagations érotiques. Il avait une tâche à accomplir : vérifier chaque tiroir, chaque placard susceptible d'être fermé à clé.

Il y avait bien un tiroir de bureau avec une serrure mais celle-ci était déjà munie de sa clé. A part ça, rien. Soudain, Rogan se rappela l'existence d'un coffre secret, sous le bureau, encastré dans le sol, dans l'espace prévu pour mettre les jambes. Barney y mettait ses manuels de navigation et ses archives. Pendant leur passage, les vandales avaient déniché et vidé ce petit placard caché, et Rogan avait dû tout remettre en place.

Il ouvrit une nouvelle fois le placard qui, désormais, était vide. Après en avoir tapoté les parois, il alla se munir d'une lampe torche pour l'inspecter plus soigneusement. Dans son souvenir la cachette était plus profonde. En regardant de plus près, il vit que la planche du fond était plus récente que les autres et, à l'aide, d'un tournevis, il tenta de la déboîter. Après quelques tentatives, il réussit, et le faux fond sauta.

Camille, revenue de la salle d'eau, le regardait faire depuis l'embrasure de la porte.

— C'est quoi ?

Rogan, agenouillé au sol, se retourna. Il découvrit d'abord ses pieds fins, rendus encore plus féminins grâce à un vernis rose nacré sur les ongles. Puis ses yeux remontèrent le long de belles jambes soyeuses aboutissant au pan d'un peignoir en satin rouge, qu'elle avait soigneusement serré à la taille. Il chercha rapidement à rencontrer son regard.

— C'est un coffre, répondit-il en lui montrant que la clé et la serrure correspondaient.

— Je croyais qu'on ne faisait plus que des coffres à combinaison.

— Le mécanisme rouille avec le sel. Sur les bateaux, on trouve toujours ce type de coffre.

— Qu'attends-tu pour l'ouvrir ?

Pendant un instant, il avait eu la tête ailleurs. D'abord il se demandait si elle portait quelque chose sous le peignoir, et puis, quand elle s'était penchée pour examiner le coffre, il avait pu constater, grâce au décolleté bâillant, qu'elle ne portait pas de soutien-gorge.

— J'y vais, dit-il presque en sursautant.

Il tourna lentement la clé, entraînant une bague chromée qui déclencha un clic. Il souleva le couvercle.

Le coffre n'était pas grand. De la taille d'une boîte à pain. Rogan l'inspecta rapidement. Rien à faire : le coffre était bel et bien vide.

7

Le lendemain, Rogan passa un coup de fil à son frère.

— Tu savais que papa avait un coffre-fort à bord ?

— Où ? demanda Granger.

Rogan lui expliqua.

— Et il est flambant neuf. Pourquoi avait-il tout à coup besoin d'un coffre-fort ?

— Les temps ont changé depuis le début de ses vadrouilles en mer. Peut-être que le bateau avait déjà été cambriolé. Ou qu'il préférait prendre les devants. Qui sait ? Il lui arrivait de trimbaler d'importants paiements en liquide, pour ses contrats sur les cargos.

— Il n'y avait rien dedans. Pas un centime !

— Les cambrioleurs se sont probablement servis.

— Impossible, dit Rogan. Le coffre n'avait pas été délogé ni forcé. Et papa avait la clé sur son trousseau personnel, celui que tu m'as filé après l'avoir récupéré au commissariat.

— Il a très bien pu acheter ce coffre sur un coup de tête et ne jamais l'utiliser par la suite. L'argent ne faisait jamais long feu entre ses mains. A moins qu'il l'ait acheté dans l'espoir de le remplir un jour avec quelque chose de précieux.

Rogan ne prit pas la peine de commenter ces deux théories. Parfois Granger devenait énervant avec son bon sens.

— Autre chose, dit Rogan. Le livre de bord est introuvable.

D'ailleurs, je m'attendais presque à le retrouver dans ce fichu coffre-fort.

— Mais enfin, pourquoi papa cacherait-il le livre de bord ?

— Exactement. Et dans le même genre : pourquoi est-ce qu'on voudrait le voler ?

— Rogue, fit Granger, laisse donc tomber. Tu vas finir par devenir aussi obsédé que le vieux. Si le livre de bord a été volé, c'est que quelqu'un a pris au pied de la lettre toutes les balivernes de notre père.

Granger avait raison. Une fois de plus.

Rogan changea de sujet.

— Tu te souviens de James Drummond ?

— Ce n'est pas son père qui avait le magasin d'antiquités ?

— Si. C'est à lui maintenant. Il est venu sur le bateau le premier jour.

— Pour quoi faire ?

— Il venait rendre visite à Camille.

— Ah ? Elle est toujours là.

— Elle s'est installée dans la cabine de papa.

Silence.

— Je vois…, fit Granger d'un ton dubitatif.

— Elle fait des recherches dans le coin et comme l'hôtel était complet… Au fait, elle voudrait savoir si on veut lui racheter sa part du *Sea-Rogue*.

Il y eut un nouveau silence. Plus long.

— C'est que je pensais qu'on le vendrait.

— Quoi ? Le bateau de papa ?

Rogan ne voulait pas faire l'offusqué mais c'était plus fort que lui.

— Je ne vois pas à quoi il me servirait, dit Granger patiemment. Et qui prétend depuis toujours mener sa vie sans attaches et sans possessions ? C'est toi, à moins que ce ne soit pas mon frère à l'appareil.

— Mouais, fit Rogan. Mais aurais-tu l'argent pour racheter la part manquante ?

— Non. Pour ouvrir mon cabinet, j'ai fait un emprunt à la banque, que je ne solderai pas avant plusieurs années. Et je ne peux pas en contracter un second.

Un peu plus tard, Rogan se rendit à l'antenne de police et l'agent lui promit de faire passer l'information au sujet du livre de bord disparu.

— Il y avait un certain Gary quelque chose, au pub, ce soir-là, ajouta Rogan. Il est sur un yacht de location.

— Vous parlez de Gary Collier. Il est sur notre liste.

— De suspects ?

— Non, de témoins. Il est matelot. Mais son bateau n'est pas dans le port en ce moment. Dès qu'il revient, on l'interroge. Ne vous inquiétez pas, monsieur Broderick. On mène l'enquête.

Le policier le jaugea d'un regard sévère.

— J'imagine que vous avez parlé avec pas mal de monde.

— Surtout avec les amis de mon père. C'est normal, non ?

— Certainement. Mais sachez bien que nous agissons pour que justice soit faite. Et il ne faudrait pas que vos initiatives personnelles fassent échouer notre enquête, n'est-ce pas ?

Rogan s'en retournait au *Sea-Rogue*, concentré sur ses pensées. Où Camille avait-elle bien pu aller ? Après son habituel petit déjeuner frugal, elle lui avait annoncé qu'elle ne serait pas là de la journée. Pour cause de recherche, sans doute. A moins qu'il n'y eût du James Drummond dans l'air.

Il se remémora la tête du bonhomme. Yeux clairs, mains blanches et moue dédaigneuse. En plus, il était certainement trop vieux pour Camille.

Le ketch vacilla sous les pieds de Rogan. C'était un beau bateau, de construction solide. Poli par la mer, terni par le soleil, mais prêt à repartir pour de nouvelles aventures. Comme avec son père.

Il fit le tour du pont, à la recherche des endroits où la peinture s'écaillait ; quand Camille réapparut sur le ponton, il finissait la sous-couche.

Il s'empressa d'aller s'essuyer les mains mais quand il arriva pour l'aider, elle avait sauté toute seule du bas de l'échelle sur le pont, avec son petit sac à dos sur les épaules.

— Tu repeins ? dit-elle. De quelle couleur ?

Il avait acheté du blanc pour les plans verticaux et du rouge pour les plats. Comme c'était avant.

— Pourquoi ? Tu le verrais de quelle couleur, toi ?

— Mon avis n'a pas d'importance puisque je vais vendre ma part de toute façon.

Elle avança, faisant glisser son sac de ses épaules.

— Attention à la peinture fraîche, dit-il.

Dans sa cabine, Camille sortit de son sac plusieurs livres. Elle ouvrit un tiroir du bureau mais se ravisa. Remontant sur le pont, elle demanda à Rogan :

— Est-ce que je peux utiliser le coffre-fort, d'après toi ? M. Trubshaw m'a prêté quelques vieux documents pour que je n'aie pas à retourner chez lui tous les jours. J'aimerais bien les mettre en lieu sûr.

Le geste de M. Trubshaw l'avait touchée. C'était une preuve de confiance qui l'honorait.

— Au cas où il y aurait une autre effraction.

— Pas de problème.

Il prit au fond de sa poche le trousseau complet et libéra la petite clé du coffre.

— Tiens, dit-il en la lui tendant.

Ce soir-là, Camille prépara des pâtes à la bolognaise, et pendant que la sauce mijotait, elle put retravailler ses notes de la journée.

Quand ils eurent dîné, Rogan expliqua à la jeune femme l'importance des tables de décompression et des ordinateurs de plongée.

Soudain, la voix de James Drummond se fit entendre depuis le pont du bateau.

— Camille ?

Une interjection furieuse suivit, et Camille se précipita dans l'escalier pour se retrouver pratiquement nez à nez avec James.

— Qu'est-ce qui ne va pas ?

— La peinture, dit-il avec dégoût en montrant une paume blanchie et une tache sur sa chemise rayée. Personne n'a pensé à mettre un panneau « peinture fraîche » ?

— Rogan ne s'attendait pas à ce qu'on ait de la visite… Je suis vraiment désolée pour ta chemise.

— Ce n'est pas ta faute, dit James qui semblait soudain avoir retrouvé son calme. Est-ce qu'il y a un endroit où je peux me laver les mains ?

Elle le fit entrer dans le bateau. Rogan, qui ne prononça aucune parole d'excuse, fournit quand même la térébenthine et lui indiqua la salle d'eau.

Quand James en ressortit, Camille offrit du café. James avait à peine touché à sa tasse qu'il demanda la permission de visiter le bateau.

— Pourquoi ? demanda Rogan.

James sourit.

— Parce que c'est un vieux gréement.

— Je veux bien faire la guide, proposa Camille. Si tu es d'accord, Rogan.

Rogan lui répondit d'un haussement d'épaules.

Elle fit entrer James dans les différentes cabines, à l'exception de celle de Rogan. Quand ils revinrent dans la cantine, Rogan se tenait toujours à la table, les mains encerclant une tasse à café vide.

Camille monta avec James sur le pont.

— Au fait, pourquoi es-tu passé me voir ?

— J'ai donc besoin d'un motif, dit-il en souriant. Je vais avoir de la visite, ce week-end. Des gens très intéressants avec qui je travaille. Ils font le voyage d'Auckland par la mer et j'espère bien leur vendre deux trois pièces. Est-ce que tu accepterais d'être des nôtres samedi soir, pour le dîner ?

— Volontiers, dit-elle. C'est très gentil.

Après le départ de James, elle redescendit dans la cabine.

— Alors, on la reprend cette leçon ? dit Rogan. Au fait, j'avais oublié de te dire qu'avant la première leçon dans l'eau, il faut que tu voies un médecin.

— Oh, mais je suis en parfaite santé, lui assura-t-elle.

Il lui lança un regard faussement renfrogné, qui illustrait bien la complicité qui s'instaurait entre eux. Camille en eut un frisson.

— Je n'en doute pas ! Mais il faut qu'un médecin le dise.

Le lendemain, à la première heure, Camille se chargea d'obtenir un certificat médical. Rogan le parcourut rapidement et conclut :

— Bien, il nous reste à te louer un équipement.

Le propriétaire du magasin de plongée accueillit Rogan avec cette franche camaraderie qui est propre aux amis de longue date.

— Je te présente Brodie, dit Rogan à Camille. Un excellent plongeur, quand il n'est pas occupé à faire le marchand !

Brodie, les cheveux blond délavé, la peau noire de soleil, avait l'allure de ces passionnés de glisse et de mer. Il adressa un sourire lumineux à Camille tout en la flattant d'un regard appréciateur.

— Qu'est-ce qu'une belle fille comme vous fabrique en compagnie d'un gars comme Rogue ?

Rogan prit l'air peiné.

— Merci pour le sous-entendu.

— Mais de rien, dit Brodie, content de lui. Au fait, tu passais me rendre visite ou tu voulais quelque chose ? ajouta-t-il.

— Je donne des cours de plongée à Camille.

Ignorant les sourcils levés de Brodie, et l'étincelle d'incrédulité dans son regard, Rogan poursuivit :

— Elle a besoin d'un équipement de location. Est-ce qu'on pourrait utiliser ton bassin d'entraînement ?

— Pas de problème.

Brodie se retourna vers Camille.

— Dans l'eau, il est fiable à cent pour cent. Il m'a déjà sauvé la vie.

— Oh, arrête avec ça ! Va plutôt chercher une combinaison pour mademoiselle !

Un bassin d'eau de mer se trouvait juste derrière le magasin. Une demi-heure plus tard, Camille s'y glissait, évoluant avec une aisance qu'elle n'aurait pas soupçonnée. Rogan lui apprit ce qu'il fallait faire dans le cas où l'eau rentrait dans son masque, ou quand le régulateur se défaisait.

L'eau était bonne. Ils portaient tous les deux des combinaisons légères, sans cagoule et sans manches. Camille s'était fait une queue-de-cheval qu'elle sentait flotter derrière elle alors qu'elle nageait sous la surface. De temps en temps, ses bras effleuraient ceux de Rogan, et malgré tous ses efforts pour se raisonner, elle ne pouvait s'empêcher de remarquer ce contact et de le trouver très agréable.

Quand Rogan annonça la fin de la leçon, Camille n'arrivait pas à croire que deux heures s'étaient écoulées.

Pendant le déjeuner, qu'ils prirent au *Koffee and Kaï,* elle lui demanda depuis combien de temps il connaissait Brodie.

— Depuis le collège. On a pris notre première leçon de plongée ensemble et on est ressortis de l'école de plongée en même temps. On s'est retrouvés tous les deux à donner des cours de plongée dans un hôtel de luxe en Australie et puis ensuite on a fait quelques opérations de récupération ensemble. On se rencontre encore de temps en temps, dans des endroits divers du globe, à l'occasion d'un contrat.

— Alors il est toujours plongeur professionnel ?

— Ouais, répondit Rogan. Mais lui, il voulait avoir un point de chute. Il a acheté ce magasin et un bateau. Quand il est ici, il donne des cours et emmène les plongeurs en sorties dans le coin.

— Tu aimerais faire comme lui ?

— Oh non ! L'essentiel, c'est que lui y trouve son compte.

— Il a dit que tu lui avais sauvé la vie.

— Il a exagéré. On a eu un problème d'alimentation d'air. J'ai fait ce que je devais faire. Il aurait agi de même pour moi. C'est pour ça qu'on plonge de préférence avec un ami.

Il lui expliqua la solidarité sous-marine. Les plongeurs descendaient la plupart du temps par deux. Quand l'un avait un problème, l'autre venait à son secours, et si c'était impossible, il donnait l'alerte.

— Cet après-midi, je te montrerai comment partager l'alimentation d'air en cas d'urgence.

Quand ils se retrouvèrent au fond de la piscine, à genoux

l'un contre l'autre, l'exercice se révéla relativement facile. Le plus dur était de rester insensible à Rogan.

Ensuite, ils remontèrent à la surface. L'un face à l'autre, se tenant chacun par les épaules, ils s'élancèrent. Mais Camille perdit l'équilibre et dut se blottir contre Rogan pour rester à portée du régulateur. Leurs jambes s'entremêlaient dans leurs battements pour remonter, et Camille sentit une chaleur agréable l'envahir. Concentrée sur cette sensation aussi nouvelle que forte, elle perdit le contrôle de ses mouvements et dériva. Rogan dut la rattraper par le poignet pour la ramener contre lui.

— Désolée, souffla-t-elle.

Rogan ôta son masque, découvrant une moue pensive.

— Essayons sur la terre ferme, dit-il.

A genoux au bord de la piscine, ils reprirent depuis le début, chacun avec son régulateur en bouche et son masque devant les yeux. Rogan se plaça derrière elle de nouveau, la bloquant en serrant ses cuisses autour d'elle le temps de fixer une bouteille d'oxygène à son compensateur de flottabilité. Il avait les bras secs mais chauds, et chaque fois qu'il y avait contact, elle devait faire un effort pour contrôler sa respiration.

— Bien, fit Rogan. C'était stimulant. La première fois aussi, d'ailleurs.

Etonnée, Camille se retourna pour lui faire face. Il était tout proche, la regardant avec des yeux pétillants de rire. L'expression de son regard se changea en question à laquelle Camille répondit instinctivement en entrouvrant les lèvres. Il la serra plus fort contre lui et riva son regard sur sa bouche. Camille ne savait plus où elle en était.

Alors, il relâcha brutalement son emprise, projetant son buste en arrière.

— Est-ce que tu te sens prête pour refaire l'exercice sous l'eau ? demanda-t-il, se passant la main sur le front.

Son sérieux frisait presque la froideur… Hélas.

*
* *

L'après-midi suivant, ils passèrent de nouveau du temps dans le bassin de plongée de Brodie. Rogan, très concentré sur son enseignement, considérait Camille avec une certaine distance. Reléguée au plan de simple élève, elle comprit qu'elle devait elle aussi s'en tenir à l'apprentissage technique.

Une fois la leçon achevée, Rogan partit en ville. De son côté, Camille prit les livres prêtés par M. Trubshaw et, munie d'un petit magnétophone pour la prise de notes orale, plongea dans sa lecture.

Quand Rogan réapparut, elle était installée dans le cockpit avec un livre sur les genoux et une main sur la bouche, tentant de réprimer un bâillement.

— Oh, dit-elle en levant la tête alors qu'il posait le pied sur le pont. Je vais vite faire à manger.

— Tu es fatiguée, dit-il. Ce soir, je t'invite à dîner en ville.

— Mais c'est moi qui devrais t'inviter ! protesta-t-elle, se rappelant que les repas étaient sa seule monnaie d'échange.

Il fit non de la tête.

— Ce soir, je récompense la meilleure élève de la classe !

Ils dînèrent à l'Impérial. C'était la proposition initiale de Rogan qui tenait avant tout à ce que Camille choisisse. Malgré la profusion des nouveaux restaurants, ils élurent l'Impérial, le plus agréable.

— J'aime beaucoup son ambiance kauri, avait-elle dit.

— Oui. Les nouveaux propriétaires ont bien fait de ne pas tout moderniser à outrance.

Pendant le dîner, il lui raconta des anecdotes sur ses plongées. Camille semblait captivée. Il était heureux de voir que les réticences qu'elle avait eues à son égard disparaissaient petit à petit.

— Taff était un excellent plongeur, lui dit-il alors qu'il entamait sa côte de bœuf.

— Ah bon.

La neutralité de son ton lui fit relever la tête. Elle avait une expression fermée, presque sévère.

— Il m'a appris beaucoup de choses.

Il continuait à la fixer, s'efforçant de trouver ce qui la ramènerait à de meilleures dispositions.

— C'était un type gentil. En particulier avec Granger et moi, quand on était petits.

— Contente de l'apprendre.

Cette fois, elle était franchement hostile.

Evidemment ! C'était bien la dernière chose à lui dire pour la faire sourire.

— Enfin, on ne le voyait pas très souvent.

— Quand même plus que moi.

Furieux de sa maladresse, Rogan ne savait plus quoi dire.

— Je suis désolé.

Camille lui lança un regard ahuri en forçant un petit rire.

— Oh, je ne suis pas triste. Pour moi, c'était un inconnu.

« Il y a plusieurs façons d'être triste », se dit Rogan. Surtout, pour un enfant. Quand lui-même était petit, son père faisait figure de héros mythique, dont l'apparition miraculeuse pouvait intervenir à tout moment pour briser la routine familiale. Se déchargeant de cadeaux exotiques, il ramenait les fabuleux récits des aventures qu'il avait vécues aux quatre coins du Pacifique. Il ne tardait jamais à repartir, non sans avoir promis de revenir un beau jour chargé d'un extraordinaire trésor qui leur apporterait la richesse.

La mère de Rogan secouait la tête en souriant tristement et au fur et à mesure de ces allers-retours, Granger et lui comprirent que ce *beau jour* n'arriverait jamais.

— Mes pâtes sont délicieuses. Et ta viande ?

— Parfaite.

Apparemment, elle ne voulait pas entendre parler de son père. Rogan aurait voulu en savoir plus sur elle, mais à chaque tentative, il n'avait obtenu que des réponses succinctes sur ses études et son poste à l'université.

Ils rentrèrent au bateau en longeant le front de mer. Rogan aurait bien voulu passer son bras autour d'elle, et continuer la marche en la serrant contre lui.

Mais ce n'était pas une bonne idée. Il se souvenait de sa réaction, quand, pendant la première leçon dans l'eau, leurs jambes, qui étaient pourtant recouvertes de néoprène, s'étaient rencontrées. Son sang s'était mis à circuler plus vite et, aussitôt, des images de sport en chambre lui étaient venues à l'esprit. Cette fois-là, en plus, il s'était laissé aller à une remarque des plus suggestives.

Il fallait pourtant redoubler de sérieux quand on apprenait à quelqu'un la plongée. Aucune distraction ne pouvait être tolérée. C'était une question de vie et de mort.

En tant que moniteur de plongée, Rogan avait eu entre les mains plusieurs belles femmes. Certaines se présentaient en cours habillées d'un maillot réduit à trois quatre petits triangles de tissu. Et parmi elles, il y en avait dont les motivations avaient peu à voir avec le monde sous-marin. Mais Rogan avait appris à mettre sa libido de côté, et se faisait fort de concentrer son attention, ainsi que celle de tous ses élèves, sur la seule technique de plongée.

Du front de mer, on pouvait voir un énorme yacht faire son entrée dans le port.

— Est-ce que tu peux voir le nom de ce bateau ? demanda-t-il à Camille.

— Non, il n'y a plus assez de lumière. Pourquoi ?

— Juste avant sa mort, mon père a été vu en compagnie d'un matelot qui travaille sur un yacht de location.

— Alors tu mènes ta propre enquête ?

— Contre vents et marées, oui ! La police m'a demandé de renoncer pour ne pas faire échouer leur enquête.

Camille lui lança un regard interrogateur.

— Tu l'aimais, n'est-ce pas ? Je veux dire, ton père.

Rogan plissa les yeux.

— Ouais, si on peut dire.

— Mais il était toujours absent ?

— Oui, ce n'était pas un père modèle, admit-il. Ma mère nous a élevés pratiquement seule. Mais quand il passait, c'était génial. On allait dormir à bord du bateau et pendant la journée, au lieu d'aller à l'école, on avait le droit d'emprunter le canot pour des petites balades dans le port. Et quand notre mère était d'accord, il nous emmenait pour des sorties de un ou deux jours.

— Et que pensait ta mère de tout ça ?

— Elle nous grondait, notre père avec, mais il arrivait toujours à arrondir les angles. Avec elle comme avec les autres, d'ailleurs. Je pense qu'elle savait à quel point les visites de notre père pouvaient être courtes pour nous et elle faisait le maximum pour ne pas nous les gâcher.

Sa mère devait être un monstre de patience, se dit Camille. A moins qu'elle n'ait jamais cessé d'être amoureuse.

La mère de Camille aurait sans doute pensé que cette femme était folle et l'aurait reléguée au rang d'épouse complaisante et soumise.

A entendre parler son fils, ce n'était pourtant pas l'impression qu'on avait d'elle. On imaginait plutôt une femme de caractère, motivée par une grande générosité.

Il fallait bien cela pour supporter un mari intérimaire comme Barney Broderick.

8

Le *Sea-Rogue* était à niveau avec le ponton mais Camille accepta la main tendue de Rogan.

Bien qu'il l'ait aussitôt relâchée, ils marchèrent d'un même pas en direction de l'arrière du bateau. En appui sur le bastingage, ils contemplèrent le reflet de la lune sur l'eau, et, de temps en temps, un éclair plus argenté venait troubler la surface, signalant le passage d'un poisson.

Soudain, Camille glissa la main sur la lisse, amorçant un mouvement pour descendre dans le bateau. Elle sentit quelque chose de particulièrement doux sous ses doigts. Se penchant, elle essaya de voir de quoi il s'agissait.

— C'est notre œuvre, à Granger et moi, dit Rogan. Quand nous étions petits.

— C'est quoi ?

L'obscurité ne permettait pas de le savoir.

Rogan plaça sa main sur celle de Camille et la fit suivre les signes gravés. C'étaient des initiales, celles de Rogan.

— Tu voulais que ce bateau porte ta marque.

— Exactement.

Il n'avait pas bougé la main qui recouvrait toujours celle de Camille.

— On savait qu'il ne fallait pas le faire, mais on n'a pas pu résister à la tentation.

Toujours aucun mouvement. Camille sentit son pouls s'emballer. Le contact de leurs mains devenait le centre de son attention. Plusieurs fois, elle avait voulu retirer la sienne, mais, pour une raison inconnue, elle ne se décidait pas à le faire.

Soudain, il passa l'autre main sur la joue de Camille, et fit délicatement tourner son visage dans sa direction. Comme elle ne protestait pas, il se pencha vers elle et l'embrassa avec ardeur.

Elle sentit son cœur se dissoudre en elle. Des frissons couraient sur ses bras, le long de sa nuque. Hum. Encore meilleur que le premier baiser. Plus long, et beaucoup plus sensuel…

Quand elle finit par reculer et qu'il la laissa s'écarter sans résistance, elle eut la gorge serrée de déception. Elle n'aurait jamais dû permettre ce baiser ; mais ça n'en était pas moins une agréable façon de finir une agréable soirée. Prise de remords, elle laissa échapper un soupir.

Il lui prit la main, la porta à ses lèvres et y déposa un baiser rapide mais senti. Ensuite, il la libéra.

Camille se mordit furieusement les lèvres, tentant d'emprisonner l'explosion de sensations qui montait en elle.

— Bonne nuit, dit-elle, avançant dans le cockpit pour descendre dans la cabine.

— C'est fermé à clé, lui rappela Rogan.

Elle ouvrit son sac et tâtonna nerveusement dedans à la recherche de la clé. Il la rejoignit dans le petit espace clos et proposa la sienne.

Sa peau sentait le soleil ; un parfum de musc, typique d'une virilité exacerbée. Quand sans le vouloir il lui effleura le bras, elle réalisa à quel point sa sensualité à elle aussi était en éveil.

Il recula.

— Bonne nuit, Camille. Fais attention aux marches.

Tiraillée entre soulagement et déception, elle se dirigea d'un pas raide vers sa cabine. Sous le pont, en fin de journée, l'air était terriblement étouffant.

Camille s'allongea sur sa couchette. Ainsi, il ne s'était agi que d'un baiser de bonne nuit. Difficile à reconnaître, mais ce n'était rien qu'un bonsoir amical. Comme avec James. Seulement le baiser de James, moins expert, plus superficiel, n'avait pas eu le même effet que celui de Rogan, dont Camille ne se remettait toujours pas.

Rogan était si distant le lendemain, pendant la leçon, que c'était comme si elle avait rêvé ce baiser. « Tant mieux, se résolut-elle à penser. Faisons comme si rien ne s'était passé. »

Il eut bien l'air un peu contrarié quand elle lui apprit que le soir même elle dînait avec James, mais il ne fit aucun commentaire. Il déclina juste l'offre de Camille de lui préparer son repas avant de partir.

Et quand elle apparut sur le pont du bateau, en robe verte, tenant ses talons hauts à la main, il l'aida à rejoindre la terre ferme avec galanterie. Il déposa les chaussures sur le ponton, monta lui-même et, d'une poignée de main franche, tira Camille vers lui.

— Merci, dit-elle en atterrissant tout contre lui.

Mais il ne lui lâcha pas la main. Tout en la dévisageant, il esquissa un sourire bienveillant.

— De rien.

Elle bougea les doigts et il lui lâcha la main. Avec l'agilité d'un chat, il s'agenouilla et attrapa les chaussures.

— Tendez-moi votre pied, princesse Camille.

Quelle drôle d'idée il avait ! Comme elle ne bougeait pas, il lui prit délicatement la cheville, et, tout naturellement, elle posa une main sur son épaule pour ne pas perdre l'équilibre.

Quand les deux chaussures furent mises, il se releva.

— Ce n'était pas la peine, dit-elle.

— Tu aurais pu trébucher. Et puis…

Il s'interrompit, et recula, la contemplant d'un œil de connaisseur.

— … inutile de salir cette belle robe.

Le plancher du ponton était effectivement d'un gris peu engageant.

— Eh bien, merci, dit-elle.

— Si tu as besoin d'aide quand tu rentres, appelle-moi.

— Je rentrerai peut-être tard.

Il lui lança un regard en coin.

— Tu n'as pas l'intention de passer la nuit dehors ?

— Bien sûr que non !

— Très bien, dit-il d'un ton adouci. Et ne bois pas trop…

Elle lui décocha un regard indigné.

— … si tu veux être en forme pour ta leçon de demain, ajouta-t-il, l'air innocent.

Il lui avait promis une première plongée en mer pour le lendemain.

— Moi, je ne bois jamais beaucoup, dit-elle en souriant.

A la soirée, il y avait trois couples et, à en juger par leurs tenues vestimentaires, ils devaient fréquenter les mêmes boutiques luxueuses. Ils se ressemblaient tellement que Camille eut du mal pendant toute la soirée à se rappeler qui était avec qui. Les hommes frisaient tous la quarantaine, mais deux femmes étaient nettement plus jeunes. Une fois qu'ils comprirent que Camille ne s'intéressait pas à la haute couture et qu'elle ne connaissait personne dans le gratin des affaires, ils cessèrent quasiment de lui adresser la parole.

Après le dîner, James apporta quelques pièces anciennes de joaillerie qu'il venait d'acquérir. Pendant que les trois femmes piaillaient d'impatience d'essayer tous les bijoux, Camille fit quelques pas à l'écart dans la véranda. Après quelques minutes, James la rejoignit.

— Ah, c'est là que tu te caches.

Il sortit de sa poche un objet brillant.

— Que penses-tu de celui-là ?

C'était un bracelet en argent forgé, constellé de petits diamants.

— Il est magnifique. Est-ce que ce sont de vraies pierres ?

— Bien sûr. Tiens, essaye-le.

— Non, je ne crois…

Mais il lui avait déjà pris le poignet.

— Les autres femmes ont toutes essayé un bijou. Je voudrais voir comment celui-là te va.

Il la tenait avec force et la résistance qu'elle lui opposait était sans effet.

— Parfait, dit-il lui tournant le poignet pour faire scintiller les diamants à la lumière colorée au-dessus d'eux. Et maintenant, garde-le.

— Non, dit Camille. C'est gentil, mais je ne peux pas.

Il lui empoigna les deux mains alors qu'elle ôtait le bracelet.

— Tu ne le trouves pas à ton goût ?

— Je ne peux pas accepter un cadeau de cette valeur et je sais que je ne pourrais pas me le payer.

— Tu as de ces principes ! Ce n'est qu'une babiole, une jolie babiole. Et qui te va très bien, surtout.

— Je suis désolée, James, mais c'est non.

Pendant une fraction de seconde, il eut l'air furieux. Puis il sourit, avec au fond du regard une extrême froideur.

— Est-ce qu'au moins tu veux bien le garder jusqu'à la fin de la soirée, lui dit-il d'une manière câline. Pour me faire plaisir ?

Contre son gré, Camille capitula.

— D'accord.

Quand ce fut l'heure du retour, il la raccompagna jusqu'à sa voiture. Elle enleva le bracelet et le lui tendit.

— Tu es sûre ? demanda-t-il, se faisant prier pour le reprendre.

— Sûre et certaine. Merci de me l'avoir prêté.

Il l'arrêta d'un geste de la main alors qu'elle se tournait pour ouvrir la portière et lui vola un rapide petit baiser sur les lèvres.

— Je suis très content que tu sois venue. Est-ce qu'on pourrait déjeuner ensemble demain midi ?

— Rogan m'emmène faire de la plongée demain.

— Vraiment ? fit James, l'air soucieux.

Un vrombissement de moteur vint rompre le silence de la nuit. Et, tout de suite après, une voiture s'arrêta dans l'allée, bloquant la voie de sortie.

James fronça les sourcils.

— Excuse-moi, Camille.

Il se dirigea vers le véhicule intrus. Un homme en sortit et la conversation entre lui et James s'engagea. Une conversation inaudible mais agitée. Le nouvel arrivant faisait de grands gestes énervés et, plusieurs fois, Camille perçut des jurons.

— J'ai des invités, tonna James d'un ton coupant. Je te l'ai déjà dit. Tout va très bien.

L'homme remonta dans sa voiture, fit marche arrière et fila dans la nuit. James revint alors près de Camille.

— Est-ce qu'il y a un problème ? demanda-t-elle, devant la mine préoccupée de James.

Il lui sourit.

— Pas du tout. C'était l'un de mes employés. Il a trop bu

et il en profite pour venir se plaindre à moi. Je réglerai ça lundi, dit-il en claquant dans ses mains. Au fait, est-ce que les Broderick ont fait expertiser le bateau ?

— Pas la moindre idée. De toute façon, puisque c'est moi qui vends ma part, ça serait plutôt à moi de demander l'expertise.

— Je peux te mettre en contact avec quelqu'un, si tu veux. Tu crois vraiment qu'ils ne veulent pas vendre ?

— Rogan a l'air bien décidé à le garder.

— Peut-être que tu arriveras à le faire changer d'avis.

— Moi ? Pourquoi ?

— Ne te sous-estime pas.

Il lui sourit une nouvelle fois. Un sourire qui se voulait séducteur, mais qui restait sans effet. Pourquoi n'était-elle pas sensible au charme évident de James Drummond alors que toutes les moues de Rogan la faisaient réagir ?

— Ce grand gaillard de Rogan Broderick pourrait bien avoir un faible pour toi.

Camille se redressa.

— Qu'est-ce que tu insinues ?

James prit le temps de formuler sa réponse :

— Excuse-moi. Je disais seulement que tu pourrais vendre ta part plus vite, si l'ensemble du bateau était en vente. Tu obtiendrais une meilleure offre, plus rapidement. Mais j'ai parlé sans réfléchir. Je ne voulais rien… euh… insinuer de déplacé. Je suis moi-même intéressé.

— Tu veux acheter le *Sea-Rogue* ? Je croyais que la voile ne t'intéressait pas.

— C'est vrai, mais je possède quand même un beau yacht. Il sert à emmener les touristes à des parties de pêche. L'homme qui était là, à l'instant, c'est le skipper.

— Tu crois que le *Sea-Rogue* pourrait servir à ça, aussi ?

— Pour la pêche, non. Mais je pensais à un autre type d'activité. Les croisières semi-privées sont en pleine expansion dans la région. Et ce bateau, avec son caractère romantique, pourrait avoir pas mal de succès auprès des touristes. Bien sûr, il faudrait lui redonner un coup de neuf. C'est vraiment lamentable qu'il n'ait pas été entretenu.

Un bruyant éclat de rire leur parvint de la maison.

— Je te laisse rejoindre tes invités. Merci de l'invitation.

Pour sa première plongée en mer, Rogan mena Camille dans une petite crique à quelques kilomètres de distance. Il vérifia leurs équipements respectifs et lui rappela les consignes de base.

Ils entrèrent dans l'eau à reculons et quand il y eut assez de profondeur, ils avancèrent à la nage, sous la surface, ce qui avait pour avantage de supprimer le poids des bouteilles et du lest.

Sur le fond sablonneux, pavé d'étoiles de mer orange et jaune, des crabes filaient. Des petits poissons argentés, qui formaient un banc serré, passèrent sous le nez des nageurs, sans paraître troublés par leur présence.

Rogan prit la main gantée de Camille et l'entraîna vers un rocher, recouvert de berniques et autres mollusques. Il lui indiqua un petit renfoncement. Elle vit un tentacule qui dépassait et glissa la main dans le trou pour en faire sortir la pieuvre. Elle n'était pas très grande. Dérangée, elle devint d'abord rouge puis violette et quand Rogan la relâcha, elle fila dans l'eau à la vitesse d'une fusée, dégageant un nuage d'encre noire derrière elle.

Camille était époustouflée par tout ce qu'elle voyait, et quand Rogan fit signe qu'il fallait remonter à la surface, elle se rendit compte que le temps était passé très vite sous l'eau.

— Félicitations, s'exclama Rogan alors qu'ils enlevaient leurs masques et tubas. Pour une première, c'est une réussite.

Après un léger pique-nique, ils refirent une plongée. Puis, quand leurs réserves d'air s'épuisèrent, ils retournèrent sur la plage pour un petit bain de soleil.

Allongée sur sa serviette, dans son maillot de bain deux-pièces, Camille se relaxait, le dos exposé au soleil quand, soudain, une sensation de froid intense la fit tressaillir.

— J'aurais dû te prévenir, désolé, fit Rogan. Mais sans crème protectrice, le coup de soleil est inévitable.

— Je n'avais pas l'intention de rester longtemps exposée.

— Un coup de soleil, ça vient vite !

Il lui étalait la crème sur le dos avec énergie, d'une main un peu maladroite — que Camille trouvait quand même très agréable. Tellement agréable qu'une nouvelle sensation de chaleur s'installa en elle. Heureusement qu'elle pouvait cacher son visage !

— Est-ce que je t'en mets sur les jambes ? demanda-t-il après lui avoir recouvert le dos et les épaules.

— Non, je vais le faire.

Elle se mit en position assise et, prenant la crème solaire qu'il lui tendait, s'en couvrit les jambes.

— Et toi, dit-elle. Tu en mets ?

Elle était sûre qu'il dirait non. Ne serait-ce que par machisme !

— Bien sûr. Le cancer de la peau, très peu pour moi. J'en connais plusieurs sur qui c'est tombé. Est-ce que tu veux bien m'enduire le dos ?

Comment pouvait-elle refuser ? Elle s'agenouilla à côté de lui et, s'étant mis de la crème dans la paume des mains, commença à l'appliquer sur sa belle peau hâlée, chauffée par le soleil. Elle fut frappée par la résistance des muscles sous ses doigts. Sa peau était dense et douce à la fois. C'était agréable de le masser ainsi.

— Merci, je vais finir, dit-il alors qu'elle s'apprêtait à lui tartiner les épaules.

Elle n'insista pas pour continuer, trop contente de pouvoir reprendre sa position visage contre terre. Une fois dans l'intimité de ses pensées, elle se surprit à rêver de ses mains sur cette peau tentante. Après les épaules, elle aurait essayé le creux de ses reins…

Jamais elle ne s'était autant sentie attirée par un homme. Elle souffrait d'une envie irrépressible de le toucher et de fléchir en retour sous ses caresses.

Rogan ne ressemblait pas aux hommes qu'il lui arrivait de fréquenter. Des universitaires, pour la plupart, qui ne pensaient qu'aux exploits intellectuels. Pas d'exercice physique pour ces piliers de bibliothèque, dont la seule activité consistait à prendre des notes, penchés au-dessus d'un ordinateur ou le nez enfoui dans un calepin.

N'importe quelle femme serait sensible à la beauté physique de Rogan, le parfait apollon.

Il devait être habitué à déclencher des réactions favorables auprès de la gent féminine. Comme elle, Camille, s'était habituée aux regards appuyés des hommes qui la croisaient et aux propositions plus ou moins subtiles qu'on lui faisait.

A une différence près. Rogan semblait tirer parti de son avantage sur les femmes, alors que Camille avait appris à anticiper les avances pour mieux les contrecarrer. Une chose était sûre : elle n'avait qu'un signe à faire et il l'accueillait à bras ouverts ! Ce rapport, établi implicitement entre eux, n'était pas si gênant à vivre jour après jour ; car il tenait sa promesse de veiller sur elle. Par exemple, il n'en avait pas rajouté après le baiser qu'ils avaient partagé.

Bref, l'attitude de Rogan était soit celle d'un parfait gentleman — mais elle n'arrivait pas à s'en convaincre —, soit celle d'un indifférent.

Cette dernière possibilité la peinait, bizarrement.

Elle était au bord du sommeil quand il se leva, déclarant qu'il était temps de rentrer.

Ensemble, ils plièrent leurs affaires et, très rapidement, ils se retrouvèrent sur le *Sea-Rogue*, à rincer leur équipement. Quand tout fut propre et rangé, Rogan sortit on ne sait d'où une bouteille de vin blanc pétillant qu'il avait mise de côté, selon ses dires, pour fêter la première plongée de Camille. Ils le dégustèrent sur le pont extérieur, en mangeant du poisson frais qu'ils avaient acheté en fin d'après-midi à un pêcheur qui, rentrant au port, passait juste devant le *Sea-Rogue*.

— Il faudrait que j'aille travailler, dit Camille, confortablement installée, un verre de vin à la main.

— C'est dimanche, aujourd'hui. Jour de repos.

— Tiens, on n'est pas allés à la messe.

— D'habitude, tu y vas ?

— Quand je peux. Et toi, tu es croyant ?

— A ma façon. C'est difficile de ne pas croire en une entité supérieure créatrice quand on voit les merveilles du monde sous-marin. Et du monde en général, ajouta-t-il en la regardant droit dans les yeux.

Les fines bulles qui remontaient à la surface de son verre semblaient si régulières et parfaites, songea-t-elle ; comme l'échappée d'air que Rogan et elle produisaient quand ils nageaient l'un à côté de l'autre…

— Est-ce que tu crois qu'il y a une vie après la mort ? dit-elle en pensant à leurs pères respectifs.

— Je préfère ne pas y penser. Mais si c'est vrai, alors on peut être sûrs que nos pères se sont retrouvés. Peut-être pas en habits d'anges, mais presque !

Barney ne méritait sûrement pas l'enfer. Comme il n'avait pas mérité la mort qu'il avait eue. La colère monta soudain en Rogan. Sa main se crispa sur son verre. Il se sentit à deux doigts de le jeter par-dessus bord pour évacuer sa pulsion de violence. Mais il se retint. La mer n'était pas une poubelle et n'avait pas à pâtir de sa colère.

Il inspira profondément. Se penchant en avant, il attrapa la bouteille et remplit le verre vide de Camille et le sien.

— Au fait, je me demande ce que pense ton frère de ma proposition, pour le rachat de ma part de bateau ?

— On… on réfléchit, répondit Rogan, embêté.

— Il ne voudrait pas vendre sa part, par hasard ?

— Non, on ne veut pas vendre.

Rogan savait qu'il pouvait toujours compter sur Granger. Quelles que soient les circonstances.

A la première heure, le lundi matin, Rogan se rendit au poste de police. Il voulait bien laisser la voie libre aux flics, à condition qu'ils en profitent pour faire avancer l'enquête. C'était ce qu'il voulait vérifier.

— Est-ce que le bateau sur lequel Gary bosse est rentré au port ?

— Oui, répondit l'officier de permanence. Le *Catfish* est là. Mais le skipper nous a assuré que le Gary en question ne s'était pas présenté à bord le dimanche du départ, et qu'ils étaient partis sans lui.

— Vous parlez de ce dimanche où mon père est mort ?

— Oui, mais ça ne veut rien dire. Les bateaux et les marins vont et viennent sans arrêt. Ne vous inquiétez pas. On va le retrouver, l'agresseur de votre père.

Rogan n'était pas convaincu. Il n'y avait qu'un seul inspecteur à Mokohina et les enquêteurs de la Crime se trouvaient à plus de cinquante kilomètres de là, à Whangarei, où les services de police étaient notoirement débordés par manque d'effectif.

Pendant que Camille rendait visite à son ami historien, Rogan sortit le canot et traversa le port à la rame jusqu'au *Catfish*. Sur le pont, le skipper vérifiait les cannes pour la pêche au gros. Il avait l'air plutôt sympathique et invita Rogan à boire une bière à bord.

— Il paraît qu'il y a une place de matelot à pourvoir ?

— Tu serais intéressé ? demanda le skipper.

— Pas moi, mais quelqu'un que je connais. Qu'est-ce qui est arrivé au gars précédent ?

Le regard de l'homme se durcit.

— Il n'est pas venu. On devait aller chercher un groupe de touristes à Paitha pour les emmener faire une excursion en haute mer. A mon avis, il a trouvé du boulot ailleurs. Mieux payé. Y a pas mal de gros yachts américains en ce moment dans les parages. Et pour la place, ce n'est pas la peine de t'adresser à moi. C'est le patron qui choisit.

— Donc, tu n'es pas le propriétaire du bateau ?

L'homme éclata d'un rire tonitruant.

— J'aimerais pouvoir me payer un joujou comme celui-là !

— Alors qui doit-on aller voir pour se faire embaucher ?

— M. Drummond, au magasin d'antiquités.

— James Drummond ?

— Tu le connais ?

— Ouais, grogna Rogan, comprenant bien des choses. Je le connais bien.

James Drummond n'était pas dans le magasin. Rogan était entré, pour jeter un coup d'œil, feignant de s'intéresser aux objets mis en vente. Quand le jeune employé l'aborda, Rogan lui répondit qu'il ne cherchait rien de particulier. Après quelques minutes, le patron apparut.

— Rogan ? dit-il, manifestement surpris. Est-ce que je peux vous aider ?

— Je regarde.

Ayant porté son attention sur les rayons d'une bibliothèque bien garnie, Rogan s'arrêta sur un magnifique livre relié en cuir avec des dorures. C'était le célèbre *Voyages* de Hakluyt. Son père possédait un exemplaire semblable, mais Rogan ne l'avait pas vu récemment. Il prit le livre et l'ouvrit.

Drummond parut étonné. Sans doute ne s'attendait-il pas à ce que Rogan s'intéresse aux livres anciens.

— Rien à voir avec la première édition, dit-il en s'approchant de Rogan. Mais c'est un exemplaire de collection, qui est resté en très bon état. Si vous le prenez, je vous ferai une remise. Tout le monde n'est pas l'ami de Camille !

— Merci, mais je ne vais pas le prendre, dit Rogan sèchement en remettant le livre en place.

C'était peut-être idiot mais l'idée d'un traitement de faveur, venant de Drummond, lui déplaisait.

— Cherchiez-vous quelque chose de précis ?

— Non.

— Camille m'a dit que le *Sea-Rogue* n'avait pas encore été expertisé.

Camille lui racontait tout, ou quoi ? Elle passait bien trop de temps avec ce gars-là. Entre les repas, les dîners et les visites dans sa boutique… Que pouvait-elle bien trouver à ce dandy au regard fuyant ?

— Elle doit être contente de l'intérêt que vous portez à notre bateau.

— Mon intérêt est loin d'être désintéressé, dit-il. J'agis en acheteur potentiel. Et je crois savoir qu'elle veut vendre sa part.

Rogan était dégoûté à l'idée que ce type pût posséder ne serait-ce qu'un tiers du *Sea-Rogue*. Et d'ailleurs, en quoi cela lui serait-il utile ?

Rogan ne voulait pas voir les choses en face, mais il fallait qu'il se rende à l'évidence : Granger serait content de disposer de liquidités. Avec son nouveau cabinet, sa marge de manœuvre financière n'était pas énorme.

Perdu dans ses pensées, il se dirigea vers la sortie.

— Merci de la visite !

C'était l'aimable voix de Drummond qui le saluait.

— Shaun ! Viens ici !

Rogan se retourna, surpris par le ton. C'était donc l'autre voix de Drummond, coupante, froide. Le jeune employé se précipita aussitôt vers son patron qui, l'air hors de lui, tendait le bras en direction des *Voyages* de Hakluyt.

— J'ai téléphoné à un expert maritime cet après-midi, dit Camille, à la fin du dîner. Il va venir faire une estimation du bateau.

Rogan ne fit aucun commentaire, mais l'expression soudainement fermée de son visage en disait long. D'un geste sec, Camille repoussa son assiette vide.

— Bon, dit-elle, énervée. Maintenant, dis-moi ce qui te rend de si mauvaise humeur.

— Moi ? De mauvaise humeur ?

Il attrapa sa cannette de bière, en but une gorgée puis, après avoir considéré l'étiquette un instant, la reposa sur la table.

— La police n'a pas la moindre piste pour retrouver l'agresseur de mon père. En gros, si tu te fais passer à tabac et que tu as la réputation d'un vieil ivrogne, tout le monde s'en fiche.

— La police essaye certainement…

— Ouais, ouais, je connais le refrain.

Il reprit sa cannette et, cette fois, la but jusqu'au bout.

— Quand même, il doit bien y avoir une personne quelque part qui sait quelque chose.

Frappé par une intuition soudaine, il s'arrêta, avant de reprendre :

— Tu es bien allée dans le magasin de Drummond avant le cambriolage ?

— Oui, la première fois. Le jour de mon arrivée ici.

— Est-ce qu'il y avait un exemplaire des *Voyages* de Hakluyt dans sa boutique ?

Camille parut hésiter.

— Je ne me souviens pas l'avoir vu, mais il faut dire que je cherchais tout autre chose. Pourquoi ?

— Eh bien, maintenant, il y en a un. Identique à celui que possédait mon père.

Elle ouvrit de grands yeux incrédules.

— Tu sous-entends qu'il l'a volé ?

— Je me demande depuis combien de temps il l'a en sa possession. C'est tout.

— Tu aurais été bien inspiré de le lui demander.

— L'idée ne m'est pas venue tout de suite.

Il avait seulement été étonné de rencontrer, au milieu de toute une collection de livres précieux, un vieux volume, identique à celui qu'avait possédé son père, et donc familier.

— Peut-être qu'on lui a vendu des objets volés ?

— Je suis certaine que James ne rentrerait pas dans ce genre de combine. Du moins, volontairement.

— Comment peux-tu dire ça ? Tu ne le connais que depuis quelques jours !

— Et alors ? Toi, je te connais depuis moins de temps encore ! protesta-t-elle. De plus, ce serait vraiment stupide de mettre sciemment à la vue de tous un butin de cambriolage. Et James est tout sauf stupide !

Elle reprit son souffle.

— Rogan, tu ne serais pas un peu obsédé par toute cette histoire ?

— Et alors ? Je veux retrouver celui qui est responsable de la *mort* de mon père. Pas moins. Rien d'étonnant à ce que je ne pense plus qu'à ça.

C'était préférable d'ailleurs. Ça lui évitait de trop penser à Camille. Parce que, entre la cohabitation au quotidien et les leçons de plongée en tête à tête, il commençait à ne plus pouvoir réprimer son désir d'elle.

9

Le jour suivant, Camille se rendit à la Malle aux Trésors. James était avec des clients mais aussitôt après leur départ, il la rejoignit.

— Je n'ai aucune nouveauté, malheureusement.

— Rogan m'a dit que tu avais un exemplaire des *Voyages* de Hakluyt.

— Ah…, dit-il, l'air navré. Je l'ai vendu.

— Il se demandait où tu te l'étais procuré.

James se lissa le menton.

— Il faisait partie d'un lot que j'ai acheté dans une vente aux enchères. L'inventaire de mes achats n'est pas vraiment à jour. Je ne savais pas que je l'avais. C'est mon assistant qui est tombé dessus par hasard, l'autre jour.

— Rogan pense qu'il pourrait s'agir de l'exemplaire qui appartenait à son père.

James prit d'abord l'air étonné, puis sourit.

— Alors, il t'a envoyée pour enquêter ?

— Pas du tout ! Il m'en a parlé et j'ai voulu savoir.

De l'arrière du magasin, l'employé fit irruption dans la boutique. Il avait un carton de livres sur les bras.

— Est-ce que je peux mettre ceux-là en rayon ? Ou est-ce que je les envoie à notre boutique d'Auckland ? Je ne voudrais pas me tromper une nouvelle fois.

James, qui semblait irrité par cette interruption, parcourut du regard les étagères et conclut, d'un ton sec :

— Vous pouvez y aller.

Alors que l'employé s'approchait, encombré de son carton, Camille et James se déplacèrent sur le côté.

— Ça y est, j'ai demandé à un expert de venir estimer le bateau, dit Camille.

— Ah ! Enfin ! Quand tu auras fixé ton prix, j'espère que tu t'adresseras à moi en premier.

— J'ai promis que je proposerais ma part en priorité à Rogan et à Granger.

— Oui, mais si mon offre est meilleure que la leur ? Tu ne vas pas vendre au moins offrant ?

Sous cet angle, évidemment… Surtout que cet argent, il revenait à sa mère, qui en avait bien besoin.

— Le jour de Noël, je vais dîner chez un couple d'amis à Auckland. Est-ce que tu accepterais de m'accompagner ? Lui est directeur d'une grosse firme de produits chimiques et sa femme est une bonne cliente à moi. Il y aura d'autres invités…

— Merci, dit-elle. Mais je n'ai pas l'intention de bouger. Je serai très bien à Mokohina.

Bien que la compagnie de James soit agréable, surtout avec tout ce qu'il avait à dire sur les objets du passé qu'il voyait défiler chez lui, elle ne se voyait pas fêtant Noël entourée d'une foule d'inconnus, sortis tout droit d'un magazine *people* !

Et puis, s'il souhaitait passer la nuit sur place, la situation pouvait vite devenir gênante.

— Dans ce cas, est-ce que je peux t'inviter à venir boire une coupe chez moi le soir du réveillon ? Disons après 8 heures ?

Coincée ! Maintenant qu'elle venait de lui refuser une invitation, elle ne pouvait pas de nouveau se défiler.

— Bonne idée, dit-elle, s'efforçant de paraître enthousiaste.

*
* *

L'expert passa beaucoup de temps à inspecter le bateau en prenant des notes. Il partit après avoir promis un rapport détaillé dans les meilleurs délais.

Plus tard, Rogan appela son frère.

— Désolé, Rogue.

Le ton de Granger anticipait sur la suite.

— Quand elle m'a posé la question, j'étais obligé de répondre. Camille peut vendre à qui bon lui semble. Et avant que tu ne me poses de nouveau la question : non, je ne peux pas t'aider à financer le rachat de sa part. En plus, je trouve l'idée mauvaise. Je n'aimerais pas que tu deviennes aussi têtu que notre vieux. Est-ce que tu ne serais pas un peu trop influencé par les circonstances… sentimentales ?

— Quoi ?

— Tu as pris James Drummond en grippe parce qu'il s'intéresse d'un peu trop près à Camille. Si elle te plaît, pose-toi la question de savoir jusqu'où tu irais pour elle. Et indépendamment de ça, demande-toi si tu veux réellement le *Sea-Rogue*, et pour quoi faire ?

— Hé, hé ! Du calme !

Rogan avait à peine mentionné Camille à son frère, et jamais il ne lui avait parlé de ce qu'il ressentait pour elle. Bien sûr, il la désirait. Charnellement. Et aussi, il aimait sa compagnie. Beaucoup même. Mais cela ne signifiait pas qu'il allait *l'épouser*. Ni elle, ni aucune autre femme !

Le mariage n'était pas prévu dans son programme. Il tenait de son père pour la bougeotte, et il avait vu comment sa mère en avait souffert. Elle avait lutté toute sa vie pour élever ses deux fils, seule, et leur offrir une éducation décente. En dehors des visites occasionnelles de Barney et de ses petites contributions financières, elle n'avait eu aucune aide. Et, surtout, aucun soutien moral.

Rogan se refusait à reproduire le même schéma. Sa conscience ne le supporterait pas.

Comprenant qu'il n'obtiendrait pas de son frère le coup de main escompté, Rogan décida d'aller à la banque locale, où il lui arrivait de déposer en fin de contrat d'assez gros chèques. Son but : voir s'il y avait des possibilités de prêt. Après un entretien d'un quart d'heure avec le directeur, Rogan ressortit de l'agence, très mécontent.

Il savait que Brodie ne lui refuserait pas une aide financière si c'était dans ses moyens. Cependant, si les amis sont aussi là pour s'entraider, Rogan se voyait mal demander de l'argent à Brodie. C'était pour ainsi dire contre sa religion !

Il avait prévenu Camille :

— Je voudrais voir si le *Sea-Rogue* navigue bien et, comme tu es prête, en profiter pour te faire faire ton premier plongeon en haute mer. Brodie est libre dimanche. Je lui ai demandé de venir avec nous, pour assurer notre sécurité.

Le dimanche matin, dès que Brodie fut à bord, ils sortirent du port en utilisant le moteur. Sur l'eau calme de la baie protégée, le bateau semblait glisser, mais, au fur et à mesure qu'il voguait vers le large, le tangage s'accentuait. Une fois dans le vent, Rogan coupa le moteur, laissant aux magnifiques voiles blanches le soin de les faire avancer.

— J'ai une chose à faire, dit Rogan en remontant de la cabine avec une petite boîte en main.

Se tenant à la poupe du bateau, il ouvrit la boîte, et Camille réalisa alors avec effroi qu'il jetait les cendres de son père à la mer.

Elle tourna la tête vers Brodie. Il avait l'air tout aussi choqué qu'elle. Pendant un instant, ils restèrent les yeux rivés sur les épaules contractées de Rogan, puis ce dernier se retourna et, croisant leur regard, expliqua :

— Le vieux voulait que ce soit fait sans cérémonie. Côté protocole, il avait assez des funérailles à l'église.

Brodie semblait chercher ses mots. Camille, transie, se retenait de prendre Rogan dans ses bras. Mais d'après le regard noir qu'il leur lança, aucun signe de compassion n'était souhaité.

Il retourna à la barre. Un moment plus tard, il appela Camille, qui était en poste à la proue, là où les brassées d'air marin soulevaient ses cheveux et rafraîchissaient son visage. Rogan voulait montrer à la jeune femme comment maintenir le cap au nord, en suivant parallèlement la ligne du rivage.

Se tenant derrière elle, il l'encadra de ses bras, posant les mains au-dessus des siennes, sur la barre. Ce contact, ajouté à la sensation de chaleur qui émanait de son torse nu, à quelques centimètres derrière elle, faisait monter en elle une envie irrépressible de se laisser tomber en arrière contre lui, et elle s'imaginait déjà appréciant la robustesse de son buste.

A quoi Rogan jouait-il avec elle ? S'agissait-il d'un moyen détourné de se rapprocher de quelqu'un, après la difficile tâche qu'il venait d'exécuter ?

Au bout de quelques instants, il se mit sur le côté, la laissant tenir la barre seule. Et, à sa grande surprise, elle trouva l'expérience grisante !

Quand le bateau arriva en vue de l'imposant archipel des Poor Knights, montagnes de granit surgissant du bleu-vert de la mer, Rogan reprit la barre et conduisit le bateau loin des récifs, dans une petite crique au fond sablonneux.

Ils n'étaient pas les seuls visiteurs. Un peu plus loin, un autre voilier contournait l'archipel. Il disparut rapidement de leur champ de vision, mais fut remplacé quelques minutes plus tard par un catamaran qui passa si près que le *Sea-Rogue* remua dans son sillage.

Après s'être équipé, Rogan sauta dans l'eau transparente

pour placer une corde de sécurité qui aboutissait en surface à une grosse bouée orange signalant la présence de plongeurs. Puis Camille le suivit, alors que Brodie restait sur le bateau, prêt à intervenir en cas de besoin.

S'efforçant de tempérer sa nervosité, Camille fit attention à bien contrôler la quantité d'air dans son compensateur de flottabilité. Il n'était pas question qu'elle coule dans l'eau comme une pierre, ni qu'elle reste à s'agiter à la surface. Ils suivirent la corde verticale, et s'enfoncèrent dans les profondeurs encore claires. Dessous, un banc de poissons bleus évoluait au ras d'un champ d'algues allongées. Un gros poisson jaune zébré de bleu apparut et le banc se scinda en deux pour lui laisser la priorité. Rogan pointa le doigt vers une raie immense, qui semblait voler dans l'eau. Ses yeux extrêmement écartés lui donnaient un air d'extraterrestre. Camille suivait des yeux de drôles de spécimens quand tout à coup un minuscule poisson argenté vint déposer des petits baisers sur son masque.

Rogan entraîna ensuite Camille vers un récif de corail, qui fourmillait d'individus multicolores de toutes formes. Camille eut la tentation de tendre le bras pour sentir les caresses de ces plantes étranges et de leurs habitants. Mais Poor Knights ayant le statut de réserve protégée, il était strictement interdit de toucher à la faune.

Le temps passa très vite. Ils devaient déjà remonter. Rogan décida de faire un palier de décompression à mi-course et une fois les plongeurs arrivés à la surface, Brodie donna un coup de main à Camille pour l'aider à grimper sur le pont et lui ôter la bouteille d'oxygène.

— Alors ? demanda Rogan qui se débarrassait seul de son attirail.

— C'était fantastique !

Elle regrettait seulement qu'ils n'aient pas pu rester plus longtemps dans ce merveilleux monde subaquatique.

Il lui sourit. Puis, changeant de visage, il pointa le bras en direction d'un yacht à moteur blanc qui fonçait sur la crête des vagues.

— Ce truc est là depuis longtemps ?

— Il est arrivé juste après nous, répondit Brodie. Une partie de pêche, j'imagine. Ils sont juste en dehors du périmètre de la réserve.

Quelque chose sur le yacht refléta la lumière du soleil et Camille fut éblouie. Rogan, une main en visière sur les yeux, continua à scruter le bateau inconnu pendant un petit moment.

Après un pique-nique dans le cockpit, à l'abri d'une légère brise, Rogan proposa un nouveau plongeon à Camille. Elle accepta avec joie.

Ils refirent surface et constatèrent qu'ils étaient toujours les seuls habitants temporaires de cette petite crique.

— Est-ce que ça t'ennuierait de rester seule un instant ? Tu ne risques rien et Brodie serait content de piquer une tête, lui aussi.

— N'avez-vous pas besoin d'un plongeur expérimenté de secours ? demanda-t-elle, sachant qu'en cas de danger, elle ne saurait comment intervenir.

Brodie la rassura.

— On connaît la réserve par cœur. Et puis les conditions sont excellentes. On ne le ferait pas si on avait le moindre doute.

Une fois prêts, les deux complices sautèrent d'un même élan dans l'eau et, avant de disparaître sous la surface, firent un geste à Camille pour signifier que tout allait bien.

Camille s'était allongée sous l'auvent que les hommes avaient tendu et, bercée par les mouvements du ketch, elle somnolait, revoyant en pensée les images féeriques de ses deux promenades sous-marines.

*
**

Elle vit Rogan fondre sur elle, sans masque ni combinaison. Il était torse nu, ses cheveux flottant dans l'eau limpide, transparente comme du cristal. Elle tendit un bras pâle vers lui et il lui prit la main. C'est alors qu'elle comprit qu'ils étaient tous les deux presque nus. Il lui sourit et l'attira vers lui. Leurs jambes s'enchevêtraient, comme cela s'était passé pendant l'exercice dans le bassin de plongée, seulement, cette fois, pas de combinaison de Néoprène ! Le contact se faisait peau contre peau. Un désir intense monta en elle. Le corps de Rogan, chaud et glissant, lui échappait, puis revenait, et elle s'agrippait plus fort à lui. Il chercha sa bouche, la trouva, et ils se mirent à dériver dans un long baiser passionné. Elle passa les bras autour de son cou, le serra fort contre sa poitrine. De nouveau ses lèvres furent capturées, et un baiser encore plus fougueux s'ensuivit. Ils s'enlaçaient dans un nuage de bulles d'air, avec comme fond sonore des bruits d'eau assez forts, toujours plus forts…

Elle ouvrit brusquement les yeux. Le soleil s'était déplacé et lui chauffait tout le corps. Son rêve aussi avait été chaud ! Les bruits d'eau se précisèrent. En fait, il s'agissait d'un grondement de moteur au ralenti.

Secouant la tête pour se débarrasser des images érotiques qui hantaient encore son esprit, elle se leva. Les yeux mi-clos à cause du soleil, elle parcourut la mer du regard.

Une tache marron se dessina devant elle, et, après quelques secondes d'adaptation, elle vit nettement un bateau qui entrait dans la crique. C'était un gros hors-bord ; au volant, un homme en combinaison, cagoule sur la tête. Arrêtant le moteur, il fit signe à Camille. Elle répondit au salut, d'un geste de la main. Une fois le bateau posté, il enfila un masque et une bouteille. Pas de doute, Brodie et Rogan auraient très vite de la compagnie.

Plus loin, au large, le beau yacht blanc continuait sa promenade sur les flots.

Camille jeta un coup d'œil à sa montre. Elle ne s'était pas assoupie plus de quelques minutes. Mourant de soif, elle descendit se chercher une bouteille d'eau dans la cantine et en profita pour emprunter un livre sur l'étagère. *Les Trois Mousquetaires*. Un exemplaire rare, en français, pourvu d'une reliure en cuir travaillé.

Elle lisait tranquillement quand le bateau eut un léger mouvement de bascule latérale. C'étaient Brodie et Rogan qui remontaient.

Bientôt, ils reprirent la direction de Mokohina. Le voyage, avec, cette fois, un soleil à l'ouest, était encore plus beau que le matin.

Arrivés au port, ils se partagèrent tous les trois les restes du pique-nique. Rogan remarqua le livre placé à côté de Camille.

— Tu le lis ?

— Je peux… ?

— Bien sûr !

Un bateau de croisière entra dans le port et passa à quelques dizaines de mètres devant eux. Le *Sea-Rogue* en fut tout remué !

— C'est le yacht qui sillonnait autour des Poor Knights tout à l'heure, dit Brodie. Est-ce qu'il en venait, le gars sur le hors-bord, tout à l'heure ?

Il se tourna vers Camille.

— On l'a aperçu sous l'eau, ajouta-t-il.

— Je ne sais pas d'où il venait. Je dormais quand il est arrivé.

Se rappelant soudain son rêve, elle évita le regard de Rogan. Il lui fallait vite penser à autre chose.

— Je croyais qu'on ne plongeait jamais seul ? lança-t-elle, espérant détourner l'attention.

— Il y a des gens qui préfèrent plonger seuls, répondit Brodie, engloutissant des chips. Des gens qui ne font confiance qu'à eux-mêmes. Ou qui préfèrent ne pas mettre la vie d'un autre en danger. Je ne sais pas. De toute façon, il faut être sûr de son coup.

Rogan acquiesça.

— Moi, je préfère encore plonger seul qu'en mauvaise compagnie. Imagine que tu te trimballes un imbécile qui fait n'importe quoi. Après, c'est toi qui risques ta peau pour lui venir en aide. Non merci ! Mais toi, Camille, tu n'es pas encore prête pour faire ce choix-là.

Chiffonnant un paquet de chips vide, Brodie annonça son départ. Rogan proposa de l'accompagner un bout de chemin.

— Le vieux rafiot nous a fait une belle démonstration aujourd'hui, non ? s'exclama Rogan, quand ils furent descendus du ponton.

— Tu l'as dit, fit Brodie. C'est un voilier de première classe.

— Si tu veux, tu pourrais en racheter la moitié.

Brodie eut l'air surpris.

— Je me disais que tu serais peut-être tenté, reprit Rogan. Je cherche un associé. Mais si ce n'est pas le cas, laisse tomber.

Il ne voulait pas profiter de l'amitié de Brodie qui s'était toujours senti redevable envers Rogan, depuis l'histoire du sauvetage.

Brodie parut hésiter.

— C'est que… j'ai déjà un bateau. Et son entretien me coûte cher. Si tu veux t'en servir pour guider les cargos entre les archipels, comme le faisait ton père, je te dirais franchement que ça ne vaut pas le coup.

— Mais si jamais il y avait un gros bénéfice à la clé ?

Brodie s'esclaffa.

— Tu ne parles pas du vaisseau perdu de ton père ?

— Pourquoi ? Qu'est-ce qu'on en dit ?

— Rien. Des rumeurs. Enfin, c'est ce que je crois, nuança-t-il avant d'ajouter, l'air sérieux : Tu as une preuve ?

Rogan secoua la tête. Il n'avait rien. Rien qui vînt au secours de son intuition, en dehors d'un coffre-fort vide et d'un matelot déserteur.

— Aucune. Pareil pour la police.

Tout bien considéré, personne de sensé ne croyait à cette histoire de trésor.

Rogan rentrait d'un pas traînant, le long du front de mer, lorsqu'une voix l'interpella. C'était Doll qui pressait le pas pour le rattraper.

— Alors, comment tu vas, jeune Rogue ? lui dit-il, arrivant à sa hauteur. On m'a dit que tu allais prendre la suite de ton père.

— J'aurais bien voulu, souffla-t-il, ayant perdu tout espoir. A tout hasard, tu ne serais pas intéressé par le rachat d'une moitié de *Sea-Rogue* ?

Doll eut l'air navré.

— J'ai pas de sous pour ça, mec. Pire : j'ai pas de sous du tout. En tout cas, ton vieux va me manquer, dit-il alors qu'ils arrivaient en vue du *Sea-Rogue*. Quand il était au port, on s'amusait bien à s'échanger nos nouvelles en buvant tranquilles.

Tout en secouant la tête de désolation, il ajouta :

— Tiens, je le revois encore, à me dire « Eh, frangin ! Ramène-toi à bord ! J'ouvre une bouteille et on se raconte nos potins ! ».

Il laissa échapper un long soupir.

Devant un tel témoignage d'amitié, Rogan n'avait pas d'autre choix que de l'inviter.

Quand il entra, suivi de Doll, dans la cabine principale, tout était parfaitement en ordre. Au bout de la coursive, la chambre de Camille était entrouverte. Il alla tapoter à la porte. Passant la tête à l'intérieur, il vit Camille installée au bureau avec, devant elle, un magnétophone et un livre ouvert.

— J'ai ramené un visiteur. Un ami de mon père. Et du tien, j'imagine. Si tu veux nous rejoindre…

— Merci, dit-elle d'un ton distant. Mais j'ai du travail. Est-ce que tu peux fermer la porte ?

Visiblement, les amis de son père ne l'intéressaient pas… Rogan retourna servir à Doll la bière attendue.

Plusieurs bouteilles plus tard, alors que son stock d'anecdotes paraissait épuisé, Doll n'était toujours pas disposé à lever le camp.

— Doll, commença Rogan, profitant d'une brève interruption dans le discours de son interlocuteur, est-ce que tu sais si mon père avait un endroit spécial où il cachait ses objets de valeur ?

— Quels objets de valeur ?

Rogan hésita.

— Je ne sais pas… C'est que je n'arrive pas à retrouver le livre de bord.

— Ah ! Et tu as vu Mollie ?

— Qui est Mollie ?

Doll plissa les yeux d'un air mystérieux.

— Umm… l'amie de ton père. Ton père lui rendait souvent visite quand il était là. Et ça durait depuis plusieurs années, à ce que je sais.

— Une *petite* amie ! reprit Rogan.

Il ne manquait plus que ça. Certes, cela faisait dix ans que sa mère était morte. Et pour autant qu'il le sache, en dépit des longues séparations, Barney lui avait toujours été fidèle. Mais quand même ! Savoir que son père serait allé se consoler dans les bras d'une autre… Après tout, de quel droit jugeait-il son père ?

— Elle s'appelle Mollie comment ?

— Edwards. Elle travaille à la boulangerie de Denny. T'aurais pas une autre bière ?

— Non, s'exclama Rogan. Il est temps de se quitter, vieux. Désolé.

Une de plus et Doll aurait fini par passer la nuit sur le bateau ! Rogan n'avait pas très envie de le rencontrer au réveil. Et il fallait aussi épargner Camille…

Il raccompagna Doll jusqu'au bout du ponton. Puis, devant la démarche titubante du gaillard, fit le chemin avec lui jusqu'au centre-ville. Au retour, passant devant une cabine téléphonique, il jeta un coup d'œil dans l'annuaire racorni qui s'y trouvait encore. E comme Edwards. Il y en avait plusieurs. Savoir lequel était le bon ? De toute façon, il était trop tard pour déranger une femme seule… Car il supposait qu'elle vivait seule, cette Mollie Edwards.

Le matin suivant, Rogan arriva à la boulangerie Denny's, dès l'ouverture. Un barbu imposant, portant un tablier blanc, le fit entrer. Sur le comptoir, derrière la glace de protection, s'empilaient quantité de pains spéciaux, venant tout juste de sortir du four.

— Vous désirez ?

— En fait, je voudrais voir Mollie Edwards. C'était une amie de mon père, expliqua Rogan.

— Mollie n'est pas là aujourd'hui. Elle a fait une mauvaise chute il y a presque deux semaines de ça. Et elle vient tout juste de sortir de l'hôpital. Ça s'est passé dans son propre escalier. Comme quoi on ne fait jamais assez attention !

Il hocha la tête, méditant sur ce qu'il venait de dire.

— Il faut bien reconnaître que Mollie a tendance à siroter. Et puis, ce jour-là, elle s'était rendue à un enterrement. Son moral n'était pas au plus haut. Elle descendait tranquillement son perron avec les sacs poubelles quand elle est tombée !

— Ce devait être le jour des funérailles de mon père. Est-ce que vous pourriez me donner son adresse ?

— Tu es le fils de Barney Broderick ?

— Oui.

— C'est moche ce qui lui est arrivé. Mollie, son adresse, c'est Bella Vista Road. Au 14, si j'ai bonne mémoire. Le jardin est tout encombré de plein de trucs. Y a même un vieux canot de sauvetage qui prend pas mal de place, crois-moi.

Le vieux canot avait été repeint en jaune et servait de vaste bac à fleurs. Ailleurs, il y avait des jardinières en forme de cygnes ou de bateaux, fabriquées à partir de pneus de récupération blanchis. L'allée qui menait à la maison était recouverte de coquillages en miettes, ce qui rendait impossible toute arrivée discrète.

Rogan monta les marches du perron. Au dessus de l'entrée — inattendu —, un filet décoré d'étoiles de mer séchées pendait tel un petit hamac. Il s'avança jusqu'à la porte et secoua la cloche de mât qui servait de sonnette.

La femme qui ouvrit lui sembla plus mince que la première fois qu'il l'avait vue. Ses boucles rousses s'étaient aplaties, et malgré l'évidente touche de maquillage qui colorait ses paupières et ses joues, elle avait perdu de son brio.

— Mademoiselle Edwards ?

— Madame Edwards ! corrigea-t-elle. Et vous êtes… ?

— Rogan Broderick. Nous nous sommes parlé, après la messe, pour…

— Oh, souffla-t-elle doucement. J'ai oublié. Pauvre Barney.

Un silence tomba.

— Mais ne restez pas là, reprit-elle soudain. Entrez !

Il pénétra dans une petite pièce sombre, rosie par d'imposants rideaux en velours fuchsia qui filtraient la lumière. Sur les murs, il y avait pléthore de tableaux de fleurs et dans un coin, entassés sur une étagère d'angle, toute une série de coquillages exotiques et de coraux entourant un bateau en bouteille.

— Est-ce que je peux vous servir du thé ? demanda-t-elle, lui faisant signe de s'asseoir. A moins que vous ne préfériez quelque chose de plus fort. En ce moment, moi, je n'y ai pas droit, mais j'ai aussi de la bière, du gin, et… du sherry.

— Non, merci, dit Rogan prenant place sur un canapé déjà bien occupé par des coussins en dentelle. On m'a dit pour votre accident. Est-ce que vous allez mieux ?

— Je suis très fatiguée.

Elle s'empara d'une chaise au dossier capitonné de velours.

— Je ne peux toujours pas sortir de chez moi et faire mon jardin, reprit-elle.

— J'imagine que ça doit bien vous manquer.

— Barney m'aidait quand il s'agissait de creuser ou de déplacer des bacs. Enfin, quand il était là. Votre père avait un cœur en or, en dépit de son côté un peu brute.

— Oui, c'est ce que vous m'avez dit après l'enterrement.

Elle ouvrit de grands yeux.

— C'est pas vrai ! Je suis désolée. Ma tête en a pris un coup quand je suis tombée. Je me souviens de la messe et de la petite réunion, mais c'est très flou. Je ne me rappelle pas vous avoir vu.

— Vous nous avez même dit, à moi et à mon frère, que vous vouliez nous voir.

— Ah oui ? Vraiment ? En tout cas, je suis bien contente que vous m'ayez trouvée, parce que votre père, je l'aimais bien.

— Je suis sûr que c'était réciproque…

Rogan s'interrompit. Les yeux de Mollie débordaient de larmes.

— Excusez-moi, reprit-il. Je ne voulais pas vous faire de peine.

Fouillant dans sa poche, elle sortit un mouchoir et s'essuya les yeux.

— Ce n'est rien. Votre visite me fait plaisir.

Avec quelques remords, Rogan se décida à entrer dans le vif du sujet qui justifiait sa présence.

— Je me demandais si vous pouviez m'aider, madame Edwards...

— Mollie, dit-elle. Qu'est-ce que je peux faire pour vous ?

— Est-ce que mon père vous a parlé de son livre de bord ?

Elle secoua lentement la tête.

— Je me souviens que j'étais en train de désherber. J'ai entendu la grille du jardin s'ouvrir, quelqu'un qui marchait dans l'allée, et c'était Barney.

Son visage s'illumina et elle sourit.

— C'était le jour de son retour ici.

Elle ravala sa salive et son visage, perdant tout son éclat, se tendit de façon sinistre.

— Ils m'ont dit que c'était normal d'avoir des troubles de la mémoire après une chute comme la mienne. Mais j'aimerais tant me souvenir au moins de sa dernière visite.

Rogan se pencha en avant.

— Je crois que mon père a caché son livre de bord. Est-ce qu'il vous en a parlé ? Ou parlé d'un trésor ?

Mollie esquissa un sourire.

— Certainement ! s'exclama-t-elle, à la grande surprise de Rogan. Il parlait toujours de trésors !

Rogan retomba contre le dossier du canapé.

— Ouais, je sais.

— Mais pourquoi est-ce que Rogan aurait mis de côté son livre de bord ? Si seulement je pouvais me rappeler !

Elle frottait nerveusement ses mains sur les accoudoirs de la chaise.

— Je passe mon temps à chercher des choses qui sont pourtant à la même place depuis des années ! J'ai dû les déplacer à un moment et puis j'ai oublié. Ça m'énerve ! C'est pareil avec mes clés de maison. Je les mets toujours sur le crochet à côté de la porte de la cuisine…

Elle se leva et, portant la main à la tête, ne bougea plus.

Rogan bondit sur ses pieds et la prit par le bras.

— Que se passe-t-il ? Vous avez besoin de quelque chose ?

— Non, ça va mieux, merci.

Il parlerait à Granger de Mollie. Barney aurait certainement voulu que ses fils veillent sur elle.

— S'il y a quoi que ce soit que je puisse faire…

— Tout le monde est aux petits soins pour moi. J'ai une infirmière qui vient à domicile. Et puis mes voisins sont très gentils, seulement ils ne sont plus tout jeunes et… C'est le jardin qui m'inquiète. Je n'ai pas encore pu mettre un pied dehors pour constater les dégâts. Ça ne vous dérangerait pas de m'y emmener ? Si je m'appuie sur votre bras ?

Ils firent le tour du parterre de devant, qu'elle inspecta scrupuleusement, bac après bac, plante après plante. A chaque mauvaise herbe en vue, elle secouait la tête, désolée. Rogan finit par les enlever au fur et à mesure qu'ils rencontraient ces indésirables parasites. Le long de la maison, d'impressionnants carrés de lavande et de marguerites attendaient leur inspection, qu'ils menèrent avec la même vigilance, avant de déboucher à l'arrière sur une pelouse délimitée par de hautes haies fleuries, qui garantissaient l'intimité du jardin.

Mollie s'arrêta devant un rosier pourpre, isolé à l'entrée du rectangle de pelouse.

— Tiens ! C'est bizarre. Mes fleurs sont toutes devant d'habitude. Qu'est-ce que ce rosier fait là ?

— Vous n'aviez peut-être plus la place de le planter à l'avant ?

— Peut-être. Mais pourquoi l'aurais-je mis à cet endroit, précisément ? dit-elle d'une voix angoissée.

Rogan prit une rose entre ses doigts et la sentit.

— Humm, ça sent bon.

Elle ferma les yeux et se baissa pour humer à son tour.

— *Le Plus Secret des Secrets*, dit-elle.

— Le plus secret des secrets ?

— C'est le nom de cette variété. Oui ! Je m'en souviens. C'est Barney qui l'a planté là. Il a fallu creuser profond. On l'a mis là pour être sûrs que personne ne verrait…

Elle s'arrêta. Impatient, Rogan reprit après elle :

— Ne verrait pas quoi ?

— Je… je ne sais plus. Je le revois juste creusant le trou.

Rogan considéra le rosier, la terre fraîchement retournée…

— Mollie, dit-il, ça vous ennuierait si je déplantais votre rosier ?

10

Après sa visite à M. Trubshaw, Camille descendit dans la cabine. Elle trouva Rogan assis à la table, la tête penchée en avant.

— Salut ! dit-elle. Qu'est-ce que tu fais ?

Il leva la tête, dévoilant des yeux pétillants et une mine largement épanouie.

— Je lis le livre de bord.

Elle regarda plus attentivement et vit qu'il entourait de ses bras un livre de taille moyenne.

— Tu l'as trouvé ! Mais où ?

— C'est une longue histoire, dit-il. Et regarde.

Il attrapa une boîte en métal semblable à celle retrouvée dans les affaires de son père. Elle était juste assez grande pour contenir le livre de bord. Glissant la main dedans, Rogan en retira une pièce qu'il présenta à Camille.

— C'est un souverain, dit-elle.

— Daté de 1852. Il était dans cette boîte, avec le livre de bord. Et tout ça, je l'ai trouvé enterré dans le jardin de… de la petite amie de mon père.

Elle le fixa dans les yeux un instant puis ramena son attention sur la pièce ancienne. Incapable de réprimer un frisson d'excitation, elle reprit :

— Ça ne prouve rien, non ? C'est juste une pièce.

Juste une pièce qui devait quand même bien valoir dans les deux cents dollars, si elle en croyait ce que James lui avait dit au sujet de sa petite collection de monnaies anciennes.

— Mais si c'était un échantillon ? dit Rogan. Pris dans un butin. On ne peut pas savoir la taille de ce butin. A mon avis, mon père pensait vraiment avoir gagné le jackpot.

Selon la rumeur, le père de Rogan était un grand faiseur d'illusions. Jusqu'à se tromper lui-même.

— Il aurait aussi pu le trouver n'importe où. Peut-être même qu'il l'a acheté à un escroc.

Partout dans le Pacifique, on savait que Barney Broderick recherchait désespérément un trésor. Il devait y avoir plein de pièces isolées dans ce genre qui passaient de main en main, accompagnées d'histoire de trésor, en attente d'être découvert.

Rogan prit l'air renfrogné.

— As-tu trouvé quoi que ce soit dans le livre de bord qui étayerait ton hypothèse ?

— Je n'ai pas encore fini de le parcourir. Mais il doit bien y avoir quelque chose dedans, puisqu'il ne voulait pas qu'on le trouve. Et ce n'est pas tout…

Il fronça les sourcils, le regard plus sombre que jamais.

— … Juste après l'enterrement, Mollie a été victime d'un accident bien commode.

— Comment ça, *commode* ? Mollie, c'est l'amie de ton père ?

— Oui. Un voisin l'a retrouvée inanimée, au pied de son perron, à l'arrière de sa maison. Les marches sont en parpaing. D'après les apparences, elle aurait chuté et c'est la tête qui aurait pris. Elle vient tout juste de sortir de l'hôpital.

— Tu penses que c'est une mise en scène ? Qu'on l'aurait frappée ?

— Je trouve la coïncidence trop parfaite.

— Des coïncidences, il y en a tout le temps !

Rogan se laissa tomber contre le dossier de sa chaise, la tête légèrement renversée en arrière.

— Oui, je sais. Mais vu les circonstances, dit-il pesant ses mots et la regardant droit dans les yeux, j'aimerais autant que personne n'apprenne que j'ai retrouvé le livre de bord. D'accord ?

— Je ne le dirai à personne.

— Pas même à ton ami Drummond.

— Si tu préfères…

Elle ne voulait pas le contrarier.

— Au fait, Mollie nous invite à déjeuner chez elle pour le jour de Noël.

— Nous ? Mais elle ne me connaît pas.

— Je lui ai dit que je ne te laisserais pas seule, sauf si tu avais une offre. C'est là qu'elle m'a dit de t'inviter. Elle n'a pas d'enfants et tous ses voisins passent Noël en famille.

Il en était de même pour M. Trubshaw qui était attendu chez ses enfants à Whangarei pour les festivités de Noël.

— C'est vraiment très gentil de sa part, dit Camille, ne sachant pas si elle devait accepter ou non l'invitation.

— D'après ce que j'ai compris, elle avait prévu de le passer avec mon père, ce Noël. Elle a déjà fait le plum-pludding et il y a dans son congélateur une demi-dinde qui attend qu'on lui règle son compte. Mollie vit seule. J'imagine qu'un peu de compagnie lui fera du bien.

— C'est entendu, dit Camille. Je serai de la partie ! Il faudra qu'on lui apporte des fleurs ou une boîte de chocolats. J'ai horreur d'arriver les mains vides.

— Je crois qu'une belle plante lui ferait plaisir, suggéra Rogan.

Le jour suivant — c'était le 24 décembre —, Rogan passa plusieurs heures à essayer de monter un plan de prêt, prenant en compte les différentes options bancaires. Sans succès. Ensuite, Camille et lui se rendirent dans l'unique pépinière de la ville.

Rogan proposa un rosier miniature en pot, déjà empaqueté façon Noël. Au premier abord, Camille était sceptique mais elle finit par admettre que les fleurs jaunes, encore en bouton, promettaient d'être belles. Elles sentaient déjà très bon.

Rogan en profita pour acheter aussi un petit sapin en pot et un sachet de décorations de Noël. De retour sur le *Sea-Rogue*, il mit le sapin à l'avant du bateau et, avec l'aide de Camille, le transforma en traditionnel sapin de Noël.

— J'irais bien voir chez Brodie pour m'acheter un équipement de plongée. En guise de cadeau de Noël de moi à moi-même, confessa-t-elle.

— Dans ce cas, si tu veux bien, je t'accompagne.

Elle accepta volontiers, trop contente de pouvoir compter sur l'avis d'un expert.

Dans le magasin, Rogan demanda à Brodie un certificat de plongée, qu'il remplit scrupuleusement avant de le donner à Camille.

— C'est un diplôme officiel, qui signale ton niveau de plongée. Tu dois le présenter chaque fois que tu loues ou que tu achètes un équipement.

Derrière la caisse, il y avait deux étagères où s'alignaient les guides de plongée et de navigation. Rogan en acheta un, sur les sites néo-zélandais, et le tendit à Camille.

— On dira que c'est mon cadeau de Noël *de moi à toi*.

Elle insista pour lui offrir quelque chose à son tour, et il accepta un livre sur les épaves sous-marines.

Alors qu'il enregistrait la vente, Brodie, l'air détaché, leur dit :

— J'emmène deux Américains en plongée tout à l'heure. Joignez-vous à nous. On prend mon bateau.

L'occasion était trop belle pour ne pas en profiter. Ils passèrent quelques heures entre le bateau et les fonds marins, mais durent précipiter leur retour pour échapper à un orage d'été. Arrivés au port, Rogan et Camille laissèrent leurs bouteilles à Brodie et coururent se réfugier à bord du *Sea-Rogue*. Ils arrivaient en vue du ponton quand le ciel craqua, déversant aussitôt un déluge de grosses gouttes de pluie chaudes.

Camille fut rapidement trempée des pieds à la tête, et quand elle parvint sur le pont du *Sea-Rogue*, son T-shirt et son short lui collaient littéralement à la peau. A la proue, le petit sapin de Noël, malgré les éléments déchaînés, conservait sa flamboyance.

Rogan lâcha le sac des combinaisons mouillées. Les mains libres, il repoussa les cheveux qui lui tombaient dans les yeux. Au même moment, un éclair illumina son visage, accentuant l'austérité de ses traits anguleux. Quelques secondes plus tard, un grondement de tonnerre résonna dans le ciel. La pluie était de plus en plus forte. Camille avait peur de glisser en avançant, d'autant plus qu'elle ne voyait plus rien. Elle leva la main, cherchant à dégager les cheveux qui la gênaient. Une mèche rebelle s'entêtait à rester ailleurs qu'à sa place. Rogan fit un pas vers Camille et, délicatement, lui ramena la boucle derrière l'oreille.

Mais il n'en resta pas là. Il la caressa délicatement puis, suivant les contours de sa joue, lui fit lever doucement le menton, pour que leurs regards se rencontrent, embrasés. Dans ses yeux, il y avait une question. Muette mais explicite. Pendant un instant, elle retint son souffle, n'osant bouger, électrisée. Puis, afin d'échapper à la pression qui devenait trop forte, elle recula d'un pas et il laissa sa main retomber.

Il lui lança un regard complice.

— Allons nous sécher.

Camille détala dans sa cabine. Après s'être vigoureusement frictionné les cheveux, elle ressortit dans la cabine principale, habillée d'un pantalon de toile bleue et d'un T-shirt jaune. Secs !

Quand Rogan la rejoignit quelques minutes plus tard, elle avait commencé à préparer le repas.

— Un coup de main ?

— Non, non, répondit-elle d'un ton ferme. Ça, c'est mon boulot !

Il alla s'asseoir à la table et se plongea dans la lecture du livre de bord. Mais à plusieurs reprises, alors que Camille s'affairait dans le coin cuisine, elle le surprit en train de la regarder pensivement.

Peut-être était-ce à cause de la pluie… En tout cas, jamais elle n'avait tant ressenti le poids de sa présence à côté d'elle. Avec la porte fermée, il faisait chaud sous le pont. L'air en était même étouffant. Mais tant que l'orage battait son plein, il fallait tenir.

Le bateau tanguait aussi plus qu'à l'accoutumée. Au large, la mer devait être en furie. A l'abri du port, on ressentait encore l'agitation des flots, et Camille devait faire attention à bien se camper sur ses deux jambes.

— Tu y arrives ? demanda-t-il alors qu'elle s'apprêtait à poser une casserole pleine d'eau sur le feu.

— Je m'adapte.

— Et tu n'as pas le mal de mer ?

— Pas encore ! Pourtant, avant ce séjour, je n'avais pas fait beaucoup de bateau.

Pendant les quelques croisières qu'elle avait eu l'occasion de faire auparavant, les conditions météo avaient toujours été extrêmement favorables. Et aujourd'hui, pendant la course qui leur avait fait fuir l'agitation montante de la mer, elle n'avait pas été gênée.

Quand elle arriva devant la table avec deux assiettes bien garnies, Rogan referma le livre et le mit de côté.

— Alors ? Tu as trouvé quelque chose d'intéressant ? lui demanda-t-elle.

— Je sais quelle zone mon père et Taff parcouraient.

— Est-ce qu'ils disent s'ils ont trouvé un trésor ?

— Non, admit-il. Mais avant de rejoindre précipitamment

Rarotonga, ils ont passé pas mal de temps dans un petit atoll inhabité. C'est pas là-bas qu'ils auraient pu prendre en charge un cargo.

— Non, mais ton père, voyant le mien malade, aurait pu choisir de s'attarder loin des grands axes du Pacifique. Et puis, finalement, comme l'état de mon père s'aggravait, eh bien, ils ont rejoint l'hôpital le plus proche.

— C'est plausible, dit-il avant d'avaler une bouchée d'agneau.

Camille entama à son tour son assiettée.

— Est-ce que tu vas acheter le bateau ?

Nerveusement, Rogan piqua un nouveau morceau de viande.

— On n'est pas pressé, non ?

— C'est que… cet argent arrangerait bien ma mère.

Toute sa vie, sa mère avait souffert d'un quotidien misérable, à trimer chaque jour pour arriver à peine à joindre les deux bouts en fin de mois. Pendant ce temps, sa sœur menait en Australie un train de vie confortable, grâce au salaire de son mari. Et les magnifiques cadeaux qu'ils envoyaient pour les fêtes ou les anniversaires accentuaient encore le sentiment d'injustice et de jalousie de Mona.

— Ta mère ?

— Oui. Elle n'a pas eu une vie facile. J'aimerais bien qu'elle ait un peu de chance, pour une fois.

— Elle a déjà eu de la chance de t'avoir, toi.

— C'est gentil, mais les choses ne sont pas aussi simples.

Et Rogan était bien placé pour le savoir, lui qui avait été témoin de la dure vie de sa mère, qui avait dû affronter seule toutes les difficultés.

— Est-ce que tu as beaucoup souffert ?

Camille parut surprise.

— Non, pas vraiment. Ma mère s'occupait très bien de

moi et elle m'a toujours soutenue. Même quand j'ai choisi de continuer mes études. Ce n'était pas facile.

La mère de Rogan avait agi de même avec Granger pour ses études de droit, également partiellement financées par Barney, et d'une certaine manière par Rogan lui-même, qui, malgré ses protestations, avait été scrupuleusement remboursé.

— Pour toi non plus, ça n'a pas dû être facile, reprit-elle.

— Moi, j'ai toujours fait ce que j'ai voulu.

Comme Taff, pensa-t-il, à ceci près que Taff avait à un moment donné pris un engagement, qu'il n'avait pas rempli. Comment imaginer qu'un homme aussi gentil avec « les fils à Barney », allant jusqu'à leur apprendre des heures durant l'art de la navigation, avait pu laisser tomber sa propre famille aussi radicalement ? Certes, la conduite de Barney vis-à-vis de ses enfants ou de sa femme n'était pas non plus exemplaire, mais il restait en contact et suivait de loin ce qui se passait…

— Tu as grandi où ? interrogea Rogan.

— A Auckland, jusqu'à l'âge de sept ans. Après, nous avons souvent déménagé, jusqu'à ce que j'entre à l'université.

— Est-ce que Taff a toujours su où vous habitiez ?

— Je crois qu'il s'en fichait.

— Pas sûr.

— En tout cas, ton père m'a facilement retrouvée, lui. J'imagine que le mien aurait pu faire de même, s'il l'avait voulu.

— Il ne vous a jamais rendu visite ?

— Pas depuis mon sixième anniversaire. Et je n'ai eu aucun signe de vie venant de lui pendant toutes ces années.

Sa voix trahissait la rancune qui bouillait en elle.

— Si ça se trouve, mon père t'a retrouvée parce que Taff ne t'avait pas perdue de vue, justement.

Elle lui lança un regard d'incrédulité exaspérée et il changea de sujet.

*
* *

A la fin de leur dîner, la pluie avait redoublé de violence, s'abattant dans un vacarme sourd sur le pont. Rogan alluma les lampes de la cabine et vint s'installer avec le livre de bord sur la table nettoyée.

— Quoi ? Tu n'as pas encore fini ? fit Camille, étonnée.

— L'écriture de mon père est difficile à déchiffrer, et de temps en temps il utilise des abréviations de son cru. Par endroits, je ne comprends rien. C'est à se demander pourquoi il a pris la peine de le cacher, ce livre de bord.

— J'ai l'habitude de déchiffrer les écritures sur les vieux documents d'époque.

Il lui lança un regard plein d'espoir.

— Est-ce que tu comprends ce qui est écrit là ? dit-il en pointant une phrase.

Elle s'assit à côté de lui.

— On dirait *Throne of Queens*, anticipa Rogan. Mais il n'y a aucun site répertorié à ce nom.

— Moi, à la place de *throne*, je lis *Shadow*, l'ombre. Et après, si le Q devient un D, je dirais *Shadow of Demons*.

— *Demons ?* On est loin de *Queens* ?

— Pas tant que... non, attends ! s'exclama-t-elle. C'est plutôt, *Du... Dumas* !

— *Dumas ?*

— Oui, c'est ça. Mais peut-être que je me laisse influencer par ma lecture des *Trois Mousquetaires*.

— Non, je crois que tu as raison, dit-il plissant les yeux. Est-ce que dans le livre il y a des passages indiqués ou soulignés ?

— Je n'ai rien remarqué. Et il n'y a pas de carte de pirate non plus.

Il accusa réception de la taquinerie par un petit hochement de tête, appuyé d'un sourire fermé.

— Ce n'est pas le seul livre de Dumas non plus, ajouta Camille. Et puis, il faut aussi aller voir du côté de Dumas fils.

— C'est quoi déjà le titre de cet excellent livre, très célèbre, qu'il a écrit ?

— *La Dame aux camélias*, dit-elle se demandant s'il l'avait lu et dans quelle langue. Est-ce que tu sais si ton père possédait un autre livre signé Dumas ?

— Non, je ne crois pas. Il n'y a que les *Trois Mousquetaires* qui me vient à l'esprit.

— Alors, il faut peut-être essayer de trouver un groupe de trois îles.

— Ou de deux. Une grande pour le père Dumas, une petite pour le fils. Il faut que je revoie les cartes de navigation. Et est-ce que tu peux m'apporter ce livre, au cas où il y aurait quelque chose dedans que tu n'aurais pas vu ?

Camille alla dans sa cabine. En appui sur la pointe des pieds, elle essaya d'attraper le livre, rangé sur l'étagère au-dessus de son lit. Le livre en main, elle retomba sur ses pieds, mais trop brusquement. Perdant l'équilibre, elle se cogna contre le cadre de la couchette et roula à terre en laissant échapper un cri.

Rogan se précipita.

— Que s'est-il passé ?

Il s'agenouilla à côté d'elle alors qu'elle s'efforçait de se mettre en position assise.

— Le livre, dit-elle, le tenant fermement contre elle. Prends-le.

Il le prit, le mit de côté et se retourna vers elle. Le regard fixe, elle considérait la blessure qu'elle avait au coude.

— Comment t'es-tu fait cela ?

— Je me suis cognée contre le rebord de la couchette. Ce n'est rien.

— Attends, laisse-moi voir.

La peau était éraflée et du sang perlait sur la plaie. Il l'installa sur la couchette et lui dit :

— Assieds-toi. Je vais chercher la trousse de secours.

Il revint aussitôt. Après s'être assis auprès d'elle, il désinfecta la blessure, la sécha avec de la gaze et la recouvrit.

— C'est fini, dit-il en collant avec soin le pansement.

Camille fit deux trois mouvements de bras pour vérifier que tout allait bien. Quand elle leva les yeux, elle se trouva, dans une proximité qui la surprit, face à Rogan. Ses yeux semblaient avoir foncé, malgré le bleu lumineux de ses iris. Sur son front brillant de moiteur, une mèche de cheveux noirs traçait une ligne tombante. Il semblait tendu.

La pluie n'avait rien arrangé à l'atmosphère sous le pont. Au contraire. Il faisait encore plus humide, encore plus lourd. Elle aurait volontiers passé un revers de main sur le front perlé de Rogan, mais elle se retint, croisant nerveusement les doigts sur ses cuisses.

— Merci, murmura-t-elle.

Il esquissa un sourire.

— De rien.

Puis il s'avança lentement vers elle avant de déposer un baiser brûlant sur ses lèvres. Camille sentit chacune de ses terminaisons nerveuses s'embraser.

Les yeux de Rogan s'illuminèrent. Et, pendant une seconde, les bruits extérieurs de la pluie battante et des vagues venant mourir contre la coque s'effacèrent. Camille n'entendait plus que le souffle nerveux de Rogan.

La lumière vacilla et le bateau bougea sévèrement. Rogan prit Camille par le bras pour l'empêcher de tomber sur le côté. Il la tint ainsi quelques secondes, attendant que les secousses se calment. Camille inspira profondément, tentant de calmer la panique qui montait en elle.

— Et puis tant pis… souffla Rogan, la prenant dans ses bras.

C'était si enivrant ! Enfin, elle avait l'impression de se trouver là où elle devait être, blottie au creux de ses bras ! Il la tint serrée contre lui ; puis, relâchant son étreinte, il plongea son regard dans le sien avant de l'embrasser passionnément, cherchant fiévreusement sa langue, goûtant avidement le goût de sa bouche offerte.

Jamais elle n'avait connu un tel éveil de ses sens. Il lui effleurait la joue, elle était transportée d'émoi. Il lui passait la main dans les cheveux, elle bougeait sa tête comme un chat voulant prolonger la caresse. Leur baiser n'en finissait pas, atteignait des degrés d'intimité que jamais elle n'avait connus. Ou jamais permis.

Maintenant, les limites qu'elle s'était fixées n'avaient plus lieu d'être… Son appétit pour lui était infini… Elle le voulait, encore et encore. Elle prendrait tout ce qu'il avait à lui offrir.

Elle posa les mains sur son visage, caressa ses cheveux, soyeux et doux, glissa les doigts le long de son cou chaud et musclé et parvint à ses épaules, solides appuis sous le T-shirt en coton.

Elle sentit qu'il passait la main sous son T-shirt, au niveau de la taille. Un frisson de plaisir la fit sursauter. Il lui caressait doucement la peau, dans le creux des reins.

Le bateau tangua brusquement une nouvelle fois et ils se retrouvèrent allongés sur la couchette, trop étroite pour deux. Rogan, interrompant momentanément leur baiser, se plaça au centre du matelas et fit glisser Camille sous lui. Désormais, ils s'embrassaient, corps contre corps. Camille sentit à quel point Rogan la désirait… et cette prise de conscience l'affola. Physiquement, elle était comme lui : perdue dans un tourbillon de sensations, sans limites possibles. Mais dans sa tête, un signal indistinct s'était mis en marche, lui interdisant de céder à la tentation.

Rogan ne comprit pas tout de suite que Camille tentait de lui échapper. Il redressa la tête, dévoilant un visage coloré par l'émotion et un regard ahuri.

D'une voix éraillée, il murmura :

— Qu'est-ce qui ne va pas, ma chère Camille…

— Je… Je suis désolée… S'il te plaît, arrête !

— Arrête ? reprit-il, d'un air d'incompréhension totale.

Elle plaqua les mains contre son torse, prévenant toute nouvelle tentative de baiser.

— Lève-toi ! dit-elle, d'un ton volontairement cinglant.

L'espace d'un instant, elle lut dans son regard de l'entêtement. Du défi, même. Et elle eut peur, réalisant à quel point elle se trouvait vulnérable face à lui. Si jamais il décidait de reprendre leurs ébats, malgré tout, elle ne pourrait pas lutter.

Soudain, il changea d'expression. Parut plus abattu que menaçant. Il roula sur le côté pour se retrouver sur le dos à côté d'elle. Se redressant sur un coude, il interrogea Camille, tout d'abord :

— Pourquoi ?

Il avait droit à une explication. Après tout, elle l'avait activement encouragé avant de tout arrêter.

— Je suis désolée, balbutia-t-elle, songeant qu'il méritait des excuses formelles.

— Pas autant que moi, ma chérie !

Elle se redressa en position assise. Il ne bougea pas, continuant de la dévisager d'un air boudeur.

— J'ai toujours ce qu'il faut sur moi, si c'est ce qui te préoccupe, ajouta-t-il.

— Ça n'a rien à voir, dit-elle fâchée de son assurance. Et puis, pour ta gouverne, je ne suis pas *ta chérie* !

Sur ce, elle glissa hors de la couchette. Rogan, lui, n'en fit rien. Au contraire, arrangeant l'oreiller derrière sa tête, il s'installa confortablement.

— Est-ce qu'on peut parler deux minutes ? demanda-t-il, croisant les bras derrière sa tête.

— J'ai commis une erreur, voilà tout.

— Tu veux dire que tu n'es pas une fille facile ? Comme si je n'étais pas déjà au courant ! Mince ! Je sais très bien que tu avais envie de moi, autant que moi je te désire. Et on est tous les deux adultes, non ? Libres, en plus !

— C'est ce que tu crois.

— Tu n'es quand même pas amoureuse de cet antiquaire bouffi d'orgueil, s'exclama-t-il, arborant une moue de dégoût. Et si tu as un autre petit copain, comment se fait-il qu'il ne soit pas ici avec toi ?

— Je n'ai pas de petit copain, comme tu dis. Mais quand j'en aurai un, ça ne sera pas le fruit d'une rencontre hasardeuse. Les marins avec une fille dans chaque port, très peu pour moi !

Rogan se redressa en sursaut.

— Ouah ! Alors c'est ce que tu penses de moi ?

Eclatant de rire, il se releva de la couchette. Se postant devant elle de toute sa hauteur, il la défia du regard. Mais, loin d'être intimidée, Camille poursuivit :

— Dans tous les ports où tu t'arrêtes, évidemment.

Rogan fit semblant de réfléchir.

— Tu exagères, murmura-t-il avec une pointe d'humour dans la voix.

Il rabaissa les épaules, et son regard se fit plus cérémonieux.

— Sérieusement, je ne suis pas le genre de gars qui couche avec toutes les filles qu'il croise. Tu me plais parce que tu es belle… Charmante, irrésistible. Et, oui, j'admets que j'ai plus ou moins eu des arrière-pensées à ton sujet, dès la première fois que je t'ai vue.

Il reprit son souffle.

— Mais il n'en demeure pas moins que je ne suis pas un bon candidat. Car si ce que tu recherches, c'est une vie à deux avec le pavillon neuf qui va avec, alors, décidément, non, je ne suis pas le bon candidat.

Camille se sentit rougir de colère.

— Je ne t'autorise pas à juger mes attentes. Encore moins à

les caricaturer. Quant à James, ma relation avec lui ne concerne que moi.

Rogan secoua la tête.

— Toute cette passion pour rien ! Quel gâchis !

— La passion, ça ne dure guère, répondit Camille. Il y a plus important.

— Comme quoi par exemple ?

— La loyauté, l'intégrité, la confiance.

— Mouais, dit-il l'air peu convaincu. Tout ça, c'est très beau, mais sans passion, c'est terne à mourir.

— Moi, je dirais plutôt que la passion sans ces trois options, ça n'a aucune saveur, aucune substance.

Il intensifia son regard sur elle.

— Est-ce que tu parles d'expérience ?

— Je n'ai pas une expérience aussi… approfondie que la tienne en la matière. Et ne compte pas sur moi pour te balancer des histoires de cœur !

— Je me suis mal fait comprendre. Est-ce que tu as déjà souffert par la faute d'un homme ?

— Oui, dit-elle. Et cet homme, c'était mon père. Maintenant, si ça ne te dérange pas, j'aimerais être seule.

11

Camille crut d'abord que Rogan ne s'en irait jamais. Le regard assombri, il semblait préparer une contre-attaque. Mais rien ne vint. Au bout de quelques secondes, dans un haussement d'épaules fatigué, il s'écarta d'elle.

— Je suis à côté si tu as besoin de moi, d'accord ? dit-il en avançant dans la coursive.

Pour toute réponse, elle ferma la porte derrière lui.

A sa grande surprise, elle réalisa que la pluie avait cessé. Par les hublots, une luminosité angoissante d'après orage pénétrait dans la cabine. Il faisait encore jour.

L'invitation de James, pour le réveillon Noël, tombait à pic, car bien qu'elle ne soit pas d'humeur à s'amuser en société, elle préférait encore ce sort-là à celui de rester cloîtrée dans le bateau, en compagnie de Rogan.

Heureusement, elle n'avait pas succombé à la folie du moment. James devait venir la chercher lui-même au *Sea-Rogue*. A l'idée qu'il aurait pu la surprendre dans les bras de Rogan, elle se sentait pour le moins perturbée.

Elle se changea, enfilant un pantalon noir et un haut en maille. Après avoir revêtu sa veste cintrée, elle prit son sac et sortit.

Rogan était encore installé à la table.

— Je sors, dit-elle froidement. Je risque de rentrer tard.

— Tu fuis ? demanda-t-il. C'est inutile. Je ne suis pas du genre à m'imposer !

— Je ne fuis pas, je sors. C'était prévu.

— Avec Drummond ?

— James.

Il lui lança un regard glacial.

— Eh bien, amuse-toi bien, dit-il d'un ton détaché.

Quelque part, elle doutait de sa sincérité. Il avait l'air maussade, ce qui s'expliquait : jamais elle n'avait tant tardé avant d'arrêter un homme si manifestement brûlant de désir.

— As-tu besoin de mon aide, dehors ? demanda-t-il alors qu'elle sortait sur le pont.

— Ça ira, merci.

— C'est toi qui vois.

Il ne croyait pas si bien dire. Elle grimperait seule sur le ponton, et tant pis si Rogan Broderick perdait une occasion de jouer les chevaliers !

Il lui était facile désormais de grimper à l'échelle. La force de l'habitude… Elle se retrouva très vite au bout du ponton, loin du bateau et de toute tentation. L'air était frais et humide, et elle eut l'impression de renouer doucement avec une réalité simple et tranquille.

Dans le ciel, de gros nuages persistaient, surplombant la colline et les habitations qui la peuplaient. Le front de mer était désert. Les gens, à l'abri dans leurs maisons éclairées, n'osaient pas encore sortir. Camille se retourna en direction du *Sea-Rogue*, solitaire, d'où brillait une faible lueur.

Maintenant, il valait mieux qu'elle aille ailleurs. M. Trubshaw accepterait certainement de l'héberger, mais il était âgé et plus fatigué qu'il ne voulait l'admettre. Sans compter que Camille risquerait de bouleverser sa routine.

L'invitation de James devait encore être valable, mais Camille n'avait pas envie de se retrouver chez lui. En plus, il était possible qu'il interprète de travers le changement de situation.

La mer, couleur de plomb, s'agitait en tout sens, bousculant les voiliers ancrés dans la baie. Et sur la petite plage, plus loin, on pouvait voir s'abattre sur le sable lissé des tonneaux d'écume. La voiture de James apparut. Il s'arrêta et ouvrit la portière.

— Je t'avais dit que je viendrais te chercher au bateau !

— Oui, mais j'avais besoin de prendre l'air, dit-elle en s'installant. C'est devenu irrespirable dans la cabine !

Il ne fit aucun commentaire. Sans doute parce qu'il manœuvrait pour faire demi-tour. Elle s'était attendue à ce qu'il relance son invitation.

Malgré ses craintes, elle aurait fini par accepter d'aller occuper la chambre d'amis chez lui. Au risque de passer pour une fuyarde aux yeux de Rogan. Pas question de réitérer la mauvaise expérience de sa mère et de s'abandonner à un aventurier fuyant la stabilité !

James avait d'autres invités, mais au moment où ceux-ci partaient, il demanda à Camille de rester encore un peu.

— J'ai quelque chose à te dire. En privé.

Ils s'installèrent, avec leurs verres, sur la terrasse. A cette heure-ci, on ne pouvait que deviner les formes du port et les contours de la côte.

— Au fait, vous avez retrouvé le journal de bord ?

Camille, qui n'aimait pas mentir, se sentait mal à l'aise.

— La police n'a encore rien trouvé, finit-elle par dire.

— Et est-ce que Rogan cherche toujours le trésor imaginaire de son père ? dit-il d'une voix légèrement moqueuse.

— Pour lui, ce trésor est réel, rétorqua-t-elle d'un ton sec.

— Mais il n'a toujours aucun indice, si ?

— Je n'en sais rien, murmura-t-elle. Rien de sérieux, je crois.

— Et est-ce que son frère et lui t'ont fait une proposition pour le rachat de ta part ?

— Non, mais Rogan se renseigne auprès des banques.

James n'arrêtait pas de changer de position dans son fauteuil.

Finalement, croisant les jambes, il se pencha en avant, comme s'il allait lui confier un secret.

— Si vraiment il avait le projet de faire un emprunt, les choses seraient plus avancées à l'heure qu'il est. De mon côté, je ne peux pas attendre plus longtemps. Bien sûr, je comprends bien que tu veuilles rester sur le bateau jusqu'à la fin de tes recherches, et ça ne me gêne pas du tout. Enfin, voilà, j'aimerais te faire une offre en bonne et due forme.

Il sortit un morceau de papier de sa poche, le déplia et le posa sur la table basse, située entre eux.

— J'ai fait faire un contrat avec le montant de ma proposition. Si les Broderick proposent plus..., commença-t-il, l'air sûr de lui, j'aimerais que tu me permettes de revoir mon offre. Cependant, je crois que mon estimation est juste.

« Plus que juste », se dit Camille qui avait jeté un coup d'œil sur le document.

— Je vais réfléchir, dit-elle quand elle fut de nouveau en mesure de respirer. Mais tu ne veux pas avoir l'estimation de l'expert avant ? Ce serait une garantie pour toi.

— Je connais le potentiel du bateau, dit-il. Pour moi, son âge fait toute sa valeur. J'ai envie de jouer les sauveteurs.

Son regard se radoucit. Il ajouta :

— Pour toi et le *Sea-Rogue*. Je sais que tu as très envie de te débarrasser de cet héritage non voulu et je ne supporte pas de voir une telle pièce d'artisanat naval laissée à l'abandon.

— Rogan ne le laissera pas à l'abandon, objecta Camille.

— Si son idée, c'est de s'en servir avec aussi peu de jugement que son père, la coque ne fera plus long feu. Crois-moi. Le vieux Broderick se fichait bien de savoir ce que son bateau représentait en savoir-faire et beauté de l'ancien. Et comme on dit, tel père, tel fils. Ce serait plus simple pour moi, si j'achetais le bateau en entier ; dans ce cas, je paierais même encore plus cher chacune des parts. Parles-en aux deux frères. Ils changeront peut-être d'avis.

*
**

Quand Camille rentra au bateau, Rogan n'y était pas. Dans l'humeur où il était quand elle l'avait quitté, il avait dû juger bon d'aller boire un verre ou deux.

Elle prit son téléphone portable et appela sa tante en Australie. Là-bas, avec le décalage horaire, il n'était pas tard.

Sa mère avait une bonne voix, ce qui n'était pas habituel.

— Tu me manques quand même un peu, dit-elle. Ici, tout le monde regrette que tu n'aies pas voulu venir. Moi, je sais à quel point tes vieux livres comptent pour toi !

Elle partit d'un rire aigu qui trahissait du ressentiment.

— J'ai un peu de peine à te savoir toute seule pour Noël, ajouta-t-elle nerveusement.

— Je ne suis pas seule. Et, demain je vais déjeuner avec Rogan chez une vieille amie de son père.

— Ah bon ? Vous allez chez la petite amie de Barney ? J'espère que tu ne sympathises pas trop avec ce Rogan. N'oublie pas ce que les Broderick ont fait à notre famille !

— Je sympathise *normalement* avec lui, dit-elle, soucieuse de rassurer sa mère. On est tous les deux à ne pas savoir quoi faire pour Noël et Mme Edwards a eu pitié de nous.

Le lendemain matin, Mollie les accueillit les bras ouverts, avant de les serrer tous les deux contre elle. Elle leur donna l'autorisation de l'aider dans la cuisine. Rogan découpa la dinde et Camille mit une dernière touche aux accompagnements.

Mollie était excitée à l'idée de partager le festin qu'elle avait préparé. Elle eut une petite larme, quand elle leur rappela que ce dîner avait d'abord été prévu pour Barney ; mais l'ambiance était joyeuse.

Après le repas, Mollie alla s'installer dans ce qu'elle appelait son fauteuil préféré, et les invités entreprirent de ranger la cuisine. Quand ils retournèrent dans la salle à manger, Mollie dormait profondément.

— Est-ce que tu veux voir le jardin ? proposa Rogan.

Il prit Camille par la main et la guida vers la porte de derrière, qui donnait sur le carré de pelouse. A la branche d'un prunier, il attrapa un fruit bien mûr et le lui tendit.

— Non merci, dit-elle. J'ai déjà trop mangé.

Rogan mordit dans la prune, puis avala le reste, se débarrassant du noyau dans l'herbe.

— C'est là-dessous que mon père avait enterré son livre de bord, dit-il en montrant un rosier rouge.

Il s'avança devant le rosier, qui n'avait pas souffert des dernières péripéties, et cueillit une fleur, parfaitement dessinée.

— Joyeux Noël, dit-il en tendant la fleur à Camille. Tiens, prends-la. Je suis sûr que Mollie est d'accord.

— Merci.

Elle huma le parfum délicat de la rose.

Rogan jeta un coup d'œil aux alentours.

— C'est dommage, je ne vois pas de gui.

Il lui serra gentiment la main et lui décocha un regard de biais. « Monsieur est d'humeur joueuse », se dit-elle. Et elle, d'humeur à succomber s'il continuait à la regarder comme ça...

Quelques minutes plus tard, ils rentraient dans la maison. Juste avant de passer la porte, Rogan dit à Camille :

— Tu as rendu Mollie heureuse aujourd'hui. Et moi aussi. C'est le meilleur Noël que j'ai passé depuis bien longtemps.

Quand Camille et Rogan entrèrent dans la salle à manger, Mollie ouvrit les yeux. Repoussant ses cheveux blond platine, elle s'exclama :

— Oh ! je m'étais endormie ! Quelle impolie je fais !

— Mais non, lui assura Camille.

— On est allés faire un petit tour dans votre beau jardin pour passer le temps, expliqua Rogan.

— Oui, il est vraiment magnifique, renchérit Camille.

— C'est grâce à Rogan qui m'a apporté une aide précieuse à mon retour de l'hôpital.

Camille jeta un regard interloqué à Rogan.

— Je ne savais pas que tu avais des dons de jardinier.

Il eut un sourire triomphant.

— Moi non plus ! J'ai juste suivi les ordres de Mollie.

De retour au *Sea-Rogue*, Rogan et Camille se préparèrent un repas léger avec les restes que Mollie leur avait donnés. Après quoi ils montèrent s'installer dehors, sur les banquettes du cockpit, pour lire en profitant des derniers rayons de soleil. Camille se plongea dans *Les Trois Mousquetaires* et Rogan dans le livre de bord.

Camille arriva à la fin du livre alors que la luminosité s'était considérablement affaiblie. Elle descendit dans la cabine et, quand Rogan la rejoignit, elle préparait du café. Il en accepta une tasse, et vint s'asseoir à côté d'elle, à la table.

— James m'a fait une offre écrite pour ma part de bateau. Une offre presque impossible à refuser, je dois dire. Mais je voulais t'en parler d'abord.

— C'est gentil. Il te l'achète à combien ?

Elle lui donna le chiffre et expliqua qu'il était prêt à augmenter le prix de la sienne et de celle de Granger.

— Mais pourquoi ?

— Il veut restaurer le bateau, lui redonner du cachet, pour emmener en mer les amoureux des vieux voiliers.

— Moi aussi je suis amoureux des vieux voiliers, mais je n'ai pas besoin de trois couches de vernis pour en être persuadé. On ne vendra pas. Quel que soit le prix. Et d'ailleurs je trouve vraiment bizarre qu'il tienne à ce point à te racheter ta part.

— Il est antiquaire. Tout ce qui touche au passé le fascine.

— Est-ce que tu savais que son matelot avait disparu le lendemain même de la mort de mon père ?

— De quoi tu parles ?

— Il y a un matelot qui travaillait sur un bateau à lui, le *Catfish*, et il ne s'est pas représenté à bord. La veille, il avait été vu en pleine discussion avec mon père. Personne ne sait où il est. Et je suis sûr que c'était le *Catfish* qui nous suivait, le jour de notre sortie à Poor Knights.

— Qui nous suivait ?

— Tu te souviens bien de ce yacht, juste au-dehors de la réserve…

— Mais il y avait d'autres bateaux ce jour-là ? Pourquoi nous auraient-ils suivis ?

— Peut-être que Drummond leur avait demandé de nous espionner, au cas où on serait sur une piste. Imagine qu'il ait de bonnes raisons de croire au trésor de mon père ?

— Quelles raisons ?

— Le matelot ! s'exclama Rogan. Il a très bien pu dérober un truc à mon père qui prouvait l'existence du trésor. A moins qu'il ne lui ait fait cracher le morceau à force de coups. Ensuite, il est allé trouver son patron pour tout lui raconter, et, là, on ne l'a plus revu.

Camille voulut intervenir, mais Rogan l'arrêta d'un signe de la main.

— Drummond ou quelqu'un qui travaille pour lui est venu fouiller le bateau pour récupérer le livre de bord. Problème : le livre de bord était introuvable. Maintenant il veut coûte que coûte acheter le *Sea-Rogue*, parce qu'il est persuadé qu'il y trouvera ce qui l'amènera au trésor.

Il fallut un peu de temps à Camille pour retrouver sa voix.

— Tu ne crois quand même pas à l'histoire que tu viens d'inventer ?

Il eut une moue d'entêtement.

— Je ne crois surtout pas que Drummond ait à ce point

envie de sauver le *Sea-Rogue*. Et tant que je le pourrai, il n'en aura pas un centimètre carré.

Noël fut suivi d'une journée de pont pour prolonger les congés jusqu'au week-end et, pendant quatre jours, les banques et les commerces furent fermés. Quatre jours difficiles pour Camille qui supportait de plus en plus mal la cohabitation avec Rogan. L'espace était réduit dans le bateau, ce qui donnait lieu à des situations gênantes… Comme lorsqu'ils tombaient face à face dans la coursive, elle, sortant de la salle d'eau en peignoir et lui, s'y rendant, torse nu, une simple serviette jetée sur l'épaule… Dans la cabine principale, leurs mains, leurs bras se rencontraient sans cesse et, chaque fois, un sentiment de gêne montait en elle…

La présence de Rogan, avec tout le potentiel viril qu'il représentait, était devenue un poids pour elle, même si aucune tentative de séduction n'avait été relancée.

D'ailleurs, au fond d'elle-même, Camille savait qu'elle pouvait avoir confiance en Rogan. C'était plutôt de ses réactions à elle, qu'elle se méfiait. Tant de sentiments contradictoires bouillaient en elle !

Ça ne pouvait pas continuer comme ça…

Elle avait exploité les trésors de M. Trubshaw et lui avait rendu une dernière visite, rapportant les documents prêtés et accompagnés, en guise de remerciement, d'un livre ancien acheté à James. Désormais, elle n'avait plus de raison de prolonger son séjour à Mokohina. Elle allait vendre sa part à James.

Le dimanche après-midi, Drummond déboucha sur le ponton alors que Rogan venait de s'asseoir dans le cockpit, le livre de bord en main. Rogan se redressa sur son siège, plaçant discrètement le livre à côté de lui, couverture cachée.

— Je vous surprends en pleine lecture ? lança Drummond d'un air badin.

Rogan haussa les épaules

— Camille est en bas.

La marée était basse et la dénivellation entre le ponton et le bateau, importante. Rogan suivit des yeux la descente prudente de Drummond et son atterrissage maladroit sur le pont du bateau. En arrivant dans le carré du cockpit, Drummond trébucha contre le genou de Rogan, manquant de faire tomber ce dernier.

Rogan se redressa, tenant fermement le livre contre lui.

— C'est là qu'on voit que je n'ai pas le pied marin, dit Drummond s'agrippant au premier support disponible.

Esquissant un sourire d'excuse, il se retourna et descendit dans la cabine.

D'après le murmure de leurs voix, Camille et Drummond discutaient avec complicité. Rogan, agacé à l'extrême, tenta de capter quelques bribes mais sans succès.

Il considéra un instant le livre dans sa main, puis se résolut à descendre dans la cabine. Son blouson de jean se trouvait sur le dossier de la banquette, à côté de Camille. Murmurant un mot d'excuse, il tendit le bras devant elle et attrapa le vêtement qu'il enfila aussitôt, glissant dans la foulée le livre de bord dans la poche intérieure avant de sortir. Mieux valait ne pas compter sur lui pour quitter le navire en y laissant le livre de bord avec Drummond dans les parages !

Il partit retrouver Brodie et passa avec lui de bonnes heures à bavarder, sur une terrasse de café. Alors que Rogan s'apprêtait à rentrer, Brodie lui lança :

— Tu ne sais pas la dernière ? On a retrouvé un corps !

— Qui ? Où ? interrogea Rogan, glacé par la nouvelle.

— C'est un chalutier qui l'a repêché, à plusieurs kilomètres au large d'ici. Etat de décomposition avancé, d'après ce que je sais. Personne ne sait qui c'est.

A son retour sur le bateau, Rogan trouva un mot de Camille l'avertissant qu'elle était partie dîner avec James. Il roula le papier en boule et le balança rageusement dans la poubelle. Et, après un repas froid, il reprit sa lecture.

Quelques heures plus tard, il se tournait et se retournait dans sa couchette, perturbé à la pensée de ce que Camille et James pouvaient faire ensemble à cet instant. Il allait se lever quand la porte du pont intérieur s'ouvrit. Soulagé par le retour de Camille, il se tourna contre la paroi et s'endormit.

Le lendemain matin, il se rendit au poste de police pour demander des détails sur le corps retrouvé. On ne lui apprit rien de plus : le service de l'identité judiciaire n'avait pas fait de rapport pour le moment, et l'autopsie nécessaire pour confirmer la thèse d'un accident avait été repoussée. Tout ce qu'on pouvait dire, c'est qu'il pouvait s'agir de Gary Collier. Et M. Collier était connu pour ses excès de boisson !

James avait invité Camille pour sa soirée du nouvel an. Elle pouvait venir avec Rogan si elle voulait.

— Non merci, répondit Rogan quand elle lui transmit l'invitation. Les soirées, c'est pas ma tasse de thé. Et pour toi ?

Hum. Si la maison de James reflétait un certain art de vivre auquel la jeune femme était sensible, les amis de James, eux, ne lui disaient rien ; et elle ne souhaitait pas renouveler l'expérience du dîner avec les couples jumeaux. C'était pourquoi elle ne s'était pas engagée auprès de James, lui laissant simplement entrevoir la possibilité d'un passage éclair.

— C'était quand même gentil de sa part de nous inviter, dit-elle, esquivant la question de Rogan.

Rogan avait toujours repoussé les tentatives de James pour engager la moindre conversation.

— Et toi, ajouta-t-elle, tu continues à faire ton…

Elle s'arrêta. Le terrain pouvait devenir glissant.

Rogan lui lança un regard oblique avec un sourcil levé. Une expression qu'il avait dû passer des heures à travailler dans la glace. Et qui marchait bien, devait-elle reconnaître, car, une nouvelle fois, elle se sentait toute désarmée !

— Je continue à faire mon *quoi* ? reprit-il, souriant.

— A faire ton ours mal léché ! lâcha-t-elle.

Cette fois, il haussa les sourcils.

— C'est sûr que Drummond se donne beaucoup de mal pour se faire des petites amies, dit-il avec un large sourire. Mais sait-il au moins embrasser une femme correctement ? A mon avis, au lit avec une femme, il doit jouer les poissons plats.

— Comment veux-tu que je le sache ? Le monde des poissons n'a jamais été le mien !

Pendant un quart de seconde, Rogan encaissa ce qu'elle venait de dire, puis il partit d'un éclat de rire.

Elle se mordit la lèvre, tentée de partager son rire mais, soudain prise de remords, elle mumura :

— Je ne voulais pas te traiter d'ours mal léché.

Rogan hocha la tête, feignant une moue désapprobatrice.

— C'est que tu ne mâches pas tes mots quand tu t'énerves !

Dans l'après-midi du 31, Camille et Mollie s'assirent à l'ombre, sous la véranda, tandis que Rogan déposait du terreau dans les bacs à fleurs.

Il portait un jean délavé, qui lui moulait parfaitement les

cuisses, un vieux T-shirt blanc, et une casquette que Mollie lui avait prêtée, insistant sur le fait qu'il ne devait pas travailler au soleil sans se protéger la tête.

Ayant rempli une nouvelle fois la brouette, il s'arrêta, ôta sa casquette pour s'essuyer le front d'un revers de bras, puis enleva son T-shirt. En le regardant faire, Camille se demanda s'il avait pensé à se mettre de l'écran solaire sur tout le corps. Une bouffée de chaleur insensée monta alors en elle. Une sensation bien trop fréquente, ces derniers jours !

Il devait sentir qu'elle l'observait, car il leva la tête et leurs regards se croisèrent, tout naturellement. Il la fixa avec une intensité nouvelle. C'était comme si elle était nue devant lui. Son cœur se mit à battre la chamade. Mais elle ne se décidait pas à détourner le regard. Il y avait une force irrésistible qui l'empêchait de fuir son plaisir.

Rogan se redressa. La main fermement agrippée au manche de sa pelle, il prit appui sur celle-ci, et se figea dans cette position. Face à Camille ! Elle ne voyait plus son regard, caché sous la visière, mais, pire, elle le devinait, brûlant de désir pour elle. Affamé ! Incapable de contrôler son désir à elle, elle fut prise de frissons irrépressibles, qui coururent tel un serpent sur sa peau.

Il repoussa sa casquette, puis la replaça fermement sur sa tête et se remit au travail.

Camille n'arrivait plus à respirer. Quelque chose s'était fêlé en elle, dans ce long regard qu'ils avaient échangé. Quelque chose de nouveau, d'inconnu, qu'elle souhaitait et redoutait à la fois…

La voix de Mollie la ramena sur terre.

— Camille, il y a des bières dans le réfrigérateur. Va en chercher. Je suis sûre que Rogan en voudra une.

Elle trouva un pack de six et en retira une. La canette était glacée. Elle la tint contre sa joue quelques secondes. L'effet rafraîchissant était garanti ! Dehors, elle hésita, puis traversa la pelouse jusqu'à Rogan et lui tendit la canette. Il la prit et leurs doigts s'effleurèrent. Aussitôt elle retira sa main, craignant presque l'apparition d'étincelles.

Les sourcils de Rogan remontèrent. Une lueur pétillante brillait dans ses yeux. Il commença à boire à grosses gorgées ; les mouvements de sa pomme d'Adam fascinaient la jeune femme. Elle fut prise d'une envie folle de détourner une goutte de sueur qui faisait son chemin jusqu'à la base du cou et de goûter sa saveur salée.

Une contraction interne la rappela à l'ordre. Le soleil devait lui taper trop fort sur la tête.

— Merci, dit-il, s'essuyant les lèvres. J'avais bien besoin d'un coup de frais.

Camille, baissant la tête, sourit.

— C'est Mollie qu'il faut remercier. C'est son idée.

— Merci à toi quand même.

Avant qu'elle n'ait le temps de comprendre ce qui se passait, il lui vola un baiser rapide.

Maintenant, c'était pire. Ses lèvres étaient encore brûlantes de ce léger contact. Elle se sentait comme aimantée… Son baiser avait laissé un goût frais et amer… Elle passa rapidement la langue sur ses lèvres pour s'en imprégner davantage. Le regard de Rogan devint presque noir, et son visage, d'un sérieux étrange.

Camille se souvint alors de la première impression qu'elle avait eue de lui. Un pirate, survivant d'une lignée éteinte. Un danger pour tout marin. Une malédiction pour toute femme !

Dans une volonté de mettre fin à la tension du moment, elle rompit le silence.

— Il te faudrait de la crème solaire.

— Tu veux m'en mettre ?

Se rappelant la séance sur la plage, et l'état d'excitation dans lequel elle s'était retrouvée, elle préférait s'esquiver.

— C'est que… je n'en ai pas avec moi.

L'excuse était faible et il le savait. Il aurait suffi d'en demander à Mollie. Il hocha la tête sur le côté.

— Bah ! le soleil ne tape plus très fort ! Et j'ai bientôt fini !

Il lui prit la main. Elle sursauta. Il plaça la canette, encore froide, dans sa paume et referma ses doigts tremblants dessus. Puis, il se retourna et reprit son travail. Camille, les jambes en coton, regagna la véranda d'un pas titubant. Mollie lui souriait étrangement. Camille alla jeter la canette dans la poubelle de la cuisine.

De la fenêtre située au-dessus de l'évier, elle pouvait voir Rogan. Il continuait son travail sans état d'âme. Il se penchait, levait la pelle, la remplissait, et Camille ne pouvait s'empêcher d'être fascinée par son corps en plein effort. Elle ne voyait plus son visage, mais au simple souvenir du regard de braise qu'il lui avait décoché juste avant, ses sens s'épanouissaient.

L'inimaginable s'était produit. Malgré toutes les bonnes raisons qu'elle s'était données pour rejeter Rogan — et parmi celles-ci il y avait l'idée que l'attirance physique ne comptait pas, qu'un type comme lui n'était pas digne de confiance —, elle savait maintenant qu'elle ne pourrait plus reculer. Qu'elle ne voudrait plus lui dire non.

C'était fait. Elle était amoureuse ! Totalement, irrémédiablement !... D'un homme qui lui briserait certainement le cœur... C'était son destin ; à l'image de celui de sa mère...

12

Mollie leur avoua qu'elle était trop fatiguée pour réveillonner, mais elle insista pour qu'ils restent à dîner. Après tout le travail abattu, Rogan méritait bien un bon repas.

Quand ils laissèrent Mollie, le soleil se couchait derrière la colline. En ville, il régnait une ambiance de fête. En face de l'Impérial, sur une estrade montée pour l'occasion, un groupe de rock faisait danser et hurler un public de jeunes. Plus loin, les terrasses des cafés étaient pleines à craquer. Dans la marina, sur le pont des voiliers, les propriétaires trinquaient en famille ou entre amis, et certains, pour ne rien rater de la fête, étaient perchés sur les mâts.

— Tu veux qu'on s'arrête quelque part ? demanda Rogan, alors qu'ils entraient au cœur de la foule.

— Oui, pourquoi pas !

Elle n'avait pas envie de se rendre à l'invitation de James. D'autre part, elle préférait retarder le moment du retour au bateau. Avec la découverte qu'elle venait de faire sur elle-même, elle préférait prolonger le tête-à-tête avec Rogan, en pleine foule !

Rogan la prit par le bras et l'entraîna de l'autre côté de la route, se frayant un chemin parmi les danseurs et les groupes d'amis en goguette. Il s'arrêta devant un banian, et ils prirent place sur l'herbe s'adossant au tronc, épaule contre épaule.

Camille fut étonnée du plaisir qu'elle ressentait à ce contact qui lui paraissait maintenant tout naturel. Evident, même… Rogan aussi était détendu. Il finit par poser sa tête en arrière, contre l'arbre, et se mit à taper la mesure sur sa jambe repliée. Là où ils se trouvaient, la musique était encore trop forte pour permettre les conversations. Elle se perdit ainsi dans ses pensées, allant même imaginer que ce moment d'une qualité inouïe n'était peut-être que les prémices de…

Rien du tout ! Inutile de se bercer d'illusions ! Rogan n'était pas fait pour la vie à deux. Et jamais elle ne s'autoriserait à tomber dans le même piège que sa mère ! L'amertume, la trahison, la solitude, ce n'était pas ce qu'elle voulait pour nourrir son quotidien.

Elle changea de position, pour ne plus être contre lui. Mais Rogan ne comprit pas son intention et, contre toute attente, la rattrapa et passa le bras autour de son cou.

— C'est plus confortable comme ça, dit-il, tenant Camille contre son torse. Hein ?

A qui le disait-il ! Camille était tout simplement aux anges. Pas loin de hurler sa joie ! Le danger, le risque, la menace : envolés ! Blottie contre lui, son menton au-dessus d'elle, elle se sentait assaillie par un désir puissant. Si seulement cette complicité, à la fois violente en émotions et douce en sensations, pouvait s'éterniser…

Encore une fois, elle s'imaginait l'impossible. Rogan reprendrait la mer très vite, sans regret ni explication, et elle se retrouverait seule, comme bien d'autres femmes avant elle, à pleurer son amour perdu.

Mais ce soir, pour quelque temps encore — jusqu'à la fin de l'année —, elle refusait d'anticiper sur l'avenir, et voulait vivre son présent pleinement. Cette résolution en tête, elle se décontracta et, en guise de réponse, il resserra son étreinte.

Le volume de la musique augmenta et le public, survolté, poussa des clameurs, applaudit et dansa de plus belle. Mais cinq minutes plus tard, dans l'énervement général, une bagarre se déclencha à quelques pas devant eux.

Rogan se mit debout et aida Camille à faire de même.

— Je ferais mieux de t'emmener ailleurs, dit-il l'entourant de ses bras pour la protéger.

Plusieurs jeunes se battaient à mains nues. Rogan contourna l'attroupement. Mais Camille fut bousculée et, dans la pagaille, se détacha de Rogan. Elle l'entendit crier son nom. Après plusieurs virevoltes, elle se retrouva bien malgré elle dans les bras d'un inconnu qui, la réceptionnant, lui évita une belle chute.

— Désolé, ma belle. Mon cœur est déjà pris, dit-il en riant.

— Tais-toi, Henry, s'exclama la femme à côté de lui.

Puis, s'adressant à Camille :

— Ça va ?

— Oui, merci, murmura-t-elle à bout de souffle.

Le couple la laissa et elle se mit en quête de Rogan.

Les policiers se précipitaient vers la bagarre. Elle vit quelqu'un balancer un coup de poing fulgurant à son assaillant, puis ce fut la dispersion générale.

Quelques minutes plus tard, tout était fini. Une camionnette de police avançait lentement, se frayant un passage dans la foule. A voir la surprise dans les regards, l'incident était passé inaperçu. Tout à coup, elle vit Rogan, qui se dirigeait vers la plage. Son visage saignait. A l'écart, il s'arrêta, balayant la foule avec un air affolé.

Son cœur, qui s'était emballé, reprit un rythme normal quand, enfin, elle réussit à s'extirper de l'attroupement pour le rejoindre sur le sable.

— Dieu merci, tu n'as rien, souffla-t-il.

— Moi non, mais toi ? Qu'est-ce qui t'est arrivé ?

Il parut un peu surpris par le ton inquiet de sa voix.

— Oh, j'ai échangé quelques coups de poing. A part égale !

Il paraissait tellement content de lui qu'elle avait presque envie de le battre. Il posa le revers de sa main sur sa coupure et regarda la trace de sang.

— Ce n'est rien, dit-il.

Elle ne savait plus si elle devait être soulagée ou furieuse de s'être inquiétée pour lui.

— Il faut quand même soigner ta blessure, dit-elle d'un ton sec. On ferait mieux de rentrer.

— Mais je te l'ai dit : ce n'est rien.

Ils prirent par la plage. Rogan faillit tomber à côté d'elle lorsqu'il trébucha contre les pieds d'un jeune couple qui s'était creusé un petit nid d'amour dans le sable.

Tandis que Rogan gloussait, Camille contourna les amoureux, avançant tant bien que mal dans le sable fin. Ils finirent par rejoindre le chemin de ronde et arrivèrent au bateau sans autres difficultés.

La mer était haute. Camille ignora la main tendue de Rogan pour monter à bord. Dans la cantine, elle sortit la trousse de secours.

— Nettoie ta plaie. Après je te mettrai un pansement.

Il lui lança un regard triste avant de disparaître dans la salle d'eau. Il en ressortit, un mouchoir en papier plaqué sur la plaie. Elle le fit asseoir à la table, et lui mit à la suite du désinfectant, une compresse et un pansement.

— Merci, dit-il.

Elle remettait les affaires dans la trousse de secours.

— Tu es fâchée, reprit-il, lui attrapant la main.

— Pas du tout.

Elle essaya de retirer sa main, mais il l'en empêcha.

— Mais si, tu es fâchée. Si c'est parce que je t'ai perdue, excuse-moi, mais y a un gars qui est tombé sur moi, et il valait peut-être mieux que tu ne restes pas dans le coin.

— Je suis parfaitement capable de me défendre toute seule.

— Qu'est-ce qu'il y a, alors ?

— Rien du tout !

Elle tira plus fort et il la lâcha. Les lèvres serrées, elle finit de ranger la trousse. Rogan ne la quittait pas des yeux.

— Il y a du sang sur ton T-shirt, dit-elle quand elle se retourna vers lui.

Il baissa la tête pour voir.

— Zut.

Il se leva, et, d'un geste affolé, vérifia que le livre de bord était toujours bien là.

— Y en a un qui a tenté de m'arracher mon blouson.

— Le racket, c'est un sport courant chez les adolescents.

— Pas à Mokohina. Et puis il faisait sombre mais j'ai bien vu qu'il n'avait rien d'un *adolescent*. Plus j'y pense, plus je me dis qu'il devait en avoir après le livre de bord…

Camille roula les yeux, en signe d'exaspération.

— Eh ! Je te rappelle qu'il y avait une bagarre. Tu n'imagines quand même pas qu'elle a été provoquée pour que quelqu'un te pique le livre de bord ?

— Ça serait fou, non ?

Il s'arrêta, concentré sur ses pensées.

— Mais si Drummond savait que je l'avais sur moi, il s'agissait d'attendre la bonne occasion.

— James ? Ne me dis pas que tu vois James s'attaquant à toi physiquement ?

— Non, il n'est pas du genre à se salir les mains. Ça pouvait être le skipper de son bateau. Pour le peu que j'en ai vu.

Rogan détestait tellement James qu'il était prêt à le rendre responsable de toutes les misères qui lui arrivaient, songea Camille en fronçant les sourcils.

Cette hostilité irrationnelle provenait de la colère qu'il ressentait depuis la mort de son père. Une colère transférée sur James parce que ce dernier avait le tort de vouloir acheter le *Sea-Rogue*, symbole même de la vie du père de Rogan.

Un autre scénario était possible. Rogan n'avait jamais caché que Camille l'intéressait. Sa jalousie expliquait peut-être ses soupçons ridicules… Mais là, vraiment, il dépassait les bornes.

— Mais, Rogan ! Tu n'as aucune preuve.

Il la regarda fixement un instant, puis baissa les yeux.

— Bon. Je vais me changer. Il ne faudrait pas qu'on rate le toast de la nouvelle année, non ?

Déconcertée par sa capitulation, elle resta un moment sans bouger. Dans moins de deux heures, il serait minuit. Elle pivota en direction de Rogan qui s'était levé et se rappela que c'était bien de cet homme qu'elle était tombée amoureuse. Allait-elle commencer l'année en se disputant avec lui ?

— Tout à fait d'accord ! On ira sur le pont ?

— Si tu veux.

Il esquissa un sourire enjôleur qui la toucha en plein cœur, et disparut dans la salle d'eau.

Camille alla dans sa cabine. Enfin, elle se retrouvait seule ! Le dos contre la porte, elle se mit à respirer profondément pour calmer l'émotion qui lui gonflait le cœur. Elle avait beau savoir que cette histoire ne mènerait à rien, elle ne pouvait plus renier ses sentiments. Et puis ce passage constant de l'euphorie pure à la peur panique l'épuisait !

Elle comprenait maintenant ce qu'on voulait dire par *l'amour rend fou* : il fait vivre dans l'instabilité de ses émotions et de ses sentiments.

A bien y réfléchir, son premier acte de folie remontait au jour même où elle avait accepté de cohabiter avec Rogan. Ce jour-là, toutes les raisons très solides de dire non s'étaient étrangement envolées au moment de la décision. Elle savait maintenant pourquoi : elle était déjà tombée sous le charme puissant de Rogan. Attirée par lui, elle voulait être avec lui et apprendre à le connaître.

Il était trop tard maintenant pour revenir en arrière. Il n'en restait pas moins que Rogan représentait pour elle le pire des *candidats*. Il fallait agir vite. Elle avait déjà trop retardé son départ. Dès le lendemain matin, elle partirait, fuyant la tentation et s'épargnant un déchirement fatal. Parce que plus elle resterait longtemps ici, plus son départ serait douloureux.

Elle jeta ses vêtements dans sa valise, rangea son ordinateur portable dans son étui, et regroupa toutes ses affaires qui traînaient sur le bureau dans son sac à dos. Le contrat de vente de James se trouvait dans le tiroir du haut : deux exemplaires, pliés l'un dans l'autre. Elle réfléchit un long moment. Devait-elle les jeter pour ne plus être tentée ?

« Réfléchis bien », se dit-elle.

Dans sa main, elle tenait le moyen d'en finir avec cette histoire et elle y voyait la condition de sa survie affective.

Les mains tremblantes, elle déplia les documents et les posa à plat sur le bureau. Les pages étaient floues, mais elle savait ce qu'elles contenaient de toute façon. Elle prit un stylo et resta figée, la main en l'air, pendant un bon moment. Elle entendit une porte se refermer : Rogan était sorti de la salle d'eau. Affolée, elle signa au bas de chaque exemplaire.

Ce n'était pas une trahison. C'était un geste pragmatique, qu'elle aurait dû faire depuis longtemps. James finirait certainement par persuader Granger, à défaut de Rogan, de vendre l'autre part du bateau. C'était la chose la plus raisonnable à faire… Oui, mais Rogan ?

Il reprendrait son travail. Son entêtement à vouloir garder le *Sea-Rogue* n'avait jamais été vraiment motivé. D'ailleurs, peut-être que la décision de Camille l'aiderait à voir plus clair. Il était obsédé par ce bateau, son lien imaginaire avec un trésor supposé découvert par son père, et cela lui montait à la tête. Il en était à imaginer que James fomentait un complot digne des histoires de pirates les plus rocambolesques. Pour Rogan, James était même responsable de la mort de Barney.

Quand Rogan cogna à la porte, elle sursauta.

— Ne me dis pas que tu travailles, dit-il regardant le stylo qu'elle tenait.

— Non.

Elle considéra le stylo d'un air étonné. La panique lui embrumait les idées.

— Vin rouge ou vin blanc ? demanda-t-il. Autrement, il reste une bouteille de champagne.

— Ça m'est égal.

Il repartit vers la cantine et elle le suivit.

— J'aime les femmes faciles à contenter, dit-il en souriant. Ce sera donc champagne pour tout le monde !

Il était du genre à aimer toutes les femmes, se dit-elle. Et les femmes faciles à contenter devaient facilement le contenter à son tour…

Rogan attrapa deux flûtes en plastique et il monta sur le pont. Quand elle prit place dans le cockpit, il lui tendit une flûte de champagne pétillant.

Le boum boum de la musique parvenait jusqu'à eux, les forçant à se fondre dans l'esprit de fête qui régnait dans tout Mokohina. Au loin, sur le front de mer, ils discernaient la masse encore plus nombreuse des danseurs acharnés, qui criaient, les bras au ciel, dans un déchaînement de gestes.

Mais le brouhaha demeurait lointain et Camille percevait avant tout le clapotis des vaguelettes qui venaient mourir sur le *Sea-Rogue*.

— Ton père manque beaucoup à Mollie, dit-elle.

— Ouais.

Une énigme pour Camille : comment pouvait-on s'attacher à quelqu'un qui refusait les attaches ?

— Elle était ravie que tu l'aides. Comment va-t-elle faire quand tu seras reparti ? demanda-t-elle la gorge serrée.

Il leva la tête vers elle.

— Granger prendra le relais.

« Et moi ? Qu'est-ce que je ferai ? » Question stupide. Elle serait déjà partie depuis longtemps. Demain, à la première heure, elle irait porter le contrat de vente. Ensuite, elle décamperait. L'expression n'était pas trop forte. Elle ne s'imaginait pas restant une minute de plus avec Rogan après la vente. Il ne voudrait peut-être plus la voir. Et il ne lui pardonnerait pas…

Cette dernière pensée déclencha en elle un sentiment de malaise qu'elle tenta de chasser en vidant son verre.

Une légère brise arriva du large, et elle frissonna.

— Tu as froid, dit Rogan. Je vais te chercher une veste.

— J'y vais…

Ils se levèrent tous les deux et, dans l'espace réduit du cockpit, se retrouvèrent face à face, se touchant presque. Camille vacilla et Rogan la rattrapa dans ses bras. Leurs regards se fondirent l'un dans l'autre.

Au loin, la musique s'était arrêtée, laissant place aux cris de la foule qui avait entamé le compte à rebours.

Dans un murmure, Rogan se mit à faire de même :

— Quatre… trois… deux… un…

Un hurlement général s'éleva du front de mer et du port. Aussitôt ce fut un tumulte acoustique de klaxons, sirènes, feux d'artifice. Sur quoi le groupe de rock reprit l'avantage, en entamant une version rock de l'hymne néo-zélandais.

Ni Rogan ni Camille ne bougèrent. Ils continuaient, chacun, à s'imprégner du regard de l'autre.

— Bonne année, Camille.

Et il l'embrassa.

Un baiser tendre, bouleversant. Qui sentait le soleil, la mer et le champagne. Elle comprit aussitôt qu'elle ne pourrait pas mettre fin — cette fois-ci — à la folie enchanteresse que la bouche de Rogan éveillait en elle.

Il releva la tête et lui frictionna gentiment les bras.

— Soyons fous, Camille !

Il la prit par la taille d'une main, par les épaules, de l'autre et la plaqua contre lui. Leurs corps enlacés, il pressa de nouveau ses lèvres avides contre les siennes, et elle se laissa bercer par la chaleur qui montait en elle.

Une impatience nouvelle se révélait dans ce baiser qui, jouant sur l'abandon de Camille, tentait de repousser au plus loin les barrières qui restaient en elle.

Difficile de ne pas se laisser emporter ! Il la serra plus fort contre lui et intensifia son baiser, déclenchant chez Camille une flambée de désir qui lui engourdissait tout le corps.

Quand ils reprirent leur respiration, elle avait la tête qui tournait. Dans un souffle irrégulier, Rogan lui dit :

— J'aimerais continuer en bas. Si tu n'es pas d'accord, dis-le maintenant. Mais sois bien sûre de ta réponse.

Intérieurement, Camille était effondrée. C'était leur dernière scène, celle des adieux, mais lui l'ignorait. Est-ce qu'elle le quitterait comme ça ? Avec, pour le restant de sa vie sans lui, le seul souvenir de quelques baisers échangés ?

Comme elle hésitait, Rogan émit un grognement de frustration. Alors, il glissa la main sur la poitrine de Camille et caressa lentement ses tétons dressés sous le tissu.

— Tu as envie de moi, dit-il simplement.

La preuve était bien là, et les caresses qu'il lui prodiguait du bout des doigts ne faisaient rien pour calmer Camille… Elle sentit ses veines battre à ses tempes et un courant électrique la traverser, avant de rejeter la tête en arrière et de laisser échapper un soupir éloquent. Oui, elle le voulait, maintenant…

Rogan reprit possession de sa bouche, puis se mit à parcourir ses joues brûlantes, son menton, son cou.

— Tu as envie de moi, répéta-t-il, la fixant dans les yeux.

Quelqu'un sur un ponton voisin balayait la nuit avec le faisceau d'une lampe torche, et le visage de Rogan fut tout à coup éclairé. Elle vit d'abord la tension sur son visage. Puis celle de son regard, plus étincelant que jamais. C'était le visage du désir. L'obscurité revint. Camille frissonna.

— Tu as froid, dit-il. Viens. Je veux passer la nuit avec toi. Toute la nuit. Dis-moi que tu le veux aussi. Je t'en prie.

Ces paroles la firent trembler de plus belle. Elle s'imaginait s'abandonnant sans tabou à son désir…

Il avait demandé une nuit. Rien qu'une. Avec lui, pas de fausses promesses, pas de déclaration vide de sens. Qu'avait-elle à perdre puisque son cœur était déjà perdu ? Au moins elle aurait un souvenir inoubliable pour le restant de sa vie.

— Je le veux, murmura-t-elle. Je *te* veux…

Il lui vola un baiser fougueux.

— Tu vas adorer, dit-il. Promis !

Camille ne put s'empêcher de sourire face à cet élan de joie. Elle allait sans doute regretter à jamais ce qui allait se produire, mais elle ne pouvait rien contre. Son désir était plus fort. Il s'imposait à elle comme s'il avait été écrit dans son destin depuis toujours.

Rogan descendit devant, dans la cabine. Quand Camille mit le pied sur la dernière marche, il la prit dans ses bras et l'embrassa de nouveau. La nuit était noire et chaude au-dehors. A partir de maintenant, pas de recul possible. Rejetant ses craintes, elle se fondit dans ses bras, répondant à son ardeur avec la même passion.

Le petit haut qu'elle portait ne fit pas long feu devant les assauts de Rogan et, levant les bras, elle lui permit de l'enlever. Il lui prit alors la main pour la guider vers la cabine et, là, ils s'embrassèrent à en perdre la tête, tout en défaisant leurs vêtements.

Volontairement, elle oublia toute timidité ou réserve… Elle n'avait pas beaucoup d'expérience, mais était prête à laisser libre cours à son imagination pour s'offrir entièrement à cet homme. Cette nuit serait l'unique nuit qu'elle passerait dans les bras de Rogan. Elle ne voulait rien rater. Ce n'était pas une répétition. C'était la seule représentation, et elle comptait bien lui donner de quoi se souvenir de cette nuit à jamais. Elle le laisserait prendre l'initiative mais répondrait à ses caresses avec la même générosité, le même feu.

Quand ils tombèrent sur le lit, étroitement enlacés, ils étaient tous les deux presque nus, et Rogan retira avec une infinie douceur la culotte de la jeune femme avant de se débarrasser lui-même de ses sous-vêtements.

La passion qui habitait Camille, si longtemps contenue, ne demandait qu'à s'embraser. Lorsque les doigts experts de Rogan trouvèrent le cœur de son intimité, elle gémit de plaisir.

Il l'ensorcelait ; jamais elle n'avait été la proie d'un désir si puissant, si impérieux. Et elle avait, comme lui, soif de son corps, soif de combler de plaisir celui qui lui offrait une telle extase. Elle se laissait dévorer avec délices. Et lorsque, de ses bras puissants, il l'attira contre lui pour la posséder, elle s'unit à lui comme si c'était la chose la plus naturelle au monde.

Durant toutes ces années, elle s'était demandé pourquoi elle restait distante vis-à-vis des hommes qui l'approchaient. Elle avait aujourd'hui la réponse : elle n'avait pas encore trouvé l'homme qui lui était destiné. Rogan était cet homme !

Son bonheur était total. Une sorte de paix intérieure l'habitait désormais, lui permettant de jouir pleinement de l'instant magique de la fusion intime de leurs deux corps. Il était évident que Rogan ressentait le même désir de la posséder, de la faire sienne. C'était si délicieux, si émouvant…

Dans ses yeux, elle reconnut les sentiments et les émotions qui faisaient vibrer son âme.

Mais elle ne dit rien, et répondit seulement à son sourire. Il était en elle, et ondulait entre ses hanches sur un rythme lent, langoureux, afin qu'ils se repaissent pleinement du plaisir d'être l'un à l'autre.

Il lui fit l'amour tendrement, avec un extraordinaire savoir-faire, contrôlant ses caresses jusqu'à ce que la vague de plaisir les emporte tous deux. Elle murmura son nom, il murmura le sien et ils connurent ensemble l'extase. Ce fut comme un éblouissement. Rogan la pressa contre lui, leurs deux corps tremblant à l'unisson.

Lorsque, comblés, ils retombèrent tous deux sur le lit, Rogan lui sourit comme il ne l'avait encore jamais fait.

Elle reprenait doucement ses esprits, blottie tout contre lui, et lui, comme elle, semblait comblé…

S'étirant, Camille se retourna, et entendit un objet glisser sur le sol.

— Zut, dit-elle. Le livre de bord.

— C'est rien, la rassura Rogan qui, se rasseyant auprès d'elle, passa un bras autour de son épaule.

— Finalement, tu n'as rien trouvé dans ce livre de bord ?

— Rien. J'ai regardé la carte de long en large et je n'ai trouvé aucun site qui explique cette phrase énigmatique.

— Tu as cherché un lot de quatre îles ? Avec les trois mousquetaires, il y a aussi d'Artagnan.

— Peut-être. Si au moins on pouvait limiter les recherches…

Au-dessus de la porte, il y avait le portrait de sa mère. Se rappelant l'amour désespéré qu'elle avait porté à Barney, la loyauté dont elle avait toujours fait preuve, il se sentit frappé d'une colère qu'il avait cru éteinte depuis longtemps.

Tout à coup, il fut pris d'un doute. Après la mise à sac, quand il avait raccroché le portrait de sa mère, il avait noté quelque chose d'insolite.

— Attends, dit-il se levant pour aller chercher la photo.

Revenant auprès de Camille, il alluma la lumière au-dessus de leurs têtes et retourna le cadre. Le fond en carton était visiblement d'époque. Mais il était accroché au cadre par des agrafes flambant neuves. Il attrapa dans son jean un canif.

— Qu'est-ce que tu fais ?

Il ne répondit pas mais, soulevant le carton de la pointe de son couteau, révéla l'arrière de la photo ; dessus, des chiffres au crayon à papier.

— Pas de carte ! lança Camille qui pensait juste que le photographe avait laissé sa marque.

— C'est mieux qu'une carte. Ce sont des coordonnées GPS !

Il lui expliqua la stratégie de son père. Quelques indices dans le livre de bord et le reste, le plus important, caché dans ce code qui donnait la latitude et la longitude d'un lieu.

— Et c'est précis ? demanda Camille.

— Tu parles ! Comme une tête d'épingle.

Il se jeta sur elle, la couvrant de baisers. Insatiable, il glissa les mains sur ses hanches, qu'il caressa un temps, avant de reprendre l'exercice sur ses seins. Il l'embrassait toujours avec une fougue embrasée.

Quand enfin il releva la tête et qu'elle reprit son souffle, elle le rappela à l'ordre.

— Dis donc ! Ne t'emballe pas !

— Pardon ? Tu es fatiguée ?

— Non, pas du tout ! C'est juste que tu n'as toujours aucune preuve pour le trésor…

— Il faut regarder ce qu'indiquent les coordonnées GPS.

— C'est si important pour toi ? demanda-t-elle, soudain mal à l'aise.

— Ça l'était pour mon père. Et c'est peut-être ce qui a causé sa mort. Je me dois de vérifier.

Camille acquiesça. Elle ne comprenait pas bien ce qui avait pu inspirer un tel amour filial chez Rogan ; mais si Barney lui ressemblait un tant soit peu…

Elle posa une main sur sa joue et, avec un serrement de cœur, se rappela qu'il n'y aurait sans doute pas de prochaine fois. Les larmes lui montèrent aux yeux.

La regardant, il fronça les sourcils.

— Que se passe-t-il ?

— Rien.

Pour rien au monde elle ne voulait gâcher les dernières heures qu'ils avaient ensemble. Elle lui tendit les lèvres.

Et Rogan les accepta. Il l'embrassa dans un élan de passion protectrice, la capturant dans ses bras, pour l'y garder jusqu'à l'extinction du nouveau feu qui les consumait.

Cette fois, elle s'endormit sans préavis et, quand Rogan se dégagea, elle ne bougea même pas.

Il ramassa son jean, l'enfila et sortit de la cabine.

Son T-shirt devait être dans le coin séjour. Pas loin du petit haut de Camille, s'il se rappelait bien.

Elle avait montré autant de passion que lui. Il faut dire qu'ils avaient vécu trop longtemps dans une frustration quotidienne, chacun réprimant son désir de l'autre. Ç'avait été un feu d'artifice de plaisir comme il n'en avait jamais connu de semblable, avec aucune femme.

Camille et lui… Ensemble, ils seraient tellement bien.

Arrivant dans la cabine principale, il vit le haut de Camille jeté par terre. Il le ramassa, le sentit pour retrouver le parfum légèrement épicé de Camille. Quelle femme ! Et quel corps ! Comme il aimait prendre possession de ses jolis seins ! Et lorsqu'elle resserrait l'étau de ses jambes autour de lui, il se sentait si fébrile et si fort !

Zut ! C'était reparti ! Une envie d'elle incroyable ! Mais maintenant, elle dormait comme un ange. Il retourna dans la cabine et, s'apprêtant à éteindre la lumière au-dessus d'elle, il resta en arrêt devant la sérénité de ses traits, la longueur de ses cils et la beauté de sa bouche. Tiens, que dirait-elle s'il la réveillait pour un nouveau torrent d'amour ?

Bah ! il aurait bien le temps de le découvrir ! Il en avait déjà tant appris sur elle en une nuit. Rien ne pressait.

Il s'arrêta devant le bureau, qui était en partie éclairé par la lumière de la coursive. Deux documents officiels s'y trouvaient. Il se rapprocha. Les mots *vente* et *Sea-Rogue* le frappèrent. Sa respiration s'arrêta. Qu'est-ce que tout ça voulait dire ? Il prit les documents et chercha une explication autour de lui. Et ce qu'il vit, maintenant qu'il avait les yeux ouverts, le laissa interdit. Une valise faite, un sac bien rempli, et un ordinateur dans son étui.

Il regarda Camille, si innocente dans son sommeil, puis le document dans sa main. Elle n'avait pas cherché à le cacher. Il était posé en évidence sur le bureau.

Dire qu'il sentait encore l'empreinte de ses baisers partout sur lui. Il se souvenait d'être entré en elle, profitant des parois souples et douces de son intimité.

Seulement le charme était brisé. Rogan restait de glace.

Il hésita un moment. Les marches qui menaient au pont semblaient si éloignées.

Sans bruit, il referma la porte de la cabine et alla s'asseoir à la table pour inspecter les documents. Suffoquant de colère, il commença sa lecture.

C'étaient deux exemplaires d'un même contrat de vente. L'objet de la transaction : la moitié du *Sea-Rogue* et de ce qu'il contenait. Le contrat prenait effet avec le règlement de la succession de Barney Broderick. Rien n'était laissé au hasard. Drummond avait été habile. Et au bas de chaque contrat il y avait sa signature et juste à côté… celle de Camille.

13

Camille et Rogan faisaient l'amour, au fond de l'eau, sur un matelas d'algues. L'eau en mouvement caressait leurs corps et Camille s'abandonnait tout entière à son plaisir.

Un bruit la réveilla. Un bruit de moteur. La couchette vibrait sous elle et le bateau remuait. Ils étaient en route.

En route ? Vers où ?

Rejetant son drap, elle bondit hors du lit. Elle se glissa rapidement dans ses sous-vêtements, se fit un sarong avec le drap noué autour de la taille, et, apercevant son haut devant le bureau dégagé, l'attrapa et l'enfila. Elle allait sortir quand, prise d'un doute, elle s'arrêta net. Elle se retourna vers le bureau. Il n'y avait rien dessus ! Les contrats avaient disparu.

Elle les avait laissés là, sous le nez de Rogan. Fatalement, il était tombé dessus et…

Que cherchait-il à faire maintenant ?

Elle se précipita sur la porte, mais bizarrement la poignée restait bloquée. Elle réessaya. Toujours pas. Un coup d'œil sur la serrure lui confirma ses soupçons. La clé n'y était plus.

Incroyable ! Il fallait vraiment être dérangé pour enfermer quelqu'un dans une cabine…

Et si c'était le cas de Rogan justement ? A plusieurs reprises, elle avait remarqué ses tendances paranoïaques. Elle s'était même inquiétée de le voir si obsédé, si perturbé par la mort de son père. Et comment il fonçait tête baissée dans cette chasse au trésor totalement absurde !

Elle frappa des poings sur la porte, en appelant, mais il n'y eut aucune réponse.

Un mélange de colère et de peur montait en elle. Elle voulait sortir ! Défoncerait la porte à coups de pied s'il le fallait ! Mais la porte était trop solide. Soudain une idée : son portable ! Elle pouvait appeler du secours !

Elle fouilla nerveusement dans le tiroir du bureau, puis dans son sac à dos, comprenant au fur et à mesure qu'elle s'agitait pour rien. Rogan avait dû trouver le téléphone et le prendre avec lui.

Vaincue, elle alla jeter un coup d'œil par le hublot. Ils avaient quitté le port et on ne devinait plus la côte que par quelques lumières qui brillaient encore. Le moteur faisait un bruit assourdissant.

Il n'y avait rien à faire qu'attendre. Elle retourna s'allonger sur la couchette, où quelques heures auparavant Rogan et elle…

Elle entendit des bruits de pas. Quelqu'un marchait sur le pont au-dessus d'elle. Elle se rua vers le hublot, mais il n'y avait rien à voir que la mer noire. Le moteur s'arrêta et pendant un instant elle n'entendit plus que les battements de son cœur. Mais ils avançaient toujours ! Elle perçut des claquements métalliques et comprit qu'il hissait les voiles.

Après un long moment de silence, les bruits de pas reprirent, puis un splash ! Le bateau n'avançait plus. Rogan avait dû jeter l'ancre.

Une clé tourna dans la serrure. Camille se redressa, affolée, les yeux rivés sur la porte, et quand elle vit apparaître la silhouette de Rogan, son sang ne fit qu'un tour : elle bondit de la couchette et s'abattit sur lui, en le cognant de toutes ses forces. Il chancela et elle tenta de passer entre lui et la porte. Il la rattrapa par le poignet dans la coursive. Se retournant, elle lui lança la main au visage, pour le griffer. Il l'arrêta et, comme elle se retrouvait avec les deux mains prises, elle le mordit à l'avant-bras.

Il inspira entre ses dents, saisi par la douleur. « Tant mieux ! » pensa-t-elle. Il n'avait cependant pas lâché prise. Inventant un mouvement de torsion, elle libéra ses poignets et, dans la foulée, lui envoya son poing dans le visage. Il l'esquiva à temps et, éclatant de rire, lui reprit les mains, cette fois plus solidement. Elle essaya les coups de pied, mais pieds nus…

— Calme-toi ! dit-il avec autorité.

— Pas question !

Elle s'abattit sur lui pour le mordre une nouvelle fois, mais il se dégagea et entreprit de la ramener vers la couchette. Il la fit tomber sur le matelas et elle se retrouva le visage contre l'oreiller, les poignets tenus derrière le dos.

Désarmée, mais enragée comme jamais, elle se tortillait, balançant au passage des coups de pied au hasard.

En vain. Car il avait le dessus.

— Tu ne gagneras pas, dit-il.

— Salaud ! hurla-t-elle de rage.

— Et toi, mangeuse d'hommes ! Je vais avoir des marques pendant au moins une semaine.

— Tant mieux !

Elle fit un nouvel effort pour se dégager.

— Si tu ne te calmes pas, je vais être obligé de t'attacher.

— Tu n'oserais pas ! souffla-t-elle.

— Tu veux parier ? dit-il d'un ton taquin.

Elle ne plaisantait pas, elle. Possédée par une envie de meurtre, elle rageait d'être en position de victime face à Rogan. Il fallait qu'elle trouve une solution pour renverser la situation et s'échapper.

— Lâche-moi, murmura-t-elle feignant la capitulation.

— Est-ce que tu es calmée ?

— Je ne t'attaquerai plus.

Il hésita, desserrant son emprise progressivement.

Le jour se levait et elle pouvait désormais voir les traces de griffures sur le visage de Rogan. Il la fixait d'un regard doux et confiant mais sa moue, sévère, trahissait une dureté qu'elle n'aurait pas imaginé voir sur ses lèvres. Des lèvres qui l'avaient passionnément prise d'assaut quelques heures plus tôt. Il était torse nu, et Camille se souvint tristement du plaisir qu'elle avait ressenti au contact de sa peau.

Elle releva la tête pour le regarder droit dans les yeux. Malgré sa mâchoire menaçante, il n'avait pas l'air fou. Il semblait parfaitement sain d'esprit. Seulement, très en colère.

— Qu'est-ce que tu cherches à faire ? demanda-t-elle.

— A te sauver. Bien que je ne sois pas sûr que tu le mérites, ajouta-t-il.

Il extirpa de sa poche de jean le contrat de vente et le balança sur les cuisses de Camille.

Prise d'un sentiment de nausée, elle bafouilla :

— Tu ne peux pas comprendre.

— C'est bien vrai ! Qu'es-tu allée raconter à Drummond ?

— A quel sujet ?

— Au sujet du livre de bord, de la piste Dumas, pour commencer. Depuis combien de temps tu bosses pour lui ? C'est lui qui t'a demandé de coucher avec moi ? Peut-être qu'il craignait sinon que je ne te dise pas tout ? Rien de tel que des confidences sur l'oreiller, non ?

Camille se raidit. Bafouée. Il en était à la traiter de menteuse. Pire même !

— Tant que tu y es, traite-moi de…

Elle n'était pas sûre du mot. Il insinuait qu'elle avait couché avec lui pour lui soutirer des informations ! A la demande de James ! Il fallait vraiment que la mort de son père l'ait secoué pour imaginer une histoire aussi sordide !

Voyant qu'elle hésitait, l'expression de Rogan s'adoucit.

— Jamais je ne ferais une chose pareille ! s'exclama-t-elle d'un ton définitif. Quant à James, il pense que tu es fou ! C'est tout ! Alors arrête-toi avant qu'il ne soit trop tard. Fais demi-tour et retournons au port !

Il la regarda d'un air interloqué.

— Ça t'a peut-être échappé, mais tu n'es pas en position de donner des ordres, *Milady* !

— Mais tu pourrais te retrouver en prison pour enlèvement !

— Le terme est bien trouvé. Toi et moi, nous sommes les deux seules personnes susceptibles de retrouver cette carcasse de bateau. Et d'après ce que je constate, tu es prête à tout dévoiler à ton ami James.

— Mais je t'ai dit que…

— Je ne prendrai aucun risque. Surtout pas celui de voir James ou son skipper te faire subir le traitement qu'ils ont réservé à mon père. Une fois que tu ne leur serviras plus…

— Donc, si je comprends bien, commença Camille d'un ton sarcastique, tu fais tout ça pour me sauver.

— Exactement ! Mais je n'ai pas non plus envie qu'on me pique le *Maiden's Prayer* ou qu'on se débarrasse de moi !

— Donne-moi une seule bonne raison de croire que James est un escroc doublé d'un assassin.

— Je t'en ai donné plusieurs mais tu ne veux pas m'écouter ! dit-il les yeux brillants de colère. Si j'ai appris une chose dans ma vie, c'est à jauger les individus. Normal quand il s'agit de confier sa propre vie à quelqu'un d'inconnu. Ça se voit au regard. Certains ont un regard faux. Alors peut-être que James n'a jamais levé la main sur personne, mais je peux te dire d'instinct que cet homme est mauvais.

— En gros, James est méchant parce que tu le dis.

Elle se voulait sarcastique, mais son ton n'était plus véhément. Elle sentait ses propres certitudes vaciller.

— Jusqu'ici, je ne me suis jamais trompé.

— Ah si ! s'exclama-t-elle, remontée. Tu t'es trompée sur

moi ! Et tu ne t'es même pas demandé pourquoi, si je faisais partie du complot, je vendais ma part à Drummond.

Il la regarda bouche bée.

— Je... Je ne sais pas. J'imaginais peut-être que tu préférais partir avec de l'argent solide plutôt que de t'acharner sur une partie de trésor pour lequel tu n'avais aucune garantie.

Il s'interrompit une seconde.

— De toute façon, si tu es innocente, je préfère te savoir là avec moi. On ne sait pas jusqu'où James irait pour t'arracher des informations.

Il leva subitement la tête. Elle entendait comme lui. Un bateau approchait. Il se tourna et quitta la cabine, fermant la porte derrière lui. Le moteur se rapprocha puis fut coupé. Une voix appela Rogan. C'était la voix de Brodie.

Alors qu'elle se levait du lit, il y eut un choc contre la coque, et elle tomba par terre. Se relevant, elle avança vers la porte et entendit Brodie dire quelques mots, puis éclater de rire. Rogan lui répondit par un grognement indistinct.

Quand elle sortit sur le pont extérieur, elle fut éblouie par le soleil tout neuf qui émergeait à l'horizon. Le bateau mouillait dans une petite anse inconnue. Devant Camille s'élevait une fabuleuse paroi de granit au pied de laquelle les vagues venaient se casser. Les deux hommes s'étaient débrouillés pour amarrer les deux bateaux l'un contre l'autre. Maintenant ils vidaient le hors-bord de son chargement et stockait tout à l'arrière du *Sea-Rogue*. Rogan qui transbordait des bouteilles d'oxygène fit semblant de ne pas la voir.

— Salut, Camille ! dit Brodie gaiement.

— Tu sais ce que Rogan fabrique ? lui demanda-t-elle.

Brodie jeta un coup d'œil éclair à son ami.

— Il m'a dit que vous partiez faire un tour dans les îles.

— Pas moi ! Tu peux me ramener à Mokohina ?

Rogan claqua des doigts, et Brodie baissa les yeux.

— Elle n'ira nulle part avec toi, fit Rogan d'un ton sec.

— Vous vous êtes disputés ? enchaîna Brodie.

— Il m'a kidnappée, précisa Camille.

Visiblement Brodie ne savait plus que penser. Se tournant vers Rogan, il l'interrogea :

— Ces griffures, c'est Camille qui te les a faites ?

— Il y a une vraie tigresse, dans cette femme.

Brodie parut affolé.

— Mais pourquoi ?

— Je crois qu'on peut parler de dispute entre amoureux.

— C'est faux !

Rogan lui décocha un regard de biais, sourcils remontés, et elle se mit à rougir.

— Il me retient contre ma volonté !

Elle avait du mal à croire elle-même à ce qu'elle disait. Alors comment convaincre Brodie ?

— Camille, reprit Brodie, est-ce que oui ou non Rogan t'a… euh, agressée ?

Elle hésita.

— Vas-y, dis-lui, fit Rogan.

Si elle disait oui, Brodie la ramènerait à Mokohina. Qu'il la croie ou non, il n'était pas du genre à abandonner une femme à son présumé bourreau.

Les deux hommes attendaient sa réponse.

— Non, dit-elle. Il ne m'a pas agressée. Il m'a enfermée dans ma cabine et a pris la mer.

Brodie parut soulagé, mais son regard demeurait inquiet.

— J'imagine que tu as une bonne raison, dit-il à Rogan.

— J'en ai plusieurs mais la principale, c'est sa sécurité.

Camilla gloussa.

— Pourquoi ? Elle court un danger ? s'enquit Brodie.

— Elle ne l'admettra pas, mais fais-moi confiance, Brodie. Et reste discret sur notre arrangement.

Dans une dernière tentative, Camille s'avança vers Brodie.

— Un enlèvement, ça va chercher loin. Si tu ne fais rien, tu deviendras complice. Je n'irai pas à la police, c'est promis.

— Rogan a dit que tu courais un danger, répliqua-t-il, gêné.

— Alors quoi ! Tu crois tout ce qu'il te dit ! s'écria-t-elle.

— Je connais Rogan. S'il fait ça, c'est pour ton bien, conclut-il, les yeux baissés.

Camille comprit qu'il était inutile de protester davantage. Fulminant, elle le regarda terminer la livraison et repartir, l'air penaud, vers Mokohina.

Rogan actionna le mécanisme pour faire lever l'ancre. Camille jeta un dernier coup d'œil vers la côte lointaine. Rentrer à la nage était impensable. Et de l'autre côté ? La falaise de granit rendait impossible toute entrée sur l'île, qui n'était rien d'autre apparemment qu'un gros rocher inhabité.

La grand-voile s'ouvrit dans un claquement magistral. Camille alla s'asseoir dans le cockpit. Elle ne voulait plus voir Rogan, mais il était partout autour d'elle. A tourner une manivelle, à régler un cordage, à vérifier tel engin…

— C'est l'heure du petit déjeuner !

C'était la première fois qu'elle entendait le son de sa voix depuis le départ de Brodie.

— Je n'ai pas faim.

— Comme tu voudras.

Rogan haussa les épaules et descendit sous le pont. Quelques minutes plus tard, une bonne odeur de pain vint la tenter. Elle se leva et alla s'agripper au bastingage, le regard perdu sur l'océan. Quel dommage que la côte soit si loin !

Rogan réapparut sur le pont, une tasse de café à la main. Il s'approcha d'elle.

— Tu n'as pas l'intention de faire une bêtise, dit-il.

— Les bêtises, ici, ce n'est pas moi qui les fais.

Il éclata de rire.

— Un jour, tu me remercieras.

— Ne rêve pas trop !

— On pourrait devenir riches grâce à mon père.

— Ton père était aussi fou que le mien. Et tu t'es demandé ce qui se passera, quand les gens verront que je ne suis pas là ?

— Les gens ? Tu penses à Drummond ?

— Non, à ma mère. Elle va s'inquiéter.

— Tu peux toujours l'appeler, dit-il, hochant les épaules.

— Mais tu m'as pris mon téléphone !

— Pour t'éviter des problèmes, c'est tout. Mais appelle-la. Dis-lui que tu es partie en croisière pour te détendre !

— Tu parles d'une détente !

Il fit la moue.

— En tout cas tu ferais bien de prévenir ta mère qu'une fois loin de la côte, ton téléphone sera hors réseau. Tu veux l'appeler tout de suite ?

Camille réfléchit à cette option. Pourrait-elle prévenir sa mère de sa situation ?

Rogan l'arrêta dans ses pensées.

— Et n'essaye pas de faire la maligne ! Je resterai à ton côté.

Fallait-il prendre le risque de semer la panique chez sa mère ? Nul doute qu'elle mettrait un terme à ce séjour en Australie. Et après ça, Camille pouvait être sûre que sa mère ne la lâcherait plus…

Evidemment, ce n'étaient pas des arguments à prendre en compte, si le danger était véritable. Mais l'était-il ?

Elle avait besoin de réfléchir. Rogan n'était pas fou. Il souffrait d'une fièvre du trésor, probablement en réaction à la mort brutale de son père. Mais il n'avait jamais été menaçant avec elle. Furieux, oui, après avoir découvert le contrat de vente signé. Mais il ne l'avait pas jetée par-dessus bord !

Avec ses manières de pirate, il l'avait certes maltraitée et elle était furieuse contre lui, mais au fond d'elle, là où la colère ne jouait plus, elle savait qu'il ne lui ferait jamais aucun mal.

Malgré tout ce qu'elle avait à lui reprocher, ses sentiments n'avaient pas changé.

— C'est un peu tôt, finit-elle pas dire.

— Plus tard, alors.

Le ciel se chargea brutalement d'une grosse masse nuageuse, et le vent fut bientôt de la partie. Ils avançaient rapidement dans des secousses, retombant avec force dans le creux des vagues. Quand la pluie se mit à tomber, Rogan remit le pilote automatique et vint se mettre à l'abri sous la toile à la proue.

Camille alla se réfugier sous le pont. Son estomac la faisait souffrir.

Quand Rogan descendit, il alla frapper chez Camille. Elle ne répondit pas et, inquiet, il entrebâilla la porte.

Elle était recroquevillée sur sa couchette. Un coup d'œil et il comprit ce qui se passait. Elle était verte ! Comme l'oreiller qu'elle agrippait d'une main. Verte et luisante comme la cire !

Il laissa échapper un juron. Elle entrouvrit un œil mais, prise d'un haut-le-cœur, le referma aussitôt.

— Ah, ça ne va pas, dit-il gentiment. Je vais te chercher quelque chose qui va te faire du bien.

— Désolée…

Rogan ne put réprimer un sourire. Pourtant, sa colère contre elle était loin d'être passée.

Sa conscience le taraudait bien un peu, réalisa-t-il en se dirigeant vers la cantine. Mais il n'avait pas eu le choix. C'était elle qui l'avait trahi. Peut-être même avait-elle marché main dans la main avec Drummond depuis le début… Rogan avait manqué de prudence dans le passé. C'était un luxe qu'il ne pouvait plus s'offrir aujourd'hui.

Il retourna auprès de Camille avec un verre d'eau dans une main et une gélule appropriée dans l'autre. Il l'aida à boire, puis la réinstalla sur son oreiller.

— Je te déteste, murmura-t-elle.

— Je sais, dit-il. Je vais t'apporter des biscuits.

Elle secoua la tête.

— Si, ça te fera du bien, promit-il. Et après je t'aiderai à remonter sur le pont. Tu as besoin de prendre l'air.

Quand elle se réveilla, le soleil brillait de tous ses feux et la mer était d'huile. Tant mieux ! Car Camille avait maintenant une faim de loup !

Rogan n'avait pas bougé.

— Comment te sens-tu ? demanda-t-il.

Camille se redressa, furieuse de s'être blottie contre lui.

— Mieux, dit-elle sèchement. Où sommes nous ?

— Quelque part sur la route de North Cape. Si tu veux appeler ta mère, fais-le vite. Bientôt, on n'aura plus de signal.

Il se leva, s'étira. C'est vrai qu'il devait avoir les bras engourdis de l'avoir tenue contre lui pendant aussi longtemps. Puis, sortant le téléphone de sa poche, il le lui tendit.

— Camille, ma chérie !

La voix de Mona passait mal.

— J'ai essayé de t'appeler plusieurs fois, mais ton téléphone était éteint. J'imagine que tu devais encore être absorbée dans tes livres. Si tu savais le réveillon qu'on a passé ! Ton oncle nous a tous emmenés à l'opéra. Il a insisté pour tout payer, bien sûr. Et demain…

La ligne fut brouillée pendant quelques secondes puis la voix de Mona se fit de nouveau entendre.

— … un couplet fantastique ! D'où m'appelles-tu ?

— Du bateau. Nous sommes en croisière.

— En croisière ? reprit Mona d'une voix très aiguë. Je sais que tu vis… cet homme, mais… que tu étais rentrée… pas sur ce rafiot… en état de naviguer !

La transmission était épouvantable.

— On se dirige vers…

Rogan posa un doigt sur les lèvres de Camille et murmura à son oreille « les îles ».

— … les îles, dit Camille en écho à Rogan.

La destination ne pouvait pas être moins précise !

— Combien de temps ? questionna Mona.

— Je ne sais pas.

Le son passait de plus en plus mal et Mona se mit à parler plus fort.

— Tu n'es quand même pas partie avec le fils Broderick ? Camille, ne fais pas n'importe quoi ! Tu sais ce qu'on dit : tel père, tel fils…

Nouvelle interruption.

— Tu te prépares un drôle d'avenir… instable… diras pas que tu n'étais pas prévenue… ennuis… Avec tout le mal… pour qu'il reste à l'écart, c'est pas… suivre mon exemple !

Camille avait beau presser l'appareil contre son oreille, c'était de pire en pire.

— Je ne t'entends plus, maman. Je te rappellerai bientôt.

Les mains tremblantes, elle appuya sur « fin de connexion ».

— Tu as bien fait, lui dit Rogan en reprenant le téléphone.

— Je n'ai fait qu'obéir aux ordres, dit-elle, sentant la colère remonter en elle. J'espère que tu es content de toi.

— C'est sûr, tu te sens beaucoup mieux.

— Ne crois pas que je vais me laisser faire tranquillement.

Camille fit volte-face et descendit dans la cabine. En voyant tous les instruments électroniques qui se trouvaient à gauche des marches, à la disposition du capitaine, elle soupira. Il devait bien y avoir une radio là-dedans. Quel dommage qu'il ne lui ait pas montré comment s'en servir ! Par curiosité elle s'approcha. Tiens, et ce gros bouton, là ? Elle le tourna. Un grésillement se fit entendre.

— Quelles sont votre position et votre identification ? fit une voix lointaine.

Rogan se précipita, sautant les marches.

— Fausse alerte, cria-t-il dans le micro qui pendait sur la gauche. Erreur de manipulation.

Et il coupa la transmission.

— C'est la fréquence d'urgence, lança-t-il, l'air très mécontent. Il n'y a que les bateaux qui coulent qui s'en servent. On te ferait pas vraiment la fête si tu ameutais tous les bateaux du périmètre seulement parce que tu n'aimes pas la compagnie du skipper ! Encore une tentative comme ça et je t'enferme de nouveau dans ta cabine !

— Tu ne ferais pas ça !

— Oh si, je le ferais ! Et ne me prends pas de haut. Toi, tu as bien couché avec moi alors que tu avais décidé de vendre à Drummond et de filer à l'anglaise !

Il était livide.

— C'est que j'avais fini mes recherches. Je n'avais plus de raison de rester.

— Alors, c'était quoi hier soir ? Un petit cadeau d'adieu ?

Prenant l'air nonchalant, elle haussa les épaules.

— Non. C'est juste… tombé comme ça.

— Ah bon ?

Il semblait encore plus furieux. A court de mots, il reprit :

— Il faut que je remonte. Tu viens avec moi là-haut ou je t'enferme dans ta cabine ?

Elle n'avait qu'une envie : lui balancer quelque chose de lourd à la figure. Non. Deux envies.

— J'ai faim !

Pour la première fois depuis longtemps, il esquissa un sourire.

— Je t'ai préparé un sandwich au jambon, sans beurre. Pour ne pas te charger l'estomac. Tu le mangeras sur le pont.

Rogan lui sortit le sandwich du réfrigérateur, le lui donna, puis lui fit signe de monter les marches devant lui.

Elle dévora le sandwich et but entièrement la bouteille d'eau qu'il redescendit lui chercher. Une fois rassasiée, comme elle préférait se tenir à l'écart de Rogan, elle alla s'installer au bastingage de la poupe. De là, son regard se perdait sur le sillage du voilier, sur les bouts de terre lointains, sur l'étendue infinie de mer. Quelques gros bateaux de pêche se croisaient au loin, sous un nuage d'oiseaux marins. Une fois, elle crut voir un bateau blanc à distance derrière eux, mais si brièvement qu'elle crut s'être trompée.

Rogan vint se poster à côté d'elle et parcourut l'horizon muni d'une paire de jumelles.

Camille ne se proposa pas pour préparer le repas. Mais Rogan s'en chargea en silence, rapportant d'en bas deux assiettes de salade composée accompagnée de deux tartines de chèvre frais. Visiblement, Brodie avait vidé ses réserves de nourriture pour qu'ils aient de quoi manger.

Elle accepta son assiette sans un mot. Tous les moyens de lui exprimer sa colère étaient bons. Néanmoins, au fur et à mesure qu'elle mangeait, elle se rappela qu'il avait été aux petits soins avec elle quand elle était malade.

— Je m'occupe de la vaisselle, dit-elle, prise de remords, à la fin du repas.

— Il faudrait que tu prennes une nouvelle gélule. Dans un jour ou deux, ce sera passé.

La vaisselle finie, le médicament pris, elle se retira dans sa cabine, et prit le premier livre qui lui tombait sous la main sur l'étagère de Barney. C'était un livre sur les chercheurs et pilleurs d'épaves. Elle lut les trois premiers chapitres d'un trait. On y apprenait qu'aujourd'hui encore il y avait de véritables courses au trésor et que certains se comportaient en pirates sans morale, allant jusqu'au meurtre pour arriver à leurs fins. Plusieurs épisodes terrifiants de poursuites et agressions sous-marines étaient relatés. Jamais Camille n'aurait pensé qu'un tel univers de violence perdurait bien après l'âge d'or de la piraterie.

Le lendemain, il faisait beau, mais la mer était très agitée. Ils devaient se trouver au-dessus de North Cape, là où les courants chauds d'Australie et de Nouvelle-Zélande se rencontrent dans un triangle difficile à traverser. Pour la première fois aussi, Camille ne vit aucune terre autour d'eux, ce qui la mit mal à l'aise. Ils étaient loin de toute civilisation, voguant sur une mer de plus en plus rude. Tendue, Camille sentit revenir les symptômes de son mal de mer.

Comment se retrouvait-elle dans cette galère ? Pourquoi n'avait-elle pas prévenu sa mère ? Comme elle regrettait de ne pas avoir voulu l'inquiéter ! Rogan en l'enlevant avait enfreint la loi. Peut-être n'était-ce qu'un début…

Qu'adviendrait-il si Rogan retrouvait réellement le trésor ? Comme le contrat de vente signé était toujours en possession de Rogan, c'était comme s'il n'existait plus. La moitié du trésor devrait en toute logique revenir à Camille. Seulement un quart pour Rogan. Avait-il des visées plus ambitieuses ? Est-ce qu'il ne tenterait pas de se débarrasser d'elle ? Au milieu d'une telle immensité déserte, c'était chose facile.

— Camille ?

Elle sursauta. Il lui avait posé la main sur le bras.

— Qu'est-ce qui ne va pas ? reprit Rogan.

— Tu me le demandes ! J'ai été kidnappée, enfermée, menacée d'être attachée, empêchée de communiquer comme je le souhaitais. J'ai peur de la suite.

Rogan éclata de rire.

— Camille, je ne te ferai aucun mal. Jamais. Je te le jure. Tu n'as pas à avoir peur de moi.

— Je n'ai pas peur de toi. Je suis folle de rage.

— Je comprends, dit-il d'une voix rassurante. Et je serais mal placé pour te le reprocher.

Elle frissonna.

— Tu as froid ? demanda-t-il. Tu veux que je te prête un gilet ?

Difficile de croire qu'un homme soucieux de votre confort à ce point puisse réellement vouloir se débarrasser de vous !

— Non, ça va, balbutia Camille qui se sentait tout à coup stupide.

Rogan sourit.

— Si tu as besoin de quelque chose, appelle-moi.

Camille s'était habituée à la vue sans limites de l'océan et admirait sans relâche les dégradés de couleurs qui tapissaient le ciel selon le moment de la journée. Tous les bleus étaient déclinés, puis tous les jaunes, puis tous les rouges, dans des reliefs de nuages aux formes arrondies ou allongées. La nuit, le spectacle était assuré par les étoiles, plus brillantes que jamais, et la lune, dont le reflet blanc à la surface de la mer avait des pouvoirs hypnotiques…

Mais le temps passait lentement et, après trois jours de navigation, dans un silence peu contrarié, elle n'en pouvait plus ni de l'océan ni des livres de Barney. Elle échangeait parfois un sourire avec Rogan ; leur querelle devait bien cesser…

Les jours suivants, la trêve se confirma. Le bateau les occupait beaucoup tous les deux, Camille participant de plus en plus aux manœuvres. Au bout de dix jours, Camille ne comptait plus le temps qui s'écoulait. Elle se contentait de vivre dans un présent perpétuel.

Un soir, Rogan lui conseilla de reprendre une gélule.

— La météo va être rude, ces prochaines vingt-quatre heures. Et vérifie que les hublots de ta cabine sont bien fermés.

Dans la nuit, Camille fut réveillée par des secousses terribles. Se cramponnant tant bien que mal, elle remit ses vêtements et ses chaussures. Rogan devait être sur le pont ; la pluie battait, et elle attrapa un ciré.

Dans une danse cauchemardesque, où un pas en avant en nécessitait deux sur le côté, elle arriva dans le cockpit. Pas de Rogan en vue. Affolée, elle pensa qu'il avait été emporté par une vague...

— Redescends ! cria-t-il.

Elle l'aperçut devant elle, tout encombré d'une voile qu'il n'arrivait pas à replier. Une énorme vague s'abattit sur lui. Puis tel un fantôme il réapparut devant les yeux ébahis de Camille.

— Attention !

Camille s'agrippa au premier objet solide à portée de main, puis, s'étant attaché une corde de sécurité autour de la taille, entreprit de rejoindre Rogan sur le pont.

— Je t'avais dit de redes...

Mais une nouvelle vague noya ses paroles.

— Je viens t'aider, hurla-t-elle pour être sûre de se faire entendre. Dis-moi ce que je dois faire.

— Tiens ce bout. Tiens-le bien, et quand je te le dirai, passe-le autour de la voile.

Il se retourna pour replier la voile autour du mât transversal.

« Mon Dieu ! se dit Camille. A l'échelle de la tempête, le bateau ressemble à un jouet miniature. Et nous, à des petites figurines... »

Jamais de sa vie elle n'avait eu aussi peur.

14

Pour une fois, Rogan avait accepté que Camille reste pour le seconder. A chaque nouveau mur noir qui gonflait devant eux, Camille n'entendait plus que les battements de son cœur. Et quand tout espoir d'éviter le déluge semblait perdu, Rogan parvenait encore à détourner la trajectoire du voilier et ils passaient au-dessus de la vague. Rogan faisait preuve d'un sang-froid et d'une efficacité remarquables et, en dépit de la disproportion des forces, Camille gardait la foi.

A l'aube, le vent diminua et la pluie cessa. La mer grise s'assagit peu à peu. Ils étaient trempés, fourbus, épuisés. Mais au fond d'elle, Camille exultait. Car ils sortaient indemnes de la tempête. Et, pour elle, c'était un signe…

Trop fatigués pour parler, ils guettèrent ensemble l'apparition du soleil. Camille ne se souvenait pas d'avoir jamais été si vivante, si sensible à tout. Elle souriait à la brise qui rafraîchissait son visage, se délectait du goût salé sur ses lèvres, remplissait ses poumons d'air marin et de senteur de bois. Et puis il y avait Rogan, juste à côté. Il dégageait une odeur exotique et virile qui achevait de lui aiguiser les sens.

— On a réussi, dit Rogan, lui passant un bras sur l'épaule.

Répondant à son instinct, elle tourna la tête vers lui. Il eut une brève hésitation puis se pencha vers elle. Leurs lèvres se joignirent tout naturellement, avec tendresse et émotion.

Il la serra contre lui et accentua le baiser. Camille s'abandonna à cette absence de pesanteur, à cette liberté sans limites… Elle s'agrippa au cou de Rogan comme un désir fou s'emparait d'elle. Comment avait-elle pu oublier pendant tant de jours l'effet exaltant de Rogan ?

Tremblant, il s'écarta d'elle et lui prit les mains.

— Je dois piloter. La tempête n'est pas loin derrière.

Camille cligna des yeux. Le retour à la réalité était brutal. Que s'était-elle encore imaginé ? Après la nuit qu'ils avaient passée, ils avaient voulu s'exprimer leur réconfort. A défaut de trouver les mots, ils avaient eu recours aux gestes…

— Tu ferais bien de descendre te sécher, dit-il d'un ton brusque.

— Et toi aussi, tu as besoin de te changer !

— Je tiendrai le coup.

Elle ne discuta pas. Une douche chaude prolongée lui aurait fait le plus grand bien. Seulement, à bord, l'eau était rationnée. Elle se lava avec un gant, se rinça rapidement, puis se sécha en se frictionnant vigoureusement. Une fois prête, elle prépara le petit déjeuner et le monta à Rogan.

Il sourit en voyant le plateau avec les œufs au plat — les derniers du stock — et les tasses de café soluble.

— Merci. Et merci pour cette nuit. Tu as été formidable.

— J'avais juste envie de sauver ma peau. C'est tout.

— Ah, dit-il, l'air déçu. Comme si rien ne s'était jamais passé entre nous ?

Comme avant… Mais, pour Camille, la colère avait fait place au chagrin. Sans répondre, elle tourna les talons.

— Très bien, souffla-t-il. J'ai compris. Tiens, prends ça. Tu te sentiras plus en sécurité.

Au creux de sa main, il y avait la clé qu'il lui avait reprise.

Il croyait qu'elle le craignait encore. Il voulait s'amender. Emue par ce geste maladroit, elle comprit aussi l'importance du malentendu qui persistait entre eux. Sentant les larmes monter, elle attrapa la clé et fila droit dans sa cabine.

Après ce qu'ils avaient vécu ensemble, leurs liens s'étaient encore resserrés, et les jours qui suivirent furent marqués par une harmonie paisible. Ils se relayèrent à la barre et, pendant les repas, se remirent à discuter.

Cependant, Camille tenait à conserver une certaine réserve.

Rogan lui montra du doigt une baleine qui faisait surface non loin d'eux. Quand le mammifère produisit son jet d'eau, Camille hurla de joie et Rogan lui décocha un sourire.

Un matin, plusieurs jours après la tempête, ils virent la terre. Une petite île tout en hauteur, recouverte d'une végétation dense et bordée de longues plages dorées. Autour d'elle, un anneau d'écume blanche avertissait de la présence d'une barrière de corail.

D'autres îles semblables apparaissaient, disparaissaient, au fil de leur découverte de l'atoll. Il n'y avait pas beaucoup de profondeur, et l'eau était d'un turquoise clair, très surprenant. Ils avançaient lentement, se gardant de trop approcher la barrière de corail. Passant devant un îlot, ils virent trois palmiers solidaires et, détaché, un quatrième plus petit.

L'énigme de Barney enfin résolue ! Ils avaient devant eux les trois mousquetaires et le jeune d'Artagnan.

Rogan approcha le voilier avec précaution, se méfiant des récifs cachés. Il jeta l'ancre là où le périmètre était encore sûr. Sans attendre, il enleva son jean pour se retrouver en caleçon de bain et, exhibant son corps d'apollon avec détachement, il se munit d'un masque et d'un tuba.

— Tu n'utilises pas les bouteilles ?

— Pas maintenant. Je vais juste en reconnaissance.

Il plongea. Très vite, la jeune femme le perdit de vue. Un long moment s'écoula avant qu'il ne remonte sur le bateau.

Soucieuse de cacher son soulagement, elle l'interpella d'un ton blasé.

— Tu as trouvé quelque chose ?

— Du corail et des poissons. Est-ce que ça te dit, du crabe pour le dîner ?

Il lui tendit un filet d'où s'échappait des pinces remuantes.

Ce fut un vrai festin, dans un site paradisiaque, avec en prime le soleil couchant sur l'atoll. Quand il n'y eut plus que la lune pour éclairer le ciel noir, Camille se leva.

— Bonne nuit, Camille.

Elle se tourna vers lui. « Viens avec moi » furent les premières paroles qui lui vinrent à l'esprit. Une nuit pareille demandait une célébration… exceptionnelle. La chaleur tropicale, l'air parfumé de senteurs exotiques, le ciel constellé d'étoiles : le décor était planté pour une scène d'amour enfiévrée.

Redoutant sa propre faiblesse, Camille descendit dans sa cabine et s'y enferma à clé. Non par crainte de Rogan, mais pour s'assurer qu'elle ne céderait pas à la tentation de l'inviter à la rejoindre.

Le lendemain matin, ils changèrent de coin. Rogan plongea de nouveau là où l'eau était plus profonde et, quand il réapparut à la surface, il avait l'air triomphant.

— Il y a quelque chose là-dessous. Je vais manger un morceau et puis j'y retourne avec les bouteilles.

— Je peux venir aussi ?

Il fronça les sourcils.

— Désolé mais la plongée sur une épave, c'est trop dur pour les débutants. Les risques sont nombreux.

Quand il repartit dans les profondeurs, Camille fut prise d'une panique insensée. Et s'il rencontrait des difficultés, comment l'apprendrait-elle ? Elle imagina l'épave, un bateau fantôme, fracassé de partout, avec des restes de mâts en équilibre fragile entre la coque et le sol sablonneux. Et si cet équilibre venait à se rompre ? Rogan pourrait se retrouver coincé. Est-ce qu'il aurait assez d'air pour tenir ? Il devait y avoir des requins… Rogan lui avait dit qu'ils n'attaquaient pas souvent les plongeurs mais il suffisait d'une exception…

Un bruit de moteur la sortit de sa terreur. Elle leva les yeux au ciel. C'était un avion de tourisme. L'engin passa une première fois, puis repassa. Ensuite, plus un bruit, en dehors du grondement des lames se brisant contre le récif.

Le temps ne s'écoulait pas vite. Le soleil frappait fort et Camille était éblouie par la surface brillante de l'eau. Un oiseau marin poussa un cri aigu, et elle frissonna.

Pourquoi Rogan tardait-il à remonter ? Elle s'agrippa à la rambarde, à l'endroit où Rogan et Granger avaient gravé leurs noms, décidée à ne plus quitter des yeux la bouée de sécurité. C'était là que Rogan referait surface.

Quelques minutes plus tard, le bateau fut secoué. Elle se retourna. Rogan ! Il remontait sur le pont l'air tranquille.

— Hé ! Je commençais à croire que tu t'étais noyé !

Il ne répondit qu'une fois ses bouteilles enlevées.

— Ah, tu te préoccupes de mon sort, alors.

— Bien sûr !

Et si le pire lui arrivait, elle ne s'en remettrait pas. Serait dévastée à jamais. Mais ça il n'avait pas besoin de le savoir ; alors, pour expliquer sa réponse trop spontanée, elle ajouta :

— Ne serait-ce que parce que je ne saurais pas piloter toute seule ce rafiot !

Rogan, qui enlevait sa combinaison, éclata de rire.

— C'est pas drôle ! dit-elle.

— Tu t'es inquiétée pour moi.

Elle se mordit la lèvre pour ne pas crier.

Il s'avança et posa sa main fraîche sur la joue de Camille.

— Je suis touché, dit-il en la regardant intensément. Camille, ajouta-t-il d'un ton soudain grave, je ne te laisserai pas toute seule.

Si. Il le ferait. Surtout si elle lui confiait son amour. Il lui briserait le cœur, anéantirait sa vie.

— Tu es comme mon père, murmura-t-elle. Et comme le tien. Ils ne pensaient qu'à leur fichu trésor.

— Tu comptes beaucoup pour moi, Camille. Comme tu comptais beaucoup pour ton père.

— Qu'est-ce qui te fait dire ça ? dit-elle haussant le regard.

— Les photos de toi, petite. Il les a toujours gardées avec lui. Et cette lettre que tu lui avais écrite.

— Quelle lettre ?

Puérile, cette tentative de reniement de soi. Surtout qu'elle avait cinq ans à l'époque. Cette déclaration d'amour restée sans réponse, elle l'avait mise de côté, dans un coin de son cœur qui ne battait plus.

— Tu devrais avoir une conversation avec ta mère. Demande-lui si Taff n'a pas essayé de prendre des nouvelles.

Elle se souvint de sa dernière conversation téléphonique avec Mona. Les parasites sur la ligne avaient brouillé le message. Mais tout à coup la dernière phrase prenait sens : « Avec le mal que je me suis donné pour qu'il reste à l'écart, c'est pas pour que tu suives mon exemple ! »

Comment sa mère aurait-elle pu être si cruelle ? Camille se souvint des multiples fois où elle avait demandé à Mona quand Taff reviendrait. Au début la réponse était : « Ton père ne se soucie pas de nous ; un jour peut-être il se rappellera qu'il a une famille… » Et puis, très vite, les propos étaient devenus plus coupants : « Ne me parle plus de lui, tu n'es pas la seule enfant sans père dans ce bas monde, on n'a pas besoin de lui. »

A l'âge de dix ans, Camille avait enfin compris qu'elle ne reverrait jamais son père. Elle n'avait pas la chance des enfants de divorcés qui voyaient occasionnellement le leur.

— Demande-lui, répéta Rogan, inquiet de l'expression songeuse de Camille.

Il se retourna pour ranger son équipement.

— Au fait, est-ce que tu as trouvé quelque chose ? demanda-t-elle, changeant de sujet.

— Des bouts de bois, de la porcelaine en miettes et quelques trucs en cuivre. Avant d'y retourner, je vais d'abord faire une carte de ce que j'ai vu aujourd'hui. Tout ce qu'il me faut, c'est assez d'informations pour être sûr qu'il s'agit bien du *Maiden's Prayer*, et les preuves que l'épave vaut le détour. D'un point de vue archéologique, au moins.

Elle était d'autant plus heureuse d'entendre le plan de Rogan, qu'elle savait que beaucoup de chasseurs d'épaves se contentaient de piller les restes et de repartir sans alerter personne. Une belle perte pour les archéologues !

Le lendemain, alors que Rogan enfilait sa combinaison, Camille s'approcha :

— Tu m'as promis que tu ne me laisserais pas toute seule.

Tout pour ne pas revivre l'angoisse de la veille.

— Tu es déjà allé sur les lieux, reprit-elle. Tu sais que ce n'est pas très dangereux. Et puis je n'ai jamais plongé aussi profond mais, tu me l'as dit toi-même, je peux le faire.

— On n'est plus dans les conditions d'un exercice !

— Je sais. Mais je ne te gênerai pas, promis.

— D'accord, Camille, répondit-il en mettant son mini-ordinateur de plongée autour du bras. Seulement, je te préviens, il faudra m'obéir au doigt et à l'œil.

— C'est ce que je fais… sous l'eau.

— Tu resteras bien derrière moi. Et au moindre problème, tu me fais signe. Et souviens-toi qu'à la remontée, le palier de décompression est vital.

Camilla acquiesça.

— Je vais chercher mon équipement.

*
* *

Camille, qui veillait à bien rester dans le sillage de Rogan, ne s'autorisait que quelques regards furtifs sur les côtés. Elle vit brièvement un mur de corail orangé, recouvert de pompons rose et violet. Plus loin, caché dans un trou, une grosse tête lippue la surprit. C'était un mérou. En théorie, un poisson tellement énorme qu'il pourrait avaler un homme. Mais Rogan lui avait dit que ça n'était jamais arrivé.

Une troupe de poissons multicolores vint à sa rencontre, brouillant pour quelques instants le sillage de Rogan.

Rogan se retourna et engagea un dialogue par signes : « Ça va ? » Elle répondit « oui ». Il acquiesça et reprit sa trajectoire.

Le fond sablonneux était jonché de morceaux de corail ou de coquilles. Rogan fit un geste vers ce que Camille pensait être un gros coquillage. En s'approchant, elle vit que c'était un hublot, planté dans le sable.

Bientôt, ils longèrent une poutre incurvée. Camille reconnut là le pont de l'épave enfouie dans le sable. Cette partie de charpente semblait ne pas être altérée. Toute troublée par ce vestige d'un passé tragique, elle posa la main sur le bois. Un frisson la parcourut. Elle pensait aux victimes d'un autre âge qui avaient péri, peut-être piégées dans une tempête comme celle que Rogan et elle avaient essuyée.

Rogan s'arrêta et détacha un morceau de corail. Il le tendit à Camille, et pointa son gant entre les branches. Une pièce d'or s'y était incrustée. Camille passa la main délicatement entre les ramifications et la prit. Incroyable ! Un souverain. Rogan s'approcha d'elle avec un sac et lui fit signe d'y mettre la pièce. Plusieurs morceaux de corail présentant d'étranges scintillements se trouvaient déjà dans le sac.

Le regard de Camille fut attiré par un autre reflet doré. Elle tâta le fond et attrapa l'objet. C'était une bague en or. Elle la tendit à Rogan. Il répondit par un geste d'applaudissement.

A contrecœur, elle le suivit pour remonter vers le bateau. Ils en étaient au palier de décompression, quand un bruit strident lui perça les oreilles. Les poissons autour d'eux se dispersèrent à toute vitesse. Le bruit se rapprochait, devenant plus sourd et plus grave.

Rogan leva la tête. Elle fit de même. La coque du *Sea-Rogue* semblait bien noire vue d'en dessous. Une autre forme du même noir sinistre entra dans leur champ de vision. Le bruit de moteur s'arrêta.

Rogan jeta un coup d'œil impatient à son ordinateur de plongée. Enfin, il donna le signal de la remontée.

Ils émergèrent ensemble de l'autre côté des fonds bleus, là où la lumière blanche dominait. Il fallut quelques secondes à Camille avant de discerner le *Sea-Rogue*, et le bateau qui l'avait rejoint. Un yacht de croisière, blanc. Le *Catfish* !

15

Rogan, en appui sur la bouée, frappa rageusement du poing sur la surface de l'eau. Drummond les avait suivis. Lui ou l'un de ses acolytes. Le *Catfish* devait être équipé d'un radar très sophistiqué, capable de repérer un bateau non métallique à des dizaines de kilomètres. A deux reprises pendant le voyage, Rogan s'était douté qu'un bateau les suivait, mais il s'était dit que, si filature il y avait, la tempête y aurait mis un terme.

Belle erreur !

Pour l'instant, il fallait sortir de l'eau. Quand il grimpa sur le *Sea-Rogue*, il ne fut pas surpris de voir Drummond qui les attendait. Habillé en gentleman des mers chaudes, polo et pantalon à pinces blancs, Drummond avait un visage encore plus pâle que d'habitude. A côté de lui, le skipper du *Catfish*.

Prenant le parti de les ignorer, Rogan se retourna pour aider Camille.

— James ! s'écria Camille. Qu'est-ce que tu fais là ?

— Tu t'es moquée de moi, à disparaître avec ce type !

— Elle n'est pas venue de son plein gré, intervint Rogan, qui libérait Camille de sa bouteille.

— Quoi ? s'exclama James. Que t'a-t-il fait, Camille ?

— Rien, je vais bien.

Elle se rapprocha de Rogan.

Drummond la suivit, le regard tremblant. Puis, indiquant

d'un geste la bouée de sécurité qui flottait au-dessus de l'épave, il dit :

— Donc, vous avez trouvé le bateau naufragé.

— On ne sait pas si c'est le bon, dit Rogan. La barre de corail a dû en faire échouer plus d'un.

— Oui, mais tu as trouvé quelque chose de précieux, fit Drummond. Autrement, tu ne le cacherais pas dans ton sac. Je peux voir ?

— Non.

Rogan, conscient de la présence de Camille à son côté, regardait Drummond avec défi, prêt à parer ses moindres réactions. Que vaudraient leurs vies, à Camille et à lui, une fois que Drummond serait en possession du trésor ?

Drummond éclata de rire.

— Evan, dit-il.

Le skipper sortit un revolver de son short. Camille recula d'un pas.

— Est-ce que je peux le voir *maintenant* ? demanda Drummond d'un ton cynique.

Rogan jaugea la distance avec l'arme. Drummond n'était pas un problème, à moins que ce salaud aussi ne porte une arme sur lui. A le voir dans sa tenue immaculée, il devait plutôt être du genre à laisser le sale boulot aux autres. Evan, lui, posait problème. Il avait visiblement l'habitude des armes. Ce devait être lui qui avait éliminé le matelot.

— Camille a signé le contrat de vente. Je l'ai déposé chez un ami pour plus de sécurité, mentit-il en espérant que Camille n'aurait pas l'air surpris. Si elle ne revient pas à Mokohina, vous n'aurez aucun droit sur le *Sea-Rogue* et son contenu.

— Je me fiche bien du *Sea-Rogue* maintenant !

Rogan avait tenté un bluff, mais Drummond était malin. Depuis le départ, l'antiquaire se doutait que la clé du trésor se trouvait sur le bateau. Et c'est pour cette seule raison qu'il voulait se l'approprier. Mais Rogan n'avait pas dit son dernier mot.

— Les droits de récupération appartiennent à mon père. Vous aurez du mal à vendre les objets retrouvés.

— Ah ! Cela fait des années que des objets bien plus périlleux passent par moi. J'ai déjà les contacts…

Rogan rageait de voir Drummond fier de son trafic illégal. Evidemment ! Avec le *Catfish*, et sa couverture touristique, rien de plus facile que de transporter des pièces volées ou illicitement récupérées partout dans les eaux de Nouvelle-Zélande. Il suffisait d'un rendez-vous avec un autre bateau pour procéder à la transaction ; les antiquités disparaissaient ensuite à destination de n'importe quel salon de collectionneur dans le monde !

— Je ne suis pas là pour te parler de ma petite entreprise, reprit Drummond. Donne-moi le sac, sinon… Mais peut-être que Camille est d'accord pour me le donner ?

Camille parut hésiter, puis elle se rapprocha de Rogan, et, lui lançant un regard qu'il n'arriva pas à décoder, défit le sac de sa ceinture.

Se retournant brusquement, elle balança le sac dans la tête d'Evan. Rogan se rua sur l'homme en déséquilibre et le plaqua au sol.

Dans la rixe, un coup de feu retentit. Rogan fut soudain conscient d'une sensation de brûlure au bras gauche. Il entendit Evan hurler, l'arme glisser sur le pont, puis finir dans la mer.

Où était Camille ? Est-ce qu'elle était sauve ? Que faisait Drummond ?

Evan lui balança un direct dans la mâchoire. Sonné et affolé en même temps, il se mit à répondre à l'attaque par une série de coups de poing acharnés. Plus question de lui laisser la moindre chance. Rogan arrêta les coups quand il vit qu'Evan ne réagissait plus depuis un moment.

Rogan se releva, cherchant Camille du regard. Ce qu'il vit dépassait toutes ses attentes : Drummond blotti contre le mât de misaine, vert de peur, devant une Camille qui le menaçait d'un méchant couteau de plongée !

— Camille ! Tu n'oserais pas ! balbutia Drummond.

— Rappelle ton chien d'attaque ou je n'hésiterai pas !

Elle se rapprocha et lui piqua le cou du bout de la lame.

— C'est bon, chérie, cria Rogan. Tout va bien.

Elle s'arrêta, apparemment soulagée.

— Il faudrait les attacher. Toi, tu t'y connais en nœuds…

Rogan les attacha solidement et fut soulagé de voir le skipper revenir à lui. Placés dos contre dos, autour du mât de misaine, les deux prisonniers se plaignirent au début des cordes trop serrées. Une ruse : Rogan ne céda pas.

— Mais tu saignes ! s'écria Camille qui enlevait sa combinaison.

Un accroc dans sa manche plus haut expliquait le filet de sang qui coulait jusqu'à sa main. Rogan regarda de plus près. Il avait des élancements de plus en plus douloureux.

— Ce n'est pas très grave, dit-il. Je me suis déjà coupé plus sévèrement sur du corail. Apporte-moi quand même la trousse de soins. Je ne voudrais pas mettre du sang partout.

Il enleva sa combinaison et Camille commença à nettoyer sa blessure. Par chance, la balle l'avait effleuré.

— Il faudrait que tu voies un médecin, s'affola Camille. Si seulement l'avion pouvait repasser !

— Quel avion ?

— Un avion de tourisme qui est passé au-dessus de nous, hier, pendant que tu plongeais.

Rogan serra la mâchoire.

— Cet avion devait être envoyé par Drummond. A mon avis, il a demandé au skipper de nous suivre quand nous avons quitté le port. Seulement, avec la tempête, il a perdu notre trace. Et il a eu recours à un avion.

Drummond, qui avait tout entendu de leur discussion, cracha par terre.

— Tu ne feras pas le malin longtemps ! grogna-t-il à l'intention de Rogan. Et toi, Camille, méfie-toi. Il t'a déjà kidnappée. Maintenant que l'héritage de son père vaut une fortune, ton copain a plutôt intérêt à ce que tu disparaisses.

Camille, prétendant ne pas entendre Drummond, s'appliquait à mettre un bandage à Rogan.

Drummond haussa la voix.

— Ne te laisse pas avoir, Camille. Il va te trahir, c'est sûr. Avec moi, tu seras en sécurité, je te le jure.

Camille referma la trousse et descendit dans la cabine sans lui répondre.

Quand Rogan la rejoignit, elle s'était assise à la table, réfléchissant, la tête entre les mains.

— Ça va ?

— Oui, dit-elle relevant la tête. Il faudrait peut-être qu'on appelle la police. Et tu as besoin de soins. Evan aussi. Il n'a pas l'air dans son assiette.

Rogan ne regrettait pas de s'être défendu avec autant de véhémence. Evan méritait les coups qu'il avait pris. Les coups mais pas la mort.

— Tu dois avoir raison.

Rogan ne pouvait s'empêcher d'être plus inquiet encore pour Camille. Elle semblait en état de choc. Le regard perdu, le visage blanc. Il aurait voulu la prendre dans ses bras, mais il ne voulait pas avoir l'air de profiter de la situation.

Grâce à la connexion radio, il fit le nécessaire auprès des autorités. La situation n'était pas facile à expliquer mais il réussit à se faire comprendre. La police allait les rejoindre.

— Je m'étais trompée, dit Camille, quand Rogan eut fini de parler avec l'opérateur radio. Je m'excuse de ne pas t'avoir cru.

— Faut dire que mon histoire était plutôt dure à croire.

Il plia le bras pour voir s'il était opérationnel.

— Je vais raccompagner nos deux invités sur leur bateau. Comme ça, on sera tranquilles.

— Je vais t'aider, dit-elle en se levant.

— Je n'ai pas besoin d'aide, dit Rogan, qui voulait lui épargner un face-à-face désagréable. Ils sont bien ficelés !

Quand Drummond vit que Rogan le faisait relever, il se mit à trembler comme une feuille.

— Qu'est-ce que tu vas faire de nous ?

Rogan fut tenter de répondre : « Vous jeter à l'eau » mais se ravisa. En revanche, une idée lui vint à l'esprit.

— Camille ! cria-t-il. Tu peux apporter ton magnétophone ?

Il poussa son prisonnier le dos contre la rambarde et lui dit entre ses dents :

— J'ai quelques questions à te poser…

Camille remonta bientôt avec son appareil.

— M. Drummond va nous parler, fit Rogan

— Non, je…

— Oh si ! coupa Rogan. Allez, ce ne sera pas long.

Rogan prit James par le col de sa chemise et lui rapprocha la tête du magnétophone, en le maintenant dans une position plongeante.

— Qui a tabassé mon père ? commença Rogan.

— Je ne sais pas.

— Te fiche pas de moi. C'est Evan qui s'en est chargé ?

— J'y suis pour rien, moi, cria Evan depuis le pied du mât de misaine.

— Alors qui ? hurla Rogan.

— Lâche-moi !

— Qui c'était ?

Camille remarqua la bouche tremblante de James.

— L'idée n'était pas de moi… Avant, je ne savais rien.

— Qui a eu l'idée ? Qui ?

— Gary, haleta James. Le matelot d'Evan. Il avait eu droit

aux confidences éthyliques de Broderick, et il s'était dit que ça pourrait m'intéresser.

— Continue ! ordonna Rogan.

— Gary a raccompagné Broderick à son bateau. Le vieux était d'humeur bavarde. Il s'était vanté d'avoir retrouvé le *Maiden's Prayer* et son trésor. Gary a fait comme s'il n'y croyait pas et, au bout du compte, il a obtenu que le vieux lui en apporte la preuve.

— Comment ?

James déglutit péniblement, visiblement nauséeux, et reprit :

— Le vieux lui a indiqué la cachette d'un coffre qui contenait la preuve de sa découverte. Mais Gary n'était pas futé. Il lui a posé trop de questions et Broderick est devenu méfiant et agressif. Gary lui est tombé dessus pour lui piquer ses clés. Il a vidé le coffre, et quand il est retourné auprès de Broderick, il a vu qu'il était mort. Il a remis les clés dans la poche de celui-ci et a filé. Quand il m'a apporté ce qu'il avait, il était complètement paniqué d'avoir tué le vieux.

— Et qu'est-ce qu'il avait ?

— Quelques... pièces de monnaie, dit James en hésitant.

— Parce que t'imagines que je vais croire qu'un petit lot de souverains convaincrait un spécialiste de la réalité d'un trésor à récupérer. Qu'y avait-il d'autre dans le coffre ?

— Deux montres en or, lâcha James. Une perle et un bracelet de diamants.

Camille étouffa une exclamation. Une moue sardonique se figea sur le visage de James.

— Eh oui, je t'avais donné ta chance, mais tu es si pure, si honnête... sauf quand il s'agit de *lui* ! Tu as menti quand je t'ai demandé s'il avait retrouvé le livre de bord. Tellement mal que j'ai su tout de suite qu'il l'avait !

Rogan recentra son attention sur James.

— Bon, alors tu savais que le trésor existait mais tu ne savais pas où le chercher. Qui a saccagé le bateau pendant que nous étions à l'enterrement de mon père ? Evan ?

— N'essaye pas de me mettre ça sur le dos. Ni pour la vieille copine de ton père. J'étais même pas en ville quand ça s'est produit.

— Tais-toi, imbécile ! hurla James.

— Alors, c'était toi, dit Rogan, fixant James.

— Non, je n'ai…

Rogan le rapprocha de la rambarde et lui baissa la tête pour lui donner une idée du danger qui l'attendait.

— Oui ! Je reconnais ! Je l'ai cherché dans le bateau.

— Et chez Mollie. J'imagine que tout le monde savait en ville pour Mollie et mon père. Tu l'as assommée ! Une vieille femme sans défense, c'est à ta hauteur.

Camille intervint.

— Mollie n'a jamais dit qu'elle avait été cambriolée.

— Drummond a été prudent. Il ne voulait pas éveiller les soupçons. Mais il n'a pas tout remis à sa place. En particulier, les clés !

— Tu n'as pas de preuve ! dit James. Tu me forces à avouer.

— Je n'ai pas besoin de te forcer beaucoup. L'ironie de l'histoire c'est que, même en possession du livre de bord, tu ne serais arrivé à rien. Il fallait chercher ailleurs. Une dernière question : comment est mort Gary ?

— J'en sais rien !

— Si, tu le sais.

Rogan semblait hors de lui. Il commença à soulever James contre la rambarde. Camille eut soudain peur qu'il ne commette une bêtise.

— Rogan ! cria-t-elle pour l'arrêter dans son élan.

— As-tu tué Gary pour le faire taire ?

— Je n'ai jamais tué personne ! Camille… aide-moi.

Rogan répéta :

— Comment Gary est-il mort ?

Sans que Rogan le force en quoi que ce soit, James prit une moue d'enfant et partit d'une voix gémissante :

— Je lui avais dit de se faire discret pendant quelque temps, sachant qu'il ne résisterait pas à un interrogatoire de la police. Je ne sais pas comment ça s'est passé…

Rogan se retourna vers Evan :

— Evan, que s'est-il passé ?

— Moi, je n'ai fait qu'obéir aux ordres de M. Drummond. Toutes les idées venaient de lui. Toutes.

— Y compris celle du meurtre, conclut Rogan devant Brodie et Granger, quelques semaines plus tard, dans le salon du *Sea-Rogue*. Evan a fini par tout dire aux flics. Drummond lui avait demandé de se débarrasser de Gary avant qu'il ne parle trop, et Evan s'est exécuté au cours d'une sortie de contrebande. Il a assommé Gary au large puis l'a jeté par-dessus bord.

Bizarrement, Rogan ressentait de la pitié pour le pauvre bougre responsable de la mort de son père. Il faisait partie du menu fretin, comparé à Drummond.

— A mon avis, intervint Granger, même s'il a l'intention de plaider non coupable, Drummond n'est pas près de sortir de prison. Et son réseau d'objets anciens a été entièrement démantelé.

— Mouais.

Rogan ne pouvait être que satisfait. Il se pencha en avant et ouvrit une nouvelle canette de bière.

— C'est le témoignage d'Evan qui le fait tomber, dit Granger. Pas ton enregistrement, qui n'a aucune valeur juridique.

— Je ne l'ai pas fait pour le juge. Je voulais juste savoir qui avait tué notre père. Drummond a eu de la chance que je ne le balance pas aux requins.

— Parce qu'il y en avait ? demanda Brodie.

— Chais pas !

Ils éclatèrent tous les trois de rire.

— Dis donc, reprit Brodie, qui regardait Rogan. Tu n'as pas l'air content. Pourtant tu as trouvé ton trésor, avec des tonnes d'investisseurs prêts à t'avancer l'argent pour le récupérer, et tu m'as comme partenaire principal — c'est pas rien ! Alors dis-moi, où est le problème ?

Granger sourit.

— Moi, je sais, dit-il en se versant de la bière dans un verre. Il n'a pas l'âme d'un propriétaire. Alors il a du mal à s'habituer. Au fait, tu as vu Camille ces derniers temps ?

— Non. Quand les policiers sont arrivés, ils ont embarqué Drummond et Evan sur leur navire. Le *Catfish* a été pris en main par deux hommes, et deux autres sont montés sur le *Sea-Rogue*. Tout le monde devait se retrouver au port le plus proche.

Rogan n'avait presque plus eu l'occasion d'être seul avec Camille. Quand il avait réussi à lui rendre visite un soir dans sa cabine, elle s'était montrée distante, tendue bien qu'elle prétendît que tout allait bien.

— Tu penses à Drummond ? lui avait-il demandé.

Elle avait poussé un petit rire.

— A l'évidence, je juge mal les gens.

Il s'était demandé si elle l'incluait dans *les gens*, mais s'était abstenu de le lui demander.

— Il s'est servi de moi, avait-elle dit. Et je n'ai rien vu. Je pensais juste qu'il m'aimait bien. Il voulait même que j'intervienne pour que tu vendes ta part du *Sea-Rogue*.

Qu'elle intervienne en usant de son charme.

— Oui, mais tu as refusé.

Camille avait acquiescé.

— Il m'a proposé ce bracelet, par jeu, j'imagine. Ça devait le faire rire de me le donner alors qu'il faisait partie de notre héritage.

— Drummond voulait te tester.

— Me tester ?

— Voir si l'argent te motivait.

— C'est bien possible.

Puis elle lui avait confié qu'elle se sentait très fatiguée. Et il s'était senti obligé de partir.

Lorsque tout fut réglé à Rarotonga, Drummond et son skipper furent rendus aux autorités néo-zélandaises et Camille et Rogan remerciés pour leurs actions et leurs témoignages. Camille annonça tout de suite son intention de rentrer par avion.

— Tu vas où ?

— Chez moi. Beaucoup de gens ont un chez-eux, tu sais.

Rogan, lui, s'en était toujours passé. Maintenant, sa maison, ce serait le *Sea-Rogue*. Un compromis acceptable pour quelqu'un qui ne se faisait pas à l'idée de rester toujours au même endroit.

Mais ses principes changeaient. Déjà, il s'était engagé à mener à bien la récupération du trésor de l'épave, ce qui signifiait passer beaucoup de temps sur le même projet et rembourser les investisseurs.

Et Camille lui manquait. Depuis son départ de l'aéroport de Rarotonga, il n'avait pas eu de nouvelles. Et cette impression de vide qu'il avait endurée pendant tout le voyage de retour, seul sur le *Sea-Rogue*…

Il s'était dit qu'une fois au port, il oublierait. Mais le sentiment de vide n'avait fait que s'accentuer. Jamais une femme ne l'avait rendu aussi fébrile. Il se répétait jour et nuit sa résolution de ne pas s'engager auprès d'une femme. Une femme qu'il rendrait fatalement malheureuse comme sa mère à lui l'avait été à cause de son père.

Posant sa canette sur la table, il leva les yeux vers Granger et vit de la compassion dans son regard. Sacré frérot ! Lui, il avait tout compris !

Camille prit à droite dans l'allée privée où se situait la petite maison qu'elle avait achetée. Arrivée devant le portail, elle pila sec. Rogan égal à lui-même, en jean et T-shirt, était assis sur la dernière marche du perron. Quand il la vit, il se leva et vint lui ouvrir la portière.

Muette d'étonnement, le cœur battant, Camille sortit de la voiture, les yeux fixés sur lui. Puis, quand elle réalisa qu'elle ne rêvait pas, elle murmura :

— Qu'est-ce que tu fais là ?

— Je suis venu te parler.

— Au sujet du *Sea-Rogue* ? Du trésor ?

Granger lui avait confirmé que le contrat de vente était nul et, depuis, lui faisait parvenir les rapports sur les engagements contractés pour mettre en œuvre la récupération de leurs biens communs.

— Au sujet de nous deux, Camille.

— Nous deux ?

Son cœur s'emballa. Quand elle avait dit à Rogan qu'elle rentrait — une mesure d'autopréservation qu'elle avait décidé d'appliquer en dépit de la douleur causée —, elle avait eu l'espoir insensé qu'il lui avouerait son amour et lui demanderait de rester avec lui pour toujours.

Comme c'était à prévoir, il n'avait rien avoué, rien demandé. Pour Rogan, elle était une autre femme, semblable à toutes celles qu'il avait déjà eues. Dans ces conditions, il ne restait plus à Camille qu'à partir la première.

Dès le début, elle avait su à quel type d'homme elle avait affaire. Un homme qui ne donnait rien mais qui prenait tout. Camille voulait s'éviter un déchirement dévastateur, et avait choisi de couper les ponts. Rapidement. Sans hésitation. Une stratégie qui ne portait guère ses fruits : depuis son retour à Rusden, elle pleurait dans son lit et rêvait de lui, de ses étreintes, de son sourire, de ses yeux…

Elle eut toutes les peines du monde à ne pas lui sauter au cou, et l'invita à l'intérieur.

— Tu veux un café ? demanda-t-elle alors qu'ils entraient dans la cuisine.

— Non, dit-il. Je ne veux…

Il émit un drôle de bruit de gorge.

— C'est toi que je veux, dit-il la prenant dans ses bras. Rien que toi.

Puis il l'embrassa. Avec la maladresse touchante qui préside aux moments les plus émouvants. Un baiser tendre, timide, délicieux…

Elle se plaqua contre lui, prise d'un sentiment d'urgence et de soulagement. Passant les bras autour de son cou, elle le serra fort, tout en répondant à chacun des appels de sa bouche. Qu'elle était heureuse ! Du moins, à cet instant. Car malgré l'émotion qui la submergeait, elle savait que son bonheur ne durerait pas. Et quand Rogan releva la tête, il put voir des larmes couler sur les joues de Camille.

— Je t'ai fait mal ? demanda-t-il, desserrant son emprise. Je suis stupide de ne pas connaître ma force.

Camille, malgré la buée dans ses yeux, éclata de rire.

— Non, non, ce n'est pas ça ! Je vais très bien.

— Mais je t'ai fait pleurer. Pardonne-moi.

Combien de fois avait-elle pleuré en pensant à lui et au mal qu'elle endurerait si elle s'obstinait à croire au miracle ?

— Ce n'est pas ta faute, Rogan.

Elle était tombée amoureuse de lui, sachant très bien à qui elle avait affaire. Un homme franc, qui ne faisait pas de promesses à la légère, et qui préférait vivre au jour le jour, sans attache d'aucune sorte.

C'était d'ailleurs incroyable qu'il soit venu la trouver ici.

— Pourquoi es-tu venu me voir ? demanda-t-elle, fatiguée de ne plus rien comprendre.

— Parce qu'il le fallait. Je voulais savoir si tu m'aimais comme je t'aime. Je t'aime, Camille.

Camille écarquilla les yeux. *Il l'aimait !*

— Je vais coordonner les opérations de récupération à terre, dans un bureau. Je m'occuperai de toute la gestion de la main-d'œuvre et de l'achat des équipements.

— Et Granger ?

— Lui, il s'occupera des finances et de l'aspect juridique.

Camille avait du mal à imaginer Rogan dans des fonctions aussi casanières.

— Mais pourquoi tu n'embauches pas quelqu'un pour la coordination à terre. Tu pourrais travailler sur l'épave.

— Parce que, dit-il, appuyant sur chaque syllabe, il te faut une maison digne de ce nom, avec un homme à tes côtés.

Camille le regarda sans voix.

— Oh, Camille, dis quelque chose. Je sais que tu m'aimes. Tu ne m'aurais pas embrassé comme tu l'as fait sinon. J'ai tout arrangé pour nous deux. Tu vois, je suis venu, je voulais t'en parler posément et puis j'ai tout de suite eu envie de t'embrasser. Et maintenant tu pleures. Je suis désolé, Camille. Il n'y a rien, tu m'entends, rien que je ne ferais pour toi, ma chérie… S'il te plaît, épouse-moi…

Mais… quelle femme aurait accepté un tel sacrifice venant de l'homme de sa vie ?

— C'est impossible, commença-t-elle. Ne compte pas sur moi pour t'enfermer dans un bureau ou une maison ! Tu serais trop malheureux !

— Tu ne comprends pas, dit-il, lui prenant les deux mains. Je ne peux pas vivre sans toi.

— Et abandonner tout ce que tu aimes ? Mais, Rogan, tu ne serais plus l'homme dont je suis tombée amoureuse. Inutile de faire tant de sacrifices. Tu n'as pas à racheter la dette de ton père ou de ma mère !

— De ta mère ?

— C'est elle qui a écarté mon père. Elle trouvait que je méritais mieux qu'un papa intermittent. Elle lui a écrit de ne plus rentrer. Au début, il m'envoyait des lettres et des colis, et puis elle a fini par les retourner sans les avoir ouverts. Elle pensait que je finirais par l'oublier. Régulièrement, il lui virait de l'argent sur son compte. Elle ne m'en avait rien dit.

Camille inspira profondément.

— Je fais de mon mieux pour la comprendre.

Rogan sortit un papier glacé de sa poche de jean.

— J'avais apporté ça, au cas où il m'aurait fallu un prétexte pour expliquer ma venue.

Il lui tendit une photo de Taff, jeune, souriant, amoureux de la vie.

— J'en ai d'autres sur le *Sea-Rogue*. Prises avec mon père. Et puis, il y a la statuette de la petite fille.

— Merci, dit-elle, émue. Merci.

Puis, se ressaisissant, elle ajouta :

— Mais tu ne prendras pas ce travail de bureau !

Il allait protester mais elle l'arrêta d'un signe de la main.

— Je vais t'épouser, Rogan. Mais j'ai mes conditions.

— Tout ce que tu voudras, mon amour !

— Pour récupérer un trésor, il faut un historien, dit-elle. Je peux faire l'affaire. D'ailleurs Granger m'a proposé le poste il y a quelques semaines !

Rogan sourit. Granger était un frère habile. Très habile.

— Je lui avais dit non, continua Camille. Mais tu connais ton frère. Il m'a dit que je pouvais encore changer d'avis. Ce que je viens de faire ! Des objections ?

— Ah non, aucune. Si tu es sûre de vouloir le faire.

— Sûre et certaine. Nous allons nous bâtir une vie à l'image de nos passions. Tu verras, nous ne referons pas les mêmes erreurs que nos parents. J'ai adoré vivre sur ce bateau avec toi. Et plonger, aussi !

— Mais tu me détestais, non ? demanda Rogan.

— Pour une seule raison seulement. Et c'était mérité !

— Suis-je pardonné, sachant que je n'avais pas vraiment d'autre solution ?

— Pardonné, oui, mais attention, monsieur le pirate, ne t'avise pas de me refaire un coup…

Il l'interrompit en s'emparant fiévreusement de ses lèvres. Cet homme-là avait décidément des manières de pirate. Cette fois, il l'embrassa avec passion, avec feu, avec cette ardeur fascinante qui coulait dans ses veines. Camille sentit une vague de bonheur l'envahir. Les promesses pouvaient fleurir. Car elle savait, au plus profond de son cœur, qu'il tiendrait chacune de celles qu'il ferait.

La mer serait le témoin de leur amour ; un amour profond, aussi vaste et riche que l'océan.

Le 1er mai

Black Rose n°13

Je te retrouverai - Stephanie Rowe

Lorsqu'elle apprend que Jimmy Ramsey, l'homme qui a juré de la tuer, est sorti de prison, Kim se réfugie à Ridgeport, sa ville natale. Une nuit, persuadée qu'il a retrouvé sa trace, elle appelle la police... Pour se retrouver face à Sean Templeton, l'homme qu'elle a quitté sans une explication dix ans plus tôt, alors qu'ils s'apprêtaient à se marier...

La promesse du papillon - Kathleen Long

Le jour où, au hasard d'un reportage, elle remarque sur la petite Allie Alexander, âgée de cinq ans, une tache de naissance identique à celle de Robin, sa nièce qui a péri dans un incendie et dont le corps n'a jamais été retrouvé, Sophie Markham n'a aucun doute : Allie et Robin sont une seule et même petite fille...

Black Rose n°14

Un enfant à protéger - Kylie Brant

Protéger Danny, son neveu adoré. C'est la seule chose qui compte pour Meghan depuis que les hommes qui ont tué sa sœur ont décidé de s'en prendre au petit garçon. Pourtant, quand l'inspecteur Gabe Connally lui propose sa protection, Meghan, qui n'a pas confiance en la police, hésite à remettre entre ses mains sa vie et celle de Danny...

Dangereuse attirance - Patricia Rosemoor

Quand elle apprend que le Dr Dermot O'Rourke est accusé d'un meurtre dont elle le sait incapable, l'inspecteur Stella Cabojek décide de prendre l'enquête en main. Mais elle s'aperçoit bientôt que des zones d'ombre entourent le passé du psychothérapeute. Et malgré l'amour qu'elle éprouve en secret pour lui, elle sent le doute l'envahir...

Black Rose n°15

L'ombre du danger - Nora Roberts

Il y a dix ans, à cause de ses origines modestes, Liz rejetée par le riche héritier qui lui avait promis le mariage, s'est retrouvée seule, enceinte. A Cozumel, l'île du Mexique où elle a trouvé refuge, elle a ouvert une boutique de sports nautiques. Un jour, l'un de ses employés, Jerry, est retrouvé assassiné. Peu après, Liz voit débarquer chez elle le jumeau de Jerry, Jonas, venu enquêter sur la mort inexplicable de son frère...

BLACK ROSE

Le 1er mai

Dans l'œil du tueur - Gayle Wilson • N°286

Depuis qu'elle a participé, comme psychologue, à un entretien télévisé sur un tueur en série, Jenna vit dans l'angoisse. Tout le monde a cru qu'elle avait de la compassion pour l'assassin qui sévit à Birmingham. Or l'homme est cruel et vaniteux. Il jubile de l'intérêt que lui portent la presse et la police. Et il a vu Jenna parler de lui à la télévision... Sans le savoir, elle est devenue la prochaine victime sur sa liste...

Les bois meurtriers - Ginna Gray • N°287

Le tueur en série qui sévit à Mears, dans le Colorado, viole ses proies puis les laisse s'enfuir dans la forêt, pour les traquer sans pitié et les abattre de son fusil... Il a déjà fait plusieurs victimes lorsque l'inspectrice Casey O'Toole s'empare de l'affaire, et les pistes sont rares. Deux points communs rapprochent les femmes abattues : chacune a, comme Casey, les cheveux d'un roux flamboyant. Et elles ont toutes consulté le même chirurgien esthétique, le trop séduisant Mark Adams...

Noire vengeance - Maggie Shayne • N°288

Beth a tout perdu il y a 18 ans, lors d'une nuit sanglante. Elle est alors membre d'une secte dirigée par Mordicai Young, un homme fascinant, aux dons de medium. Mais la secte est détruite par les flammes... Beth ne veut plus jamais vivre ce cauchemar. Elle a changé de vie. Et reste sur la défensive. Car Mordicai cherche à la retrouver pour se venger. Elle doit se soumettre à son pouvoir et lui donner un héritier, à qui il pourra transmettre ses pouvoirs visionnaires...

Secret mortel - Laurie Breton • N°289

Fuir. Robin doit fuir tant qu'il en est temps. Elle possède de dangereux documents qui compromettent Luke Brogan, le policier le plus influent de la ville. Et cet homme sans scrupules est prêt à tout pour récupérer ces pièces à conviction. Elle doit disparaître. Changer de vie. Dorénavant,

Robin s'appellera Annie, et tiendra un motel à l'autre bout du pays. Mais la traque n'est pas finie, et le moindre indice peut remettre Luke Brogan sur ses traces...

L'Héritière des Highlands - Fiona Hood-Stewart • N°290

Devenue l'héritière du grandiose domaine familial de Dunbar, India prend subitement conscience de son attachement viscéral à cette vieille demeure, plantée au cœur des terres écossaises. Mais pourra-t-elle la conserver ? Un riche entrepreneur, Jack Buchanan, est tombé sous le charme de la propriété... et tente par tous les moyens de séduire la jeune femme accablée de solitude. L'heure est venue pour India de retrouver ses racines. Des racines qui vont chercher loin dans la terre de ses ancêtres, et jusque dans l'âme de Dunbar.

Le blason et le lys - Joan Wolf • N°291

Le jour des noces, le soleil ne se montra pas. Le ciel plombé semblait au diapason des sentiments d'Eleanor de Bonville alors qu'elle pénétrait dans la cathédrale. Mon Dieu, pourquoi avait-il fallu que sa soeur aînée meure à la veille de son mariage et qu'on la contraigne à prendre sa place ? Du coin de l'œil, Eleanor observa son promis. Lord Roger de Roche, comte du Wiltshire, semblait en proie à une insoutenable tension. Qui eût pu l'en blâmer ? De toute évidence, il n'était pas plus heureux qu'elle de cette union forcée... Oppressée, elle s'entendit prononcer le « oui » fatidique qui scellait son destin...

Le prédateur - Lynn Erickson • N°68 *(réédition)*

Si Anna Dunning n'est pas femme à perdre son sang-froid, les appels téléphoniques obscènes qu'elle reçoit depuis quelque temps la minent cependant à petit feu. Elle finit par accepter une protection rapprochée pour le regretter aussitôt : la présence constante à ses côtés d'un ancien flic accusé de falsification de preuves dans une affaire de meurtre et rongé par l'amertume ne fait qu'ajouter à sa nervosité. Une nervosité qui croît, à mesure que le mystérieux pervers se révèle plus insaisissable qu'une ombre...

Titres non disponibles au Québec.

Composé et édité par les
éditions Harlequin
Achevé d'imprimer en mars 2007

par

LIBERDÚPLEX

Dépôt légal : avril 2007
N° d'éditeur : 12738

Imprimé en Espagne